KB262283

김사량, 작품과 연구 2

편역자 김재용

원광대학교 한국어문학부 교수
한국근대문학 전공

곽형덕

와세다대학교 대학원 박사과정
일본근대문학 전공

식민주의와 문화 총서 12

김사량, 작품과 연구 2

초판 인쇄 2009년 12월 21일
초판 발행 2009년 12월 31일

편역자 김재용 곽형덕
펴낸이 이대현
편 집 이소희
펴낸곳 도서출판 역락
　　　　서울 서초구 반포4동 577-25 문창빌딩 2층
　　　　전화 02-3409-2058(영업부), 2060(편집부)
　　　　팩시밀리 02-3409-2059
　　　　이메일 youkrack@hanmail.net
　　　　등록 1999년 4월 19일 제303-2002-000014호

ISBN 978-89-5556-785-4 93800
정 가 40,000원

* 잘못된 책은 교환해 드립니다.

식민주의와 문화 총서 12

김사량, 작품과 연구 2

김재용·곽형덕 편역

역락

머리말

　『김사량, 작품과 연구 1』이 출판된 이후 김사량에 대한 관심이 더욱 높아진 것에 고무되어 『김사량, 작품과 연구 2』를 내게 되었다. 1권과 마찬가지로 2권도 광복 이전과 이후의 작품 중에서 선별하여 수록하였다. 광복 이전 일본어로 발표된 것은 한국어로 번역하였고 특히 비슷한 내용이라도 판본에 따라 약간씩 달라진 것들은 독자들의 편의를 위해 모두 번역하였다. 일본어 작품의 경우 기존에 한국에 소개된 적이 있는 경우도 있는데, 새롭게 주석을 달고 오역 등을 수정하였다. 그 외에 수필과 문예시평의 경우는 거의 다 새롭게 번역 및 수록하는 것으로, 해방 전에 김사량이 쓴 거의 전 작품을 실었다. 이 가운데는 최근 일본에서 발굴된 작품들도 다수 포함돼 있다. 그 상세에 대해서는 각 작품별로 주석을 달아놓았다.

　2권에서 가장 중요한 것은 태항산에서 쓰여진 작품들을 수록한 것이다. 잘 알려진 것처럼 김사량은 1945년 북경을 탈출하여 태항산에 있는 항일 근거지로 들어갔다. 그 곳에서 쓴 여행기인 '노마만리'는 해방 직후 남북 모두에서 큰 관심을 끈 바 있다. 진중에서 여행기뿐만 아니라 세 편의 희곡 작품을 쓴 바 있는데 이 중에서 '호접'은 이번 책에서 처음으로 선을 보인다. 해방 직후 여러 사정으로 김사량 자신의 책에 수록하지 못하였던 작품인데 이렇게 세상의 빛을 보게 되어 참으로 다행이다. 1권과 마찬가지로 많은 관심과 비판을 바란다. 이후 3권에서는 1, 2권에 이어서 아직 번역하지 못한 작품과 해방 이후의 작품을 수록할 예정이다.

2009. 12.

편역자 씀

차례

작품

연구

일러두기

1. 번역은 원문의 행간을 그대로 재현해서 했으며, 필요에 따라 부분적으로 원문에 없는 문장 기호를 넣은 곳이 있다.
2. 김사량의 한국어 에세이는 원문을 최대한 살리면서 현대어로 다시 고쳤다. 그러므로 일부 현대식 표기법과 다른 점이 있는데, 이는 오식이 아니다.
3. 작품안의 각주는 모두 역자주이다.
4. 일본식 발음 표기는 국립국어원의 외래어 표기법에 따랐음을 밝혀둔다. 또한 현재 차별 용어로 생각되는 말들도 당시의 분위기를 제대로 전달하기 위해 여과없이 번역했음을 밝혀둔다.
5. 일본인명, 지명, 작품명과 고유명사 등은 그것이 처음에 나오는 경우에 한해 괄호 속에 원래의 한자를 병기해 주는 것을 원칙으로 하지만, 필요에 따라서 중복 표기 한다. 또한 일본 인명, 지명 등은 일본식 발음으로 표기하되 독자의 편의를 위해 한국어식 표현을 섞어서 표기하는 경우가 있을 수 있다. 서명, 작품명, 잡지명, 출판사명, 단체명, 역사적 사건명 등도 위와 같은 방식을 따랐음을 밝혀둔다.
6. 용어 등은 현재 생경하게 느껴지더라도 당시에 사용되던 단어를 사용했다. 빈번히 나오는 단어들을 아래에 정리해 둔다.
   (단, 아래의 예시는 편의를 위한 설명일 뿐 두 단어가 일대일로 대응하는 것은 아니다.)

내지(内地) → '일본 내륙'	내지어(内地语) → '일본어'
외지(外地) → 일본 내지가 아닌 외부지역	조선어(朝鮮语) → '한국어'
조선인(朝鮮人) 혹은 죠센징 → '한국인'	지나(支那) → '중국'
지나어(支那语) → '중국어'	본도인(本島人) → '대만인'
요보 → '한국인'	

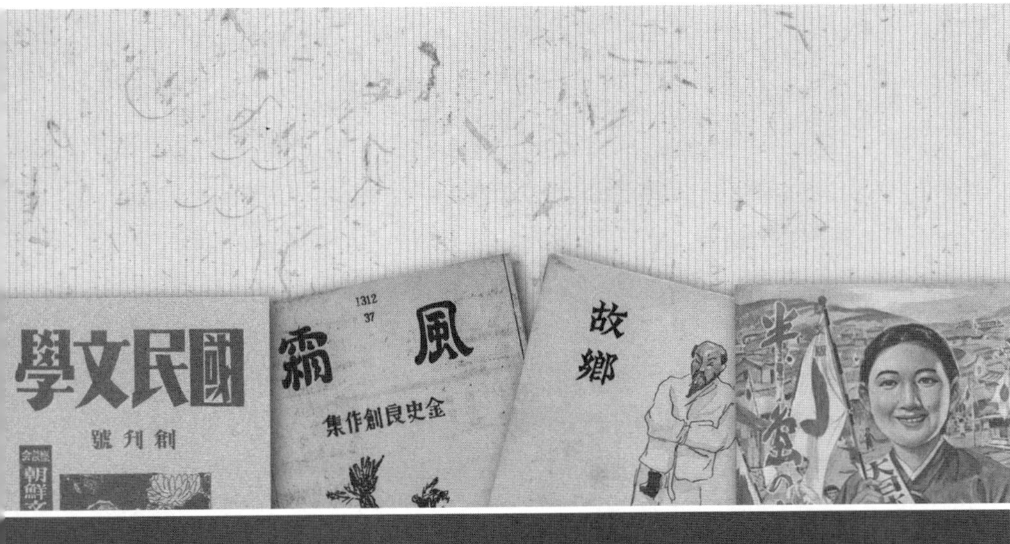

작품 제1부

해방 전

소설

천마(天馬)*

1

무거운 구름이 낮게 낀 어느 날 아침, 경성의 유명한 유곽인 신마치 (新町) 뒷골목 한 창가(娼家)에서 초라한 풍채의 소설가 현룡(玄龍)이 너저 분한 골목으로 내팽개쳐지듯이 튀어나왔다. 그는 정말로 난처한 듯 한 동안 문 앞을 서성이다 도대체 어디서부터 혼마치(本町) 거리로 나온 것 인지를 궁리하더니, 별안간 앞쪽 골목길로 성큼성큼 들어갔다. 하지만 골목이 골목인 만큼 땅을 기어가듯 집집마다 서로 으르렁대는 형상으로 얽히고설켜 있는 통에, 어디를 어떻게 지나가야 밖으로 빠져나갈 수 있 을지 도무지 짐작이 가지 않았다. 오른쪽으로 꺽이는가 싶다가도 다시 왼쪽으로 들어간다. 겨우 왼쪽으로 빠져나간 후에도 다시 골목은 두 갈 래로 갈라져서 어느 순간 우두커니 서 있게 된다. 무언가 깊은 생각에 잠겨서 그는 계속해서 터벅터벅 걸었지만, 막다른 골목길 등에 이르면

---

* 「천마」는 1940년 6월 『문예춘추(文藝春秋)』에 게재된다.(초출) 그 후 몇 문장이 바 뀐 작품이 김사량의 첫 일본어 작품집 『빛 속으로(光の中に)』(오야마서점(小山書店) 1940. 12. 10)에 수록된다. 그 이후 일본에서 출판된 작품집 및 전집류에 들어간 「천마」는 모두 단행본 『빛 속으로』 수록본을 저본으로 하고 있다. 이번 번역에서 는 초출을 저본으로 해서 번역을 하기로 하겠다. 또한, 기존의 번역을 참조해서 오 역 등을 수정했음을 밝혀둔다.

흠칫 당황해하며 주위를 두리번거렸다. 앞이건 옆이건 간에 대문에 빨강이나 청색 페인트를 마구 칠한, 하나같이 토벽이 지금이라도 무너져 내릴 것 같은 집들 뿐이다. 그리하여 다시 묵묵히 갔던 길을 되돌아 오며 이곳저곳 엉금엉금 걷는 사이에, 결국 그는 길을 잃고 말았다. 그리 이르지 않은 시각인데도 어느 좁은 골목도 쥐죽은 듯 조용하고 때때로 외박하고 돌아가는 손님이 쑥스러운 듯 어깨를 움츠리고 휘청거리며 지나쳐 간다. 어딘지도 모르고 헤매 다니는 소금장수 영감은 닥치는 대로 "소금! 어이 소금이요!" 하고 소리치며 돌아다닌다. 현룡은 겨우 세 갈래로 갈라진 곳에 이르러 천천히 '미도리'[1] 한 개비를 꺼내 물고 주변을 둘러보면서 언짢은 듯 무언가 투덜투덜 거리며 중얼댔다. 도무지 마음에 들지 않는 계집을 안았던 탓인지, 돌아가는 길조차 이토록 생고생을 시킨다고 그는 푸념을 늘어놓았다. 하지만 그것보다 조금 전부터 그의 마음 한구석에는 도저히 뿌리칠 수 없는 먹구름이 도사리고 있었다. 때때로 그것은 가슴을 강하게 옥죄는 것과 같은 느낌마저 들었다. 실로 그는 제 힘으로는 어찌할 수 없는 어떠한 사정 때문에 이틀 안에 머리를 깎고 절[2]로 수행하러 가지 않으면 안 되는 몸이었다. 그런고로 사바(娑婆) 세계에서 누렸던 즐거움도 이것으로 끝장이라고 생각하자 흥분한 나머지, 지난 밤 자신을 상대한 창녀의 볼을 "메론이다 메론이다"라고 소리치며 덥석 문 것인데, 계집은 이러한 기상천외한 예술가를 이해하려고 하지는 않고 소스라치며 자리를 뛰쳐나갔다. 그는 그런 불쾌한 기억을 떠올리고는 빌어먹을 분하다며 다시 투덜거리면서, 어쨌든 우선 조금 더 높은 지대로 나가지 않으면 안 되겠다는 생각을 먹고 야트막한 언덕길로 된 골목길을 향해 다시 터벅터벅 걷기 시작했다. 역시 막다른

---

1) **Midori** 일본전매공사가 판매했던 담배 브랜드 중의 하나이다. 세계 제2차대전 당시 발매된 제품이다.

2) 원문에는 '테라(寺)'로 나와 있는데 상세한 설명이 없어서 일본식 테라인지 아니면 조선 전통의 절인지는 알 수 없다. 그러므로 '절'로 통일해서 표기하기로 한다.

골목에 이르기도 하고, 구불구불 돌아가기도 하면서, 가까스로 언덕 위 양춘관(陽春館)이라고 하는 그것 또한 청색 페인트로 칠한 대문 앞에 이르렀다. 주변 일대에는 언덕길을 이루며 밀집한 수백 수천의 조선인 창가 지붕이 전후 좌우 가릴 것 없이 굽이치고 있다. 뜨뜻한 초여름 바람을 맞아가며 누군가의 시에 있듯이, 우리 지금 산위에 서있는 모습으로 우뚝 서 있자니, 물밀듯이 밀려들어 오는 애절한 외로움을 어찌할 바 몰랐다. 골목 골목에 빨간 등불과 청색 등불이 나란히 늘어서 있고, 사내들은 그 아래를 우왕좌왕 하고, 창녀들의 교성이 소리 높게 울리던 곳이었다. 이곳이 지난밤 창가 일대였다고는 믿어지지 않을 만큼 주위는 인기척도 없이 괴괴했다. 하지만 이 넘칠 정도로 많은 집에 몇천 명도 넘는 젊은 여자가 씻어 건져놓은 감자처럼 데굴거리며 살고 있음에도, 어째서 자신은 이틀이 지난 후 구중중한 묘광사(妙光寺)에 기거하지 않으면 안된단 말인가. 현룡은 거기서 두 대째 담배를 꺼내어 불을 붙이고 후우 담배연기를 내뿜었다. 아련하게 아지랑이가 피어올라 흐릿해진 시야 너머로 좀 멀리 떨어진 서쪽 저편에 천주교 교회탑 종루가 높게 솟아올라 있는 것이 보였고, 그 부근에는 고층 건물이 빙산처럼 무리지어 있었다. 바로 그가 향해 가려는 목표가 그곳이다. 그렇다 해도 도대체 어디에서부터 내려왔던 것인지 머리를 짜내며 생각하다가, 그는 저도 모르게 피식 웃었다. 조선인 가옥의 지붕을 넘어서 남쪽 기슭쪽을 바라봤을 때, 혼마치(本町) 오정목(五丁目)으로 보이는 부근에 검은색 변압기를 몇 개씩이나 얹은 전신주가 얼핏 눈에 들어왔다. 그것은 언제였던가 비뇨 병원을 찾아 헤매 다닐 때, 거기에 어떤 곳의 광고가 매달려 있던 것이 갑자기 떠올랐기 때문이다. 그렇지 저것을 표시 삼아 내려가면 좋겠다고 그는 자신에게 말했다.

하지만 그의 귓전에는 항상 오무라(大村)의 목소리가 쩌렁쩌렁 들려와서 괴롭게 했다.

"자넨 절에 들어가고 싶지 않다고 말하는 겐가? 반성의 기미가 보이지 않으면 이제 처넣겠다고 경찰도 말하고 있단 말일세!”

그는 도망치듯이 언덕을 서둘러 내려갔다. 혼마치 주변으로 말할 것 같으면 경성에서는 가장 번화한 내지인(內地人)들 거리로 그것은 꾸불꾸불하게 동서로 좁고 길게 이어져 있었다. 간신히 유곽 출구를 찾아내서 혼마치 오정목으로 현룡이 느릿느릿 모습을 드러낸 것은 이미 열시도 넘은 시각으로 주변에는 인파도 많았고 제법 번잡했다. 그는 문인이든 관사든 누군가 친한 사람과 만나고 싶다고 생각하면서, 눈꼬리를 내리고 조금 고개를 숙인 자세로 길가 한가운데를 안짱다리로 걷기 시작했다. 혹은 그 자신이 말하고 있는 것처럼 정말로 유도가 초단 이상이기 때문에 지나치게 넓은 어깨가 움푹 들어갔는지는 모르겠으나, 안짱다리 걸음은 저 묘한 전신주를 알게 된 이후부터 몸에 붙인 습관이었다. 특히 구원이 없는 것과 같은 고독과 깊은 근심 속에 사로잡힌 현재의 그였다. 그래도 결국 메이지 제과(明治製菓)[3] 부근에 다다를 때까지 결국 단 한 사람도 만나지 못했다. 하지만 퍼뜩 이 명과(明菓)에서 열린 지난밤 회합 때의 일이 떠올랐다. “네 놈이야 말로 조선 문화의 해로운 진드기다!”라고 외치고, 접시를 집어던진 평론가 이명식(李明植)의 예리한 얼굴이 불쑥 번쩍하고 보였다. 그는 깊은 생각에 잠겨있던 입구 앞에 멈춰 서자, ‘흥 풋내기 새끼가. 지금이야 말로 유치장에서 뼈저리게 잘못을 깨닫고 있겠지’ 생각하면서 히죽 비웃음을 지었다. 그리고 어디 한번 행차해 볼까 하는 기분이 들었는지 갑자기 가슴을 펴고 어깨를 으쓱대고 부산스레 문을 밀고 들어갔다. 홀 안은 휑뎅그렁했고 구석진 곳에 외교관 풍의 사내 둘만이 마주 앉아 소곤소곤 얘기하고 있을 뿐이었다. 현룡은 그 한가운데로 천천히 걸어가서 털퍼덕 주저앉더니 여자 급사를 손짓으로 불러 잠시 동안 물끄러미 얼굴을 올려다보다가, 여자가 기분 나쁜 듯 얼굴

---

3) 한국에서 제과업은 1910~1925년 사이에 시작되었다. 한국이 일제에게 강제 합병된 이후 일본의 화과자와 양과자가 들어오기 시작했다. 이때 들어온 제빵 업체 중 하나가 메이지 제과이다(월간제과제빵 1992 참조).

이 빨개지는 것을 보자마자 황급히 외쳤다.

"코-히-(커피)"4)

여자 급사는 아연실색해서 뛰어갔다. 그러자 그는 완전히 만족한 듯 히죽히죽 웃음을 짓고 엉덩이를 들어 이번에는 어쩔 심산인지 냄새라도 맡은 개마냥 조리실 쪽으로 향해가고는,

"헤헤 미안하오." 하고 말하며 싱글벙글 대면서 손을 불쑥 내밀었다.

"물수건 하나만……."

이러한 스스럼없는 행동을 보더라도 조리사들은 이미 자신을 알고 있음에 틀림없다고 생각하고 있는 것이다. 아닌 게 아니라 그들은 지난밤 이층에서 일어난 불상사를 알고 있기에 현룡을 기억하고 있었다. 마침 조선 문인들의 회합이 있어서 모두가 서로 무언가를 열심히 토론하고 있을 때, 돌연 한구석에서 현룡이 낄낄거리며 마구 웃어대는가 싶더니, 갑자기 젊은 사내가 집어던진 접시에 머리를 얻어맞고 쓰러졌는데, 드러누운 채로도 더욱더 심통이 난 것 마냥 낄낄거리는 웃음을 멈추지 않았다. 그곳에서 이명식이라고 하는 젊은 사내는 상해 혐의로 임석하고 있던 경관에게 연행되어 갔다. 조리사들은 그 자리에서 현룡이 보여준 뻔뻔함에 적잖이 놀랐는데, 또다시 이러한 주방 같은 엉뚱한 곳에 그가 나타난 것을 보고는 더욱 당황하여 수상쩍은 듯 서로 얼굴을 마주보았다. 누구 하나 웃는 사람 없이 다만 한 직원이 놀란 듯 고개를 저으며 물수건이 없다는 몸짓을 했다. 그러자 그는 한 번 무섭게 곁눈으로 모두를 노려보다가 휙 하니 몸을 돌려 쥐새끼마냥 수도 쪽으로 달려가서 콸콸 물을 틀어놓고 머리를 쑥 내밀더니 쏴쏴 물을 뒤집어쓰면서 얼굴을 씻는 것이었다. 모두 처음부터 어리둥절해 했으나, 그가 헤헤헤 거리며 겸연쩍은 듯 웃으며 나갔을 때, "실성을 했나"라며 아까 그 직원이 고개를 갸우뚱 거렸다.

---

4) 일제시대에 통용되던 말은 커피가 아닌 '코히'였으므로 코히로 번역한다.

“아냐, 현룡이야 현룡이라고.”

“그래 그자가 틀림없어.”

“소설가 현룡이야.”

이렇게 모두 입을 벌려 속닥거리며 배식구 쪽에 모여서 엿보기 시작했다. 보자 하니 현룡은 이미 자기 자리로 돌아가서, 마침 옆에 놓여있던 조간신문을 덥석 쥐고 얼굴과 목덜미를 닦고 있었다. 그는 거침없이 곁눈질로 조리사들이 모여서 자기를 주시하고 있는 것을 보고는 더욱더 우쭐해져서 새까맣게 젖어 구깃구깃해진 신문지를 탁 하고 의젓하게 탁자 위에 던져 놓았다. 그리고 무심코 그것에 눈을 돌렸을 때, 종이 한 쪽 벽에 커다란 빈대 한 마리가 느릿느릿 기어다니는 것을 보고 눈을 부릅떴다. 엉겁결에 그는 빙긋 웃음을 머금고, 약간 몸을 쑥 내밀었다. 빈대는 피를 너무 탐닉해서 빨았던 것인지, 갑자기 도망치려는 자세를 취하기는 하였으나, 너무 발갛게 부풀어 올라서 다리가 말을 듣지 않는 듯 몸을 주체하지 못하는 모양새였다. 때때로 미끄러져서 굴러 떨어질 듯 하면서도 손끝을 대려고 하면 또 허둥대며 내뺐다. 그는 원래부터 빈대를 좋아했다.[5] 땅바닥에 착 달라붙어서 기어가는 모습이 자신과 꽤 닮아 있다고 생각하는 것일까. 혹은 그 뻔뻔스러움이나 교활함이 마음에 들었는지도 모를 일이다. 게다가 어럽쇼 이 녀석은 지금까지 자신의 목덜미를 기어다녔음에 틀림없으며, 틀림없이 그 메론 볼때기를 한 여자한테서 옮겨온 놈이라고 생각하자 어째서인지 멋쩍은 듯한 감정 속에 노여움을 느끼는 것이었다. 그는 갑자기 어깨를 들썩거리며 히히히 웃었다. 그런데 어럽쇼, 생각을 해보니 어느 틈인가 빈대는 풀죽은 모습으로 이번에는 서둘러 벽 뒤쪽으로 도망쳐 숨으려 한다. 그는 재빨리 그 한쪽 끝을 손으로 집어 들고 살짝 뒤집어서 재미있다는 듯이 끝까지 그

5) 김사량의 빈대에 대한 관심은 일본어로 쓴 에세이 「빈대여, 안녕」(『요미우리신문』 1941년 11월 3일 조간 4면)을 보아도 잘 알 수 있다. 「빈대여, 안녕」은 『김사량 작품과 연구1』에 번역되어 있다.

행방을 집요하게 지켜봤다. 그런데 이삼분도 지나지 않는 사이에 갑자기 그는 그것을 보다가 깜짝 놀라 야단스럽게 일어났다. 빈대는 마침 어느 표제어 위를 지나가면서, 그가 무심결에 한 글자 한 글자를 읽도록 유도한 것이었다. 실로 말로 다 표현하기 힘든 상황이었다. 순간 이것은 천우(天佑)라고 부를 수 있는 좋은 찬스라고 그는 생각했다. 예수 그리스도가 부활한 것과 같은 일이라고 그는 생각했다. 비록 학예란 한 구석의 작은 활자라고는 하지만, 그와는 그야말로 실로 각별한 친분이 있는, 동경 문단의 작가 다나카(田中)가 만주(滿洲)로 가는 길에 경성에 들러 조선 호텔6)에 투숙하고 있음을 알려주고 있었다.

"꼭 찾아가야 겠다."

현룡은 몸을 부르르 떨며 일어서서는 일단 침울하게 어깨를 움츠리고 출구를 향해 빈대처럼 움직이기 시작했다. 그에게는 굳게 염원하는 구석이 있었다. 마침 가는 길에 커피를 가져온 여자 급사와 부딪힐 뻔하자 낚아채듯이 찻잔을 집어 올려 뜨거운 것도 개의치 않고 벌컥벌컥 들이키고, 어리둥절해 있는 여자 급사나 조리사들은 본체만체 허겁지겁 밖으로 나가는 것이었다.

혼마치 거리는 아무리 오전 중이라 해도 메이지 제과 부근부터 거리의 출구 쪽까지는 언제나 인파가 범람할 정도로 북적댔다. 경망스럽게 게타(下駄, 나막신 – 역자주) 소리를 내면서 거닐고 있는 내지인이나, 입을 떡하니 벌린 채로 가게 앞을 바라보는 백의(白衣) 차림새의 상경한 시골 사람들, 진열창에 내놓은 눈동자가 움직이는 인형을 보고 깜짝 놀라는 노파들이나, 물건을 사러 외출하는 내지 부인, 요란스레 벨소리를 내며 달려가는 자전차를 탄 심부름꾼에, 불과 십 전 남짓의 품삯을 차지하려고 짐을 서로 뺏으려 드는 지게꾼 등으로. 현룡은 이런 인파를 피하려는

---

6) 한국 최초의 근대식 호텔로서, 일제강점기인 1914년 10월 10일 조선철도국에 의해 설립되었다. 설립 당시는 일본식 명칭인 '조선 호테루'였으며, 이후 이승만에 의해 지금의 이름으로 개칭되었다.

듯이 빠른 걸음으로 그곳을 지나가서 조선은행 앞 광장에 이르러 멈췄
다. 전차가 빈번히 오가고 자동차가 무리를 지어 로터리를 돌고 있다.
그는 허둥지둥 대면서 광장을 가로질러서, 건너편의 조용한 하세가와마
치(長谷川町)7) 쪽으로 들어갔다. 잠시 걸어가자 우측으로 고풍스러운 높
은 담이 이어지고, 고색창연하고 굉장한 대문이 나타났다. 그것을 통과
해 들어가자 넓은 정원 안쪽에 한국시대(대한제국시대 – 역자주) 어느 나라
인가의 공사관이었다고 하는 훌륭한 양관(洋館)이 나왔다. 현룡은 그곳까
지 정신없이 가서는, 가슴을 두근거리며 회전문을 밀고 밀려가듯이 들
어갔다.

"다나카 군에게 전해 주시게."라고 그는 카운터 앞에 나타나자마자,
충분한 위엄을 갖추고 입을 열었다. "난, 현룡이란 사람이올시다."

머리를 깔끔하게 빗어 넘긴 보이는 이놈 또 왔구나 하는 기세로 현룡
쪽을 위아래로 훑어보고는,

"외출중입니다만……."

"나갔다고?" 현룡은 대단히 의외인 것처럼, 게다가 자신은 그것을 충
분히 의외라고 생각해도 좋을 사람이라고 하는 식으로, "대체 누구와 나
갔나?"라고 말했다.

"네 그게." 보이는 다소 기가 질려서 몸 둘 바를 몰랐다. "그게 아무
래도 잡지사 분들인 듯합니다만."

"잡지사 분들?"

퍼뜩 불길한 예감에 사로잡혀 다급하게 되묻는 현룡의 얼굴에는 명백
하게 낭패한 듯한 초초하고 불안한 그림자가 스쳐 지나갔다. 그것은 분
명 오무라임에 틀림없다. 오무라가 왔다고 한다면 이거야말로 큰일이라
고 생각했던 것이다. 그래서 안달을 하며 물었다.

"U지의 오무라, 오무라 군이 왔다 간 게요?"

---

7) 현재 북창동 일대.

"거기까지는 모르겠습니다만." 이번에는 곁에 있던 다른 중년 보이가 마치 화가난 양 소리쳤다. 실제 내지 예술계에서 누군가 지명도가 있는 사람이 오기라도 하면, 시시한 문학 퇴물들이 마치 조선 문인을 대표라도 하는 낯짝으로 몰려들기 때문에, 보이들은 진절머리를 치는 것이었다. 지금도 다나카는 오무라와 어느 전문학교 교수들을 동반해서, 조선인 문학 퇴물들을 너댓 명 줄줄이 데리고 나간 뒤였다. 현룡은 특히 이렇게 방문할 때마다 버릇이 없는데다 매일같이 손님을 찾아오는 통에 보이들조차도 그를 주체할 수 없던 참이었다. "일일이 그런 것까지 기억할 수 없으니까요."

"헤 역시 그건 그렇고 말고요. 헤헤헤 듣고 보니 그것도 그렇네요." 하고, 현룡은 말하면서 머리에 손을 대고는 비굴하게 웃는 것이었다. 하지만 어찌해도 그 일이 마음에 걸려 어찌할 바를 모르고, "……아마 오무라 군은 아닐 겁니다. 그렇고 말고요. 분명 그렇고 말고요."라고 몇 번이고 말하면서 혼자서 세차게 고개를 끄덕거렸다.

그리고 갑자기 고개를 쑥 내밀더니, 손으로는 안쪽의 로비를 가리키면서,

"잠시 소파를 좀 빌리겠수다."

라고 말하고 홱 등을 돌렸다. 그리고 로비라는 곳은 사람을 기다리는데 유용하다는 것을 자신은 이처럼 잘 알고 있다는 모습으로, 어깨를 건들건들 거리며 천천히 로비쪽을 향해 걸어갔다. 그리고 보면 그의 소설에는 항상 호텔이나 로비라던가, 댄스홀, 살롱, 귀족부인, 흑인 운전수 등이 잔뜩 등장하는 것이었다. 그런데 그는 무언가 떠올린 것인지, 갑작스레 멈춰서는가 싶더니 뒤를 돌아보고는 소리쳤다.

"다나카 군이 돌아오면 좀 부탁 하겠소. 헤에, 이 몸은 졸립다오."

2

널따란 로비 소파에 드러누워 코고는 소리를 높여가며, 족히 너댓 시간이나 마음껏 수면을 취한 현룡은 양복에 묻은 먼지를 털어 내면서 조용히 몸을 일으켰다. 로비 안은 어느새 어둑어둑하고 휑뎅그렁했다. 양손을 벌려 천천히 기지개를 켜면서 몇 번이고 하품을 했다. 그러다 갑자기 그는 배고픔을 느끼는 것만 아니라, 좀처럼 다나카가 돌아올 것 같지 않았기에 우선 나가볼 요량으로 잠이 덜 깬 얼굴을 내밀어 카운터 쪽을 살펴보았다. 그런데 마침 다행스럽게도 카운터에는 아무도 없었기 때문에, 그는 재빨리 도망치는 토끼마냥 바깥으로 뛰쳐나갔다. 벌써 어렴풋한 오후 햇살이 쓸쓸히 큰길에 그림자를 드리우고, 강바람8)이 여기저기에 먼지를 날리고 있었다. 어딘가에서 값싼 식사를 마치고, 그 후 우선 다나카 일행이 갈법한 곳을 사방으로 찾아 다녀야겠다고 그는 생각했다. 하지만 제 자신도 어떠한 연유인지를 알 수 없었으나, 그는 다시 걸음을 옮기면서 괘씸하고 분개한 듯 투덜거렸다. 아마도 다나카가 자신에게 조선에 온다는 것을 알리는 엽서 한 장도 보내지 않았던 것을 말하는 것이리라. 분명히 그는 자신이 조선에 돌아와 현재는 어엿한 대가가 되어 있다고 하는 등, 터무니없는 말을 몇 번이고 했기 때문에.

우리 경성은 황금통(黃金通, 고가네도오리)을 경계선으로 그 이북이 순수한 조선인 거리이다. 하세가와마치에서 황금통으로 나가 다방 리라 앞을 지나가다가 현룡은 잠시 들여다만 보리라는 마음으로 머리를 들이밀고 대충 담배 연기 속을 둘러보았는데, 그 순간 저도 모르게 빙긋 웃었다. 사람들이 가득 똬리를 틀고 있는 가운데, 눈이 번쩍 뜨일 정도로 새하얗게 차려입은 여류 시인 문소옥(文素玉)이 백합처럼 청초하게 앉아있는 것이었다. 그는 갑자기 행복한 기분이 들어서 넘어질 듯 그 안으로

---

8) 비는 내리지 아니하고 심하게 부는 바람.

들어갔다. 유명한 현룡이 나타났기 때문에 사람들은 서로 가볍게 쿡쿡 찔러대던가, 푸우 하고 웃음을 터뜨리거나, 일부러 경멸한다는 듯한 태도로 무시하고 있었다. 여류 시인은 마침 젊은 대학생 애인을 기다리던 참이었는데, 이런 세간의 화제가 되고 있는 소설가가 자기에게 다가오는 기쁨에 그만 모든 것을 잊어버리고, 조금 큰 감이 있는 입술을 비쭉대며 남몰래 웃음을 짓고 그를 맞았다.

"어머 현 선생님 이런 곳엔 어쩐 일이셔요."

"헤헤, 이런 또 더없이 재미난 곳에서……."

라며 다가서더니, 현룡은 그녀의 맞은편 쪽에 털썩 주저앉았다. 모두의 호기심 어린 시선은 일제히 이 두 사람에게 쏟아졌다. 하기는 그들은 이미 무료함을 느끼고 있었다. 그러한 무료함으로 치자면 매일같이 무료해 하는 무리들 밖에 없었다. 이른바 다방에 있는 그들 또한 현재 조선 사회가 낳은 특별한 종족의 하나일 것이다. 조금은 학문도 있으나 직장을 구하지 못하고, 아무 것도 할 일이 없으므로 머리라도 클라크 케이블9)식으로 갈라보려고 하는 패들이나, 혹은 어디 제작비를 대줄만한 정신나간 부잣집 도련님은 없겠나 하고 머리를 짜는 콧수염을 기른 불량한 영화패들이나, 무언가 소곤소곤 구석에서 떠드는 금광 브로커들, 원고 뭉치를 한 손에 들고 다니지 않으면 예술가가 아니라고 확신하고 있는 문학 청년, 이러한 패거리들 뿐이었으나, 제아무리 그런 놈들이라 해도 두세 시간 이상 열을 내고 있자면 화제 거리도 더 이상 없는데다 머리도 피곤해져 오기 마련이어서, 돌연히 현룡이 나타나 아름다운 여류 시인과 마주보고 있는 사실이야말로 확실히 흥미진진한 사건임에 틀림 없었다. 경성 문화계에서는 누구 하나 모르는 사람이 없는 두 사람이 우

---

9) William Clark Gable. 1901~1960. 클락은 토키 영화 초기의 빅스타이다. '헐리우드의 제황'으로 통했고, 1999년에는 가장 위대한 남자 배우로 선정되기도 했다. <바람과 함께 사라지다>의 남자배우로 유명하다. 1935년 제7회 미국 아카데미 시상식 남우주연상을 수상했다.

연히 함께 마주하여 대좌(對坐)하고 있는 것이었다. 게다가 문소옥은 현룡에게 단순히 여류 시인만이 아님도, 그들은 잘 알고 있었다.

"오늘은 어쩐 일이셔요."

그녀는 일부러 쑥스러운 듯 입가에 손수건을 갖다 대고 말했다.

"실은 헤노이에 슈타트(신마치)에 다녀오던 참이었습니다"라고 말하며 현룡은 자못 호기심을 돋우려는 듯 히죽거리는 웃음을 띠었다. 물론 여류 시인은 이 독일어의 의미를 알 턱이 없었기 때문에,

"네?"

하고 그녀가 눈을 동그랗게 뜨자, 그는 더욱더 의기양양해서 뱃가죽을 뒤틀며 웃어대는 것이었다. 그리고 또 무언가 생각난 듯이 으흐흐 하고 웃어댔다. 그것을 보고 퇴폐스러운 그림자를 드리운 그녀의 뺨에는 홍조가 희미하게 퍼졌고, 곱슬곱슬한 앞머리는 흔들거리고 있는 듯이 보였다. 현룡은 갑자기 경련이라도 일으킨 것 마냥 몸이 굳어져서, 그녀의 얼굴을 파고들 듯한 눈초리로 응시했다.

경박한 여류 시인 문소옥은 현룡을 더할 나위 없이 존경하고 있었다. 그는 적절한 시어와 라틴어 및 프랑스어를 알고 있을 뿐만 아니라, 그녀가 좋아하는 랭보나 보들레르와도 다만 국적만이 다를 뿐이라고 굳게 믿고 있었다. 또한 현룡 자신이 그렇게 큰소리를 치고 다녔다. 아무튼 그녀는 시인으로서도 랭보의 시 몇 편을 흉내냈었던 정도인데, 그것을 현룡이 이삼류 잡지에 다뤄서 그녀의 미모와 함께 그 전도(前途)를 칭송했던 것이다. 그녀가 완전히 시인이라도 된 기분으로 남의 출판기념회 등에 무슨 일이 있어도 출석하게 된 것도 그 이후부터였다. 그녀가 눈부시게 요염한 차림새로 회장에 나타나기라도 하면, 현룡은 언제나 벌떡 일어나서 이쪽으로 이쪽으로 오라며 제 옆으로 데려가는 것이었다. 그녀도 결국은 현대 조선이 낳은 불행한 여성 중의 한 명이라고 말해야 할까. 입을 열면 표어라도 되는 양 봉건 타파라고 하는 젊디젊은 정열로 여학교를 나오자마자 결혼 문제조차 뿌리쳐 버리고 동경에까지 유학을

하기 위해 여행길에 올랐던 그녀였다. 하지만 내지에서 상급 학교를 졸업함과 동시에 전에 자신이 타파하지 않으면 안 된다고 주장하였고, 또한 싸워나갈 작정이었던 봉건성이라고 하는 복수를 맨 먼저 그녀 자신이 당하지 않으면 안 되었다. 당시는 결혼을 하더라도 조혼이었던 만큼 처(妻)를 갖지 않은 청년은 어디에서도 찾아볼 수 없었다. 애석하게도 청춘의 열정을 어찌할 바 모르고, 이렇게 점차 사내들과 접촉하는 사이에 난륜의 길로 빠져버렸다. 하지만 그녀는 그것이야말로 구제도에 정면으로 반항하여 새로운 자유연애의 길을 개척하는 선구자라고 확신하고, 차례차례 자기 쪽에서 사내를 꼬득였다. 현룡도 다름 아닌 그 상대 중 한 명이었다. 다만 다른 점이 있다면, 그것은 현룡하고만은 서로 광태(狂態)에 익숙해져서 완전히 만족하고 있다는 것이다.

"지난 밤 U지의 오무라 군이 또 내 거처로 찾아왔단 말이요. 알겠소? 그 오무라 군이 위스키를 들고 왔단 말이요." 하고 현룡은 말을 이어 나갔다. "오늘밤 안에 원고를 써 주지 않으면 돌아가지 않겠다고 하는 통에 말이요. 그렇게 나오는 통에 제 아무리 이 현룡이라 해도 질려버렸지 뭐겠소. 마침 동경에 보낼 원고를 쓰고 있던 참이었으니까. 썩 봐줄만한 것이라오. D라 하는 일류 잡지에서 삼개월 전부터 막무가내로 청하고 있는 원고라오."

"기대하겠어요." 여류 시인은 더할 나위 없이 감동한 듯 작은 눈을 반짝거렸다.

"난 이제 조선어로 창작하는 것에는 넌더리가 나오. 조선어 따위 똥이나 처먹으라 하오. 왜냐 그건 멸망으로 향해 가는 부적과도 같은 것이니까." 그러고는 지난 밤 회합 때의 일을 떠올리며 터무니없는 허세를 부렸다.

"난 동경 문단에 복귀할 생각이외다. 동경의 친구들도 모두가 그것을 간곡히 권하고 있소."

하지만 사실 문소옥과 같은 여자가 지난밤 메이지 제과에서 정말로 조선 문학을 부흥시키려하는 진지한 문인들 사이에 회합이 있었다는 것을 알 리가 없었다. 현룡조차도 어디선가 이 문인들의 모임이 있다는 냄새를 맡고, 거의 회합이 끝나갈 즈음에 어슬렁거리며 나타났던 것일 따름이다. 하지만 거기에는 그를 조선 문화의 해로운 진드기와 같은 존재로 증오하고 배척하는 남녀 문인들만이 쭉 늘어서서, 한 사람 한 사람이 긴장과 흥분이 넘치는 모습으로 조선 문화의 일반 문제라던가, 조선어로 저술하는 문제의 시시비비에 대해 열심히 토론을 하고 있었다.10) 그는 헤에 웃으면서 겸연쩍은 듯 한구석에 떨어져 오도카니 앉아 있었다. 예상대로 그들은 자기들의 손으로 조선 문화를 수립하고 그 독자성을 신장시켜야 할 의무가 있으며, 그것은 또한 결국 전일본문화(全日本文化)에 기여하고, 나아가서는 동양 문화를 위해서 세계 문화를 위하는 길이라고 말하고 있었다. 현룡은 한 사람 한 사람의 얼굴을 힐끗힐끗 빙 둘러보며, 마치 사람을 깔보듯 히죽히죽 웃고만 있는 것이었다. 한순간 젊고 혈기 왕성한 평론가 이명식의 날카로운 시선과 마주친 것을 떠올렸다. 그는 그때 저도 모르게 움칫 했다. 어쩐지 이명식은 신경 한 가닥 한 가닥을 부들부들 떨고 있는 것 같았다. 갑자기 이명식은 너무나 흥분한 나머지 목구멍을 꿀꺽 꿀꺽 거리며,

"그건 자명한 일일세."라고 소리쳤다. "조선어가 아니면 문학을 할 수 없다는 말이 아닐세. 나는 언어의 예술성만을 위해서 이런 말을 하고 있는 것이 아니야."

"그렇지. 우리들이 말하는 것의 의미는 아일랜드 예술가가 단지 언어의 예술성 때문에 켈트어를 주장한 것과는 달라." 하고 한 사람이 동의했다.

모두가 조용히 경청하고 있었다. 이명식은 말을 계속했다.

---

10) 이러한 토론은 당시 조선 문단에서 빈번히 벌어졌으며 단지 조선인 사이에서 만이 아니라 내지인 작가 및 평론가들도 가세해서 이뤄졌다. 이러한 움직임은 당시 내지문단의 외지문단 통합 계획과 맞물려 있는 문제였다.

"몇 백년이라고 하는 긴 시간 동안 한학(漢學)의 중압 아래 문화의 빛을 보지 못했던 우리가 그런대로 조금씩 우리들의 귀중한 문자와 문화를 자각해 왔던 오늘이 아니겠는가. 이조(李朝) 오백년 동안 계속된 악정(惡政)의 그늘에 매장되어 있던 문화의 보옥을 발굴하여, 그것을 통해 과거의 전통을 계승하기 위하여 지난 삼십년 동안 우리들이 얼마나 피나는 노력을 기울여 이 정도의 조선 문학이나마 수립했던 것이 아닌가. 이 문학의 빛, 문화의 싹을 무슨 이유로 우리들의 손으로 다시 매장시켜야 한단 말인가. 하지만 나는 이것 때문에 또다시 공연히 감상적으로 말하는 것이 아닐세. 실로 중대한 문제는 조선인 팔할(八割)이 문맹이요, 게다가 문자를 이해하는 사람 중의 구십 퍼센트가 조선 글자 밖에는 읽지 못한다는 사실일세!"

"저도 그 점을 강조해야 한다고 보는데요." 하고 어느 여류 작가가 눈시울을 적시며 중얼거렸다.

그때 현룡이 갑자기 키득키득 웃음소리를 냈다.

"닥쳐라!"

"닥쳐!"

라고 하는 목소리가 폭풍같이 일었다.

"그냥 내버려 두게." 하고 이명식은 눈을 감고 마음을 가라앉히려고 노력하면서 신음하듯 떨리는 목소리로 주장을 이어갔다. "조선어로 저술 활동을 하는 것이 이 사람들에게 문화의 빛을 안겨 주기 위해서도, 아니면 그들을 즐겁게 해주기 위해서도, 절대적으로 필요하다는 것은 이론의 여지가 없는 것이 아닌가. 지금도 엄연히 한글(朝鮮文字)로 발행되는 삼대 신문이 문화를 전하는 역할을 훌륭하게 수행하고 있으며, 한글로 나오는 잡지나 간행물도 민중의 마음을 풍족하게 하고 있다네. 조선어는 분명히 규슈(九州) 방언이나 도호쿠(東北) 방언과는 종류가 다르다네. 물론 나 또한 내지어로 창작하는 것을 반대하는 것은 아니라네. 적어도 언어의 쇼비니스트11)가 아니란 말일세. 내지어로 쓸 수 있는 사람은 우리들의 상황이나 마음이나 예술을 널리 전해주기 위해 전력을 다해 일해주지 않으면 안 되네. 그리고 내지어로 쓰는 것을 좋아하지 않는 사람이나, 또는 실제 쓸 수 없는 사람의 예술을 위해서는 이해심 있는 내지의 문화인의 지지와 후원 하에 번역 기관이라도 만들어 지속적으로 소개하도록 노력하는 것이 좋을 것일세. 내지어가 아니면 붓을 꺾어야 한다고 말하는 일파(一派)의 언설 따위는 정말로 언어도단일세." 거기서 갑자기 이명식은 탁자를 치며 일어섰다.

"그래서 말인데! 현룡 자넨 이 문제를 어떻게 생각하나?"

그가 현룡을 노려보는 눈에서는 불이 튀는 것 같았다. 그는 순간 무서워서 움츠러들었다. 실제 현룡은 겉만 그럴듯하게 애국주의자[12]라는 미명하에 숨어서, 조선어로 글을 쓰기는커녕 언어 그 자체의 존재조차도 정치적인 무언의 반역이라고 중상을 하고 돌아다니는 사람가운데 하나였다. 꼭 그런 것이 아니라고 해도 이러한 순수한 문화적 저술 활동도 조선이라고 하는 특수한 사정 때문에 그 본래적인 예술 정신조차도 자칫 잘못하면 정치적인 색책을 띤 것으로 당국에 오해를 사기 쉬운 것이라고 말하자면 그렇다 할 수 있다. 특히 사변이후(事變以後)[13] 그러한 위구(危懼)는 한 층 정도가 심해졌다 하겠다. 현룡은 그것을 틈타서 애국주의를 내세워서 사람들을 팔아 넘겨 가며 지나치게 횡포를 부려댔다. 그래서 얼마나 많은 무고한 사람들이 불안과 초조, 고뇌의 심연 속으로 떨어졌단 말인가. 실제 이 회합은 현룡 일파의 언설에 대한 비판회(批判會)였던 것이다. 현룡은 그때 몸을 뒤로 젖히며 마치 깔보기라도 하는 듯

---

11) chauvinist. 광신적 애국주의자, 배타주의자.

12) 여기서 말하는 애국주의자라 함은 일본의 식민주의에 협력하고, 일본이 수행하는 모든 정책을 지지하는 것을 의미한다. 달리 말하면 이 애국주의는 친일을 의미한다.

13) '사변'은 중일전쟁을 말한다. 중일전쟁은 1939년 발발했다. 중일전쟁은 일본에서는 지나사변(支那事變), 중국에서는 중국항일전쟁 혹은 8년 전쟁으로 불린다. 영어로는 제2차 중일전쟁(Second Sino-Japanese War)으로 불린다.

"조선어라."

하고 한마디를 내뱉더니 푸우 하고 웃음을 터뜨렸다. 이렇게 해서 결국 이명식이 발끈하고 화가 치밀어 올라 접시를 집어 던졌다. 모두가 왁자지껄 소란을 떨었다. 하지만 그는 머리를 얻어맞아 위를 보고 쓰러진 후에도 심통이 난 듯 계속 더욱더 낄낄 댔고, 이명식이 상해죄로 검거된 일은 이미 모두 알고 있는 사실이다. 조금 후에 그는 회장을 나와서 홀로 신마치 유곽 안으로 마음이 들떠 들어가서는 어딘가 싼 술집(酩酒屋)에서 위스키를 몇 잔 들이키자마자, 내친걸음으로 사창가 문을 두드렸다. 그는 그것을 떠올리고는 어째서인지 멋쩍기도 하고 또한 우습기도 해서 피식 웃고 말았다. 그러고나서 그것을 숨기기라도 하듯 황망히 몸을 일으켰다.

"몇시쯤 됐소."

"어머나 벌써 일어나시게요. 정말 성미도 급하셔요." 하고 문소옥은 그렇게 말하면서 손목시계를 힐끔거렸다. "아직 여섯시 전이에요. 이봐요 커피 빨리 가져와요!"

"자 그럼 내친김에 토스트도 먹어볼까나." 하고 현룡은 말하고는 끌려들어가듯 자리에 앉았다.

"……아까 그 이야기입니다만. 암튼 사장인 오무라 군이 몸소 찾아왔지 뭐요. 결국 나도 별 수 없이 써주었습니다. 그랬더니 그작자 정말로 기뻐하며 나를 잡아끌고 가더이다. 곤드레만드레 술을 퍼먹이고 그 나이에 슈타트에 데리고 들어가더란 말이요. 그런데 그게 말이요 메론같은 뺨을 한 미숙한 여자여서 말이요……."

그리고는 이 메론같다는 말이 너무나 육감적으로 들렸는지 스스로도 매우 마음에 들었던 모양으로, 다시 한 번 반복해서 강조했다.

"메론처럼 말이지."

제 아무리 여류 시인이라고 해도 그가 넉살도 좋게 갔다 왔다고 하는 의미를 알아차린 듯 저도 모르게 얼굴이 달아올랐는데, 그래도 자기가

어색해 하는 모습을 보여서는 싸게 보일 것이 틀림없다고 생각을 고쳐
먹고는, 마치 그러한 것은 오래전에 매우 잘 알고 있었다는 태도로 이렇
게 응수한 것이다.

　"좋으셨겠는데요……. 멋지세요. 하지만 현 선생님을 절에 집어넣겠
다던 분이 잘도 음 그런 곳에 데리고 가셨는걸요." "그러니까 말이요."
하고 소설가는 얼굴 근육이 굳어지더니 당황한 듯 외쳐댔다. "그러니까
관료들 마음은 알 수 없다는 말이 있는 것이 아니겠소. 일종의 변덕이지
요. 요컨대 오무라 군은 나란 인간을 아직 잘 모른단 말이요. 즉 범상치
않은 예술가를 알지 못한다는 것이요."

　"맞아요." 여류 시인은 수연(愁然)한 모습으로 끄덕여 보이고는 느닷없
이 깔깔깔 웃어댔다.

　"아니 이건 웃을 일이 아니란 말이오. 랭보나 보들레르가 일반 속인
들에게 얼마나 비난을 당했는지를 조금이라도 떠올려 보란 말이오."

　현룡은 더욱더 웅변조가 되어서는 손을 번쩍 치켜 올렸다. "조선의
예술가는 이 얼마나 불행한 존재들이란 말이오. 자연은 황폐하고 민중
은 무지하고, 인텔리는 또한 예술의 고귀함을 모르지 않소. 나는 여기서
고골리가 페테르부르크의 화가14)를 한탄했던 것을 떠올렸소. 모든 것이
둔중(鈍重)하고 환희도 없으며 또한 누구 하나 조선의 예술가를 아끼지
않아요. 버려진 쓰레기 속에서 바르작 대고 있을 따름이요. 나 또한 쓰
레기 속에 쓸려나온 희생자 가운데 하나요. 정말 난 누구보다 오무라 군
과는 흉금을 터서 무슨 일이 있더라도 상의를 했었단 말이오. 그런데 이
제 와서 그는 나보고 절로 들어가서 좌선을 하라고 하지 않겠소. 그가

---

14) 페테르 부르크는 상트페테르부르크(Saint Petersburg)를 말한다. 고골리의 작품 「네
　　프스키 거리」를 보면 다음과 같은 구절이 나온다.

　　페테르부르크의 화가! 눈으로 뒤덮인 나라의 화가! 정말 색다른 존재가 아닌가.
　　모든 것이 축축하고, 단조롭고, 창백하고, 잿빛이고, 안개가 자욱한 곳에서 사는
　　화가. 이들은 이탈리아의 물과 하늘처럼 자신만만하고 열렬한 이탈리아 화가와
　　는 전혀 다르다.-(「네프스키 거리」 중)

그렇게 말하는 속내는 알겠으나 그것은 예술가에게 자살을 의미하는 것이요. 중이 되라고 하는 게 말이 되난 말이요. 하지만 흐음 나도 다 생각하는 바가 있어 승낙을 했소. 보들레르도 시어에서, 오~ 고요한 평안함(靜謐)이여 고요한 평안함이여 라고 읊으며 그것을 동경했소.”

하지만 그렇게 말을 맺으며 입가에 웃음을 띠고 있던 그의 얼굴은 묘하게도 경련을 일으킨 것처럼 떨렸다.

“일종의 보호관찰이군요. 사상범은 아니지만…….”

“그렇지요.” 하고 그는 울상을 지으면서 떨리는 목소리를 짜냈다. “난 모레까지는 중이 되어서 절로 가지 않으면 안 됩니다.” 그리고 그는 부르르 떨며 일어서더니 무릎을 내밀었다.

“그런데 말이요. 실로 놀라운 것은 동경의 작가이자 내 친구이기도 한 다나카 군이 경성에 와 있지 뭡니까. 꼭 만나고 싶다고 해대서 방금 전에 조선호텔에 다녀왔는데, 너무 늦게 간 통에 그 녀석 기다리다 지쳐서 오무라 군 주변 사람들과 함께 외출한 모양이더이다. 너무 딱해 보이고 미안하기도 해서 난 지금부터 찾아보러 가려던 참이요. 괜찮다면 소개해 드릴까 합니다만, 조선의 죠르주 상드15)로서 또한 내 리베16)로서…….”

“…….” 시인은 눈을 감고 방긋이 웃었다. 그녀는 결국 젊은 대학생 애인과 약속을 했던 것을 완전히 잊어버렸다. “네 고맙습니다. 소개해 주세요.”

“그리시다면.” 현룡은 지그시 그녀의 웃는 얼굴을 바라보다가 순간 그렇지 오늘밤은 오랜만에 이 여자를 데리고 돌아가야겠다고 저 혼자 남몰래 정하고는,

“이 말을 들으면 다나카 군의 여동생이 질투를 하겠군요. 헤헤헤.”

“어머나 그러셨군요. 동경에 있는 애인이 그분 동생? 호호호 그거 재

---

15) George Sand, 1804~1876. 프랑스의 여류 작가이며 초기 페미니스트로 잘 알려져 있다. 또한 문화계 유명인사들을 망라한 남성편력으로 유명하다.

16) Liebe. 독일어로 번역하면 ‘사랑’이다.

있네요."

"그렇지요. 그렇지요." 하고 그는 내키는 대로 일이 되어 가자 유쾌한 마음에 외쳤다. "내가 동경을 떠나올 때 그녀가 따라오겠다고 해서 큰일이었소. 어쨌든 다나카 군도 지금은 많이 커서 이제는 중견작가입니다. 어떻습니까 그를 불러 우리들이 한번 모일 테니 그 때도 꼭 와 주시죠."

"그럼요 물론 가고 말고요."

"그런데 사실은 말입니다. 다나카 군은 오무라 군과는 대학 동창으로 매우 사이가 좋지요."

그는 몸을 뒤로 젖히고 갑자기 진지한 표정을 지었다. "그래서 나는 다나카 군에게 오무라 군을 설득하게 해달라고 할 생각입니다. 즉 예술가를 이해시키는 겁니다. 그렇소 그것은 확실히 파리 아가씨 안나와 만났던 것 이상으로 중대한 일이오. 그렇게 하면 반드시 나를 절에 보내지 않고 일이 매듭질 것이라고 생각하오."

"그렇군요. 그게 좋겠어요. 그렇게 하시면 되겠네요." 여류 시인은 어깨를 흔들면서 숨도 가쁘게 마음속에서 우러나온 기쁨을 표현했다. "정말로 그렇게 되면 좋겠어요."

사실 소설가 현룡도 그렇게 나쁜 인간이 아니고, 본성이 약한 겁쟁이로 문학적 재능도 조금은 타고난 편이라 할 수 있다. 다만 오랜 기간 어찌할 수 없는 궁핍과 고독과 절망이 그의 머리를 착란시키고야 말았다. 게다가 현재의 조선이라고 하는 특수한 사회가 그를 점점 더 혼미한 구렁텅이로 밀어 넣었다. 일종의 성격파탄 때문에 아버지나 형에게도 의절 당해서 학업을 마치지 못하고 생활비도 마련하지 못했다. 동경에서 보낸 십오 년간의 생활은 그것이야말로 실로 가엾게도 들개와 다를 바 없었다. 특히 딱한 것은 자기가 아무리 조선인임을 어떻게든 감추려 해도, 그의 골상이나 용모가 틀림없는 조선인임을 말해주고 있어서, 하숙을 얻으려 해도 제일 먼저 얼굴이 문제였고 게다가 너덜너덜한 바지차림으로 찾아갔기 때문에 바로 거절당하고 말았다. 그래서 그는 갑자기신의 계시라도 받은 것 마냥 고육지책으로서 자신이 조선 귀족 집안의 아들이고 게다가 문학적으로도 천재일 뿐만이 아니라 조선 문단에서는 일류 작가라는 소문을 사방에 퍼뜨리고 다니기로 했다. 그는 그것으로 조선인이라서 쓸데없이 당해야 하는 멸시와 거북함을 다소나마 완화시켜, 조금이나마 생활면에서도 도움이 되게 할 심산이었다. 그런데 기적적인 일은 그 방법이 완전히 주효해서 차례차례 두세 명의 여자가 후원자로 나섰다. 그리하여 이러니저러니 하는 사이에 일이 년이 흘러갔고, 그는 정말로 자신이 완전한 조선 귀족이며 또한 문학적인 천재라는 착각을 하기에 이르렀다. 하지만 문학의 길만은 어찌해 보아도 생각대로 되지 않아 고민을 하던 참에 어느 해인가 여자를 칼로 벤 죄로 송환을 당하였고, 결국 자포자기 하는 심정으로 조선에 돌아왔던 것이다. 그로부터는 조선어로 기괴함을 뽐내기라도 하는 듯한 혹은 음란함의 극치를 보여주는 문장을 써서 저속한 잡지 여기저기에 글을 팔러 돌아다녔다. 온갖 휴대품을 넣는 자루에는 언제나 원고를 넣고 메고 다니면서, 바나까페에서 소란을 피우다 순사에게 잡혀 직업이 뭐냐는 심문을 당하면, 득의양양하게 문사 현룡이외다 하고 함부로 지껄였다. 초대 받지도 않은 모임에 나타나서 입을 벌리면, 프랑스어나 독일어 라틴어 가운데 희미하게 기억하고 있는 단어를 엉터리로 지껄이고, 사람들 앞에서는 자신이 유도 초단 이상이라고 하면서 가슴을 펴 보였다. 그리고 항시 동경 문단에서 자신이 얼마나 큰 활약을 했는지 장황하게 자랑을 늘어놓았다. 그것이 마치 현재 조선에서 자신의 위상을 높여주기라도 하는 것 마냥 생각하는 듯, 만사가 모두 이런 형국이므로 점차 세상 사람들은 그를 미친놈으로 취급하여 상대도 하지 않게 되었는데, 그러면 그럴수록 그는 그것이 쏙 마음에 든 양 더할 나위 없이 기뻐하며 진정한 천재야말로 속인들에게는 받아들여질 수 없는 법이라고 큰소리를 쳤다. 하지만 그의 본성이 차차 탄로남에 따라 결국 비속한 저널리즘조차도 그의 문장을 받아주지 않게 되어, 문화인들은 서로 결속해서 그를 문화권 밖으로 추방하려고 했다. 이렇게 꼼짝도 못하게 된 그때부터 그는 술을 마셔도 유도 이야기는 뼁긋도 하지 않았고, 언제부터인가 아무한테나 네놈이야말로 감옥에 처넣어야 한다고 엄포를 놓아 겁을 주며 부르짖게끔 되었다. 동시에 그는 어떠한 일이라도 저지를 수 있는 사내로서 모두가 그를 두려워하기 시작했다. 이러한 사내에게조차 만일 시국적인 말로 협박을 해오는 한에는 벌벌 떨지 않으면 안 되는 노릇이니, 조선 문화인들에게 이 얼마나 한탄스러운 일이란 말인가. 그러면 그럴수록 현룡의 마음은 점차 더 황막해져서 이 일대에서 한층 폭행과 공갈과 외설적인 행위를 일삼게 되었는데, 이번에는 순사에게 검문을 당해도 깔깔 거리며 내 신상은 오무라 군에게 물으라며 호통을 치는 것이었다.

그가 이렇게 남 앞에서 언제나 군을 붙여서 불러대는 오무라라고 하는 자는, 사실 조선민중의 애국 사상을 심화하기 위해 발행되던 시국 잡지 U의 책임자이다. 내지에서 건너온 지 얼마 되지 않은 본래 관리 출신으로, 조선과 그 문화 사정에 어두웠던 그는 처음으로 접근해온 현룡이야 말로 그의 말 그대로 조선 문단을 실제로 짊어지고 있는 소설가이며 또한 그 성격 파탄에 가까운 구석이야말로 확실히 비범한 예술가이기 때문이라고 철썩 같이 믿어버렸다. 그리하여 절망 속에 빠져있던 현룡은 손쉽게 오무라에게 뽑혀서 중용되었던 것이다. 그런데 호사다마라고 하였던가 그로부터 얼마 지나지 않아 현룡은 지극히 기묘한 연유로 스파이 혐의를 받고 헌병대에 검거되었다.

마침 어느 화창했던 오후 그는 늘 가곤하던 혼마치 거리에서 젊고 요염한 프랑스 여성 안나로 칭하는 여자를 만났다. 그는 용기를 내어 보나미라던가 마드모아젤, 위메르씨 등의 서투른 말을 늘어놓으며 다가갔다. 파란 눈의 여자도 꽤 알아들은 듯 더듬거리는 일본어이지만 자신은 유람을 하러 왔는데 헤매고 있다고 말하며 살포시 웃어 보였다. 그는 점점 우쭐해져서 사방팔방 그녀를 데리고 다니며 길가는 행인들에게 들으라는 듯이 봉쥬르, 트레비앙, 보걀르송, 스스와르 등의 알고 있는 프랑스어를 전부 외쳐댔다. 그리고 일부러 헌책방에 잡아끌어 들어가서는 자신의 프로필이 나와 있는 삼류 잡지를 찾아내서 그라비아17) 페이지를 열고 이게 누구인지 알고 있냐며 득의양양하게 자신의 사진을 손가락으로 가리켰다. 그녀는 우와 하며 놀라는 시늉을 한다. 그러자 그는 마음속으로 흐뭇해서는 갑자기 사람 눈을 피해 그 사진을 뜯어내서 억지로 그녀의 핸드백에 우겨 넣었다. 그 후 안나가 두만강 국경에서 스파이로 검거되어, 그의 사진이 그녀의 수중에서 나온 연유로 같은 혐의를 받고 유치(留置)되었다. 그 결과 큰일이 날 뻔한 것을 오무라가 관청의 힘을 빌려 백방으로 해명하고 뛰어다닌 결과 자유로운 몸이 되었기 때문에, 그는 오무라에게는 일생일대의 은혜를 느끼게 되었던 것이다. 그것이 아니라 해도 현재의 그는 조선의 일반인들에게도 들개와 같은 취급을 받아서 오무라에게조차 버림을 받는 날에는 길바닥에서 죽는 수밖에는 뾰족한 수가 없었다. 하지만 지금은 이미 조선에서도 애국열(愛國熱)이 점차 높아져서 소기의 목적이 거의 달성되어 가고 있는 판국에, 애국주의를 내세워 사회의 안녕을 해치고 가는 곳마다 악행을 일삼는 현룡을 그대로 쓰는 것은 오무라의 위신과도 관계되는 일이라고 아니할 수 없었다. 사실은 현룡에 관한 사직 당국과 관계된 비난 공격이 심해서 경찰에서도 슬슬 내사를 시작한 것이었다. 그래도 오무라는 차마 경찰에 넘길 수는 없다는 마음과 타고난 천성인 깊은 신심(信心)에서, 절에 가서 좌선 수행을 해서 근신하는 모습이라도 보이라고 명한 것이다. 사태가 여기까지 이르자 현룡은 그 명령을 거부할 수 없게 되었다. 마침내 요이틀 사이에 출가하지 않으면 안 됐다. 그런고로 요사이 동경의 작가인 동시에 또한 오무라의 동창인 다나카가 경성에 들른 것에 모든 희망을 걸고, 자신이 자유롭게 활보할 수 있도록 여러모로 오무라를 설득해 줄 것을 부탁하려던 것이다. 그러므로 파리 아가씨 안나와 만났던 것 이상

---

17) 그라비아(일본어 : グラビア)는 요판 인쇄를 가리키는 프랑스어 그라비어(프랑스
　　어 : gravure)에서 파생된 단어이다.

으로 중대한 일임은 두말할 나위가 없다.

　"나 지금부터 오무라 군을 찾으러 종로 뒷골목 쪽에 가보려 하오. 자아 한번 나가 보실까요."

하고 현룡은 갑자기 기운이 나서 토스트를 한 번에 두 조각이나 입안에 쑤셔 넣으면서 엉덩이를 들었다.

　"저도 같이 갈래요. ……아 그건 됐어요."

　여류 시인은 이렇게 말하며 그의 손에서 계산서를 뺏으려 일어서다가 어찌된 연유에서인지 갑자기 표정이 굳어지며 돌덩이처럼 굳어졌다. 곧 그녀는 조금 주뼛거리기 시작했다. 어럽쇼 하고 현룡이 돌아보니 입구 쪽에 사각모자를 눈까지 내려쓴 키가 껑충 큰 대학생이 새파랗게 질린 얼굴을 하고 우두커니 서 있었다. 그리고 힐끗 현룡을 노려보았다. 그때 갑자기 정신사나운 스페인 민요 레코드판이 멈춰서 사람들의 시선이 일제히 이 세사람 쪽으로 쏟아졌다. 문소옥은 갑자기 허둥지둥 대며 몸을 돌려서 입구 쪽으로 가서는 문을 열고 젊은 대학생을 끌고 가듯이 밖으로 나가버렸다. 현룡은 만신창이가 된 듯 망연히 한동안 서서 그것을 바라봤다. 뒤쪽에서는 모두가 킥킥대는 소리가 들렸다. 그런데 다시 삼사 분도 지나지 않은 사이에 그녀는 황급히 그에게 달려와서는, "제 사촌 동생이에요."라고 몹시 기침을 해가며 작은 소리로 외쳤다. "연극 보러 가기로 약속했던 것을 완전히 잊어 버렸지 뭐예요."

　흠칫 놀라 생각하고 있는데,

　"내일 아침 찾아뵐게요."

하고 그녀는 그의 귓가에 그렇게 속삭이더니 다시 뛰어 나갔다.

　"기다려요. 기다려!"

하고, 그는 뒤에서 다급하게 낭패한 듯이 외쳐가며 손을 흔들면서 밖으로 뛰쳐나갔다. 하지만 이미 밖은 어두운 저녁 무렵이라 두 사람의 그림자는 어디로 간 것인지 이미 묘연히 사라지고 없었다.

3

　"젠장 재수없게시리. 빌어먹을! 어디 두고 보자."

등등의 욕설을 퍼붓고, 소설가 현룡은 어깨를 움츠린 채로 몇 번이고 중얼중얼 거리며 조선인 거리 중에서 가장 번화한 종로통을 향해서 꽤나 들뜬 걸음을 옮겼다. 저 창부 년까지 나를 업신여기다니 정말 웃기고 있군 하고 그는 혼잣말을 했다. 어째서인지 귀중한 수중의 보물을 빼앗기기라도 한 듯한 기분이 들어서 어찌할 바를 몰랐다. 그러자 여느 때처럼 그녀의 조화롭지 못하게 긴 몸통 아래 이어지는 이상하리만치 커다란 엉덩이가 눈앞에 어른거리고, 그것을 향한 뜨끈한 피가 끓어올라 콸콸 흘러넘치는 애가 타는 쾌감을 느꼈다. 그는 혼자서 숨이 막혀 와서 꿀꺽 소리를 내며 마른 침을 삼켰다. 그때 퍼뜩 어찌된 일인지, 그는 귓가에 그녀가 속삭이는 소리가 들려온 듯한 생각에 흠칫 놀라서 뒤돌아보았다. 그렇지만 물론 거기에는 문소옥의 그림자조차 있을 리가 없었고, 다만 길가는 사람 중의 한 사람이 수상쩍은 듯이 멈춰서서 그의 모습을 쳐다봤다. 젠장 재수없게 하고 그는 다시 욕설을 중얼거렸다.

　조선인이 경영하는 커다란 흰 벽 건물로 된 은행 앞을 지나 어느 틈인지 종로 네거리 쪽으로 가까워졌다. 갑자기 주변이 소란스러워졌고, 인력차가 달리고 자동차는 흐름을 이루며 달려가고 전차는 답답하다는 듯이 경적을 울려댔다. 화신 백화점과 한청(韓靑)빌딩18)과 같은 고층 건축물을 기점으로 동대문 쪽을 향해 큰길을 끼고 근사한 건물들이 해협

---

18) 화신 백화점은 1935년 5월 5일 기공하여 1937년 11월에 전관(全館)을 완공하였다. 건물의 규모는 대지 324.8평에 지하 1층 지상 6층의 연건평 2,034.4평의 고층건물이다. 근대식 빌딩으로 훨씬 세련되고 개방된 모습을 보이는 근대 건축물이다. 1층 외벽은 화강석을 두르고 현관 주위는 대리석으로 꾸며 웅장한 감을 주었다고 한다. 설계자는 박길용(朴吉龍)이다. 한청 빌딩은 화신 백화점 바로 맞은 편에 있었다. <사상계>가 자리 잡았던 곳도 한청빌딩이다. 당시 주소는 종로구 종로 2가 100번지이다. 화신 백화점의 현재 위치는 삼성증권 건물이다.

처럼 늘어서 있었다. 마침 네거리 모퉁이에 서있는 구세기 유산인 종각 앞에 이르자, 웅크리고 있던 늙어빠진 걸인들이 손을 내밀었고, 꾀죄죄한 걸인들의 자식들은 어디서부터라고 할 것도 없이 메뚜기처럼 떼 지어 몰려왔다. 올해는 확연히 걸인이 늘었다. 그는 거세게 손을 휘저으며 아이들을 쫓아버렸다. 한청 빌딩 앞 근처 보도에는 이미 야점(夜店)이 나와 있고 인파로 붐비는 데다가 장사꾼들의 호객 소리가 왁자지껄 하게 울려 퍼지고 있다. 마침 그 야점 옆 입구 부근에는 구경하기 좋아하는 치들에게 둘려쌓인 채로 흰 두건을 두른 시골뜨기 사내가 술이 곤드레만드레 취한 듯 손을 저으며 무언가 목에 걸린 듯한 목소리로 연방 아우성쳐댔다. 대체 어찌된 일인가 하고 목을 내밀고 들여다보자니 그 사내 옆에는 지게가 세워져 있고, 거기에는 커다란 복숭아꽃이 잔뜩 달린 가지들이 실려 있었다. 그래서 지게가 꽃다발에 파묻힌 듯한 모습이고, 고개를 떨군 꽃들은 너무나도 애처로워 보였다.

"제가 여편네를 얻은 해에 둘이서 이 복숭아 나무를 심었습네다만. 그 여편네가 죽어버렸습네다. 그 여편네가." 하고 시골뜨기 사내가 부르짖었다. "흰쌀로 만든 미음이 먹고 싶다 해서 지주님 있는 곳에 꾸러 간 사이에 죽어버렸습네다. 이보시라요. 제가 그 복숭아 가지를 우지끈 잘라 메고 왔단 말입네다. 사주시라요. 한 가지에 이십 전. 많이도 필요 없시요. 이십 전만 주시라요."

산처럼 모여든 사람들은 흥미로운 얼굴을 서로 마주보며 키득키득 웃어댔다. 현룡은 가슴에 손을 넣은 채로 인산인해를 헤치고 안쪽에 불쑥 모습을 드러냈다. 그리고 잠시 동안 눈꼬리를 내리고, 너무나 감개무량하다는 듯한 모습으로 찬찬히 복숭아 가지를 바라봤다. 왠지 모르게 가슴속에 찌릿찌릿 전달되어 오는 슬픔을 느꼈다. 그는 마치 무언가에 홀리기라도 한듯이 성큼성큼 지게 쪽으로 다가가서 가지 하나를 집어들고 물끄러미 집중해서 올려다보았다. 한창 만개해 흐드러지게 피어있는 담홍색 꽃이 스무 송이나 덩굴 모양으로 가지를 뒤덮고 있었다.

"자 나으리 하나 사 주시라요. 이 녀석들 싸게 팔아치우고 퍼마시고
확 죽어 버릴럽네다. 어라 모두 와 웃고 그랍니까. 사 주시라요. 웃지들
말라 안하오. 사 주시라요. ……헤 이런 고마울디가. 고맙습네다."

한 손으로 잔돈을 찾던 현룡이 백동화(白銅貨)를 두세 개 집어 들고 탁
던졌던 것이다.

시골뜨기 사내는 몹시 기뻐하며 머리를 땅바닥에 대고 넙죽 절을 했
다. 그것을 본체만체 현룡은 입을 다문채로 복숭아 가지를 어깨에 걸치
고 사람들을 헤치고 나가면서 다시 북새통 속으로 들어갔다. 그때 그는
자신의 모습에서 느닷없이 이렇다 할 연관도 없이 십자가를 짊어진 예
수 그리스도를 떠올리고, 자신에게도 그러한 순교자적인 비통한 운명을
느끼려고 했다. 자신이야말로 어떤 의미에서는 조선인의 고민과 비애를
한 몸에 짊어지고 서 있는 것과 같은 기분이 드는 것이었다. 참으로 조
선이라고 하는 현실에서야 말로 그와 같은 인간도 태어나고, 또한 사회
를 제 멋대로 휘젓고 다니는 것이 가능했다고 할 수 있다. '혼돈했던 조
선이 나와 같은 인물을 필요로 하여 만들어 냈고, 그리고 지금에 이르러
서는 그 역할이 끝나자 십자가를 메게 하고 있는 것이다'라는 자각에
다다르자 더욱더 슬픔이 북받쳐 올라와서 왈칵 통곡이라도 하고 싶을
정도였다. 하지만 그러한 것도 한순간, 보도를 가득채운 사람들이 놀란
듯이 모두 자신의 이상한 모습을 보고 있는 것을 눈치 채자, 오히려 이
번에는 태연스러움을 되찾아서 조금 득의양양해 졌다. '풋내기 시인, 창
녀 같은년. 네년이 따라왔다면 정말로 내 기상천외한 모습을 알 수 있었
을 텐데. 병신같은 계집년 같으니라고.' 그는 마음속으로 문소옥에게 밉
살스럽게 욕지거리를 퍼부었다. 야점 앞은 사람들로 붐벼서 매우 혼잡
한 상황이었다. 아까부터 거지 아이들 대여섯이 재미있다는 모습으로
뒤를 따라왔다. 그 가운데 갑자기 앞쪽에서 싸움이라도 벌어진듯 소란
스러워졌기 때문에, 그는 그것을 피할 요량으로 조금 되돌아와 예수서
관(書館) 옆에서 꺾어져 어두컴컴한 골목길로 들어갔다. 거지 아이들은

이때다 싶은지 다시 한 번 그의 옆에 달라붙어서는 손을 내밀고,

 "나으리 한 푼 베풀어 줍쇼."

 "베풀어 줍쇼"

하며 애처로운 목소리를 짜냈다. 그는 금세 울적해져서는 은화를 한 개씩 대여섯 개 주었다. 아이들은 기성(奇聲)을 내지르며 어둠 속에서 머리를 서로 부딪치면서 발버둥쳐댔다. 현룡은 그것을 뒤돌아보고는 히히히 하고 웃었지만, 갑자기 감정이 북받쳐 올라와서 당황하여 팔을 올려 얼굴을 훔쳤다.

 뒷골목으로 나가면 거기가 이른바 종로 뒷골목으로 카페, 바, 선술집, 오뎅집, 마작, 아가씨 주선집, 음식점, 여관 등이 눈을 반짝반짝하며 빛나고 있든가, 입을 열기도 하고, 뒷걸음을 치기도 하고, 땅바닥에 착 달라붙듯이 웅크리고 있기도 했다. 레코드가 끽끽대는 소리를 내며 시끄럽게 주변 한곳에서 윙윙대고, 양복이나 흰옷 차람의 사람들이 배회하고 있었다. 경기가 좋은 상인이나, 총독부 부근의 조선인 고용원, 무직이면서 돈은 좀 있는 청년, 모던보이, 그리고 까페 음악가, 바의 맑시스트 등이 밤에는 자주 이 일대에서 기염을 토하고는 했다. 그 가운데는 거금을 뿌리기 위해 온 금광 부자도 있다. 드디어 목적지에 도착했다고 현룡은 생각했다. 가령 다나카가 오무라의 안내를 받지 않았다 하더라도 누군가의 안내를 받아 꼭 이 부근으로 조선색(朝鮮色)을 만끽하기 위해 와 있음이 틀림없었다. '되도록 오무라 군과 함께 있지 않기를……' 이라고 그는 염원하면서 술집 한 곳 한 곳에 목을 들이밀고 찾아 볼 심산이었다. 그 뒤를 역시 아이들이 히죽히죽 웃으면서 따라온다. 그는 설령 자신을 존경하는 자가 제 아무리 잡아끌어도 결단코 한눈을 팔지 않으리라 굳게 결심했다. 그런고로 카페 종로회관의 문을 열자마자 누군가가 이보게 현 선생 하고 소리 쳤을 때도, 그는 헤헤헤 웃기만 하고 걸음을 돌렸고, 바 신라 안 창문을 열어 들여다 봤을 때, "미친놈 거지 같은 놈!"이라는 욕설을 모두한테 들었을 때도 그는 단지 자신이 유도 초

단이라는 것만을 떠올릴 뿐으로 실실거리며 자리를 떠날 뿐이었다. 한 곳은 무심코 뛰어 들어갔는데, 한복에 양복을 가직각색으로 차려입은 여자들이 꽃을 달라고 덤벼들었다. 그럼에도 그는 여자들 엉덩이 한 번 토닥여보지 못하고 꽃을 두세 개 던져 주면서 가까스로 도망쳤는데, 이처럼 이 일대를 서쪽에서부터 동쪽에 이르기까지 거의 이 잡듯 뒤지고 다녔음에도 아무래도 다나카 일행은 눈에 띄지 않았다. 그는 마침내 초조한 기분에 사로잡혀, 막연한 얄미움과 분노를 어찌할 바 몰라했다.

현룡은 다시 이렇다 할 목표도 없이 안짱다리를 무거운 듯이 끌면서 찾아 다녔다. 이번에는 곳곳에 머리를 들이밀고 여자들에게 물어보기조차 했다. 하지만 대강해도 두 시간 정도 찾아 다녔지만 전혀 발견할 기색도 보이지 않은데다 피곤함이 심하게 몰려와서 공복을 느낄 뿐이었다. 결국 우미관(優美館)19) 주변의 꽤나 적막한 곳까지 왔을 때는 한걸음도 걸을 수 없을 정도로 녹초가 되어, 우선 그 주변의 한 허름한 선술집에 기어들었다. 먼지가 많아 보이는 밝은 곳에는 초라한 행색의 사람들이 두세 명씩 짝을 지어 와자지껄 소란을 떨면서 잔을 주고받고 있었다. 현룡은 복숭아 가지를 어깨에 올려놓은 채로 모두가 놀라워하는 시선을 한 몸에 받으면서 중앙 정면 쪽으로 느릿느릿 걸어갔다. 앞쪽에는 기다란 판자로 된 카운터가 붙박혀 있었는데, 그 맞은편에 깔끔하게 생긴 여자가 오도카니 앉아 있었다. 그는 카운터에 내준 커다란 잔을 받아 들고 누리끼리한 색이 나는 약주를 여자가 따라주자마자 한 잔을 벌컥 들이켰다. 그것은 묘하게 시큼한 맛이 났다. 그는 고개를 들고 주변을 한 번 흘낏 둘러 봤는데 누구 하나 아는 사람이 없었다. 다른 사람들은 그와

---

19) 한국 최초의 상설 영화관으로 1910년에 설립되었다. 2층 건물에 1,000석 규모의 영화관이었다. 1910년 일본인에 의해 종각 부근(서울 종로구 관철동)에 '고등연예관'이라는 이름으로 세워져 15년 '우미관'으로 개칭되었다. 개관 당시 극장은 2층 벽돌 건물에 1,000명 가량이 관람할 수 있는 긴 나무의자가 마련되어 있었으나, 항상 2,000명이 넘는 관람객으로 들어 차 '우미관 구경 안하고 서울 다녀왔다는 말은 거짓말'이라는 말이 생길 정도로 전국에 알려졌다.

시선이 마주치기라도 하면 깜짝 놀란 듯 입을 꾹 다물고 모른 체를 했다. 그 때문에 현룡은 더욱 기분이 언짢아져서 좀 더 옆으로 가 옆쪽에 놓여 있던 망을 쳐놓고 통 속에서 요리 중이던 돼지 족발을 꺼내들고 우적우적 게걸스럽게 씹어 먹기 시작했다. 그곳은 조선 특유의 싸구려 술집으로 밥공기만한 크기의 잔에 술안주까지 곁들여서 단돈 오 전으로 마실 수 있었다. 그는 그토록 좋아하는 노골적인 음란한 농담조차 한 마디 할 겨를도 없이 선 채로 몇 잔이고 들이켰다. 밖에서 포렴(布簾) 속에 쑥쑥 고개를 밀어 넣고 그가 나오는 기색을 살피던 거지 아이들도 결국 포기하고 어느새 어딘가로 사라지고 없었다.

그는 이렇게 마시기 시작하면 이명이 들리고 다리가 움직일 수 없을 때까지 곤드레만드레 취하지 않고는 직성이 풀리지 않는 성격이다. 하지만 그가 만취하려면 이 약주로는 적어도 육십 잔은 마시지 않으면 안 됐다. 이렇게 한 잔 또 한 잔 술잔을 기울여 가는 사이에 취기가 돌아 몸이 나른해지면서 취기가 전신에 돌아서 점차 가슴을 짓누르는 듯한 슬픔이 그를 엄습해 왔다. 오늘밤 중에 어떻게 해서든지 다나카를 붙들지 않으면 안 된다. 그렇지 지금부터 완전히 만취해서 밖으로 나가 조선 호텔로 들이닥쳐 보는 거다. 그리고 다나카에게 도움을 청하면 만사가 좋게 풀릴 것임에 틀림없다. 이렇게 생각하자 왠지 자신이 절에 맡겨진다는 것이 갑자기 비참한 희극으로까지 느껴져서 견딜 수 없었다. 자신도 저 바가지 같은 빡빡 머리 중이 되어 승복을 몸에 걸치고, 콧물을 자주 훌쩍거리는 바닷거북처럼 대머리를 한 중 앞에서 매일 밤마다 염주를 목에 두르고 얌전하게 도를 닦지 않으면 안 된다니. 그는 이 비통함을 날려버리듯이 묘하게 목에 걸린 듯한 새된 소리를 내며 저 혼자 웃어봤다. 하지만 그는 자신의 웃음소리에 깜짝 놀라 당황해서 어깨에 걸치고 있던 복숭아 가지를 가슴에 안고 가만히 숨을 가라앉혔다. 잠시 그러고 있자니 마음은 고요하고 몸이 녹아버릴 것 같아서, 문득 어렴풋하게 한 줄기 빛을 띤 여러 여자들의 환영이 종잡을 수 없이 어찔어찔하게 움직이는 것이 보였다. ×××××20) 메론 뺨을 한 여자. 그 뒤에서 여류 시인이 씩 웃고 있다. 입을 살짝 오므리고 내일 아침에 갈게요 라고 속삭이고 있는 것처럼 들려온다. 그렇다 오늘밤은 무슨 일이 있어도 저 구질구질한 하숙 쪽방에 돌아가서 그녀를 기다려야 하는데……. 그러자 그녀의 물로 씻어낸것 같은 ×××××××21)가 공중에 떠올라서, 그것이 점점 팔을 벌리고는 뜨겁고 숨막히는 듯 숨을 내뿜으며 자신의 몸을 덮쳐 오는듯한 착각이 들었다. 그런데 다나카는 도대체 어디에 있단 말인가. 그는 이처럼 현실과 몽상 사이를 우왕좌왕 하는 사이 이번에는 또 난데없이 다나카의 여동생인 아키코(明子)를 생각해 냈다. 다나카도 그 무렵에는 일개 문학청년으로 고생을 하고 있었는데, 함께 사는 여동생은 여대에 다니던 아름다운 처녀였다. 당시 그는 열과 성을 다해 정열을 기울여 그녀를 사랑한다고 생각했지만, 다나카와 그녀는 자신에게 좋은 감정을 갖지 않은 것은 물론이고 경멸하기까지 했던 것이다. 그는 곧잘 일 리나 떨어진 아키코가 사는 곳까지 걸어가서는 여러 가지 대담하기 짝이 없는 짓을 벌였는데, 그녀는 그의 철면피에다가 이상스러운 정열을 업신여길 뿐이었다. 조선의 귀족으로 천재라고 하는 것도 그녀에게는 조금도 효과가 없었다. 이런 식으로 매일 그녀의 쌀쌀맞은 반응을 보고 돌아오는 밤길이면 예전부터 알고 지내던 여급(女給)의 거처에 가서 자곤 했다. 그가 이 여급을 칼로 베어서 상처를 입한 것은 드디어 결심을 하고 다나카가 없는 틈을 타서 아키코를 덮친 것이 실패한 그 밤, 귀로에서였다. 그 때문에 내지에서 추방되어 조선에 송환당한 후 간신히 교섭을 해서 오락 잡지 등에 기고를 하게 되었는데, 그는 공상을 부풀려 이 젊은 사랑의 경험을 신비화해서 아키코라고 하는 미모에 순정을 갖고 있는 처녀에게 열렬한 사랑을 쏟았다는 등의 이야기를 발칸의 지사

---

20) 원문에는 복자가 아니라 글이 지워진 채로 공백 그대로 있다. 5자 정도가 지워져 있다.
21) 원문에는 8자 정도가 공백이다.

인살로프와 러시아의 처녀 엘레나 간에 있었던 연애이야기를 모방해서 여기저기에 연이어 써댔던 것이다. 그래서 사람들도 이것만은 거짓말이 아닐 것이라고 믿었고, 본인 또한 몇 번이고 쓰는 가운데 그것이 실제 있었던 것 마냥 착각까지 해서 지금은 아름다운 추억이 되기에 이르렀다. 아~ 아키코는 지금 무얼 하고 있을까. 빨리 다나카와 만나서 물어보고 싶다. 모든 것이 지금에 와서는 자신을 슬프게 하는 것들 뿐이지 않은가.

갑자기 머리가 어질어질 하고, 무언가 거듭해서 엉뚱한 짓이라도 저지를 것 같은 기분이 들었다. 느닷없이 또한 아까 만났던 시골뜨기의 절망적인 아우성쳐대는 소리가 들려오는 것만 같았다. 자신이야말로 그 시골뜨기마냥 구원 없는 절망의 구렁텅이에 빠져서 발버둥치고 있는 인간임에 틀림없다. 음란한 말도 이미 쓸 대로 다 썼고, 허풍을 부려도 누구하나 믿어주지 않는다. 쥐꼬리만큼 알고 있는 독일어 단어도 이미 몇 번이고 반복해서 써먹었으며, 열세 단어 정도를 대충 외운 라틴어도 열세 번도 넘게 말했으며, 프랑스어는 말할 것도 없다. 문장 마지막에 반드시 FIN이라는 글자를 넣었는데 이제는 청탁이 뚝 끊겼기 때문에 그것도 끝이 났다. 유도가 초단 이상이라고 겁을 주는 것도 아무래도 효력이 사라졌으며, 요즘 세상에는 이단 삼단은 말할 나위도 없이 무시무시한 권투 선수까지 우글우글하다. 집도 없고, 처도 없고, 아이도 없고, 돈도 없다. 마지막으로 그가 기댈 곳은 애국주의라고 하는 미명하에 숨어서 모든 것을 향해 복수를 꾀하는 것뿐만이 아니라, 위세 있는 오무라의 비호를 받는 것이었다. 하지만 조선 문인들 사이에서도 팽배해 있던 시국 인식 운동이 고양되고, 선명한 물보라를 날리며 그들이 자신을 추월해버렸다. 그것을 떠올리자 이를 갈만큼 다른 무리들이 증오스러워서 견딜 수 없었다. 지금에 와서는 네놈을 감옥에 처넣어 줄테다 하는 공갈도 먹히지 않았다. 그에게 남겨진 것은 여기저기 공갈을 치고 다니며 한 푼 없이도 술을 마실 수 있는 입밖에는 없었다. 그것이 괘씸하다며 오무라는 절로 들어 가라고 명령을 했던 것이 아니겠는가. 이제 오무라에게까지 버림을 받는 다면 아무데도 갈 데가 없는 인간인 것이다. 현룡은 부려 먹을 만큼 부려먹고 이제 와서 새삼스럽게 자신보고 절로 가라는 명령을 내린 오무라가 얄미워서 견딜 수 없었다. 하지만 기력이 몹시 소진해서 복숭아 가지를 바닥에 떨어뜨리고, 그는 눈물까지 글썽거리며 더욱 침울해져서는 술잔을 기울이기 시작했다.

4

한 열시쯤 됐을까, 현룡은 거의 고주망태가 되도록 취해 뻗어 버렸다. 손님은 쉴새없이 오가며 바뀌고 소란스러웠는데 얼핏 뒤쪽에서 또 새로운 손님이 들어오는 기척이 나더니 시원시원하고 분명한 내지어가 들려왔다.

"지극히도 느릿느릿한 조선인 술집치고는 퍽 재미있고 떠들썩한 곳이지요."

어럽쇼 어디선가 들어본 듯한 목소리가 아닌가 라고 생각하며 현룡은 잠자코 귀를 쫑긋 세웠다.

"뭐 내지로 말할 것 같으면 커다란 야키토리야[22]라고도 말할 수 있습니다만. 그 형편없는 요보(鮮人)[23] 놈들로부터 해방된 후련한 기분으로 조선술이라도 마셔 보시지 않으시렵니까? 정말 보통 힘든 게 아닙니다."

새로 들어온 사내 둘은 현룡 옆에 나란히 앉았다. 이렇게 말하는 사

---

22) 야키토리야(燒鳥屋)는 꼬치구이집이다.
23) '요보'는 당시 '여보'의 일본어 읽기로 조선인을 차별적으로 부르는 명칭 중 하나였다. 이 외에도 '센징(鮮人)', '죠센징(朝鮮人)' 등이 있다. 원문 한자에 달려있는 '토'대로 번역을 했다. 기존 번역에서는 이 부분이 '센징'으로 되어 있고, '요보'는 생략되어 있다.

내는 지금까지 그들의 뒤를 졸졸 따라다니고 맴돌면서 다나카에게 센세(先生) 센세 하며 굽실굽실 대던 사대적인 퇴물 조선인 문학자들을 말하고 있음에 틀림없었다. 현룡은 경계하듯이 고개를 움츠렸다.

"그래도 흐음 재미있지 않은지요. 저런 인간들과 만나서 이야기를 해 본다는 것도……실제적인 대륙 기분이 나서 말이지요."

확실히 이 거드름을 피우는 탁한 목소리는 다나카임에 틀림없다고 현룡은 부르르 귓불을 꿈틀거렸다.

"어허 그걸 진심으로 하는 말입니까?"

하고, 안내를 맡은 사내는 꽤나 못 마땅한 듯 소리쳤다. "당신은 묘한 것에 감탄을 하시는구만."

"아니 그 정도라고 할 것도 없습니다만……허나 실제로 그 사람들은 자기네들이 말하는 것처럼 정말로 문단이나 극단 등에서 상당한 활약을 하고 있는지요?"

"그렇죠. 저 치들이 일류입니다." 하고, 안내하는 방금 전의 사내가 안달이 나서는 사실을 왜곡해서 말하는 것이었다. "이제 와서 요보들의 작품이 내지어로 번역된 것을 읽어 보고 저는 우선 안심했답니다. 완전히 안심했습니다. 그 정도라면 저와 같은 생무지라도 쓸 수 있지요. 조선의 지방적인 문화도 역시 이곳에 와 있는 우리들의 손으로 쌓아 올려야 할 필요가 있지요. 그건 그렇고 한 잔 하시지요."

다나카는 이렇게 말하며 잔을 들어 올렸다.

겨우 그때가 돼서야 현룡은 옆에서 겁이 나는 듯이 목을 내밀고 당황한 듯이 몽롱한 눈을 비비고 그쪽을 바라보고는 입을 빠끔히 벌렸다. 정말로 그것은 틀림없는 동경의 다나카였는데 어느 관립 전문학교 교수인 쓰노이(角井)의 안내를 받고 있었던 것이다. 잔을 입가로 가져가던 두 사람도 현룡을 알아보고는 깜짝 놀랐다.

"이야 다나카, 다나카!" 하고 현룡은 소리치면서 큰 손을 벌려서 바로 옆 홀쭉한 몸에 매달려 버렸다. 다른 손님과 여자는 모두 소스라쳐서 눈을 치켜뜨고 이 괴상한 광경에 혼이 나갔다. 내지인을 그런 식으로 대해서 과연 괜찮을지 언짢은 기분마저 들었던 것이다. 다나카는 한 눈에 그것이 방금 전에 오무라나 쓰노이와 셋이서 화제로 삼았던 현룡인 것을 알았지만, 너무도 예상치 못한 곳에서 해후한데다가 갑작스럽고 엉뚱한 포옹에 당황하고 말았다. 무엇보다 숨이 막힐 것 같아 괴로웠다. 현룡은 그를 안은 채로 미친 것처럼 빙글빙글 돌고 있었다.

"괘씸해 괘씸해 나는 자넬 원망했다네. 정말로 원망했다고. 알려주지도 않고 오는 법이 세상에 어디에 있는가 말이야."

"미안하네. 미안해."

하고, 다나카는 도움을 청하기라도 하는 듯한 희미한 목소리로 중얼거렸다.

"자자 그럼 한잔 마시세. 잔을 들게나!" 현룡은 재빨리 옆으로 물러서서 잔을 들어 올렸다.

"이봐 다나카 군 난 자네가 조선에 들러 준 것에 감사한다네. 정말로 기쁘다네!" 다나카가 오무라와 함께 있지 않은 것이 무엇보다 기쁜 것임에 틀림없었다. 그는 다시 거의 매달리는 듯한 모습으로, "역시 자네가 와 주었군. 이 새로운 조선을 잘 관찰해 주시게. 부탁하네! 자 한잔 쭈욱 들이키게!"

그리고 흥에 겨워 야단법썩을 떤 나머지,

"자 쓰노이상 당신도 많이 드시지요" 하고 그의 등을 아플 정도로 두드렸다. 쓰노이는 현룡을 U지의 회의에서 두세 번 만났던 것뿐으로, 그렇지 이런 사내와 친한 것처럼 보이면 자신의 체통과 관련되는 문제라고 생각하는 것이었다. 원래 그는 대학 법과를 졸업하는 것과 함께 조선 구석에 와서 바로 교수가 되었는데 요즘에는 예술 분야 모임에까지 활개를 치고 나가는 등 내지인 현룡이라고 할 법한 존재였다. 돈벌이를 하려는 근성(根性)으로 조선에 건너온 일부 학자들의 통폐(通弊, 일반에 두루 있는 폐단—역자주)와 마찬가지로 그도 또한 입으로는 내선동인(內鮮同仁)을 주장하면서도 자신은 선택 받은 자로서 민족적으로 생활적으로도 남보다 갑절 낫다는 우월감을 갖고 있다. 하지만 다만 한 가지 예술분야 회합 등에 나가서는 자신이 조선 문인들처럼 예술적인 일을 아무것도 할 수 없다는 것에 열등감을 느끼고 그 반동으로 그들을 몹시 못마땅하게 생각하고 있었다. 그래서 특히 조선 문인들을 업신여기려고 작정을 하고, 내지에서 누군가 예술가라도 오기만 하면 현룡에게 뒤지지 않을 열정으로 수업마저 쉬고 외출해서, 정규 봉급 외의 돈을 아까워하지도 않고 여기저기 끌고 다니며 술을 먹여 가면서 사사건건 트집을 잡아서 조선인 험담을 학문적인 말로 늘어놓으며, 읽지도 않았으면서도 입버릇처럼 흠 저것을 보고 안심했다 하며 투덜댔다. 오늘밤은 특히 이렇게 누구보다 멸시해도 될법한 문인인 현룡과 만났기 때문에 바야흐로 그의 자존심은 더욱 치솟았던 것이다. 그래서 거보란 듯 과장되게 거들먹거리거나 체엣 하고 으르렁거리며 등을 돌려버렸다. 하지만 현룡도 보통내기가 아닌지라 그것은 거들떠보지도 않고 여전히 다나카를 붙잡고 놔주지 않은 채로 소리를 높이고 있었다.

"이보시게 다나카, 난 말일세. 자넬 찾아다니다가 완전히 녹초가 돼서 단단히 원망하면서 마셔대고 있던 참이란 말일세. 만나서 다행이네. 정말 육 년만이 아닌가. 그렇지 동생인 아키코 상은 건강한가? 난 지금도 아키코 상을 잊을 수가 없단 말일세."

다나카는 마음이 약하여 그가 되는 대로 떠벌여대는 말에 대충 응응하고 고개를 끄덕거리며, 입을 오므리고 약주를 조금 맛보는 척을 했다.

쓰노이도 혼자서 마침 두 잔째 술을 입가에 가져가는 참이었는데, 아키코 이야기가 나오는 통에 웃음을 터뜨리고 말았다. 그리고 그것만으로는 부족하다고 생각했던 것인지 하하하 하고 소리를 내어 홍소(哄笑, 입을 크게 벌리고 떠들썩하게 웃는 것-역자 주)했다. 조금 전 현룡 이야기를 하는 중에 그는 이 사내가 다나카의 여동생에게 가당치도 않은 행동을 해서 곤란했었다는 이야기를 들었었기 때문이다. 현룡은 언제나 다나카가 없는 틈을 노리고 그녀를 찾아가서는, 다나카의 도테라[24]로 갈아입고서 완전히 주인인 양 책상을 차지해 으스대고 있다가, 본래 주인인 그가 돌아오면 마치 손님이라도 맞이하는 듯한 태도로 이것 참 오랜만이네 하고 대했다는 이야기였다. 이것도 어느 날 저녁 때 일로, 다나카는 느닷없이 거리에서 현룡을 만났는데, 큰일이 있으니 달라해서 갖고 있는 돈을 깡그리 빼앗겼다고 하는 것이다. 그리고 후에 집에 돌아가 보니 현룡이 사과와 슈크림을 잔뜩 사와서 여동생에게 억지로 먹여 가며 낄낄 대며 끼뻐 하고 있었다고 한다. 쓰노이는 그것을 떠올렸던 것이다.

— 그렇지만 현룡은 지금 다나카를 만난 것을 생각하는 것만으로도 모든 슬픔과 괴로움이 사라지고, 가만히 있어도 기뻐서 점점 말이 많아졌다. 특히나 옆에 쓰노이도 있는데다, 지금까지 글을 쓸 때마다 마구 으스댔던 체면도 있는지라 작정을 하고 과감하게 나갔다.

"돌아가거든 시마자키(島崎)[25] 선생님께도 모쪼록 잘 전해주시게나. 그 작자는 조선에 돌아가서도 제법 잘하고 있다고 말일세."

혹은,

"도쿠다(德田)[26] 선생님은 건강하신가?"

그리고는,

"R군은 뭘 하고 있나?"

"D군의 부인은?"

하지만 다나카는 애꿎게도 시마자키 도손(島崎藤村)이나 도쿠다 슈세(德田秋聲)[27] 둘 다 친하게 지내는 소설가가 아니었기 때문에 횡설수설하며

---

24) 도테라(どてら)는 일본 동부지역의 방언으로 솜을 두텁게 넣은 의복을 말한다.

25) 시마자키 도손(島崎藤村, 1872~1943)은 낭만파 시인으로 출발하여, 소설가로「파계(破戒)」를 써서 유명해졌다. 김사량이 일본 문단에 등장했던 1939년 무렵은 문단의 대가였다.

26) 도쿠다 슈세(德田秋聲, 1872~1943)는 소설가로 메이지(明治) 시대부터 활동했다. 오자키 고요(尾崎紅葉) 문하에서 습작 활동을 하고 등장한 것으로 잘 알려져 있으며 서민과 여성의 삶을 그린 작품이 많다.

27) 이 부분이 김사량의 첫 번째 일본어 단행본「빛 속으로(光の中に)」에 수록될 때,

맞장구를 쳐줬다. 그는 요즘 슬럼프에 빠져 글을 쓸 수 없었기 때문에 유행을 타고 있는 만주(滿洲)에라도 가서 좀 여기저기 배회라도 하고 오면 다른 레테르가 붙어서 새로운 분야의 일을 할 수 있을지도 모른다고 생각해서 길을 떠났던 것이다. 그래도 떠날 때 한 잡지에서 '조선의 지식계급'이라는 문장을 써달라는 청탁을 받았기 때문에, 그는 방금 전까지 자신에게 센세(先生) 센세 하며 스스럼없이 따라와서는 주위를 맴돌던 저급한 문학 청년들을 흥미 깊게 관찰해서, 그들을 떠나보내고 나서는 오무라와 쓰노이에게 이런 저런 참고가 될 만한 의견을 들었던 참이었다. 특히 쓰노이의 인간학적인 설명에 따르면 조선 청년은 모조리 겁쟁이며 비뚤어진 근성이 있으며, 게다가 뻔뻔하고 당파심이 강한 족속이라는 것이다. 딱 들어맞는 좋은 표본이 다나카도 동경에서 알고 있는 현룡이라고 했다. 그런 까닭에 동경의 어느 저명한 작가인 오가타(尾形)가 경성에 들렀을 때, 오무라의 주선으로 조선 문인 몇 사람과 자리를 마련했을 때, 그 자리에서 그가 삼십분도 지나지 않은 사이에 현룡에게서 조선인 전부를 파악했다고 하자 오무라는 역시 날카로운 예술가의 형안(炯眼)을 보여준 것이라며 찬탄하고는 덧붙였다. 오가타가 여기에 조선이 있다고 외치면서 현룡을 가리켰을 때, 실로 조선 문인들은 완전히 아연실색하지 않을 수 없었다. 하지만 장본인인 현룡은 매우 득의양양하게 히죽히죽 웃으면서 마음속으로 기뻐했다. 다나카는 불과 한 이틀 머무르고 게다가 술에만 쫓겨 다녀서 관찰을 할 수 있는 상황이 아니었지만 오가타에게 지지 않을 정도의 신랄하고 독특한 관찰을 해서 써 보내지 않으면 안되겠다고 막 결심하던 차였기 때문에, 오히려 전부터 알고 있는 대표적인 조선인의 표본이며 쓰노이가 틀림없다고 보증해준 현룡을 느닷없이 만난 것을 다소 기뻐했다. 그는 쓰노이의 악의에 가득 찬 말에 조금도 의문을 갖지 않았다. 바야흐로 자신의 직관이 얼마나 날카로운

　시마자키 도손과 도쿠다 슈세가 'S'와 'T'로 바뀐다.

지를 보여줄 때가 당도하였다며 기를 써서 이번에는 조선 민족을 검분
(檢分)하는 것과 같은 언동으로 스스로 먼저 말을 꺼냈다.

"자넨 돌아가서 조선어로 소설을 쓰고 있다면서."

"그렇다네. 그렇고말고."라며 현룡은 마치 기다리기라도 한듯 기뻐서
어쩔 줄 모르고 소리쳤다. "난 조선에 돌아오자마자 훌륭한 작품을 연달
아 발표했다네. 처음에는 그 놈들이 조선에도 천재 랭보가 나타났다고
눈이 휘둥그레졌다네. 하지만 점차 내 독자가 늘고 지위가 높아지자 문
단 놈들은 나를 질투해서 매장시키려고까지 했네. 당최 자네도 보면 알
겠지만 조선인이라고 하는 자들은 어찌 할 수 없을 정도네. 알겠는가?
교활한데다가 겁이 많아서 당파(黨派)를 만들어 남이 잘 될라 치면 밀어
떨어뜨리려 한다네." 그때 쓰노이는 그보란 듯이 다나카를 향해 얼굴을
치켜 올렸다. 다나카는 끄덕였다. "그놈들은 내가 동경 문단에서 모두에
게 주목 받고 활약했다는 것조차 모른다니까." 그리고는 쓰노이 쪽을 훔
쳐보고, "무지하다네. 정말로 무지해!"

그는 내지인과 마주 할 때는 일종의 비굴함에서 조선인 욕을 줄줄 늘
어놓지 않고는 못 배기며, 그렇게 해서 비로소 자신도 내지인과 동등하
게 무언가 말을 할 수 있는 것이라고 굳게 믿고 있었다. 점차 현룡은 불
타올라 격렬하게 거친 숨을 쉬며 울부짖었다.

"나는 이처럼 구제하기 힘든 민족성을 생각하면 슬퍼서 견딜 수가 없
다네. 다나카, 이보게 자네는 이런 내 마음을 이해해 주겠는가!"

그는 소리를 내서 펑펑 울어 버릴까 생각하다가, 단지 손으로 얼굴을
가리고 흐느껴 울 따름이었다. 다나카는 완전히 감동해서는,

"알고말고 알고말고."

라고 말하며 함께 울고 싶은 기분이 돼서, 역시 조선에도 오길 잘했다고
생각하는 것이었다. 내지에 틀어박혀 있어서는 섬나라 문학(島國文學) 밖
에 할 수 없다고 말하는 것은 지당하다. 여기에 대륙 사람들이 고뇌하는
모습이 있다. 아무짝에도 쓸모없는 사내였던 현룡조차도 보다 커다랗고

본질적인 것을 위해 전신(全身)을 떨면서 고뇌하고 있는 것이 아니겠는가. 그렇다, 이것이야말로 조선 지식계급의 자기 반성으로 내지에 알리자. 오가타에게 내 통찰력이 질소냐 하고 힘을 주어 절절히 기쁨을 느꼈다. 지나인(支那人)을 알 수 없다고 하는 놈들은 더할 나위없이 어리석은 자들이다. 조선인을 불과 이틀에 파악한 이 기세라면 나는 나흘 정도에 충분히 파악해 보여야겠다 하고 마음속으로 외쳤다. 어쨌든 그러기 위해서라도 더욱더 현룡을 조선의 대표적인 인테리로 잡아서 쓰지 않으면 안 되겠다고 머릿속으로 구상을 짜고 있었다. 하지만 쓰노이에게 현룡은 너무나 우스꽝스러워서 견딜 수가 없었기 때문에, 마침내는 개가(凱歌)를 올리고 싶다는 기분이 들어서 의미심장하게 그를 힐끗 보고나서,

"오무라 군은 무척 늦는군. 자기 혼자 돌아 갔으려나."

라고 다나카를 향해 말했다. 그는 현룡이 오무라를 마치 번개처럼 무서워하고 있음을 잘 알고 있었다.

"엇 오무라 군?" 역시 현룡은 한순간에 술이 깬 듯이 눈을 크게 뜨고 벌떡 몸을 일으켰다. "오무라 군 오무라 군하고 함께 였나?"

"응 그렇다네. 이 근처에서 무언가 살 것이 있다고 했네만."

의아한 얼굴을 하고 대답하는 다나카의 이야기를 듣고, 아 이거 안 되겠군 하고 황망해하며,

"그렇군." 하고는 뜬금없는 말을 외쳤다. "그래서 난 오무라 군과 힘을 합쳐 조선민족을 개량(改良)하기 위해 노력하고 있다네. 문제는 간단하다네. 모든 조선인이 지금까지 갖았던 고루한 사상에서 벗어나, 동아(東亞)의 새로운 사태를 확인하고, 전적으로 야마토다마시(大和魂)[28] 세례를 받는 것이네. 그래서 난 사람들에게 미치광이라는 말까지 들으면서

---

[28] 본래 야마토다마시(大和魂)는 일본이 외래 학문을 받아들일 때 필요한 판단력과 능력 등을 지칭하는 개념이었다. 하지만 메이지 시대 이후, 일본 민족주의의 발흥과 함께 뜻이 전유되어, 일본의 군국주의를 상징하는 정신적 작용의 총체를 의미하는 말로 통용되었다.

도 오무라 군이 하고 있는 U지에 항상 센세이셔널한 논문을 쓴 것이라네.” 그러고는 갑자기 목소리를 죽이고 목을 들이밀고는,

“오무라 군은 내 이야기를 뭐라고 하지 않던가?” 하고 물었다.

“아니 뭐 별로…….”

하고 다나카는 얼버무렸는데, 현룡은 또 급작스레 본래 태도로 바뀌어서는,

“오무라 군은 정말로 당대에 보기 힘든 훌륭한 녀석이야. 그래서 나도 민간에 있으면서도 솔선수범해서 전력을 다해 돕고 있는 것이지. 그런데 애석하게도 말일세 호한(好漢) 오무라도 예술가를 이해하지 못한단 말이지. 진정한 예술가라고 하는 것은 말이지…… 그렇지 다나카, 자네와 같은 작가가 오무라를 크게 계몽해 주어야 한다고 생각하고 있다네. 햄릿도 아닌데 나더러 절에 가라는 터무니없는 말을 하는 통에 유쾌(愉快)29)하다네. 그것도 말이네만 비구니 절이라면 몰라도 대머리중이 있는 곳으로 가라고 한다네. 안 그런가 내가 오필리어인가? 내 이래 뵈도 외람된 말이지만 제정신이란 말일세!”

쓰노이는 자못 불쌍해 하면서 다나카에게 웃어 보이고는, 현룡을 팽개쳐 두고 나가자는 듯 양복 옷자락을 잡아당겼다. 그런데 현룡이 묘하게도 목에 무엇인가 걸린 듯한 소리를 높이면서 허세를 부리고 있을 때, 장본인인 오무라가 입구 쪽에서 유유히 걸어 들어왔다. 보기에도 사십 안팎의 당당해 보이는 훌륭한 신사였다. 현룡은 완전히 당황해서 헤헤 웃어대면서 목덜미에 손을 대고는 꾸벅 고개를 숙였다. 쓰노이는 옆에서 심술궂은 목소리를 올리면서 갑자기 크크크큭 웃어댔다. 오무라는 거기에 현룡이 있는 것을 보고는 갑자기 언짢아 져서는 호통을 쳤다.

“어찌된 일인가. 자넨 또다시 이런 곳에 와서는 술주정을 하고 있는 것인가?” “헤헤 오무라 상, 헤에 이거 여기서 뵙는군요.” 하고 현룡은

---

29) 문맥으로 볼 때 불유쾌(不愉快)가 맞는 표현으로 보이나, 초출 및 단행본 그리고 전집에도 모두 ‘유쾌하다’로 수록되어 있다.

어찌할 바를 모르고는 허리를 굽혔다. "……실은 말입니다만, 다나카 군을 하루 종일 찾아다녔습니다. 그래서 배가 너무 고픈 나머지……. 그만 헤헤."

"꾸물꾸물 거리지 말고 하루라도 빨리 가라고!"

"네." 하고 현룡은 황공해 하며 난처한 듯 머뭇머뭇 거리며, "그건 이제 잘 알고 있습니다."라고 말했다.

오무라는 쓰노이와 다나카에게 힐끗 눈짓을 해서 보여주고 나서는 멀리서 온 손님도 있고 하니 자신이 조선에서 얼마나 조선인을 위하고 있는 지를 몸소 보여주지 않으면 안 되겠다고 생각했다.

"빨리 근신하는 모습을 보여주게! 경찰 손에 자네를 넘기는 것이 참을 수 없는 기분이었기에 훌륭한 스님이 계신 곳에 가서 정신 상태를 고치고 오라고 하는 것이 아닌가. 요컨대 자네와 같은 인간들의 혼(魂)을 향상시키기 위해서라네. 번뇌를 끊는 것이야 번뇌를."

"네 그러니 저도……."

"알겠는가. 알아들었다니 다행이네." 그리고 득의양양해서는 어깨를 한 번 폈다. 손님들은 어리둥절해서 모두 눈을 크게 뜨고 이 광경을 바라봤는데, 역시 다나카는 감개무량한 듯 눈을 감은 채로 듣고 있었다. "지금이 어떤 시국이라고 생각하나. 확실히 시국을 인식하지 않으면 못써. 술집에서 술값을 떼어먹고, 계집을 강탈하고, 남에게 공갈을 치고 다니는 것은 당치도 않아. 자넨 내선일체(內鮮一體) 내선일체 하고 미치광이 마냥 부르짖고 다니지만, 조선인 누구 하나 자네를 상대하지 않지 않나. 조금 반성해야 하네. 건실한 인간으로 돌아오라고 말하는 것이야. 알겠는가 내가 자네를 도와주는 틈을 타서 사람의 호의를 이용해 먹으려고 하는 것은 절대로 용서할 수 없네. 그토록 배은망덕한 줄은 내 이제서 알았네!" 그리고 오무라는 자신의 어조에 감동하여 그만 흥분하고 말았다. "정말로 배은망덕한 악당같으니라고! 아직도 자네의 못되먹은 구석이 무엇인지 모르겠는가! 내선일체라고 하는 것은 자네와 같은 인간의 혼(魂)까지 구제해서 정화해 내지인과 동등하게 하는 것이란 말일세.”

“그건 그렇습니다. 그래서 저는 남들에게 미치광이라는 소리까지 들을 정도의 열정으로 그것을 주장해 왔던 것입니다. 그렇고말고요. 실제 사내 역할을 하는 일본이 조선에게 손을 뻗어서 사이 좋게 결혼하자고 하는 판에 그 손에 침을 뱉을 이유는 없습니다. 한 몸이 됨으로 비로서 조선 민족도 구원을 받을 수 있습니다. 저는 감격한 나머지 조선인에게 오해마저 받았던 것입니다. 조선인이라고 하는 자들은 시기심 깊은 열등한 민족이니까요.”

“그건 너무 성급해.” 하고 오무라는 깊이 생각한 듯 손을 들어 말을 멈추게 했다. “자네들 조선인은 너무나 자학적인 생각에 빠져있네. 내 주변에 있는 조선인은 모두 자기 민족의 험담만을 해대는데 그것이 우선 가장 해서는 안 될 짓이네. 알겠는가. 물론 반성하고 자신들의 나쁜 점을 고치는 것은 중요하네. 하지만 자신을 소중히 하지 않으면 못쓰네. 소중하게 말이야. 그것을 못하는 것이 ××××××××××30) 열등한 점이야. 내지인을 보게나! 내지인은 결코 그렇지 않다네.”

“그렇습니다. 그렇지만 그렇지 않습니까.” 하고 현룡은 당황한 탓인지 허둥대며 전혀 전후 문맥이 맞지 않는 말을 외쳐대기 시작했다. 그는 자기가 몇 번인가 써본 적이 있는, 지극히 학술적인 글귀를 전부터 떠올리고는 그것으로 머릿속이 가득차 있었다. “적어도 지리적으로 보더라도, 고고학적으로 보더라도, 그리고 인류학적으로 봐도, 즉 안트로폴로지적으로 보더라도, 생물학적으로 봐도……..”

이렇게 계속 늘어놓고 있는데, 쓰노이는 갑자기 학자적인 양심에 부딪쳤기 때문에,

“그건 자네 안트로포로지가 아니고 안토로포로기31)라네.” 하고 정정

---

30) 원문에는 12자 정도가 공백으로 처리되어 있다. 편의상 복자를 집어넣는다.

31) 인류학(anthropology)의 일본식 읽기. 원문에는 ‘アントロポロジ(안토로포로지)’, ‘アントロポロギ(안트로포로기)’ 이렇게 표시되어 있다.

해 줬다.

"그렇지요. 그 안토로포로기적으로 보더라도, 또 필로로기(文獻學 - 역자 주)적으로 보더라도 일본과 조선은 남자와 여자라고 하는 정도의 차이 밖에는 없습니다……."

오무라는 그의 퍼댄틱32)하게 허둥대는 모습이 우스워서 저 혼자 히죽히죽 웃었는데, 퍼뜩 현룡이 그것을 보고 이제 오무라가 자신의 열정에 생각을 고쳐먹은 것에 틀림없다고 생각하고서, 갑자기 전신을 쑥 앞으로 내밀고,

"그런데 오무라 상."이라고 외쳤다. "다나카 군하고 저는 둘도 없는 친구랍니다."

하지만 오무라는 할 말은 다 했다는 태도로, 다나카와 쓰노이 쪽으로 휙 하고 방향을 틀고는 말했다.

"자 슬슬 가볼까요. 대충 어떤 곳인지 짐작이 가셨을 줄 압니다."

"아앗 오무라 상 벌써 돌아가는 겁니까?"

하고 현룡은 깜짝 놀라서 갑자기 용수철 장치에서 튕겨 오르듯이 오무라의 소맷자락에 매달리듯이 뛰쳐나가려고 했다. 하지만 바로 그 순간 바닥에 떨어져 있던 복숭아 가지에 다리가 걸렸기 때문에 그는 순식간에 그것을 집어 올려서 안은 채로 헐떡거렸다.

"오무라 상, 오무라 상!"

"왜 그러는가. 이번에는 또." 하고 오무라는 미심쩍은 듯이 몸을 돌려서 물끄러미 바라보는가 싶더니, "또 그런 모습을 하고 싸돌아 댕기는 것인가. 자네 일은 이제 나도 몰라!"

"오무라 상, 오무라 상." 하고 현룡은 갑자기 휘청휘청 허리를 굽히고 처연하게 부르짖었다. "꽃이 너무 애처로워서 길가에서 시골뜨기한테서

---

32) 원문에는 'ペダンチック(페단칙)'으로 나와 있는데, 요즘 식 영어읽기 발음으로 고쳐놓는다. '퍼댄틱(pedantic)'은 '학자라고 뽐내는', '박식한 체하는', '현학적인' 이라는 뜻이 있다.

사왔을 뿐입니다." 그때 자신이 마신 술값까지 쓰노이가 계산을 마치고 있을 것을 보고, 그는 겸연쩍었던 것인지 황급히 다나카 쪽으로 돌아와서는 소매를 잡아끌고 안달을 하면서,

"다나카 군, 다나카 군, 실은 자네에게 긴밀히 할 말이 있다네." 하고 애원하듯이 신음했다.

"조금만 함께 있다 가게나 조금만."

"오호 그것 정말 좋은 꽃이로구만."

하고, 다나카는 얼버무리듯이 횡설 수설 중얼댔다. 그러자 현룡은 갑작스레 기세가 오른 듯 기운을 내서는 복숭아꽃을 어깨에 올리고서, "그렇지 좋은 꽃이라네. 복숭아꽃이라네. 복숭아꽃이라고." 징소리 같은 큰 소리를 내면서, 마치 병정놀이를 하는 아이처럼 앞장서서 갔다. 역시 자신도 이 높은 분들에게 달라붙어서 함께 돌아다니고 싶었기 때문이다. 오무라와 쓰노이, 다나카는 뒤에서 어쩔 수 없다는 듯 웃으면서 줄줄 나왔다. 달이 창연(蒼然)하게 하늘에 덩실 걸려 있었지만, 작은 골목길은 여전히 어두컴컴했다. 그는 조금 익살맞게 복숭아 가지를 맨 채로 몸을 흔들면서 두 간(間)33) 정도 진군해 갔는데, 느닷없이 멈춰 서서 가슴을 펴고 하늘을 올려다보고는 돌연 복숭아 가지를 가랑이 아래로 질질 끌듯이 올라타는가 싶더니, 하늘에 신호를 보내듯이 손을 치키고는 한 번 케들케들 웃었다. 다른 세 사람은 모르는 척을 하고는 현룡 옆을 터덜터덜 지나쳐 갔다. 그는 당황해서 소리 높여 외치면서 반항하듯이,

"나는 하늘로 올라간다. 하늘로 올라간다. 현룡이 복숭아꽃을 타고 하늘로 올라간다!"

그리고는 마치 목마(木馬)를 탄 용사마냥 마구잡이로 그들 옆을 돌진해 갔다.34) 기상천외한 이 신비주의자를 봐 달라고 하듯이. 꽃들은 무참

---

33) 간(間)은 길이의 단위이다. 한 간은 여섯 자로, 1.81818미터에 해당한다.
34) 이 부분에 소설의 제목인 '천마'가 잘 드러나 있다. 현룡이 하늘(天)로 올라가는 부분과 그 뒤에 나오는 목마(木馬)는 '천마'라는 제목을 상기시킨다.

하게 머리가 꺾이고 꽃잎은 더러워져 여기저기 떨어져 흩어졌다. 현룡이 갑자기 무언가 생각이라도 난 듯이 뒤돌아보자 다나카가 홀로 어둠속에서 쓰레기 더미에 오줌을 누고 있었다. 현룡은 이때다 싶어 재빨리 그 옆으로 가서는 숨을 헐떡거리며,

"다나카 군." 하고 목구멍에 걸린 듯한 목소리로 소곤거렸다. "오무라 군에게 나를 잘 좀 부탁해주게. 절에 가지 않게 좀 해주게. 절에 말이야."

그 목소리가 너무나도 절망적인 비탄에 극심하게 떨리고 있어서 다나카는 깜짝 놀라 현룡의 얼굴을 바라봤다. 오싹할 정도로 일그러진 모습이 갑자기 흐트러지며 기분 나쁜 웃음을 짓는 것이었다. 그리고는 비굴하게 그의 한 쪽 손이 다나카의 어깨를 툭 쳤다.

"저 작자는 아무래도 관료여서 굽실굽실 대며 말하지 않으면 좋아하지 않는다네. 예술가라는 것을 이해하지 못한다니까……. 내일 호텔에 가겠네."
하고 말을 내뱉고는, 다시 여보란 듯이 복숭아 가지를 올라타 질질 끌고 다니면서 하늘을 우러러보고 아우성쳐대기 시작했다.

"현룡이 하늘로 올라간다. 하늘로 올라간다!"

그때 오무라와 쓰노이는 다나카를 좁은 옆 골목으로 끌고 가서 큰길가로 나가 자동차를 세우려고 손을 들었다. 좁은 골목에서는 더욱 우쭐해진 현룡이 계속해서 아우성치는 소리가 들려왔다.

5

결국 하늘에는 오르지 못했던 것이다. 다음날 아침 역시 그는 여느 때처럼 쪽방에서 비명을 지르는 것과 동시에 눈을 떴다. 누군가가 밧줄로 목을 조르는 악몽에 시달리고 있었다. 온몸이 땀에 흠뻑 젖어 있었

다. 어쨌든 몸을 움직이는 것이 무서웠던 모양인지 다시 눈을 감고 숨만 거칠게 내쉬며 헐떡거렸다. 목 쪽은 정말 괜찮은가 하고 부들부들 떨면서 만져보려고 손을 가져가려던 찰나 무언가 거칠거칠한 것에 손끝이 닿아서 깜짝 놀랐다. 꿈이 아니었구나 하는 생각에 눈을 감은채로 숨을 꾸욱 참았다. 정말로 기도하는 기분으로 이번에는 주저하면서 가만히 반대편 손을 내밀어 주의 깊게 목덜미 쪽에 가까이 가져가려고 했다. 어렵쇼, 그런 것도 아닌가보다 하고 생각하는 찰나에 무언가가 다시 손가락 끝에 닿아서 흠칫 놀라고는 그대로 돌부처처럼 굳어졌다. 대략 이삼 분이나 지났을까, 겨우 놀란 가슴을 진정시키고 이건 도대체 무어냐며 다시 한번 쿡쿡 찔러보려 했다. 기분 탓일까 이번에는 손끝에 닿은 것이 조금 흔드리는 것 같았다. 이거 영 이상하군 하고는 두 손가락 사이에 껴보기도 하고, 어렵쇼 어렵쇼 하며 질질 끌려가는대로 그것을 만지작거리다가는,

"뭐야 이거!" 하고 기가막힌 듯이 소리치면서 그는 목덜미를 뒤덮고 있던 것을 허둥지둥 대며 떼어 내는 것과 동시에 벌떡 일어났다. 그것은 바삭바삭 소리를 내며 날아가 온돌 위에서 흔들거리고 있었다. 다름아닌 진흙투성이가 된 복숭아 가지였던 것이다. 그는 휴우 하고 숨을 내쉬고는 손으로 목덜미에 흘러내리는 땀을 닦아 내리고는, 갑자기 미친듯이 케들케들 웃어댔다. 하지만 그릇이 깨졌을 때 나는 듯한 자신의 목소리가 조금도 변하지 않았기 때문에, 그는 정말로 괜찮다는 듯 가슴을 쓸어내렸다.

누추한 방안이 여전히 어두운 것을 보면 아직 이른 아침인 것 같다. 하루 종일 햇빛이 조금도 비추지 않는 움막 같은 방이기는 했지만 그에게는 장지문(미닫이문 – 역자 주)에 밝아오는 빛의 정도가 시계 대신이었다. 뒤쪽으로 이어진 부엌 토방에서는 노파가 오늘도 남편과 싸움을 하는 것인지 무언가를 퉁명스럽게 아우성쳐대면서 아궁이에 불을 지피고 있었다. 토방에는 한가득 자욱이 낀 연기가 뜯어진 장판(溫突紙)이나 장지

에 뚫린 구멍 벽틈 등으로 한가득 침입해 온다. 그는 숨이 막히는 것 같아서 두세 번 괴로운 듯이 기침을 하고 험악하게 인상을 찌푸리고는 언짢은 표정으로 물끄러미 복숭아 가지를 응시했다. 이미 꽃은 완전히 다 떨어지고 가지 끝도 꺾여서 볼품없이 진흙에 더럽혀져 있었다. 재앙을 내리는 신일지라도 원한을 사지 않으면 재앙은 없다는 속담35)처럼 모든 사내들이 두려워하는 현룡이 그까짓 꿈에 이건 또 뭐하는 짓이냐고 생각하니 갑자기 분한 생각이 들었다. 비참한 잔해를 드러내고 있는 복숭아 가지가 현재 자신의 모습 같았기 때문이다. 그러자 지난밤 꽃을 팔던 시골뜨기의 비참한 모습이 확대되어 나타나서는 그것이 양손을 흔들면서 절망적으로 부르짖는 음성이 들려왔다.

"어째 모두 웃어댄다요. 웃지 말라요. 난 이제 죽어버릴라 하오. 웃지 말라 하지 않았소!"

방안은 마치 연막(煙幕)을 쳐놓은 것 같았다. 현룡은 이러한 절망적인 목소리로부터 도망치려고, 갑자기 팔 사이로 머리를 감싸고 귀를 막았다. 그러고는 벌렁 그 자리에 쓰러져 몸부림을 쳤다. 그래, 나야말로 정말로 죽어주마! 종로 네거리 노상에서 자동차와 전차 사이에 끼어서 폭탄처럼 터져서 죽어주마! 사실 그는 지난밤부터 자신의 죽음만을 생각하고 있었던 것이다. 죽는 것은 교통사고로 자살하는 것이 제일이다. 큰길 한가운데서 참혹하게 죽음으로써 더할 나위 없는 최고의 복수가 가능하다고 생각하고 있다. 그래야 죽어도 여한이 없다. 그때 방안이 캄캄해지더니, 천장은 말할 것도 없이 벽에도 온돌 바닥에서도 여기저기서 자신의 잔해(殘骸)를 조소(嘲笑)하는 군중의 웃음소리가 와하하 하고 터져 나왔다. 그는 참을 수 없어서 그것을 몰아내듯 벌떡 일어나 악마처럼,

"내가 죽을 쏘냐, 죽을 쏘냔 말이다." 하고 울부짖었다. 격렬한 격투라도 하는 모양으로 양손을 있는 대로 휘두르면서 몹시 허둥지둥 댔다.

---

35) 일본의 속담으로 '사와라누카미니다타리나시(触らぬ神に祟りなし)'라고 한다. 원문에는 "触らぬ神に祟りはなし"로 되어있다.

이미 연기로 눈은 잘 보이지 않고 숨 쉬는 것도 괴로웠다. 그는 마침내 제정신이 아닌 상태로 온돌 위를 빙글빙글 기어다녔는데, 무릎이 와들와들 떨렸다. 나는, 나는 하는 목소리들이 앞길을 막았고, 또한 여기저기서 활활 타오르는 붉은 불길이 육박해 왔다. 환영(幻影)에 사로잡혔던 것이다. 마침내 그는 공포에 관통되어 무언가를 외치고 또 외치면서 출구를 찾아 발버둥질치며 돌아다녔다. 노파는 이 미치광이 사내는 또 무슨 일인가 하고 문간 쪽에 와서는 덜덜 떨기 시작했다. 하지만 때마침 도망치며 길을 헤매는 그의 몸이 장지문을 덮쳤기 때문에 갑자기 밝은 땅바닥으로 나동그라졌다. 노파는 꺅 하는 비명을 지르며 잽싸게 물러섰다. 조금은 숨쉬는 것도 편해지고, 잠시 쓰러져 있는 사이에 무서운 환각도 사라졌기 때문에 그는 다만 멍한 상태로 커다란 눈만 되록되록 굴리고 있었다. 하늘에는 구름이 격렬하게 흘러가고 있다. 그때 약속대로 여류 시인 문소옥이 화려하게 몸치장을 하고 나타났다. 그녀는 이 광경을 보고 놀라서 멈춰섰는데, 곧 호들갑스럽게 손뼉을 치고 허리를 흔들면서 까까 포복절도 하고는,

“어머 어머 어떻게 된 거예요.”

하고 달려왔다. 하지만 현룡은 미친 사람마냥 다만 말똥말똥 그녀를 신기한 듯이 올려다볼 뿐이었다. 노파는 기겁을 했는지 투덜투덜 대면서 부엌 쪽으로 사라졌다. 문소옥은 혼자서 당혹스러워 하다가, 겨우 정신을 바로 하고 혼신의 힘을 다 짜내서 그를 안아 일으켰다. 그는 지난밤 곤드레만드레 취해서 돌아오자마자 침상에 엎어져서 엉엉 울다가 잠이 들었기 때문에, 양복을 입은 채로였다. 시인은 그의 양복에 묻은 먼지를 털어 내면서, “도대체 어찌 되신 일이에요.” 하고 말했다. “네에, 현룡 상, 오늘은 또 어떤 영감이라도 얻은 모양이신가 봐요. 빨리 가셔요. 이제 곧 시간이 된다고요.”

현룡은 천치처럼 앉아서 기분 나쁘게 히죽히죽 웃고만 있다가, 그때 아주 조금 의식의 파편이 번쩍 떠올랐던 것인지 의아한듯 목을 길게 빼

고는 물었다.

"뭐라 했소?"

"어마나 이런." 그녀는 현룡의 표정에 깜짝 놀라서 뒷걸음쳐서는 머뭇머뭇 거렸다. "……오늘은 국경일(祭日)이잖아요? 신사(神社)에 가는 거예요."

"신사요?"

그는 무언가 어려운 일이라도 떠올리듯 되물었다.

"……그래요."

그러자 현룡은 갑자기 어찌된 일인지 케득케득 웃어대기 시작했다. 신사라고 하는 말이 그에게는 갑자기 분하고 짜증스럽게 생각됐던 것이다. 신사의 신(神)은 내지인의 신이라고 누구도 참배를 하러 가지 않을 무렵, 솔선해서 내지인 무리에 몸을 던져서 신사 입구에 머리를 조아렸던 당초의 그는 참으로 중요한 인물로 후광마저 비춰서 갖가지 역할이 주어졌다. 하지만 이젠 그렇지도 않았다. 오히려 신사로 신사로 하면서 구름처럼 몰려드는 조선인들이 미워서 견딜 수 없을 정도였다. 문소옥은 몸의 털이 다 서는 것 마냥 소름이 끼쳐서 움츠리는가 싶더니,

"다녀올게요."

하고 어렴풋하게 한마디 말을 내뱉고 헐레벌떡 도망쳤다. 그것을 보고 현룡은 유쾌한 듯이 케들케들 웃었는데 갑자기 놀란 듯이 벌떡 일어섰다. 하늘은 점점 더 후덥지근해지고 구름이 북쪽으로 북쪽으로 몰려갔다. 순간 그는 문소옥의 따듯하고 촉촉한 전신(全身)에 대한 욕정(慾情)에 사로잡혀, 지금이야말로 붙잡지 않으면 안 된다고 생각했다. 그는 내친 걸음으로 황급히 다 쓰러져가는 쪽문을 빠져나와 마당으로 뛰어나갔다. 구질구질한 골목에 집들은 쓰레기통처럼 서로 으르렁대고, 하수구에서는 재나 더러운 것을 버리고 흘려버리거나 해서 악취가 숨막히게 코를 찌르고, 거센 바람에 재와 먼지가 날아다녔다. 좁은 골목을 빠져나와서 먼 곳을 향해 창황히 도망치는 여류 시인의 모습이 팔랑팔랑 나부끼고

있는 것처럼 보였다 현룡은 케들케들 웃으면서 안짱다리를 열심히 허우적대며 심술궂게 뒤를 쫓기 시작했다. 문소옥은 도망치다가 뒤를 한 번 돌아보자마자 양손을 저으며 달려오는 현룡을 눈치채고 더욱 기겁을 해서는 비명이라도 내지를 듯이 뛰기 시작했다. 그는 점차 따라잡게 되는 것을 보고는, 점점 더 흥미로워져서 무언가를 외치면서 아우성 쳐대기까지 했다. 흙담 옆에서 흙장난을 치고 있던 아이들 두셋이 손뼉을 치면서 놀리기 시작했다. 하지만, 문소옥은 아슬아슬한 순간에 넘어지듯이 골목길을 빠져나와서 황금통의 큰길가로 도망쳐 나왔다. 마침 그때였다. 현룡이 마지막 골목길을 돌려고 하는 순간에 갑자기 큰길 쪽에서 맑은 나팔 소리가 울려왔다. 현룡은 움찔하며 멈춰서는가 싶더니 갑자기 어찌된 영문인지 몸을 부들부들 떨기 시작했다. 다음 순간 자기 쪽에서 도망쳐서 숨듯이 옆집 굴뚝 뒤에 몸을 착 붙이고, 숨을 죽인 채 눈을 황황하게 번뜩거리며 큰 길가 쪽을 주시했다. 악대를 선두로 세운 긴 행렬이 신사 쪽을 향해 행진하고 있었다. 무언가 그것이 자신을 포위해서 육박해오는 듯한 생각이 들었다. 토르(무릎 아래에 감는 헝겊으로 만든 띠─역자 주)를 감은 중학생과 전문학교 학생들이 가도 가도 끝도 없이 이어지고, 뒤쪽에서는 국민복(國民服)을 입은 선생이나 그 외에 신문과 잡지사 사람들이나 안면이 있는 문인들이 줄줄이 따라갔다.

행렬이 지나가 버리자 그는 또 갑자기 황급히 출구까지 뛰어나갔다. 그늘에서 숨을 죽이고 흐리멍덩한 눈으로 보자니, 그 행렬은 이미 멀리 쥐죽은 듯이 사라져 가려하고 있었다. 벌써 어느 행렬 속에라도 섞여 들어간 듯 모습을 감춘 여류 시인에 관한 일은 죄다 잊어버렸고, 현룡은 행렬이 나아간 방향과는 반대쪽으로 누군가에게 쫓기기라도 하는듯 도망쳐 갔다. 머릿속이 모래를 가득 처넣은 것처럼 어질어질 혼란스러웠다. 때때로 호텔, 절이라고 하는 상념이 운모(雲母)처럼 반짝반짝 빛을 띠고 정면을 가로막았지만, 서 있는 곳이 또 거센 모래바람에 뒤덮여 버린다. 어쩐지 으스스 추운 날이었다. 지금 달이라도 나올 것 같은 아침이라고 그의 마음 한구석에 다른 사람이 있어서 생각하고 있는 것 같았다. 하지만 달은커녕 가랑비가 보슬보슬 내리기 시작했다. 길을 가는 사람들의 발걸음이 눈에 띠게 바빠진다. 현룡은 전찻길 한가운데를 미친개마냥 목적도 없이 나아갔다. 이미 텁수룩한 머리가 비에 젖어서 소용돌이를 감고, 어깨는 비에 젖어 무거운 듯이 처졌다. 자동차가 옆을 스쳐 달려가고 전차는 뒤쪽에서 세찬 경적을 울린다. 그 소리가 겨우 귀에 들어오자 그는 입을 다문채로 조용히 비켜섰다. 때로는 비켜서는 동시에 뒤를 돌아보고 주먹을 치켜 올리며, "이 자식 나를 죽일 셈이냐." 하고 광인처럼 부르짖었다.

　그렇지만 반 시간 남짓이나 걸어서 사범학교 앞 근처까지 왔다고 생각했는데, 뜻밖에도 무언가에 홀린 듯 오른쪽으로 돌아서 작고 어두운 골목 쪽으로 들어갔다. 진흙이 구두에 튀고, 구두가 물을 걷어찼다. 그 사이에 비가 본격적으로 쏟아지기 시작한다. 골목안을 허둥지둥 달리고 있던 사람들은 놀라서 멈춰 서더니 돌아보고는 머리를 저었다. 그는 어디까지라도 어디까지라도 작은 골목길이 이어지는 한 정신없이 왼쪽으로 돌던지 오른쪽으로 빠져 나오면서 누비고 다니는 것이었다. 지금 자기는 절을 찾아가는 것이라 하며 뿔뿔이 풀린 신경의 한 가닥이 먼 곳에 있는 것 마냥 소곤거린다. 그 작은 골목길을 끝까지 올라가면 묘광사(妙光寺)가 나온다고 생각하고 있었다. 다시 신마치 뒷골목의 거미줄 같은 미로 속으로 들어갔던 것이다. 환각에 빠진 현룡에게 그곳은 우뚝하게 솟은 포플라 나무가 서 있는 넓은 가로수 길처럼 보인다. 도랑 천지인 하수는 깨끗하게 물이 투명한 시냇물 물살처럼 보였다. 거기서는 개구리가 입을 모아 맹렬하게 개골개골 울어대는 통에 귀가 먹을 정도의 환청이 들렸다. 그 위를 바람이 휘익휘익 몰아쳐서 포플러 가지가 꺾일 것처럼 보였다. 그는 이미 발을 비틀거리다가 고꾸라지고는 하였고, 실수로 물구덩이에 빠지거나 했다. 하지만 그는 자신마저 잊고 몰두해서 언덕을 기어올라갔다. 그때 갑자기 발밑에서 개구리들이,

“요보(鮮人)!”

“요보!”

하고 소란을 떨기 시작한 것처럼 들렸다. 그는 겁을 먹은 듯 갑자기 귀를 막고 도망치면서 부르짖었다.

“요보가 아니야!”

“요보가 아니야!”

그는 조선인이라서 벌어진 오늘의 비극으로부터 온몸을 떨면서도 도망치고 싶었던 것이리라. 그런데 갑자기 그의 고막이 굉음을 내며 폭발한 것 같더니, 불가사의 하게도 방금 전에 들리던 개구리 울음소리는 사라지고 뭔가 갑자기 주변 일대에서 신기한 소리가 들려오기 시작했다. 어느 틈엔가 이미 몇 천 몇 만 명의 사람들이 합창을 하는 듯한, 남묘호렌게쿄(南無妙法蓮華經),36) 남묘호렌게쿄라고 하는 염불이, 북과 목탁 소리를 타고 바다처럼 그의 주위에 퍼져버렸다. 그는 그 속을 마치 헤엄치는 것처럼 발버둥 치면서 도움을 청하듯 헤매 다녔다. 하지만 미로는 제멋대로 빙글빙글 제자리로 돌아가서, 아무리 걸어도 끝이 없었다. 혼란스러운 상태 속에 있다 해도, 현룡은 극도로 초조한 기분에 내몰려서, 아중놈들이 외워대는 독경과 염불이 일제히 나를 저주하고 쫓아다니는 구나 하고 부르짖으면서 죽는 힘을 다해 달렸다. 그러다가 발이 걸려서 털썩 넘어지는 일도 있었다. 느릿느릿 또 언덕을 기어 올라갔다. 그래서 그는 눈만 새빨갛게 타올라 미쳐 날뛰는 진흙 범벅이 된 소처럼 무서운 모습이었다. 하지만 사실 이번에야말로 독경과 염불이 감도는 해풍(海風)에 실려, 둥실둥실 천상(天上)에 올라갈 것 같은 기분이 들었다. 하지만 그렇지도 않았다. 그의 마음속에서는 확실히 자신이 사창가 일대에 와

---

36) ‘남묘호렌게쿄’는 일제하에 ‘니치렌(日蓮, 일본의 불교중 하나)’ 계통이 포교되면서 들어왔다. 광복후 이 종교는 이름을 몇 차례 바꾸면서 지금은 SGI의 한국 지부인 SGI한국불교회로 활동하고 있다. 당시 위와 같은 발음으로 불렸다. 작품 속에서는 종파를 나타낸 것이 아니라, 불교의 나무아미타불처럼 외우는 구절이며, 그 뜻은 “우주의 대생명에 귀의하여 이를 통해 불성을 일으킨다”라고 한다.

있음을 알고 있었다. 사실은 자신이 묵은 적이 있던 집들을 안달을 해가며 찾아다니고 있던 것이다. 하지만 여기도 저기도 똑같이 빨강이나 청색 페인트를 덕지덕지 칠한 집들뿐으로, 마침 장대비로 변해 비가 좍좍 뿜어대는 물안개에 시야가 부옇게 변해서 앞이 보이지 않았다. 그는 팔을 번쩍 쳐들고 무언가 두세 마디 소리높여 부르짖었다. 그리고는 갑자기 또 살기등등한 단말마 투우처럼 무서울 정도의 기세로 뛰어가기 시작해서, 한 집 한 집 대문을 두드리고 다니기 시작했다.

"이 내지인을 살려줘. 살려 달라고!"

그는 숨을 헐떡거리면서 아우성쳐대는 것이었다. 그리고 다시 다른 집으로 뛰어가서 대문을 두들겨 댄다.

"열어줘 이 내지인을 들여보내 주시오!"

다시 뛰기 시작한다. 대문을 두드린다.

"이제 난 요보가 아니야! 겐노가미 류노스케(玄の上龍之介)다, 류노스케다! 류노스케를 들여보내 줘!"

어디선가 천둥이 우르르 쾅쾅 울어 대고 있었다.

풀숲 깊숙이*

첩첩하게 몇 겹이나 깊은 산에 둘러싸인 이런 벽읍(僻邑) 회당에서, 옛 스승인 코풀이 선생을 다시 보게 될 줄 박인식(朴仁植)은 꿈속에서도 생각지 못했다. 군수인 숙부가 한자리에 그러모아 놓은 산민(山民)들을 앞에 두고, 이른바 색의장려(色衣獎勵)[1] 연설을 하기 위해 위엄을 잡고 연단에 나타났을 때, 그의 뒤에서 굽실굽실 바람에 불려오듯이 따라나온 통역을 담당하는 목이 기다란 오십 영감이, 틀림없는 중학생 시절의 코풀이 선생이었던 것이다. 인식은 의외의 놀라움에 숨을 죽이고 눈을 부릅떴는데 어쨌든 그 순간에 오싹오싹 가슴에 와 닿는 무언가와 부딪쳤다. 역시 선생님은 예전 그대로 한 손에 한케치[2]를 들고 벌건 코를 연

---

* 본 번역은 「草深し」(『文藝(朝鮮特輯號)』, 1940. 7)초출을 저본으로 했다. 이 작품은 한국에서 '풀이 깊다', '덤불 헤치기' 등으로 소개 및 번역되었는데, '풀숲 깊숙이'가 원제목과 가장 부합되며 문학적인 뜻도 함유하고 있다는 번역자의 판단 하에 새롭게 제목을 정했다. 이 작품은 김사량이 사가고등학교 시절 이후 강원도 일대 화전민에 관해 쓴 일련의 기행문 그리고 당시 사회적으로 물의를 일으켰던 '백백교 사건' 등과 깊은 관련을 맺고 있는 작품이다. 관련 기행문은 본서에 그 일부가 수록되어 있다.
1) 일본은 식민지 정책을 펴면서 양복과 물감옷을 권장하였다(『한국사 이야기』, 이이화[1998. 06. 20]). 당시 조선총독부의 촉탁으로 1920, 30년대에 조선의 민속을 조사하고 있던 일본의 민속학자 무라야마 지준(村山智順)은 『조선의 복장(朝鮮の服裝)』(조선총독부, 1927. 3)에서 "조선의 복장이 보행을 느리게 하는 한 가지 원인"이라고 하며, 조선인이 게으른 이유가 복장에 있고, '백의'의 경우는 이를 더욱 조장한다고 하고 있다. 조선총독부는 이러한 조사를 바탕으로 색의를 입을 것을 종용했다.

신 훔쳐냈다. 다만 그 손수건이 예전보다 훨씬 더러워져 있을 뿐이었다. 숙부는 한 개 군(郡)의 수장으로서 조선어를 사용하는 게 위신에 관련된 일이라 확신하고 있었기 때문에, 숙부가 내지어(內地語)로 말하면 코풀이 선생이 대신해서 조선어(朝鮮語)로 통역했던 까닭이었다. 인식은 사태가 여기에 이르자 숙부가 내지어 등을 전혀 모르는 젊은 첩을 향해서조차 어찌나 득의양양하게 그게 또한 대단한 내지어라도 되는 양 청산유수로 떠들어대는 것을 몇 번이고 봐왔기 때문에, 숙부가 누구 하나 내지어를 알 바 없는 산민들을 향해, 굳이 통역자를 대동해 실로 애처로울 정도로 괴상한 내지어 연설을 하고 있다는 사실에 대해서는 특별히 놀라지도 않았다. 하지만 인식은 코풀이 선생이 뚱뚱하게 살이 오른 숙부 옆에 주뼛주뼛 서서는 얼굴을 붉히거나, 코를 손수건으로 누르거나 하는 광경을 보고는 역시 참기 힘들어져서 "저런 그 선생님이……. 실로 비극이로다." 하고 중얼거렸다. 인식에게는 자신과 각별한 인연이 있는 옛 스승을 이런 곳에서 발견한 것이 큰 놀라움일 뿐만 아니라, 확실히 뭐라 말 할 수 없는 슬픈 일임에 틀림없었다. 여러모로 뜨거워진 그의 머릿속에 중학교 시절에 있었던 일들이 빙글빙글 소용돌이치기 시작했다. 그는 입술을 꼭 다물고 팔짱을 끼면서 물끄러미 연단을 바라봤다. 코풀이 선생은 한 손으로 손수건을 말아 쥐고, 약간 눈을 감은 채로 군수가 하는 말을 한마디도 놓치지 않겠다고 집중했다.

"에에 그러니까, 요오컨대 오인(吾人)은 흰 옷을 폐지하고, 색을 들인 옷을 츠악용(着用)하지 않으면 안 된다 이 말이 올시다."[3] 하고 숙부는

---

2) '한케치(ハンケチ)'는 '한카치(ハンカチ, 손수건)'가 조선에서 변용된 형태로 불렸던 것으로 보인다. 이 작품은 이러한 '언어유희(풍자)'가 가득해서, 이러한 원문을 간단히 '손수건'으로 번역할 경우, 원문 텍스트에 나타나 있는 '반식민주의적 기획'을 전부 지워버릴 위험성이 있다. 특히, 이러한 과정은 이 작품을 쓰기 전의 르포르타주 등과 비교해 보면 더욱 일목요연해 진다. 이후 '한케치'는 독자의 편의를 위해 '손수건'으로 번역한다.

3) 이 작품에서 군수의 말은 번역이 불가하다. 김사량은 군수가 "つまり"를 "ちゅまリ"로 발음하게 하는 등, 군수가 사용하는 일본어를 통해 피식민자의 '모방'이라

가슴을 펴고 태연하게 뒷짐을 지고 자랑스럽게 변설(辯舌)을 늘어놓았다. "죠센징(朝鮮人)이 궁핏(窮乏)해진 것은 흰 옷을 입었기 때문이올시다. 갱제적(經濟的)으로도 시갠적(時間的)으로도 갱제적이지 않다 이 말이올시다. 즉 흰 옷은 빨리 더러워 져서 돈이 들고, 씻는 데도 시간이 든다 이 말이 외다."

허리를 구부리고 납작 엎드려 있던 초라한 행색의 산민들은 입을 떡 벌리고, 무슨 소리를 하는 것인지 모르겠다며 신기한 듯 바라보고 있었다. 숙부는 한 단락을 말하고 나서 의기양양하게 일동을 둘러보고 잠시 콧수염을 쓰다듬어 보였다. 그러자 이번에는 코풀이 선생이 콧물을 연신 훔쳐내면서 조선어로 통역을 시작했다. 그 목소리는 오륙 년 전에 비해 확실히 떨림을 띠고 있었고 안절부절 못하고 있는 것처럼 보였다. 하지만 그러한 것에 대한 감상은 차치하고서, 인식은 혼자만의 앙분(昻奮) 때문에 숨이 가빠진 탓에 가슴속이 두근두근 떨려서 잠시도 견딜 수 없을 만큼 고통스러웠다. 본래 그가 이 산읍에 들어온 것은, 각 산마다 깊숙한 곳에 살고 있는 화전민(火田民)4)들의 질병을 조사하기 위해, 목적지인 양부산(兩斧山)에 가는 길에 들른 것일 따름이다. 하지만 그는 이곳에 온 후로는 매일 불가사의한 느낌이 들어서 어찌할 바를 몰랐다. 무언가 구제받지 못하는 사람들의 옛날이야기 속에 나오는 나라에 잘못 들어온 것 같았다. 사실 여기 모인 사람들에게는 옷이 흰색이든 검은색이든 어

는 문제를 날카롭게 드러내고 있다. 군수의 일본어는 이런 식으로 틀어진 조선어의 억양과 발음으로 점철되어 있다. 이러한 부분을 번역에서는 제대로 옮길 수 없지만, 이를 감안하고 읽어 줄 것을 부탁드린다. 이러한 점을 맛보게 하기 위해 번역자 또한 '김사량'의 이러한 시도를 군수의 대화를 한국어로 옮기는 과정에서 '모방' 및 '재현'해 보기로 하겠다.
4) 화전민(火田民)은 산에 불을 놓아 들풀과 잡목을 태운 뒤 그 곳에다 농사를 짓는 사람들이다. 화전민은 1936년에 28만 2천호, 152만 명에 달했다고 한다. 이 시기 조선인 전체인구가 2천백만 명(1930년 조선총독부 국세조사 통계) 정도였던 것을 감안해 보면 상당한 수임을 알 수 있다(『통계로 보는 광복이전의 경제 사회상』(통계청 1995)).

느 쪽이라 해도 아무 상관없지 않은가, 정말로 어처구니가 없다 하고 인식은 강한 반발을 느꼈다. 물론 그는 경제적인 견지에서도 또한 위생상의 문제에서도 색의장려라고 하는 방책에 찬성하지 않는 것은 아니었다 해도, 얼핏 봐도 거기에는 흰 옷을 걸친 사람은 한 사람도 없었으며, 그들의 후줄근하고 너덜너덜한 복장은 몇 년이고 줄곧 입어댄 것인지 죄수복처럼 토색이 아닌가. 게다가 회당 안에서 눈에 띄는 흰 옷이라고 한다면 연단 옆 의자에 반듯하게 앉아있는 내무주임(內務主任)의 린네르5) 하복(夏服) 정도뿐이었다. 제 아무리 상부 관청의 명령이라고는 하지만 숙부는 이처럼 내일 먹을 양식도 없는 사람들을 모아 놓고 도대체 무엇을 말하려고 하는 것이란 말인가. 한 사람은 득의양양하게 가슴을 쑥 내밀고 내지어로 마구 떠들어 대고 있는가 하면, 또 예전에 중학교에서 자신을 가르쳤던 선생님은 몸둘 바를 몰라 하며 통역을 하고 있다. 참으로 산민들에게 잔혹하다는 생각이 들어서 어찌할 바를 몰라 했다. 마침내 인식은 자신을 지탱할 수 없을 만큼 숨이 막혀오는 기분이 들어서 자리를 박차고 일어나 모두의 시선을 한 몸에 받으며 회당을 나갔다. 풀 길 없는 미움과 한없는 비탄에 어찌해야 좋을지 몰랐던 것이다. 그는 바로 뒤 편 언덕에 있는 숙부의 관사로 걸음을 옮기면서 이런저런 감개에 빠져들었다…….

　"그렇다. 생각해 보면 저 코풀이 선생이 이런 깊은 산속의 비참한 말단 관리가 된 것도, 그다지 놀란 말한 일은 아니야." 하고 그는 마음을 진정시키듯이 자신을 타일렀다. 하지만 어찌됐다 해도 이 옛 스승이 현재에 이르는 운명에 대해, 적어도 자신이 다소 간섭과 책임을 갖고 있다고 생각하자, 역시 어딘가 고배를 마시고 있는 듯한 기분이었다. 그것이 아니라고 해도 그는 때때로 이 옛 스승을 떠올리고는, 요즘 어떻게 지내

---

5) 프랑스어 '리넨(linen)'의 일본식 표기이며 일제시대 당시 '린네르'로 통용되었다. '린네르'는 '아마직물', '흰 속옷', '흰 내의'를 가리키는 말이다. 여기서는 '흰 속옷'이라는 뜻으로 해석된다.

는 것인가 하고 가엾다고조차 생각하는 것이다. 사실 중학교 오 학년 이 학기 때 전교생이 들고 일어나 동맹휴교에 들어갔을 때, 인식과 친구들은 이 코풀이 선생마저 함께 배척했다. 그것은 그를 무엇보다도 측은하게 생각했기 때문이었다. 코풀이 선생은 그들에게 조선어독본(朝鮮語讀本)을 가르쳤다. 하지만 본디 조선어 선생으로 치자면 가장 빛나지 않는 존재이다. 그래서 학교의 늙은 소사까지도 시골에 있는 고향에 돌아가서 술이라도 한 잔 걸치면 자신이 조선어 선생이었노라고 사방에 퍼뜨리고 다닌다는 소문마저 있을 정도였다. 코풀이 선생은 마치 비참한 선생의 표본을 몸소 보여주겠다는 듯이, 아무튼 매일 아침 제일 먼저 등교해서는 어둠이 내리고서야 비로소 퇴근을 했는데, 수업 시간에 교단위에 섰을 때도 그렇고 또한 교원실에서 몸을 앞으로 웅크리고 일을 하고 있을 때에도, 하루종일 얼굴이 새빨개서는 코만 훌쩍훌쩍 풀어 댔다. 다른 젊은 내지인 선생들은 딱 한 사람뿐인 조선인 선생인 그를 바보취급 해서, 자신들의 이런저런 일을 넌지시 명령한다던지 부탁하고는 했다. 본래 자격이 없는 선생으로, 십오 년간 모교인 이 중학교에서 조선어를 가르치고 있었지만, 관등(官等)도 가장 낮고 어디까지나 판임관(判任官) 칠 급6) 이었다. 그에 비해 내지인은 아무리 젊은 나이에 건너왔다고 해도 봉직만 하면, 삼사 년도 지나지 않은 사이에 임관을 하게 되고, 판임급(判任級)에 있을 때도 가봉(加俸)을 합치면 거의 코풀이 선생의 몇 배를 받는 것이었다. 그래서인지 모두 코풀이 선생을 노복(奴僕, 머슴―역자주)정도로밖에 생각하지 않았다.

"뭘로 하실 깝쇼." 하고 코풀이 선생은 점심시간이 되면 한 사람 한 사람에게 물으며 다녔다.

---

6) 조선왕조시대 관품제도는 당상관(堂上官), 당하관(堂下官), 참상관(參上官), 참하관(參下官)으로 부르다가, 1894년 갑오경장을 계기로 칙임관(勅任官), 주임관(奏任官), 판임관(判任官)으로 변경되었다. 칙임관은 2품 이상의 고위 관직이고, 주임관은 3품 이하 6품까지이고, 판임관은 7품 이하로 말단 관직이다.

"아 그런가 벌써 점심시간인가. 나는 냉면으로 하겠네."

"난 오야코[7]로 해주시게."

"난 됐네."

"우동."

이런 형편인지라 인식과 친구들은 무언가 잘못을 일으켜서 교관실에 야단을 맞으러 가도, 이 나이든 코풀이 선생을 보는 것이 더 이상 참을 수 없을 정도로 마음이 괴로웠다. 하지만 젊은 선생들에게 굽실굽실 묻고 다니며 주문을 다 받고 나서도 장본인인 그는 한구석에 있는 자신의 자리에 돌아와 점심도 거르고 다시 부스럭부스럭 일을 계속했다. 언젠가 어떤 생도(生徒)[8]가 흑판에 조선어로 '우리들은 ××가 아니다'라고 쓴 적이 있다. 교실에 들어서며 언뜻 그것을 본 코풀이 선생은, 사지를 격렬하게 떨면서 어여차 교단 위까지 왔지만, 잠시 얼굴이 하얗게 됐다가 시뻘개져서는 손수건으로 땀을 훔쳐낼 따름이었다. 그리고 겨우 마음을 가다듬어 교과서를 펼치고 쵸크(분필-역자 주)를 손으로 집어 흑판을 향해 손을 올렸는데, 그 손은 오들오들 떨려서 무언가 글자를 열심히 떠올리려고 하는 것만 같았다. 하지만 어찌된 일인지 그 손은 낙서와 똑같은 ××라고 하는 글자를 쓰고 말았다. 이런 일을 견주어 생각해 보면, 지금 코풀이 선생이 더욱더 가련하게 생각 되어서 참을 수 없었다. 인식은 그 길로 관사에 들어가 모든 상념을 물리치기라도 하듯이 벌렁 드러누웠다. 하지만 희미한 새벽빛이 비추듯 동맹휴업을 단행했던 날의 광경이 떠오르기 시작한다. 부르짖는 소리가 들려온다. 몹시 호통치는 소리가 울린다. 전교생이 이층 각 교실에서 농성하며 서로 야단법석을 떨고 있는 가운데 코풀이 선생은 눈이 새빨갛게 부어서 숨을 헐떡헐떡 거리며 올라온다. 모두가 격분해서 수풀처럼[9] 주먹을 휘두르며, "×× 꺼져라. 꺼져

---

7) '오야코돈부리(親子丼)'의 준말로 '닭고기 계란 덮밥'이다.
8) 전에 중등학교 이하의 학생을 이르던 말이다.
9) 원문에는 '숲처럼(林の如く)'으로 나와 있는데, '숲처럼'이라고 하면 보통 다케다

라!” 하고 부르짖는다. 코풀이 선생은 이미 혼이 나간 양 생도 속으로 밀어 젖히며 들어간다. 그런 북새통 속에서 인식은 누군가가 자신의 양 어깨를 있는 힘껏 부둥켜안는 것을 느낀다. 놀라서 올려 보자 콧물을 잔뜩 흘리고 울며 매달리는 코풀이 선생이다.

“나까지 몰아내서, 나까지 몰아내서.” 하고 그는 헐떡헐떡 대며 목이 잠긴 목소리로 신음한다. “어, 어찌할 생각입니까.”

그리고 목에 매달려서 큰 소리를 내며 울음을 터뜨린다.

“내게 무슨 원한이 있는가. 원한이 있다면 나를 때려 주시게! 우리 집에는 아이들이 구더기가 들끓는 것처럼 잔뜩 있다네. 좀 봐주시게!”

인식과 친구들은 바보 취급을 당하고 고통받고 있는 이 비굴한 동족 선생을 보는 것을 단 하루도 참을 수 없는 심정이었다. 그래서 이참에 노회(老獪)한 교장과 그 밖에 선생 한둘과 함께 그를 배척하기로 했다. 그러나 결국 생도 오십 명 가까이가 교문 밖으로 추방되었고, 코풀이 선생도 면직 처분이 됐지만, 얼마 지나지 않아 교장은 경성 쪽으로 전임되어 갔고, 그 밖에 선생들은 각기 임관을 했다. 그로부터 실로 오륙 년이라고 하는 세월이 지났고 뜻밖에도 이 늙은 선생을 이런 곳에서 다시금 발견한 것이다. 코풀이 선생은 어찌된 영문인지 인식을 특별히 아꼈던 것 같다. 그에 비해 자신은 너무나도 배은망덕한 태도로 그를 대했던 것이 아닌가. 오늘 다시 옛 스승의 너무나도 비참한 모습을 보았을 때, 그는 정말 뭐라고 형용할 수 없는 울고 싶어도 울 수 없는 기분이었다.

이렇게 홀로 괴로운 생각 안에 잠겨있을 때 드디어 숙부가 목덜미의 땀을 훔쳐내면서 득의양양하게 들어왔다.

“넌 어째서 도중에 나갔느냐?”

신겐(武田信玄)의 ‘풍림화산(風林火山)’에 나오는 “‘바람처럼 빠르게, 숲처럼 고요하게, 불길처럼 맹렬하게, 산처럼 묵직하게(疾如風, 徐如林, 侵掠如火, 不動如山)”를 떠올리기 마련이다. 이것은 손자(孫子)의 병법(兵法) 가운데 하나이기도 하다. 이 부분은 김사량이 착각해서 잘못 넣은 부분이 아닐까 한다. 문맥이 이어지지 않지만 원문 그대로 번역한다.

"워낙 무더워야 말이죠." 인식은 몸을 일으키면서 짜증난다는 듯 조선어로 투덜거렸다.

"무시아쯔캇타?"10) 그는 그렇게 내지어로 말을 받고는, "흐음, 그래 대에학생(大學生)11) 내 연설하는 모습이 어떻더냐." 하고 생긋 웃고는 대답을 기대하는 얼굴로 닭과 같은 눈을 하고 응시했다.

사실 아까도 군수는 자신이 연설하는 모습을 보아 달라며, 억지로 인식을 회당으로 끌고 갔던 것이었다.

"네……." 하고 인식이 대답할 말이 없어서 횡설수설하자,

"헤, 어떻더냐, 훌륭하지 않더냔 말이다. 허, 이 녀석 보거라. 내 연설로 치자면 사앙관(上官)12)들도 인정하고 있단 말이다. 즈윽 나를 웅변가라고 모두가 말하고 다닌다 이 말이다." 그리고는 갑자기 목을 쑤욱 내밀고 허허허 웃고 나서 이번에는 조선어로 목소리를 죽여 가며 말했다. "저 여우같은 낯짝을 하고 있는 내무주임은 말이다. 연설만은 나를 당해 낼 수 없어서 두 손 두 발 다 들었단 말이렷다. 아무리 지가 내지인에 상관인 나보다 실권이 있고 수입이 많다 해서 잘난 척을 해도, 연설하는 것을 보면 내가 월등한 점을 일목요연하게 알 수 있는 것이니까 말이다. 우하하하."

하고 배를 흔들어 대며 웃는 것이었다.

하지만 숙부가 이렇게 자기 앞에서 대단한 척을 하고 있지만, 인식은 이미 그의 흉중을 꿰뚫어 보고 있었다. 사립대 전문부를 나온 후 문관 자격도 없어서, 사십 대도 반을 넘기고서야 겨우 이 깊은 산속 군수로

---

10) "蒸し暑かつた?"가 원문이다. 뜻은 "더웠다고?"이다.

11) 원 발음은 '다이가쿠세(だいがくせい)'이지만 원문에는 '타이가쿠세(たいがくせい)'로 표기되어 있다. '숙부'의 일본어는 이런 식으로 '내지어'를 모방하고 이를 자만하고 있지만, 실제로 그가 뱉어내는 내지어는 '표준어'와는 거리가 먼 '이질적'인 것임을 알 수 있다.

12) 원문에는 "ぞうかん"으로 틀린 음이 달려 있다. 원래는 "じょうかん"이다. 그 외에 "つまり"는 "ちゆまり"로 되어 있다. 이 부분을 대화에서 재현해서 표기한 것으로 오식이 아님을 거듭 밝혀둔다.

임명된 그였다. 하지만 군수로 말할 것 같으면 급료도 낮고 나가는 돈은 터무니없이 많은 존재로, 실권은 또한 늘 부하 직원인 내무주임이 갖고 있었다. 인식이 본 바, 군수는 정해진 작은 관방(官房)에서 쿨쿨 낮잠을 자거나, 시도 때도 없이 차나 마셔 대거나, 하품을 하면서 그날그날을 보내고 있었다. 모든 행정은 주임에게 맡겨놓고 모든 일이 빈틈없이 수행되고 있다고 믿을 따름이다. 때때로 부하가 결재를 요청해 오면 커다란 도장을 쾅쾅 찍는 것이 낙이었다. 다만 한 가지 중대한 역할이 있다고 한다면, 그것은 도(道[縣]) 등 상부 관청에서 누군가 출장이라도 올 때면, 굽실굽실 그 뒤를 졸졸 따라가며, 밤에는 군청 간부를 그러모아 요정에서 성대한 연회를 열어 극진하게 접대를 하는 일이었다. 특히 그와 같은 어정뱅이 군수는 목이 잘리는 날이 뻔히 보이는 만큼, 이런 유일한 역할에 한층 충실해지기 마련이어서, 백 엔13)도 되지 않는 월급으로는 매달 생활도 하기 힘들었다. 그래서 부채가 막중해져 유산으로 받은 전답을 팔게 됐다는 이야기를 인식은 고향에 있는 정실(正室)인 숙모에게 들어서 잘 알고 있었다. 군수 자신도 다만 봉건적인 관직 욕심에서 마차를 끄는 말처럼 길들여졌다고는 하지만, 매일 밤이 유쾌할 리가 없었다. 수입으로 봐도 부하인 내무주임 쪽이 가봉까지 합치면 오히려 훨씬 많은 정도였고, 또한 연회비만 해도 내무주임은 쩨쩨하게 호주머니를 딱 닫고 있어서, 물론 숙부 자신도 이러한 자신의 지위에 불만이 매우 많을 터였다.

　“하지만 연설이 아무리 훌륭하다고 해도…….” 하고 인식은 젊은 대학생에 걸맞게 분개한 태도로 밉살맞다는 듯 소리쳤다.

　“그게 도대체 뭘 하는 것입니까. 실제 거기서 흰 옷을 입고 있던 사람은 오직 숙부님 부하인 내무주임뿐이었어요!”

---

13) 당시 일본에서 일용직 노동자의 하루 일당이 1엔 97전(1939년)이었으므로 100엔은 적지 않은 돈인 것을 알 수 있지만, 내지와 외지의 물가차이 등을 고려한다 하더라도 군수 월급으로는 그다지 많지 않은 돈임도 알 수 있다.

“그렇지. 그렇고말고.” 하고 숙부는 옳거니 하고 말하는 듯 무릎을 내밀고 자연스레 조선어로, “그래서 곤란하단 말이다. 내무주임은 내지인이라는 구실로 스스로 나서서 모범을 보이는 일을 하지 않는단 말이다. 괘씸하다 이 말이야. 정말로 괘씸해.”

“그건 그렇다 치고, 거기 모인 사람들의 옷은 모두 훌륭한 색의(色衣)였어요.” 그는 자기 목소리가 떨리는 것을 느꼈다.

“모두 흙색의……. 그 흙투성이가 돼서 닳을 대로 닳은 옷이 어쨌다고 하는 겁니까.”

“아니 그렇게 말해선 안 되지.” 하고 숙부는 넥타이를 풀려던 손을 멈추고는, 다시 급변해서 내지어로 말했다.

“그 놈들은 교오활(狡猾)해서 일부러 그런 옷차림으로 나타난 것이야. 대에학생(大學生)의 눈으로는 알 수 없어. 하지만 오늘 내 연설로 그 놈들도 완전히 가암복(感服)했을 것이야. 즈윽 이걸로 다시 색의를 입는 사람이 늘었단 말이다. 시일제(實際) 이걸로 내 업적도 올라가고 말고. 엇떻게든 그 스웃자(數字)를 늘려놓지 않으면 군수를 해먹을 수가 없다니까. 너와 같은 대에학생은 알 길이 없겠지만. 관청에서는 뭐든지 스웃자 스웃자란 말이야. 이제 조금이라도 우리 군의 업적도 올라갈 것이야. 내일이 장이 서는 날이라 직접 또 장에 가서 자앙려(獎勵)할 테니까 말이야.”

그리고는 갑자기 후후후, 후후후 하고 웃어 대기 시작하고는 인식의 소매를 끌면서 창문 쪽을 가르켰다.

“저걸 보거라. 저걸 보란 말이다.”

손가락으로 가리키는 곳을 창을 통해 바라보니, 방금 회당에 모여 있었던 것이 틀림없는 남자나 여자들이 놀랍게도 등에 먹물로 ○나 △ 또는 ×라는 표시가 하나씩 찍힌 채로, 한 사람 두 사람 맥없이 지나쳐 간다. 제아무리 숙부라 할지라도 약간 마음이 켕겼는지, 이 순간을 얼버무리듯 한결 더 후후후, 후후후 하고 연신 웃어댔다.

“대체 무얼 하는 겁니까? 저 사람들에게…….” 인식은 일시에 핏기가 사라진 듯 새파랗게 질린 채로 일어서서, 의분에 몸부림치며 격렬하게 와들와들 떨면서 외쳤다. 그리고 엄한 얼굴로 숙부의 얼굴을 응시했다.

"너야 말로 어찌된 일이냐. 그런 눈초리를 하고서." 하고 말하고 군수는 다소 기가 질려서 몸을 돌렸다. "아까 그 녀석들이 내 연설에 가암복(感服)해서, 돌아가는 길에 출구에서 색의로 바꾸겠다는 증표로 먹물로 표시를 해달라고 한 것이야."

"도대체 누가……."

"요컨대 내 부하들이 하고 있다 이 말이야."

"통역하고 있던 그 노인도요?" 하고 인식은 갑자기 휘청휘청 거리며 무언가가 두려워 주저하는 듯이 희미한 소리로 물었다.

"그렇지. 그 사람은 예전에 내 중학 선생이었는데, 지금은 군청에서 교화주임(敎化敎化)이니까 물론이고 말고."

"……제 선생님이기도 했습니다."

"나도 알고 있어. 네 녀석들이 쓰을데없는 짓을 해서 저 선생이 쫓겨나서 곤란해 하고 있어서, 부하로 쓰고 있는 것이야. 붓글씨를 잘 써서 정말 여러모로 쓸모가 있다니까."

"……."

두 사람은 각기 생각에 잠겨, 저편 좁은 골목으로 사라져 가는 사람들을 멍하니 바라보고 있었다. 다시금 그들의 눈앞에는 먹물로 된 표시가 칠해진 사내들이 대여섯, 죄수처럼 묵묵히 이어서 가는 뒷모습이 나타났던 것이다.

"교화주우임이 널 만나고 싶다던데. 좀 있다 찾아온다 하더라……."

"……제가 와 있는 것을 알고 있습니까?"

"네가 도중에 나가는 것을 본 모양이구나."

인식은 마침내 내일 아침 일찍 목적지인 양부산으로 가리라고 결심했다. 더 이상 한시도 부질없이 이곳에 머물 수 없을 것 같은 초조함에 어찌할 바를 몰랐다. 게다가 함께 같은 대학에 적을 둔 다른 학우들은 이미 양부산 화전민 집단 지구에 도착해서 각자 분담된 일에 따라 산민 경제(山民經濟)나, 종교 신앙(宗敎信仰), 문자 해독 정도, 질병 상태 등의 조사에 착수했음이 틀림없었다. 아무튼 그 무렵은 대학생을 시작으로 중학생에 이르기까지, 모두가 젊디젊은 열정을 안고서 여름방학을 이용해, 농촌과 어촌으로 산간으로 파고 들어가던 시절이었다. 야학을 열어 문맹에 빛을 안겨주기 위해, 또는 구석구석까지 그 생활을 조사해서, 그들과 호흡을 함께 하기 위해서 인식 자신도 같은 대학 출신으로 구성된 유학생 한 반으로 참가해서 양부산을 중심으로, 의학도의 한 사람으로서 산민들의 위생을 조사해서, 혹은 동시에 간이 치료를 실시하거나 하기 위해서 떠나왔던 것이다. 오랜만에 돌아와 보니 한 줌의 흙, 한 움큼의 풀조차 마음에 새로운 떨림을 느끼는 그였다. 하지만 본디 극히 소박한 감수성이 넘치는 젊은 인식에게는, 조사라고 하는 직무보다도 오히려 쫓겨 가는 화전민과 함께 통곡을 하고 싶은 어쩌면 감상적인 기분이, 부질없이 앞섰던 것이었는지도 몰랐다. 또한 어떤 면에서는 이러한 가장 황폐한 고향의 품에 돌아와, 무언가 알 수 없는 맹렬하게 사나운 자연에 연약한 마음을 질타당하고 채찍질당하는 것을 원했는지도 모르겠다. 경성에서 삼십 리 동쪽으로 준령(峻嶺)이나 협곡 사이를 합승 버스로 이 오지까지 들어오면서, 그는 자신의 감정이 얼마나 고양되었는지를 기억하고 있다. 몽땅 태워버린 험준한 산언저리에 화전민의 간이 움집을 바라봤을 때, 자신의 가슴에서 붉은 피가 그곳에 튄 것 같은 고통마저 느껴졌다. 이 뭐라 해야 할 비참한 고향의 모습이란 말인가. 도리어 그것을 아는 것이 무시무시한 기분마저 들었다. 우리들의 생활을 우선 알지 않으면 안 된다는 데 공감해서 따라온 그가 아닌가. 하지만 오늘처럼 또 도저히 비극적인 광경에 직면하게 되니, 마침내 자신마저 가련한 산민들 무리 속에 내쫓기고 있는 듯 했다. 그는 자신의 그러한 기분을 헤아릴 여유는 없었다. 하지만 역시 일종의 체념에 통해 있는 감상이라고 해야 할 것인가, 그저 다만 모든 의욕을 잃고 빈궁 속에 시달리는 화전민들 안으로 들어가기만 하면, 자신의 마음만이라도 가벼워질 것이라고 생각했다. 그래서 정작 자신이 그들을 어떻게 할 수 있는 것도 아니었다. 다만 자신도 그 가운데 한사람이라고 생각할 때, 곧 자신은 구제될 수 있다고 생각하는 것이다. 인식은 이것이야말로 감상적인 에고이즘인 것인가 하고 눈물을 글썽이며 생각했다.

인식은 저녁밥을 물리고 뭐가 됐든 준비가 덜된 자질구레한 것들을 이 읍을 끝으로 두루 갖추지 않으면 안 되겠다고 생각했기 때문에, 코풀이 선생이 찾아오기 전에 어두운 읍내로 내려갔다. 산간 지방인 만큼 날도 일찍 저물어, 한여름인데도 밤은 현저하게 추워진다. 작년에 겨우 들어오게 되었다는 전등도, 거리 점포에조차 그다지 많이 켜있지 않고, 대개가 가게 앞에 석유램프를 흐릿하게 밝히고 있다. 길가 곳곳에 멍석을 깔고 모깃불 연기를 피우면서, 너덧 명씩 배를 깔고 길게 드러누워 있다. 시커먼 조선 개가 멍멍 하고 요란스레 짖어 대곤 했다. 이발소의 젊은 사내들이 창가에 두셋 기대서 괴아한 듯 그가 지나가는 것을 바라보고는 했다. 그는 우선 어딘가 약방이라도 없을까 하고 찾아 돌아다녔다. 경성을 떠나기 전에 돈복약(頓服藥),[14] 위장약, 키니네,[15] 안약 등을 일단 갖추고, 또한 선배 의사에게 여러 가지 주사약을 등을 받아서 떠나오기는 했지만, 이 산읍에 와서 처음으로 화전민에게는 무엇보다도 피부약이 가장 필요하리라는 것을 떠올렸던 것이다.

거기서 미량의 고약(膏藥)을 겨우 발견하고 양말, 타월 등과 함께 사서 뒷골목을 터벅터벅 걸어 돌아올 때였다. 조금 전부터 어쩐지 앞 쪽 어딘가에서 시끄럽게 부부가 아우성쳐 대는 소리가 들린다 싶더니, 마침 그

---

14) 한꺼번에 다 먹는 약. 설사약 따위를 이른다.
15) 키니네(Quinine)는 항말라리아 약이다. 키니네는 거의 유일한 말라리아 특효약으로 제2차세계대전 경까지는 매우 중요한 위치를 점하고 있었다. 열대지방에 식민지를 지배하고 있던 유럽 제국들은 키니네를 대량으로 소비했다. 일본은 다이쇼(大正) 말기(1910년대 말)에 세계 제 2위의 키니네 생산국이 됐다.

곳을 지나가면서 보자니 생각했던 대로 어떤 그을린 작은 초가집 앞 어두컴컴한 곳에 대여섯 사람의 그림자가 서 있었고, 그 안에서는 살림살이가 던져지거나 깨지는 듯한 소리가 악다구니를 써 대는 부인의 소리와 함께 울렸다. 그런가 싶더니, 더러운 옷차림의 사내애가 도망치듯 쪽문을 뛰쳐나갔다.

"히히히." 하고 아이는 백치처럼 웃었다. 어둠 속에서 눈 쪽이 커다랗고 새하얗게 빛나 보였다. "어, 어무이가 아부지를 때리고 있다요."

"그려? 왜 그런다냐?" 하고 모두가 모여들었다.

"모른다요. 히히히. 들어와 보면 안다 안 하요. 들어와요. 들어오라 안 하요."

하고, 아이는 선두에 서서 연신 손짓을 하면서 다시 들어갔다. 두세 명의 사내가 겁먹은 듯이 줄줄 쪽문 안으로 따라 들어갔다.

초가집 안은 살기등등한 여자의 새된 소리로 울려 댔다. 당황해서 두세 마디 신음하듯 말하는 코풀이 선생의 코맹맹이 소리도 들려왔다. 그런데 그와 동시에 방금 전 패거리들이 허둥지둥 뛰쳐나왔다. 그 뒤로 살찐 한 부인이 미친 듯한 모습으로 키가 큰 코풀이 선생을 밀어내면서 튀어나왔다. 선생은 쓰러질 듯한 자세로 비명을 내질렀다.

"꺼지라요. 흥 이 늙다리 영감. 꺼지라지 않소! 이 미친 놈팽이, 빌어먹을 영감!"

"왜 이러오. 왜 이러냐니까."

하면서, 옛 스승은 팔을 휘둘러 자신을 때리는 것을 필사적으로 피하려 하면서 신음했다. 뚱뚱한 부인은 산발한 머리를 늘어뜨리고 어찌하면 마음이 후련해질까만을 생각하며, 코풀이 선생의 등을 때리거나, 목덜미를 할퀴고, 허리띠를 쥐고 물거나 덤벼들고 있었다. 가까스로 사람들이 사이를 파고 들어와서 두 사람을 떼어놓았다. 그렇지만 부인은 아직 성이 차지 않았던 것인지, 계속해서 덤벼들면서 한바탕 탄식을 하기 시작했다. 인식은 그곳을 재빠르게 벗어나 관사로 가는 작은 골목길로 서둘러 가면서 은근슬쩍 엿들었다.

"자 여러분들일랑 들어들 보소. 이 늙어빠진 영감이 하나밖에 없는 흰 치마에 먹칠을 해댔다 안하오. 이 빌어먹을 영감탱이야. 네 놈이 나한테 흰 비단 치마 하나라도 해줬느냐 말이다! 고것이 아니면 돈이라도 남겨서 가져왔느냐 이 말이요? 매일 밤 지 주제에 술이 다 왠 말이요. 에, 연회라고라? 내일 처먹을 쌀도 없는 살림에 당췌 연회가 뭐 다요? 내 흰 치마를 어찌해줄 참이요. 어찌 할 것이냐고야. 군청 사람들만 혀도 지 집에 있는 옷은 수단 좋게 잘 간수한다 안하느냐 말이요……."

"이제 그만들 혀시오. 그만 하라요." 하고 사람들이 달래려고 했으나, 이번에는 부인이 작정을 하고 아이고아이고 곡소리를 하는 것이 들려왔다. 뭐라 형언할 수 없을 정도로 슬픈 기분에 인식은 터벅터벅 걷고 있었는데, 갑자기 어떠한 기척이 나서 뒤를 돌아보자, 옛 스승이 숨이 차오르는 듯 숨을 후우후우 쉬면서, 도망치듯 자신의 뒤를 따라왔다. 이렇게 해서 결국 몇 분간 두 사람은 나란히 길 위를 터덜터덜 걸으며 걸음을 재촉했는데, 갑자기 코풀이 선생이 그를 알아보고는 급히 멈춰서자마자, 이것이야말로 일 년에 한두 번밖에 없는 일이라는 듯, 진심으로 기쁜 양 탁한 목소리로,

"박군이신가."

하고 미소를 띠고 말하면서 다가왔다. 방금 전에 벌어진 꺼림칙하고 부끄러운 사건을 인식이 알리가 없다고 생각한 것인가, 아니면 스스로 이미 까맣게 잊어버린 것일까.

"이야 선생님이십니까." 인식은 당혹한 기색을 숨기고 아무렇지 않아 보이게 노력하면서 그렇게 중얼거렸다.

"내 시방 마침." 하고 말을 걸면서 선생은 손수건에 코를 풀었다. 소매가 차마 볼 수 없을 정도로 찢겨져 있었다. "관사로 자네를 찾아가던 길이야."

"그 일 뒤로 별일 없으셨나요." 인식은 이번에는 오히려 침통한 기분

으로 말했다. "학창시절에 정말 제멋대로 굴어서."

"아니야. 이미 난 그런 옛날 일은 생각하지 않기로 했다네. 그런데 도쿄에 있는 대학에 다니고 있다던데."

"예."

"정말 훌륭하네. 정말 여러분이 학교에서 추방 당했을 때는, 전도유망한 젊은이들이 이제부터 어찌 될 것인가 하면서 걱정을 했단 말이지."

어느새 그들은 좁은 골목을 벗어나 개천을 끼고 풀밭 위를 조용히 걷고 있었다. 맑고 차가운 물을 가득 채운 물살이 졸졸 소리를 내고 있었다. 먼 산기슭에 숨어 있던 달이 서서히 얼굴을 드러내고 있어서, 황금색 같은 월광(月光)은 빠져들 듯이 물살에 잠기고, 그것은 수면을 스치는 미풍에 흔들거려 야릇하게 아름다웠다.

"선생님이야말로 정말로 저희들 때문에……." 하고 인식은 마음속으로부터 동정을 금할 수 없는 기분으로 말했다. 이렇게 둘이서 무심코 걷고 있자니 코풀이 선생이 그저 가련해서 견딜 수가 없었다. "정말 난처해 지셔서 어찌해야 할지……."

"무슨 소릴 하시는가. 어차피 그리 될 일이었어. 나도 좋아서 했던 일은 아니었지요." 그는 마치 인식과 함께 동맹휴업이라도 했다는 듯한 어조로, 시종 콧물을 훌쩍거리며 중얼거렸다. "……전공은 무슨 과신가."

"의과 쪽입니다." 하고 대답하면서 인식은 무심코 나이든 옛 스승의 얼굴을 올려다봤다. 희미한 달빛을 받아 약간 대머리진 얼굴이 빛나 보였고 예전에 혈색이 감돌던 흔적도 없이, 양 볼은 검게 그림자를 새겨 주름이 졌으며, 그전부터 선명하지 않던 눈은 한층 더 흐리멍덩하고 탁하게 변해 있었다. 코가 이상할 정도로 희미한 색으로 빛나고 있었다.

"호오 자네가, ……그거 정말……." 하고 말하며 그는 얼굴을 들어 빛나는 코를 손수건으로 닦았다. "인식군은 분명 정치과가 아니면 법과에 가리라고 생각하고 있었지요……법과였다면 고문(高文)16)을 치는 게 제일이지요. 뭐든 전부 자격을 따지게 되는 것이니까 말이지요."

"……."

"군수님도 자격없이 벼락출세를 했기 때문에, 이런저런 일로 참 딱한 일에 처할 경우가 이만저만 해야 말이지요……. 군수님은 내 제자였지요."

"네, 중학교 때입니까."

"그렇지요. 군수님은 그래도 실로 명관이시라서." 라고 말하면서, 인식의 심사를 살피는 듯한 시선으로 비굴하게 그의 얼굴을 살짝 보았다. "그래서 윗사람에게도 평판이 좋고 아랫사람에게도 인기가 있지요. 실로 대단한 수완을 갖춘 분이시지요."

인식은 듣고 있는 것조차 민망해서 엉겁결에 얼굴을 돌렸다. 이제 그림처럼 둥근 달은 완전히 산기슭을 나와서 소리도 없이 빛을 내려보내고, 아름다운 수증기가 달빛에 반짝반짝 빛나는 가운데를, 이슬은 조용히 내려와서는 무성한 풀밭을 적시고 있었다. 걸을 때마다 구두는 쓸쓸한 소리를 올리며 젖어들고, 방울벌레[17]가 주변 일대에서 따르르 따르르 하고 매우 낮고 힘없는 음으로 울고 있었다. 멀리서 희미하게 들려오던 부인의 곡성도 더 이상 들리지 않았다. 옛 스승도 무언가 깊은 근심에 빠져있는 것인가, 코도 훌쩍이지 않고 잠시 동안 입을 굳게 다물고 있었다. 온화한 은색 달빛이 녹아들은 개울의 물살을 물끄러미 지켜볼 뿐.

"난 자네와 만나서 오늘 밤은 학교에 있을 때 가르치던 달 노래(조선의 와카)[18]를 떠올렸다네. 사 학년 교과서에 있었지요. 좋은 노래였지요."

---

16) 고등 문관 시험의 준말.

17) 메뚜기목[直翅目] 귀뚜라미과의 곤충. 몸길이 16~18mm이다. 몸 빛깔은 암갈색 또는 흑갈색이다. 한국·일본·타이완 등지에 분포한다. 방울벌레는 귀뚜라미와 달리 "찌르르르" 하고 울지 않고, "따르르르" 하고 운다.

18) 원문에는 '달의 시조(月の詩調)'라고 되어 있고 시조 위에 '노래(うた)'라는 토가 달려있다. 그리고 괄호치고 '조선의 와카(朝鮮の和歌)'라는 부연설명이 있다. 이는 일본의 독자에게 생소한 부분을 설명하기 위함인데, 번역시에 이것을 우리말로 부연설명 없이 바꾸면, 원작이 창작된 배경 및 의도를 느낄 수 없기에 그대로

"예, 그랬었지요……." 인식도 문득 회고적인 쓸쓸한 기분이 들어서, "선생님" 하고 입을 열었다. "이제 여기서 헤어지시겠습니까? 저는 내일 아침 일찍 떠나야 합니다만……."

"어느 쪽으로." 하고 코풀이 선생은 인식의 얼굴을 의아한 듯이 바라봤다. 그 눈에는 젊은 제자에 대한 쓸쓸한 애정어린 빛이 깃들어 있었다.

"네. 군(郡)의 경계를 넘어서 H군(郡)에 있는 양부산 쪽에 가려고 생각합니다만……."

"그렇게 또 대단히 힘든 일을……. 길도 없는 험한 곳인데."

"예. 산에 오르는 것을 좋아해서요."

"오호 역시. 젊은 사람들은 힘이 넘치는군요. 자네도 역시 브나로드(당시의 문자보급운동)입니까. ……하지만, 무엇보다 몸을 소중히 하셔야 하네." 하고 코풀이 선생은 진심으로 말했다. "하지만 관사까지라도 함께 가시려나. 나도 군수님께 마침 용건이 있으니……."

두 사람은 다시 침묵하고 걷기 시작했다.

"또 언제 다시 만날 수 있으려나." 하고 옛 스승은 슬픈 듯 멈춰 서서 중얼거리곤 했다.

잠시 후에 관사에 도착해 문으로 들어가자, 창문을 활짝 열어젖혀 놓은 밝은 객실 한 가운데에 유카타(浴衣)[19]를 걸친 숙부가 등의자에 몸을 젖히고 턱 버티고 앉아서, 쑥 내민 커다란 배에 부채로 바람을 보내고 있었다. 코풀이 선생은 현관으로 들어 가려고 하지 않고, 창문 쪽으로 가면서 숙부쪽을 보고는 정중하게 허리를 굽혔다. 군수는 전혀 눈치채지 못한 것인지, 조금도 몸을 움직이려는 기색이 없었다. 인식은 마침내 참을 수 없을 것 같은, 게다가 예전에 가르치던 제자인 군수 앞에서 늙

번역한다.

19) 당시 목욕용 가운은 일본 전통 복식인 '유카타'였다. 그러므로 원문 그대로 '유카타'로 번역한다. 유카타는 기모노의 일종으로, 주로 평상복으로 사용하는 간편한 옷으로, 목욕 후나 여름 축제시에 즐겨 입는다.

은 옛 스승의 비참한 모습을 보는 것이 잔인한 것 같은 생각이 들어서, 앞서 총총걸음으로 현관에 들어갔다. 하지만 객실 뒤쪽 복도에 접어들었을 때,

"인조쿠"20) 하고 숙부가 변함없는 내지어로 부르는 것을 듣고는,

"네." 하고 대답하며 멈춰섰다.

"들어 오거라."

미닫이를 열더니,

"정말로, 너는 결국 내일 떠어날 생각이더냐."

"네 내일 아침 떠날 생각입니다."

보아하니 코풀이 선생은 창문 밖에서 창가에 기대듯이 서서 이쪽을 바라보고 있었다. 아마 이 옛 스승이 그가 내일 떠나는 것을 군수에게 말했던 것이리라.

"그러냐. 그러면 H군이나 F군 쪽으로 가는 것이 좋을 것이야. 시일제(實際) 화전민이라는 자들은 내 관할 군에는 조금 밖에 없단다. 즈으윽 내 정책이 좋아서 거의 모두를 평지로 내려 보내 노옹민으로 만들었단다. 저 선생도 알고 있는 일이지. 그렇지 않나?"

코풀이 선생은 순간 당황한 듯 고개를 끄덕끄덕해 보이고는,

"전임 군수님 때보다 오분지 일도 안 된다 이 말씀입죠. 헤헤." 하고 극히 격조가 낮은 내지어로 추종하는 듯이 낮은 소리로 중얼거렸다. "화전민이라면 다른 군이 좋을 것입죠. 그래서 인식 도련님도 H군에 있는 양부산으로 떠난다고 말씀입죠."

"그게 좋아. 그곳은 관청에서도 대놓고 화전민이 사는 것을 허용하는 지구(地區)니까."라고 말하고, 목에서 그르렁그르렁 넘쳐나던 거담을 밖으로 뱉어 내려고 코풀이 선생 머리 위쪽으로 몸을 내미는가 싶더니, "이거 큰일이군!" 하고 갑자기 소리를 질렀다. "앗 산불이얏. 산불!"

---

20) 주인공 '인식'의 일본어식 읽기. 원문을 보면 '植' 위에 '조쿠(ぞく)'라는 토가 달려있다.

그 말에 놀라 인식도 창가에 달려가서 바라봤는데, 동쪽 먼 산악지대 위로 조금 붉은 저녁놀과 같은 연기와 안개가 그 일대에 자욱이 끼어 있는 것이었다. 옆쪽으로 길게 끼어 있는 권적운이 마치 타고 있는 것 같아서, 그 위에는 또 이상하리만큼 붉게 달아오른 달이 둥실 떠올라 있었다.

"이런 빌어먹을. 재수없게시리." 하고 숙부는 이를 갈면서 법석을 떨었다. "아직까지 저런 곳에 화전민 놈들이 숨어 있었단 말이냐!"

"저건 분명 H군에 틀림없습죠." 하고 코풀이 선생은 갈팡질팡하며 중얼거렸다. 그리고는 갑자기 어찌해야 좋을지를 몰라서 허둥대더니 네다섯 걸음 문쪽으로 뛰어갔다.

"이봐 선생!" 하고 군수는 당황해서 큰 소리로 멈춰 세웠다. "아니지. 교화주임 상. 얼른 모두 군청에 모이도록 손을 쓰시오. 산림 감시원도 어서 불러 모아야지 않겠소."

"예엡, 예엡." 하고 몇 번이고 허리를 굽히고서 코풀이 선생은 어둠속으로 사라졌다.

그 뒤를 숙부도 뒤쫓아서 허둥지둥 방을 뛰쳐나갔다. 인식은 창가에 기댄 채로 격렬하게 가슴이 떨리는 것을 느끼면서, 점차 거세져 가는 불길을 바라봤다. 들가에는 안개가 껴서 산들이 바다처럼 부침하고 있는 것처럼 보였고, 다만 동쪽 산 능선 주변만이 흐릿한 붉은 색으로 희미하게 타오르고, 때때로 숲이 타오르면서 딱딱 튀어 바람에 휘날려 오는 것일까, 지금이라도 천둥소리라도 우르르쾅쾅 울려낼 것처럼 번개마냥 하늘이 새하얗게 일그러져 보이거나 했다. 달은 화염에 가려 희미해져서 이미 빛을 잃었고, 무언가 흉조(凶兆)라도 보여주듯 어슴푸레하게 떠 있었다. 그러는 사이에 주위도 어수선해져 갔다. 사람들이 언덕 위쪽으로 이 처참한 광경을 구경하러 온 것이다. 산속으로 산속으로 쫓겨나기만 하는 화전민들은 그렇게 바람도 없는 백주 대낮인데도 경지를 얻기 위해서 산에 불을 붙였다. 하지만 갑자기 바람이 불거나 해서 산불이 잇따르면 이렇게 또 관청에까지 알려지게 되는 것이었다. 게다가 이곳 산민들에게는 그러한 산불이 번지는 광경이 무엇보다 아름다우며 저주 받은 볼거리임에 틀림없었다.

"잘 타오른다!"

"대단히 큰 산불이 아닌감. 저래서는 며칠 밤낮이고 계속될지 모르겠구먼."

등등 저마다 소리치는 소리가 들려왔다.

"H군에 틀림없드레요. 분명 H군이드레요."

"그래 내일은 저쪽을 향해 가보자."하고, 인식은 자신에게 중얼거리는 것이었다. "그곳을 통과해서 양부에 가는 거다."

다음날 아침 일찍 일어나서 바라보니 지난 밤 화염이 치솟았던 동쪽에 연이어 있는 산들 위로는 안개처럼 보이는 하얀 연기가 뭉게뭉게 하늘로 빨려 들어갈 것처럼 그 일대에 자욱하게 끼어 있었다. 이제 점차 바람도 그쳐서 불기운이 약해져 가는 걸까. 하지만 그는 여행을 떠날 차비를 마치자, 어쨌든 타고 갈 수 있는 곳까지는 승합 버스를 타고 가려고, 하루에 한 번밖에 운행하지 않는 버스에 늦지 않기 위해 차부(車部)[21]로 서둘러 떠났다.

그 날은 마침 시장이 서서, 이미 거리 양쪽에는 천막이 삐라를 뿌려 놓은 듯이 세워졌고, 잡화나 포목, 포리, 밤 그리고 건어물, 다시마 등이 그 아래에 놓여있었다. 두건을 쓴 검게 탄 장돌뱅이 사내들이 큰소리로 기운 좋게 떠들어 댔다. 그 천막 사이를 산읍 사람들과 깊은 산속에서 장을 보러 나온 사내들이, 왁자지껄 소란을 피워가며 분주하게 오가고 있다. 인식은 이 극도로 초라한 시장 안을 누비기라도 하는 것 마냥 바삐 지나갔다. 아낙네 두세 명이 천막 아래에 쪼그리고 앉아서 빗을 고르

---

21) 자동차의 시발점이나 종착점에 마련한 차의 집합소를 뜻하는 옛말이다.

거나, 천조각을 대보는가 하면, 또 어느 곳에서는 노파에게 밤 떡을 사 먹거나 하는 사내들이 있었다. 그때 문득 그는 이 사람들 사이에 어제마냥 등에 먹물로 표시를 한 사람들이 있는 것을 보고 깜짝 놀랐다. 어쨌든 그것이 방금 전에 칠해진 것처럼 먹물이 방울져 떨어지는 것 마냥 생생했던 것이다. 과연 또 한구석에는 새하얀 저고리를 입은 아낙네들이 두셋 서로의 등에 찍힌 표시를 마주 보면서 한스러운 듯 아우성치고 있었다. 어 어럽쇼 이상하군, 하면서 여기저기 주위를 살피면서, 거의 시장을 다 빠져나올 무렵, 건너편 광장에서 승합버스가 갑자기 부우부우하는 경적을 울리며 지금이라도 발차(發車)하려는 듯한 태세여서, 그는 서둘러서 그 쪽으로 뛰어갔다.

차는 낡고 소형이었는데 예상대로 사람이 적어서, 쉽게 탈 수 있었다. 그리고 그는 가솔린이 내뿜는 매연과 악취 속에서 상의를 벗고는, 손수건으로 목덜미에 배인 땀을 닦아내면서 무심코 창밖으로 눈길을 가져갔다. 그런데 그 순간 그의 눈은 얼어붙은 듯 움직이지 않았다. 거기서부터 얼마 떨어지지 않은 시장 입구에 해당하는 포플러 나무 밑에 두세 명의 군청 직원과 함께 손에 먹통과 붓을 든 키가 껑충 큰 코풀이 선생이 서 있는 것을 발견했던 것이다. 그 뒤로는 숙부와 내무주임이 대기하고 부채질을 하면서, 싱글벙글 유쾌한 듯 지휘하고 있다. 젊은 사내들이 아무것도 모른 채 시장에 들어오려고 하는 남자와 여자를 잡아 오면, 코풀이 선생이 그 지저분한 옷에 먹물로 표시를 했다. 모두 케들케들 웃어 댔다. 하지만 코풀이 선생은 얼굴의 땀과 코를 연신 훔쳐 댈 뿐이었고, 먹물이 칠해진 남자도 또한 입을 다물고 목덜미에서 땀을 닦아내면서 사라졌다. 과연 한 여자가 손을 휘저으며 비명을 내질렀다. 그러자 군수를 비롯한 사내들은 더욱더 기분이 좋은 듯 마구 소리를 내서 웃어 댔다.

인식은 조용히 눈을 감고 부들부들 떨리는 마음을 진정시켜보려 했지만, 가슴속에서 부글부글 치밀어 올라오는 분노를 어떻게 하면 좋을지 알 수 없었다. 차가 움직이기 시작했을 때, 결국 그는 아이처럼 양손에 얼굴을 묻고 잠시 동안 미동도 하지 않았다.

종점인 산속에 당도해 차에서 내려서, 조운령(鳥雲嶺)이라고 하는 산을 넘어 드디어 H군 경계에 들어가게 되었다. 연기가 치솟고 있는 방향을 향해 가는 것인데, 전방에는 거대한 산에 연이은 봉우리가 병풍처럼 앞을 가로막아서 연기도 분명하게 보이지 않고 다만 조운령 위에 하얀 구름이 피어오르고 있을 뿐이었다. 깎아지른 협곡 위를 오르면서 멀리 바라보니, 산 중턱부터 정상에 걸쳐 화전민 손에 황폐해진 검푸르게 변한 산들이 서로 으르렁대고, 적송과 낙엽송, 상수리나무 등으로 이뤄진 숲은 휘어질 정도로 흔들거리고, 아래에는 한강 백 리 상류가 검게 보일 정도로 푸른 물살이 도망치듯이 흰 물보라를 일으키며 흘러가고 있다.

심산 속으로 깊이깊이 들어가니, 바람은 차고 햇빛은 또한 희미해져 갔다. 게다가 산들이 황폐해짐도 갈수록 심각해 만신창이라고 해도 좋을 벌거숭이가 되어 있었고, 버려진 화전이 고약을 붙인 상처처럼 군데군데 검게 그을린 채로 착 달라붙어 있었다. 협곡을 사이에 둔 맞은편 낭떠러지 산 위에는 누가 살고 있는 것인지, 노란 귀리밭 물결이 바람에 나부끼고, 한 쪽으로는 간이 움집이 죽은 새처럼 걸려있었다.

깊어가는 산 속을 몇 시간이고 걸어가는 사이에, 드디어 좀 높은 산자락 사이에서 움집을 발견했다. 움집은 숨듯이 납작 엎드려 있었고, 뒤로는 적송 세 그루가 서 있었다. 그 아래쪽으로는 널따란 화전이 경작되어 있었는데, 그것은 신기하게도 퍼런 것들로 뒤덮여 있었다. 당장이라도 날아갈 것 같은 움집 안은 쥐 죽은 듯이 조용해서 말을 걸어봤지만, 대답이 없다. 토방을 엿보니 깨진 항아리나 더러운 사발 몇 개가 놓여있고, 작은 바구니 옆에는 지게가 하나 세워져 있었다. 어두컴컴한 방안을 살펴보았는데, 거기에도 또한 이렇다 할 가재도구는 없다. 무언가 상한 듯 악취가 풍기는 가운데 파리가 윙윙 소리를 내며 날아다니고, 토벽에는 묵으로 쓴 수상한 부적이 더덕더덕 붙어 있었다. 야릇한 기분으로 그것을 바라보고 있을 때, 갑자기 방안에서 아이들의 날카로운 울음소리가 들려와서, 인식은 흠칫 놀라 우뚝 선 채 꼼작도 하지 않았다. 보자니 과연 어두운 구석에 두 아이의 그림자가 벽에 딱 달라붙은 채로 겁에 질려서 울고 있었다.

"이런 꼬마들이 거기 있었구나." 묘하게 숨이 막히는 듯한 소리로 그는 입을 열었다. "난 무서운 사람이 아니란다. 아버지랑 어머니는 어디에 가셨니."

아이들은 나오기는커녕, 점점 더 불이라도 데인 듯이 마구 울어 댔다. 부모는 멀리서 그가 오는 것을 보고, 분명히 산림 감시원이라고 확신하고 아이들을 남겨둔 채로, 어딘가로 황망히 도망쳐 숨어버린 것에 틀림없었다.

"난 조금도 무서운 사람이 아니란다." 하고 말하면서, 인식은 허리를 굽히고 륙색을 어깨에서 내려놓았다. "꼬마들아 자 이리 오렴. 울지 않아도 된단다."

하지만 륙색에서 단 것을 싼 보자기를 꺼내려던 그의 손은, 짐작 탓인지 격렬하게 떨렸다. 자 뭣들 해, 맛있는 것을 줄게라는 소리가, 어찌해도 이어져 나오지 않았다. 이렇게 산에 사는 아이들에게는 장난감을 줘도 노는 방법을 모르고, 또한 과자를 줘도 먹을 것이라는 사실을 모른다는 이야기를, 그는 갑자기 떠올렸기 때문이다. 아이들은 점점 더 무서워졌는지 구석에서 서로 꼭 껴안은 채로 뒷걸음질을 쳤다. 그런데 갑자기 울음소리가 그쳤다고 생각돼서 돌아보자, 슬금슬금 쥐처럼 두 아이가 토방 쪽을 빠져나가, 다시 으앙 하고 울음을 터뜨리면서 바깥쪽으로 모습을 드러내고 도망쳤다. 인식은 저도 모르게 털퍼덕 그곳에 주저앉고 말았다. 등줄기에 흥건히 땀이 배어 나오는 것을 느꼈다. 몸을 움직일 수조차 없었다. 아이는 둘 다 상의를 입지 않았고 게다가 맨발이었다. 큰 아이는 여자아이 같았는데, 머리가 텁수룩하게 까치집을 짓고 있었고, 작은 사내아이의 손을 연신 잡아끌면서 내달려 갔다. 사내아이가 넘어지려하자 그녀는 아이를 앞으로 껴안듯 다시 자갈 위를 달려가는 것이었다. 산바람은 격렬하게 치불어서 그들은 넘어질 듯 말듯 한 갈지 자걸음으로 걸었고, 태양은 그러한 시커먼 벌거숭이 상반신을 바로 위에서 적동(赤銅)처럼 내리쬐고 있었다.

"엄마, 엄마." 하며 작은 사내아이는 마구 울어 댔다. 그 소리에 놀란 듯 근처 바위 그늘에서 커다란 매 한 마리가 날아올랐다.

인식은 할 수 없이 말없이 일어나 륙색을 짊어지고, 반대 방향으로 산을 타고 올라갔다. 그는 지금 받은 인상이 너무나도 강렬한 나머지, 뭔가에 자신이 쫓기고 있는 듯한 기분이 들었다. 아무래도 나와 같은 사람이 올 곳이 아니다. 정말 어째서 이런 여행을 떠나온 것인가 하고 자문마저 했다. 이것이야말로 내 감상벽(感傷癖)을 요령 좋게 만족시키기 위한 여행이 아니란 말이냐. 비참하다 비참하다 하고 내가 외치고 다닌다 해서, 그게 도대체 그 사람들에게 무슨 도움이라도 된단 말인가. 그는 제대로 난 길도 없는 산속을 도망이라도 치는 듯 서두르면서, 자신을 한없이 책망했다.

하지만 이렇게 다시 산속을 헤매며 걷는 사이에 두세 칸의 움집을 발견하기는 했지만, 모두 빈집으로 아무도 살고 있지 않았다. 어쨌든 화전민은 산에 불을 질러서 그 타고 남은 재를 거름삼아 산중턱이나 산꼭대기를 경작해서, 감자나 콩, 귀리, 도토리 등을 먹고 연명하는 사람들이다. 하지만 한 곳에 이삼 년이나 기거하다 보면 거름이 더 이상 효과가 없어져서, 다시 움집을 버리고 보다 깊은 산속 처녀지를 향해 불을 지르면서 들어간다. 방화는 쫓겨나는 그들이 세상을 향해 보여주는 저주라고 해야 할 것인가. 군청에서는 또 자신들이 관리하는 구역에서만큼은 그들을 살지 못하게 하려고 해서, 여기저기서 화전민을 쫓아낼 뿐이었기 때문에, 그들은 어쩔 수 없이 전인미답(前人未踏)인 산속 깊숙이 마치 치번책(治蕃策)22)에 걸려든 야만족처럼 도망쳐 들어가는 것이었다.

하지만 가까스로 조운령 한 봉우리에 이르러 그걸 넘어 H군 쪽으로 내려가려고 할 때, 우연히 오후 햇볕을 받아 건너편에 잘 경작해 놓은 화전 슬로프가 눈이 번쩍 뜨이도록 반짝이고 있는 것을 보았다. 그는 깜짝 놀라서 거의 누군가 잡아당기듯이 그 쪽으로 지팡이를 짚으며 서둘러 갔다. 암석 위에 서서 내려다보니, 역시 생각했던 대로 부채꼴로 퍼진 경사 전체가 정말 구석구석까지 빈틈없이 경작되어 있어서 설익은 곡초로 일대가 뒤덮여 있었다.

먼 곳 바위 그늘이나 또는 대수롭지 않은 나무 아래에 띄엄띄엄 화전민 움집이 산재해 있어서, 금빛을 받아 반짝반짝 빛나 보였다. 그래서 그는 이미 저녁때도 되었고 해서, 아무쪼록 이 부락에서 재워달라고 해야겠다고 생각하고는 산을 내려가기 시작했다. 그런데 그때 먼 곳에서 누군가가 큰 소리로 무언가를 소리친 것 같아서 급히 걸음을 멈추고 섰다. 역시 누군가가 자신이 오는 모습을 재빠르게 발견하고, 같은 부락민들에게 급하게 소식을 전하려고 소리를 지른 것에 틀림없었다. 갑자기 여기저기 움집에서 두세 명의 남자와 여자가 기어 나오더니, 맞은 편 산비탈 쪽을 향해 도망치는 작은 그림자가 보였다.

인식은 표연히 발뒤꿈치를 돌렸다. 역시 그만두리라 생각했던 것이다. 그래서 다시 산 위로 올라가고 있을 때, 이번에는 문득 저 멀리 동북 방면에서 몇 개의 산을 넘은 건너편에, 저녁노을의 반사를 받고 거무스름한 연기가 뭉게뭉게 피어올라 아름답고 맑은 하늘에 바림질23)을 하듯이

---

22) 원문에 나온 '치번책'대로 번역했으나, 의미가 조금 불분명한 단어다. '치번책'은 사전에도 등재되어 있지 않은 단어이다. 아마도 폐번치현(廢藩置縣)을 김사량이 착각한 것이 아닌가 한다. 폐번치현은 메이지 유신 시기인 1871년 8월 29일(메이지 4년 7월 14일)에, 이전까지 지방 통치를 담당하였던 번을 폐지하고, 지방 통치 기관을 중앙정부가 통제하는 부(府)와 현(縣)으로 일원화한 행정 개혁을 말하며, 이로 인해 곳곳에서 중앙정부의 군대와 번의 군대가 충돌하는 사태가 빚어졌다.

23) 색칠할 때에 한쪽을 진하게 하고 다른 쪽으로 갈수록 차차 엷고 흐리게 하는 일. 그러데이션. 선염. 이 단어는 김사량이 「토성랑」(『문예수도(文藝首都)』(1940년 2월호)에서도 쓰던 것이다.

멀리 퍼져가는 것을 보았다. 그렇지, 바로 저기야 꽤 가까이 왔군 하고 그는 저도 모르게 기쁜 듯이 외쳤다. 그리고 마치 자신은 그곳에만은 어찌해도 가지 않으면 안 되는 용건이라도 있다는 듯, 서둘러 그 방향을 향해 내려가기 시작했다. 하지만 도중에 작은 끈과 같은 모양의 지름길을 발견하고 그 길을 통해서 가는 중에, 깊은 소나무숲 속에 들어갔는데, 얼마 멀지 않는 곳에 귀를 먹게 할 정도로 높은 곳에서 떨어지는 폭포가 있었고, 그 암벽 위에는 육 층으로 된 탑이 날개를 펼치고 서 있는 것을 보았다. 그래서 분명히 어떤 사찰이라도 있는 것이 틀림없다고 생각하고, 폭포 옆을 통과해서 어스레한 숲속을 헤치면서 들어가자, 오히려 절이라고 하기보다는 무슨 사당이라고 해야 할 법한 기와로 된 움막이 세워져 있었다. 거기에는 극락전(極樂殿)이라고 하는 낡아빠진 현판이 걸려 있었다. 석양은 이끼 긴 기와지붕과 풀이 자란 처마 끝을 비추고, 쓸쓸해 보이는 그림자는 살며시 낡은 초석(礎石)이 남아있는 마당에 떨어지고 있었다. 기거하는 중을 찾아보니 번들번들한 대머리에 덩치가 큰 노승이, 장지문을 열고 눈을 깜박거리면서 얼굴을 내밀었다. 그는 가던 길에 날이 저물었으므로 하룻밤 재워달라고 말했다. 노인은 수상쩍다는 듯 아무 말도 하지 않고 빤히 인식의 행색을 위에서부터 아래까지 훑어보고는, 갑자기 몸을 움츠리고 잠시동안 안에 있는 사람과 무언가를 속닥속닥 상의하는 것 같더니, 턱을 치켜 올리면서 들어오라는 시늉을 했다. 법당 앞을 지나가면서 보자니, 목각 불상 하나가 어두컴컴한 가운데 홀로 외로이 놓여져 있을 뿐, 향은 물론 염불 소리 하나조차 읊지 않는 버려진 절이 분명해 보였다.

음산한 방안에는 노승 이외에 얼굴이 갸름하고 새하얀 옷을 걸친 서른살 정도의 사내가 쭈그리고 앉아 찐 옥수수를 먹다가 몸을 일으켜서 흘낏 인식을 노려봤다. 실로 날렵하고 사나운, 무서울 정도로 번쩍번쩍 빛나는 눈이었다. 한구석에는 연적이 놓여있고 그 옆에는 방금 전 화전민 집에 있던 벽에서 보았던 것과 똑같은 먹글씨로 마구 써 댄 부적이

가득 겹쳐 있었다. 이 두 사람이 무지한 그들에게 이 부적을 팔아서 먹
고 살고 있는 것이라고 그는 생각했다. 순간 불안한 마음이 들어서 표정
이 어두워졌다. 두 사람은 경계하는 듯이 서로 눈짓을 주고받으면서, 인
식에게 두런두런 여러 가지를 물어보았다. 그리고 그가 단순히 여행 중
인 학생인 것을 확인하고는 그제서야 안심하는 눈치였다. 사내는 자신
의 이름이 아무개라고 말하고, 이 고찰에 백일기도를 올리기 위해 와 있
노라고 사칭했다. 노승은 간사하게 눈을 번득이면서, 이 사람은 아무개
선생의 이름난 제자로 이미 신선과 매한가지인 분이므로, 그를 믿기만
하면 무병무재(無病無災), 불로장생(不老長生) 할 수 있다고 말하는 것이었
다. 그때 사내는 얼굴을 들더니 눈을 뻔적이며 노승을 노려봤다. 그러자
노승은 당황해서 헤헤- 하고 침을 흘리며 웃고는, 갑자기 놀라서는 서
둘러 입을 다물어 버렸다. 인식은 어쩐지 등에 냉수를 끼얹은 것처럼 오
싹해 졌다. 조금 있다 사내가 무언가 볼일이 있어 나갔을 때, 노승은 인
식에게 그 사내에 대해 좀 더 자세하게 알려주고 싶었던 모양인지, 소매
를 끌면서 목소리를 죽여서 말하는 것이었다.

"저 분은 말일세. 열흘 동안 아무것도 먹지 않고 산다네."

그때 갑자기 남아있던 햇살마저 사라져서 방안은 어두워졌다. 어디선
가 뻐꾸기가 울고 있었다. 그날 밤은 신기하게도 바람도 멎고 청명한 달
빛이 방안으로 흘러 들어왔다. 인식의 마음속은 다만 어둡고 큰 구멍을
뚫어놓기라도 한 듯, 감정도 감각도 축 늘어진 피로감에 공허함 속을 부
유하고 있는 것 같았다. 육체적인 피로도 심했던 것이다. 인식은 다만
한 구석에 몸을 앞으로 웅크리고 노승이 퍼온 맑은 물만 몇 번이고 들
이켰다. 희미한 등불 아래 두 사람이 이상한 맛이 나는 식빵을 걸신들린
듯이 게걸스레 급히 먹고 있었다.

"당신네들." 하고 인식은 기분 나쁜 듯이 물어봤다. "그렇게 수행을
해서 어찌하시려는 겁니까."

사내는 잠시 뒤돌아보더니 껄껄대며 웃었다.

"불쌍한 창생(蒼生)을 구제하는 겁니다."

"창생을?"

"그렇습죠. 우리 대 선생님의 가르침을 믿으면, 가까운 날에 물의 심판이 있어서 세상의 중생이 모두 물에 빠져 죽어도 우리들만은 금강산 피수궁(避水宮)에 인도되어 신선이 되는 것입죠. 불의 심판이 내리는 것도 머지 않았습니다."

"헤헤헤, 정말 지당하신 말씀을."이라고 말하고 노승은 추종한다는 듯 사내 쪽으로 눈웃음을 던졌다. "그래서 이 근처 산에 사는 사람들은 말입죠, 이분을 신선으로 추종하고 있는 겁니다요. 기도로 병을 고쳐 주시기도 하고, 게다가 감사한 것이 열성적인 신자는 앞으로 먹지 않고도 살아 갈 수 있는 비법을 가르쳐준다 하지 않냐 말입쇼. 헤헤, 정말, 정말로……."

인식은 이러한 산간에 가지각색의 사교(邪敎)가 발호해서, 무지한 산민들의 비참한 생활 속에 기생하고 있음을 알고 있었다. 이 치들도 분명 그러한 일당에 틀림없다고 생각하자니, 인식은 으스스해진 듯 순간 얼굴이 굳어져서, 사내를 가만히 응시했다. 사내는 당황한 듯 갑자기 얼굴 색이 변해서는, 다시 기묘한 목소리를 내면서 껄껄껄 웃어 댔다.

"우리 흰 옷을 입는 조선동포는 누가 뭐라 해도 정감록(鄭鑑錄, 고래(古來)의 요서(妖書))에 의지하지 않으면 구원받지 못한단 말입지요. 분명히 책 안에 백의동포가 나아갈 길과 운명이 예언되어 있습죠."

"정감록?"

"낄낄낄 어려운 것일랑 없다요. 흰 옷을 입고 ×××××××××24)라고 외우면 그걸로 구원을 받는다고 정감록에 써 있으니까 말이야. 케케케……."

산간으로 쫓겨난 사람들은 무언가 하늘로부터 기적이라도 일어나기를 너무도 기원한 나머지, 언젠가는 행복한 나라로 인도받아 간다고 생각

---

24) 원문에는 '복자'가 엑스자가 아닌 공백으로 표시돼 있다. 전집에 실리면서 이 공백이 엑스자로 바뀌었다.

하고 몸을 잔인무도한 자들에게 맡기는 것이었다. 그것을 생각하자 인식은 무언가 가슴을 세게 짓누르는 것 같아서, 다만 이러한 끔찍한 현실에서 눈을 가리고 싶다는 생각이 들 뿐이었다. 이 사내들은 조선인은 백의를 벗어서는 구원받을 수 없다는 교의를 갖고 있는 것일지도 모르겠다. 문득 그의 눈 앞에는 그것과 대조적으로 시장입구 포플러 나무 아래에 서 있던 숙부와 코풀이 선생의 모습이 어른거렸다. 그러는 사이에 사내와 노승은 누워서 쿨쿨 코를 골기 시작했는데, 인식은 도무지 쉽게 잠이 들지 않았다. 전전 반측하다가, 밀려들어오는 상념에 신음하면서. 공중의 날짐승을 보라. 씨 뿌리지도 아니하고 거두지도 아니하며 곳간에 모아들이지도 아니하되. 너희 하늘 아버지께서 먹이시나니 너희는 날짐승보다 훨씬 더 귀하지 아니하냐(마태전(馬太傳)).[25] 들에 있는 백합이 어떻게 자라는가 생각해 보라. 수고도 아니하고 길쌈도 아니하느니라.[26] 하물며 너희들이랴. 하지만 여기에 힘들여서 씨뿌릴 토지도 없고, 거둘래야 거둘 것도 없고, 먹을래야 먹을 것이 없으니, 하늘을 나는 날짐승보다도 "오늘 있다가 내일 아궁이에 던져 질 들풀"[27]보다 못하게 버려진 민족이 있다. 그리고 그들의 생명은 잔인무도한 자들의 손에 맡겨져서, 그 생활마저 끊임없이 위협받고 있는 것이다. 무서운 악몽이 그를 덮치고 있었다. 자신은 또 이 뭐라 할 우스꽝스러운 존재란 말이냐. 코풀이 선생과 함께 자신이 산에 사는 화전민에게 습격을 당해서 정신없이 도망치는 꿈에 가위눌리고, 또 다음에는 무서운 산사내들에게 붙잡혀서 짐과 옷까지 빼앗기고, 무시무시한 폭포 위에서 천길낭떠러지에 떨어지기도 했다. 그는 공포에 사로잡혀 발을 구르며 몸부림치는 가운데 마침내 물방울이 튀었다고 느끼고는 아악 비명을 내지르고, 자신의

---

25) 「마태복음」 6장 26절(킹제임스판 참조).
26) 「마태복음」 6장 28절.
27) 큰 따옴표가 되어 있는 부분이 「마태복음」 6장 30절의 구절 중 일부분이다. 그 나머지는 성서에서 끼워맞췄거나, 김사량이 임의로 쓴 내용이다.

목소리에 놀라서 한밤중에 눈을 번쩍 떴다. 주위를 살펴보니 이미 거기에는 방금 전에 있던 두 사람의 모습은 보이지 않았다. 그날은 신기하게 조용한 밤으로, 달빛이 넘쳐흐르듯이 방안으로 들어와서 안이 훤했다. 어럽쇼 하며 그는 벌떡 일어났는데, 그때 마당 앞쪽 곳곳에서 사람들이 무언가를 서로 외우는 소리가 들려왔다. 그는 거기서 주변을 조심스럽게 한 번 둘러보고, 몸을 내밀어 장지문이 찢어진 구멍으로 밖을 훔쳐보기 시작했다.

얇게 푸른 빛을 띠기 시작한 달의 희미한 불빛이 물결치듯 흘러가고 있는 마당에, 수십 명이나 되는 남자와 여자의 검은 그림자가 무슨 쌀자루처럼 웅크리고 앉아 중얼중얼 주문을 외우고 있었다. 법당 툇마루 끝에서는 방금 전 그 사내가 바투에 있는 노승의 시중을 받으며 정좌하고, 감동한 듯 저속한 어조로 교리를 설파하고 있었다. 그의 옆에서는 남자와 여자들이 시주하기 위해 가져온 것이 틀림없는 산에서 난 곡식을 넣은 자루가 겹겹이 쌓여 있었다. 인식은 자신이 방금 전보다 지금 더욱더 악몽에 시달리고 있는 것이 아닌가 하고 자신을 다시 한 번 의심해 보았다. 훌쩍훌쩍 아낙네들의 우는 소리가 들려온다. 달빛은 흔들리면서 더러워진 옷차림의 그들을 해골처럼 부각시킨다. 으응 으응 하고 신음하는 사내도 있다. 인식은 쩌릿하게 전신이 마비되는 것 같았다. 물론 그것은 어제 회당에서 숙부와 코풀이 선생을 대했을 때와는 또 다른 놀라움과 비탄에서였다. 마당 끝자락 한구석에 촉촉이 젖은 덤불 속에는, 백백합(白百合) 몇 송이나 고개를 숙이고 있다. 꽃잎에 이슬이 맺혀 그것이 아름답게 달빛에 빛나며, 바람이 불어오는 대로 반짝반짝 꽃잎은 흔들리는 것처럼 보였다. 그때마다 백합꽃도 서로 무언가 슬픈 이야기를 속삭이는 듯이 고개를 서로 끄덕거렸다. 툇마루에 앉아있던 사내는 다시 무언가 준엄한 목소리로 부르짖기 시작했다. 그리고 뒷짐을 지고 가슴을 젖히고는 웅변을 하지 않는 대신, 양손을 합장하고 눈을 감더니 자못 세상을 저주한다는 듯한 주문을 외우기 시작했다. 그 옆에서 시중을 들던 노승은 손수건으로 코를 닦는 대신에 몇 번이고 몇 번이고 대머리를 손으로 벅벅 긁고 있었다.

그때 갑자기 강한 바람이 불어와서 그가 훔쳐보고 있던 장지문이 열렸다. 그는 자기도 조금 몸을 뒤로 젖히고는, 놀란 듯이 맞은편 산 쪽에서 어젯밤보다 더욱 끔찍하게 퍼져가는 화염이 새빨갛게 타오르는 것을 보았다. 역시 어젯밤부터 계속 타다가 점점 불길이 커진 것에 틀림없었다.

"불타올라라. 모든 것을 태워 버려라."
하고 인식은 미친 사람처럼 눈을 번뜩이면서 혼잣말을 외쳤다.

"그래, 모든 것을 연기로……."
주문을 외우는 의식은 달빛이 사라질 때까지 계속 이어졌다. 하지만 의식을 마치고 사내와 노승이 방에 돌아왔을 때, 인식은 여행도구를 정리해서 어딘가로 떠난 후였다. 인식은 날이 밝아옴과 동시에, 다시 도망치듯이 그곳을 떠났던 것이다.

이렇게 이 기록도 또한 슬픔이 많은 청춘시절의 한 일기이다. 그 후 세월은 이미 삼사 년이 지나, 인식은 대학을 졸업함과 동시에 지금은 도(都)에서 멀리 서쪽으로 떨어진 외딴 시골에서, 변변치 못한 의원 간판을 내건 청년 의사로 일하고 있다. 수많은 청년들이 귀농(歸農)해서 괭이를 잡았듯이 그도 농촌에 들어가면서 자신에게 주어진 천직을 살려, 더욱이 또한 조금이라도 자신에게 충실하면서 가난한 사람들을 위해 진력을 다할 수 있다고 믿었기 때문이다. 그 사이에 숙부와 코풀이 선생의 운명에도 큰 변화가 있었다. 숙부는 일단 다른 군으로 영전(榮轉)했지만, 점차 불어나는 부채에 쫓겨, 결국 어떤 어리석은 뇌물사건을 일으키고 면직당해서, 고향 도(都)로 돌아와 지금은 토지 브로커가 되었다. 하지만 지금껏 코풀이 선생이 그 후 어떻게 됐는지 소식이 묘연하여 듣지 못했다. 언젠가 숙부가 그가 있는 곳에 토지와 관계된 일을 보러온 김에 잠시 들렀을 때, 옛 스승의 일을 물어 보았다. 숙부도 지금은 완전히 조선어로 바뀌어, 코풀이 선생은 인식과 만났던 해 가을, 산속으로 색의장려를 하기 위해 출장을 떠난 채로 돌아오지 않았노라고 차분하게 말하는 것이었다. 혹은 산속에서 큰 비를 만나, 물살에 떠내려 갔는지도 모르는 일이다.

그로부터 얼마 지나지 않은 어느 날 인식은 도(都)에서 배달된 잡지 속에서, 지금까지 그 유례를 찾아보기 힘들 만큼 참혹하기 그지없는 백백교(白白敎)[28] 공판기록을 읽으면서, 전신이 오싹해지는 오한을 느꼈다. 그것은 그 마교(魔敎)의 간부 일당이 가련한 농민과 산민들을 속여서, 피땀 어린 그들의 재산과 식량을 빼앗은 것뿐만이 아니라, 그 아내와 딸마저 겁탈하고, 결국에는 자신들에게 복종하지 않는 자들을 삼백사십명[29]이나 살해했다는 사실이다. 이러한 전율할 만한 사건이 현재 자신들이 살고 있는 조선에서 어떻게 벌어질 수 있단 말인가. 게다가 뭐니 뭐니 해도 쇼와(昭和)[30] 십이 년(1937년 – 역자주) 이후 사 년간 무려 백구회에 걸쳐 전 조선의 각 분소(分所)에서 자행되었다고 하는 이런 무서운 살인사건이, 지금껏 사직 당국의 손에 어째서 발각되지 않았단 말인가, 정말로 암담해 하지 않을 수 없었다. 하지만 읽어 나가는 중에 무엇보다도 전기 충격을 받기라도 한 것처럼 놀란 것은, 이 마교의 살인 현장 가운데 하나가, 예전에 그가 찾아간 적이 있던 버려진 절 부근으로 보이는 산간도 언급되어 있는 것을 발견했기 때문이었다. 그는 그 기록이 실린 책을 덮고 눈을 감고는 한층 감개에 젖어들었다. 혹시 그 이상한 사내와 노승은 이 마교 분소를 맡고 있던 무서운 살인자였던 것은 아니었을까.

---

28) 백도교에서 파생된 동학의 유사 종교의 하나. 1923년 차병간(車秉幹)이 유·불·선의 교리를 통합하여 광명 세계를 이룩한다는 이름 아래 경기도 가평에서 창건하였는데, 뒤에 교주가 갖은 악행을 저지르면서 경찰의 단속과 세상의 여론으로 자취를 감추었다. 1937년 4월에 소위 '백백교 사건'이 발생하여 세상에 깜짝 놀랄만한 충격을 주었다.
29) 오근영 번역에는 이 수치가 234명으로 나와 있는데, 초출과 전집을 다 조사해 본 결과 340명이 원본에 표시된 숫자이다.
30) 일본 천황의 이름을 딴 시기 구분이며 '쇼와'는 1926~1988년까지이다.

그렇게 생각하자니 기록 속에 나와 있는 백백교 교리의 구절과, 사내로부터 들었던 말이 상응하는 구절들이 있는 것도 같았다. 그 달빛이 구석구석까지 비추던 마당 앞에 웅크리고 있던 화전민들도, 혹은 그 자들의 비위를 건드려서 차례차례 무참하게 살해되었던 것일까. 인식은 절로 눈시울이 젖어오는 것을 느꼈다. 하지만 그는 문득 다시 코풀이 선생의 일을 떠올리고는 놀란 듯이 다시 그 공판 기록을 끌어당겨서 펼쳐보았다. 의심을 하기 시작하면 끝도 없는 법이라 혹은 또 코풀이 선생도 그 조운령 깊은 산속에 출장을 간 것을 끝으로, 저 사내들에게라도 살해당한 것은 아닌가 하고 한순간 생각했다. 그렇게 억측을 하자니 또 영락없이 그런 것임에 틀림없다는 생각이 들었다. 인식은 다시 잡지를 내려두고 깊은 한숨을 쉬었다. 백의(白衣)의 교도(敎徒)인만큼 색의장려와는 서로 용납할 수 없는 것이 있지 않았겠는가. 가련한 코풀이 선생은 그 깊은 산속 폐찰에 가서 어떻게든 화전민들을 모이게 했을지도 모르겠다. 그리고 자기 혼자 신이 나서 우선 그 이상야릇한 내지어로 말을 하고 다시 스스로 그것을 득의양양하게 통역하다가, 뒤에서 그 두 사람에게 습격을 당해서 살해당한 것이 아니겠는가, 따위로 인식은 밑도 끝도 없이 슬픈 생각에 잠기는 것이었다.

산의 신들 문예수도판*

그 첫 번째

　고향 평양에 돌아갈 때, 반드시 한 번 정도는 양덕온천(陽德溫泉)[1]에 놀러간다. 평양에서 이십 리가량 떨어진 곳인데, 보통열차로 한낮에 출발하면 밤 일곱 시 경에 양덕읍(陽德邑)에 도착한다. 이번에 새롭게 개통된 지 얼마 되지 않은 평원선(平元線)[2] 꼭 중간 정도에 해당하는 산간에 있다. 그곳에서 승합버스로 십오 분 정도만 골짜기를 올라가면 되지만, 일 리도 채 안 되는 거리이므로 월야(月夜)에는 걸어서 가는 것도 어렵지 않다. 여행을 좋아하는 나는 조선에 있는 온천장(溫泉場) 대부분을 들여다보았는데, 그 중에서 산세도 빼어나고 흐름도 좋다고 할 수 있는 곳은, 주을(朱乙)[3]과 이곳 정도라고 할 수 있으려나. 게다가 멀지도 않고

---

* 이 작품은 일본어로 쓰여진 「山の神々」(『文藝首都』, 1941. 7)를 번역한 것이다. 이른바 「산의 신들」 판본의 원형이 되는 소설이다.

1) 평안남도 양덕군 양덕읍 남동쪽에 있는 온천. 알칼리성 단순천이다. 이 책에 실려 있는 「양덕통신」(『新時代』, 1941. 1)을 보면 보다 생생하게 당시 상황이 잘 나와 있다.

2) 평원선은 길이 212.6km의 철로로, 평양 북쪽 서포역을 기점으로 하여 평남 동부의 중심지 양덕(陽德)을 거쳐 함남 성내(城內)를 지나 고원(高原)에서 함경선으로 접속되는 제2의 동서 횡단선으로, 평양~원산 간을 연결 운행했다. 1926년 5월 6일에 착공하여 1941년 4월 1일에 성내~양덕 구간이 개통됨으로써 15년에 걸쳐 완공을 보게 되었다. 분단 후에 평라선(平羅線 : 평양~나진선봉)으로 개칭되었다.

한적하며 침착함도 있고, 마음이 편안해 지는 여관도 있어서, 나는 이곳
으로 훌쩍 떠나오는 것을 좋아한다.

숙소는 공동탕(共同湯)에서 조금 떨어진 안쪽 높은 곳에 있는데, 조선
여관치고는 깨끗하고 느낌도 좋다. 이 온천장에서 내탕(內湯)이 있는 곳
은 내지인 여관뿐이지만, 매일 밤 연회가 열려서 어수선하다. 그 외 여
관에 내탕이 없는 이유는 기업형인 내지인 여관이 십 대가 넘게 이어온
조선인 소유의 K여관이 무지(無智)한 것을 이용해서 온천이 솟아나는 곳
의 권리를 싼값에 매점하고는, 터무니없는 가격을 요구하고 있기 때문
에 간단하게 끌어올 수 없는 것이다. 온천이 솟아나는 곳의 권리가 있다
는 것도 몰랐던 K여관 주인은, 처음에는 몇 십 엔이나 하는 돈을 받고
는 싱글벙글 했다는 이야기였다.

그건 그렇다 치고, K여관 주인의 선조(先祖)와 이 온천 사이에 얽힌
전설은 흥미롭다. 그 옛날 그의 선조는 여기 양덕군청의 교군(轎軍)[4]이었
다던가. 어느 깊은 가을에 신임 군수를 안내해서 여기 두메산골의 절경
을 구경하게 되었다. 그런데 수풀 속에서 커다란 호랑이와 조우한 것이
다. 호랑이는 앞쪽을 가로막고 서서는 움직이지 않았다. 거기서 교군은
군수를 향해, 이 산의 신(호랑이)은 소인처럼 죄 많은 인간이 어르신을
안내해서 신산(神山)을 욕 뵈고 있다고 진노하시어, 희생을 원하시고 있
는 것 같습니다, 소인은 죄를 값겠사오니, 어르신은 한시 바삐 돌아가십
쇼라는 말을 남기고 호랑이 앞으로 성큼성큼 가까이 다가가서, 산의 신
이시여, 죄 없는 어르신은 봐주소서, 여기 소인의 몸을 받치옵니다 하고
말하고는 꿇어 엎드렸는데, 호랑이는 받아들이지 않고 고개를 가로저었
다. 그걸 본 군수는 스스로 부끄러워졌는지, 자넨 물러서시게, 분명 산
의 신은 이 상관인 내가 꽁무니를 빼려고 하는 것에 분개하고 있는 것

---

3) 주을은 함경북도 경성군 남쪽에 있는 읍으로, 탄전(炭田), 방직(紡織) 공장, 온천 따
   위가 유명하다.
4) 교군은 가마꾼을 말한다.

이 아니겠냐면서, 교군 대신에 앞으로 나가서, 호랑이의 의중을 살폈다. 그런데 호랑이는 또 똑같이 고개를 가로저을 뿐. 그래서 교군이 어르신을 젖히고 다시 앞으로 나타나자, 이때 호랑이는 오른쪽 발을 들어 올려 보여줬다.

얼핏 보자니, 그 발에 커다란 대나무 그루터기가 박혀있다. 옳거니, 이것을 빼주길 원하는 것이군 생각하고 물어보자, 역시 그렇다고 하는 것 마냥 고개를 끄덕거렸기 때문에, 그는 힘을 넣어서 그것을 비틀어 빼냈다. 호랑이는 꼬리를 흔들어 사의(謝意)를 표하고 모습을 감추었다. 그 다음해 겨울 그 교군은 눈이 새하얗게 쌓인 이 골짜기에 매 사냥을 위해 찾아왔다. 거기서 또다시 예전의 호랑이와 느닷없이 조우하게 됐다. 호랑이가 얼굴에 기쁜 표정을 지을 수 있는지 없는지는 모르겠으나, 어쨌든 자못 기쁜 듯한 행동을 하면서 끊임없이 뒤를 따라오라고 하는 몸짓을 해 보였다. 그래서 따라가 봤더니, 바로 지금 온천이 솟아오르는 곳에서 온천 기운이 올라오고 약탕(藥湯)이 흐르고 있었다. 호랑이가 거기에 자신의 오른쪽 발을 한 번 넣고 나서 그것을 그에게 올려 보여주었다. 지난번 발의 상처가 이것으로 나았다고 하는 것임에 틀림없었다. 보자니 과연 상처 흔적도 없었다.

그리해서 온천은 산의 신 덕분에 발견되고, 그의 자손이 대대로 이곳에 여관을 갖게 되었던 연유였다. 그 때문인지 이곳에서는 산의 신을 대하는 경건한 마음이 상당히 강하고, 또한 탕치(湯治)를 위해 온 손님마저도 특히 부인네들은 거의가 이 산의 신에게 공양물을 바치는 것이었다. 산신당(山神堂)이라고 하는 작은 사당이 내 숙소 바로 맞은편에 위치한 잡목으로 된 산중턱에 있다. 그곳에는 호랑이를 그린 벽화가 있고, 그것과 함께 또 다른 동자신(童子神)을 모시고 있었는데, 이 둘은 함께 아이를 마음 편히 갖게 해주는 신으로 모셔지고 있다. 아침 네 시부터 여섯 시경까지, 처음 떠오르는 해를 보기 위해 산을 오르는 부인네의 모습이 끊이지 않는다. 아침 일찍 깨거나 했을 때 나는 곧잘 이곳을 보러 오지만,

부인네들은 공양물을 드리고 술을 따르면서 주문(呪文)을 외운다. 달리 주문을 외우는 역할을 하는 무녀도 있다. 그렇다 해도 요즘에는 소주조차 제대로 살 수 없기 때문에, 사이다를 대용품으로 해서 공양을 드리는 경우가 많다. 산신(山神)은 지금까지 오랜 기간 술을 애용해왔던 터인데 시세(時世)의 영향으로 사이다를 마실 수밖에 없기에, 필시 놀라고 있을 것이다. 어느 날 아침 나는 여기서 내려가면서 낯이 익은 무녀에게 물어 봤다.

"제 아무리 산의 신도 사이다로는 곤란하겠지요."

"사이다도 이미 마시는데 익숙해 지셨다 합니다."라고 말하고, 그녀는 검게 썩은 이를 드러내며 웃었다.

이 산의 신(호랑이)에게 빌면 신기하게도 아이가 태어나는 모양이다.

그 두 번째

내탕(內湯) 이야기로 튀고 나서 이야기가 샛길로 빠졌는데, 어쨌든 나는 오히려 조선인 여관에는 내탕이 없는 편이 좋다고 생각한다. 여기 서조선(西朝鮮)에서는 특히 그렇다. 그렇다는 것은 서조선 사람들은 남자는 물론이고 남녀 가릴 것 없이 전부, 욕탕에 들어가기만 하면 너나 할 것 없이 큰 소리로 탕가(湯歌)를 불러 대서 소란스러우므로 내탕이 있으면 정양(靜養) 따위는 가능한 이야기가 아니다. 탕가라고 하는 것은 내지의 가조에우타(數え歌)5)와 비슷한 것으로, 열탕(熱湯) 안에서 될 수 있는 대로 오래 참으려고 할 때부터 불러 댄다. 하지만 그것이 지금은 일종의

---

5) '가조에우타(數え歌)'는 일본 노래의 한 일종으로, 가사의 각행 앞 절에 숫자를 넣어서, 1부터 세어가며 부르는 노래를 말한다. 민요로 예부터 전해져 온 것이 많으며, 언어유희적인 요소가 많다. 한국의 일어사전 등에는 '숫자풀이 노래'라고 번역되어 있는데, 원문 그대로 옮겨 온다.

탕거풍류(湯居風流)라고 할 법한 것이 돼서, 능수능란하게 불러대는 꾼이 두세 사람 모이면 주거니 받거니 이천 삼천까지도 숫자가 올라간다. 듣고 있으면 여간 필사적인 것이 아니어서 장엄한 기분이 들지만, 제법 재미난 노래이다. 이런 것에서 의외로 조선인의 과거와 현재와 미래를 살피는 것이 가능한지도 모른다. 노래 내용은 영탄적(咏嘆的)[6]이기도 하고 때로는 슬프고 때로는 웃음을 자아내는데, 열탕 안에서 지긋이 몸뚱이를 담구고 필사적으로 노래하는 꼴이 그저 비장할 따름이다. 이런 것에 조선인이 공통적으로 갖고 있는 성격의 일단이 또한 있는 것인지도 모르겠다. 조선인 누구나가 이렇게 인내하는 정신을 생활상에 살릴 수 있다고 한다면 대단한 일이리라.

나도 요즘에는 욕탕 안에서 탕가를 읊조리는 것이 좋아졌다. 허나 내게는, "인간 칠십은 고래희(古來稀)라건만 탕 속에 칠십은 잠깐(暫間)이로구나."[7]라고 하는 것이, 결코 짧지는 않다. 오십도 다 세기 전에 뛰쳐나온다. 하지만 포기하지 않고 나는 몇 번이고 몇 번이고 시도해보는데, 그것은 나또한 인내심 강한 조선인의 한 사람이 되고 싶다고 하는 자각이 있기 때문이다. 내 최소한도의 바람은 당장 백까지 세면서, "백구(白鷗)야 껑충 날지를 말라, 너를 잡을 이 몸도 아니란다."[8] 하고, 단 한 번만이라도 좋으니까 소리를 올려보는 것이었다. 거기까지 이르려면 예사로운 수양으로는 어림도 없다. 하지만 오늘밤 이 우수한 조선인이 되려고 하는 나는, 백구야……하고 소리를 내지를 수 있었다.

그런데 이 때문에 기쁨에 넘쳐서 욕탕에서 탈의실에 가 보니, 백까지 세는 사이에 신발의 행방이 묘연해졌다.

---

6) 이 한자는 원문 그대로이다.
7) 이 부분은 「양덕통신」안에 나오는 그대로이다. 「양덕통신」에 「人間七十은 古來稀라건만 湯속에 七十은 暫間이로구나」로 나와 있는 부분에 조금 손을 댔다.
8) 이 부분도 「양덕통신」안에 나오는 것을 참조해서 고쳤다. 다만, 이 부분은 「양덕통신」과 비교해 보면 문장을 많이 고친 것을 알 수 있다. 「양덕통신」에서 이 부분은 「白鷗야 껑충날지를말라」로 나와 있다. 이외에도 참고한 부분 등이 있지만 하나하나 열거할 수 없기에 생략한다.

"허어, 선생님도 또 잃어버리셨습니까. 이걸로 오늘만도 다섯 번째입니다." 하고, 탕지기 사내는 한탄을 하더니만 갑자기 여자 욕실 쪽으로 눈을 돌리고는 큰소리로 야단을 치기 시작했다. 매번 보던 사내는 여자처럼 부드러운 젊은이였는데, 오늘밤에는 특히 위험해 보이는 사내로 욕지거리도 말로 다 할 수 없을 정도로 무시무시하다.

"아니 어느 쌍화닝년9)이 또 남의 신을 도둑질해 갔단 말이야. 남에게 좋을 일을 한데도 낳을지 못 낳을지 모르는 판에, 죄 되는 짓까지 해대는 쌍년에게 산의 신들이 애새끼를 주시겠냐는 말이야……"

탈의실에 있던 사내들이 웃음을 터뜨렸다. 여편네들의 웃음소리도 떠들썩하게 들려왔다. 잠시 영문을 모르고 멍하게 서 있자니, 탕지기 사내는 다시 내 쪽으로 돌아섰다.

"저 쌍년들, 남자 욕실에 들어와. 아무 거라도 남자 물건을 도적질만 하면 못 낳던 새끼라도 낳는다구 해서 픽 하면 훔쳐가지 뭡니까. 정말 어찌 할 수 없는 쌍년들!"

그러고 보자니 나중에 들려온 바에 따르면, 조선에서는 온천장에서 남자 욕실에 몰래 들어와서 그 욕탕에 몸을 한 번 담그면, 효과가 곧 나타나서 내시조차 아이를 갖을 수 있다는 미신마저 있다. 내친 김에 말하자면 조선에서 혼욕(混浴)은 상상조차 할 수 없는 것으로, 나 따위도 처음에 내지에 건너와 아소(阿蘇) 산기슭에 있는 온천에서 목욕물을 뒤집어 쓰고 있을 때, 여자 하녀가 들어오는 바람에 비명을 내지르고 뛰쳐나온 적이 있다. 후에 그녀에게 사과를 하고 남자 욕실을 가르쳐 달라고 말하며 어물어물 넘어간 적이 있다. 어쨌든, 나는 염원하던 백구야……도 하였으며, 또 어느 집안도 대를 잇게 되었으니까, 오늘밤은 축복 받은 밤이다. 인년(寅年, 호랑이해 – 역자 주) 출생인 나는 그리하여 마침내 산의 신 이세(二世)에게까지 숭상을 받게 되었다.

---

9) 원문에는 '化人女'로 표기되어 있는데, 의미가 불분명하여 「양덕통신」에서 사용된 말로 대체한다.

산의 신들 문화조선판*

1

이곳 Y온천은 서조선(西朝鮮) 깊은 산속 가운데, 평양에서 이번에 새로막 개통된 평원선(平元線)을 타고 동북쪽으로 이십 리(二十里) 정도 가면 나오는 곳인데, 보통열차로 정오에 떠나면 저녁 일곱 시 경에 Y읍에 도착한다. 거기서부터 거의 일 리정도 두메산골 길을 버스를 타고 흔들거리며 간다. 달밤에 계류(溪流)를 따라 걷는 것도 또한 즐거운 일이다. 평판이 날 정도는 아니지만, 그래도 나무들이 무성하게 초록으로 물든 산골짜기, 우뚝 솟은 푸른 녹색 암석, 아름다운 물살, 비록 그것이 작은 크기지만 정갈하게 한데 모여 있다. 이름 없는 구투(舊套)가 남아있는 시객(詩客)이 먹으로 쓴 글로 공동 욕탕 벽에 낙서해서 쓰기를, "명산옥천(名山玉川) 대봉산(大峰山) 기슭 청류(清流)가 솟아난다. 이 탕지(湯池)를 만드신 신으로 하여금 그것을 찾아낸, 최 영감이라."

---

* 이 작품은 일본어로 쓰여진 「山の神々」(『文化朝鮮』, 1941. 9)를 번역한 것이다. 앞에 실려 있는 「산의 신들」과 비교해 보면 내용이 좀 더 풍부해 진 것을 알 수 있다. 이 작품 가운데 오카지마 마사모토(岡島正元)가 그린 삽화가 매우 인상적이다. 그래서 첫 장에 실려 있는 한 장의 삽화를 스캔하여 게재했다. 오카지마는 『국민문학(國民文學)』 1943년 10월호 표지를 담당했으며, 이 외에도 김사량의 일본어 소설과 조선인 작가의 일본어 소설 삽화를 여러 편 담당했다. 하지만 오카지마에 관한 자료는 그다지 남아있지 않아서 단편적인 사실 밖에는 확인이 되지 않는다.

山の神々

金史良

岡島正元ゑ

　참으로 그렇게 보자면, 이 온천장(溫泉場) 동쪽 산을 대봉산이라고 부르고 있는데, 온천이 솟아나는 곳을 발견한 사람이라고 전해지는 최 영감에 얽힌 전설도 또한 약간 재미있다. 최 영감은 그 옛날 아랫말인 Y읍에서 원님(郡長)1)의 종복으로 일하고 있었다. 눈이 많이 쌓인 어느 겨울날의 일로 그는 원님을 뒤따라서 매사냥을 하러 협곡에 들어갔다. 잠깐 깊이 들어갔을 때 새하얀 눈에 덮인 수풀 속에서 늙은 호랑이가 한 마리 앞쪽으로 느릿느릿 나타나서, 그들은 기겁을 하고 우뚝 선 채 꼼짝도 하지 못했다. 호랑이는 그곳을 가만히 가로막아 서서는 이쪽을 주시하면서 미동도 하지 않았다. 최 영감은 이래서는 두 사람 다 살아나갈 수 없다고 생각하고 원님 쪽을 돌아보고 말하기를, 저 산신(호랑이를 말한다)님은 죄 많은 소인이 어르신을 안내해서, 제멋대로 신산(神山)을 욕보인다고 진노하시여 제물(祭物)을 요구하시고 계시옵니다. 어르신께서는 귀하신 몸이오니 소인이 대신 나가려는 생각을 윤허 하시어 돌아가시기 바라옵니다. 그리고 성큼성큼 호랑이 앞으로 나가서는, 죄업을 용서하시지 않으시는 성령(聖靈)이시며 참으로 공손하신 산신이시여, 이 죄 많은 소인에게 엄니2)에 잡아먹히는 형벌을 내려주시옵소서 하고 몸을 뉘였다. 호랑이는 여전히 가만히 선채로 왠지 슬픈 듯한 표정으로 내려다보고 있다가, 갑자기 눈을 가늘게 뜨고 고개를 가로저었다. 그것을 본 군수는 깊이 자신을 부끄러워하며, 죄 없는 종자(從者)3)여, 일어나서 물럿거라, 산신은 필시 이 몸(拙者)의 비례(非禮)와 비겁함을 꼴사납게 여기신 모습이시니, 이 몸이야말로 매를 풀어 산신님을 욕 뵌 장본인이거늘, 진노하시면 산이 울리고 기뻐하시면 숲을 춤추게 하시는 외경스러운 산신

---

1) 원문에는 '郡守(郡長)'라고 나와 있으며 '郡守' 위에 '원님'이라는 토가 달려있다. 그 토가 조선어식 읽기이므로, '원님'으로 번역한다. 본문 중에는 토가 '군수'로 달려있는 부분도 있는데 '원님'으로 통일해서 표기했다.
2) 크고 날카롭게 발달하여 있는 포유동물의 이. 호랑이·사자·멧돼지 따위의 엄니는 송곳니가 발달한 것이며, 코끼리의 엄니는 앞니가 발달한 것이다.
3) 원문에는 '退引(從者)'으로 표기돼 있다. 괄호 안에 있는 대로 번역한다.

이시여, 이 몸이 희생물로 자처하여 나아가 꿇어 엎드려 죄를 청하나이
다. 그런데 호랑이는 이번에도 수심에 찬 안색으로 눈을 가늘게 뜨고 고
개를 가로저을 다름이었다. 그러고 보자니, 종복인 최 영감은 맘을 고쳐
먹고 갑자기 가슴을 젖히고 위압적인 자세로, 호랑이에게 호통을 쳐댔다.
 "네 놈이야말로, 신산을 욕보이고 산신에게 쫓기고 있는 몸이 아니더
냐. 어서 여기서 썩 꺼지지 못할꼬. 우리 황금색 매부리는 지금이라도
네놈의 양 눈을 파낼 수 있고, 내 백은(白銀) 화살은 네놈의 간 위에 무
덤을 파헤칠 것이다!"
 호랑이는 더욱 슬픈 듯한 눈으로 쳐다보고 동정을 바란다는 모습을
하고, 조용히 자신의 오른쪽 발을 올리고는 눈을 감았다. 어찌된 일인가
하고 수상해 하며 잘 보니까, 그 발에 커다란 나무 그루터기가 무참하게
박혀 있어서, 거기에서 불그스름한 피가 줄줄 흘러내리고 있었다. 최 영
감은 정황을 완전히 파악하고는, 허어 아프겠구만 하고 그 발을 가슴에
안아 올려 자신의 비정함을 사죄하면서 마음을 담아 그루터기를 뽑아냈
다. 그러자 호랑이는 콧등을 벌름벌름 거리면서 사의(謝意)를 표하고 모
습을 감췄다. 그로부터 일 년 정도 지나는 사이에, 원님도 바뀌고 최 영
감은 관청에서 잘려서 초부(樵夫, 나무꾼 – 역자 주)가 되어 가난한 생계를
꾸려나가기 시작했다. 가을에 접어들어 단풍이 아름답던 어느 화창한
날, 그는 이 깊은 산속에 장작을 하러 와서 뜻밖에도 예전 그 호랑이와
조우했던 것이다. 늙은 호랑이는 처음에는 무서운 눈을 번뜩 거리면서
노려보다가, 어렴풋하게 기억이 되살아나서는 최 영감을 알아보고, 기쁜
듯이 이 초부 쪽으로 바짝 다가가서, 머리를 내밀어 그의 발과 손의 냄
새를 맡으며 그르렁그르렁 소리를 내고는, 꼬리를 실룩실룩 흔들기 시
작했다. 최 영감도 두려워하지 않고 호랑이의 풍성한 뒷머리 쪽 털을 만
져주며 회고의 정(情)에 젖어들었다. 그러자 호랑이는 까슬까슬한 혀로
그의 옷을 핥다가, 그 끝단을 입에 물고 따라오라는 듯 앞쪽으로 나아갔
다. 최 영감은 이끌려가는 대로 따라갔다. 계류를 건너자 산철쭉이 핀

작은 덤불이 있고, 바위가 높이 솟아 있으며, 그것을 기어오르자 송림(松林)이 무성하게 우거져 있다. 그 아래에는 쐐기풀이 사람의 키 정도만큼 밀생(密生)하고 있어서, 그의 손발을 따끔따끔하게 찔렀다. 햇살마저 새어 들어오지 않고, 한 면에 후끈한 열기가 가득해서 초록빛을 이루고 물기가 비단처럼 흘러가고 있었다. 그런데 그곳을 헤엄치듯 빠져나오고 보니, 바위 그늘 사이에 온천 기운이 자욱이 끼어서, 신기하게도 열탕(熱湯)이 콸콸 샘솟아 흐르고 있었다. 호랑이는 여기까지 그를 데려와서 최 영감을 한 번 돌아보고는 기쁜 듯이 콧등을 꿈틀거리면서, 있는 힘껏 실쭉하게 오른쪽 발을 밀어 넣고, 그러고는 옛날처럼 이것 보란 듯이 그 발을 들어서 보여줬다. 어렵쇼, 이건 단순한 열탕이 아닌 것이 분명하다, 지난 날 그렇게 피를 흘렸는데 상처가 훌륭하게 나아 있는 것이 아닌가.

이러한 전설을 바탕으로 이 심산에 온천이 솟아나는 곳이 발견되었고, 점차 세상에도 평판이 나서, 최 영감은 여기에 작은 여관을 차리고 손님을 재워주게 되었다. 현재 공동 욕탕 옆에 K라는 커다란 여관을 경영하고 있는 사람이 바로 영감의 십이 대(十二代)째라고 한다. 그 외에도 이 온천장에는 최가(崔家)의 친척이 많으며, 이전에는 이 일대 땅도 거의가 그들 일족 소유였었다고 한다. 게다가 그런 전설이 있기 때문인지, 이 근처에는 산신에 대한 신앙이 깊고, 또한 탕치(湯治)를 위해 온 손님 중에서도 특히 부인네들은 산신에 대한 일종의 기묘한 신앙마저 갖고 있다. 여기 대봉산 신령님은 특히, 마음 편히 아이를 점지해 준다고 한다. 그래서 아이를 원하는 젊은 여인네들이 꽃처럼 모여들어 탕치를 하고, 또한 그를 겸해서 산신에게 소원을 빈다. 내 숙소 맞은편에 해당하는 산중턱에는 이른바 산신당(山神堂)이라고 하는 작은 사당이 있고, 정면 벽에는 두세 명의 동자상(童子像)이 그려져 있으며 왼쪽 벽에는 순종적으로 몸뚱이를 늘이고 있는 늙은 호랑이 위에 흰 눈썹을 기른 노인이 올라탄 그림이 걸려있다. 이 그림을 보고 판단하자면 역시 산신은 이 노인이고, 호랑이는 그 종자(從者)일지도 모르겠다. 어찌됐든 이 작은 사당에 시주를 바치러 오는 여인네들이 많은데, 특히 이른 아침 네 시부터 여섯 시 사이에, 여자들의 그림자가 빈번히 오가는 것이 계속되는 모양새다. 주문을 외우는 역할의 무녀도 서너 명이 온천장에 살고 있는데, 돈을 받고 제(祭)에 적합한 날을 역서(易書)와 대조해서 골라주는 역할은 K여관 주인의 숙부인 긴 턱수염을 기른 담뱃가게 노인이 담당했고, 제물의 제찬(祭饌)4)을 홀로 맡아서 준비하는 것은, 또한 같은 최씨 주인 종형인 집안이라던가. 산신에게 드리는 제사는 제찬을 준비하고 술을 따르면서, 무녀의 주문으로 매우 엄숙하게 행해졌다. 갓난아기를 원하는 본인과 그 가족 되는 자는, 주문을 외우는 무녀 뒤에서 공손하게 서서 손을 비비면서 두 손 모아 빌었다.

산신님이 그대의 소원을 들어주시며 하는 말에,
처음에 태어나는 아이는 대해랑(大海郎)이라 이름 지어라.
다음에 태어나는 아이는 칠비 동산(東山)이라 이름 붙이거라.
칠 년동안 대한(大旱)이 닥쳐도, 대해(大海)는 마르지 않는다.
구 년동안 큰비가 내려도, 칠비동산은 무너지지 않는다.
처음에 태어나는 것은 대엄제석(大奄帝釋), 다음에 태어나는 것은 소엄제석(小奄帝釋),
아이를 낳게 되면 명가사(命袈裟)를 늘이도록 하여라.
다음에 태어나 소엄제석, 제불제천(諸佛諸天), 낙산관음(洛山觀音), 석가여래성인제석(釋迦如來聖人帝釋), 부귀공명(富貴功名) 수명영생(壽命永生)할 수 있도록.

무녀 가운데서도 가장 주문을 외우는 가락에 엄격하고 게다가 야릇한 맛이 있는 것은 마흔 줄에 가까운데도 엷은 남빛 저고리를 입은 코가

4) 제수(祭需) 제상에 올려 돌아가신 조상님께 드리는 음식 제물을 말하며 제찬(祭饌)이라고도 한다.

낮은 깔끔한 느낌의 여자였다. 일찍 잠에서 깨는 나는 그녀가 주문을 늘어놓고 있는 곳에 여러 번 얼굴을 들이밀었기 때문에, 어느새 간단한 인사 정도는 주고받는 사이가 되었다. 하기는 그녀 쪽에서 나를 대하는 것이 유달리 붙임성이 좋다. 그것은 내가 원래 조선 무녀에게 흥미를 갖고 연구를 해 오던 터에 무제(巫祭)에 곧 잘 따라다닌 것을 보고, 그녀 또한 자기 나름대로 이 사내는 분명히 아이가 없는 것이 틀림없으며, 그래서 머지않아 무제를 청해 올 것이라고 믿어버린 것 같다. 그것은 어찌됐든 그녀 자신도 엷은 남빛 저고리가 신경이 쓰이는 것인지 언젠가는 자신이 나서서 묻지도 않은 말로 마치 변명하듯이 말하는 것이었다.

"산신님이 엷은 남빛 저고리를 입으라 말씀하셔서 말이지."

어찌됐든 이 엷은 남빛 저고리가 그리도 중요하단 말인가, 심히 괴이쩍은 것은, 그녀가 산신당에 제사를 지내고 있을 무렵에, 그 사당 앞에 언제나 근처 작은 절에 사는 늙은 중이 서성대는 것이 보인다. 그 자는 애초부터 곤란한 중으로 이 온천장 안쪽에 오두막집을 짓고 불상을 하나 오도카니 받침대 위에 놓고는 혼자 살고 있는데, 산책을 하는 손님이라도 보이면 붙잡고서는 바로 정진장(精進帳)을 꺼내서 기부를 졸라 댄다. 나도 그에게 몇 번이고 붙잡혀서 기부를 강요당했다. 덤으로 눈이 나빠서 적선을 한 사람에게도 다시 같은 말을 늘어놓는 어리석은 짓을 저지른다. 이 부처님이야말로 영험하신 분으로, 돈을 오 엔(五圓) 이상 내고 모시면 반드시 갓난아기가 태어난다고 하는 것이다. 아이가 있다고 하는 사람에게는 기부를 하면 이 거리 현판(懸板)에 기록을 하니까 백 년도 이백 년도 천 년도 마침내는 영원히 사는 것이라고 한다. 그는 오전부터 오후에 걸쳐서 절을 비우고 넘게 온천장에 내려와 여관을 돌면서, 손님들 앞에 정진장을 펼치고 자리를 잡는다. 그의 부처님도 필경 이곳 산의 신을 본받아서 같은 역할을 갖게끔 되었던 것으로 보인다. 그리 보자면 그에게 무녀들은 본디 장사의 적으로 사이가 특히 나쁠 것이 분명했다. 그래서 나는 도대체 이 늙은 중이 어째서 아침 일찍부터 산신당 앞에

와 있는 것인지 납득이 가지 않았다. 부처님이 질투를 해서 산신과 무녀에게 저주라도 내리려고 하는 것일까. 혹은 본래 그는 둘째가라면 서러워할 술주정꾼이라서, 산신에게 바친 제주(祭酒)가 남는 것이라도 받으려고 하는 것이던가 하고 생각하려 해도 요즘에는 소주마저 간단히 손에 넣을 수 없기 때문에, 술도 대용품으로 대체해서 산신조차도 대부분 몸서리를 치고 있을 것이리라. 술을 노리고 있는 것도 아니라면, 더욱더 그의 속마음을 의심하지 않을 수 없다. 그렇다고 해도 엷은 남빛 저고리를 걸친 무녀는 이 늙은 중에게 눈길도 주지 않는 기색으로, 단 한 번도 사이좋게 어깨를 나란히 하고 걷는 것조차 본 적이 없다. 다만 언제였던가 나는 사당 위쪽에 앉아 있었는데, 그녀가 나타나서는 아무도 보고 있지 않다고 생각했던 것인지 흰 젯밥을 품에서 획 꺼내 주는 것을 보고, 그렇군, 아침밥을 받으러 매일 오는 것이라는 정도로 생각했다.

2

그런데 호랑이 이야기를 하다가 뜻밖에도 온천(溫泉) 이야기가 묘한 쪽으로 빠지고 말았는데, 온천수 자체로 말하자면 이곳에서 내탕(內湯)이 있는 곳은 ×라고 하는 내지인 여관 한 곳뿐이다. 그렇다 함은 온천이 솟아나는 곳의 권리를 이 여관 주인이 최 영감 십이 대(十二代) 수중에서 헐값에 사들여서, 새로이 다른 여관이 온천수를 끌어가려고 해도 너무나 터무니없는 대가를 요구하기 때문이었다. 그래서 이 ×여관 외에서 묵고 있는 손님은 하는 수 없이 공동 욕탕에 찾아오는 통에 복작거린다. 특히 서조선 일대 사람들은 탕에 들어가면 어김없이 바로 탕가(湯歌, 가조에우타(數え歌)와 비슷한 것)를 큰 소리로 부르는 버릇이 있어서, 견딜 수 없을 정도로 소란스럽다. 사내들은 수건을 머리위에 올리고 피부가 새빨갛게 익을 때까지 첨벙 들어앉아서, 서로 노래를 한 절씩 주거니 받거니 하면서 천(千)에서 이천(二千) 삼천(三千)까지 세며 부른다. 여자들 욕실에서는 또 곧 숨이 끊어질 것과 같은 힘들어 보이는 노랫소리가 필사적인 비명(悲鳴)을 올린다. 그것이 언뜻 보기에 지옥에서 신음하는 소리처럼 비장하기도 한데, 나도 그만 거기에 편승해서 두런두런 일부터 십, 이십까지 세어가는 사이에 어느 틈엔가 그것도 대단히 풍취가 있는 것 같은 생각이 들었다. 그런데 여기 온천장에서 탕가가 가장 능란한 사람이 바로 우리 걸식 늙은 중이다. 여기저기 여관에 손님을 찾아가서 기부를 졸라 대며 돌아다니다가 탕에 한 번 들어가려고 찾아온다. 그는 수건을 갖고 있는 것이 아니고, 또한 때를 미는 일도 결코 없으며, 다만 언제나 들어서는 대로 텀벙하고 욕조 속에 몸을 담그고, 삼 천에서 사 천 오 천까지도 손쉽게 큰 소리로 불러 댄다. 명창이라 불러도 될 정도로 그 소리는 강렬하고, 당김새도 훌륭한데다, 목청 돌림도 절묘했다. 그래서 그가 들어와 노래를 부르면, 학이 내는 소리 한 번에 무리 진 새들 소리를 죽인다라는 말처럼, 그를 상대로 노래 가락을 받아서 함께 노래하려는 자는 좀처럼 나타나지 않는다. 그런데 그러한 경우 판자 너머 여탕에서 방울처럼 아름다운 여자의 소리가 노랫가락을 받아서 한 대목 잘 받아넘길 때가 있다. 처음에는 어딘가 기억에 있는 목소리라고 생각했는데, 그것이 잘 들어보니 엷은 남빛 저고리를 입은 무녀의 목소리였다. 어쨌든 이렇게 그들 두 사람은 판자 너머로 노래를 흥겹게 펼쳐 보였는데, 정말로 그것이 타의 추종을 불허할 정도여서, 사람들은 멍하게 도취되어 듣고 있을 따름이다. 늙은 중은 새빨갛게 삶아진 얼굴에 이슬 맺히는 땀을 손으로 훔쳐내면서, 목 부분을 부풀려서 청청한 힘차고 균형 잡힌 목소리를 올려,

인생 칠십 고래희(古來稀)[5]라 하나
탕 안에서 칠십은 이 얼마나 짧더냐

　칠십일, 이에서 삼이요 삼에서 사……

하고 노래 불러 팔십에 다다르자 판자 너머 무녀의 새된 소리가 그것을
받아서,

　슬픈, 팔십이요, 팔십에 장남을 얻어
　어느 세월에 키워서 영화를 누릴꼬
　팔십 하나에서 둘, 둘에서 셋……

으로 해서 노래를 이어나가, 구십 춘광(春光) 운운하면서 마침내 백에 이
르자, 늙은 중은 녹슨 못과 같은 목을 쳐들고,

　백(白, 百)6) 구(鷗)야, 덧없이 날지를 말아라
　너를 잡으려 하는 것이 아니다

하고, 애절하고 비감(悲感)하게 노래를 받는 것이었다. 그러나 내게는 백
은 물론 팔십은커녕, 이건 너무 짧다고 하는 칠십까지도 간단히 참고 셀
수 없다. 탕이 비교적 뜨겁다고 해도, 그 죄는 오로지 내 인내심이 부족
하기 때문이다. 하지만 나도 인내심 강한 훌륭한 국민(國民)의 한 사람이
되려고 하는 욕망에서, 열댓 번도 넘게 수련을 쌓는 가운데, 드디어 삼
하는 목소리이기는 하지만 백구야, 덧없이 날지를 말아라 하는 한절을
부를 수 있었다. 그래서 거들먹거리며 의기양양하게 탈의실에 나갔는데,
무슨 영문인지 내 신발이 보이지 않는다. 카운터 위에 앉아있는 덩치 큰
사내가 쳐다보더니,

　"허어, 선생님도 신발을 잃어버리셨습니까." 하고 말하는가 싶더니,

─────────
5) 고래희(古來稀)는 예로부터 매우 드물다는 뜻이다.
6) 원문에는 '白(百)鷗'로 나와 있다.

갑자기 여자 탈의실 쪽을 돌아보고 무시무시하게 딱딱한 말투로 변했다.

 "아니 어느 화냥년7)이 또 도둑질이야. 남에게 좋은 일을 한데도, 낳을지 못 낳을지 모르는 판에, 남에게 나쁜 짓을 해서 잘도 낳을 수 있겠다. 이번에야 말로 천벌을 받아서 애새끼도 못 낳을 것이야. 평생 자식 새끼 없이 살아 버려라."

 여자 탈의실에서 왁자지껄한 웃음소리가 새어나왔다. 남자들은 남자들 나름으로 킬킬거리며 웃었다. 실제로 조선에서는 온천장을 둘러싸고 기묘한 미신이 있어서, 여자가 남탕에 들어와서 탕에 몸을 한 번 담그면 곧바로 효험이 나타나서 아이가 태어난다던가, 남자 욕탕 온천수가 솟는 구멍을 막는 마개를 뽑아내서 몸에서 떼어놓지 않고 지니고 있으면 틀림없이 아이를 밴다던가, 무엇보다 손쉬운 것은 남자 탈의실에서 신발을 훔치면 바로 아이를 가질 수 있다는 종류로 이로 인해 무척 기괴하고 곤란한 일이 벌어진다. 탕지기 사내는 마치 부풀어 오른 두꺼비가 숨을 쉬는 듯이 커다란 뱃가죽만을 비틀어대고 있었는데, 다시 팔짱을 끼고 부인네들 쪽으로 향해 소리쳤다.

 "그렇지. 이번에도 또 저 무녀 화냥년이 누군가에게 돈을 받고서 한 짓이구만. 방금 전에 저 엷은 남빛 저고리가 향수 냄새를 물씬 풍겨가며 들어왔을 때, 어럽쇼 이거 또 분명히 난처한 일이 일어나겠구만 하고 생각했던 것이야. 그래서 눈을 부릅뜨고 지켜보자니, 저 화냥년이 어느 틈에 훔쳐서 꽁무니를 뺀 것이지 뭐야. 저 화냥년은 참으로 악마를 심복으로 삼고 있다니까……"

 그런데 마침 그때, 장본인인 무녀가 탈의실에 올라와서 그의 기가 막히는 욕지거리를 들었던 것인지, 그 독기에 찬 날카로운 목소리가 달려들듯 들려왔다.

 "뭐시라. 이 얼빠진 놈이, 하지도 않은 것을 지껄여 대다니, 오냐 네

---

7) 원문에는 '女郞奴'라고 되어 있고, 'ちよらうめ'라는 토가 달려있다. 'ちよらうめ' 는 '창녀'라는 뜻이다.

놈 아가리에 똥을 쑤셔 넣어 주마. 내 분명히 여기 있는데 뭘 했다는 것이야, 알았냐, 나는 똑똑히 여기 있다고! 이 뚱뚱한 색골 자식!"

탕지기는 방금 전의 어마어마한 성난 모습과는 다르게, 진심으로 몸 둘 바를 몰라하는 듯이 헤헤헤, 헤헤헤 하고 웃기만 할 뿐, 한마디 항변도 하지 못한다. 무녀가 날카로운 칼끝을 거둬들이고 나서야, 겨우 그는 내 쪽을 돌아보고는,

"선생님, 저 늙어 빠진 땡중은 방금 전에 돌아간 모양이지요." 하고 사정이 있다는 듯이 질문했다. 그렇소 하고 내가 수긍하자, 이번에는 돌변해서 다시 방금 전과 같이 노기등등한 태도를 되찾고는,

"아, 그렇지. 이제야 겨우 알았어. 저 늙어빠진 땡중이 한 짓에 틀림없다. 방금 전에 저 땡중이 슬금슬금 도망치는 모습이, 어딘가 수상하다고 생각했다니까. 분명히 저놈이 한 짓임에 틀림없어." 그 사이에 그는 또 점차로 흥분해서 전후 구별도 사라져서는. "이번에야말로 까마귀 근육을 불에 지져서, 저 늙어빠진 놈 등줄기에 경련이 일어나게 해 줄테니까(까마귀의 근육을 구우면 훔쳐 간 사람의 등줄기에 경련이 일어난다고 하는 미신이 있다). 저 늙어빠진 놈은, 분명히 저 인간[8] 손에 놀아나서 허수아비 짓을 한 것이지."

"뭐라고! 저 인간이 어째!" 무녀가 소리쳤다. 어럽쇼, 그녀와 늙은 중 사이에는 그런 내막이 있는 것인가 하고 나는 마음속에서 혀를 찼다. 흥분한 나머지 그것은 그의 귀에는 들어오지도 않는 듯, 사내는 저 혼자 기뻐하며 킬킬 웃었다. "늙어 빠진 놈의 등줄기에 경련이라도 나서 꼽추라도 되면, 흥, 울고불고 슬퍼한 계집이 한 명 생기겠구먼! 그때가 돼서, 흥 눈물을 짜도 소 잃고 외양간 고치는 격[9]이지."

---

8) 강조점은 원문 그대로이다. 원문에는 '<ruby>あれ</ruby>'로 표기되어 있다. 다만, 여기에 표시한 강조점 모양은 원문과 다소 다르다. 원문에는 ' , ' 이 모양이 히라가나 위에 찍혀 있다. 이 외에 나오는 강조점은 모두 원문 그대로이다.

9) 원문에는 '後の祭り(아토노마쓰리)'로 나와 있다. 이 원 뜻은 '모처럼 준비했는데 시세가 늦어서, 소용이 없게 된 것'을 의미한다. 직역하면 생경한 문장이 돼서, 의

하면서 말이 끝나기도 전에, 갑자기 그의 머리 쪽으로 옷을 넣는 바구니가 날아와서 얻어맞았다. 사내는 가까스로 제정신으로 되돌아와서 아악 소리치면서 고개를 움츠리고 신음했다.

"이봐. 이 천박한 색골 양반, 저 개똥같은 중놈이 꼽추가 돼서 움직이지 못하면, 그때야말로 네게도 좋을 때가 아니냐." 하고 말하면서 카운터 쪽으로 다가가서 호호호 음란한 웃음을 던졌다. 그 순간 내 눈과 그녀의 눈이 마주치자, 그녀는 갑자기 얼굴이 뻣뻣해 져서 흰 이를 보이며 히죽 웃었다.

"이런 어째 선생님 신발이 없어지셨군요. 그거 정말 난처한 일이시겠구면요. 하지만, 제가 점을 쳐서 꼭 찾아드릴게요." 그러고는 사내 쪽을 갑자기 올려다보았다. "이 양반아 당신은 뭘 꾸물꾸물 거리다가, 이 선생님의 신발까지 도둑을 맞은 것이야. 응? 어째서 쌀겨 주머니마냥 웅크리고만 있는 것이요. 냉큼 당신 신발이라도 선생님께 빌려드리란 말이야. 선생님, 자, 어서 이 얼빠진 사람의 신발이라도 빌려서 우선 돌아가시지요."

나는 탕지기의 더러워진 고무신을 신고, 그렇지만 매우 유쾌한 기분인 채로 돌아왔다. 어찌됐든 백구야 하고 숙원을 달성했으며, 또한 내 신발 덕분으로 어느 집안은 후계자가 태어날 것이기에. 설령 늙은 중이 훔쳐갔다고 하더라도, 아니 늙은 중 또한 독신으로 가엾게도 후계자가 없는 것이다.

3

그런데 어느 날 이른 아침부터, 산의 신들과 그 종자(從者)들 사이에

역하고 원문을 달아 놓는다.

한 향연(饗宴)이 시작됐다. 이 온천장 산기슭에 평양 아무개 씨 첩으로 불리는 젊은 여자가 살고 있었는데, 겉으로는 산파라고 하는 간판을 달고 있었다. 신의 은총으로 아이를 밴 사람이 있을 경우, 그녀는 산신의 종자(從者)로서 달려가는 것이었다. 하지만, 정작 가장 중요한 자신의 아이는 사산(死産)되었다. 그래서 그것은 필시 산의 신들이 내린 재앙이라고 여겨서, 신들의 진노를 풀고 사령(死靈)을 위로하기 위해 무제(巫祭)가 열렸다. 부정(不淨) 풀이라던가, 카만10)이라던가, 산마누라신탁이라던가, 성황새신(城隍賽神)이라던가, 계명 새신(賽神)이라던가, 다양한 무제가 사흘간 계속됐다. 첫날은 산신당을 중심으로 무제를 벌였고, 이튿날에는 산신당 기슭 계류제(溪流際)에 성황신(城隍神)이 깃들어 있다는 커다란 고목(枯木) 아래에서 벌였다. 술마리(무당11)의 종자들을 말한다)라는 술마리는 전부 모여서 원진(圓陳)을 치고, 장구나 북을 치며, 방울을 흔들고, 정라(鉦鑼)12)를 울렸다. 붉은색이나 보라색 무복(巫服)을 입은 무녀들은 빙글빙글 춤을 추며 도는가 싶더니, 주먹을 하늘로 밀어 올리고 무시무시한 말로 주문을 외워대고, 바투 다가와서 손을 비벼대며 죄를 청하는 산파나 그 늙은 어미를 향해 어마어마한 신탁을 하사하고 있었다. 그런데 늙은 중은 자신의 부처님에 대한 공양은 아랑곳하지 않고, 술마리와 한패가 되어, 그 중에서 엷은 남빛 저고리의 무녀가 춤을 추며 돌아다닐 때는, 한층 몰두해서 동으로 된 딱다기를 울리면서 강동강동 목을 내밀고 말을 걸거나, 신호를 하거나, 손짓발짓을 해댄다. 무당은 합쳐서 네 명으로, 그 가운데 한 명은 박사무(博士巫)라고 해서 머리를 길게 기른 하이칼라 남무(男巫)로, 납색 구군복(舊軍服)을 걸치고 채색화로 보살을 그린 단선(團扇)13)을 마구 흔들면서 큰 소리로 주문을 외웠다. 정오경까지 이

---

10) 민속 제의의 하나라고 생각되나 의미가 불명하다.
11) 원문에는 '巫'라고만 나와 있다.
12) 농악에서 쓰는 징을 민속 음악(音樂)에서 이르는 말.
13) 둥글부채.

런 식으로 집 밖에서 제를 올리고 나서, 다음에는 산신당 신들이나 성황신을 산파집으로 맞아들인다. 그때는 우선 산신당부터 열(列)을 이뤄서 북이나 장구를 치고 정라를 울리면서, 일행이 산신을 안내해서 산파의 집으로 내려간다. 또 성황목(城隍木)에서 같은 것을 하고, 한 자리에 신들을 불러 모신다. 방안에는 사방 벽에 원색 그림으로 된 신들의 형상을 붙이고, 한 가운데에는 커다란 테이블을 놓고, 백미(白米)를 산처럼 쌓아, 제삿떡을 네다섯 두(斗), 돼지머리에 갖가지 주찬(酒饌)을 바치고, 각각 그 위에 연꽃 조화를 꽂아두었다. 여기에 이르러 실로 한곳에 모인 산의 신들과 그 종자들의 향연이 본격적으로 벌어진다.

그런데 이틀째 밤에는, 이곳에 초대를 받지 못한 한 산신이 마침내 치미는 화를 참지 못했던 모양인지, 나는 이 온천에 물과 약탕을 보내주는 용왕(龍王)님이니라, 이런 나를 소홀히 하는 네놈들에게 재앙이 가깝도다 하고, 자신의 종자인 육십 먹은 늙은 여인네, 몹시 검은 두건을 쓰고 걷고 있던 무녀를 보냈던 것이다. 그래서 모두 깊이 두려움을 느끼고, 하루 더 무제를 연장해서, 이 늙은 무녀를 주역(主役)으로 해서 용왕님의 진노를 가라앉히기 위한 무제를 열었다. 그것은 마침 온천이 솟아나는 곳 바투에 있는 용궁전(龍宮殿)에서 열리게 되었는데, 이 작은 사당 안에서도 벽 한쪽 면에는 늙은 호랑이 그림이 걸려있어서 똑같이 사람들의 신앙을 모으고 있었다. 그러나 이 무제에 대해 단 한 사람, 산신당에 사는 엷은 남빛 저고리를 입은 무녀가 이의를 제기해서, 거기 있는 늙은 호랑이도 자신이 있는 곳의 산신이시다, 용궁전에 참배를 오는 사람이 적어서 먹고 살지 못한다 하며, 신을 빌려준 것만으로도 불경스러운 이야기인 것을, 이제 와서 지나치게 구실이 제멋대로라고 하며, 팅팅 부어서 얼굴을 내밀지도 않았다. 그 황혼녘의 일이다.

호기심 많은 사람들이 Y금강(金剛)이라고 부르고 있는, 기묘한 선바위 등이 계류(溪流)에 그림자를 늘어뜨리고 있는 부근으로 나는 산책을 하러 나갔다. 물살 쪽에는 철쭉이나 수양버들이 무성하게 자라고 있다. 오른

쪽에는 자작나무 숲에 가려진 산 중턱부터 멋진 슬로프가 밭을 이루고 펼쳐져 있었다. 그 기슭의 계류를 건너간 곳에 교목(喬木) 사이로 서너 채 초가집의 지붕이 보인다. 안쪽 가장 끄트머리 작은 집이 방금 전에 본 엷은 남빛 저고리를 입은 무녀가 사는 집이었다. 그 집 뒤를 바라보고 다시 산과 산 사이에 낀 길고 가는 슬로프가 보였고, 위쪽에 새로이 아무렇게나 지은 작은 기와집이 세워져 있다. 처마 밑에는 신지(神紙) 등이 매달려 늘어져 있는 것이 석양에 빛나 보였고, 거기가 늙은 걸식 중의 절인만큼 남빛 저고리 무녀가 무제 때부터 자리를 비운 후에 바로 그도 자취를 감춘 것이 분명한데, 어디로 간 것인지 장지문도 닫혀 있어서 사람 기색이 없었다. 나는 무녀집 옆을 지나치면서 무심코 안을 훔쳐보았다. 혹은 두 사람 다 저녁밥이라도 먹으러 산파집에 간 것일까. 여기도 쥐죽은 듯이 조용했다. 지금까지 때때로 늙은 중의 모습이 이 집에 종종 보였었는데, 나는 물레방앗간 옆에서 계류를 건너, 작년에 막 짓은 방갈로14) 풍의 별장이 네 다섯 채 나란히 서 있는 쪽으로 발걸음을 옮겨 갔다. 저녁놀이 파란 지붕과 빨간 지붕에 반사되어 반짝반짝 빛나는 것이 보였다. 저녁 바람이 불어서 자작나무 숲이 웅성거리고 있다.

하지만, 가장 앞쪽에 있는 건물에 다가가자마자 나는 흠칫 놀라서 멈춰 섰다. 늙은 중이 옆에 있는 창 쪽에 찰싹 매달려서 늙은 고양이 마냥 귀를 세우고 안을 훔쳐보고 있었다. 나는 마침 그의 뒤쪽으로 다가서고 있었기 때문에, 그는 나를 알아채지 못했다. 나는 너무나도 신경을 바짝 세우고 있는 그의 짐승과도 같은 모습에 압도당해서 기침조차 한번 할 수 없었다. 건물 안에서는 아무런 소리도 들리지 않는다. 늙은 중은 시력마저도 나쁘기 때문에 그 안에서 확실히 무슨 일이 벌어졌는지 파악할 수 없어서, 전신의 신경을 시각에 집중해서 연신 무언가를 찾으려고 하는 모습이었다. 나는 몰래 도망칠 요량으로 발소리를 죽여 가며, 그의

---

14) 방갈로(bungalow)는 단층에 정면에 넓은 베란다가 있는 주택을 말한다. 원문에도 방갈로라고 나와 있다.

옆쪽으로 돌아 건물 뒤로 숨었다. 무슨 일이 있는 것이려나, 필시 엷은 남빛 저고리를 입은 무녀라도 찾으려는 게지 하고 생각하다가, 도대체 이게 어찌된 영문인지 상상조차 할 수 없었다. 나는 그 건물과 또 다른 건물 사이를 빠져나와 세 번째 지붕 아래를 향해 나아갔다. 그때 어느새 그는 나를 발견한 것인지 표범처럼 달려 들어왔다. 그는 내 옆에 가까이 와서 잘 보이지 않는 눈을 최대한 부릅뜨고 양손을 부들부들 떨면서 노려보는 것이었다. 기분이 나빠져서 나는 부스럭부스럭 거리면서 하는 수 없이 얼버무리듯이 말했다.

"영감, 무슨 일이라도 있소?"

그는 대답하지 않았다. 커다란 똥파리가 그의 코끝에 오더니 멈췄다. 그것이 붕붕 눈부시게 날갯짓을 해댔다. 그는 순간 그것을 쫓아버렸다. 그리고 한발 더 다가와서는 소리쳤다. 갑자기 밤안개가 흘러왔다.

"계집을 어찌 했어?"

"계집이라니 누구 말이오?"

"계집, 계집을 모르겠다는 게냐?"

그 기가 막히는 힐난에 무서운 기분이 들어서 나는 고분고분하게 고개를 저어보려고 했지만, 퍼뜩 그 때 가장 구석진 곳의 건물에서 허둥지둥 사람 그림자가 튀어나오는 것이 눈에 들어왔기 때문에, 순간 몸이 경직되고 말았다. 두 남녀의 모습이 밤안개 속에서 휙 번쩍이더니, 계류제 쪽 찔레나 머루,15) 달레 숲 속으로 사라졌다. 나는 새로운 발견에 마침내 경악했다. 하지만, 늙은 중은 귀가 나쁜 탓에 그 소리를 눈치 채지 못한 것인지, 뒤도 돌아보지도 않고 내 얼굴을 노려본 채로 무언가를 찾아내려고 하고 있다. 나는 괴로운 나머지 혹은 악마의 소행이었는지도 모른다고 생각하고, 조용히 턱을 움직여서 방금 전 숲 속을 가리켰다.

---

15) 원문에는 'モルグ'라고 표시되어 있는데, 사전류를 비롯해서 다 찾아봐도 나오지 않는 말이다. 다만 이 책의 다음 작품인 「신의 연」을 보면 이것이 '머루'임을 알 수 있다.

그때는 이미 엷은 남빛 저고리를 입은 무녀가 모습을 꼭꼭 숨긴 뒤였다. 공동 욕탕 카운터의 덩치가 큰 살찐 탕지기 사내의 반바지 엉덩이만이 숲 속 가지에 걸려서, 계속해서 발버둥치고 있는 것이 보인다. 늙은 중은 그것을 간파하자마자 그쪽을 향해 굴러가듯 뛰어갔다. 탕지기는 한 번 돌아보더니 허둥대며 바지 끝단을 잘라내고 냅다 숲 속으로 가지를 꺾어 가며 모습을 감추었다. 그쪽으로 계류를 건너서 바위 뒤를 뛰어가면, 온천장에 당도하게 된다.

4

나는 그 다음날 아침 기차로 떠나 왔기 때문에 그 후 일은 전혀 들을 수 없었다. 그런데 그로부터 사오 일 후, 내가 언제나처럼 종종 놀러가는 고구려옥(高句麗屋)이라는 번화가 골동품점에서 주인과 수다를 떨고 있던 한창때였다. 거기에 뜻밖에도 늙은 중이 버렁뱅이 차림으로 비틀비틀 들어왔던 것이다. 그는 주인과 내 앞에 와서 멈추고는, 그렇게 생각해서 그런 것인지 몰라도 눈을 공허하게 뜬 채로 잠시 아무런 말도 하지 않았다. 나는 영문도 모른 채 들썽들썽한 기분이 들어서 인사말도 건넬 수 없었다. 물론 그는 밝은 곳이라고 해도 나를 눈치 채지 못했겠지만, 특히 가게 안이 어두컴컴한데다 또 어쨌든 아연해 하고 있는 기색이어서, 그는 나를 알아볼 수 없었다. 주인도 잠시 어리둥절 해하며 다만 말똥말똥 그를 올려다 볼 따름이었다.

"그림을 사주시지 않겠습니까." 하고, 늙은 중은 간신히 꺼져갈 듯한 목소리로 중얼거렸다. 그리고 그는 부들부들 손을 떨면서 배에 감아둔 보자기를 풀어서 채색화를 꺼내어 펼쳤다. 주인은 그것을 받아들고 물끄러미 넋을 잃고 봤다. 놀라지들 마시라, 그것은 틀림없이 그 산신당에 걸려 있던 호랑이 그림이었다. 주인은 굉장히 탐욕이 난 낌새로 내 쪽을 돌아보면서 끄덕여 보였다. 늙은 중은 발 언저리가 미미하게 떨리며 숨소리는 가빠보였다. 주인은 물었다.

"호오, 어디서 가져온 것이요?"

"………"

늙은 중은 흠칫 움츠리더니, 어찌된 영문인지 느닷없이 그림을 낚아 채자마자 둘둘 말아서 다시 보자기에 넣어서 비틀거리며 나갔다. 그 후에 엷은 남빛 저고리 무녀와는 잘되지 않았던 것임에 틀림없었다. 그녀를 분노하게 하고 먹고 살지 못하게 하는 데는 이것을 해치워버리는 쪽이 무엇보다도 효과가 있다고 생각했던 것일까.

호랑이 오른쪽 발에는 상처 자국이 나 있었다.

(作　家)[16]

---

16) 원문 마지막에 붙어 있는 대로 옮겨 본다.

신들의 연회*

상

이곳 Y온천은 서조선(西朝鮮) 깊은 산속 가운데, 평양에서 이번에 새로
막 개통된 평원선(平元線)을 타고 동북쪽으로 이십 리(二十里) 정도 가면
나오는 곳에 있다. 보통열차라면 네 시간 정도면 Y읍에 도착하여, 거기
서부터 약 일 리 정도 두메산골 길을 버스를 타고 흔들거리며 올라가면
된다. 달밤이라면 계류(溪流)를 따라 걷는 것도 또한 즐거운 일이다. 세평
(世評)이 날 정도는 아니지만, 그래도 나무들이 무성하게 자란 좀 높은
산표면, 우뚝 솟은 푸른 녹색 암석, 아름다운 물살, 비록 그것이 작은 크

---

* 이 작품은 「神々の宴」(『日本の風俗(滿州・朝鮮・台湾・特輯)』, 1941. 10)을 번역한
것이다. 이 작품은 본 작품집 앞부분에 실려 있는 「산의 신들」 발표 후 한 달 후에
게재된 작품으로, 김사량이 문장을 고치고 장(章)을 새롭게 해서 게재한 것이 특징
적이다. 장 구성은 소설 「산의 신들」 3, 4장이 이 작품의 ‘下’로 통합된 것을 제외
하고는 일대일로 대응한다. 그러므로 「산의 신들」이 총 4장, 이 작품이 3장으로
구성되어 있다. 두 작품은 내용면에서는 거의 일치하지만, 두 작품을 비교해 보면
본 작품 쪽이 문장에 쉼표를 줄이는 등, 퇴고 과정을 거친 것을 알 수 있다. 단순
히 발표 순서만으로 속단할 수는 없지만, 「산의 신들」 발표 후 문장을 고쳐서 발
표한 것이 본 작품일 가능성이 매우 높다. 한편 이 작품의 삽화를 그린 요시다 겐
기치(吉田謙吉, 1897~1982)는 쓰키치 소극장(築地小劇場)의 무대장치를 설치하는
등 당시 무대미술학자로 유명했으며, 고현학(考現學, modernology)이라는 새로운
분야를 개척했다. 이 밖에도 아시아 각국의 풍토에 관한 연구 등을 했다. 이 작품
에는 총 2장의 삽화가 들어있는데, 두 개 모두 조선의 풍속에 관한 것이다.

小説

神々の宴

金 史 良

（李朝官服服飾模様より──吉田謙吉）

기지만 한데 잘 모여 있다. 이름 없는 구투(舊套)가 남아있는 시객(詩客)이 먹으로 쓴 글로 공동 욕탕 벽에 낙서해서 쓰기를, "대봉산(大峰山) 기슭, 청류(淸流)가 솟아난다. 이 탕지(湯池)를 만드신, 하늘로 하여금, 그것을 찾아낸, 최 영감이라."

참으로 그렇게 보자면, 이 온천장(溫泉場) 동쪽 산을 대봉산으로 부르고 있다. 게다가 온천이 솟아나는 곳을 발견한 사람은 최 영감으로, 그에 얽힌 전설도 또한 약간 재미있는 이야기다. 최 영감은 그 옛날 아랫말인 Y읍에서 원님(郡長)[1]의 종복으로 일하고 있었다. 어느 눈이 오던 날, 그는 원님을 뒤따라서 매사냥을 하러 협곡에 들어갔다. 그때 두 사람은 수풀 속에서 나온 한 마리 늙은 호랑이와 조우하고 꼼짝도 하지 못했다. 호랑이는 그곳을 가만히 가로막고 서서 이쪽을 주시하면서 미동도 하지 않았다. 최 영감은 이래서는 두 사람 다 살아나갈 수 없다고 생각하고 원님 쪽을 돌아보고 말하기를, 저 산신(호랑이를 말한다)님은 소인과 같이 죄 많은 중생(衆生)이 어르신을 안내해서, 제멋대로 신산(神山)을 욕보인다고 진노하시어 제물(祭物)을 요구하시고 계시옵니다. 어르신께서는 귀하신 몸이오니 소인이 대신 나가려는 생각을 윤허하시어 돌아가시기 바라옵니다. 그러고는 성큼성큼 호랑이 앞으로 나아가서는, 죄업을 용서하시지 않으시는 성령(聖靈)이시며 참으로 공손하신 산신이시여, 이 죄 많은 소인에게 엄니[2]에 잡아먹히는 형벌을 내려주시옵소서 하고 몸을 뉘였다. 호랑이는 미동도 하지 않고 왠지 슬픈 듯한 표정으로 내려다보고 있다가, 갑자기 눈을 가늘게 뜨고 고개를 가로저었다. 그것을 본 군수는 깊이 자신을 부끄러워하며, 죄 없는 종자(從者)[3]여, 일어나서 물

---

1) 원문에는 '郡守(郡長)'라고 나와 있으며 '郡守' 위에 '원님'이라는 토가 달려있다. 그 토가 조선어식 읽기이므로, '원님'으로 번역한다. 본문 중에는 토가 '군수'로 달려있는 부분도 있는데 '원님'으로 통일해서 표기했다.
2) 크고 날카롭게 발달하여 있는 포유동물의 이. 호랑이·사자·멧돼지 따위의 엄니는 송곳니가 발달한 것이며, 코끼리의 엄니는 앞니가 발달한 것이다.
3) 원문에는 '退引(從者)'로 표기돼 있다. 괄호 안에 있는 대로 번역한다.

러섯거라, 산신은 필시 이 몸(拙者)의 비례(非禮)와 비겁함을 꼴사납게 여기신 모습이시니, 이 몸이야말로 매를 풀어 산신님을 욕보인 장본인이거늘, 진노하시면 산이 울리고 기뻐하시면 숲을 춤추게 하시는 외경스러운 산신이시여, 이 몸이 희생물로 자처하여 나아가 꿇어 엎드려 죄를 청하나이다. 그런데 호랑이는 이번에도 수심에 찬 안색으로 눈을 가늘게 뜨고 고개를 가로저을 따름이었다. 거기서 종복인 최 영감은 갑자기 가슴을 젖히고 위압적인 자세로, 호랑이에게 호통을 쳐댔다

"네놈이야말로, 신산을 욕보이는 산신에게 쫓기고 있는 몸이 아니더냐. 어서 여기서 썩 꺼지지 못할꼬, 우리 황금색 매부리는 지금이라도 네놈의 양 눈을 파낼 수 있고, 내 백은(白銀) 화살은 네놈의 간 위에다가 무덤을 파헤칠 것이다!"

호랑이는 더욱 슬픈 듯한 눈으로 쳐다보고 동정을 바란다는 모습을 하고, 조용히 자신의 오른쪽 발을 올리고는 눈을 감았다. 필시 무슨 연유가 있어 보여 가만히 보자니, 그 발에는 커다랗고 뾰족한 화살 조각이 무참하게도 박혀 있어서, 거기에서 불그스름한 피가 줄줄 흘러내리고 있었다. 최 영감은 정황을 완전히 파악하고, 허어 아프겠구만 하고 그 발을 가슴에 안아 올려 자신의 무례함을 사죄하면서 힘을 모아 화살을 뽑아냈다. 그러자 호랑이는 콧등을 벌름벌름 거리면서 사의(謝意)를 표하고 모습을 감췄다. 그로부터 일 년 정도 지나는 사이에, 원님도 바뀌고 최 영감은 관청에서 잘려서 초부(樵夫, 나무꾼 – 역자 주)가 되어 가난한 생계를 꾸려 나가기 시작했다. 가을에 접어든 어느 화창한 날, 그는 이 깊은 산속에 장작을 하러 와서 뜻밖에도 예전 그 호랑이와 조우했던 것이다. 늙은 호랑이는 처음에는 교활한 눈으로 응시하며 노려보다가, 먼 기억이 되살아나서 최 영감을 알아보고, 기쁜 듯이 이 초부 쪽으로 바짝 다가가서, 머리를 내밀어 그의 발과 손의 냄새를 맡으며 그르렁그르렁 소리를 내고는, 꼬리를 흔들기 시작했다. 최 영감도 두려워하지 않고 호랑이의 풍성한 뒷머리 털을 만져주며 회고의 정(情)에 젖어들었다. 그러

자 호랑이는 까슬까슬한 혀로 그의 옷을 핥으면서, 따라오라는 듯 앞쪽으로 나아갔다. 최 영감은 이끌려가는 대로 그것에 따랐다. 계류를 건너자 산철쭉이 핀 작은 덤불이 있고, 바위가 높이 솟아 있으며, 그것을 기어오르자 송림(松林)이 무성하게 우거져 있다. 햇살조차 새어 들어오지 않고, 일대에 후끈한 열기가 가득해서 그의 기분을 어지럽혀 괴롭게 했다. 그런데 송림을 빠져나오고 보니 바위 그늘 사이에 온천 기운이 자욱이 끼어서, 신기하게도 열탕(熱湯)이 콸콸 샘솟아 흐르고 있었다. 호랑이는 여기까지 그를 데려와서는 한 번 최 영감을 돌아보고 콧등을 기쁜 듯 꿈틀거리면서, 있는 힘껏 실쭉하게 오른쪽 발을 밀어 넣고, 옛날처럼 이것 보란 듯이 그 발을 들어서 보여줬다. 어럽쇼, 이건 단순한 열탕이 아닌 것이 분명하다, 지난날 그렇게 피를 흘렸는데 상처가 훌륭하게 치료되어있는 것이 아닌가.

이러한 전설을 바탕으로 이 심산에 있는 온천이 솟아나는 곳은 발견되었고, 점차 세상에도 평판이 나서, 최 영감은 여기에 작은 여관을 차리고 손님을 재워주게 되었다. 현재 공동 욕탕 옆에 K라는 커다란 여관을 경영하고 있는 사람은, 바로 영감의 십이 대(十二代)째라고 한다. 그 외에도 이 온천장에는 최가(崔家)의 친척이 많으며, 이전에는 이 일대 땅에도 거의가 그들 일족 소유였었다고 한다. 게다가 그런 전설이 있기 때문인지, 이 근처에는 산신에 대한 신앙이 깊고, 또한 탕치(湯治)를 위해 온 손님 가운데서도 특히 부인네들은 산신에 대한 일종의 기묘한 신앙마저 갖고 있다. 여기 대봉산 신령님은 특히 아이를 잘 점지해 준다고 한다. 그래서 아이를 원하는 젊은 여인네들이 어중이떠중이 다 모여들어와 탕치를 하고, 맞은 편 산중턱에 이른바 산신당(山神堂)이라고 하는 작은 사당이 있는데, 정면 벽에 두세 명의 동자상(童子像)이 그려져 있고, 왼쪽 벽에는 늙은 호랑이가 순종적으로 몸뚱이를 늘이고 그 위에 흰 눈썹을 기른 노인이 올라탄 그림이 그려져 있었다. 이 그림을 보고 판단하자면 역시 산신은 이 노인이고, 호랑이는 그 종자(從者)일지도 모르겠다.

어찌됐든 이 작은 사당에 시주를 바치러 오는 여인네들이 많은데, 특히 이른 아침 네 시부터 여섯 시 사이에 여러 여자들의 그림자가 빈번히 오가는 것이 계속되는 모양새다. 주문을 외우는 역할의 무녀도 두세 명 온천장에 살고 있는데, 제(祭)에 적합한 날을 역서(易書)와 대조해서 골라 주는 역할은 K여관 주인의 숙부인 긴 턱수염을 기른 담뱃가게 노인이 담당했고, 제물의 떡이나 제찬(祭饌)4)을 홀로 맡아서 준비하는 것은, 또한 같은 최씨 주인의 종형인 집안이라던가. 산신에게 드리는 제사는 제찬을 준비하고 술을 따르면서, 무녀가 주재해서 매우 엄숙하게 행해졌다. 갓난아기를 원하는 본인과 그 가족 된 자는 주문을 외우는 무녀 뒤에서 공손하게 서서 손을 비비면서 두 손 모아 빌었다.

산신님이 그대의 소원을 들어주시며 하는 말에,

처음에 태어나는 아이는 대해랑(大海郎)이라 이름 지어라.
다음에 태어나는 아이는 칠비 동산(東山)이라 이름 붙이거라.
칠 년동안 대한(大旱)이 닥쳐도, 대해(大海)는 마르지 않는다.
구 년(九年)동안 큰비가 내려도, 칠비동산은 무너지지 않는다.
처음에 태어나는 것은 대엄제석(大奄帝釋), 다음에 태어나는 것은 소엄제석(小奄帝釋),
아이를 낳게 되면 명가사(命袈裟)를 늘이도록 하여라.
다음에 태어나는 소엄제석, 제불제천(諸佛諸天), 낙산관음(洛山觀音), 석가여래(釋迦如來)
부귀공명(富貴功名) 수명영생(壽命永生)할 수 있도록.

무녀 가운데서도 가장 주문을 외우는 가락에 엄격하고 낭랑하고 게다가 야릇한 느낌이 드는 것은, 마흔 줄에 가까운데도 엷은 남빛 저고리를

---

4) 제수(祭需) 제상에 올려 돌아가신 조상님께 드리는 음식 제물을 말하며 제찬(祭饌)이라고도 한다.

입은 코가 낮은 깔끔한 느낌의 여자였다. 일찍 잠에서 깨는 나는 그녀가 주문을 늘어놓고 있는 곳에 여러 번 얼굴을 들이밀었기 때문에, 어느새 간단한 인사 정도는 주고받는 사이가 되었는데, 엷은 남빛 저고리가 신경이 쓰이는 것인지 언젠가는 자신이 나서서 묻지도 않은 말로 마치 변명하듯이 말하는 것이었다.

"산신님이 엷은 남빛 저고리를 입으라 말씀하셔서 말이지."

그건 그렇고 심히 괴이쩍은 것은, 그녀가 산신당에 제사를 지내고 있을 무렵에, 그 사당 앞에 언제나 곧잘 근처 작은 절에 사는 늙은 중이 서성대는 것이다. 그자는 대단히 곤란한 비린내 나는 중으로, 이 온천장 안쪽 비탈에 오두막집을 짓고 불상을 하나 오도카니 받침대 위에 얹어 놓고, 산책을 하는 손님이라도 보이면 붙잡고서는, 바로 기진장(寄進帳)을 꺼내서 기부를 졸라 댄다. 나도 그에게 몇 번이고 붙잡혀서 기부를 강요당했는데, 덤으로 그는 눈이 나쁜 탓에 다시 찾아 와서 항상 나를 붙잡고 같은 말을 늘어놓았다. 이 부처님이야말로 영험하신 분으로, 돈을 오 원(五圓) 이상 내고 모시면 반드시 갓난아기가 태어난다고 하는 것이다. 아이가 있다는 사람에게는, 기부를 하면 이 거리 현판(懸板)에 기록을 하니까 백년도 이백년도 천년도, 마침내는 영원히 사는 것이라고 말하고 처마에 걸린 청색에 붉은 테두리를 한 현판을 가리켰다. 그는 오전부터 오후까지 절을 비우고, 온천장에 내려와서 여관을 돌면서 손님들 앞에 기진장을 펼치고 기부를 졸라댔다. 그의 부처님도 필경 이곳 산의 신을 본받아서 같은 역할을 하게끔 되었던 것으로 보인다. 그래서 하는 말은 아니나, 그와 무녀들은 본디 장사의 적으로 사이가 특히 나쁠 것이 분명했다. 그래서 나는 도대체 이 늙은 중이 어째서 아침 일찍부터 산신당 앞에 와 있는 것인지 납득이 가지 않았다. 질투하는 마음에 불타서 산신과 무녀에게 저주라도 내리려고 하는 것일까. 혹은 본래 그는 둘째가라면 서러워할 술주정꾼이라서, 산신에게 바친 제주(祭酒)가 남은 것이라도 받으려고 하는 것이던가. 그렇다 해도, 요즘에는 소주마저 간단히 손에 넣을 수 없기 때문에, 술도 대용품으로 대체해서, 오래도록 술을 애용했을 것임에 틀림없는 산신조차도 대부분 사이다로 참고 있는 것이다. 추운 겨울 아침 등에는, 필시 산신도 사이다로는 몸을 떨 것이리라, 그렇다고 하면 늙은 중이 술을 노리고 있는 것도 아닐 것인데, 여전히 집요하게 그녀에게 들러붙어서 주위를 맴돈다고 한다면, 더욱더 깊은 내막이 있는 것이라고 치부하지 않을 수 없다. 그렇다고 해도, 엷은 남빛 저고리를 걸친 무녀는 이 늙은 중에게 눈길도 주지 않는 기색으로, 단 한 번도 사이좋게 어깨를 나란히 하고 걷는 것조차 본 적이 없다. 다만 언제였던가 나는 사당 위쪽에 앉아 있었는데, 그녀가 나타나서는 아무도 보고 있지 않다고 생각했던 것인지 흰 제밥을 품에서 획 꺼내 주는 것을 보고, 그렇군, 아침밥을 받으러 매일 오는 것이라는 정도로 생각했다.

중

그런데 호랑이 이야기를 하다가 뜻밖에도 온천(溫泉) 이야기가 묘한 쪽으로 빠지고 말았는데, 중요한 온천수 자체는 어떤가 하면, 이곳에서 내탕(內湯)이 있는 곳은 ×라고 하는 내지인 여관 한 곳 뿐이다. 그렇다 함은 온천이 솟아나는 곳의 권리를 최 영감 십이 대(十二代)의 수중에서 이 여관 주인이 헐값에 사들여서, 새로이 다른 여관이 온천수를 끌어가려고 해도, 너무나 터무니없는 대가를 요구하기 때문이라고 들었다. 그래서 이 ×여관 외의 곳에서 묵고 있는 손님은, 하는 수 없이 공동 욕탕에 찾아오는 통에 복작거린다. 특히 서조선 일대 사람들은 탕에 들어가면 어김없이 바로 탕가(湯歌, 가조에우타(數え歌)와 비슷한 것)를 큰 소리로 부르는 버릇이 있어서, 견딜 수 없을 정도로 소란스럽다. 사내들은 수건을 머리위에 올리고 피부가 새빨갛게 익을 때까지 첨벙 들어앉아서, 서로 하나씩 노래를 한 절씩 주거니 받거니 하면서 천(千)에서 이천(二千) 삼천(三千)까지고 세며 부른다. 여자들 욕실에서는 또 곧 숨이 끊어질 것과 같은 힘들어 보이는 소리가 필사적인 메아리를 울린다. 그것이 언뜻 보기에 지옥에서 신음하는 소리처럼 비장하기도 한데, 나도 그만 거기에 편승해서 두런두런 일부터 십, 이십까지 세어가는 사이에, 어느 틈엔가 그것도 대단히 풍취가 있는 것 같은 생각이 들었다. 그런데, 여기 온 천장에서 탕가가 가장 능란한 사람이 바로 우리 걸식 늙은 중이다. 여기저기 여관에 손님을 찾아가서 기부를 졸라대며 돌아다니다가 돌아와서, 탕에 한 번 들어가려고 찾아온다. 그는 수건을 갖고 있는 것이 아니고, 또한 때를 미는 일도 결코 없으며, 다만 언제나 들어서는 대로 텀벙하고 욕조 속에 몸을 담그고, 삼 천에서 사 천 오 천까지도 능수능란하게 부른 끝에, 고래처럼 물을 뿜어 대며 나간다. 명창이라 불러도 될 정도로 그 소리는 강렬하고, 당김새도 훌륭하고, 목청 돌림도 오묘했다. 그래서 그가 들어와 노래를 부르면, 학이 내는 소리 한 번에 무리 진 새들 소리를 죽인다라고 하는 것과 같이, 그를 상대로 노랫가락을 받아서 함께 노래하려는 자는 좀처럼 나타나지 않는다. 그런데, 그러한 경우 판자 너머 여탕에서 방울처럼 아름다운 여자의 소리가 노랫가락을 받아서 한 대목 잘 받아넘길 때가 있다. 처음에는 어딘가 기억이 있는 목소리라고 생각했는데, 그것이 즉 엷은 남빛 저고리를 입은 무녀의 목소리였다. 이렇게 그들 두 사람은 판자 너머로 노래를 흥겹게 함께 부르고, 정말로 그것이 타의 추종을 불허할 정도여서 사람들은 멍하게 도취되어 듣고 있을 따름이다.

늙은 중은 새빨갛게 삶아진 쭈글쭈글한 얼굴에 이슬 맺히는 땀을 손으로 훔쳐내면서, 목 부분을 부풀려서 청청한 힘차고 균형 잡힌 목소리를 올려,

인생 칠십 고래희(古來稀)[5]라 하나,
탕 안에서 칠십은 이 얼마나 짧더냐

　칠십일, 이에서 삼이요 삼에서 사—

하고 노래 불러 팔십에 다다르자, 판자 너머 무녀의 새된 소리가 그것을
받아서,

　슬픈, 팔십이요, 팔십에 사내아이를 얻어
　어느 세월에 키워서 영화를 누릴꼬
　팔십 하나에서 둘, 둘에서 셋……

으로 해서 노래를 이어나가, 구십 춘광(春光) 운운하면서 마침내 백에 이
르자 늙은 중은 썩은 오이같은 목을 쳐들고,

　백(白, 百)[6] 구(鷗)야, 덧없이 날지를 말아라,
　너를 잡으려 하는 것이 아니다

하고, 애절하고 비감(悲感)하게 노래를 받는 것이었다. 그러나 내게는 백
은 물론 팔십은커녕, 이건 너무 짧다고 하는 칠십까지도 간단히 참고 셀
수 없다. 탕이 비교적 뜨겁다고 해도, 그 죄는 오로지 내 인내심이 부족
하기 때문이다. 하지만 나도 인내심 강한 훌륭한 국민(國民)의 한 사람이
되려고 하는 염원(念願)에서, 열댓 번도 넘게 수련을 쌓는 가운데, 드디어
삼가는 목소리이기는 하지만 백구야, 덧없이 날지를 말아라 하는 한절
을 부를 수 있었다. 그래서 거들먹거리며 의기양양하게 탈의실에 나갔
는데, 무슨 영문인지 내 신발이 보이지 않는다. 카운터 위에 앉아있는
덩치 큰 사내가 쳐다보더니, "허어, 선생님도 신발을 잃어버리셨습니
까." 하고 말하는가 싶더니, 갑자기 여자 탈의실 쪽으로 목을 비틀어 돌

─────────────

5) 고래희(古來稀)는 예로부터 매우 드물다는 뜻이다.
6) 원문에는 '白(百)鷗'로 나와 있다.

리고 무시무시하게 딱딱한 말투로 변했다.

"아니 어느 화냥년7)이 또 도둑질이야. 남들에게 좋은 일을 한데도, 낳을지 못 낳을지 모르는 판에, 남에게 나쁜 짓을 해서 잘도 낳을 수 있겠다. 이번에야 말로 천벌을 받아서 애새끼도 못 낳을 것이야. 평생 자식새끼 없이 살아 버려라."

여자 탈의실에서 왁자지껄한 웃음소리가 새어 나왔다. 남자들은 남자들 나름으로 킬킬거리며 웃었다. 실제로 조선에서는 온천장을 둘러싸고 기묘한 미신이 있어서, 여자가 남탕에 들어와서 탕에 몸을 한 번 담그면 곧바로 효험이 나타나서 아이가 태어난다던가, 남자 욕탕 온천수가 솟는 구멍을 막는 마개를 뽑아내서 몸에서 떼어놓지 않고 지니고 있으면 틀림없이 아이를 밴다던가, 무엇보다 손쉬운 것은 남자 탈의실에서 신발을 훔치면 바로 아이를 가질 수 있다는 종류로 이로 인해 무척 기괴하고 곤란한 일이 벌어진다. 카운터의 사내는 마치 부풀어 오른 두꺼비가 숨을 쉬는 듯이 커다란 뱃가죽만을 비틀어대고 있었는데, 다시 팔짱을 끼고 부인네들 쪽으로 향해 소리쳤다.

"그렇지. 이번에도 또 저 무녀 화냥년이 누군가에게 돈을 받고서 한 짓이구만. 방금 전에 저 엷은 남빛 저고리가 향수 냄새를 물씬 풍겨 가며 들어왔을 때, 어럽쇼 이거 또 분명히 난처한 일이 일어나겠구만 하고 생각했던 것이야. 그래서 눈을 부릅뜨고 지켜보자니, 저 화냥년이 어느 틈에 훔쳐서 꽁무니를 뺀 것이지 뭐야. 저 화냥년은 참으로 악마를 심복으로 삼고 있다니까……"

그런데 마침 그때, 장본인인 무녀가 탈의실에 올라와서 그의 기가 막히는 욕지거리를 들었던 것인지, 그 독기에 찬 날카로운 목소리가 달려들듯이 들려왔다.

"뭐시라. 이 얼빠진 놈이, 하지도 않은 것을 지껄여 대다니, 오냐 네

---

7) 원문에는 '女郎奴'라고 표기되어 있다. 'ちよらうめ'는 '창녀'라는 뜻이다.

놈 아가리에 똥을 쑤셔 넣어 주마. 내 분명히 여기 있는데 뭘 했다는 것
이야, 여기 똑똑히 있다고 안하오— 이 뚱뚱한 색골 자식!"

　방금 전의 성난 모습은 온데간데없이 탕지기는, 진심으로 몸 둘 바를
몰라하는 듯이 헤헤헤, 헤헤헤 하고 웃기만 할 뿐, 한마디 항변도 하지
못한다. 무녀가 날카로운 칼끝을 거둬들이고 나서야, 겨우 그는 내 쪽을
돌아보고는,

　"선생님, 저 늙어 빠진 땡중은 방금 전에 돌아간 모양이지요." 하고
사정이 있다는 듯이 질문했다. 그렇소 하고 내가 대답을 하자, 이번에는
돌변해서 다시 방금 전과 같이 노기등등한 태도를 되찾고는,

　"아, 그렇지. 이제야 겨우 알았어. 저 늙어 빠진 땡중이 한 짓에 틀림
없다. 방금 전에 저 땡중이 슬금슬금 도망치는 모습이, 어딘가 수상하다
고 생각했다니까. 분명히 저놈이 한 짓임에 틀림없어." 그 사이에 그는
또 점차로 흥분해서 전후 구별도 사라져서는. "이번에야말로 까마귀 근
육을 불에 지져서, 저 늙어 빠진 놈 등줄기에 경련이 일어나게 해줄테니
까(까마귀의 근육을 구우면 훔쳐 간 사람의 등줄기에 경련이 일어난다고 하는 미신
이 있다). 저 늙어 빠진 놈은, 분명히 저 인간8) 손에 놀아나서 허수아비
짓을 한 것이지."

　"뭐라고! 저 인간이 어째!" 무녀가 소리쳤다. 하지만, 흥분한 나머지
그것은 그의 귀에는 들어오지도 않는 듯, 사내는 저 혼자 기뻐하며 킬킬
웃었다. "늙어 빠진 놈의 등줄기에 경련이라도 나서 꼽추라도 되면, 흥,
울고불고 슬퍼한 계집이 한 명 생겼다네! 그때가 돼서, 눈물 한 두(斗)를
짜도 소 잃고 외양간 고치는 격9)이지."

---

8) 강조점은 원문 그대로이다. 원문에는 'あれ'로 표기되어 있다. 다만, 여기에 표시
　한 강조점 모양은 원문과 다소 다르다. 원문에는 ' , ' 이 모양이 히라가나 위에 찍
　혀 있다. 이 외에 나오는 강조점은 모두 원문 그대로이다.
9) 원문에는 '後の祭り(아토노마쓰리)'로 나와 있다. 이 원 뜻은 '모처럼 준비했는데
　시세가 늦어서, 소용이 없게 된 것'을 의미한다. 직역하면 생경한 문장이 돼서, 의
　역하고 원문을 달아 놓는다.

하면서 말이 끝나기도 전에, 갑자기 그의 머리 쪽으로 옷을 넣는 바구니가 날아와서 얻어맞았다. 사내는 가까스로 제정신으로 되돌아와서 아악 소리치면서 고개를 움츠리고 신음했다.

"이봐. 이 천박한 색골 양반, 저 개똥같은 중놈이 꼽추가 돼서 움직이지 못하면, 그때야말로 네게도 좋은 때가 아니냐." 하고 호호호호 웃으면서 카운터 쪽으로 다가갔다. 보자니, 역시 늙은 중은 언제나 이 무녀의 허수아비로 하라는 대로 하고 있는 것인 듯 했고, 또 이 카운터 사내를 넣어서 세 사람 사이에는, 기묘한 삼각관계가 형성된 듯 했다. 그런데 내 눈과 그녀의 눈이 마주치자, 그녀는 흰 이를 보이며 히죽 웃었다.

"이런 어째 선생님 신발이 없어지셨다고요? 뜻밖의 일로 그거야 말로 난처한 일이시겠구먼요. 하지만 선생님, 제가 점을 쳐서 꼭 찾아드릴게요." 그러고는 사내 쪽을 갑자기 올려다보았다. "이 양반아 당신은 뭘 꾸물꾸물 거리다가, 이 선생님의 신발까지 도둑을 맞은 것이야. 응, 어째서 쌀겨 주머니마냥 웅크리고만 있는 것이요. 냉큼 당신 신발이라도 선생님께 빌려드리란 말이야. 선생님, 자, 어서 이 얼빠진 놈의 신발이라도 빌려서 우선 돌아가시지요."

나는 탕지기의 더러워진 고무신을 신고, 그렇다고는 하지만 매우 유쾌한 기분인 채로 돌아왔다. 어찌됐든 백구야 하고 숙원을 달성했으며, 또한 내 신발 덕분으로 어느 집안은 후계자를 낳을 수 있게 된다는 것이 아닌가. 설령 늙은 중이 훔쳐갔다고 하더라도, 아니 늙은 중 또한 독신으로 가엾게도 후계자가 없지 않은가. 하지만 나중에 듣자하니 역시 내 신발 한 짝은 이 무녀의 손을 거쳐 어느 석녀(石女)[10]인 귀부인에게 팔렸고, 또 한 짝은 비린내 나는 늙은 중 손을 거쳐 어느 상인 젊은 첩에게 팔렸다고 한다. 어찌됐든 그리하여 나도 아이를 점지해 주는 산신의 한 사람이 되었다.

---

10) 석녀(石女)는 '돌계집' 혹은 석부(石婦)라고도 한다. 성행위를 할 수 없는 여자를 의미하는 경우와 아이를 낳지 못하는 여자를 말하는 경우의 두 가지가 있다.

하

그런데 어느 날 이른 아침부터 산의 신들과 그 종자(從者)들 사이에 한 향연(饗宴)이 시작됐다. 이 온천장 산기슭에 평양 아무개 씨 제이호(第二號)로 불리는 젊고 예쁜 여자가 살고 있었는데, 겉으로는 산파라고 하는 간판을 달고 있었다. 산신의 은총으로 아이를 배는 사람이 있을 경우, 그녀는 산신의 종자(從者)로서 달려가는 것이었다. 하지만, 정작 가장 중요한 자신의 아이는 사산(死産)되었다. 그래서 그것은 필시 산의 신들이 내린 재앙이라고 여겨서, 신들의 진노를 풀고 사령(死靈)을 위로하기 위해 무제(巫祭)가 열렸다. 부정(不淨) 풀이라던가, 카만[11]이라던가, 산마누라신탁이라던가, 성황새신(城隍賽神)이라던가, 계명 새신(賽神)이라던가, 다양한 무제가 사흘간 계속됐다. 첫날은 산신당을 중심으로 무제를 벌였고, 이튿날에는 산신당 기슭 계류제(溪流際)에 있는 성황신(城隍神)이 깃들어 있다는 커다란 고목(枯木) 아래에서 벌였다. 술마리(무당[12]의 종자들을 말한다)라는 술마리는 전부 모여서 장구나 북을 치며, 방울을 흔들고, 정라(鉦鑼)[13]를 울렸다. 붉은색이나 보라색 무복(巫服)을 입은 무녀들은 빙글빙글 춤을 추며 돌거나, 주먹을 하늘로 밀어 올리고 무시무시한 말로 주문을 외워 대고, 바투 다가와서 손을 비벼대며 죄를 청하는 산파나 그 늙은 어미를 향해 어마어마한 신탁을 하사하고 있었다. 그런데 늙은 중은 자신의 부처님에 대한 공양은 아랑곳하지 않고, 술마리와 한패가 되어, 그 중에서 엷은 남빛 저고리의 무녀가 춤을 추며 돌아다닐 때는, 한층 몰두해서 동으로 된 딱다기를 울리면서, 신호를 하거나, 손짓발짓을 해댄다. 무당은 합쳐서 다섯 명으로, 그 가운데 한 명은 박사무(博士巫)라고 해서 머리를 길게 기른 남무(男巫)로, 납색 구군복(舊軍服)을 걸치고 채

---

11) 민속 제의의 하나라고 생각되나 의미가 불명하다.
12) 원문에는 '巫'라고만 나와 있다.
13) 농악에서 쓰는 징을 민속 음악(音樂)에서 이르는 말.

색화로 보살을 그린 단선(團扇)14)을 마구 흔들면서 큰 소리로 주문을 외웠다. 정오경까지 이런 식으로 집 밖에서 제를 올리고 나서, 다음에는 산신당 신들이나 성황신을 산파집으로 맞아들인다. 그때는 우선 산신당부터 열(列)을 이뤄서 북이나 장구를 치고 정라를 울리면서 일행이 산신을 안내해서 산파의 집으로 내려간다. 또 성황목(城隍木)에서 같은 것을 하고, 한 자리에 신들을 불러 모신다. 방안에는 사방 벽에 신들의 형상을 붙이고, 한 가운데에는 커다란 탁자를 놓고, 백미(白米)를 산처럼 쌓아, 제삿떡을 네다섯 좌(座), 돼지머리에 갖가지 주찬(酒饌)을 바치고, 각각 그 위에 壽八蓮 연꽃 조화를 꽂아두었더니 거창해 보인다. 여기에 이르면 실로 한곳에 모인 산의 신들과 그 종자들의 향연이 본격적으로 벌어진다. 그런데 이틀째 밤에는 여기에 초대를 받지 못한 한 산신이 마침내 치미는 화를 참지 못했던 모양인지, 나는 이 온천에 물과 약탕을 보내주는 용왕(龍王)님이니라, 이런 나를 소홀히 하는 네놈들에게 재앙이 가깝도다 하고, 자신의 종자인 늙은 여자, 몹시 검은 두건을 쓰고 걷고 있던 무녀를 보냈던 것이다. 그래서 사흘째에는 일동이 깊이 두려움을 느끼고, 이 늙은 무녀를 주역(主役)으로 해서 용왕님의 진로를 가라앉히기 위한 무제를 열었다. 그것은 마침 온천이 솟아나는 곳 바투에 있는 용궁전(龍宮殿)에서 열리게 되었는데, 이 작은 사당 안에서도 벽 한쪽 면에는 늙은 호랑이의 그림이 걸려서 똑같이 사람들의 신앙을 모으고 있었다. 그러나 이 무제에 대해, 단 한 사람 산신당에 사는 엷은 남빛 저고리를 입은 무녀는 이의를 제기해서, 거기 있는 늙은 호랑이도 자신이 있는 곳의 산신이시다, 용궁전에 참배를 오는 사람이 적어서 먹고 살지 못한다 해서, 신을 빌려준 것만으로도 불경스러운 이야기인 것을, 이제 와서 지나치게 구실이 제멋대로라고 하기 때문에, 결국 얼굴을 내밀지도 않았다.

---

14) 둥글부채.

그 황혼녘의 일이다. 호기심 많은 사람들이 금강(金剛)이라고 부르고 있는 기묘한 선바위가, 계류(溪流)에 그림자를 늘어뜨리고 있는 부근에, 나는 산책을 하러 나갔다. 물살 쪽에는 철쭉이나 수양버들이 무성하게 자라고 있다. 오른쪽에는 자작나무 숲에 가려진 산 중턱부터 멋진 슬로프가 밭을 이루고 펼쳐져 있었다. 그 기슭의 계류를 건너간 곳에, 교목(喬木) 사이로 서너 채 초가집의 지붕이 보인다. 안쪽 가장 끄트머리 작은 집이 방금 전 엷은 남빛 저고리를 입은 무녀가 사는 집이었다. 그 집 뒤를 바라보고 다시 산과 산 사이에 낀 길고 가는 비탈길이 보였고, 위쪽에 두 채 정도 아무렇게나 지은 기와지붕이 서있다. 처마 밑에는 신지(神紙) 등이 매달려 늘어져 있는 것이 석양에 빛나 보였고, 거기가 늙은 걸식 중의 절이다. 하지만, 무녀의 집과 절 모두 장지문이 닫혀 있어서 쥐 죽은 듯이 조용했다. 나는 작은 수풀 속에 있는 물레방앗간 옆에서 계류를 건너, 작년에 막 짓은 방갈로15) 풍의 별장이 네다섯 채 나란히 서 있는 쪽으로 발걸음을 옮겨 갔다. 아무도 살지 않고 있어서 휑뎅그렁했는데, 저녁놀이 파란 지붕과 빨간 지붕에 반사되어 눈부시게 빛나 보였다. 저녁 바람이 불어서 자작나무 숲이 웅성거리고 있다. 하지만 나는 가장 앞쪽 건물에 다가가자마자, 나는 흠칫 놀라서 멈춰 섰다. 늙은 중이 옆에 있는 창 쪽에 찰싹 매달려서, 고양이나 그 비슷한 동물마냥 눈을 번쩍이며 훔쳐보고 있다. 내가 다가서고 있던 것은 마침 그의 뒤쪽 편이어서, 그는 나를 알아채지 못했다. 나는 너무나도 신경을 바짝 세우고 있는 그의 짐승과도 같은 모습에 압도당해서, 기침조차 한 번 할 수 없었다. 건물 안에서는 아무런 소리도 들리지 않는다. 늙은 중은 본래 시력조차 나쁘기 때문에, 물론 그 안에서 확실히 아무것도 파악할 수 없는 것 같은데, 여전히 전신의 신경을 곤두세우고 연신 무언가를 찾으려고 하는 모습이었다. 나는 몰래 도망칠 요량으로 발소리를 죽여 가며,

---

15) 방갈로(bungalow)는 단층에 정면에 넓은 베란다가 있는 주택을 말한다. 원문에도 방갈로라고 나와 있다.

그의 옆쪽으로 돌아 건물 뒤로 숨었다. 무슨 일이 있는 것이려나, 필시 엷은 남빛 저고리를 입은 무녀라도 찾으려는 게지 하고 생각하면서. 거기서 초연히 풀밭 가운데로 나가려는데, 내 모습이 이미 창문 하나를 통해 그의 눈에 들어온 듯, 그는 표범처럼 달려와서 내 앞을 가로막았는데, 나는 그의 무시무시한 모습에 흠칫 놀라서 엉겁결에 침을 삼켰다.

"영감, 무슨 일이라도 있소?"

그는 대답하지 않았다. 커다란 똥파리가 그의 코끝에 오더니 멈췄다. 그것이 붕붕 눈부시게 날갯짓을 해댔다. 그는 순간 그것을 쫓아버렸다. 그리고 한발 더 다가와서는 소리쳤다. 갑자기 밤안개가 흘러왔다.

"계집을 어찌 했어?"

"계집이라니 누구 말이오?"

"계집, 계집을 모르겠다는 게냐?"

그때 가장 구석진 곳의 건물에서, 허둥지둥 사람 그림자가 튀어나오는 것이 눈에 들어왔기 때문에, 나는 순간 몸이 경직되고 말았다. 두 남녀의 모습이 밤안개 속에서 휙 번쩍이더니 계류제 쪽 찔레나 머루달레 숲 속으로 사라졌다. 나는 새로운 발견에 마침내 경악했다.

그것은 무녀와 카운터 사내였다. 하지만, 늙은 중은 귀가 나쁜 탓에 그 소리를 눈치 채지 못한 것인지, 뒤돌아보지도 않고 내 얼굴을 노려본 채로, 무언가를 찾아내려고 하고 있다. 어찌할 수 없어서 나는 악마의 힘을 빌려서 조용히 턱을 움직여서 방금 전 숲 속을 가리켰다. 그때는 엷은 남빛 저고리를 입은 무녀의 모습은 이미 꼭꼭 숨기고, 어딘가로 도망치고 난 후였다. 하지만 덩치가 큰 살찐 사내의 반바지 엉덩이가, 숲 속에서 가지에 걸려서, 계속해서 발버둥치고 있는 것이 보인다. 늙은 중은 그것을 간파하자마자, 그쪽을 향해 굴러가듯 뛰어갔다. 탕지기는 한 번 돌아보더니, 허둥대며 바지 끝단을 잘라내고, 냅다 숲 속으로 가지를 꺾어 가며 모습을 감추었다. 그쪽으로 계류를 건너서 바위 뒤를 뛰어가면, 온천장에 당도하게 된다.

　나는 그 다음날 아침 기차로 떠나 왔기에, 그 후 일은 전혀 들을 수 없었다. 그런데 시도 때도 없이 출입하는 고구려옥(高句麗屋)이라는 번화가 골동품점에서, 주인과 한참 대화를 나눌 때였다. 놀란 것은, 거기에 뜻밖에도 늙은 중이 언제나처럼 버렁뱅이 차림으로 비틀비틀 들어왔던 것이다. 그는 주인과 내 앞에 와서 멈추고는, 그렇게 생각해서 그런 것인지 몰라도 눈에 공허한 빛을 가득 채우고 잠시 아무런 말도 하지 않았다. 물론 그는 눈이 나쁘기 때문에 나를 알아볼 리가 없는데, 유달리 또한 아연해하고 있는 모습이었다. 주인도 잠시 어리둥절 해하며, 다만 말똥말똥 그를 올려다 볼 따름이었다.

　“그림을 사주시지 않겠습니까.” 하고, 늙은 중은 간신히 꺼져갈 듯한 목소리로 중얼거렸다.

　“그거야 물건에 따라 사는 것이 아니겠소.”

　그는 부들부들 손을 떨면서 배에 감아둔 보자기를 풀어서 채색화를 꺼내서 펼쳤다. 주인은 그것을 받아들고 물끄러미 넋을 잃고 봤다. 놀라지들 마시라, 그것은 틀림없이 그 산신당에 걸려 져 있던 호랑이 그림이었다. 주인은 굉장히 탐욕이 일어난 낌새로, 내 쪽을 돌아보면서 끄덕여 보였다. 그때 나는 늙은 중의 발 언저리가 미미하게 떨리고 있는 것을 눈치 챘다. 주인은 물었다.

　“호오, 어디서 가져온 것인가?”

　그러자 늙은 중은 흠칫하고 우뚝 선 채 꼼짝도 하지 않았다. 그런가 싶더니, 느닷없이 그림을 낚아채자마자, 둘둘 말아서 다시 보자기에 넣었다. 그리고 무언가 투덜투덜 중얼거리면서 도망치듯이 나가 버렸다. 엷은 남빛 저고리 무녀에게 따끔한 맛을 보여주는 것은, 그 장사 도구를 없애버리는 것이 무엇보다 손쉽다고 생각했던 것일까. 그것을 보니 그의 가엾은 사랑은 역시 잘되지 않았던 모양이다.

　호랑이 오른쪽 발에는 상처 자국이 나 있었다.

십장꼽새*

    X시 재주(在住) 토역꾼들의 십장인 꼽새 소문은 진작부터 귓결에 듣고 있었었는데, 내가 직접 그와 만난 것은, 긴시(金鵄)[1]가 아직 구전(九錢)에서 십전이 되기 직전이므로, 바로 최근의 일이다. 그것은 같은 시에 있는 회사에 근무하고 있는 O군이, "오는 일요일은 여기 항구도시 팔천여 명의 벌레(蟲)와 이슬람교도(敎徒)[2]들의 운동회입니다. 만사를 제쳐두고 한번 왕

---

* 이 작품은 김사량의 「親方ゴブセ」(『新潮』, 1942. 1)를 번역한 것이다. '親方ゴブセ' 를 한국어 음으로 달면 '오야가타고브세'가 된다. 일본어 '親方'는 '(기능공, 인부 등의) 우두머리'를 말한다. 'ゴブセ'는 '꼽새'의 일본어 가타카나 표기이다. '꼽새' 는 '곱사등이'와 같은 뜻으로 북한에서 사용되었던 말이다. 기존 번역 제목 '십장 꼽새'가 가장 적합하다고 판단해서 이 작품은 기존 번역 작품제목을 따르기는 하 였으나, 내용 등은 새롭게 번역하여 기존의 오역 등을 바로잡았다. 이 작품은 김사 량이 일본에 거주하며 쓴 마지막 작품에 해당한다.

1) 긴시(金鵄)는 본래 일본 신화에 나오는 진무천황(神武天皇)의 활에 날아와 앉았다는 금빛 솔개를 말한다. 일제시대 말에는 무공이 뛰어난 장군들에게 '긴시 훈장'을 하사했다. 이 작품 에 나오는 '긴시'는 담배 이름이며, 본래는 1906년 '골든 뱃 (Golden Bat)'이라는 이름으로 10개비에 4전에 유통되었다. '골든 뱃'이라는 이름에서 '긴시'로 바뀐 것은 출시된 담배가 1941년 '태평양전쟁' 시기부터 명칭이 서양적이라는 이유에 서였다. 당시 유통되던 담배는 오른쪽 사진과 같다.

2) 여기서 '벌레(蟲)'는 요코하마(横浜) 시바우라(芝浦)해안에 모여 있는 조선인 오키 나와시(沖中仕)들에 대한 비유이다. 이 비유는 전체적으로 조선인들을 뜻하며, 그 이상의 의미로도 확대 가능하다. 한편, '이슬람교도'라 함은 그만큼 조선인이라는 존재가 당시 일제시대 내지 안에서 '이슬람교도' 마냥 차별 받고 이해 받지 못하 는 존재였음을 비유적으로 드러낸 말이다.

림해 주실 것을⋯⋯.” 운운하는 초청을 해왔기에, “그럼 이 벌레도 꼭 참 가하겠음.” 운운하는 답장을 보내고, 용약(勇躍)하여 그쪽으로 갔을 때의 일이었다. 벌레와 이슬람교도들이라고 하는 것은, 내가 이전에 시바우라 (芝浦) 함바집[3] 근처의 어느 기괴한 노인을 소설로 썼을 때,[4] 그러한 비유를 했음을 떠올리고, O군이 반쯤 재미로 삼아 그렇게 써서 보냈을 따름이며, 그것은 말 할 필요도 없이 우리 조선(朝鮮) 이주민들을 가리키는 것이다.

그런데 그날 X시에 도착한 것이 약속보다 한 시간 정도 늦었기 때문에, 결국은 O군과 역에서 만나지 못하고, 하는 수 없이 나는 버스로 그가 살고 있는 ××정(町) 이정목(二丁目)을 향해갔다. 그렇지만 내리자마자 조금 당황하고 말았다. 왜냐하면 그곳은 파도 소리도 요란한 매립지 물가 부근으로 전처럼 우리 이슬람교도들의 판잣집이나 함석으로 둘레를 만든 오두막집이 더덕더덕 가득 차있었는데, O군은 대학까지 나온 사람인지라, 이 부락 주민은 아닐 것 같았기 때문이다. 부락 앞 부근의 길가에서 아이들이 줄넘기를 하고, 조선 옷 아래에 게타(下駄)를 아무렇게나 신은 부인네들이 골목 안을 어정버정 돌아다니고 있었다. 잠시 서성댄 끝에 부인네들에게라도 물어보자 하고 걸음을 옮겼을 때, 갑자기 뒤쪽에서 무엇인가 큰 소리로 싸우는 소리가 터져 나왔다. 깜짝 놀라서 뒤돌아보자, 담뱃가게 안에서 사십대 주인 사내와 왜소한 체구의 사내가 맹렬하게 서로 욕설을 퍼붓고 있었다. 무슨 일인가 하고 미심쩍은 생각도 들었지만, 우선 여기서 담배도 사는 김에 O군의 집도 물어 보자는 심산으로 어슬렁어슬렁 들어갔다. 그런데 발을 들여놓는 순간, 나는 어럽쇼 하고 생각했다. 손님은 내 키의 딱 절반 정도 밖에 되지 않는 꼽새로, 등에 난 커다란 혹을 흔들면서 할퀴기라도 할 듯한 노기등등한 기세로

---

3) ‘함바’는 일본어 ‘飯場’이다. 이 말은 현재까지도 공사판의 노무자 합숙소 및 밥집을 이르는 말로 통용되고 있어서, 그대로 옮긴다. 사전에는 ‘노무자 합숙소’라고 실려 있다.
4) 이 소설은 「지기미」(『三千里』, 1941. 4)이다. 이 소설을 보면 당시 요코하마 시바우라 해안의 조선인 오키나와시에 관한 사정을 다소 파악할 수 있다.

주인에게 덤벼들고 있었는데, 그 모습이 얼핏 십장꼽새가 틀림없다고 생각했기 때문이다. 꼽새라고 하는 것은 조선어로 곱추를 말하는 것인데 소문대로 나이도 스물여덟 아홉 그 정도쯤으로 보였고, 목소리도 소문과 다르지 않게 기분 나쁠 정도로 저력(底力)이 담긴 탁한 목소리였다.

"야, 네놈이 과장이든, 부장이든, 반장이든, 내가 알 바냐! 대체 네놈이 하는 장사는 뭐냐 말이냐?"

"담뱃가게지." 하고, 주인은 꼽새가 마구 휘둘러대는 손을 피하려고, 연신 몸을 젖히고 신음하면서 말했다.

"헤헤, 이놈이 이번에는 솔직히 나오는구나. 네놈이 담뱃팔이면, 나는 손님이란 말이다. 알겠냐. 이 말뼈다기 같은 자식아! 네놈 가게는 허구한 날 거스름돈을 손바닥에서 튕겨 나가게 휙 던져 준다던데, 이봐, 그게 정말이냐?"

"뭐예요. 무슨 일이에요." 하고, 그때 안쪽에서 예쁜 처녀가 흰 이를 보이며 생글생글 웃으면서 나왔다.

십장꼽새는 힐끔 얼굴이 달아오른 것 같더니, 갑자기 팔짱을 끼고 가슴을 젖혔다.

"흐응, 바로 너로구나. 거스름돈을 휙 튕겨 나가도록 던지는 것이?"

"……어머나, 그 일로? 그렇지만……네, 네에, 이거 정말 제가 잘못했어요." 그리고 그녀는 무릎을 꿇고 꾸벅 고개를 숙였다. "아버지도 사과하셔요. 제가 잘못했으니까요. 앞으로 주의할게요."

나는 어리둥절해 졌다. 주인은 불만스러운 얼굴로 어딘가 투덜댔지만, 그래도 한 번 꾸벅하고 머리를 숙였다. 그러자 십장꼽새는 비로소 내가 있는 것을 눈치 차린 듯 흘낏 내쪽을 올려봤다.

"자 이봐, 자네가 한번 사 보게나!" 하고, 턱을 치켜 올린다. 옴짝달싹 못하게 된 나는 당황해서 십 전짜리 동전을 꺼내서, 받침대 위에 올렸다.

과연 처녀는 담배를 사고 남은 동전을,

"여기 거스름돈 일 전." 하고 말하고, 내 손위에 덮어씌우듯이 건네주었다.

체구가 작은 십장꼽새는 그것을 보고, 등에 난 혹을 움찔거리며, 자못 납득한 듯이 기묘한 소리를 내며 헤헤헤헤 하고 놀리듯이 웃어 댔다. "그래 그거야, 바로 그거라고! 역시 너는 귀엽고 영리하다니까!" 그러고는 거칠게 문을 드르륵 열고 뛰어나가자마자, 손목을 양쪽 겨드랑이에 팔랑팔랑 흔들면서 땅바닥을 기어가듯 반대편 방 쪽으로 뛰어갔다. 게다가 심하게 다리를 절었는데, 여전히 웃는 소리가 승리의 함성을 지르듯 헤헤헤헤 하며 목이 쉴 것처럼 계속 들려왔다. 처녀가 유쾌한 듯이 킥킥 웃었다. 잠시 나는 어리둥절해 하고 있다가, 그렇지 저 사내에게 물어보면 될 것이야 하고, 거기를 빠져나와서 뒤를 쫓듯이 부락 안으로 발을 들여놓았다. 십장꼽새와 O군이 친구라는 것을 알고 있었기 때문이다. 하지만 그가 어디를 어떻게 기어 들어갔는지, 나는 금세 그 모습을 놓치고 말았다. 사람들에게 물으려고 해도 부인네들이 수상스러운 듯이 뚫어지게 바라보는 통에 괜히 묻지도 못하고 오두막을 지나면서도 호통을 당하지 않도록 조심하면서, 곧장 네다섯 간(間) 앞에 바다에 직면해 있는 골목을 배회했다. 맨 안쪽의 비교적 커다란 오두막집 안에서는, 장구 소리와 함께 왁자지껄한 사내들의 노랫소리가 들려왔다. 그 앞에 멈춰서 꿈지럭꿈지럭 거리고 있자니, 한 사내가 풍로(風爐)를 가지고 나와 주저앉으면서,

"무슨 일이요?"

"O군의 거처를 알고 싶습니다만……."

"뭐시야?" 불을 붙이던 입을 들어 올리고, "O말인가. 안에 있어. 안에."

"네." 하고, 나는 잘 알아듣기는 했으나, 안에 있다고 하는 O군을 어떻게 불러내면 좋을지 도무지 어찌할 줄 몰랐다. 그런데 그 사내가 바로 방 쪽을 향해, O! 어이 O! 하며 소리쳐줬기 때문에, 몸집이 커다란 O군이, 쪽문에서 얼굴을 내밀고, 나를 발견하자마자, 이보게! 하며 탄성을 지르며 억지로 끌고 들어갔다. 그곳은 동굴처럼 어두운 방으로, 고기 냄새와 함께 연기가 자욱이 끼어 있었다. 구석구석에서 풍로 불이 빨갛게 타오르고, 사내들이 쭈그리고 앉아 있거나, 혹은 무릎을 세우고 앉아서 풍로를 둘러싸고 삼사십 명이 빼곡히 들어차 있었다. 모두가 똥창을 구

우면서 탁배기(탁주)를 따른 하얀 사발을 돌려가며 노래를 부르고 있었다. 구석에서 한 사내가 장구를 치고, 방 중앙에는 방금 전 십장꼽새가 일어서서 한창 춤을 추는 때였다. 그 춤인 즉 등에 난 혹을 흔들어 대며, 손을 펼쳐서 강동강동 추는 모습인데 이는 틀림없는 이른바 곱사춤(조선에서도 속무[俗舞]로 유명)으로, 내게 그것은 도저히 웃음을 참을 수 없는 것이었으나, 다른 치들은 역시 십장의 춤이고 보니, 웃음을 터뜨리지도 못하고, 자못 집중해서 노랫소리를 지르고, 함께 어깨를 들썩거리고 있었다. 노래는 서로 사랑하는 이가 헤어진다는 슬픈 속요(俗謠)였다.

작별은 불이 되어
타들어가는 이내 마음
눈물이 비가 되어도
불도 꺼뜨리지 못하니
한숨은 바람이 되어
마음만 더더욱 타들어간다

"실은 오늘 저자들이 남쪽으로 돈벌이를 하러 간다네. 그래서 우리 십장이……." 하고, O군은 꼽새를 아래턱으로 가리키면서, 내 귀에 속삭였다. "송별연(送別宴)이라는 통에 모두들 발이 묶여진 셈이야. 나도 전차를 서너 개 기다려도 오지 않아서, 포기하고 여기로 되돌아 왔던 차였네만."
"몇 명이나 가게 되나?"
"저 사람 수하만 해도 대충 스무 명."
"언젠가 말했던 것이 저 사람이지? 방금 전에 담뱃가게에서 말다툼을 하던걸."하고 말하고는 갑자기 웃기 시작했다. 나는 O군에게 자주 그의 이야기를 들었던 것이다. 지독할 정도로 불구이면서도 조금도 속이 꼬인 데가 없을 뿐만 아니라, 수하에 대한 마음도 지극한 십장으로, 보통 사람들마저도 혀를 내두를 정도로 입담은 물론이고 수완도 좋은데다가,

무슨 일이든 몸소 떠맡아서 힘을 다하는 성미라고 O군은 칭찬을 아끼지 않았다. 더구나 그가 나서서 한 일은 무엇 하나 똑바로 안 된 일이 하나도 없다는 것도 들었는데, 나는 방금 전에 그것을 실제로 확인했던 터였다. 더욱이 이런 재미있는 소문도 있다. 십장은 고향에서 어느 소박데기 여자를 사진으로 선을 보고 불러들였는데, 밤중에 여자가 그가 사는 오두막집에 와보고는, 십장이 뜻밖에도 곱추인 것에 기겁을 하고, 죽어도 싫다고 중매 장이에게 선언했다고 한다. 그러자 지금까지 몸을 둥 그렇게 하고 그 안에 작은 목을 파묻고 오도카니 앉아있던 십장이, 돌연 두세 자(尺) 정도 앉은뱅이 걸음으로 나와서, "잠깐 기다리쇼."하고 손을 올리고는, 타고난 탁한 목소리로 소리쳤다고 한다. "멀리서 나 땜에 왔으니, 어쨌든 ××××××××,5) 내일 냉정하게 판단해 보시지 않겠소." 결국 그렇게 하리고 하고 그날 밤이 밝고, 아침나절 중매 장이가 멈칫멈칫 목을 내밀고, "아주머니, 역시 오늘 고향으로 돌아가시것소." 하고 묻자, 그녀는 아뇨아뇨 하고 고개를 가로저었다고 하는데, 이것을 보더라도, 십장꼼새가 정말 보통 사람이 아닌 것을 알 수 있었다. 나는 그것을 떠올리고는, 혼자서 히죽히죽 연신 웃어 댔다. 이러한 약간 품격이 좋지 않은 이야기의 진위는 별도로 하고, 조금 전 담뱃가게에서 있었던 일이나, 또한 저런 몸으로 열중해서 춤을 출 수 있다는 것으로 보자면, 너무나도 그가 해낼 법한 일이라고 탄복하면서.

"어, 그런가? 그럼 거스름돈 말인가? 방금 전 그런 이야기가 나왔을 때 또한 허둥지둥 도망치는 모습을 보고 결국 그럴 줄 알았지. 저러고도 실은 그 담뱃가게 처녀를 열렬하게 사랑하고 있다니까. 처녀의 아버지는 잘은 모르지만 옛날에, 현(縣)에서 과장까지 한 모양으로, 지금은 옆 반의 반장인데, 한때는 심각하게 두 사람 일을 걱정했다고 한다는 소문이야.

---

5) 원문에는 공백으로 되어 있고 그 안에 (ママ)라고 두 번 나와 있다. 'ママ'는 '원문 그대로'라는 뜻이므로, 애초에 원고 자체에 이 부분이 빠져있었던 것으로 보이는데, 이는 작가 스스로 자체검열을 한 것으로 볼 수도 있다. 하지만, 김사량의 자필원고가 남아있지 않기 때문에 이는 추측에 불과하다.

요컨대 자기 또한 제 구실을 다하는 어른이라고 하는 긍지를 갖고 있으
니까. 제 구실을 다 하는 것뿐이 아니라, 이제 스물아홉이라는 젊은 나이
에 게다가 저런 몸을 하고 말이네, 수하에 손발처럼 움직이는 토역꾼을
삼백여 명이나 데리고 있으니. ……자 마시게나. 이것도 십장이 손에 넣
은 밀조한 술이라네. 맛이 좋지 않나. 자 앞으로 석 잔일세."라고 말하고
탁배기를 따르면서, "얼씨구, 좋다, 좋다." 하고, 노래에 선창을 붙였다.
　나도 유쾌해져서 술 사발을 연거푸 들이켜고, 또한 오랜만에 입에 댄
곱창으로 입맛을 다셨다. 그러는 사이에 여기저기서 사내들이 정중앙으
로 춤을 추러 나오는 통에 난무(亂舞)가 되고, 노랫소리는 한층 비통한
가락을 띠기 시작했다.

　　만대(萬臺)의 청산(靑山) 헤매어도
　　누구하나 나를 맞아주지 않으니
　　날개 단 학이 된다면
　　그대 있는 곳에 가련만
　　산은 첩첩 천봉(千峰)을 이루고
　　물은 창파만경(滄波萬頃)이라

　"어쨌든 저 사람은 이 X시 이슬람교도들에게는 없어서는 안 될 사내
야. 성가신 문제는 저 친구가 나서면 거의 원만히 해결이 된다니까. 정
말 신기한 일일세." 하고, O군은 또 소곤거리기 시작했다. "그런데 저
꼽새 십장의 웃음에는 열두 가지 종류가 있다고 하네만. 화났을 때 세
가지와, 만족했을 때 세 가지와, 슬플 때 세 가지와, 그리고 자기 전의
것과, 잘 때의 것, 일어나고 나서의 것 각각 한 가지씩, 그래서 합계 열
두 가지라고 하네만, 보게 지금 춤추면서 킹콩처럼 웃고 있지 않은가.
저건 슬플 때 부문의 웃음이라네."
　"나도 방금 전에 한 종류 보았네."

"어떤 것이었나?"

"헤헤헤헤 하고 웃는 음산한 별로 좋지 않은 쪽이었다네."

"허어 그럼 그 항의가 또 예전처럼 제대로 성공했다 이거군. 그건 만족했을 때 짓는 웃음이네만, 그래도 어쨌든 그 가운데서는 가라앉은 쪽이라네. 그렇다고 하면, 처녀하고는 단 둘이서는 만난 것 같기는 않아 보이는구만……."

"정말 핵심을 찌르는군. 바로 그렇다네." 하고 감탄해서 고개를 끄덕이고 있을 때, 나는 갑자기 누군가에게서 목덜미를 잡혀 질질 끌려 나갔다.

"춤춰!" 하고, 나를 끌어낸 자가 낮게 깔린 굵고 탁한 목소리로 호통을 쳤다. 돌아보니 십장꼽새가 눈에 파란 불길을 번득거리며 노려보고 있었다. "남의 집에 발을 들여놓은 이상에는, 그에 상응하는 각오가 있으렷다. 이 자들은 국책(國策)6)이 향해가는 선(線)에 따라 지금부터 남진(南進)7)할 거란 말이지. 무엇이든 좋으니까 작별을 기념해서 춤을 춰…… 자아 장구를 쳐라!"

그러자 또땅 또또땅 하는 장구 소리와 함께 일제히 함성이 오르고, 오두막 안이 흔들거리기 시작했다. O군은 머리를 긁적이면서 싱글벙글 웃고 있다. 그러나 솔직한 이야기로, 나는 이 X시에 이백 미터 경주 정도에 원정을 온다는 생각으로 왔을 뿐이었으나, 이렇게 장구에다 피리도 있고, 게다가 설령 탁배기라도 그나마 술이라는 명목이 붙은 것이 조금이라도 듣기 시작하면, 저절로 어깨도 또한 춤을 추기 시작하는 성미이기도 하여, 게다가 특별히 이 자리에는 내게도 감개무량해 지지 않을 수 없어서, 그만 마음도 흥분해서 서서히 양손을 펼쳐들고, 한 발을 장구 소리에 맞춰서 휙 뒤로 구부리고,

---

6) 여기서 '국책'이란 일본 제국주의가 향해가는 방향성을 의미한다.

7) 여기서 '남진'이란 일본이 태평양전쟁 발발 이후에 남아시아로 진출한 상황과 연관이 깊다. 이 작품이 태평양전쟁 발발로부터 3달 후에 발표된 것을 보면, 당시 실제로 이러한 상황이 이 작품의 배경 무대이기도 한 요코하마(橫浜)에서 있었을 개연성은 충분하다.

"오화, 청춘!" 하고, 권위 있게 첫 마디를 뱉었다. 그리고 방안의 환호를 한 몸에 받으면서, 기분이 고양되어 제 스스로는 장기라고 생각하는 노래는 곁들여 한바탕 춤을 춰댔다. 그것이 십장꼽새에게도 완전히 마음에 든 모양으로 갑자기 그는 원숭이마냥 내 목에 온몸을 날려서 매달려서는, 케케케, 케케케 하고 이를 드러내고 웃어 댔다.

"자넨 말이 통해, 말이 통하는군! 오늘은 나와 어디 한번 놀아봄세! 케케케, 케케케."

그 눈에서는 눈물이 뚝뚝 흘러내리고 있었다.

네 시도 지나서 방안 무리들은 모두 배에 타기 위해 부두로 향해 갔다. 나도 전송하러 나가는 O군을 비롯해 부락 사람들과 함께 그 뒤를 따라갔다. 이번에 가는 무리들은 모두가 독신자로 그 탓인 것인지, 혹은 오랜 방랑 생활이 몸에 밴 때문인지, 매우 담담한 마음가짐으로 떠나는 것이었다. 잠시 이 근처 어딘가에 다녀온다는 분위기였다. 십장꼽새는 소처럼 묵묵하게 걸어가는 그들 뒤를 심한 절름걸음으로 따라잡으며, 쉴 새 없이 주의를 계속해서 주고 있었다.

"자네들 뱃멀미를 할 것 같거들랑, 모두 맞 달라붙어서 팔씨름을 해야 한다네. 그러면 피가 얼굴로 올라와서 뱃멀미를 하지 않는다고 하더군. 귀찮거들랑, 그렇지, 반 접은 종이라도 만들어서 콧구멍을 찔러 재채기를 하면 될게야."

사내들은 순순히 고개를 끄덕여 보였다.

"그리고 어쩌면 대만 바로 앞에서 끔찍하게 날씨가 거칠어지는 곳이 있다네. 갑판에라도 나와 있으면 기분이 어질어질해져서 맥이 탁 풀려서, 아무렇지도 않은 사람이었다 해도 휘청휘청 대며 바다에 뛰어든다고 하니까." 그리고 그는 짐이라도 바꿔서 지기라도 하는 듯, 한 번 등에 난 혹을 획 움직였다. "그러니까, 알겠어들. 배에 타거들랑 확실히 선장에게 물어서, 그 주변에서는 절대로 갑판에 나오지들 말어!"

"십장님, 우리들이 가는 곳은, 대만이라는 곳에서도 훨씬 멉니꺼?" 타월을 목에 감은 사내가 물었다.

"거야 훨씬 앞이지. 훨씬, 훨씬 멀어." 하고, 십장꼽새는 유난히 길어 보이는 손을 흔들었다. "올커니, 여기서부터 부산까지 정도인가. 혹은 좀 더 멀지도 몰라. 이봐, 잠깐 기다리게. 모두 여기서 기다려, 담배를 사올 터이니."

그는 이렇게 말을 남긴 채 일동(一同)을 담뱃가게 앞에 멈춰 세우고, 혼자서 강동강동 거리며 들어갔다. 그리고 손을 흔들어 대면서 무언가 열심히 끈덕지게 설득을 벌이고서는, 품속에서 빈 갑을 잔뜩 집어 꺼내고, 그것과 바꿔 담배를 몽땅 사서는 실실 웃으며 나왔다.

"아껴서 피워야 하네 알겠는가 배가 오래 갈 테니까." 모두에게 하나씩 나눠주면서 그렇게 일러주고 있었는데, 갑자기 자신이 왔던 곳을 돌아보고는 자못 분통한 듯한 표정을 지었다. "……아차. 저 과장인가 반장인가 하는 담뱃가게에서도 또 모조리 사버리면 좋았을 것을. 너희들도 이제 이걸로 여기와는 안녕이니까, 마지막으로 불쾌함을 날리기 위해서라도, 정중하게 잔돈을 받아야지. 이봐, 모두 괜찮으면 잠깐 다녀올까……."

"됐습니다, 십장님. 이제 시간이 없습니다."

"후후후, 후후후, 그럼 그만두기로 합세. 자 다시 서둘러야지." 이번에는 그가 선두에 서서 절뚝절뚝 발을 질질 끌기 시작했다. "……그리고 말이야, 또 하나, 저 남방(南方)이라는 곳에는 말라리아라고 하는 지독한 병이 있을 것이야. 그렇지, 이봐, O, 맞지?" 하고, 뒤돌아 보고 동의를 구하는 대로, "자네들, 말라리아라고 알고들은 있나? 저 키니네[8]를 마시면 낫는 병이야. 그래그래, 말라리아라고 하는 게야. 그게 여기 병하고 비교하면 정말 고약하다고 하니까 말이야. ……이봐, 가라하라(韓原),[9]

---

8) 키니네(Quinine)는 항말라리아 약이다. 키니네는 거의 유일한 말리라아 특효약으로 제2차 세계대전 경까지는 매우 중요한 위치를 점하고 있었다. 열대지방에 식민지를 지배하고 있던 유럽 제국들은 키니네를 대량으로 소비했다. 일본은 다이쇼(大正) 말기(1910년대 말)에 세계 제2위의 키니네 생산국이 됐다.

9) 이 작품에는 조선인의 성이 창씨개명 되어서 일본식 성처럼 두 글자로 나온다. 이

어디에 가는 게야? 뭐라고, 양말을 사러간다고? 이봐, 남쪽에는 양말이 필요 없어. 모두 맨발이고, 옷도 필요 없을 정도라고. 우리같이 가난한 사람들에게는 안성맞춤인 곳이지.”

그러자 상대는 아무렇지도 않게 납득을 하고는 물러섰다.

오 리가량 해안을 따라 걸어서 부두에 나왔는데, 그들을 태워 갈 배는, 문을 지키는 파수꾼이 서 있는 수로 안으로 들어와 맞은편 부두에 정박하고 있다고 했다. 이 문 앞에는 이미 남방으로 가는 무리들과 전송하러 나온 사람들이 한데 뭉쳐져서 기다리고 있다. 누굴 보더라도 강인해 보이는 사내들로, 짧은 윗도리를 둘러메거나, 사냥모자, 리본이 떨어진 중절모자, 낡은 양복, 노동할 때 신는 작업화 차림새를 한 자들로 각양각색이었다. 파수꾼은 승선자에게 “얼른 들어가, 들어들 가!” 하고 재촉했지만, 모두 함께 모여서 타려고 하는 통에 서성대고 있을 뿐이었다. 갯바람이 강하게 불어와 바다는 사나워지고, 서쪽 하늘에는 적란운이 가로막아서서, 지금이라도 비가 쏟아질 것 같은 모양새였다. 어깨를 추켜올리고 하늘을 올려다보는 자, 그저 발밑만을 내려다보는 자, 응응 하며 고개를 주억대는 자, 히죽히죽 웃고 있는 자, 손등으로 콧물을 훔쳐내는 자, 이별을 애석해 하며 슬퍼하는 자, 그런가 하면 두세 사내들은 이런 대화를 나누고 있었다.

“내는 바지가 젖어 있어서 마음 같아서는 그만두려 했지만 말일세, 사이모토(崔本)가 놔 줘야 말이지.”

“나는 리야마(李山)가 졸라대서 대신 가네만, 실은 오늘 있는 마라톤에 나가고 싶었다네. 그 녀석 마라톤 상품을 타서 선물로 가져오겠다고 했네만 아직 오지 않는다네.”

“상품은 뭔디?”

“오 등까지는 순면 타월인 것 같으. 내는 타월이 읍어서 말이야.”

는 1940년에 행해진 ‘창씨개명’ 정책의 결과이다. 이 작품에 등장하는 조선인의 창씨명은 조선인 성이었을 때의 흔적을 고스란히 가지고 있음을 알 수 있다.

그러는 사이에 십장꼽새는 한 사람 한 사람 사이를 기어가듯 헤집으며, 떠나는 자들을 붙잡아 담배를 주면서, 무언가 장황하게 설교를 늘어놓았다. 드디어 한자리에 집결해서 승선하게 되자 탑승자들만 우글우글 입구에서 들어가기 시작했다. 처음에 십장은 입구 근처에 딱 붙어서 실실 웃으면서 배웅하고 있었다. 그건 마치 토끼와 같은 모양새로, 눈은 벌겋고 입가는 실룩실룩 움직이고 있었다. 하지만 그는 참을 수 없었던 것인지 파수꾼이 뒤로 돌아선 순간에 휙 뛰쳐나와서, 마지막 한 무리 안으로 섞여 들어갔다. 떠나가는 사내들도 뒤돌아보지 않고 맥없이 들어갔고, 배웅하는 사람들도 망연한 상태로 내내 서 있었다. 애당초 서로가 감정이라는 것을 갖고 있지 않았다는 것처럼. 나는 언젠가 고향 역에서 받은 만주 이주민들과 배웅하는 사람들의 감격적인 작별 장면을 떠올리고, 그들과 똑같은 피를 이어받은 사람들이면서도, 여기서는 어째서 이렇게 손쉬운 이별이 가능한 것인가 하고 가슴이 아픈 것을 느꼈다.

"돈을 잔뜩 벌어오면 색시감은 내가 소개해 주마."

한 노파가 혼자 외쳐 대서 배웅하는 사람들을 조금이나마 웃게 했을 뿐이다. "너희들도 이제 노름은 하지 않기다!"

하지만 그들은 여전히 입을 다문채로 서로 붙어가며 멀리 사라져 갔다. 그때 배웅하는 사람 가운데 누군가가 길 쪽을 돌아보고는, "어이 힘내라 바쿠사와(朴澤) 힘내라!" 하고 소리쳐 댔기 때문에, 모두가 뒤돌아보자, 마침 마라톤 선봉이 그곳을 지나가던 참이었다. 사내들과 여자들 몇몇이 몸을 내밀더니 각각 목소리를 올려 응원하기 시작했다.

"이와(巖) 짱,[10) 힘내라! 힘내라!"

"마가와(馬川) 상, 힘내라!"

"다마무라(玉村)! 다마무라! 힘내!"

"X시 손자, 겨우 그것 밖에 안 되나!"

---

10) 여기서 '짱'은 'ちゃん'으로 일본어에서 친한 사람을 부를 때 이름 뒤에 붙여 쓰는 말이다.

그러자 네다섯 번째로 달리던 사내가 우리들을 발견하고, 숨을 헐떡대면서 이쪽으로 왔다. 그러는 동시에 다른 선수들도 한 둘 빠져나와서, 눈을 번뜩이며 숨이 막히는 목소리로 신음하듯 말했다.

"녀석들 지금쯤 가겠지?"

우리들은 마라톤 선수들과 섞여서, 남진자(南進者) 무리의 그림자가 보이지 않을 때까지 다시금 목송(目送)하기 시작했다. 점차 마라톤 선수들도 상당수가 기권해서 가까이 달려왔다. 그러자 돌연 건너편에서 십장꼽새의 작은 몸이 양손을 팔랑팔랑 거리면서 쏜살같이 뛰어오는 것이 보였다. 어째서인지 매우 정신이 없는 모습이었다. 그런데 드디어 입구에 다다랐을 때, 파수꾼에게 걸려서 팔을 붙잡혀서 근처에 있는 근무자 대기소에 내던져졌다. 우리는 입구에서 모두 목을 길게 빼고 대기소 쪽을 훔쳐보았다. 모습은 보이지 않지만 심하게 질책을 당하면서, 따귀라도 두세 대 얻어맞고 있는 것 같았다. 곧 이어서 풀려나자마자 그는 헐레벌떡 거리며 뛰어오면서 외쳐 댔다.

"이보게, 누군가 타월을 안 갖고 있나. 가네우미(金海) 자식, 타월이 없어서 못 가겠다고 하지 뭐야. 이크 이크 자네들 벌써 마라톤은 마친 게야? 리야마는? 리야마! 그 녀석이 마라톤에서 타주겠다고 약속한 모양인데……."

"십장! 리야마가 지금 지나가고 있다요!"

그래서 보자니, 서른다섯 여섯 정도로 보이는 키 큰 사내가 혼자서 입에 타월을 문 채로 휘청휘청 지나쳐 가고 있었다. 그는 이쪽에서 손을 흔들면서 외치는 것을 눈치 채자마자 비틀거리면서 달려왔다. 십장꼽새는 갑자기 뛰쳐나와서 그자의 입에서 타월을 낚아채자마자, 앞뒤 가리지 않고 다시 안쪽으로 매우 빠르게 돌입해 들어갔다. 마침 운 좋게도 파수꾼은 안심하고 대기소에 물러나 있던 때였다. 흰 타월이 십장꼽새의 손가에서 팔랑팔랑 나부끼고, 절름발이 바삐 상하로 움직이면서 널따란 구내를 뛰어간다. 마치 필사적으로 달리는 옆으로 기는 게처럼. ―― 어디서인가 부우웅 하는 소리가 들려왔다.

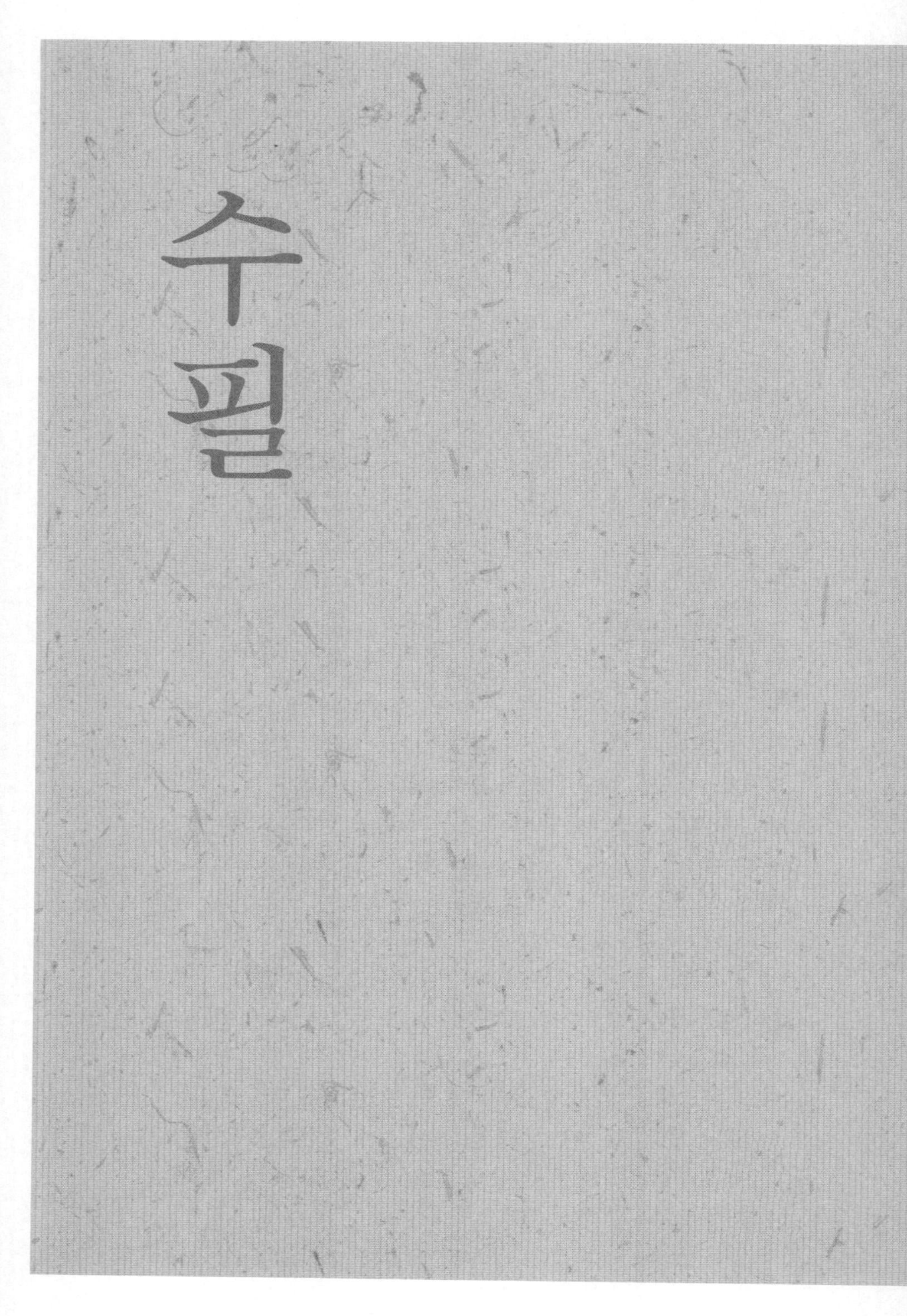

수필

잡음*

조선의 현실을 충실하게 쓰고 싶다. 얼마나 정확히 파악할 수 있을지, 어느 정도 진실한 형식화가 이뤄질지, 나는 실로 두렵다. 힘껏 노력해 볼 따름이다.

진흙

오두막(小屋)

토성랑(土城廊)

시골뜨기(百姓), 학생, 청년

무엇 하나 그리고 싶지 않은 것은 없다.

○

써 가면서 새삼스레 난처한 것은 언어이다. 한 번은 문장에서 일본어를 없애 버릴까 하고까지 생각해 본다. 모국어를 가나(仮名) 문자로 생경한 직역으로 옮긴다면, 과연 그것은 어떤 것인가.

70장까지 썼지만 뒤가 막힌다.[1]

---

* 「雜音」은 동경제대국 대학에서 김사량이 동인으로 참여한 『제방(堤防)』 1936년 6월 창간호에 실린 작품이다. 다만, 이 작품은 그 내용상 '수필'과 '소설'적 형식이 혼재돼 있음을 알 수 있으며, 습작이라고 보아도 무방한 수준의 작품임을 알 수 있다. 본 작품집에서는 편의상 '수필'로 분류하기로 한다.

1) 1936년 10월 『제방』 제2호에 실린 「토성랑」을 말한다. 여기서 말하는 원고지 70장은 400자 원고지를 말하며, 실제 「토성랑」은 80매 정도의 분량이다.

내 원고는 다음호까지 참아주시게나.

○

요전 「문예(文藝)」에 무라야마 도모요시(村山知義)2) 씨의 「어느 콜로니의 역사(或るコロニーの歷史)」를 재미있게 읽었다. 이주 노동자의 비참한 생활을 다루고 있다. 작품 속 인물이 정말로 완전히 조선인으로 탈바꿈한 것에 놀랐다.

참으로 관찰이 뛰어나고, 골조(骨組)가 견고하다. 그 대신 좀 더 구체적으로 썼으면 하고 바랬다.

○

갑자기 요즘 건강에 마음이 쓰인다.

고향 친구가 이삼일 전에 죽었다. 점점 친구가 갖가지 방식으로 죽어간다. 이삼 년 전에는 코흘리개 개구쟁이 시절부터 알고 지낸 친구가 사형을 받았다.

그는 만주에서 권총을 가슴에 품고 고향으로 잠입했다. 냉면과 막걸리를 수일간 먹고 마시기를 계속하다가 어느 날 밤에 느릿느릿 밖으로 나갔다. 그리고 살해한 것이 본래 고용주였던 순사가 세 명. 그를 사건 일주일 후 산속에서 포획한 것도, 그와 내 친구였던 현재 헌병대 형사이다.

사내는 저 동굴과 같은 눈을 되록되록 굴리면서 법정(判廷)에서 고함을 질렀다고 한다.

"나를 죽을 것인가. 저 형사 놈은 어찌 할 것이냐. 이 보라고."

병원에서 숨을 거둔 친구는 어떤 말을 중얼거렸을까. 그녀는 가정이 죽이고 있다. 아버지는 젊다. 금테 안경을 걸치고 일본어를 말할 정도니까 '개화'도 됐다 하겠다. 그는 오히려 그것이 화근으로 대단히 완고하

---

2) 무라야마 도모요시는 소설, 연극, 영화 등 다방면에 걸쳐 활동한 작가이다. 김사량이 '신협극단'에 원고를 들고 가게 되면서 두 사람은 친교를 맺는다.

고 잔인하다.

폐병이 걸리자 그녀는 암실에 유폐 당했다.

"이렇게 된 이상 한 사람이 빨리 희생을 해야 될 게야. 실제 폐병은 무서운 것이니까."

그녀는 중태에 빠지자 병원으로 이송됐다. (가문의 이름이 드높은 저택에서 폐병 환자의 시체를 옮기는 법은 없다.)

그리고 죽었다.

묘지에는 아무도 따라와서는 안 된다는 엄명이 내려졌다.

어머니는 점잖게 폐병 치료서를 반복해서 읽더니, "어린아이에게는 감염성이 낮으므로, 둘 정도에게는 장송(葬送)을 허락하죠." 하고 제의했던 것 같다. 하지만 개화한 부친은 완고하게 외쳤다.

"정말 도무지 당신은 비과학적이야."

○

내 변변하지 못한 잡음은 이 정도에서 그만두게 해 주시게나.

북경왕래(北京往來)*

　지난번 북경(北京)에 갔다 왔지만 가면서도 막연(漠然)한 길을 떠났다. 그렇기에 안동(安東)을 건너서면서 순사(巡査)에게 무슨 장사꾼이냐고 힐문(訊問)을 당할 적에는 대답하기가 어색하였다. 여행권을 내보이니 고개를 끄떡끄떡한다. 그럴 법도 한 일이다. 거창스럽게도 북경 고대문화 시찰이라 하였으니. 그러나 초만원을 이루어 북지(北支)로 몰려가는 이 차에는 수를 피우려는 축들만이 몰려가는 모양이다. 순경은 고개를 끄떡끄떡 한 뒤에는 "그럼 당신은 골동품장사인게로군"한다. 흔한 색시장사가 아닌 것만이 좀 신기하다는 이야기인가 싶다.

　미리 산해관(山海關)을 넘어 서면서 전보를 쳤으나 세 시간이면 간다드니, 그 이튿날 밤에야 연락이 된 탓으로 몇 시간 차이로 믿고 떠난 이군(李君)은 벌써 딴 곳으로 떠난 뒤였다. 그러나 북경서만 한다 해도 뜻하지 않고 만난 사람이 많다. 낮에는, 주로 대학이나 혹은 박물관을 찾아다니고 밤에는 중국 희극을 보려 다녔는데, 만수산(萬壽山)[1]에 가는 길에 ―곤충학자 석주명(石宙明)[2] 군을 버스 정차장에서 만난 것은 의외였다.

---

* 이 작품은 『박문(博文)』(1939. 8)에 실려 있는 한국어 에세이로, 이 다음 달에 발표한 일본어 에세이 「에나멜구두와 포로(エナメル靴の捕虜)」(『文藝首都』, 1939. 9)의 원형이 된 작품이다. 이 두 에세이는 후일 김사량의 일본어 소설 「향수(鄕愁)」(『文藝春秋』, 1941. 7)의 한 부분으로 전용된다. 「향수」는 본 작품집 1권에 번역돼 실려 있다. 한편 이 작품의 필명은 김사량이 아닌 본명인 김시창(金時昌)이다.
1) 만수산은 중국(中國) 북경 근처(近處)에 있는 산이다.

학회에 보고할 일로 만주와 북지의 곤충 여행을 떠난 것이라는데 바로 연경대학(燕京大學)에 가는 길이었다. 하루는 북경대학에 갔는데, 미리 소개를 받은 전 문과교수 주작인(周作人) 씨를 만나려고 구내에 있는 북지문화협의회(北支文化協議會)라는 곳에 들어갔다가, 범군(范君)을 만난 것도 참으로 놀랄만한 일이었다. 범군은 나와 한때 동경서 한 아파트에서 살았는데 같은 대학문학부에서 동양사를 전공하고 있었다. 그리고 동안시장(東安市場)3)에서 야마다(山田) 군을 만난 것도 통쾌한 일이다. 군은 고교는 선배지만 대학은 나보다 늦게 들어와 미학을 공부하다가 소집되어 이곳에 주둔하고 있는 병졸 중의 하나였다. 한 번 편지를 받은 적은 있었으나 이런 곳에서 만나게 될 줄은 몰랐다. 또 다른 해후는 북경에서 오압황(吳炯煌) 군을 만난 일이다. 오 군이라면 아는 사람도 많을 줄 안다. 대만 출신의 시인으로–동경서도 문명(文名)을 날리고 있었다. 그는 현재 천진(天津)에서 살지만 바로 북경을 가는 길이라는데, 차가 와서 우리는 일분 동안도 이야기를 하지 못한 것은 매우 섭섭하다. 대학 말이 났으니 말이지만, 천진서는 남개대학(南開大學)의 폭격된 자리를 주둔 부대의 지시로 참관하였는데, 여기 대학생은 완전히 공산화한 무장부대였다는데 많이 학교의 주춧돌을 베고 죽었으며, 나머지는 현재 북경 만수산(萬壽山) 뒤의 험준한 산악에 반거해서 저항하고 있다고 한다.

　무엇보다도 북경서 첫째로 생각한 것은 모든 것에 '위버'4)라는 접두사를 붙여야 되겠다는 것이다. 궁궐도 너무 거대하고 실물도 너무 찬란

---

2) 석주명(石宙明, 1908. 11. 13～1950. 10. 6)은 김사량과 같은 평양 출신으로 박물학자이며 나비학자이다. 개성 송도중학교와 일본의 가고시마[鹿兒島] 고등농림학교를 졸업한 후 모교에서 교편생활을 하며 나비 연구에 몰두, 표본을 수집하여 미국 박물관과 교환하였다. 하버드대학교 비교동물학관 관장 T. 바버 박사의 경제적 원조로 연구 활동을 계속하였다. 100여 편의 나비 관계 연구논문 중 특히 <배추흰나비의 변이곡선>은 생물의 분류학이나 측정학상 뛰어난 업적으로 알려져 있다.
3) 북경 왕부정(王府井)에 있는 동안시장은 1903년에 문을 연, 대형 상설 시장이다. 근처에 동안문이 있어 시장이름도 동안시장이 되었다. 시장은 이전과 달리 매일 문을 열었고, 위치가 좋고 교통이 편리하여 점포가 계속 들어났다고 한다.
4) '위버'는 독일어이며, 영어로 하면 'over'와 거의 같은 뜻이다.

하고 사람의 수효도 너무 많고, 또 떠드는 소리도 너무 크다. 주요섭(朱耀燮) 씨 부부의 초대로 김득수(金得洙) 씨 부부와 고의사(高醫師) 부부와도 함께, 중국 일류 요정에서 저녁을 먹었는데 그때의 요리도 너무 맛있고 너무 가짓수도 어수선하였다. 이것을 중국의 위대라 하겠지만은 과연 위대하기는 하나 역시 조선사람이 되어 그런지 우리의 고아함과 소담함이 없음이 슴슴하였다. 그들의 개인주의는 옛적부터 흔히 질타를 당해 왔는데, 궁궐문화만은 참으로 민중생활을 떠난 그들 왕후의 개인주의의 승리를 말한다. 장사는 중국인 최대의 장기라고 하더니 과연 가관이었다. 장개석의 명령이 울리는 시절에는, 아편 밀매인이 보이기만하면 목을 베서 죽였다는 시 교외에 있는 천교(天橋)라는 곳에도 나가 보았지만 현재는 길거리에 한집 건너서 토약점(土葯店, 아편 흡연소)이 서 있으니, 그들의 장사가 이익을 위해서, 얼마나 돌격 태세를 가지고 있는지를 알 수가 있겠다. 그러나 게릴라 전법이 유행하는 시절이 돼서 그런지, 장사도 게릴라 전법에 따라서 무장된 것 같다. 북경서 돌아올 때에 그곳 사람들의 말을 듣고 정말로 여기서 사십 원(四十圓)은 하는 고도방 구두가 십육 원이면 살 수 있기에 한 켤레 사 신고 나왔더니 한 달도 못 신어서 앞뿔이 한 치나 되게 터지고 말았다. 게릴라 전법을 다각전 이라고 해석하는 한에서는 이것도 전쟁의 일부문일 것이다.

　요즘 나는 한 달도 못가서 터진 고도방 구두를 신고 다니면서 남들의 구두를 유심히 보는 습관이 생겼다. 그렇게 본다면, 서울 장안에만 하여도 수를 피우려고 북지를 다니면서 구두만 속아서 사온 사람이 매우 많은 모양이다. 내 것과 꼭 같은 고도방 구두를 삐그덕 거리며 신고 다니는 사람들이 드물게 보이다. 그러나 우리들은 에나멜 구두의 패잔병이다. 누구인가 그곳에서 나온 사람의 말을 들으면 그것은 고도방이 아니라 어느 가죽에 에나멜 칠을 한것이라 하니 그들의 총에 나는 바로 다리를 맞은 셈이다.

에나멜 구두와 포로*

북경에 도착한 저녁부터 갈팡질팡 하고 있을 뿐이다. 도착한 것이 밤 열두 시. 도중에 전보로 도착 시간을 알려줬는데도 이형(李兄)은 보이지 않는다. 어쩔 수 없이 성외(城外)에 씨(氏)가 살고 있는 거처로 인력거로 달려갔다. 한밤중의 북경성(北京城)은 정말 아라비안나이트처럼 이상야릇하다. 골목 여기저기에 간이식당 램프 아래 쪼그려 앉아 차부(車夫)들이 돼지고기 국물을 후루룩 들이키고 있거나 했다. 떠들썩한 곳이었다. 북경성은 저 엄청난 아우성 소리에 하루가 지나간다. 나는 얼마 지나지 않아 어느 어두컴컴한 좁은 골목에서 내려 작은 대문 앞에서 멈췄다. 나는 곧 뽀이의 안내를 받아서 응접실로 들어갔다. 나온 것은 T씨의 남매뿐이었다. 두 사람은 심야에 손님이 찾아와서 다소 놀란 것 같았다. 전보는 아직 도착하지 않았다고 한다. 산해관(山海關)에서 오후 네 시 경에 친 전보가 아직 도착하지 않았다고 하는 것은 조금 만만디1)하다. 내가 이

---

* 이 작품은 김사량의 일본어 에세이 「에나멜 구두와 포로(エナメル靴の捕虜)」(『文藝首都』, 1939. 9)를 번역한 것이다. 앞에 실려 있는 「북경왕래」를 일본어로 고쳐 쓴 것이다. 이 두 에세이는 후일 김사량의 일본어 소설 「향수(鄕愁)」(『文藝春秋』, 1941. 7)의 한 부분으로 전용된다. 「향수」는 본 작품집 1권에 번역돼 실려 있다. 한편 이 작품의 필명은 김사량이다.

1) 일본어 원문에는 '慢々的'이라고 나와 있는데, 이는 일본어 사전에는 없는 말이다. 중국어 사전 등을 찾아보면 '만만디(慢慢的)' 임을 알 수 있다. 김사량은 중학시절 중국어를 공부했었기 때문에, 이런 중국어 표현이 들어간 것은 오히려 자연스러운 일이다. '만만디'는 행동이 굼뜨거나 일의 진척이 느림을 이르는 말이다.

형을 유일하게 기대고 있던 것인데, 정말 기묘한 일은 그날 밤 여섯 시에 산해관을 향해 출발했다고 한다. 기차가 엇갈렸던 것이었다. 순간 한꺼번에 피로가 나타났다. 어째서 나는 이토록 허둥지둥 대며 왔던 것인가, 평소 내 변덕스러움 주의(主義)를 나는 지극하게 형편없다고 욕을 했었다. 불현듯 나는 아침 경부터 북경에 가자고 생각했던 것이다. 그리고 밤에는 역을 나와 북경행 특급에 올라탔다.

나는 모든 것에 당황하지 않을 수 없었다. 하지만 멀리서 왔으므로 밖을 돌아다니지 않으면 안 되겠다고 생각하고 어쨌든 홀로 밖으로 나가기로 했다. 나가면서 나는 몇 마디 정도를 기억하고 있는 중국어2)를 확인해 보지 않으면 안 됐다. 중국어라고 해도 물론 대충 배운 것으로 중학교 사학년 때 조금 강습회에 나갔었기에 대학에서 호기심으로 한 학기 동안 들었던 정도다. 중학교 때 나는 까닭 없이 여기 북경으로 유학하고 싶다고 생각했었다. 북경의 대학을 나와서 미국에 가려고 했다. 그래서 나는 북경에 관해서는 예전부터 도서관에서 자세하게 조사했기 때문에, 우선 북경에서 어떤 것을 보아야 할지 정도는 어림잡을 수 있었다. 나는 양차(洋車)를3) 불렀다. 그리고 북경대학으로 가달라고 외쳤다. 인력거꾼은 고개를 끄덕이고 달리기 시작했다. 과연, 이 정도는 통하는군 하고 생각했다. 하지만 나는 북경대학을 향해 가며 북해공원(北海公園) 앞을 달리면서 내가 정말로 이 대학에 왔다면 지금쯤 뭘 하고 있었을까 하며 쓴웃음을 짓기도 했다. 대학은 의학부 외에는 폐쇄되어 있었다. 학생들은 모두 전쟁터로 갔다 한다. 나는 어느 날 만수산 기슭에 있는 연경대학(燕京大學)에도 가봤다. 그곳은 내 종형(從兄)이 배웠던 곳으로 미국

―――――――――

2) 김사량이 '지나어(支那語)' 대신 '중국어'라는 용어를 사용하고 있는 것은 주목해 볼만 하다. 당시 일본에서는 '지나어'가 공식명칭이었다. '중국어'는 다케우치 요시미(竹內好)를 비롯한 일부 중국학 학자들이 '지나어'가 중국에 대한 차별용어라며 대신 사용하던 용어였다.
3) 여기서 '양차'는 인력거를 뜻한다. '양차'는 서양에서 온 차라는 뜻으로 '자동차'를 이르는 말이기도 하다.

계의 무척 아름다운 학교였다. 나도 어쩌면 여기서 배웠을지도 모르겠다고 생각하니 감개(感慨)한 마음이 없지 않았다. 독일 계통의 보인대학(輔仁大學)에도 가봤다. S교수의 부인과 나는 전부터 친교가 있었다. 교수의 말로는 대학생은 현재 비통한 우민(憂悶) 가운데 있다는 것이었다. 카톨릭 계통인데다 종교학을 배우는 학생들인지라 필시 전쟁에 갈만한 기력이 없었던 것이리라. 학생들은 스포츠마저 버렸습니다 하고 교수는 말했다. 씨의 부부가 옥화대(玉華臺)라고 하는 요정에서 열어준, 내가 돌아가는 날의 만찬회에는 정말로 맛있는 요리가 나왔다.

나는 대강 낮 시간에는 북경의 풍물을 관광하기로 하고 밤에는 희극(戲劇)을 보러 극장에 빠져 있다. 중국 신극(新劇)은 아직 역사도 미천하지만 지금은 전쟁에 따라 가버려서 볼 수 없었다. 하지만 희극은 실로 현란화미(絢爛華美)[4]하다고 생각했다. 연극은 물론 원곡(元曲)이 중심이지만 그 의상이며 연기며 목소리 당김새까지 완전히 가부키(歌舞伎)다. 무대는 마치 관중석 가운데 누각이 돌출해 있는 것 같아서 배경과 장치는 하나도 없었지만 셰익스피어 무대를 연상시켰다. 나는 현란하고 눈부신 무대를 앞에 두고 자칫하면 중국 귀족문화의 위대함에 압도당할 뻔했다. 물론 나는 무엇을 말하고 있는지는 알지 못한다. 하지만 무엇을 그들이 장식하고 있는 것인가는 보았던 것이다. 금전옥루(金殿玉樓)의 고궁(古宮)이나 박물관의 황홀(恍惚)함, 나는 지나치게 굉대(宏大)하고 화려하다고 생각했다. 저 고궁 주변을 배회하는 몇 억이나 되는 민중이 너덜너덜한 옷을 입은 것과 대조해 볼 때 ― 게다가 너무나도 사람이 많은 것이 아니겠는가. 생명의 귀중함을 절실하게 생각하지 않는 다는 생각이 들었다. 북경성 내에 인력거꾼만 해도 몇 천 명은 있는 것이 틀림없었다. 그것이 어느 외국인 학자의 통계에 따르면 인력거를 끌기 시작해서 평균 수명이 구년 몇 개월이라는 이야기니까, 이른바 슬로모션으로 하는 자살 변

---

4) 이 한자 성어는 사전에 없으나, 원문 그대로 번역한다.

법(辨法)이라고 해야 할 법한 것이 아닌가. 이러한 생명 범람 가운데 무서울 정도로 무절조(無節操)한 개인주의와 민중 생활과 동떨어진 궁정 문화라는 것이 탄생했음에 틀림없다. 나는 그러한 것을 생각해 보고는 했다.

북경에 와서 삼사 개월 지나자 혼자서도 거의 갈팡질팡 하지 않게 됐다. 그 가운데 나와 같은 숙소에 머무는 M군과 친해지게 됐다. 그는 지금까지 산서(山西) 전선(戰線)에서 통역자로 활약하고 있던 청년이었다. 그의 아버지는 그 옛날 ××운동으로 조선에서 망명해온 혁명가였다고 한다. 그는 아버지가 습격을 받은 후 특무기관에 들어온 것인데, 지금은 노모(老母)를 부양해야 해서 어찌해야 좋을지 난처해하고 있는 것 같았다. 나는 그의 안내를 받아 이주 조선 동포의 생활을 꼼꼼하게 조사하면서 구중중한 뒷골목을 걸었다. 도저히 그것은 눈뜨고 볼 수 있는 것이 아니었다. "정의(正義)를 따르려 해도 길은 없고 또한 그럴 자금도 없습니다. 저 같은 자도 무언가 착실한 생활을 하기 위해 여태 쉬고 있습니다. 아이스케키 기계라도 들여놓으면 꼭 성공할 것 같은데 그것도 자금이 없어서 결국 틀려먹었습니다." 그는 나를 성외에 있는 어느 서민들이 사는 동네 골목까지 데려가 주었다. 그리고 두 사람이 들어간 곳은 작은 아편밀매를 하는 집이었다. 주인인 젊은 사내는 동경의 어느 대학에까지 유학했다고 한다. 어딘가 음흉해 보이는 자였다. 하지만 그의 어머니나 아버지나 선량해 보이는 사람들이었다. 그들도 다만 어찌할 바를 모르고 있는 것이 아닐까. 사내는 득의양양하게 자신이 방금 전 집세를 받으러 온 집주인을 일본어로 일갈(一喝)하자 헐레벌떡 하며 도망갔다고 말하는 것이었다. 하루라도 빨리 빈궁한 이주민들을 떳떳한 직업을 갖도록 노력하지 않으면 안 되리라. 멀리서 몰려온 젊은이들도 어찌해야 좋을지 몰라서 상당히 당황하고 있다는 이야기였다. 여기서도 역시 그들은 직업을 찾을 수 없는 것일까.

나는 떠나오기 전 며칠간은 북경의 골동품을 보러 어슬렁어슬렁 천교(天橋) 주변까지 외출했다. 천교로 말하자면 전쟁 전까지 죄인들의 참수를 하던 곳이었던 모양으로, 지금도 예전과 달라지지 않아서 시에서는 낮 동안에만 쇼토르 가(街)[5]였다. 그런고로 어수선한 곳이었다. 마침 내가 골동품점에서 이런저런 도자기를 살펴보고 있을 때×[6] 비상경계가 내려져, 순경들이 큰길을 차단하고 통행인을 한 명 한 명 조사하고 있었다. 물론 나는 골동품 등은 분수에도 맞지 않았으나, 어쨌든 북경 골동품점이라 하면 가짜가 많다고 해서 어떤 것이 진품인지 더욱더 짐작하기 힘들었다. 조선 도자기는 명(明)이나 송(宋)나라 도자기와 여러모로 관계가 있어서 나는 은근히 기대를 하고 있었다. 하지만 나는 골동품점을 보고 다니다 마침내 당황하고 말았다. 내가 사는 지방 박물관장은 북경에 와서 훌륭하고 진귀한 물건을 우연히 손에 넣었다고 생각해 매입하고, 안쪽 변소를 쓰려고 어두컴컴한 곳으로 들어가자 거기에 허리가 휜 한 노인이 새우 같이 몸을 구부리고 자신이 방금 산 것과 완전히 똑같은 것을 만들고 있었다고 한다. 그리고 변소 안에 들어가서 이번에는 펄쩍 뛰었다고 한다. 분통(糞桶) 안에 검푸른색 큰 뱀이 똬리를 틀고 있었기 때문이다. 그러나 그것은 천보전(天保錢)[7]을 꿰어서 만든 것으로, 지금 막 변소에 달아서 '고대화(古代化)'[8]를 도모했던 노릇이라고 말했다. 골동품점에서는 변소가 역사를 새기는 것 같다. 이러한 상술도 하나의 게릴라 경제 전법이었는지도 모르겠다. 이렇게 말하고 보니 나도 게릴라전에 걸려서, 돌아온 한 사람의 포로이다. T씨는 내게 연신 고도방 구

---

5) '쇼토르(小盜兒) 가'는 직역하면 도둑들의 거리라는 뜻이다. 당시 일본어와 중국어를 섞어서 '쇼토르 이치바'라고 불렸다. '이치바(市場)'는 시장이다. '쇼토르 가'는 현대어로 바꾸면 '벼룩시장' 정도의 의미지만, 그 뜻은 많이 다르다. '쇼토르 가'는 당시 민가 등에서 훔친 물건들을 거래하거나 하는 곳을 뜻해서, 매우 부정적인 의미가 있었다.
6) 원문을 보면 이 부분에 한 자 정도 공백이 있다. 여기서는 복자로 표시한다. 오식으로 보인다.
7) '천보전'은 일본에서 1837년 이후 메이지 신정부 때까지 주조된 동전이다.
8) '고대화'는 원문 그대로 넣었다. 문맥상 보자면 '고대에 만들어진 것처럼 보이게 하다'라는 뜻을 가지고 있다.

두9)를 추천해 준다. 그것은 잘은 모르지만 내지에서는 사십 원이나 할 것이라고 하는데도 여기서는 단 십칠 원이었다. 과연 가죽도 튼튼해 보이고 광택도 훌륭해서 말하는 대로 삼 년 정도는 문제없이 신을 수 있을 것 같았다. 그래서 나는 바로 사서 갈아 신고, 지금까지 신고 있던 단화는 다소 아깝다고 생각했지만 성가신 것을 떨어 버리기 위해 구두방에 기부해 버렸다. 그로부터 삼일 정도 지났다. 그 사이에 발쪽이 심하게 아파서 물집이 생겼다. 역시 튼튼하고 좋은 구두는 틀리다 생각하고 아픈 것을 은근히 만족하면서 탄복하고 있었던 것이다. 그런데 내가 절름거리며 발을 끌듯이 고향에 도착한 날 아침에 앞쪽이 정말 기세 좋게 터져버렸다. 그 덕분에 그로부터 스프10)로 된 양말이 매달 하나씩 날아갔다. 나중에 들은 바로는 그것은 박래(舶來) 고도방이 아니고, 낡은 구두에 에나멜을 바른 것이라고 한다. 나는 지금도 뚜렷하게 나를 속인 구두방을 기억하고 있다. 왜냐하면 그곳은 더할 나위 없이 번화한 성외의 대책란(大柵欄)11) 거리에서도 가장 큰 구두방이었기 때문이다. 나는 그곳의 대머리 점원도, 싱글벙글거리며 나를 매우 정중하게 속여먹은 열여덟 하고 육 개월 정도의 심부름꾼 얼굴도 똑똑히 기억하고 있다. 그뿐이 아니라 사 년 쯤은 끄떡없다는 말을 일본어로 뭐라고 하는지 내게 물었던 짝눈을 한 자도 잊지 않았다. 언제가 다시 북경에 갈 일이 있으

---

9) '고도방'은 일본어 'ゴードバン'에서 온 말로, 마혁(馬革)이라는 뜻이 있다. 원래 이 말은 'cordovan'이 일본어 로 받아들여지는 과정에서, '고도방'으로 발음되었다. '고도방'은 말의 등에서 엉덩이 부분에는 글래시 레이어(glassy layer)라고 하는 매우 조직이 치밀한 층이 있는데 이것을 셸(shell)이라고 한다. 이 부분을 잘라내어서 타닌으로 무두질한 가죽을 코도반 가죽(cordovan leather)이라고 한다. 광택이 아름답고 내구성(耐久性)이 크며, 가죽 구두의 재료로 상용되고 있다. 에스파냐의 안달루시아 지방의 코르도바(Cordova)에서 최초로 제조된 데서 유래한 명칭이다.

10) '스프'는 스테이플파이버(staple fiber)의 약칭으로 지금도 스프로 불린다. 원문에는 'スフ'로 나와 있다.

11) 대책란가는 북경 전문대가의 서쪽에 위치한 골목으로, 1644년 만주족이 청을 건국하자, 한족 등이 각지에서 들고 일어나 북경정부는 각 골목입구에 책란(울타리)을 설치하였던 것에서 비롯된 명칭이다.

면 나는 이 고도방 구두를 신고 가서 사 년이 뭐냐 오 년은 신었다고 말
할 심산이다.

북지에서도 아직 게릴라전은 있었던 것이다. 나는 표연히 뛰어 들어가
서 그 그물에 걸려들었던 것이다. 나 이외에도 에나멜 구두의 포로가 이
동경 부근을 제법 활보하고 있다고 생각한다. 덕분에 내게는 사람들이
신고 있는 구두를 관찰하면서 거리를 걷는 습관이 하나 생기고 말았다.

귀향기(歸鄉記) – 땅*

1

이번 겨울 평양에 다니러 왔다가 느낀 것은 부민(府民)이 모두 땅 장사로 돌아선 현실이다. 과장이 아니라 평양 부민의 절반은 땅 장사가 되고 말았다. '인플레'에 돈은 풍성풍성한데 사면 살수록 남은 것이 땅이다. 종로 거리의 신상(紳商) 위촉 골목의 임금업자 의사계급 그 외에도 부사(府使), 세무원, 회사 서기, 은행원 심지어 정원(政員)까지 땅 장사다.

전차(電車)가 말할 수 없이 만원인 것도 땅 장사와 거간(居間)들이 부내외(府內外)를 벌개처럼 싸다니는 탓이다. 웬만한 사람네 사랑방에는 거간들이 들끓는 현상이다. 어떤 의사님은 폐업을 하고 지면도(地面圖)를 엽채기에 한 웅큼 끼고서 거간과 같이 밀려다닌다. 그것도 그럴 것이 다문 천 평(千坪)짜리 땅을 샀다 판대도 몇 천 원씩은 대번에 떨어지기 때문이다. 그리기에 전차에서나 길거리 사랑방 하다못해 냉면집에서까지 사면에서 들리는 소리는 거간들의 허풍선과 배상(賠償)이 넘어 오느니 자

---

* 이 작품은 『조선일보』에 1940. 2. 29~3. 2까지 총 3회에 걸쳐 연재된 것으로, 최대한 평양 사투리를 살리면서 현대어로 바꿔봤다.

배상(自賠償)을 치느니 하는 소리뿐이다.

냉면 말이 나왔으나 인제는 그 유명하든 평양냉면도 이십 전 거리기 한 젓가락이면 다 올라오는데 가령 이 한 젓가락의 냉면을 먹는 동안에 귓결에 들리는 말을 기록한다면

"쌍 그놈에 거 일 원만 더 달세게나"

"그럼 평당 칠십오 원 좀 센데요 세"

"그러지 말구 내 말만 들어 두라구 아 빨리 가저와요 무슨 놈에 냉면이…"

이것은 오른편에서 풍안경(風眼鏡)을 쓴 영감과 양복쟁이가 주고 건네는 수작이다. 그러면 외인 쪽에 앉은 자갈선을 친 갓저고리를 입은 중년 부인은 거간 비슷한 중늙은이와 마주앉아 한 정반에 입을 맞대고 훌훌 국물을 들이키면서

"그를술 아랏대스문 좀 약조를 더 걸어둘걸 그랫대니낀"

"원 아즈마니두 거야 그러카나요. 그런 법은 업는데두 그럼 네다가레"

"글세 이번은 선교리(船橋里)치를 해볼지 거 어떠캇소?"

이 모양으로 남녀노소 없이 죄다 땅 장사로 떨어났다. 부인들의 활약은 더욱 가관으로, 오마니 아즈만 색시 형님 동서 오리미 시누이 할 것 없이 모두 떨어나 오라떼처럼 밀려다닌다. 퇴기첩(退妓妾) 가음은 둘째치고라도 현역 기생과 여창원(女廠員)들까지 동원되었다. 그래 그런지 평양 성내에는 돈이 자개산 끌듯 한다. 땅 하나를 가지고 넘겼다 샀다 팔았다 배상을 친다하며 흘기고 다니면서 엄청난 중간이윤을 보는 것이다.

이러다는 평양 촌민은 한 사람 빼어놓지 않고 모두 땅 장사가 될 지경이다. 옛날 이 지방의 '유모리스트' 봉익(鳳翼)이 김별장(金別將)은 어떤 남도(南道) 부자에 대동강을 팔아먹었더라 하지만 평양 사람은 도시 김별장의 후예들인지 사고팔기 놀음이 어즈비 간이 위에 들어맞는 모양이다.

2

　자고로 평양은 지형의 생김생김이 행주격(行舟格)이라 하여 칠성문 밖 지금의 인홍리(仁興里)에 커다란 높은 돌을 두 개 세워 평양이 떠나가지를 못하도록 닻줄을 매였었다. 혹은 그때문에 계해년(癸亥年) 창수(漲水)에도 평양을 잃지 않았는지도 모른다.

　평양을 붙들어 매고 있는 이 돌이 우리 집 바로 뒤쪽에 서 있는데 나는 이 앞을 지날 때마다 평양이 땅금새에 비상천(飛上天)할까 두려워한다. 이렇게 땅 장사가 서둘러 땅금새를 올리니, 계해년 창수에도 떠나가지 않은 평양이로되 이번만은 꼭 어디로 팔리어 사라지고 말 것만 같다. 살기 좋던 평양 고즈넉하고 아담한 누구나의 평양이던 평양이 뭇 땅 장사에게 애끼워 차츰 자취를 감추려니 끝없는 애석을 느끼는 것이다.

　근년에는 그 흔하던 창수도 적어졌다. 이제는 이 높은 들이기구를 달어 매는 대(臺)가 있듯이 평양이 날어가지 않도록 하여 할까보다. 아니나 다를까 부에서는 뛰는 땅을 억제한다는 빙자로 동부 평양과 서부 평양 일대를 강제 수용키 시작하였다는 말이 들린다. 이통에 부내의 몇몇 큰 땅 장사의 귀가 늘어졌다. 그러나 십여 원에 매매되던 땅을 일 원 미만의 헐값으로 모두 걷어 들여 도시계획을 세우고 후일에 다시 부민에 방매(放賣) 하려고 하니 이것도 일종의 땅 장사가 아닐까. 하기는 수용령에 걸리지 않은 땅은 지금도 천정을 모르게 그냥 올라만 간다. 삼 전 사 전 하던 산밭이 십 원대를 훨씬 넘은 것까지 있다. 큰 땅 장사들은 땅은 나가서 실지로 보지도 않고 지도만 집으며 샀음네 팔었음네 하며 땅값을 올린다.

　그러니 김삿갓(金笠)이 아니로되 하늘 아래 몸 둘 땅 한 조각도 얻지 못할 사람이 더욱 많아 졌다. 땅값이 오르니 집값도 오르고 집값이 오르니 셋방살이도 더 힘들 것이다. 웬 영문인지를 모르고 앉아서 부자가 되는 사람이 있는 대신, 왜 이렇게 살기가 어려워지는지 모르는 사람이 또 늘어간다.

내가 현재 있는 곳인즉 몇 년 전에 부에서 도시계획을 세우고 입찰 분양한 인흥리 땅이다. 칠성문 밖이며 속칭 모래터 쪽보다는 더 조용할까 하여 벌까에 들어앉았더니, 불과 반년에 이곳에도 어지간히 집이 많이 서게 되었다. 그만큼 평양은 고도의 발전을 한다.

웬 돈으로 누구들이 매매하는지, 부근 땅을 샀소 팔았소 하는 소리가 귀가 아프게 들린다. 가령 한 발자국만 대문 밖에 나선다면 공지 밭고랑에 거간과 땅 장사가 몇 패거리씩 떼를 지어 다니며 짧은 지팡이(短杖)를 늘어 저것은 누구네 터 암만암만 평, 저것이 얼마 얼마면 떼여 내인다는 둥 지껄이는 것을 본다. 한번은 이 거간들 측에 나는 내 보통학교적 선생님을 보았고, 또 한번은 중학의 동창을 만났다. 이 동무는 중학 때에 바로 내 앞에 앉아서 날더러 당타령을 배워준다고 품메품메 하다가 둘이서 겹쳐 경을 치른 친구다.

워낙, 목소리가 굵고 꺼끗거린다 하여 돼지돼지 이렇게 별호(別號)도 불리웠었는데 어디 도청서기인가 한다더니 요즘은 평양에 나타나 길을 걸어도 전차길 한가운데로 너풀너풀 거리며, 오백 원 칠백 원 일천 원 하면서 정신병자처럼 떠벌인다. 그 동무를 대문 밖에서 만난 것이다. 그는 나를 얼싸안을 듯이 붙들더니

"아 이거 자네 집이댓나 팔게 팔자구, 팔어 또 사세나 또 사지 또 사" 하며 쥐여 탄다.

나는 그만 기가 질리다시피 되어

"글세 팔지 팔아"

한 것이, 천하의 과근(過根) 덩이로 그 동무는 나를 만나기만 하면 길거리건 남의 집이건 동행이 있건 없건 간에

"집을 안 팔래면 땅을 사게나 땅을 사라구"

하며 막 개차랍이다.

3

하기야 나도 동경서만 살 수 없으며 언제든 조선에 나저 살자면 역시 평양이라 이렇게 생각 하고 있다. 평양에서 나서 대동강을 먹으며 평양에 내리는 눈을 비저 날파람을 하면서 지금에 이른 나로다. 나의 마음속엔 평양을 가장 훌륭한 것 용장(勇壯)한 것 겸허하고도 고담(枯淡)한 것이다. 그러나 평양도 나날이 달라져 간다.

차츰은 평양서 한 이삼십 리 떨어져 대동강이나 내려다보이는 산언덕에서 살아볼까 하여 이번 나온 길에 대동강 하류를 다녀 보기로 하였다. 두어 번 바람도 따숩고 날씨(天氣)도 맑은 날 산을 타기도 하고 얼음판을 건너기도 하며 굽이굽이 강줄기를 따라 내려갔다.

당초(當初)에 땅뇌리기픈 사람에 물었더니 어디어디를 가보되 결코 두리번거려서는 땅값이 오르니 의심하라 한다. 해괴한 세상이 되고 말았다. 발걸음에 돈의 그림자가 따르게 되었으니 나는 산마루턱을 걸으면서도 몇 번인가 제 행색이 젊은 양복쟁이 땅 장사로 보이지나 않는가 하고 멋쩍었다. 대동강은 양각도(羊角島) 평천리(平川里) 쑥섬 어섬나루 이러케 구비처 내려가면 건넌섬 두노도(豆老島) 별잠섬 베기섬 민바리섬 장광도(長光島) 추자도(楸子島) 이런 것들이 한둘어 노여있는 다도하(多島河)로 아주 꿈과 태양과 물의 나라다. 아직 강은 얼음에 차 있으나, 어찌도 이 조망이 웅대하고 무슨 섬이 이리도 많은가. 얼음이 꺼진 여울에는 수백 마리의 물오리가 판에 그득한 바둑 알맹이처럼 뭉켜들고 있다. 나는 가만히 멧등에 앉어 이 훌륭한 경치에 감탄하고 있는데 두 번째 되는 날에는 그만 어떤 사람이 의아스런 눈치로 다가왔다. 평양서 나오셨습니까. 제 이름은 아랫 동리 사는 박 아무개외다 이렇게 나온다. 그래 몇 마디 주고받는 새에 내 눈치는 완전히 간파 당하였다. 나는 이 언덕에 집이나 하나 짓고 조그마치 농원이나 만들고 살아 볼 생각에 그득 차

있는 것이다.

"통통배가 하루 두 번씩 내왕해서 아주 편리하지요"

알고 보니 이렇게 추군추군이 구는 사내도 땅 거간으로 이곳에서 망을 보고 있던 터이다. 어제도 누가 이 멧재를 보러 나왔댔느니 열두 냥씩 보는 것을 팔지 않았다느니 사과(林檎)밭은 삼원은 주어야 한다느니 아주 수작이 어수선하다. 땅은 모두 이렇게 팔기 위하여서만 존재 하는 것일까.

그 뒤에 사람을 내세워 보니 웬 양복쟁이가 몇 번씩 돌아보고 갔다는 내 소문이 나서 엄청난 값만 올린다. 전이면 기껏 삼사십 전일 터인데 이 원 값을 부르는 것이다. 이러고 보니 내가 이곳 땅값을 뛰게 한 모양이다. 그러다가는 평안도는 그냥 통째로 금덩어리가 되는지도 모르겠다. 그래 이제는 살 생각은 안하고 만나는 동무마다 붙들고 그곳의 절경만 자랑키로 한다. 그러면 동무들은 벌써부터 알고 있는 모양으로 모두 동의를 표하며 그래도 그곳 땅을 사서야 장사가 되겠느냐고 한다. 예의 우리 동창을 전차 거리에서 맛났드니 그는 질겁을 하여 달려들며

"자네 어디 땅을 산다구 그런 걸 사선 못쓰네 못써"
하며 꾸짖는다.

"부내 치를 사게 부내 치를 사라구"

나도 어느새에 땅 장사가 되고 말는가 보다.

(평양을 떠나면서)

어머니께 드리는 편지*

사랑하옵는 어머니

역시 제 소설 「빛 속으로」는 아쿠타가와상(芥川賞) 후보작으로 문예춘추에 실려 있었습니다. 그 살갗을 에이는 듯한 이월의 차가운 바람이 마구 불어 대던 평양역 앞에서, 감기가 걸린 듯한 제 몸과 도착할 곳에 대해 여러모로 염려하시면서 "어서 타거라. 어서 타렴." 하며 재촉하시어 탄 오전 특급 '노조미'가, 열두시 경에 신막(新幕)1)에 잠시 정차했을 때, 제가 산 오사카아아사히(大阪朝日)2)에 그 잡지 광고가 실려 있었습니다. 저는 역시 그 광고를 일종의 흥분과 긴장 속에 펼쳐보고, 과연 내 소설도 실려 있다고 마음속으로 외쳤습니다. 제 소설 광고 색인 아래에는, 사토 하루오(佐藤春夫)3)라고 하는 작가의 비평으로, "사소설 가운데 민족의 비

---

* 이 편지는 일어로 쓰여진 「母への手紙」(『문예수도(文藝首都)』, 1940. 3, 4월 합병호)이다. 『문예수도』 해당호를 구하지 못해서 이 작품만 예외적으로 일본에서 출판된 『김사량전집4』를 저본으로 해서 번역했다.

1) 황해도 서흥군에 있는 읍.

2) 『오사카아아사히신문』은 1879년 발행된 『아사히신문』이 1889년 오사카 본사 발행의 신문을 개칭한 것이다. 1940년 9월에 『오사카아아사히』와 『도쿄아사히』가 제목을 『아사히신문』으로 통일하게 된다. 『오사카아아사히』는 당시 중국대륙의 '북지(北支)', '만주(滿州)' 및 조선에서도 지역별 판을 발행했다. 『오사카아아사히』 북선판(北鮮版), 남선판(南鮮版), 중선판(中鮮版), 조선남북판(朝鮮南北版) 등이 그것으로 1939년 5월부터 12월까지 발행됐다. '만주판'은 1935년부터, '북지판'은 1938년부터 발행 되서 각기 조선판과 마찬가지로 1939년 12월에 마감된다. 김사량이 본 『오사카아아사히』는 발행시기로 봤을 때 내지판이었을 것으로 보인다.

통한 운명을 충분히 짜낸 작품"이라는 식의 글이, 괄호 속에 들어 있었습니다.

"이것으로 된 것인가. 이것으로 된 것인가."

저는 자신에게 말했습니다. 아마 그때도 상당히 열이 있었던 것 같습니다. 문예춘추에 자신의 작품이 실렸다는 것에 새삼스럽게 마음이 흐트러진 것은 아니었습니다. 왜냐하면 거기에 실린다는 것은 야스다카 도쿠조(保高德藏)[4] 씨의 전보를 받고, 이미 이전부터 알고 있었던 까닭입니다.

사랑하옵는 어머니, 저는 생각했던 겁니다. 정말로 저는 사토 하루오 씨가 말하고 있는 것을 쓴 것인지. 무언가 저는 일개 소설을 쓴 것이 아니라, 무언가 커다란 큼직한 것이 야단법석 가운데서 스프링에 튕겨져서 튀어나간 것처럼 가슴이 답답해 오는 것을 느꼈습니다. 적어도 그 순간 그렇게 쓸데없는 걱정을 했던 것입니다. 저는 본래 자신의 작품이면서도 「빛 속으로」는 마음이 후련하지 않은 무언가가 있었습니다. 거짓말이다, 아직도 나는 거짓을 말하고 있는 것이라고, 쓸 때조차 저는 자신에게 말하고 있었던 것입니다. 나중에 그 점에 대해서 여러모로 선배와 친구들에게 지적을 받았습니다. 저는 입을 다물고 있을 수밖에 없었습니다.

---

3) 사토 하루오(1892~1964)는 일본의 소설가이며 시인이다. 1909년에 서정시를 통해 데뷔한 이후, 왕성한 활약을 펼쳤다.

4) 야스다카 도쿠조(保高德藏, 1889~1971)는 오사카에서 태어났다. 1907년 경성에서 석탄 수입상을 하던 아버지 도쿠마쓰(德松)의 부름으로 조선으로 가게 된다. '제1회 개조사 현상소설'에 당선되어 문단에 등장한 후, 1933년 『문예수도』(1933년 1월~1970년 1월)를 주간하며, 김사량·장혁주 등 조선인 출신 작가들과 친교를 맺는다. 그는 곧잘 "조선은 내 마음의 고향"이라고 말했다고 한다. 그의 지원으로 김사량과 장혁주가 일본 문단에서 보다 쉽게 정착한 것만은 사실이다. 특히 1939년 김사량이 장혁주의 소개장을 가지고 그를 방문해 『문예수도』의 동인된 시점을 기점으로, 그는 김사량이 일본 문단에서 활약할 수 있도록 물심양면으로 후원한 후견인으로서의 역할을 했다.

사랑하옵는 어머니

저는 격렬한 기차의 요동 속에 몸을 싣고, 여러 가지 일들을 생각해 보았습니다. 그리고 조금이나마 동경에서 글을 쓸 수 있게 된다고 생각하자, 두려운 마음이 들었습니다. 제가 처음으로 이 기차에 몸을 실은 것은 열일곱 살 때, 추운 십이월이었습니다. 당신 홀로 저를 작은 역까지 사람들의 이목을 피해서 전송해주었습니다. 저는 그때 오 년간 다니던 중학교의 단추는 하나도 달지 못했고, 모자도 쓸 수 없었습니다. 당신은 제 머리에 숄을 감싸주면서 우셨습니다. 저 또한 와악 하고 울었습니다. 중학교를 나오면 바로 북경의 대학에 가서 거기서 미국으로 건너가려던 제가, 남방(南方)으로 가는 기차에 타고 있는 것입니다. 이 또한 하나의 소년적인 반발이겠는지요. 나도 고등학교에 진학한다는 애타는 마음만이, 사람들 눈을 피하지 않으면 안 되었던 저를 대담하게도 기차에 태웠던 것입니다. 기차가 떠날 때 당신은 제게 등을 돌렸습니다. 하지만 이번에 제가 떠날 때, 당신은 제가 고교에 들어갔을 때보다도 기쁘다고 말씀하셨지요, 저는 그 말씀을 아무리 해도 잊을 수 없습니다. 자기 혼자 무얼 그리 흥분하고 있냐고 하는 분도 계시겠지요. 사실 그탓도 있겠습니다만, 저는 현해탄을 건너는 삼등선(三等船) 속에서 더욱더 지독하게 열이 나서, 시모노세키에서 탄 기차 속에서는 거의 앓아누울 정도였습니다. 하지만 저는 그렇다, 지금부터는 보다 더 사실된 것을 쓰지 않으면 안 된다 하고 자신에게 몇 번이고 말했습니다.

사랑하옵는 어머니

삼월 육일 밤이 아쿠타가와상 수여식으로, 저도 문예춘추사 초대로, 야스다카 도쿠조 씨와 함께 레인보우 그릴이라는 곳에 갔습니다. 그때의 일을 말씀드리겠습니다. 회장은 상당히 훌륭한 곳으로, 선고(選考) 위원을 비롯해서 여러 문학자들이 보였습니다. 드디어 시간이 돼서 만찬 테이블에 이 열로 마주보고 앉게 되었습니다. 저는 다만 수상자인 사무가와 고타로(寒川光太郎)5) 씨에게 마음에서 우러나는 축하 인사를 보내려고 온 것뿐이므로 한 구석에 얌전히 앉아있는데, 구메 마사오(久米正雄) 씨라고 하는 분이 나를 중앙에 있는 사무가와 씨 옆자리로 막무가내로 가라고 하는 것이었습니다. 저는 하는 수 없이 야스다카 씨의 옆자리를 떠나서 사무가와 씨 옆으로 갔습니다. 역시 상상했던 바대로 사무가와 씨는 제가 마침 고국으로 돌아가기 전 날에 어느 선배의 집에서 만났던 사람임에 틀림없었습니다.

"의외로군요." 하며 우리들은 마주보며 웃었습니다. 이분은 선배이기도 하고, 문학적 수양으로 봐도 물론 저보다 훨씬 위이며, 제가 가는 소설의 길과는 대조적인만큼 여러모로 배울 점이 많으며, 굉장히 겸손한 사람이었습니다. 사무가와 씨의 앞 쪽에 기쿠지 간(菊池寬)이라는 분이 앉아있습니다. 소설가이며 또한 문예춘추사의 사장입니다. 두 분 다 키가 작고 살이 쪄서, 실례인 것을 알면서도 조금 명콤비라고 생각했습니다. 하지만 처음에는 아무리 생각해도 제 자리가 거북해서 어쩔 바를 몰랐습니다.

저는 어지간히도 무언가 공개된 곳에서 상을 받게끔 생겨먹지 않았던 것이겠지요. 퍼뜩 소학교를 졸업할 때를 떠올렸습니다. 졸업식 예행연습 때 우등상을 받는 연습을 했는데, 결국 당일에는 받지 못했었지요. 아무래도 스스로 그때 일을 떠올려보면 이 자리가 우스워서 어찌할 바를 모르겠습니다. 게다가 사무가와 씨 옆자리에는 사할린에서 온 아버지가 앉아 계셨습니다. 저는 그때 당신을 떠올리며, 그리고 고등학교를 졸업할 때도 또 작년 대학을 졸업할 때도 졸업식에조차 가지 않았던 것을 떠올렸습니다. 저하고 비스듬한 방향에 있는 야스다카 씨가 미소를 보냅니다. 저도 무심코 어린아이처럼 웃어 버렸습니다.

그런데 어느 틈에 기쿠지 간 씨의 스피치가 시작됐습니다. 기쿠지 간 씨는 상당히 유머러스한 어조로, 저한테 상을 주려던 의견을 자신이 강

---

5) 사무가와 고타로(1908~1977)는 홋카이도 출신인 소설가로, 1940년 『밀렵자(密獵者)』로 아쿠타가와상을 받는다. 사할린에 관한 작품이 많다.

하게 반대해서 무산이 됐지만, 이렇게 두 사람이 나란히 앉아있는 것을
보고 있자니 역시 무언가 주고 싶은 마음이 일어난다고 나를 격려하면
서 마무리를 했습니다. 그건 제게 결코 나쁜 기분이 드는 말이 아니었으
며, 또한 소학교 졸업식 때 일을 떠올리게 했습니다. 그리고 디저트 코
스에 들어가서, 조선의 초인형(草人形)6)과 같은 느낌이 드는 구메 마사오
씨가 일어나서, 사무가와 씨의 작품을 칭찬하고 또한 제 소설에 대해 여
러모로 칭찬을 하고, 「코시야마인 기(コシヤマイン記)」와 「성외(城外)」가
공동 수상했던 만큼, 이번에도 함께 수상했어야 한다고 말할 때, 더욱더
겸연쩍어서 어찌할 바를 몰랐습니다.7)

그 후 그 사회자 지명으로 야스다카 도쿠조 씨가 일어서서 저에 대해
좋은 말로 소개를 하고, 어머님 당신이 굉장히 기뻐하셨다는 것을 전해
주셨습니다. 다만 이날 사회자인 나가이 씨(永井氏)8)의 이야기를 듣고 알
았는데, 야스다카 씨는 이번에 저 때문에 큰일을 겪었다고 합니다. 문예
춘추사가 요청해서, 제 「빛 속으로」가 게재된 문예수도를 열 부 정도 보
내기 위해서 자동차에 탈 때, 잘못해서 문에 머리를 부딪쳐서 선혈이 뚝
뚝 떨어지는 상태로 오사카빌딩(문예춘추 소재지 – 역자 주)까지 올라갔다고
하는 것입니다. 자신이 덜렁 대서라고 몇 번이고 말씀하셨지만, 뭐라 해
야 할지 모르는 죄송한 기분이었습니다.

어쨌든 저는 그날 상당히 행복한 기분이었습니다. 누구나 아쿠타가와
상을 받게 되면, 자신은 놀라서 당황했다고 말하는 모양인데, 저는 의외
로 제게 준다고 해도 당황하지 않겠다며 다소 기대를 하고 있었기 때문

---

6) '초인'은 '제웅'이라 하며 짚으로 만든 사람 모양의 물건이다. 음력 정월 열나흗날
　저녁에 제웅직성이 든 사람의 옷을 입히고 푼돈도 넣고 이름과 생년을 적어서 길
　가에 버림으로써 액막이를 하거나, 무당이 앓는 사람을 위하여 산영장을 지내는
　데 쓴다.
7) 「코시야마인 기」는 쓰루타 도모야(鶴田知也)의 소설이며, 「성외」는 오다 다케오(小
　田嶽夫)의 소설이다. 이 두 작품은 제3회 아쿠타가와상을 공동 수상하였다.
8) '나가이'는 나가이 류오(永井 龍男, 1904~1990)이다. 나가이 류오는 소설가, 수필
　가, 편집자로 활약했다.

에 다소 유감이었습니다만, 여러 분들이 말씀하셨듯이 역시 어쩌면 딱 걸맞은 행운인지도 모르겠다는 기분이 들었습니다. 나중에 일어선 이시카와 다츠쵸(石川達三)라고 하는 젊은 작가도 그런 의미의 말을 하면서 상당히 격려해 주었습니다. 그래서 조선을 떠날 때와 같이 혼자만의 흥분은 추호도 없었고, 대단히 상쾌한 기분으로 앞으로 되도록 좋은 작업을 하겠노라고 가슴속으로 소곤거렸습니다.

그래서 지금은 상을 받지 않은 주제에 자리에서 너무 생글생글 댄 것은 아닌가 하고 생각해 보는 것입니다. 내지라고 하는 곳은 선(禪)을 믿는 사람이 많아서, 기뻐함과 노여운 빛을 지나치게 겉으로 드러내면 사람이 아직 덜 됐다는 험담을 듣게 된답니다.

봄 방학에는 경성에 가 있는 누이동생도 돌아오겠지요. 이 내지어 편지는 번역해 달라고 해서 읽으세요. 부디 평안하시길.

조선인과 반도인*

　요전에 어느 내지인에게, 도대체 자네들은 조선인(朝鮮人)이라고 불리는 것이 좋은가 반도인(半島人)으로 불리는 것이 좋은가, 하는 질문을 받은 적이 있는데, 나는 약간 대답을 주저했다.1) 결국 어느 쪽이라도 좋은 게 아닌가 싶고, 또한 어느 쪽도 꺼려지는 기분도 든다. 어쨌든 그것이 경멸하는 의미를 내포하고 입 밖으로 나오는 한, 좋지 않다고 생각한다. 하지만 도무지 조선인이라고 하는 뉘앙스 속에도, 또 반도인이라고 하는 뉘앙스 속에도, 애초부터 경멸하는 의미가 포함되어 있는 것 같으므로 난처한 일이다. 그렇다고 한다면, 도대체 어떠한 말로 불러야 좋은 것인가 하는 말이 되니, 더욱더 난처한 일이라 하겠다.

　나로 말하자면, 물론 일본 제국신민(日本帝國臣民)의 한 사람이지만, 그중에서도 조선인이라고 하는 것에 대해서, 무엇 하나 비하(卑下)하는 마음을 갖고 있기는커녕, 오히려 나로서는 고고(孤高)한 프라이드마저 느끼

* 이 작품의 원제목과 출처는 「朝鮮人と半島人」(『新風土』, 小山書店 1941. 5)이다. 이 작품은 일본에서 오오무라 마쓰오, 호테이 토시히로가 낸 『近代朝鮮文學日本語作品集 : 1908~1945. セレクション 3(評論,隨筆・隨想)』(綠蔭書房, 2008. 6) 속에 영인된 것을 보고 번역했다. 이 작품은 그 동안 한 번도 소개된 적이 없었고, 위 책에 처음으로 발굴되어 소개된 것이다(귀중한 자료가 한국어본으로 나올 수 있게 번역을 허락해 주신 오오무라 마쓰오, 호테이 토시히로 두 선생님께 감사를 표한다).
1) 조선인은 일본어식으로 하면 '죠센징' 반도인은 '한토진'이다. '죠센징'과 '조선인'의 뉘앙스는 상당히 달라서 '죠센징'이라는 일본어식 발음을 겹쳐서 작품을 읽는 편이 더욱 와 닿는다.

고 있다. 하지만, 솔직해지자면, 조선인이라고 불려도 반도인이라고 불려도, 나는 조금 마음에 걸리는 것을 의식한다. 그것은 아무리 해도 견딜 수 없는 것임에 틀림없다. 그래서 조금 상대방의 표정을 살피게 된다. (아–이 뭐라 할 진저리나는 일이더냐) 그리고 내 탐색하는 듯한 시선이, 상대방 가운데서 매우 평탄한 기분이라든가 따뜻한 감정을 찾아냈을 때는, 안도감을 느꼈다. 요컨대 조선인이라든가 반도인이라든가 하는 말이 생득적(生得的)으로 경멸하는 뜻을 내포하고 있는 것 같음에 대한, 무의식 가운데 경계하는 생각에 따르면, 지금까지 대개는 조선인이라고 하는 말도 반도인이라고 하는 말도, 어딘가 경멸하는 의미를 띤 채 사용되어 왔었고, 또한 그것에 대해서 이쪽에서 필요 이상으로 신경을 쓰고 있기 때문일 것이리라. 사실 나는 조선인이고 반도인이기에, 새삼스럽게 조선에서 오신 분이라던가, 조선에서 태어난 사람이라는 식으로 돌려서 장황하게 정중한 말로 불러 달라고 하는 것은 아니다. 하지만 아무래도 그렇게 불리는 편이 역시 기분 나쁘지 않기 때문에, 더욱더 그런즉 곤란한 것이다.

어찌되었든 조선인 혹은 반도인이라는 말이 투명한 의미로 사용된다고 한다면, 그것을 능가하는 것은 없다고 생각한다. 그러한 점에서, 도대체 대만 출신 사람들은, 대만인 혹은 본도인(本島人)이라고 불릴 때 어떠한 기분이 드는 것일까 하고 고개를 갸우뚱해 본다. 지나(支那) 사람들만은 확실히 중국인이라고 하는 말보다는, 지나인이라는 말로 불리는 것을 싫어하는 것은 사실이다. 지나인에 대한 더욱 이상한 말에 짱꼴로라고 하는 것이 있는데, 대만인을 대인(臺人)[2]이라는 말이 그런 것인지는 모르겠는데, 조선인을 센징(鮮人)이라는 말 혹은 요보[3]라고 하는 말도, 그러한 경멸하는 의미 등을 내포하고 있는 줄도 모르고 늘상 하듯 말하

---

2) 대인(臺人)은 일본식 발음으로 하면 '다이진'이다. 조선인을 줄여서 '선인(센징)'이라고 했던 것과 같은 맥락이다.
3) '요보'는 당시 '여보'의 일본어 읽기로 조선인을 차별적으로 부르는 명칭 중 하나였다.

는 사람도 있기는 하다. 내가 현재 살고 있는 아파트 관리인 노파 등도, 이봐요 오늘도 그 뭐시라 하는 센징상(鮮人さん)⁴⁾이 찾아왔었어요 하고 말한다. 나는 규슈(九州)에서 고교시절에 걸쳐 지냈는데 근엄(謹嚴)한 도련님에게는 오히려 친근감 깊은 뜻을 가진 말이라고 생각한 듯 센징상이라고 몇 번이나 부르는 통에 질색을 했던 적이 있다. 이것은 쓴웃음을 지을 일이지만, 역시 우리들에게는 이 센징이라고 하는 말과 요보요보 스럽다⁵⁾고 하는 요보라고 하는 말에 대해, 본능적으로 반발하는 마음이 숯불을 쑤석거리듯 일어나는 것이다. 조선인을 경멸적으로 밖에 생각하지 않는 사람은 센징이라던가 요보라던가 하는 말밖에 모르는 것 같다. 이런 일이 있었다. 현재 조선에서 검사(檢事)를 하고 있는 친구와 함께 고등학교 시절에 규슈에서 기차여행을 한 적이 있는데, 그가 마주보고 무언가를 서로 이야기하고 있던 두 남자를 향해 갑자기 험악하고 삼엄한 표정을 짓더니, 어허 뭐라고 나도 조선인인데, 그래서 그게 어쨌다고 말하는 것이요 하고 호통을 쳤다. 그는 실제 육척 장신으로, 눈은 움푹 들어가 있고 눈썹은 검고 말을 자주 더듬기는 했지만 거기에는 위엄이 깃들어 있었다. 그런 사람이 화를 낸 것이므로 삼국지의 관우로 착각이 들 정도로 무시무시했다. 그래서 상인 행색의 상대방 남자들은 완전히 움츠러들더니, 호오 그러시구만요 댁은 고센징사마(御鮮人樣)⁶⁾시군요 하고 말하는 터여서 더 이상 참을 수 없을 지경이었다. 또 하나 이것은 내 경우에 해당되는 것인데, 고등학교 이 학년 때 잠시 건강을 잃어서 학교를 잠시 쉬고 고향에 돌아가려고 했다. 그래서 시모노세키(下關)에서 연락선에 올라탈 즈음, 건강도 좋지 않고, 아무튼 역 안이 붐비고 있는데다 학생 신분이라는 것도 걸리고 해서, 이등석에서 밤을 지새우게 됐다.

---

4) 번역에 통일해서 한국식 한자 읽기로 쓰려 했으나, 부자연스러운 표현을 피하기 위해 '센징상'으로 번역한다. 그 외에는 전체적으로 한국식 한자 읽기로 통일하였다.

5) 원문에는 'ヨボヨボしい'라고 표시 되어 있다. 조선인스럽다는 말로 당시 교활하고 게으른 것을 이를 때 쓰였던 것으로 추정된다.

6) '고센징사마'는 '조선분'이라는 뜻인데, 보통은 전혀 쓰이지 않는 말이었다.

이른 아침 부산에 배가 도착해서, 승객 모두가 내릴 차비로 배안이 복작거렸다. 흰 옷을 입은 뽀이가 짐꾼에게 맡기는 승객 짐에 표를 붙이고 돌아다닌다. 그런데 이 뽀이는 다른 사람의 것에는 굽실굽실 거리고 붙이고 돌아다니면서, 내것에만은 붙이고 싶어 하지 않아 하며, 곧 짐꾼이 올라탄다던가, 바쁘니까 기다리라던가, 기다렸다가 내려가면 어떠냐면서 쓸데없는 참견까지 한다. 그래서 나도 결국 분개해서, 표를 붙이지 않을 참이냐, 참말로 붙이지 않을 작정이냐고 호통을 쳐 대자, 그 녀석은 투덜투덜 거리면서 할 수 없다는 듯이 붙이기는 하였으나, 내 성은 김이요, 김이니까 틀리지 않도록 잘 써주게 라고 말해도, 알고 있습죠, 알고 있습고 말고요 하고 대충 받아 넘기면서 결국에는 표에 기록하지 않는 것이었다. 하지만 하는 수 없이, 화가 치미는 것을 꾹 참고 선창에 내려서자 북행 급행권을 사서 좌석까지 정해놓고서, 짐꾼이 가져오는 트렁크를 기다리기로 했다. 그런데 가져온 트렁크에 붙여진 짐 꼬리표에는 요보 한 개(단 짐에 관한 것)라고 적혀있는 것이었다. 아직 젊은 탓도 있겠으나, 나는 얼굴이 새파래져서 부들부들 떨면서 그대로 기차에서 내렸다. 그리고 짐을 그 주변에 내팽개치듯 버려두고, 그 자식을 배에서 바다 속에라도 패서 떨어뜨려 버릴 작정으로 다시 승선하려고 했는데, 아무리 해도 승선구에서 그것을 허락해 주지 않았으며, 특급은 곧 떠날 판인데, 어깨를 어루만지면서 아무리 기다려도 그 녀석은 또 배에서 내려오지 않는 것이었다. 그 이후로는 단 한 번도 이등석에 타 본적이 없다. 조금 지독한 예인 것 같은데, 그것보다 더한 일도 이 관부연락선(關釜連絡船)[7] 속에서는 상당히 많은 것 같다. 어떻게든 해야 하지 않겠는가 싶다.

---

7) 최근에는 '부관연락선(釜關連絡船)'이라고 칭하기도 한다. 1905년 9월 산요기선[山陽汽船]주식회사에 의해 개설되어 한국의 경부철도(京釜鐵道)와 일본의 도카이도[東海道]·산요·규슈[九州] 철도 간에 여객·수하물·속달취급화물의 연대운수(連帶運輸)를 개시하였다. 처음으로 취항한 것은 이키마루[壹岐丸 : 1,680t]로 11.5시간이 소요되었다. 그 뒤 7,000t급의 곤고마루[金剛丸]·고안마루[興安丸] 등과 3,000t급의 도쿠주마루[德壽丸]·쇼케이마루[昌慶丸] 등이 제2차 세계대전 종전 직전까지 취항하였으며, 운항소요시간도 7.5시간으로 단축되었다. 현재는 부관페

조선으로 건너가는 배 안부터가, 이미 그러한 형편이니 말이다……. 어찌됐든 동아(東亞)의 결속이라는 것이 강하게 요구되고 있고, 또한 내선일체(內鮮一體)라는 것이 정치적으로도 도덕적으로도 통절하게 필요해진 오늘날에 특히 이러한 일이 조금도 없도록 하고 싶은 것이다.

우선 내선일체는 조선인 혹은 반도인이라고 호칭하는 말 가운데 쓸데없는 뉘앙스 등이 들어가지 않도록 노력하는 것으로부터 시작하지 않으면 안 된다. 센징 혹은 요보라고 하는 호칭은 시국(時局)적인 면에서 봐도 더욱더 당치도 않다. 이 두 가지 말만이라도 맨 먼저, 조선에 살고 있는 내지인의 입술에서부터 사라지지 않으면 안 될 것이다. 관청의 공문서 등에도 곧잘 보이는 센징이라고 하는 말은 어찌된 것이란 말인가. 내지인이라는 말과 나란히 쓴다고 해도 센징이라는 말로는 글자 모양으로만 보더라도 흐지부지한 느낌이 들지 않는가.

그렇다고 해도, 사변이후(事變以後)[8] 호칭이 상당히 신사적으로 변한 것은 사실이다. 우선 도쿄나 오사카 등지의 큰 신문이 지금까지 센징이라고 부르던 말을 조선인 혹은 반도인이라고 바로잡았다. 이것만으로도 얼마나 조선 사람들의 기분을 화기애애하게 했는지 모른다고 생각한다. 사실 이전에는 신문을 읽어도 그것이 비록 구석에 있는 작은 글자라고는 해도, 센징이라는 단어를 발견한 것만으로도 기분이 나빠졌고, 또한 그것이 묘하게 미광(微光)이라도 발산하는 것처럼 빨리 눈에 들어왔는데, 맙소사 또 무슨 일을 저지른 것이야 하면서 등 뒤에 벌레가 기어 다니는 것과 같은 기분으로 읽게 된다. 나라고 하는 인간이 단지 남보다 갑절 소심하기 때문인 것인가, 본디 생각이 비뚤어져 있기 때문인 것인가. 사실로 말하자면 그렇지 않은 것 같다. 물론 나는 요즘으로 쳐도, 조선

리가 취항하여 한일 간의 중요한 해상 교통로로 사용되고 있다.
8) 여기서 말하는 '사변'은 이른바 '중일전쟁'을 말하며, 1937년부터 1945년까지 일본의 중국 침략을 가리킨다. 일본에서 사용하는 공식명칭은 '지나사변(支那事變)'이었는데, 지금은 '일중전쟁'으로 지칭한다. 중국 측에서는 '중국항일전쟁' 혹은 '8년항전'이라고 한다. 영어로는 Second Sino-Japanese War로 통칭되고 있다.

인 운운 반도인 운운 하는 기사를 읽을 때는 다소 불안하기도 하며 또한 불쾌하기도 하지만, 확실히 이전보다는 다소간 부드러운 눈으로 볼 수 있게 되었다.

그건 그렇고, 조선인과 반도인에 관한 이야기가, 여기까지 빗나갔는데, 생각해 보자니 반도인이라고 하는 호칭은 사변 이후에 생긴 말로, 새삼스럽게 이 말을 사용하는 사람은 오히려 친애하는 의미를 담아서 쓰려던 의도였던 것 같다. 그것을 보더라도, 내지인들조차도 무의식적으로나마 조선인이라고 하는 말 가운데 경멸하는 의미가 포함되어 있음을 알아차리기 시작한 것 같다. 그런데 그처럼 애써 친애하는 마음을 담아서 얘기하는 반도인이라고 하는 말이 또한, 그런데도 우리들에게는 어딘가 어중간해서 좋지 않는 여운으로 다가온다. 하지만 이것은 요컨대, 말에는 아무런 죄도 없는 것이며, 조선인들이 부끄럽게 살아가는 것에 기인한다. 그러므로 고의로 경멸하는 의미를 내포시켜 센징이라던가 요보라고 호칭하는 것이 아니라면, 조선인이라고 불리어도, 반도인이라고 불리어도, 어느 쪽도 상관없는 것이다. 작년에 북경 여행을 갔을 때, 지나 사람들은 조선인을 고려인, 혹은 한국인이라고 부르고 있었다. 이 말은 약간 별나서 처음에는 조금 신선한 인상을 받았는데, 역시 며칠 지나자 그것도 내게는 아무런 명예도 아닌 것 같은 느낌이 들었다. 이렇게 쓰고 있자니, 드디어 복잡하고 기괴하다고 말해도 좋을 정도로 번거로운 일이 되어 버렸다. 다만 내 개인적인 기분에서는 역시 조선인은 조선인이라고 불리는 편이, 반도인이라고 하는 말보다는 자연스럽고 더욱이 당연하다는 느낌이다.

결국은 조선인이 부끄러운 느낌이 들지 않도록, 정신적으로 생활적으로도 스스로 노력을 기울이는 것 외에는 달리 방도가 없다. 그것인 조선인 혹은 반도인이라는 말이 갖고 있는 표정을 구원하는 근본적인 방법일 것이다.

현해탄 밀항*

　거친 조수가 소용돌이치는 현해탄을 중심으로 남조선, 제주, 쓰시마, 북규슈(北九州) 등 그 사이에는, 예부터 전설에도 나오듯이 주민이 표류해 오는 일이 종종 있었다고 한다. 혹은 최초의 문화적 교류라고 하는 것은 대체로 이러한 표류민을 통해서 이뤄졌던 것이리라. 하지만 재미있는 것은 문명이 오늘날에 이르고 있음에도 불구하고, 표류라고 하는 형식을 빌린 것이 또한 상상 이상으로 많다는 점이다. 그것이 밀항이다.

　그런데 밀항이라 해도 그다지 로맨틱한 것이 아니라, 그것을 결심하는 것에는 어지간한 용기와 담력이 필요하다. 현해탄을 끼고 하는 밀항이라고 한다면 여행권이 없는 조선의 백성들이 반드시 건너가려는 마음에, 옛날이야기처럼 경기가 좋은 곳이라고 굳게 믿고 내지로 건너가려고, 위험한 목선(木船)이나 증기선 할 것 없이 상관하지 않고 타려 한다고 하니, 담력 운운할 때가 아니라 정말 목숨을 거는 것 이상의 혹은 허탈하다고까지 해야 할 일이다. 어찌됐든 밀항에 관해 내게는 허무한 추억이 하나 있다. 요 사이도 조선인 밀항선이 현해탄에서 난파당해, 일행 이삼십 명이 바다에서 죽었다고 하는 보도를 읽고, 더욱 감개가 깊었다.

　사실 나도 한 번 부산에서 밀항을 시도하려던 적이 있다. 그것은 열

---

* 이 수필은 「玄海灘密航」(『文藝首都』, 1940. 8)을 번역한 것이다. 이 작품은 한국어 수필 「밀항」(『문장』, 1939. 10)을 일본어로 개작한 것으로, 김사량이 사가고등학교 입학 전후의 사정을 알 수 있다.

여덟 되던 해 십이월의 일이었는데, 어떠한 사정 때문에 당당하게 연락선에 탈 수 없어서, 매일같이 선창 앞에 나가서 추운 해풍을 맞으면서, 어찌하면 이 바다를 건너갈 수 있을 것인지 만을 초조하게 생각했다. 어쨌든 젊은 나이였고, 게다가 마침 중학에서도 막 쫓겨난 처지였기 때문에, 느긋하게 형세를 관망한다든가 지혜를 짜내든가 하는 궁리는 할 수 없었다. 현해탄 저편이 그 당시 내게는 정말로 천국처럼 느껴졌던 것인지 모르겠다.

어느 날 나는 선창 앞에서 범선이나 소기선(小汽船)이 파도에 여기저기 흔들거리고 있는 것을 물끄러미 보면서 서 있었다. 진눈깨비가 내리는 날이었다. 그때 수상쩍은 녹색 안경을 걸친 내지인 사내가 지나가면서 혼잣말처럼, 바다를 건너고 싶거든 내일 아침 3시에 ××산 기슭으로 오라고 말하는 것이었다. 나는 놀라서 돌아보았다. 하지만 사내는 흩날리는 진눈깨비 속 어딘가로 사라지고 말았다. 역시 나는 그날 밤 여러모로 괴로워하였다. 마침 이삼일 전부터, 숙소의 뽀이에게 삼십 원 정도 내면 밀항을 시켜주겠다는 권유를 받았었기 때문에 한번 크게 마음을 먹고 해볼까도 생각했다. 하지만 어째서인지 두려운 마음이 들었다. 옆방에 손님이 한 사람 왔는데, 말씨가 어쩐지 고향 북조선 계(系)였다. 나는 그날 밤중에 손님이 자고 있는 방에 들어갔다. 그리고 밀항에 대해서 의견을 구했다. 그러자 이 손님은 찬찬히 내 얼굴을 바라보더니 "그만두쇼" 하고 단 한마디로 반대했다. 지금도 떠올릴 수 있는데 그는 작은 입 위에 검은 콧수염이 있는 서른살 정도의 사내로, 눈을 노상 깜박거리고 있었다. 그 눈을 깜박거리면서 그는 밤새 밀항에 관해 이런저런 이야기를 해주었다. 그도 내지에 간 적이 있는데, 건너갈 때 역시 여행권이 없어서 밀항을 했다는 것이다. 배는 작고 노도(怒濤)에 집어 삼켜질 듯이 흔들리고, 개돼지처럼 배 안에 겹겹이 쌓은 남녀 삼십여 명의 밀항단은, 선원들에게 짓밟혀서 숨이 끊어질 지경이다. 먹지도 마시지도 못하고 토사와 신음 가운데 삼일이 지나, 어두컴컴한 밤중에 짐짝처럼 던져진 곳이, 또 북규슈 연안의 방향도 이름도 알 수 없는 산 근방이었다는 것이다. 선원 놈들은 결국 어디든 배를 대고 내려준 후 발각되기 전에 도망치기만 하면 됐던 것이다. 그러므로 어떤 때 놈들은 내지에 왔다 하고 말하고, 남조선 다도해의 외딴 작은 섬에 줄줄이 내려주고 자취를 감춘다고까지 한다. 어쨌든 내지에 오기는 왔는데, 모두 지독한 뱃멀미와 배고픔 때문에 거의 반사(半死) 상태로, 날이 밝기까지 쓰러져 있었다. 그만은 줄곧 마음을 다져먹고 행선지를 더듬어 봤다. 그리고 등불이 얼룩처럼 들어와 있는 작은 마을 쪽을 향해서 기어가듯이 산을 넘어서 도망쳤다. 너덜너덜하지만 양복을 입고 있었던 것이 적중했다. 다른 밀항자들은 흰 옷을 입은 채로 무리를 지어서 헤매 다니던 중에 발각돼서, 다시 송환되었을 것이 틀림없다. 나는 결국 밀항을 포기할 수밖에 없었다.

"허나 지금은 내지도 불경기라서 걸레 장사도 어렵다 안하오. 내지에는 가지 마오. 포기하는 것이 좋아" 하고, 그는 말을 맺었다.

다음날 아침 그는 고향에 돌아간다고 하고, 역시 너덜너덜한 양복차림에 작은 보따리를 하나 안고서 부산진이라고 하는 역에서 떠나갔다. 나는 쓸쓸한 마음이 들어서 그를 부모라도 환송하는 마음으로 멀리서부터 손을 흔들어 바래다주었는데, 이 작은 콧수염을 기른 임자는 지금은 어디에서 어떻게 지내는지.

그 후 나는 북규슈의 어느 고교에 적을 두게 되었는데, 그 지방 신문에는 매일같이 조선인 밀항단이 발견돼서 잡혔다는 기사가 실린다. 그것을 읽을 때는 뭐라고 할 수 없는 복잡한 감정에 사로잡힌다. 연안 주민이 대단히 훈련을 많이 하고 감시를 하기 때문에 드문 경우가 아니고서는 성공하기 힘들다. 저쪽은 목숨을 건 모험 상륙이라고 하지만, 이쪽은 또한 이쪽대로 필사적으로 상륙시키지 않겠노라 눈을 빛내고 있다. 불과 여덟 살의 소학생이 학교에 가는 도중에 밀항단을 발견하고 주재소에 고발해 표창을 받았다고 하는 큼직큼직한 기사도 드물지 않았다. 그런 것을 읽고 있노라면 내 자신도 올 수 없는 곳에 와서 감시당하고 있는 듯한 불쾌한 기분이 들 때가 간혹 있었다. 그 탓은 아니지만, 나는 규슈 시절 유명한 바다인 가고시마(鹿兒島) 해안이며 벳푸(別府)의 태평양과도 퍽 친근해 졌는데, 엎드리면 코 닿을 곳인 현해탄 해변에는 별로 놀러 간 적이 없다.

그래도 졸업하던 해인 초가을이었던가, 한번 고향의 어느 학우와 가라쓰(唐津)에 간 적이 있다. 파도 소리 조용한 황혼의 해변에는 파선만이 한두 척 물가에 끌어 올려져 있었는데, 바닷속에 뻗쳐나간 송림에는 조풍(潮風)이 휘감겨 시원하게 흔들리고 있었다. 그때 퍼뜩 우리들의 눈에는 흰 옷을 입은 여자들 네댓 명이, 멀리 모래톱을 걸어오는 것이 보였다. 때마침 저녁노을이 끼쳐 그것이 너무나 아름답게 비쳐 보였다. 나는 깜짝 놀라서, 그러고 보니 뿔뿔이 흩어진 밀항단의 한 무리가 아닌가 하고 생각했다. 그런데 그녀들이 가까이 다가온 것을 보자, 근처 해변에 살고 있는 이주민 아주머니들이었다. 젊은 아주머니들이 게타를 손에 들고, 때때로 허리를 굽히고 모래밭의 조가비를 줍고 있는 모습은 아름다웠다. 그 무렵 고교 노래에는,

"저녁 해는 타는데 요시이하마(吉井濱) 하늘의 선녀가 먹을 감네."라고 하는 구절이 있었다.

나는 쉽사리 노래 등을 부르지 않았었는데, 그때는 잠시 그러한 문구를 떠올렸다.

밀항*

그것도 벌써 7년이나 되었으니 옛적 일이 되고 말았다. 요즘은 두 달도 못가서 서울 생활을 그만두고 다시 떠나게 되어 그런지, 두서없이 처음에 현해탄을 건너가던 일이 생각난다. 그때에는 열여덟 살의 추운 12월이었는데, 정당히 배를 탈 수 없는 사정이 있어, 잔교(棧橋)서 실패만 보고 말았다. 그때의 나는 바닷가에 서서 찬바람에 오돌오돌 떨면서, 가슴 속의 따뜻한 희망을 어떡하여야 현해탄 건너 쪽에 세울 수 있을까 하고 동경하였던 것이다. 더욱 지각이 없는 나에게 배움의 길도 끊긴지 몇 날이 않았던 때다. 급급하고 초조함이 이루 말할 수 없었다. 하루는 비 섞인 눈이 펄펄 쏟아지었다. 이날도 나는 역시 범선과 소기선(小汽船)이 주룽주룽 이마를 맞대이고 있는 바닷가를 거닐고 있었는데, 시커먼 안경을 쓴 젊은 사내가 지나가면서 하는 말이, 바다를 건너려면은 내일 새벽 세시에, 저편 산기슭으로 나오라고 한다. 나는 놀래여, 돌아섰다. 사내는 퍼붓는 눈 속에, 간곳이 없이 사라지었다. 그날 저녁은 나는 얼마나 고민하였는지 모른다. 더욱이 전날부터 여관 주인이 20원을 내고 밀항을 하라고 유인을 하여 오던 때문이다. 그날 밤에도 연락선이 들어왔다. 그런데 옆방에는 동경서 걸레 장사를 하든 사내가 들어왔다. 나는 어찌나 궁하였던지, 밤중에 이 사내를 깨워 의견을 물었더니, 애여 마음

---

* 이 수필은 김사량이 『문장』에 1939년 10월 발표한 한국어 에세이인데, 원문을 최대한 살리면서 표기를 현대어 식으로 고쳤음을 명기해 둔다.

도 내지 말라고, 손을 내어젓는 바람에, 그만 단념하고 말았다. 지금도 생각이 난다. 그이는 조그마한 입가에 까맣게 수염이 난 약간 절름뱅이였다. 그이도 갈 때에 여행권이 없어 연락선은 못 타고, 누구인가의 꾀임으로 밀항을 하였다는 것이다. 겨우 몇 십 돈(頓)의 배속에 주어 모아 온 밀항군을 산송장처럼 쌓아 채이고, 사나운 바다를 개울거리며 밤낮 하루를 지나 다음날 새벽녘에야 어데인가 산비탈에 부려다 놓고는 황망히 달아나더라 한다. 승객들은 모두 배멀미에 반죽음을 하여 엎드린채 날이 밝도록 움직이지를 못하였다. 그러나 그는 마음을 가다듬고, 주위를 살피었던 모양이다. 다행히 그곳은 북 규슈(北九州)의 해안이었더라 한다. 그는 달음질을 쳐서 산을 넘어 거리로 들어갔다. 그리하여 흰 옷을 입은 다른 남부녀(男婦女)는 방황하다가 잡혀서 송환되었지마는, 그이는 까므작한 수염이 있고, 또 타관에 떠난다고 양복을 사 입었던 탓으로 쉬 발견되지를 않아 내지의 5, 6년 동안 양복생활을 하게 되었다는 것이다. 그리고 걸레장사도 인제는 시세가 맞지 않으니, 돈을 벌 생각이거든 건너갈 마음도 먹지 말라고 친절히 일러주었다.

다음 날 그이는 고향에 돌아간다고, 역시 헌 양복에 보퉁이를 하나 든 채 부산진에서 떠났다. 나는 하도 이야기할 사람이 귀하였던 모양으로, 친형이나 보내는 것 같은 섭섭한 마음으로, 전송(餞送)까지 하였는데, 이 까무작한 수염 임자는 지금은 어떻게나 지내는지.

그 후에 나는 북 규수의 고교에 학적을 두게 되었다. 이 지방 신문에는 매일같이 조선사람 밀항단이 잡혔다는 기사가 실리는데, 그것을 볼 때 마다 감개가 무량하였다. 밀항선은 거의 북 규슈의 해안에 닿지마는, 그 해안의 주민은 아주 훈련을 받아 감시하기 때문에 좀 하여서는 상륙한 뒤에 성공하기가 힘든 모양이었다. 몇 살 난 소학생이 상학(上學)하는 길에 밀항단을 발견하고, 주재소에 고발하여 표창되었다는 기사가 웬만큼 많지를 않다.

아마 졸업 학년의 초가을이었던가 한다. 하루는 현재 교토 대학에 남아 있는 동무와 같이 해수욕장으로 유명한 가라츠(唐津)에 갔다. 여름도 지난 뒤이라, 해변에는 빈 '빠락'과 부서진 배 조각만 남아 있는데 바다 속에 뻗쳐나간 아름다운 송림의 죽방에 바다의 잔잔한 바람이 나부끼고 있었다. 참으로 얻기 어려운 풍경이었다. 그때에 하얗게 입은 부녀자 두셋이 어느 사이엔가, 멀리 모랫가에 나와 다니는 것이 보인다. 때마침 저녁노을이 끼쳐 바닷가는 아주 황홀하였다. 적지 않게 나는 놀래었다. 바로 저희들이 밀항을 한 사람들이 아닌가 하고. 그러나 우리가 마주치면서 본 바로는 그들은 아마 근처에 살고 있는 이주민이었던 모양이다. 젊은 예쁜 부인네들은 '게다'를 벗어 들고, 모래밭에 숨은 소라를 골라 잡고 있었다. "저녁 해는 타는데, 요시이하마 하늘의 선녀가, 미역을 감네." 하는 그 지방의 노래가 있었다. 금색을 온 몸에 받고 모래밭을 다니는 광경도 이 아니 선녀의 그림이 아닌가.

사람은 때로는 별일이 다 생각되는 모양이다. 그때에 내가 밀항을 하였으면 지금은 어떻게 되었을 것이며, 나중에 현해탄을 건너갔으나 또 상해도 가려다가 그만 두었지만, 기어이 실행하였더라면, 지금은 또 어디서 어떻게 살고나 있을까. 그때에는 학교가 싫어서 나온 뒤요, 이번은 일신상의 이유로 여러 선배나 친고(親故)에 의리가 없는 길을 떠난다. 그러나 밑도 끝도 없이 그때의 일이 불현듯이 생각나는 것이다.

물론 이번은 신분 증명서를 가졌다.

산가 세시간*

-심산 기행의 일절-

강원도 산속에 들어가기는 벌써 십여 회나 되는가 하는데 사나운 비바람에 고생을 하기는 이번까지 아마 두 번째일까 한다. 먼저 번은 동해안 주문진으로부터 양양에 올라가는 도중에서였고 이번은 춘천서 묵는 날 밤부터이다. 내일 아침 홍천 방면으로 떠날 차시간도 알아놓고 거기서 열린 축구대회 구경을 하고서 동행 김승구(金承久)[1] 군과 같이 여사(旅舍)에 들어와 누우니 부슬부슬 비가 내린다. 그러다 밤새 소낙비가 일 분간의 쉼도 없이 내리 퍼붓기 시작하였다. 비바람을 걱정하면서 우리는 전 조선일보 지국장인 유화청(柳和靑)[2] 군 부부와 같이 하룻밤 흐뭇하

---

* 이 작품의 원제목은 「山家三時間－深山紀行의 一節－」(『삼천리』, 1940. 10)이다. 김사량은 이 기행문을 본 작품집에도 실려 있는 일본어 기행문 「화전지대를 간다 1, 2, 3」(자세한 서지는 해당 페이지에서 확인할 것)으로 바꿔 쓰고 있으며, 본 작품집에 실려 있는 김사량의 일본어소설 「풀숲 깊숙이」와도 깊은 연관을 맺고 있다.

1) 김승구는 일제 강점기의 연극인이다. 일본 메이지(明治)대학에서 수학했으며, 1938년 동아일보 신춘문예에 일본에 거주하는 조선인 노동자들의 삶을 그린 단막 희곡 <유민(流民)>이 당선되어 등단하였다. 1939년 협동예술좌를 창립하였고, 1945년 조선총독부가 후원하는 제3회 연극경연대회에 <산하유정(山河有情)>을 출품했다. 광복 후 조선연극 건설본부에 참여했다가 송영, 강호, 나웅 등과 함께 탈퇴, 조선프롤레타리아연극동맹을 창립하는 등 좌익 계열에서 앞장서 활동했다. 이후 곧 월북하여 1949년 북조선 최초의 극영화로 유원준, 문예봉이 주연을 맡은 ≪내 고향≫의 시나리오를 썼다. 1994년 부음이 북한 언론에 실렸고, 사망 당시 나이는 80세로 보도 되었다. 이를 보면 김사량과는 거의 동년배이며, 일본 유학을 거친 점과 연극인이었다는 점 등을 미뤄 볼 때 매우 친밀하게 지냈을 것으로 보인다.

게 강원도 산골 이야기를 즐겼다. 무엇보다도 경춘선(京春線)이 개통되던 날 심산(深山) 지방에 사는 사람들이 기차 구경으로 모두 따라 나왔다고 하는 유머러스한 광경 이야기에는 대소(大笑) 하였다. 어린애들을 업고 지고 등에 메고서 춘천 시내에 쏟아져 나와 인산(人山)을 이루었는데, 밤에는 그들이 모두 대로상에 짐을 풀고 그득하게 들어 누워 인해(人海)가 되었다 한다. 물론 교통도 두절되었더라는 과장이다. 이만큼 강원도 산골의 문물(文物)은 뒤쳐졌으며 아직 기차를 못 보고 사는 사람들이 태반인 모양이다.

　이 심산 지대 사람들의 생활을 우리는 찾아서 구월 초 첫날 경성을 떠난 것이다. 최후 목적지는 홍천군 두촌면(斗村面) 소재의 가마산 연봉에 점재(點在)하는 화전민 부락으로 우리는 원시적 범죄라는 면을 떠나 그들 화전민의 개척자적 면을 세밀히 조사해 보고자 하는 의도에서였다.

　그러나 그날 밤 비는 개이지 않을 뿐더러 그다음 날은 더욱 억수로 퍼붓기 시작하였다. 이런 형세로는 산골짜기 밭이며 길이 많이 떠나갈 것이라 걱정들이다. 그래 우리들이 떠나는 길에도 무척 염려됨이 많았다. 김 군은 좀체 몸이 튼튼하여 마음이 뻐젓하나 나는 그만 그날 아침부터 감기에 걸렸다. 그러나 예정한 시일도 넉넉하지 않기에, 유 군 부부의 염려와 만류에도 불구하고 부랴부랴 떠난 것도 그날 아침 아홉 시, 춘천에서 백 리 홍천으로 향하는 승합차에 올라탔다. 빽빽한 산골의 초가을 아침인데 제법 겨울날에 비가 오는 듯한 추위로 반 즈봉(바지 – 역자 주)에 청년화(靑年靴)를 신은 가는 다리가 시리고, 차창에 쏴 – 하고 부딪치는 비바람도 몹시 싫다. 넘쳐흐르는 계곡물 위 다리를 건널 때에는 다리가 쓰러질까 두렵고 산비탈길을 으르릉 힘쓰며 기어 올라갈 때에는 바위들이 낙반(落盤)될까 무서웠다. 물 사태…… 그것은 생각만하여도 소름이 끼친다. 공연하게 떠나왔다 보다 하는 불길한 예감이 차내를 지배

---

2) 유화청은 당시 조선일보사 춘천 지국장이었다.

하기 시작한 것도 무리가 아니었다. 그러나 차창 밖은 지척도 분간할 수 없을 만하다.

끝내 승합차는 두어 시간 쯤 가서 그만 산간 일모옥(一茅屋)3) 앞에 급정차를 하고 말았는데 이것도 어떻게 생각하면 다행스러운 일이었다. 홍천서 오던 차가 그만 길이 끊어진 것을 모르고 질주하다가 웅덩이에 차체를 드리박고 기울어진 것이다. 손님들은 모두 허겁지겁 내려 창살같이 퍼붓는 빗속을 뚫고 끊어진 길을 도느냐고 산등을 걸어 이 산중 일모옥 처마 밑으로 몰려왔다. 그리고 그들이 울렁줄렁 서서 손을 들며 가지 말라 야단을 치고 있다. 보아하니 그이들이 아마 우리가 타고 온 차로 춘천을 향하게 되고 우리들은 물속에 빠진 차를 끌어올리고서야 어쨌든 볼일인 양 싶었다. 아니나 다를까 우리를 보고 내리라기에 뛰어 내려 처마 밑으로 기어가니 이번은 그 양반들이 막 올라타기 시작한다. 그러나 좀처럼 이 차로 다시 춘천을 향하여 떠나지는 못하게 생긴 것이, 운전수며 조수가 모두 홍천서 오던 차를 물속에서 끌어내는 일을 도우러 차를 비워두고 나갔기 때문이다. 그래 우리는 이 산가에서 한 서너 시간 가량을 머물 수밖에 없게 되었다. 이날 이 산중 고옥(孤屋)에는 난데없는 손님 떼가 들이닥친 것이다.

그것은 썩은 기둥으로 엉거주춤 얽어매어 놓은 집이나 그래도 앞채와 몸채를 다 갖추고 있어서 군농회(郡農會) 소라도 매놓고 사는 품이 이런 산중에서는 중간 이상 가는 꽤 넉넉한 살림살이라고 할까. 대문 안 소여물간 아궁이에서는 그 집 열네다섯 살 남짓한 사내애가 밀짚단을 끌어 놓고 불을 떼고 있다. 우리들이 아궁이 밑에 다가가 불을 쬐니 모두 어느 승객들도 몰려와서 둘러앉았다. 이 사내애 놈은 퍽이나 민첩하고 영리해 보이는데 재 넘어 간이 학교도 나왔노라 한다. 아까부터 우리 차안에서 헛구역질을 하며 몹시 고생되게 타고 오던 할머니가 방안에 들어

---

3) '一茅屋'는 짚으로 지붕을 얹은 초가집과 비슷한 모양의 오두막집이다.

와 쓰러져 누워서 불을 때 준다는 것이다. 산의 인심은 이렇게 따스운 모양이다. 소년은 불빛에 눈을 반짝이며 학교에 같이 다니던 동무들이 혹은 읍에 가 있고 혹은 면소(面所)에 가 있다고 자랑삼아 이야기하는데 우리는 이 소년에게서 벌써 탐탁한 하나의 농부가 깃들어 있는 것을 볼 수 있었다.

몸채 대청마루랍시게 생긴 컴컴한 마루간에서는 이 집 아낙네가 매여 달리며 보채는 두 어린애에 시달리면서 맷돌에 밀망을 갈고 있다. 우리는 이 아낙네와 오랫동안 산중 살림에 대한 이야기를 하였다. 금년 농사는 긴 장마로 모두 글렀는데 이렇게 또 소나기가 쏟아지며 사나운 동풍(東風)이 불어 대니 산등에 세운 강냉이마저 먹을 수 없을 모양이라 한숨을 짓는다. 바로 옆방에서 새끼를 꼬고 있는 주인 중노(中老)는 폐환인지 연신 컹컹 기침을 하면서 보리도 장마에 반은 썩었으니 별로 보잘 것 없이 되었고 요즘은 주재소와 면소에서 밀과 만주 밤(滿州栗)을 줘서 먹고 지내노라 한다. 방안 흙벽에는 빈대가 터진 자리가 군데군데 보이는데 윗목에 화대(火臺)가 놓여있고 가구라고는 석유 상자와 동에 동금이 곡식 자루 같은 것이 있을 뿐이다. 가장 적은 어린애 놈은 옻이 올라 모두 얼굴이 부었는데 뱃줄기에 큰 종기까지 생겨서 몹시 고단스러운지 지드럭거린다. 그리고 밀망을 갈고 있다고 하지만 모두 쭉쟁이뿐으로 그걸 갈아서 호박이나 좀 썰어 넣고 죽을 쒀 먹는다 한다. "머 이럭저럭 사라가지여유" 하며 연신 여러 가지 말을 맞추는 품이 그들의 인사(人事)는 이렇게 시작되는가 싶었다.

그러고 있노라니 어느새 곱실한 차장 여아(女兒)며 자동차를 건지느라 빗속에 벗고 야단을 치른 조수들이 덜덜 떨며 들어와 젖은 옷을 화롯불에 쪼이면서 자꾸 먹을 것을 내어 놓으라 성화이다. 좀 정도가 지나쳤으며 또 그 무례함이 적잖게 비위에 거슬린다. 그러나 아낙네는 조금도 그 티를 내지 않고 순진한 애린(愛隣)의 마음으로 아무것도 드릴 것이 없어 딱하다고만 하며 의례 미안해 하는데 이런 심리도 순박한 산사람에서나 찾아볼 수 있다고 하겠다. 차장 여아는 군것질이 하고 싶은 지 열 살 남짓한 어린애 보고 이 비에 뒷산에 가서 가이압을 따오라느니 팝배를 따다주면 좋겠다느니 하고 말이 많다. 뒤뜰에는 맨들래미 꽃이 빨갛게 비 속에 타오르고 있는데 뒷갈에는 좀복숭아 나무가 줄렁줄렁 열매를 달고 늘어져 있다. 어느 결엔가 부엌에 침입한 여드름이 잔등에 까지 그득한 조수 놈이 이거 먹을 게 아니냐고 무언가 싯누런 것을 들어 보이며 시퍼런 입으로 투덜거린다. 아낙네는 수줍게 웃으며 나가더니 그것을 몇 조박 가져다가 놓아준다. 강낭떡으로 아마 손님들 앞에 내어놓기를 거북스레 생각하였던 모양이다. 그러나 조수 두 놈과 차장 여아는 화롯불에 구어서 입이 움트러지게 틀어넣는다. 이리하여 난데없는 과객(過客)들이 이 한적하고도 빈궁한 산가를 뒤삶어 놓았다.

동행한 김 군은 모든 것을 차근차근 기록도 하며 좀 별나 보이는 농기구며 발방아 같은 것은 스케치도 하는 모양이다. 차장 여아는 이번은, 또 따다놓은 좀복숭아 바가지로 돌아 붙어서 그걸 오물오물 깨문다. 나도 하나 씹어 보았으나 쓰기가 여간치 않고 또 배탈까지 날까 두려워 그만두었다. 그러는데 조수애며 다른 손님들은 하나하나씩 그리로 몰려들었다. 시계를 보니 한 시를 퍽 넘었으니 따져 본다면 좀체 시장도 할 시간이다. 영감은 좀복숭아 바가지에 몰려든 사람 떼를 바라보며

"시당들 하신게로군 시당들하신게야."

하며 적잖이 속으로 만족해 한다. 어느새 차장 여아가 또 빠져서 토끼처럼 바깥에 나갔다 왔는지 아직 차를 끌어 올릴 시간은 멀었다고 보고하면서 차안에 있는 사람들이 복숭아라도 찌여 내오란다고 분부처럼 전한다. 그러니 아낙네가 또 일어서서 나가는 품이 복숭아를 정말 삶아 줄려고 하는 모양이다. 이런 산중에서는 복숭아도 일종의 식량이다. 그래 너무 쓰지 말라고 삶아서 식용하는 터인데 오늘은 자동차 두 대의 열두 명 남짓한 승객이 이 가난한 산가의 복숭아까지 걷으려고 톡톡히 들러붙은 셈이라고 김 군과 나는 고소(苦笑)하였다. 그리고 우리는 다소 의분

에 가까운 것을 느껴 복숭아 값이라도 받아 내면 하였다.

　자동차 끌어 올리는 일이 너무 오래 되도록 진보되지 않는 것 같아서 하도 갑갑하길래 나는 어떤 손님의 양산을 빌려 쓰고 현장에 나가 보았다. 그 집에서 한 이삼십 간 떨어진 곳인데 그만 길이 산에서 쏠려 내려오는 물에 두어 간쯤 끊어졌는데 거길 모르고 자동차가 오다가 앞머리를 들이 박은 것이다. 부락민이 십여 명 응원을 나오고 운전수며 조수까지 합하여 십오육 명이 빗속에서 흙투성이가 되어 큰 애를 쓰고 있다. 순사도 한 명 나와 서서 돈다. 좀처럼 차를 끌어 올릴 수 없는 것이 서툴게 건드렸다가는 빠른 물살에 차체가 더 빠져 들어가게 생겨먹었기 때문이다. 그런데 그 도로 아래쪽 얼마 멀지 않은 곳 평평 쏜살처럼 흐르던 계곡 근처에는 산같이 쌓아올린 장작더미가 있는데 그게 물살에 허물어져 떠나갈까 목군들이 아우성을 쳐가며 그걸 막느라 일곱 여덟 명이 필사의 노력을 하고 있다. 또 서너 명은 그래도 부대끼는 수력을 조금이라도 감해 볼 양으로 웃돌 쪽 장작더미 아래에 기둥처럼 서 있다. 자동차 끌어 올리는데 독살을 하는 부락민들도 사실은 더 이 장작더미의 운명에 마음이 좋지 아니 한 모양으로 소리가 날 적마다 연신 그쪽에 시선을 건네며 속을 태우고 있다. 장작더미에 붙어 돌던 목군들도 두세명이 자동차 일에 불리여 온 모양이었다. 끌어올릴 가망없는 자동차보다 우리들 눈에도 장작더미가 무너져 떠나가면 어쩌나 하는 동정과 위구의 마음이 더 컸다. 그러나 부락민들은 겁석겁석 허리를 구부리며 치우래는 돌은 들어 옮기고 차체 아래에 기여 들어 가래면 시퍼렇게 겁을 집어 먹고도 두말없이 엎드려서 몸을 비틀어 넣는다. 그런데 기우러진 차체 속에는 고약스럽게도 한 녀석이 맥고모자를 쓴 채 수그리고 있다. 얼굴은 보이지 않고 맥고만 들썩들썩 한다. 또한 우리들은 괘씸히 생각하였다. 필경 만취한 작자가 아니면 무슨 서기(書記) 나부랭이리라 하였으나 그러나 순사도 비를 맞으며 속을 태우고 있는데 그 앞에서 감히 저럴 수 있는 것이 수상 하다고도 생각하였다. 하여간 이 맥고모를 태운 자동차를 끌어올릴 가망은 좀처럼 보이지 않는다.

　그래 춥기도 하려니와 나와 서 봤자 별 수 없는 일인지라 혼자 등이 달아서 원래 타고 온 차안으로 들어와 한 자리를 얻어 앉았다. 그러나 부락민에 대하여 죄스럽고 또 염치없는 생각이 안가(安價)한 감분(感奮)을 자아냈다. 그래도 차안은 다른 곳보다도 사람들 온기에 후끈후끈 하는 맛이 오싹오싹 추워 오는 몸에는 좋았다. 그런데 바로 차안에서는 깍쟁이도 아닐텐데 어쩌다가 엄지손가락을 뱀에 물렸는지 거기 붕대를 감은 양복 입은 작자가 아주 신이 나서 장사꾼 모양의 내지인을 보고는 물린 자리에 촌의사(村醫師)가 약을 쓰던 이야기를 주절거린다. "모모 콘나니 스루까라 쇼가 나이테수요 소레데 와타시 노유비가 입뽕 쿠사리마시타까라네."4) 하며 촌뜨기 의사가 물린 손가락 밑을 붕대로 다짜고짜 감아서 주사를 주었기 때문에 혈관이 못 쓰게 되었다는 것이다. 방약무인하게 떠드는 바람에 또 차안이 시끄러워졌는데 내지인들은 고개를 끄덕거리며 동정의 뜻을 표하면서 "안싱데기마센네"5)를 연발한다. 그리고 어쩌구 저쩌구 하다가 말이 부락민들에 돌아가자 그 자는 또 일어서다 시피하며 뱀에 물린 손을 연신 들어 제스쳐를 쓰며 부락민 동정론을 펼쳐 놓는다. 이번은, 국어가 더욱 우스꽝스럽게 들린다. 부락민들이 오다가다 할 수 없어 좀 타고 가려고 손을 들어도 대체는 만원이라고 눈도 거들떠보지 않고 그냥 내 달리는 금새에 이런 일이 생기면 모두 부락민을 징집하여 죽도록 일만 시키고 막걸리 한 잔을 사주질 않는 다는 것이다. 나도 그 말에는 정말로 그렇다면 경춘(京春) 철도 당국은 너무 옹색하고 못쓰겠다고 속 깊이 나무랐다. 그리고 조수들의 태도이며 부락민들의 일들을 생각하며 가히 벌 받을 일이라고까지 의분을 느꼈다.

---

4) 이 말을 번역해 보면 "이거야 원 그렇게 하니까 하는 수 없지 뭡니까. 그래서 제 손가락이 하나 상해버렸지 뭐요."이다. 이 양복 사내의 일본어는 조선식 일본어로 여러 군데 발음이 내지 일본어와 비교해 보면 다름을 알 수 있다.
5) 이 말은 "안심할 수 없군요."이다.

　이때 드디어 산가로부터 삶은 복숭아를 담은 바가지를 들고 차장 여아가 서비스차로 들어왔다. 저마다 모두 손을 내어밀며 떠든다. 그 중에서도 나는 뱀에 물여 붕대를 듬쑥이 감은 커다란 손이 한웅큼 복숭아를 집어 드는 것을 보았다. 이건 남의 식량의 약탈에 다름이 없다. 뱀에 물린 자는 숨채기를 할 상싶게까지 부지런히 복숭아를 깨물면서 입만 틈이 있으면

　"콘나모노워 마이니치 쿠우테수까라네."6)

한다. 모두 승객들은 신기한 체 하면서 김이 물씬물씬 나는 쓴 복숭아를 쩝쩝 흐무르쳐 넣는다. 부락민을 공짜로 부린다고 하여 분개하는 뱀에 물린 이 자가 나중에 복숭아 값을 물었는지 어쨌는지는 나는 알 수가 없다. 산가의 아낙네도 집주인도 어린애도 값을 받으러 나오는 것을 못 보았으니까. 그리고 얼마 안 돼 홍천서 오는 두 번째 차가 끊어진 길 저편 쪽에 와서 홍천 방면 가는 사람은 타고 가라는 호령이 내려서 우리는 모두 허겁지겁 비를 맞으며 차 밖으로 나왔다. 나는 몸이 너무 오싹오싹 추워서 산가의 어린애로부터 삿갓(雨笠)을 빌려 쓰고 대리끼를 얻어 두르고 밭도랑 길로 해서 산비탈을 돌아 길 건너 쪽으로 향하였다. 그때 나는 맥고모 쓴 사람과 마주쳤다. 옆에는 순사가 붙어 있다. 그것은 홍천 방면으로부터 춘천 검사국에 넘어가는 수인(囚人)이었던 것이다. 나는 마침 잘 되었다고 삿갓과 대리끼를 벗어주며 저편 쪽 산가에 갔다 달라고 부탁하였다.

　이리하여 그날의 산가 세시간은 매우 분주하였다. 그리고 지금 나는 산가민의 순박하고 순수한 애린(愛隣)의 정을 속진(俗塵)의 타산으로 모욕한 것을 뉘우치기로 한다. 그러나 그 대신 아마 경춘 철도는 부락민의 수고에 대하여 또 복숭아 값에 대하여도 책임을 져야 할까 한다. 동승의 의(誼)로 손님들은 탓할 수 없다고 손치고 저녁 때에 홍천에 닿아보니

---

6) 이 말은 "이런 걸 매일 먹는 다지요."이다.

범람한 홍천강에 수둠하게 장작이며 석가래 뗏목들이 떠나려가고 있었
는데 그게 바로 그 산가 앞에 쌓여있던 장작더미 무너진 것이나 아닐까
하고도 생각되는 것이었다.

(누이의 병상 옆에서)[7]

---

7) 김사량 연보에 따르면 누이인 김특실(金特實)이 1940년 11월에 사망한 것으로 나
   와 있다. 이 기행문은 그러므로 누이가 죽기 바로 직전에 그 병상 옆에서 쓴 것이
   다. 발표된 것이 누이가 죽기 한 달 전이니 쓴 것은 더 전으로 볼 수 있겠다.

평양에서*

그 후 별고 없으신지요. 소생(小生)은 산에 가서 비를 만나 지독하게 고생을 했습니다만, 무사히 평양에 돌아갈 수 있었습니다. 얻은 수확은 여러 자료와 함께 감기입니다. 그런데 돌아가 보니 티푸스를 앓고 있던 누님이 유산 후 산욕열(産褥熱)로 와병하더니, 지금은 폐렴이 함께 겹쳐서 생사의 갈림길에서 헤매어, 여기 연합기독병원 입원실에서 간병을 해서 낮과 밤이 따로 없습니다. 설상가상으로 노모(老母)의 근심이 심해서 때때로 의식마저 잃는 상태여서 걱정입니다. 누님의 병은 도저히 가망이 없다고 담당의사가 말했습니다만, 최선을 다해볼 요량으로 최상의 치료를 계속하고 있습니다. 그래서 늦어도 이번 달 십오일 경에는 출발하려고 했던 계획도 무산돼서, 누님의 병이 진행되는 추이를 보고 상경하려고 생각합니다. 집사람 혼자서 집을 지키고 있습니다만 아내도 또 몸 상태가 좋지 않은 모양으로, 이런 상태를 정말로 슬퍼하고 있습니다. 요즘 평양 하늘은 실로 쾌청하고 게다가 이미 단풍이 들기 시작했습니다. 독서에도 좋고 또한 붓을 들기에도 실로 좋은 시기입니다. 무언가 쓰고 싶다, 쓰지 않으면 안 된다는 충동을 느끼면서도, 사십 도 이상 가

---

* 이 에세이는 일어로 쓰여진 「平壤より」(『문예수도(文藝首都)』, 1940.11)를 번역한 것이다. 이 원고를 보면 평양에서 김사량이 야스다카 도쿠조에게 보낸 편지를 야스다카가 게재한 것을 짐작할 수 있다. 원고에는 그래서 임의로 '중략'이나 '후약' 등 편지를 줄이고 있음도 알 수 있다.

는 열을 내고 있는 환자를 옆에 두고서는 마음이 가라앉지 않으며 또 사흘 밤이나 철야를 해서 붓을 들을 기운조차 없습니다. ……중략…… 동인(同人) 제씨(諸氏)에게는 이번 모임에도 참석할 수 없어서 무척 서운해 하고 있다고 전해주시기 바랍니다. 또한 어제 구월호를 감사히 받았습니다. 후지구치[1] 군의 「노골의 좌(老骨の座)」는 출판이 된 모양이군요. 이곳 서점에는 아직 보이지 않습니다만. 어쨌든 축하할 일이라고 생각합니다. 소생도 원고를 정리할 요량으로 잡지는 가지고 왔습니다만 다시 읽어 볼 겨를도 없이, 그대로 팽개쳐 놓고 있습니다. 어떻게 해서든 살려야겠다는 마음 밖에는 현재 없습니다. 제 바로 위의 누님으로, 지금 병원에서는 형님을 비롯해서 일가족, 친척 모두가 모여 있습니다. 소생은 이 편지를 이십이 일 아침 네 시에 입원실 베란다에서 창밖으로 엷어져 가는 아침 안개 뒤로 보이는 아카시아 잎이 흔들리는 것을 바라보며, 어둑어둑한 전광(電光) 아래서 쓰고 있습니다. 제법 긴 시간동안 격조하였지만 부디 양해해 주시기 바랍니다. 소생의 상경은 빨라도 다음 달 상순경이겠지요. ……후략……

---

1) 후지구치 도기치(藤口透吉, 1909~1970)를 말한다.

양덕통신(陽德通信)*

×형(兄)

단풍이 요즘 한창이라기에 짐을 꾸려가지고 이곳 양덕 온천으로 왔습니다. 도쿄에서 나와 며칠 사이에 위에 누님을 잃고 마음도 언짢은데 건강도 좋지 않아 퍽이나 오래 머무를까 합니다. 평양서 이백 리(二百里)나 되는가 하는데 기차로는 대낮에 떠나 밤 일곱 시를 넘어야 읍에 도착합니다. 읍에서 한 칠 마정 달밤이면 걷는 것이 더욱 좋아요.

조선의 온천을 여러 군데 댕겨 보았으나 그래도 깊은 산 심계수가 소규모나마 아름답기는 이곳이 가장인가 합니다. 독서에도 좋고, 필채(筆債)를 물어 감에도 아주 적당하외다. 한번 기회보아 나와 보시지요.

제 숙소는 탕에서는 좀 멀기는 하나 그 대신 조용하고 또 깨끗합니다. 여기 자탕(自湯)이 있는 집이라고는 K라는 내지인 여관 하나뿐인데 매일 밤 연회가 있어 분주스럽기 그지없습니다. 그런데 자탕(自湯)은 외려 조선 집에는 없는 것이 좋은 것 같아요. 남녀를 가릴 것도 없이 조선 사람은 탕에 들어가기만 하면 저마다 하나 둘 하고 세고 내기하는 버릇이

---

* 이 작품은 「陽德通信」(『新時代』, 1941. 1, 144~145쪽)을 현대어로 고친 것으로, 『신시대』는 고려대학교 도서관에 소장된 것을 복사한 것이다. 이 작품은 김사량의 이른바 「산의 신들」 시리즈의 모태가 된 에세이라 할 수 있겠다. 본 작품집에 실려 있는 「산의 신들」 2가지 판본과 「신들의 향연」과 함께 읽어주실 것을 당부 드린다. 이 작품 제목 다음 줄에 '小說家 金史良'이 표기되어 있음도 첨부해서 밝힌다. 또한 문장기호 및 띄어쓰기(안 된 부분) 등은 원문 그대로이다.

있어 떠들썩하니까요. 여기 하나뿐인 공동탕은 그래 언제나 막 떠나갈 듯 드르렁 드르렁 합니다. 여탕에서는 시재로 숨넘어갈 듯이 발악들을 하며 세기 내기를 하는 걸요.

그러나 요즘 나는 그 세는 우리 조선 사람 버릇에 매우 기특한 것을 느끼고 혼자 쓸쓸히 웃고는 합니다. 철철 끓는 탕 물속에 늘큰히 들어앉아 머리에 수건을 척 얹고 살이 삶어 지도록 그냥 세어만가며 오백까지 천까지, 또는 수천에 이르기까지 견뎌 배긴다는 정신에. ─ 좀 처량해 흠이지요 그러나 필사적입니다. 여기에 혹시 우리 조선 사람의 과거와 현재와 미래를 엿볼 수 있을지도 몰라요. 조선 사람도 저 모양으로 죄다 필사적인 인내의 정신을 가진다면 '개량주의'가 필요 없을성 싶습니다.

그러기에 나도 요즘 소곤소곤 세어보기를 시작하였지요. 하나 "인간 칠십은 고래희(古來稀)라건만 탕 속에 칠십은 잠깐이로구나." 하는 것이 제게는 결코 잠깐이 못 되어 오십도 고사하고 큰일이 나게 뛰쳐나옵니다. 그래도 어떤 사람처럼 "에─쉬상 더워서 못하갔다."고 단념치는 않고 꾸준히 재시험 합니다. 그것은 나도 아주 인내심이 강한 조선 사람의 하나가 되겠다는 자각이 있기 때문이지요.

나는 하루에 아침하고 밤 두 번씩 들어가는데 그때 제 소원인 즉은 첫 수(首)를 슬쩍 넘기면서 "백구(白鷗)야 껑충 날지를 말라." 하고 한번 길게 뽑아 보는 것이었습니다. 그러나 거기까지 가기는 웬만한 수양으로는 힘이 드는데 이 우수지원(優秀志願)의 조선 사람은 오늘밤 드디어 백구야─ 하고 길게 뽑았습니다. 이리하여 아주 내심 흔연(欣然)히 탕을 나왔는데 나와 보니 백까지 세는 사이에 제 신발이 그만 간데가 없어졌군요.

"허─ 선생님두 또 잃으셨습니까. 오늘 철루 벌써 다섯 번째입니다."

탕지기는 이렇게 한탄하더니만 대뜸 여탕을 향하여 욕지거리를 막 퍼붓기 시작하였답니다.

"아니 이 어느 쌍화닝년이 또 남에 신을 도죽질 해갔단 말이야 남에

도흔 일을 한대두 날지 못 날지 몰으겠는데 겟다 도적질까지 하는 년에 새끼 잘낳지갔다.”

나는 영문을 모르고 멍청하게 서 있었습니다. 탕지기는 또 내 쪽으로 향하였습니다.

“아 글쎄 그년들이 남탕에 들어와 아무거라두 도적질만 해내면 못 낳던 새끼라두 낳는다구 해서 쩍 하문 몰래 들어와서 신발을 채내갑네 가레 아 그런 쌍년들.”

그러나 나는 백구야 껑충도 하였으며 또 어떤 부인은 아들도 낳게 되었으니 오늘밤은 무척 축복된 밤이외다. 이리하여 한 조선 사람은 우수해 졌으며 또 한 사람은 끊어질 대를 잇게 되었으니까요.

×형

형같이 결혼한 지 이미 몇 개 성상(星霜) 아직 소생이 없는 이는 기어코 만사 제쳐 두고 한번 나오셔서 여탕에라도 잠입하여 고운 흰 고무 구쓰 채 내이고 달같은 딸 하나 낳으셔야 잖소.

맨들레미 꽃*

-화전 지대를 간다 1-

강원도 심산(深山) 지대에 들어갔던 것은 이래저래 일고여덟 번 정도 되는데, 지독한 폭풍우를 만나서 오도 가도 못하게 된 것은 이걸로 두 번째이다. 첫 번째는 동해안 주문진에서 양양으로 가는 도중이었다. 이번에는 강원도에 발을 들여놓은 그날 밤부터이다. 어쨌든 조짐이 좋지 않다고 할 수 밖에 없다. 새로 개통한지 얼마 되지 않은 경춘철도(京春鐵道)로 도청 소재지 춘천까지 가서, 내일 아침 홍천(洪川) 방면으로 떠나는 자동차 시간 등을 알아보고 나서, 동행하는 K군과 함께 거기서 열린 축구대회를 보고 여사(旅舍)에 돌아와서 밤과 보리가 들어간 밥을 먹고 있자니, 비가 내리기 시작했다. 대수롭지 않게 생각하고 얕잡아 보고 있었으나 폭우가 뜸해질 기색을 보이지 않고 밤새도록 내렸다. 그리고 바람도 불어 대기 시작했다. 우리는 전 조선일보 지국장인 R군 부부와 함께 험악한 날씨를 불안하게 생각하면서도, 하룻밤 동안 강원도에 사는 산골 사람들 이야기를 나누며 즐거워했다. 무엇보다도 여기 경춘선이 개통하던 날, 산간지대에 사는 사람들이 소문으로 전해들은 기차를 보러

---

* 이 작품의 원제목은 「メンドレミの花―火田地帶を行く(一)」(『文藝首都』, 1941. 3)이다. 이 기행문은 3편까지 이어지는 그중 1과 2는 「산가세시간－심산기행의 일절－」(『삼천리』, 1940. 10)의 내용과 겹쳐진다. 하지만, 3은 김사량이 일본어로 고쳐 쓰면서 새롭게 추가한 내용을 담고 있다. 본 번역은 「산가 세시간－심산 기행의 일절－」을 참조해 가면서 했음을 밝혀둔다.

무리를 이루고 몰려왔다는 유머러스한 광경에 관한 이야기에 모두 배를
쥐고 웃었다. 아이들을 업고 혹은 지고, 혹은 어깨에 태우고, 혹은 지게
(擔具)에 넣고서 춘천 시내 안에 우글우글 나타났다. 이렇게 순식간에 인
산(人山)을 이뤘는데, 밤이 되자 그들이 모두 대로 위에 배를 깔고 길게
드러누워 버렸기 때문에, 이번에는 또 순식간에 인해(人海)를 이뤘다고 하
는 과장이다. 이렇게 강원도 산골 사람들은 문명사회와는 격리되어 있기
때문에 여태껏 기차를 보지 못한 자가 태반을 차지하고 있다.

　실은 이 심산 지대 사람들 생활을 조사하려고, 우리는 구월 초일 경
성을 떠났던 것이다. 마지막 목적지는 홍천군 두촌면(斗村面) 소재 가마
산 연봉(連峰)에 점재(點在)하는 화전민 부락으로, 나는 지금까지 해왔던
생각을 바꿔서, 방화(放火)라고 하는 그들의 원시적인 범죄면보다도, 오
히려 그들 화전민의 개척자적인 면을 조사해 보고자 하는 의도를 품었
다. 어느 의미에서는 그들이야말로 조선 산간 지대를 개척하는 사람들
이며, 그 공로를 사야 하는 점이 많이 있다.1)

　그러나 그날 밤 비는 개이지 않을 뿐만 아니라 다음 날은 더욱 억수
로 퍼붓기 시작했다. 이런 형세로는 산간 도로도 끊어지고 수전과 밭도
떠내려 갈 것이라고 해서 무심하게 떠날 수 없었다. 하지만, 예정한 날
도 많지 않고 또한 시간이 지난다 해도 그칠 것 같지 않아서, R군 부부
가 한 충언에도 불구하고 폭우를 거슬러 떠난 것은, 그날 아침 아홉시.
춘천에서 십 리, 홍천을 향하는 승합차에 두 사람은 몸을 실었다. 심산

---

1) 이 문장의 경우 「산가 세시간 – 심산 기행의 일절 – 」에는 없는 것으로, 일본어로
바꿔 쓸 때 김사량이 추가한 내용이다. 이 문장에 특별히 주목하는 이유는 김사량
이 '조선'을 일본에 소개하면서 의식적으로 '조선'을 재해석 하는 과정이 매우 선
명하게 드러나 있기 때문이다. 그러한 과정은 '조선적'인 것을 매우 긍정적인 것
으로 내지에 소개하는 방식이며, 김사량이 그 매개항적인 존재로 텍스트가 '조선'
과 '일본' 사이에 끼게 되는 결과를 낳는다. 이러한 개작 과정을 자세히 밝혀보면
김사량의 조선어 작품과 일본어 작품 사이의 의식적 차이를 단편적이나마 밝힐
수 있는 단서를 잡아낼 수 있다. 이 기행문은 그러한 의식작용을 매우 잘 드러내
고 있다.

속 초가을이기는 했지만, 마치 겨울 같아서 반바지에 목이 긴 양말[2]을 입은 가벼운 차림으로는 가느다란 다리가 후들후들 떨렸고, 차창에 쏴아 부딪히는 비바람도 살을 에듯이 차가웠다. 넘쳐흐르듯, 토사(吐瀉)하듯 흘러가는 급류 위 위험스러운 목교(木橋)를 지나갈 때 그대로 다리 채 아래로 떨어지지는 않을까 하고 겁을 먹었다. 또한 산비탈 길을 으르릉대며 헐떡거리듯 올라갈 때는 바위나 흙더미가 무너져 내리지나 않을까 하여 마음이 들썩들썩 얼어붙는 기분이 들었다. 여전히 창밖은 지척도 가늠하기 힘들 정도로 폭우가 쏟아지고 있다. 그래서 후회하는 마음이나 불길한 예상이 점차로 차안을 지배하기 시작한 것도 어쩔 도리가 없다.

끝내 승합차는 두 시간 정도 산 속으로 들어가서, 산간 일모옥(一茅屋)[3] 앞에 급정차 하고 말았다. 하지만 그것도 생각하기에 따라서는 오히려 다행스러운 일이었다. 마침 홍천에서 온 차가 길이 끊어진 것을 모른 채로 질주하다가, 그대로 차체를 길이 무너진 곳에 들이받고 말았다. 그곳에서 물이 콸콸 흘러 내려갔다. 승객들은 허둥지둥 흙탕물에 빠지며 내려오자, 밭 안으로 돌아서 여기 일모옥 문 안으로 비를 피하려고 모여들었다. 그들이 처마 밑에 참새가 늘어서듯이 나와서 손을 흔들면서 극성으로 불러 세웠다. 보아하니 그들이 우리가 타고 온 차로 춘천에 향하게 되고, 우리들은 물속에 빠진 차를 끌어 올리지 않고서는 홍천에 갈 도리가 없어 보였다. 아니나 다를까 그들이 모두 내리라고 하기에 처마 밑으로 달려 들어가자, 이번에는 그 양반들이 줄줄 우리들 차에 타버렸다. 하지만 차는 그렇게 빨리 움직일 것 같지 않다. 그건 이 차 운전수와 조수 군(助手君) 두 사람 다 빠진 차를 끌어 올리는 작업을 도와주러 나갔기 때문이다. 그래서 양쪽 모두 승객이 이 산가(山家)에서 어쩔 수 없이 약 세 시간 정도 꼼짝 못하고 머물 수밖에 없었다. 그리해서 이

---

2) 원문에는 '스타킹'으로 나와 있으나, 어감이 현대어와는 동떨어져 있어서 위와 같이 해석했다.
3) '一茅屋'는 짚으로 지붕을 얹은 초가집과 비슷한 모양의 오두막집이다.

산중에 있는 외딴 오두막은 엄청난 손님이 범람해서 당황하게 되었던 것이다.

토벽도 무너져 내리고 지붕도 앞으로 쓰러질 듯 기울어진 지극히 날림으로 지은 집이었다. 하지만 문도 있고 안방도 있으며 외양간이 있는 것으로 보자면, 이런 산중에서는 그다지 살림이 어려운 편도 아닌 것임에 분명했다. 안방 앞 쪽에는 빨간 맨들레미 꽃(鷄頭花)이 새빨갛게 타오르듯이 가랑비 같은 안개 가운데 부옇게 만발해 있었다. 외양간에는 살이 잘 오르지는 않았지만 차갈색(茶褐色)을 한 송아지 한 마리가 매져 있었다. 나중에 듣자니 군농회(郡農會) 소를 맡아두고 있다는 것이었다. 문 안 한구석에 있는 아궁이에는 열넷다섯 정도 되는 이 집 소년이 밀 짚단을 연신 집어넣어 지피고 있었다. 우리들은 그 주변에 모여서 불을 쬐기로 했다. 이 소년은 매우 민첩하고 영리해 보이는 얼굴을 하고 있었는데, 산 넘어 간이 소학교를 졸업했다고 말했다.

홍천에서 온 차 속에 있던 지독한 차멀미를 하던 노파가 방 안에 맥이 풀리는 듯 드러눕고 말아서 방안을 데우고 있는 것이었다. 소년은 불빛에 눈을 반짝이며 소학교를 함께 졸업한 친구가 읍내 상점에 근무하거나, 혹은 면소(면사무소) 급사가 됐다던가하는 것을 자랑삼아 이야기 하고 있었는데, 우리들은 이 소년 가운데서 벌써 훌륭한 농부를 발견할 수 있었다.

안방 대청마루 같은 곳에는 사십 정도 되는 이집 안주인이 매달리는 두 어린애에게 시달려가면서 영근 것이 그다지 시원찮은 소맥(小麥)을 가루로 만들려고 돌리고 있었다. 가루는 읍내에 내다 팔고, 그 껍질과 옥촉서(玉蜀黍, 옥수수, 강냉이, 이하 강냉이 – 역자 주) 열매를 뗀 것과 섞어서 밥으로 해서 먹는다고 했다. 혹은 그 껍질을 호박과 함께 삶아서 죽으로 한다는 것이었다. 이러한 산간지대에서는 감자와 강냉이 밖에 없기 때문에, 이들은 그것으로 밥도 만들고 묵이라고 하는 구약나물도 만들어서, 또한 때로는 그것으로 술도 밀조하는 것이다. 아낙내의 말에 따르면

올해 작물은 오랜 장마로 수확이 매우 좋지 않음에도, 이러한 폭우가 또 내리고 연이어서 거센 동품이 불어대니 산등 밭에 세워놓은 강냉이마저 썩어버릴 것 같다는 것이다. 바로 옆 어두운 방에 새끼를 꼬면서, 연신 힘없는 기침을 하고 있는 주인양반은 요즘은 주재소나 면소에서 대맥(大麥)과 바꿔서 만주(滿洲) 밤을 조금씩 줘서, 그것으로 끼니를 이어가고 있다고 말했다. 방안 토벽에는 군데군데 빈대를 눌러 죽인 자국이 남아있고 한구석에는 초롱(行灯)⁴⁾이 놓여 있었으며, 가구라고는 석유 상자와 같은 것 하나와, 둥근 항아리나 곡물을 넣어둔 것 같은 자루가 한 개 뿐이다. 입구 외에는 창문을 열어서 빛을 들일 수도 없어서, 그 안은 토굴 안처럼 어둡고, 특히 겨울 등 땔감이라도 많아지면 공기가 건조되는 것이, 상당히 비위생적일 것이라는 생각이 들었다. 그래서인지 몰라도 주인양반은 폐환(肺患)이 있는 것인지 창백한 얼굴로 산 사람과 같은 강인함이라고는 눈꼽만치도 찾아 볼 수 없었다. 이건 언제나 느끼거나 관찰하는 것인데 음식도 좋지 않고 위생관념도 없으며, 게다가 방안의 구조 또한 이러한 형색인지라, 정말로 그들은 건강이 좋지 않은 것이다. 가장 어린 세 살 정도 되는 여자 아이가 옻을 타서 얼굴과 몸이 지독하게 부풀어 오르고, 배 근처에는 커다란 부스럼까지 생겨서 쑤시는 것인지 매우 칭얼거렸다.

"저희들 따위는 정말 산에 사는 짐승과 같은 생활을 하는 것입죠. 조금도 인간이라는 생각이 스스로도 들지 않습니다요." 그렇게 주인은 몸을 앞으로 구부리고, 짚을 끌어당기면서 낮고 쓸쓸한 목소리로 중얼거렸다.

그때, 밖에서 부들부들 떨고 있던 차장 여자애와, 발가벗은 채로 자동차를 끌어올리는 작업에 끼어들었던 조수가 화로 근처에 다가왔는데, 조수 군은 꽤 배가 고팠는지 주인 아낙네에게 무언가 먹을 것이 없는지

---

4) 일본식 등롱 및 초롱을 말한다.

성화를 부리고 있었다. 아낙네는 먹을 만한 것이 아무것도 없어서 곤란하고 당혹한 표정을 지었다. 차장인 여자애는 아무거나 좀 씹고 싶은 모양인지 열 살 남짓 되는 사내아이에게 이 빗속에 뒷산에 가서 가이압을 따오라느니, 팝배(둘 다 산(山) 과일)를 따다 달라느니 말이 많다. 그런데 그 사이 부엌에 침입한 등에까지 여드름 투성이인 조수놈이 이건 먹을 게 아니냐며 이를 드러내고 웃으면서 누런 것 한 조각을 가지고 나왔다. 아낙네는 조금은 수줍은 얼굴로 도저히 그런 것은 사람이 먹을 게 못된다고 말했다. 그것이 이른바 강냉이떡이다. 그런데 차장 여자애와 조수는 그것을 화롯불 위에 구워서 덥석덥석 맛있게 먹기 시작했다. 그것을 본 아낙네는 마음속에서부터 만족한 것인지 선반 위에서 작고 파르스름한 잘 익지도 않은 산복숭아 열매를 넣어둔 바가지를 끌어내려서, 우리들 앞에 내미는 것이었다. 차장 여자애와 조수는 곧장 바가지 쪽으로 가서는 또 우물우물 입에 넣었다. 나도 하나 먹어볼까 하다가 아무튼 신데다가 쓸 정도여서 배탈이 날 것 같아 그만두었는데, 여기 산간에서 자란 것으로 보이는 차장 여자애와 조수를 비롯해 또한 서넛 되는 사람들은 얼굴을 찡그리면서도 몇 개나 받아들고 있었다. 시계를 보자니 벌써 한 시를 넘기고 있어서, 따져 보니 모두 뱃속도 조금 비어있을 무렵이었다. 조수는 얼마간 배가 차자 이번에는 화로 위에 올라탈 듯이 서서 주인양반에게 차를 끌어올리는 작업 현장에 나가 보라고 말하는 것이었다. 그러자 주인양반은 멍청한 표정으로 나오더니 못에 걸어둔 데리끼라고 하는 도롱이를 망토처럼 어깨에 걸치고, 밀짚모자를 덮어쓰고 느릿느릿 나갔다.

나와 K군은 잠시 동안 메모에 기록해 두거나 또한 신기한 농기구 등을 스케치 하거나 했다. 그런데 또 어느 틈에 여차장은 밖에 나간 것 같더니 다시 토끼처럼 불쑥 나타났다. 그리고 자동차를 끌어올리기까지는 아직 멀었다고 보고하면서 차에 타고 있는 사람들이 산복숭아라도 가져오라고 하고 있노라고 분부처럼 전한다. 이렇게 자동차 두 대의 스무 명

남짓하는 무례한 승객은 이 가난한 산가의 복숭아마저 우려먹게 되었다. 이 집 사람들에게는 그것은 실로 훌륭한 양식이었다. 그것을 너무 쓰지 말라고 삶아서 점심 대용으로 먹는 것이다. 아낙네는 그대로는 도저히 먹을 수 없다고 하고 또 다른 바가지 하나를 끌어내려 부엌 쪽으로 나갔다. 비는 더욱더 멈추지도 않고 계속해서 쏟아졌다.

부락민과 장작더미 성(城)*

-화전 지대를 간다 2-

　자동차를 끌어올리는 작업이 좀처럼 진척이 안 되는 것 같아서, 비가 조금 그쳤을 때를 가늠해서, 다른 이의 우산을 빌려 쓰고 현장에 나가봤다. 그곳은 그 집에서 한 삼사십 간(間) 떨어진 곳으로 산에서 내려오는 물의 눈사태에 길이 두어간쯤 끊어진 것도 모르고, 자동차가 그곳에 앞머리를 드리박은 곳이다. 처음에는 그다지 심하게 끊어진 곳도 없어서 차체는 그다지 부서진 곳도 없고, 또한 승객에게 부상도 없었던 것으로 보인다. 하지만 후에 밀어닥치는 물의 양이 점차 늘고 힘이 세져서, 길이 무너지는 것이 심해지는 바람에 차체도 점점 깊이 빠져들었던 것이리라. 양쪽 눈알을 드러내고 빠져 있는 기관부 등은 콸콸 흘러내리는 흙탕물을 꿀꺽꿀꺽 질리도록 삼키고 있었다. 부락민들 십여 명이 불려나와 모여서 양쪽 운전수나 조수 등 도합 십오륙 명이 빗속에서 흙투성이가 되어 애를 쓰고 있다. 어디서 온 것인지 순사도 한 명 나와 있다. 하지만 모두 이미 완전히 지쳐버린 데다가 얼어붙을 것마냥 추워서 부들부들 떨면서, 어지간히도 작업을 주체하지 못하는 모양새였다. 좀처럼 차를 끌어내는 것이 힘든 것인지 만약에 서툴게 건드렸다가는 차체가 정말로 급한 물살 속으로 빨려 들어가 버릴 것만 같았다. 길이 무너진

---

* 이 작품의 원제목은 「部落民と薪の城－火田地帯を行く(二)」(『文藝首都』, 1941. 4) 이다.

곳을 흘러가는 물살은 이 도로에서 십 간 정도 떨어진 곳에 도로와 평
행해서 흘러가고 있는 개울로 한꺼번에 밀어닥치고 있었는데, 개울도
붉은색을 띠며 범람해서 물살이 소용돌이치며 화살처럼 빨랐다. 이 개
울과 도로를 끼고 산이 첩첩하게 겹쳐 있고, 개울 건너편 기슭에는 산처
럼 수북하게 쌓여 있는 장작더미 성이 기다랗게 물살에 잠겨서, 그것이
또한 탁류의 힘에 허물어져 떠내려 갈까봐, 목군(木軍)들이 비명을 올리
거나 아우성을 쳐대면서 일고여덟 명이 그 길가에서 대단히 소란을 피
우고 있었다. 이 장작더미 성은 분명히 경성 혹은 춘천 방면에 운반될
예정이었던 것임에 틀림없다. 서너 명은 아예 어찌해야 좋을지 혼란스
러워하며, 그럼에도 무서운 기세로 떠내려가는 수력을 조금이라도 줄여
볼 요량인지, 위쪽 끝에서 장작더미 성 아래 물살 가운데 기둥처럼 선채
로 망연자실하고 있다. 가랑비에 흐려져 보여서 그것은 이상하고 비참
한 광경이었다. 자동차를 끌어올리는 작업에 불려나온 부락민들도, 실은
이 장작더미 성의 운명을 보고 제정신이 아닌지, 부르짖음과 아우성 소
리가 오를 때마다, 그쪽으로 시선을 보내면서 곤란한 듯한 표정을 지었
다. 복장으로 보자면 이쪽 작업에도 목군이 두세 명 불려 와서 하는 수
없이 작업을 하고 있는 것 같았다. 이 사내들은 때때로 장작더미 성 쪽
에 손나팔을 통해 무언가를 불러서 운전수들에게 혼이 나거나 했다. 우
리들의 눈으로 보자면 단지 어중이떠중이 할 것 없이 차체 주변을 어정
어정 대는 것으로는 아무리 해도 별도리가 없어 보였다. 오히려 끌어 올
려도 어쩔 수 없는 자동차보다도 저 장작더미 성이 무너지면서 그대로
하류 쪽으로 흘러 내려가 버리면 어찌될 것인가 하는 마음에 불안해서
어찌할 바를 몰랐다.

　목군 두셋이나 부락민에게는 그것이 한층 더 절실한 것임에 틀림없었
다. 하지만 그들은 굽실굽실 허리를 수그려 가면서 명령하는 대로 돌을
날라오거나, 나무를 짊어지고 빙글빙글 돌거나, 차체 아래 쪽 흙을 파고,
그 아래로 기어 들어가라고 하면 새파랗게 겁을 집어먹고도 벌벌대면서

서툴게 몸을 땅바닥 위에 엎드리고 비틀어 넣는다. 그 안에는 우리들에게 비를 피하게 해주었던 외딴집 주인도 섞여서 묵묵하게 돌을 나르고 있었다. 그런데 그들이 이처럼 고생을 하면서 끌어올리려고 하는 자동차 안에는 이 또한 얼마나 놀라운 일인지, 한 사내가 낡아빠진 맥고모자를 쓴 채로 수그리고 있었던 것이다. 얼굴을 좀처럼 들어 올리지 않아서 어떠한 사내인지는 알 수 없으나 말도 못할 정도로 불량해 보였다. 차체가 조금씩 움직이거나 흔들거릴 때마다 맥고모자도 흔들거렸다. 술주정뱅이인지도 모른다고 생각하거나 또 곧잘 시골에서 보이는 폼이나 잡는 관청 서기인지도 모르겠다고 생각했으나, 순사까지 비에 젖어가며 초초해 하고 있는 판에 그 앞에서 감히 저렇게 태연해 하고 있는 것은 쉽사리 추정하기 힘들었다. 어찌됐든 지독한 녀석임에는 틀림없다 생각하면서 이 맥고모자 사내를 태운 정작 중요한 자동차는 좀처럼 끌어 올려 질 기미가 보이지 않았다. 물론 끌어 올려도 기관은 움직이지 않을 테지만.

　그래 춥기도 하려니와 서 있어 보았자 어쩔 수 없는 노릇이고 사실 오들오들 오한이 들어서 나는 돌아오겠노라 하고 본래 있던 자동차 안으로 다시 기어들었다. 역시 사람들의 헐떡거림과 체온과 담배 연기 등으로 차안이 따끈해서 조금은 느낌이 좋았다. 하지만 차안에서는 뱀잡이도 아닐텐데, 어째서인지 뱀에게 엄지를 물렸다고 하는 양복 사내가 한 사람 있어서, 흰 붕대를 감고서 엄지를 밀어 올리며 아주 신이 나서 좀체 혀도 잘 돌아가지 않는데 커다란 목소리의 내지어로 상인풍(商人風)의 내지인 두셋을 향해서, 산길 의사에게 물린 곳을 진찰 받은 이야기를 떠들어 대기 시작했다. 어딘가 면사무소 측량기사라도 하고 있는 것으로 보였는데, 어지간히 자신이 내지어로 말할 줄 안다는 것이 정말로 자랑스러운 모양이었다. 「모모 콘나니 스루까라 쇼가 나이테수요 소레데 와시노유비가 입뽕 쿠사리마시타까라네」[1] 하며, 돌팔이 의사가 산뱀에

---

1) 이 말을 번역해 보면 "이거야 원 그렇게 하니까 하는 수 없지 뭡니까. 그래서 제 손가락이 하나 상해버렸지 뭐요."이다. 원문은 "も, も, こんなにするから, しょ

게 물린 그의 엄지손가락 밑동 쪽을 붕대로 짜내려고 힘을 주어 칭칭 감아서 졸라맨 데다가 주사를 놓았기 때문에 혈관이 좋지 않아졌다는 것이다. 엄지에 붕대를 감았다는 부분에 이르자, 드디어 열중해서 일어서서는 머리로 천정을 찔러서 목을 움츠리고, 그 바람에 엄지를 창문에 부딪쳐서 아퍼 하고 비명을 올렸다. 이런 방약무인의 소동으로 고장 난 이 차안은 소란하기 그지없었다. 내지인들도 질색을 하고 대충 끄덕이거나 맞장구를 쳐주면서, 「안싱데키마셍네 안싱데키마셍네」[2] 만을 연발하고 있다. 그런데 이야기가 결국 돌고 돌아 부락민에 이르자 이 뱀에게 물린 사내는 다시 일어서다시피 하면서, 내지인을 향해서 부락민 동정론을 한바탕 늘어놓기 시작했다. 이번에 그의 내지어는 더욱 그 특색을 발휘해서 우스꽝스럽기까지 했다. 부락민들이 산길을 왕래하는 가운데 혹은 해도 기울어졌거나 지쳐서 발이 움직이지 않을 때 등 피눈물과 같은 돈이지만, 하는 수 없이 태워달라고 손을 들어도, 변변히 돌아보지도 않고 자리가 만원이라고 그대로 지나쳐 버리면서도, 일단 이런 일이 일어나면 여기저기서 불려나와 소나 말처럼 부림을 당한 끝에, 막걸리를 마실 돈 한 푼조차 주지 않는다고 했다. 나도 이러한 일은 조선 안의 자동차 회사에서는 그중에서도 특히 이러한 산속에서는 흔히 있는 일이라는 것을 알고 있었기 때문에, 적어도 그의 분개하는 마음에 동정을 느꼈다. 운전수나 조수 등이 부락민을 부리는 것만 해도 그것을 목도한 바 그다지 기분 좋은 광경은 아니었다. "짓사이 히도이 테스카라네, 모모 하나시니 나라나이 테스요"[3] 하고, 사내는 눈을 희번덕거리면서 점점

がないてすよ。それでわしの指が一本腐りましたから"이다. 이 일본어는 당시 표준어와 다르다. 당시 표준어대로 표기해 보면, "も, も, こんなにするから, しょがないですよ。それでわしの指が一本腐りましだから"가 맞다.

2) 이 말은 "안심할 수 없군요."이다. 원문에는 "安心出來ませんね, 安心出來ませんね"이다.

3) 이 말은 "실제 지독하니까요, 이거야 원 말이 안 되지요."이다. 원문은 "實際ひどいてすからね, も, も, 話にならないてすよ"이다. 이 부분을 당시 표준어로 고쳐 보면 "實際ひどいてすからね, も, も, 話にならないてすよ"임을 알 수 있다.

더 앙분(昂奮)한 표정으로 외쳤다.

마침 그때 집 쪽에서부터, 차장 여자 아이가 삶은 복숭아를 넣은 바가지를 가지고 들어왔다. 그러자 지금까지 졸고 있는 것으로조차 보였던 치들까지 손을 내밀어, 너나 할 것 없이 삶은 복숭아를 손에 잡아들었다. 그 가운데서도 나는 하얀 붕대를 감은 손이 군림하는 듯 불쑥 나타나서는 한 움큼 집어드는 것을 봤다. 그리고 숨이 막힐 듯이 우적우적 깨물어 먹으면서 때때로 생각난 것처럼, "곤나 모노오 마이니치 쿠우데스카레네."[4] 하고 말하는 것이었다. "모모 도오부츠도 한가치(동일하다고 하는 내지식 조선어)테스요."[5] 다른 승객들도 모두 자못 자신들은 모른다는 기색으로 신기하다는 표정을 지으면서, 김이 물씬 나는 삶은 복숭아를 오물오물 흐무르쳐 씹어 먹는다. 부락민들에게 달랑 한 푼도 주지 않고 사역을 시키는 것에 분개하던 이 뱀에 물린 사내가 후에 삶은 복숭아 값을 냈는지 어떤지 나는 알 수 없다. 그로부터 산가의 부인과 아이들이 대금을 받으러 오는 것도 눈에 보이지 않았다. 그 사이 홍천에서 응원하러 온 차량이 무너진 길 건너편에 세워져 있으므로, 홍천 방면으로 가는 사람은 서둘러 그것을 타라고 하는 통지가 왔기에 나는 몇 명의 사내들과 서둘러 내려갔다. 비는 아까보다 한층 더 심하게 내려서 우산 없이는 한걸음도 걸을 수 없을 지경이었다. 게다가 열까지 나서 오한을 느꼈기 때문에 다시 한 번 산가에 들어가서 아이에게서 그 집의 삿갓(雨笠)과 도롱이를 빌려서 완전히 비를 피하는 준비를 하고는, 밭의 도랑 길을 돌아서 언덕 위 길을 지나서 갔다. 거의 자동차까지 다가갔을 때 나는 방금 전 맥고모자 사내와 순사를 떡하니 마주쳤다. 맥고모자 사내는 실은 홍천 방면에서 춘천 검사국에 송환되는 수인(囚人)이라서 친친

---

4) 이 말은 "이런 걸 매일 먹는 다지요."이다. 원문은 "こんなものを每日食ふですからね"이다.

5) 이 말은 "이거야 원 동물과 한가지라니까요."이다. 설명을 뺀 나머지 부분을 옮긴 것이고, 설명까지 합친 부분을 원문 그대로 옮기면 다음과 같다. "も, も, 動物とハンガチ(同一といふ內地式朝鮮語)てすよ".

얽어매져 묶여 있는 채였다. 파란색 안경까지 걸치고 있었지만 코털이 묘하게 어색한 듯한 사기꾼 같은 면상이었다. 어쨌든 마침 딱 맞게 산가로 향하는 사람과 만났다고 생각해서, 나는 그쪽에 돌려주어 달라고 순사에게 부탁하면서, 맥고모자 위에 삿갓을 씌워주고, 포승줄로 묶인 몸 위에 도롱이를 덮어주었다. 수인은 히죽 빗속에서 웃어 보였다.

 그날도 거의 저물어 갈 무렵 홍천읍에 도착했는데, 읍 앞을 흘러가는 홍천강(洪川江)은 큰 강처럼 범람해서 가득 탁류로 넘치고 있었다. 비는 그쳤지만 땅거미가 지며 어렴풋이 광선이 둔탁하게 가끔 반짝반짝 빛나는 부분이 장작더미나 나무나 뗏목의 토막 등이 꼬리에 꼬리를 물고 서로 쫓듯이 흘러내려갔다. 나는 퍼뜩 그 가운데 낮에 본 장작더미 성이 무너진 것도 섞여있는 것은 아닌가 하고 생각했다. 그것들은 탁류 속에서 뱅글뱅글 선회(旋回)하거나, 머리를 치켜들거나, 엉덩이를 흔들어 대며, 마치 살아있는 동물이 비명을 올리며 발버둥치고 있는 것처럼 보였다.

마을의 작부들*

-화전 지대를 간다 3-

　홍천에서도 역시 비가 계속 내렸기 때문에, 도합 이틀간 발이 묶였는데 우선 절실하게 느낀 것은 작년이 지독한 흉작이었기 때문에 식량난이 심각하다는 점이었다. 하기는 스스로 조선인 여관에 묵었기에 더욱더 지독했는지도 모르지만, 처음 나온 저녁밥부터 쌀은 도무지 그림자도 보이지 않고 밤(栗) 육분(六分), 보리 삼분, 콩 일분으로 된 잡곡밥이었다. 듣자니 이 읍내에 한 채 밖에 없는 내지인 여관에서도 쌀밥을 내놓지 못한다는 것이었다. 홍천군으로 치자면 강원도에서는 그래도 몇 손가락 안에 드는 썩 괜찮은 도시로 일컬어진다. 그러므로 더 벽지인 산읍 등은 상상하기 어렵지 않다.

　우리 둘은 작은 온돌방에 불을 피워 달라고 하고 얄팍한 이불로 몸을 푹 싸고 밤밥을 먹으려고 했는데, 배는 고프지만 역시 먹기가 힘들었다. 특히 밤밥 밤이 조선밤이라면 색깔도 누렇고 좀처럼 떨쳐낼 수 없는 사각사각한 맛이 있지만, 이러한 만주밤에는 껍질까지 섞여 있어서 참을 수 없다. 하지만 건강한 K군은 우적우적 먹어 댄다. 나는 정말로 슬퍼졌다. 식욕도 사라지는 몹쓸 감기에 걸려있던 탓도 있다. 게다가 강원도라고 하는 곳은 본래 척박한 땅으로 주민 생활이 풍요롭지 않기 때문에

---

* 이 작품의 원제목은 「村の酌婦たち－火田地帶を行く(三)」(『文藝首都』, 1941. 5) 이다.

음식 문화가 상당히 뒤떨어져서 이렇다 할 특색 있는 요리도 없다. 요컨대 생활을 즐기는 것이 막혀 있는 토지라 사람들은 모두 어떻게 하면 하루를 살아갈지 급급해 하고 있다.

화전민이 많다는 점에서는 함경도에 떨어지지 않을 정도이다. 특히 화전민들의 생활이나 또는 그것을 포함해 여러 가지 문제에 대해서는, 이번 여행의 목적지인 당군(當郡) 두촌면(斗村面) 가마 연봉 안의 산민을 실록(實錄) 느낌이 나는 소설 형식으로 후일 풀어보겠다. 그래서 이 기행문은 홍천읍에서의 하룻밤을 그리는 것으로 한정하고, 각필(擱筆)하려고 한다.

그런데 이 홍천읍은 좋든 궂든 내게는 인상 깊은 곳이다. 나는 이 읍에 네다섯 번 온 적이 있다. 가형(家兄)이 이곳에서 군수(長)로 이삼 년간 일했던 적이 있어서다. 그래서 적적한 거리의 모습도 자동차 가게 주인도 의사 선생도, 게다가 괜찮은 요리집도 막걸리(濁酒)가게도 선술집도 알고 있는 터다. 여관 소년도 나를 희미하게 기억하고 있어서 생글생글 웃어 보였다. 하지만 읍내의 모습은 이 삼사 년간 조금도 변하지 않았다. 다만 보다 더 집이 오래돼 낡아졌다고 해야 할까. 사람들 주름이 좀 더 늘었다고 해야 할까. 산간에서는 곧잘 조용한 안정적인 마을을 보게 되지만, 어째서인지 이 읍내는 언제나 어딘가 쓸쓰름한 생각에 빠져있는 모양새다. 도대체 강원도 사람은 유장(悠長)한 성격에 현실적인 희노애락을 그다지 얼굴에 드러내지 않는다. 그것을 이 읍 자체가 견딜 수 없어하는 것 같기도 했다. 넘쳐흐르는 저 탁류의 범람도 그와 같은 것인지도 모르겠다. 이 읍만이 아니라, 주로 강원도의 산읍에서는 볼품없는 주민들보다, 무너져가는 초가집이나 금이 가서 갈라진 토벽이나 선술집의 간판이나, 무리지어 있는 소들의 뒤룩뒤룩한 눈, 이러한 것이 한층 더 표정을 갖고 있으며 또한 독백을 지니고 있다.

저녁밥을 먹은 후 꾸벅꾸벅 졸고 있었는데, K군이 읍내 구경을 하고 싶다 하기에 여관 우산을 빌려서 외출했다. 잠시 걷고 나서, 이전에 여기 왔을 때 이 읍내의 젊은이들과 함께 간 적이 있는 어느 선술집을 발견해서 들러봤다. 이곳은 홍천강 기슭에 몸을 앞으로 수그리고 있는 것처럼 서 있어서 예전에는 작부들도 두셋 있어 떠들썩했다. 그때는 약주라고 하는 조선 술도 있고 주안(酒案, 술상 – 역자 주)도 비교적 곁들여져서, 네다섯이 명정(酩酊)할 정도로 마시고도 삼 원을 내면 거스름돈이 나왔다. 그런데 약주도 맥주도 없으며 일본 술은 물론이요 나온 것이라고는 잿빛에 거무칙칙한 막걸리였다. 막걸리도 좋은 것이면, 맛도 각별하지만 이것은 한 잔 마시고 나자 머리가 욱신욱신 아파왔다. 작부라고 할 만한 두 사람이 있었지만, 하나는 스물두셋으로 경성에서 달을 정해서 왔다고 하고, 또 하나는 급사의 딸인데 이제 겨우 열다섯이나 됐을까 싶었다.

몸집이 커다란 쪽은 우리들을 타향 사람이라고 생각했던 것인지, 면면히 주책없는 사랑 이야기를 시작했다. 요컨대 이 읍내에 와서 어떻게 자신이 이곳 젊은이들의 인기를 받았는가 하는 것이 그 내용이다. 특히 이 읍내의 권투가(拳鬪家)가 그녀를 열렬히 사랑하여 찾아와서 사랑을 속삭이고, 그녀가 조금이라도 쌀쌀맞게 굴면 그는 이 방 곳곳 벽에 펀치를 날려 스트레이트, 훅, 어퍼컷 등 가진 모든 솜씨를 과시했다고 한다. 과연 벽 곳곳이 손상되어 있었다. 특히 그녀가 다른 손님에게 붙어있을 때는 스트레이트만이 맹렬하게 불꽃처럼 날았다고 한다. 우리는 과연 감동해서 만신창이가 된 벽을 둘러봤다. 그리고 둘이서 얼굴을 마주보고 웃었다. 정말로 이러한 소읍에나 있을 법한 이야기여서 흐뭇하였다.

마침 그때 쿵쾅쿵쾅 다른 방에 손님이 나타나서, 손을 치거나 소리를 지르면서 그녀를 불렀다. 그러자 그녀는 어머나 권투가가 왔다고 말하며 뛰어가고 말았다. 그래서 우리들의 방에 다시 움푹 팬 곳이 생기지 않아서 좋았다.

그 사이 K군은 주정부림을 하고 뻗었다. 옆방에서는 권투가와 함께 부르는 커다란 여자의 강원도 아리랑이 들려왔다. 그것은 지극히 로칼 칼라 강한, 염불과 같은 장중한 노래였다. 산에서 식용 풀을 따면서 처녀들이 부르거나 또 산민인 사내들이 냇가에 시냇물에 발을 담구고 해질녘에 노래하는 것을 들었다면, 더욱더 가슴에 사무쳐 오리라는 느낌이 들었다. 그때 열네다섯 쯤 되는 소녀가 대신 술을 따르러 들어왔다. 말하자면 산읍의 소녀이니 귀여운 여자아이 같은 느낌이 있지만, 가엾게도 그녀는 추녀 얼굴에 짝눈으로 더욱이 다른 한 쪽 눈은 심한 사팔뜨기였다. 그것이 한 사람 몫의 웨이트리스로 일한다는 생각에서인지 가엾게도 스스로 나서서 술잔을 비우거나, 옆방 언니들에게 질 수 없다고 새된 소리를 지르며 노래를 하고는 했다. 나는 그 노래를 듣고 흠칫 놀랐다. 그것은 그녀가 화전민 출신일 것이라고 추정되는 구절이 있었기 때문이다. 나는 물어보았다. 역시, 그녀는 내가 가려고 하는 방향의 산에서 자랐다고 했다. 아버지도 어머니도 없이 천애 고아인 소녀였다. 그리고 그녀가 말한 짧은 이야기도 언젠가 소설 형식으로 써보고 싶은데, 간추려서 말하자면 홍천에서 동북으로 칠 리 정도 가면 나오는 곳에 유명한 가리영산(加里靈山)이 있다. 거기에는 엄청난 수의 화전민이 살고 있고 가리산은 가마 연봉과 서로 대칭하고 있다. 가마 연봉에도 또한 엄청난 수의 화전민이 생계를 꾸려나가고 있다. 그리고 후자의 수호신은 호랑인데, 전자의 산신은 신목(神木)이다. 이 신목 부근에는 누구를 막론하고 사체를 묻어서는 안 된다. 그러한 때는 그 일족이야말로 천운을 얻어서 번영하지만, 반드시 이 전산(全山)에는 커다란 재난 아니면 흉작을 당하게 되는 것이다. 어느 해 여름, 큰비가 내려서 밭이라고 하는 밭과 집이라고 하는 집은 모두 떠내려가고 가축도 사람도 꽤 생명을 잃었다. 그래서 부락민들은 이것이 예삿일이 아니며, 누군가의 밀장(密葬)이 행해졌음이 틀림없다 생각하고, 산의 신목 일대를 샅샅이 조사하기 시작했다. 마침 그때 그녀는 부모와 함께 신목 앞 주변의 바위 그늘에서 합장하고 묵도를 했다. 조부의 시체를 밤중에 아버지가 여기에 날라서 암장(暗葬)했던 것이다. 그래서 그들 세 가족은 발각되서, 산의 법도에 따라서 아버지와 어머니는 그 대가로 생명을 단축했고, 그녀는 밤중에 틈을 봐서 도망쳐 나왔다는 것이다. 그녀는 지금도 때때로 이 산읍 아래에 오면 가리산 사람들과 시장이 서는 날에 만날 때가 있다고 했다. 그녀는 아버지의 속죄를 위해서, 낯이 익은 사람을 데려와서 자기 돈으로 막걸리라도 마시게 해서 돌려보낸다고 한다. 이러한 이야기를 들으면서 나는 더욱더 내일 아침은 일찍 가리산과 가마 연봉을 향해 출발하고 싶어졌다. 하지만 그곳으로 가는 도로가 심하게 끊어져 있다고 한다. 비오는 밤은 이 소녀의 망령든 듯한 이야기에 빠져 밤이 깊어 갔는데, 그때 돌연 옆방에서 벽에 먹이는 펀치 소리가 와르르 들려와서, 이 읍의 신이 또 행패를 부릴지도 몰라서, K군을 깨워 숙소로 돌아왔다.

(오사카 여관에서)

고향을 생각한다*

내지에 온 것도 이래저래 십 년 가까이 되어 가는데 거의 매년 두세 번은 고향에 돌아갔다. 고교에서 대학으로 이어졌던 학생시절에는 방학이 시작되면 첫날에 대개 창황히 돌아갔다. 내 자신도 이상하다 싶을 정도로 시험이 끝나면 뛰어서 숙소로 돌아가, 서둘러 짐을 정리해서 허둥지둥 역으로 향했다. 그것도 시간에 맞는 가장 이른 기차로 돌아가기 위해서다.

고향이 그 정도로 좋은 것인가 하고 때때로 신기해 할 때가 있다. 역시 고향 평양에는 사랑하는 노모(老母)가 홀로 쓸쓸히 생활하고 있다. 어머니는 물론이고 여기저기로 시집간 고운 마음씨의 누이동생들과 누님들, 그리고 친척 분들도 내가 돌아오는 것을 상당히 기뻐해 준다. 뜰은 넓지는 않지만 백 평 정도 되는 앞뜰과 뒤뜰이 있다. 그것이 또한 노모(老母)의 배려로 돌아올 때마다 새로 단장을 하고 나를 놀라움 속에 맞아 주는 것이다. 작년 여름 귀성했을 때, 뜰 한가득 각양각색을 한 꽃들이 흐드러지게 피어 있고, 담장 주변에는 어머니가 심었다고 하는 사과 묘목과 머루 덩굴이 한층 사랑스러워 보였다. 게다가 현관 가장자리 벽이란 벽에는 지금부터 기지개를 펴려고 하는 담쟁이덩굴이 휘돌아 뻗어 있었다. 가을로 접어들어서 한창 꽃이 피는 시기가 지나갈 무렵, 코스모스를 좀 더 피게 했으면 좋았을 것을, 그것을 깨닫지 못했다고 어머니와

---

* 이 에세이는 일어로 쓰여진 「故鄕を想ふ」(『지성(知性)』, 1941. 5)를 번역한 것이다.

누이동생이 미안한 듯 말했다. 내가 그 정도로 꽃을 좋아하는 것도 아닌데 어머니도 이제 나이를 먹은 것이라고 생각했다. 그리고 귀성할 때마다 기력과 정신이 약해지는 것 같아서 슬펐다. 육십을 넘어서면 늙는 것도 한층 빨라지는 법인가 보다.

특히 작년은 코스모스가 필 무렵, 바로 위 특실(特實) 누님이 이 세상을 하직했다.[1] 서른밖에 안 된 젊은 나이로 아이를 셋이나 남기고서 무슨 일이 있어도 죽을 수 없다고 말하면서, 기독교 연합병원의 조용한 방에서 숨을 거두었다. 그 죽음을 지금 떠올려도 비통한 마음을 금할 길이 없다. 지금 그것을 쓰면서 내 마음의 고통을 더욱 참을 길이 없다. 그녀는 내 형제들 가운데에서도 가장 용모가 빼어났고 정이 두텁고 명랑했다. 아버지가 어머니와 달리 마치 절벽과 같이 보수적이고 완고한 탓에 아무리 어머니가 책망하고 간청을 해도 결국 누님을 소학교에조차 보내지 않았다. 계집애에게 신교육을 허락할 수 없다는 것이었다. 아무리 울고 소리쳐도 허사였다. 하지만 그녀는 무지 속에서 포기하지 않고서 일고여덟 살 때부터 천자문으로 얼추 한자를 배우고, 조선어는 이미 뜻대로 읽고 쓰는 것이 가능했으며, 소학교에 이제 막 들어간 나를 선생으로 삼아서 그 이후로 계속 모든 학과의 지식을 조금 알게 되었고, 잡지를 구독하고 신문을 읽거나 해서 그 식견이나 사려 깊음은 내가 중학에 들어갈 무렵에는 이미 존경해야 할 정도였다.

그러한 점에서, 나와 그녀 사이의 형제애도 또한 각별했다고 말할 수 있다. 내가 돌아오는 것을 들어서 알기라도 하면 가장 먼저 어머니 곁으로 와서 기다려 준 것도 이 누님이었다. 그리고 내가 사과를 좋아한다고 그녀가 멋대로 정해서는 언제나 국광(國光) 사과에 홍옥(紅玉) 사과[2] 등

---

1) 「산가 세시간 – 심산 기행의 일절 – 」(『삼천리』, 1940. 10) 마지막 부분을 보면 "누이의病床옆에서"라는 부분이 나온다. 김사량의 누나는 이 에세이가 발표되고 한 달 후에 세상을 떠난다. 1940년 11월의 일이었다.

2) 둘 다 사과의 한 종류이다. 국광 사과는 미국 버지니아주가 원산지 홍옥 사과는 미국 뉴욕주가 원산지로 일본에는 메이지 초년 대에 도입되어, 일본에서 유명한

싱싱하고 맛 좋고 달아 보이는 사과를 한 아름씩 사다 주었다. 그녀의 죽음이 노모에게 준 정신적 타격은 너무나도 심각하다. 이제 누님을 대신할 사람은 나밖에 없다는 생각에 나는 조금이라도 부질없이 슬퍼하지 않으려고 한다. 그 누님이 이번에 돌아가면 이제 없다고 생각하니 건강한 치아가 빠진 것처럼 마음 한 구석이 텅 비어 버렸다.

그래도 역시 고향을 향한 귀심(歸心)은 참지 못할 만큼 격심하다. 그것은 도대체 어찌된 영문인가. 그다지 고향을 그리워하지 않는 친구들을 볼 때마다, 나는 오히려 부러워지기도 하고 또한 자신을 부질없다고 생각하게 된다. 요즘 우리 집에서는 어머니와 경성에 있는 전문학교에서 이제 막 돌아온 누이동생 단 둘이서 적적하게 지내고 있을 것이다. 어제 온 누이동생의 편지를 보면, 내가 돌아간다고 한 사월이 평양에서는 꽃을 심는 시기이므로 그때 모두 모여서 뜰을 손보아요, 하는 내용이 적혀 있다. 나는 마침 그보다 앞선 편으로 어머니와 누이동생 앞으로 이번에 돌아가게 되면 뒤뜰에는 질릴 정도로 토마토를 심고, 우물 위쪽에는 격자 시렁3)을 꾸미고, 내 자그마한 서재 앞에는 수세미외를 올려줄 것을, 그리고 앞뜰에는 병풍화처럼 보이게 조선 나팔꽃을 심자고 써서 보냈던 것이다. 나는 슬픔에 잠기어 있을 노모가 그런 일을 해서라도 마음을 달래기를 바랬던 것이다. 그래서 누이의 편지를 보고 거듭 편지를 써서 보낸 바, 바로 오륙일 전 온 편지에는 어머니가 착착 일을 정리해서, 토마토도 질릴 정도로 많이 주문해 놓았고, 여기저기서 꽃 종자도 주문했다고 하는 것이었다. 더구나 이 글을 초하고 있는 오늘은 또 기묘하게도 어머니가 마침내 땅을 파기 시작했다는 소식이 날아왔다. 그것이 어느 정도의 솜씨인지, 이번에 돌아가면 새삼 나도 그것을 야단스럽게 칭찬해 드리지 않으면 안 되겠다고 생각했다.

아오모리 사과 중의 하나이다. 당시 조선에는 일본을 경유해 이 사과 품종이 도입되었다.
3) 덩굴성 식물을 뻗게 하는 장치이다.

그렇다고 하지만 고향에 돌아가고 싶다는 마음이 오로지 어머니나 누님이나 누이동생들 그리고 친척 분들을 만나고 싶다는 마음만은 아니다. 역시 나는 자신을 키워준 조선을 가장 좋아하며, 그리고 우울해 보이면서도 꽤 유머러스하고 마음이 느긋한 조선 사람들이 참을 수 없이 좋다. 나는 동경에서 언제나 옹졸하고 답답한 마음으로 지내고 있는데, 고향에 돌아가면 사람이 변한 것처럼 상대가 난처해질 정도로 농담을 건넨다. 친구는 물론 선배에게조차 정신이 어떻게 된 것이 아닌가 생각될 정도로 실없는 농담을 건다. 본디 남보다 유별나게 그런 점이 좋으며, 심각해 하며 진지한 척 하는 것이 질색인 성격인 것도 있지만. 하지만 돌아가게 되면 집에서도 매일 농담과 우스갯소리로 지낸다고 해도 좋을 것이다. 그러고 보니 또 생각나는 것이 세상을 떠난 누님은 특히 나와 죽이 잘 맞아서 무엇이든 소리를 내며 함께 웃고, 결국에는 허리가 끊어질 것 마냥 웃어 댔다. 하지만 때때로 갑자기 동경에서 어찌할 수 없을 정도로 향수에 사로잡히게 되면, 대개는 간다(神田)에 있는 조선 식당까지 가서 활기 넘치는 학생들의 얼굴을 기쁘게 바라보거나, 조선 가요의 밤이라던가 야담(野談)이나 춤과 같은 모임 등을 찾아서 외출한다. 그곳에도 이제는 많이 가지 않지만. 이주 동포들의 웃는 얼굴을 보거나 떠드는 소리를 듣고 있자면 때로는 저도 모르게 흐뭇한 마음이 들고, 또는 눈물겨워서 저 혼자 기뻐하고는 한다. 조선어의 익살스러운 놀림을 듣는 것이 또한 매우 좋아서 찾아간다. 저도 모르게 웃음을 터뜨리고 만다. 그것은 어떠한 센티멘탈리즘이라고 해야 하는 것인지 모른다.

조선의 하늘은 세계 어디에도 찾아보기 힘들 정도로 푸르고 활짝 개어있다. 어서 그 아래를 걷고 싶다고 요즘 생각하고 있어서 어찌할 바를 모르고 있다. 이렇게 나는 언제나 조선과 내지 사이를 철새마냥 오가게 되리라. 뭐니 뭐니 해도 어머니의 연세가 연세인지라, 저 맑게 갠 청공 아래를, 어딘가 좋아하는 대동강의 물살이 내려다보이는 언덕 위에라도 살고 싶다고 마음속으로는 생각하는 것이다.

고향을 운다*

　요사이 타향 땅에 있으면서, 나는 가끔 반도의 눈부실 정도로 아름답게 아로새겨진 성야(星夜)를 회상하고 광막한 향수에 사로잡힐 때가 있다. 지금 쏟아질 것 같은 별의 성연 아래서, 나는 고향인 시골에서 잠결에 곧잘 듣고는 했던 개구리들의 쾌활한 합창 소리를 들었다.

　개구리라고 해도 반도(半島) 개구리가 별달리 우는 소리가 독특한 것은 아니다. 그러나 내지(內地) 개구리 울음소리는 역시 내지인 귀에는 들리듯이, 갸아갸야 하고 울던가, 케로케로 하고 울던가, 고로고로 등의 소리로 우는 것같이 내게는 들린다. 그런데 역시 반도 개구리는 반도인 귀에는 맹꽁맹꽁 합창하든가, 개골개골 베이스를 넣고 우는 것처럼 들린다.

　그렇게 보자니 내 변변찮은 문학도 결국은 이 맹꽁맹꽁이 아니면 개골개골[1] 하며 우는 것과 같은 것이리라. 또한 그 때문에 여기 사람들이

---

* 이 작품은 「故鄕を鳴く」(『甲鳥』, 甲鳥書林 1942. 1. 31)를 번역한 것이다. ‘故鄕を鳴く’는 직역하면 ‘고향을 운다’인데 자동사 ‘운다’에 목적격 조사 ‘을’이 조합된 것은 부자연스럽지만 작자의 의도가 있는 것으로 보이므로 직역하기로 한다. 의역을 하자면 ‘고향을 생각하며 운다’ 정도가 될 것이다. 본 작품은 일본에서 오무라 마쓰오, 호테이 토시히로가 낸 『近代朝鮮文學日本語作品集：1908~1945. セレクション 3(評論,隨筆・隨想)』(綠蔭書房, 2008. 6) 속에 영인된 것을 보고 번역했다. 이 작품은 그 동안 한 번도 소개된 적이 없었고, 위 책에 처음으로 발굴되어 소개된 것이다.

1) 원문에는 ‘グワグワ’ 즉, ‘구와구와’라고 나와 있으나 ‘개골개골’이 더 자연스러

귀를 기울여서 듣거나, 오해를 사고 있는 것으로 보인다. 그런데 이 맹꽁맹꽁 개구리만은 세계 어느 나라에도 없는 조선 특유의 동물이라고 어느 반도 사람은 쓰고 있다. 만약 그것이 사실이라고 한다면, 내 문학이 내는 소리도 필경 맹꽁맹꽁임에 틀림없고, 그것은 타고난 내 소리이므로 이제 와서 어찌할 방도가 없다.

이 맹꽁맹꽁 개구리가 논 안에서 한창 합창을 하노라면, 십중팔구 반도에서는 어허 이제 곧 비가 쏟아지겠군 하며 사람들이 법석을 떤다. 그것이 기우(祈雨)를 염원하는 노래이기 때문이라고 한다. 그런데 바야흐로 비가 쏟아지기 시작하자, 이번에는 어디에나 있는 청개구리들이 슬픈 듯한 면상을 하고 몸을 움츠리고 개골개골 울어 대기 시작한다. 이는 녀석들이 천하에서 제일가는 불효자여서 부모를 수장시킨 것을 이제 와서 후회하고 비가 내리기 시작하면, 아아 엄마[2]가 떠내려가요 떠내려가요 하며 울며 소리를 쳐 대는 모양이다. 개구리가 몇 종류나 있는지는 알 수 없지만 비를 기원하는 맹꽁맹꽁 개구리와 비가 오면 우는 청개구리만을 보더라도, 이 소리의 취의(趣意)[3]가 너무나도 다른 것에 놀라게 된다. 그런 점에서 비와 관련된 하늘의 의지, 땅의 요구, 그리고 인민[4]들의 소망과 시절에 대한 적합성과 부적합성까지 고려해 보면, 개구리 울음소리 하나하나를 소홀하게 들을 수 없는 기분이 든다.

내 자신도 역시 반도를 생각하며 우는 한 마리 작은 개구리에 지나지 않는다고 생각하므로, 어떠한 개구리가 되어야만, 즉 어떠한 소리를 내야지만, 진정으로 그것이 아름다운 목소리로 게다가 정말로 자신의 반도를 사랑하는 길이 될까 하고 여러모로 괴로워하고 고민하고 있다. 하

___

워 이 부분만 원문 발음대로가 아닌 것으로 바꾸어 번역했다.
2) 원문에는 '親' 즉, '엄마'가 아니라 '부모'로 나와 있다.
3) 원문 그대로 해석했다. 다만 조금 부자연스러운 의미가 될 소지가 있으므로, '느낌', '정서'라는 의미가 더욱 적합해 보인다.
4) 원문에는 '百姓'으로 나와 있고, 그 위에 토를 달아서 'ジンミン' 즉 '인민'으로 나와 있다. 원문 토 그대로 '인민'으로 번역했다.

늘의 뜻에도 따르고, 땅의 요구에도 부합하며, 그리고 반도 사람들을 위하는 것도 되며 시대의 호흡에도 통할 수 있는 울음소리를 깨우쳐서, 나는 이제부터 한평생 고향을 생각하며 울음을 그치지 않으리라.

그것이 또한 더 나아가서는 일본과 동양을 향한 사랑, 세계를 향한 사랑이라고도 생각한다.

(동경대 출신·작가, 저서 빛 속으로, 신간, 고향
[東大出身·作家, 著書光の中に, 新刊, 故郷][5])

---

5) 괄호 안은 원문 그대로이다.

해군행(海軍行)*

해군특별 지원병제 실시에 따르는 반도 민중의 해군 지식 보급에 이바지 하고자 국민총력 조선연맹[1]에서는 지난 9월에 소설가, 시인, 화가 등 수씨를 내지의 해군시설 등에 파견하여 역사와 전통에 빛나는 해군의 요람과 무적 해군을 시찰하게 한 바 있었는데, 이하는 그 일행 중 한 사람인 소설가 김사량 씨와 화가 윤희순 씨의 시찰보고다.

1. 진해

해군 시찰 여행의 첫날로 우선 우리 일행은 진해경비부(鎭海警備府)에

---

* 이 르포는 『매일신보』에 1943년 10월10일~23일까지(총10회) 한국어로 연재된 것을 현대어로 옮긴 것이다. 1편은 10일, 2편은 12일, 3편은 13일, 4편은 14일, 5편 15일, 6편 16일, 7편 17일, 8편 20일, 9편 22일, 10편은 23일이다. 당시 조선에서 '해군특별지원병제도'가 1943년 7월 28일 공포되면서 김사량은 시찰단의 일원으로 8월 28일부터 약 한 달간 조선 및 일본의 해군 기지를 방문한다. 시찰단은 가장 먼저 (8. 1) 조선인 해군 지원자 훈련소가 개설된 진해 경비부를 방문하고, 그 후 사세보(佐世保) 해병단, 해군병학교, 오오타케(大竹) 해군잠수학교, 해군성, 쓰치우라(土浦) 해군선공대(海軍船空隊) 등에 들른다. 이 시찰단은 시인 아베 이치로(安部一郎)가 인솔자로, 그 외에 미야자키 세타로(宮崎淸太郎, 본명은 兒玉金吾), 이무영, 홍종우, 윤희순(화가, 해군행의 삽화를 담당했다), 그리고 김사량으로 구성됐다(안우식이 해설한 『김사량전집4』 참조).

1) 일제말에 조직된 관제 단체로, 중일 전쟁 발발 이후 전쟁 시국에 대한 협력과 조선 민중에 대한 강력한 통제, 후방 활동의 여러 문제를 처리하기 위해 조직된 기구이다.

인사를 하러 삼랑진(三浪津)에서 아침녘에 기차를 갈아탔다. 서너너덧 정거장을 흔들리며 지나가서 다시 기차를 바꾸어 타자 여기서부터는 벌써 어마어마한 군항(軍港)의 기분이 떠돈다. 진해라는 곳은 가히 선경(仙境)으로 하늘은 맑고 바다는 푸르고 겹겹산은 파란데 바람까지 향기롭다. 널따란 길 양쪽 아름드리 사꾸라 나무가 쭉 늘어선 그늘 밑을 열을 짓고 거니는 해군 군인의 흰 복장이 더할 나위 없이 어울려 한층 더 청신한 느낌을 돋우는 거리다.

'해군은 우람차고 아름답다.'

이와 같은 인상을 우리는 가슴속에 깊이 간직해 넣었다. 이것은 해군에 대한 우리들의 첫인상이며 또한 적지 않은 놀라움이었다. 이를테면 지금까지의 인식 부족으로 군(軍)이라면 앞으로 손을 내어 젓고 뒤로는 꼬리를 감던 우리들이었다. 더욱이 경비부내 공실(空室)에서 참모장을 접견하였을 때 나부터 옹색한 마음과 어마어마한 조바심이 어느덧 흘러나가는 것을 깨달았다. 참모장의 인품이며 또 그 뒤에 만난 ○○2)대위의 인상이 아주 정다웠기 때문이다. 날개 돋친 신선처럼 금 '모루'를 안가슴에 걸친 참모장은 군인다운 침착한 태도와 중후한 어조이면서도 매양 따뜻하고 다정스러움을 잃지 않고 우리들 해군 시찰대의 임무에 그 뜻이며 또 유의하여야 할 점을 세세히 들어서 가르쳐준다. 우리들의 대장(隊長)이 벌떡 일어서서 '우리들 일동은……' 하고 소리 높여 중학생 선서식 모양으로 인사를 하여 참모장을 어리둥절케 만들 필요는 조금도 없었던 것이다. 그에게서 우리는 모진 위엄이라든가 칼로 에워내듯 한 매서움이란 터럭만치도 찾아볼 수가 없었다. 거만에 흐르지 않는 패기와 다정스러운 겸허(謙虛)와 허식 없는 위엄, 여기에 무한한 용기가 깃들이고 있으니 과연 우리 제국 해군으로 미덥기 짝이 없었던 것이다. 이 느낌은 우리들이 짧지 않은 이번 여행 중에 어느 곳에서나 새겨 넣을

---

2) '○'은 원문 그대로. 이하 동.

수 있는 해군 군인관(軍人觀)이었다.

정결스럽고 조용한 공기를 흔들며 어디선가 비행기의 폭음소리가 요란히 들려온다. 참모장은 생각난 듯이,

"지금 이곳에서도 반도인 비행사가 군속이 되어 초계(哨戒) 비행에 활약하고 있습니다."

해군 군인으로서의 조선 청소년의 자질은 어떤가하고 물으니 "대단히 기대를 가지고 있다. 근대에 와서 대륙에 칩거한 나머지 바다에 대한 인식이 빈약해졌지만 조선 사람은 옛적부터 수군(水軍)으로서의 소질이 비상하였으니까……." 이렇게 격려한다.

우리들은 창 밑에서 다시금 진해의 좋은 산수와 풍광을 쓰다듬듯이 둘레둘레 돌아보았다. 시월부터는 이 아름다운 거리를 반도 남아들이 해군 특별 지원병의 복장으로 활개 치며 걸을 터이다. 푸른 바다 위에서 두 손에 신호기를 들고 맑은 하늘에 글씨를 쓸 터이다. 뒷짐 지고 비행기 떼를 우러러보며 야자수 그늘진 남방을 그릴 터이다. 그리고 상관의 명령 아래 총에 칼을 꽂고 고래고래 고함을 지르며 돌진하려니 하고 생각하니 형용할 수 없는 감회가 가슴속에 벅차게 떠오르는 것이었다.

2. 강력한 미(美)

그날 밤 배로 하까다를 거쳐 밤 아홉 시 경에 사세보(佐世保)에 도착하였다. 정거장 위병과 선임하사관(先任下士官)을 거느리고 인사부 제 삼 과장 ○○ 대좌가 마중을 나와 있다. 이튿날 아침 해인회(海人會) 숙사에 짐을 옮기고 수교회(水交會) 식사당에서 ○○ 중위와 같이 점심을 나누었다. 식사 중 해군에 관한 감상을 서로 이야기하며 해군 은어(隱語) 같은 것도 화제에 올라 재미있었다. 일상이 군함 생활이라 실내 소제를 갑판

소제(甲板掃除)라 부르는 것도 그럴 듯하고 이쑤시개를 즉 국어3)로 쓰마요지를 함대입항(艦隊入港)이라고 부르짖는 것도 우스운 이야기 거리가 되었다.

오후 한 시에 우리는 제1해병단 청사(廳舍) 앞 연병장 호령대(號令隊) 앞에서 ○○ 중위와 선임하사관과 같이 해군 체조를 구경하고 있었다. 유량한 나팔 소리에 해병대가 조수 밀려오듯 뛰엄질로 넓디넓은 마당도 좁으리 만치 일정한 간격을 두고 정연히 줄을 섰다.

'연병장 집합 오 분 전'

이것이 이 구름 떼 같이 해병들을 삽시간에 움직이게 한 명령이었다. 해군에서는 아무 명령에나 '오 분 전'이라는 말이 붙는다. 정각 오 분 전에 명령받은 일을 다 마치고 다음 명령이 내리기를 기다리라는 뜻이다. 수없이 많은 해병들이 지휘관의 호령에 맞추어 거의 한 시간가량이나 해군의 독특한 체조를 펼쳐 놓는다. 때로는 배꽃이 휘날리듯 때로는 물결이 흩어지듯 때로는 눈보라치듯 한다. 우리들은 한동안 황홀한 경시 속에서 이 화려한 미(美)의 제전(祭典)에 도취하였다. 힘이라는 것은 아름다운 것이었다. 지새는 별이나 가련한 꽃에서 미(美)를 찾던 나는 여기에서 놀라움을 가지고 새로운 미(美)를 발견했던 것이다. 진정한 미에서는 또 힘이 샘물 솟듯이 솟아오르는 모양이다. 우람찬 미(美)는 기백(氣魄)의 미와 그로부터 넘쳐흐르는 가냘픈 율동의 미가 혼합될 때에 비로소 생기는가 보다. 더욱이 나라를 위하여 목숨을 바친 씩씩한 남아들이 한 마당에서 구름처럼 움직일 때 거기에 이상미(理想美)와 비장미(悲壯美)가 얼기설기 있는 것이다. 체조가 끝나고 각기 반별(班別)로 다시 편성되어 인원 보고를 마치니 호령대 밑에서 유량한 나팔 소리가 울리기 시작하였다. 그러자 전원이 대열(隊列)을 지어 뛰엄질로 우르르 산지사방 각기 작업 부서로 향하여 해산한다. 우리들이 늘어선 호령대 밑으로도 조

---

3) 일본어를 말한다.

수가 밀리듯이 흰 복장의 떼가 몰려 지나간다. 요란한 발소리, 그 뒤에 풍진(風塵) 검게 타오른 얼굴, 근육이 우락부락한 팔뚝 — 이때에 우리의 귀 밑에서 ○○ 중위의 속삭임이 들린다.

　"언제든지 목숨을 던지는 인간이 여기 있는 것이외다."

　마치 그 소리가 창검을 쥔 천사의 소리처럼 물결 속에 들려오는 듯하다. 우리는 묵묵히 선 채로 고개를 끄덕이었다.

3. 해병단(海兵團)

　해병단(海兵團)에는 연습부(練習部)라는 것이 있어 해군 일등병과 해군 이등병, 다시 말하면 초년병(初年兵) 그리고 초임준사관(初任准士官), 군악술특수병(軍樂術特修兵)이 될 하사관과 병(兵)이며 해군예비원후보자(海軍豫備員候補者)들을 교육한다. 그 중에도 신병(新兵) 교육은 해병단 연습부의 가장 중요한 소관 사항으로 현재 사세보(左世保)에서는 순연한 신병이 온 다음날 시찰할 예정인 제2해병단에서 도맡아 교육하는 터이다. 그러나 이 해병단도 특무사관(特務士官), 준사관, 하사관, 병 할 것 없이 모든 해군 입적자가 제 일보를 디디어 교육을 받는 도장(道場)이다.

　우리들은 선임하사관의 안내로 해병단 안 각 청사며 취사장(炊事場), 세탁장(洗濯場), 수영장(水泳場) 등 훌륭한 설비를 고루고루 견학하며 돌았다. 간 곳마다 모퉁이마다 병들이 작업에 부산한데 한구석 씨름 터에서는 웃통을 벗어 제친 병사들이 씨름으로 메다치기도 하고 걸고 치기도 하며 손뼉을 치면서 야단법석이다. 연병장에서는 총검술이니 행진이니 돌격 연습이니 맹렬한 훈련을 하고 있다.

　"몇 시간 훈련입니까?"

하고 물으니 하사관은 미소를 띠운다.

"스물네 시간, 자는 동안에도 훈련하는 셈이지요."

우리들은 그 길로 구장(球場)과 동룡굴(蝀龍窟)보다 엄청나게 길고 무시무시한 방공호 속을 오랫동안 구경하고 해병단을 빠져나와 굽이굽이 돌아 바다로 나갔다. ○○ 연습함에 올라탔다. 상갑판(上甲板)의 천막 그늘 속에서 병사들이 또아리 치기를 하며 영웅한일월(英雄閑日月)을 즐기고 있다.

함장인 ○○ 소좌와 같이 걸상에 앉아 잠깐 담배를 피워 물고 쉬었다. 거의 십 년 전 고등학교 시절에 군함 견학을 왔을 때와는 딴판으로 이곳 항만 기분은 서슬이 푸르다. 요즈음은 갈매기도 자취를 감추고 보이지 않는다. 멀리 연병장으로부터 들려오는 벽력같은 고함소리만 요란히 들려온다.

둘러친 푸른 산, 한 떨기의 풀, 한 그루의 나무 암주로 파란 눈동자를 굴리고 있는 것 같고 일파만경이 모두 힘찬 고함을 치며, 남으로 북으로 전진을 향하여 행진하는 것 같다. 하기는 이 물결이 태평양 건너 쪽 '캘리포니아'의 언덕도 치고, '아큐산' 섬의 바위에도 부딪치는 것이다.

바다에서 다시 되짚어 돌아와 넓으나 넓은 군수부(軍需部)를 견학하고 진수부(鎭守部)에 감사의 뜻을 표한 뒤에 하루 일정을 끝냈다.

숙사 해인회(海人會)에 돌아와 병사들과 같이 목욕하고 저녁을 노는 뒤 침상에 누우니 늘어지게 고단하다. 해인회라는 것은 각 군항이며 요항(要港)에 설치된 해군하사관병의 집합소이다. 식당, 욕실, 침실, 오락실, 도서실, 매점 등 그 외에 모든 시설이 구비되어 하사관병들이 제일 낙으로 삼는 상륙 시간 중의 위안처이다. 수병복이며 하사관복을 입는 군인들이 몰려들어 제각각 술, 시루꼬(단팥죽), 얼음, 빵, 우동 등을 배급받아 가지고 둥근 탁자에 둘러앉아 유쾌히 떠들어 댄다. 여기서 우리들은 이틀 밤 병사의 꿈을 꾸며 지내게 되었다. 아래 마당에서는 밤이 어지간히 깊도록 '기오츠께',4) '마헤에스스메'5) 하며 아스팔트에 울리는 구둣발 소리가 소란스러웠다.

4. 신병(新兵)

　다음날 꼭두새벽에 아래쪽에서 해병들이 이찌, 니, 상 하며 법석대는 바람에 우리들도 놀라 깨어 일어났다. 세수하고 아침밥을 부랴부랴 먹고 있는데 어제부터 우리들을 안내해 주던 선임하사관이 와서 출발을 재촉한다. 트럭6)으로 제2해병단에 들어갔다. 2해병단이야 말로 해군 신병(新兵) 학교, 다시 말하자면 바다의 병정의 요람(搖籃)이다. 해군에 대하여 동서를 분간 못하는 일 년생이 이곳에서 교육 훈련을 받아 짧은 재단(在團) 기간 내에 아주 놀라리만치 훌륭한 해병이 되는 것이다. 여기 오기까지는 바다라고 한 번도 보지 못하였던 시골뜨기 청년도, 또 물에는 가볼 염도 못 내던 낚싯줄의 연추(鉛錘)같던 친구도 마침내는 바다라면 집어삼킬 듯이 기운찬 해병이 되어 나간다.

　우리들은 부장(副長) ○○ 대좌에게 경의를 표하고 부관(副官) 대위의 인도로 연병장에 나갔다. 입단한지 얼마 아니 된다는 신병들이 교반장(敎班長)의 지도로 피가 나게 훈련을 받고 있다. 교반장의 우렁찬 호령소리가 맑은 하늘을 뒤흔들고 신병들이 각개교련(各個敎鍊), 중대교련(中隊敎鍊)을 하는 구둣발 소리에 대지(大地)가 갈라져 나갈 듯하다. 대포의 조법(操法)이며 포격(砲擊)의 불이 나는 맹훈련도 보았다. 바다에서 교반장의 호각에 맞추어 '보트'를 저어 오락가락 하는 광경도 장하였다. 그때 청사(廳舍) 쪽에서 갑자기 응급대(應急隊)의 방공훈련이 시작되었다. 이제 우리들은 적군의 비행기가 남조도(南鳥島)에 80여 키로 공습을 하여왔기 때문에 경계경보가 발령되었다는 말을 들었다. 사관실(士官室)에서 점심을 마치고 다시 ○○ 대위와 같이 나와 자그마한 재를 하나 넘어 뒷바다로

---

4) 원문에는 'キヲツケ'로 나와 있다. 뜻은 '차렷'이다.
5) 원문에는 'マヘヘススメ'로 나와 있다. 뜻은 '전진 앞으로'이다.
6) 원문에는 '드락쑤'로 나와 있다.

나갔다. 그림같이 아름다운 바다에 연습함 두 척이 기슭에 닻을 두고 있다. 하나는 일로 전쟁 때의 이번함(二番艦)으로 눈부신 전공을 쌓은 ○○이고 또 하나는 세계대전 때에 멀리 지중해에서 분전하였다는 ○○인데 그 높으나 높은 상갑판에는 벌거숭이 신병들이 한데 뭉쳐서 모여서 하나하나씩 거꾸로 내려 뛰고 있다. 볼수록 장쾌하고 기운찬데 신병들도 아주 신이 나는지 떠들썩해서 야단이다. 언덕 쪽에는 아직 헤엄이 서투른 축들인지 개발 헤엄으로 풍덩거리고 있는 것도 가관이다.

　○○ 대위는 우리들을 돌아보며,

　"그저 훈련 — 훈련뿐입니다. 타고난 '야마도다마시'7)와 맹렬한 훈련, 이것이 세계에 으뜸 되는 오늘의 일본 해군을 있게 한 것이외다. 일본해 해전에 대 승리를 거두고 개선항진(凱旋航進)하던 중에 기함 미까사(旗艦三笠)8)의 마스트에 돌연 높이 오른 것이 바로 전투훈련개시(戰鬪訓練開始)의 신호였답니다. 그게 곧 이 '사세보'로 돌아오던 때의 일이며, 그때의 기함 뒤에 달렸던 것이 바로 이 군함이외다. 월화수목금의 맹훈련은 참으로 일본해 해전 바로 다음날부터 벌써 시작되었던 것이지요……."

　저쪽 군함 위에는 종시 내려 뛰지를 못하여 나중까지 남은 축들이 분대사(分隊士)에게 엉덩이를 한 대씩 얻어맞고는 엉겁결에 떨어지고 있다. 그 바람에 어떤 병정은 구부러진 못처럼 풍덩 떨어지고 어떤 병정은 배부터 철썩하고 떨어지고 또 어떤 병정은 한 바퀴 재주를 넘어 가지고 발부터 쾅하니 물거품을 날리며 떨어진다. 이럴 때마다 아래쪽에 있는 패들은 박수갈채를 보낸다.

---

7) '야마토다마시(大和魂)'로 '일본 민족 고유의 정신'을 의미한다.
8) '미카사'는 일본 제국 해군의 전함으로, 나라현에 있는 미카사 산에 그 이름이 연유한다. 1904년부터 러일전쟁 연합함대의 기함으로 쓰였다. 현재는 요코스카(橫須賀) 시의 미카사 공원 에 기념함으로 보존돼 있다.

당시의 미카사 전함

5. 일문유람(一門遊覽)

　‘사세보(佐世保)’[9]의 사흘 동안은 비록 대강 대강한 시찰이었으나 무적 해군에 대한 약간의 인식은 얻어 가지고 호젓한 마음으로 오다케(大竹)[10] 를 향하여 기차에 올라탔다. 그처럼 셀 수 없이 많던 해병이 눈앞에 선하고 또 사관 이하 병에 이르기까지의 그 늠름한 기상, 빛나는 눈, 굳게 다문 입이 눈시울에 어물거린다. 언제나 나라를 위하여 흔쾌히 죽는다는 결의, 벌써 거기에 신(神)이 깃들어 있는 것이었다. 하나하나가 모두 육탄(肉彈)이 되려는 각오가 서리었으니 나라의 방비는 반석 위에 엄연한 느낌이었다. 옛날 그 용감한 이름을 세계에 떨친 스파르타의 삼백 용사는 쳐들어오는 페르시아의 군세가 너무도 많아 햇빛도 그 화살 때문에 어둡다는 보고를 받자, “오냐, 그렇다면 더욱 마침이로다.” 하였다. “우리들은 그늘에서 싸울 수 있겠구나.” 그리고 산모퉁이에 나서서 창검을 휘둘러 죽음으로 이 만의 대적을 막아내었다. 이 스파르타의 삼백 용사들보다 제국군인은 하나하나가 다 용감한 것이다.

　말이 났으니 말이지, 수병복(水兵服) 그 자체가 바로 육탄의 상징이었다. 보기에는 어쨌든 수병복처럼 예쁘장한 것이 없겠다. 그러기에 옛날 군항에 사는 아이들은 이런 노래를 불렀다는 것이다. ‘새까만 큰 모자에 ‘팬던트’ 어린애 춤배끼 거꾸로 멋지고 재미나는 수병님 나도 한번 되고 싶구나’

　그러나 예쁘장해 보이는 이 수병복처럼 제국 해군의 왕성한 공격 정신을 표시한 것이 없겠다. 알고 보면 챙 없는 모자는 대포의 포구(砲口) 를 깃은 실로 대포의 포문(砲門)을 의미하는 터이다. 그러므로 이것을 몸에 붙인 해병은 그 자신 벌써 하나의 포탄(砲彈)이었다. 그러나 비단 해

---

9) 나가사키(長崎)현 북부지방에 있는 사세보 시의 항구를 말한다.
10) 히로시마(廣島)현 서남부에 있는 도시이다.

군뿐이랴. 스파르타의 삼백 용사는커녕 삼백만, 삼천만 아니 황군(皇軍) 전체가 일억 국민 전체가 모두 육탄이 될 굳은 각오를 가지고 있는 것이다. 전날 밤 '사세보'에서 본 군관민 일체의 방비태세(防備態勢)는 얼마나 어마어마하였던가. 그리고 떠나는 날 새벽녘 집회소에 몰려들었던 중등학교 생도들의 떼 무리는 얼마나 의기 등등 하였던가. 그들은 홍안의 미소년으로 국난에 몸을 바치려는 우미와시(海鷲) 지원자들이었다. 학력, 체력의 제1차 검사는 훌륭히 통과하고 가장 난관이라는 적성시험(適性試驗)을 이제 돌파하려고 모여든 것이다. 이런 생각 저런 생각에 펼쳐 놓은 책의 글자도 바로 눈에 끌리지 않았다.

어지간하여 차장이 들어오더니 경계경보 중이라 이 실내에도 방호반을 조직한다고 선언하고 몇몇 사람과 교섭한 끝에 한 청년을 반장으로 지명하였다. 그 청년이 일어서니 우리들은 여러 승객들과 같이 박수로 맞이했다.

"나는 바로 지금 남방으로부터 돌아오는 일개의 군인이외다."

그는 이렇게 씩씩한 어조로 허두를 놓았다.

"싸우려 갔던 몸이 죽지 못하고 돌아오게 되어 유감이나 귀국 제 일보에 이런 일이라도 맡아보게 되니 그나마 적이 기쁩니다. 예 전선에서 경험한 바에 의하면 열차가 공습을 받을 때 주의할 점은……."

하고 첫째 무거운 짐은 모두 내려놓고 목은 유리창 멀리 굽힐 것, 그리고 또 몇 가지 긴요한 점을 들어 친절히 설명한다. 차 속에도 이래서 긴장한 가운데 아름다운 전시 기분이 떠들게 되어 불현듯 우리는 자기들도 또한 각각 싸우고 있다는 느낌을 절실히 가지게 되었다. 그러자 회람판이 돌기 시작하였다. 싸우는 기차의 부르짖음이 또 거기에 있었다.

6. 군신학교(軍神學校)

그 다음날 아침 일찍 암지 오다케(大竹)에 당도하였다. 하긴 이곳의 잠수학교(潛水學校)를 보러 온 것이 목적인바 시간 여유도 넉넉하기에 이왕 온 길이니 여기 해병단에도 들러보기로 했다. 요행히 단장 후꾸다(福田) 소장에게 유력한 소개가 있었기에 염두에 내본 것이다. 소개장과 명함을 들여보내니 단장과 부관 ○○ 소좌가 반가이 맞아주며 이곳 해병단 생활도 볼 겸 하룻밤을 군함에서 지내보라고 대단한 호의를 베푼다. 그래 소년병들의 수업(授業) 사항을 대강 견학하고 바닷가에 나가 군함 ○○에 짐을 풀었다. 거기서 병(兵)들과 같이 점심을 마친 뒤에 약간의 빨래도 해치우고 해병단과 연달아 있는 잠수학교를 찾아갔다.

잠수학교는 잠수함 승조원을 양성하는 학교이다. 잠수함이라면 우리들은 첫째로 함장 시꾸마 대위의 기억을 새롭게 하게 된다. 그 다음에는 벼락처럼 '하와이' 진주만을 엄습하여 대전과를 올려 세계에 그 충용을 떨치고 끝으로 흩어진 특별 공격대의 아홉 군신을 생각게 한다.

'시꾸마' 함장은 실로 제국 잠수함의 어버이요 또 잠수함 정신을 뿌리 박아놓은 사람이다. 오늘 잠수함 조창시에 훈련과 연구에 전력을 기울이다가 명치 사십삼년[11] 사월 십오일 야마구찌(山口)현 파도 높은 바다 한가운데서 그만 조난하여 애석하게도 잠수함과 운명을 같이 하였다. 그러나 잠수함이 바다 속 깊이 침몰하여 구조 받을 길이 망연하였음에도 그는 잠수함의 발달에 이바지하려고 수첩을 꺼내었다. 그리고 마침 혼탁해지는 공기와 가스와 무거운 기압 속에 숨소리 잦아지는 몸으로 뒷날의 참고라도 쓰임이 되라고 조난에 이른 원인과 경과에 대한 보고를 세세히 다 적고 나서 그만 운명했던 것이다. 이 함장이 제국 잠수함의 발달을 위하여 비장한 죽음으로써 이바지한 충열무비한 태도는 이번

---

11) 1910년.

의 대동아 전쟁에 있어 더더욱 우리들의 감격을 자아내는 것이다.

제국의 잠수함이 세계에 으뜸간다는 것도 오로지 이 시꾸마 함장을 비롯하여 그 충용이 신(神)과 같은 여러 선배들의 피로 물들인 존귀한 희생의 기록에서 나온 것임을 통절히 느끼게 된다. 또 여기에 이 선배들의 뒤를 따르는 뭇 용사들의 꾸준한 노력과 왕성한 전투정신이 있으니 더욱 믿음직하다. 그리고 저 진주만의 아홉 군신이며 지난 오 월 삼십일일 마다가스칼 섬 북단의 요항 디에고스와레스를 강습하고 또 날을 같이 하여 동서 호응으로 호주(濠洲) 시드니 항을 무찌른 특수잠항정의 승조원들이 대개 이 잠수학교 출신이라는 말을 들으니 옷깃을 가다듬게 된다. 그렇다고 유별스레 이 학교라고 더 장엄하거나 으리으리한 바도 아니고 깨끗한 백사장에 오붓하고 탐탁스러운 맛이 아주 겸허, 정직한 해군 군인들의 인상과 다를 바 없다. 보기 좋은 소나무가 늘어선 곳에서는 흰 복색을 한 군인들이 화초밭을 가꾸느라 부산한데 그 발밑에는 봉선화가 빨갛게 타오르고 흰 분꽃이 새하얗게 떨고 있다. 그때 동행중의 윤화백이 바다를 가리키기에 고개를 돌리니 바다 위에 거무스레한 잠수함이 고래처럼 은근히 물거품을 내뿜으며 떠오른다.

"잠수함이다."

"흡사히 고래 같다."

우리들은 마치 어린애들처럼 신기해하면서 한동안 바다 쪽을 향하여 우두커니 있었다. 군함에서 따라온 병사는 '우리들은 저걸 '동가메' 거북이라지요.' 한다.

7. 니꼬니꼬 부표(浮標)

우리들은 얼마쯤 뒤에 이 군신 학교 직원의 안내로 미축이 유선형(流

線型)으로 된 잠수함에 올랐다. 고래로 친다면 그 심장이라고 할 내부에 기어들어가 보니 정신이 아찔할 만치 기계 장치가 꽉 들어차 있다. 이게 무슨 기계고 저게 무어고 하며 설명을 늘어놓는데 도대체 어마어마하고 무시무시하게 복잡스러움에 억눌리어 정신을 못 차릴 지경이었다. 그래도 정성이 그렇지 않아 설명을 쫓아가며 듣느라고 발을 옮겨 놓으려니 자칫하면 발이 걸리고 뒤통수가 떠받기고 팔꿈치가 부딪친다. 뿐만 아니라 기가 질려 아찔아찔한데 여기는 발사관실(發射管室)이요, 여기는 이차전지실(二次電池室)이요, 다음은 발령소(發令所), 이렇게 설명하면서 끌고 다니니 모두들 게 발걸음으로 기노라고 쩔쩔맬 뿐이다. 무시무시한 디젤 기관, 그 외의 전동기실(電動機室), 기타 이름 모를 기계실 사이사이에 끼운 비둘기장 같은 함장실, 병사실…… . 이 모양으로 필요 없는 구석이라고는 단 한 치 단 닷 분도 찾아볼 수가 없다.

나중에 견학이 끝난 뒤에 발사관실에서 학교 직원은 잇따라 설명한다.

"외국의 잠수함보다 다른 것은 우리 잠수함에는 구난탈출공(救難脫出孔)을 두지도 않고 또 구난탈출의(依)도 싣지 않는 점입니다. 백 미터까지의 깊이 속에서도 빠져나와 살 수 있는 장치이지만 제국 잠수함에는 그 필요를 느끼지 않습니다. 그런 것을 만드는 대신에 어뢰를 하나라도 더 만들고 그런 것을 싣는 대신에 어뢰를 하나라도 더 싣자는 것입니다. 부서지면 잠수함과 같이 부서지자, 죽으면 같이 죽자하는 것이 제국 잠수함의 함정신입니다."

등줄이 쭈뼛했다.

위로 터진 구멍이라고는 하나밖에 없는 해치로 기어올라 우리들은 함교(艦橋) 위로 나왔다. 바다는 가없이 넓고 하늘은 푸를 대로 푸르다. 밤낮으로 기계들 사이에 끼여 기름으로 세수하면서 망망한 대해서 잠망경(潛望鏡) 하나를 내놓고 적을 찾아 헤매다가 꽝! 하고 적함을 때려 부수고 해상에 떠올라와 담배라도 한 대 피우는 맛이란 여간 아닐 상 싶다.

바다에서는 다시없는 폭군(暴君)이니 그 통쾌함은 또한 비길 데 없을

것이다. 이런 생각을 하며 마치 우리들도 용사나 된 것처럼 함교(艦橋)
위를 뚜벅뚜벅 거닐다 보니 잠수함 뒤끝에 '알코올 램프' 모양으로 생긴
커다란 뚜껑이 하나 붙어 있는 것을 발견했다.

"이것은 구난부이(救難浮標)"

안내의 직원이 가까이 와서 우리들의 의문을 풀어준다.

"만약 잠수함이 조난하여 침몰하는 경우에는 이 뚜껑만이 숯을 싣고
해상에 뜨는데 밤에도 사람을 부르게 됩니다."

그 뚜껑에는 이렇게 쓰여 있었다.

'잠수정 여기에 침몰하도다'

그리고 그 밑에는 좀 잔글씨로,

'바삐 근처의 관청이나 또는 순사에 알려 가까이 있는 진수부(鎭守府)
에 전보를 쳐주기 바라노라. ×××호 잠수함'

우리들은 한참동안 깊은 감동 속에 사로잡혀 무거운 침묵에 빠져 있
었다. 직원은 가냘픈 얼굴에 싱긋 웃음을 띠우며,

"잠수함 '여기에' 이 고꼬니[12] 를 거꾸로 읽어 가지고 우리들은 이것
을 니꼬니꼬[13] '부이(浮漂)'라고 부릅니다."

폐하의 잠수함을 실수로 침몰시켰사오니 구조를 바라기는 하나 이미
각오한 몸이오라 '니꼬니꼬'(생글생글) 웃음을 먹으며 죽소이다 하는 눈
물겨운 배포이다. 우리들은 여기에서도 제국 해군정신의 일단을 엿볼
수 있었던 것이다.

---

12) 원문에는 'ㄱㄱㄴ'로 나와 있다. 의미는 '여기에'라는 뜻이다.
13) 원문에는 'ㄴㄱㄴㄱ'로 나와 있다.

8. 밤과 새벽

　밤 여덟 시 반에 순검 나팔이 우렁차게 울리니 당직장교(當直將校)인 오까모도 소좌가 갑판사관(甲板士官)의 선도로 선임위병오장(先任衛兵伍長)을 거느리고 청사로부터 전지(電池)를 번쩍거리며 나타났다. 우리들도 그의 뒤를 따라서 병사(兵舍)로 들어갔다. 칼 꽂은 총을 들고 기착한 파수병이 이상(異常) 없다는 보고를 고함치듯 하고 각 부서의 당직병들도 장교가 들어서면 경례를 딱 붙이고 무어라고 씩씩하게 보고한다. 이 밖에는 우리들의 구두 소리가 뚜벅뚜벅할 뿐으로 쥐 죽은 듯이 고요하다. 병사 내에 거미줄처럼 늘어진 해먹 위에 혼곤히 잠이든 병사들은 눈처럼 흰 이불을 덮고 멀리 떠나온 고향의 꿈을 맺고 있다. 순검이 끝나고 불마저 꺼지면 그대로 이 해병단은 바다 속 같이 고요해지는 것이다.

　그러나 새벽이 되면 밝기도 전부터 폭풍 직전의 긴장기가 떠돈다. 새벽 네 시 반쯤 해서 군함 속에 요란히 전화벨이 울리더니 밤을 새우던 당직병의 받는 말눈치가 우리들이 일어나야 될 모양이다. 해병단의 아침 일과를 뵈겠다는 약속이었다. 해먹을 서투른 솜씨로 허둥지둥 걸어매고 얼른 세수하고서 오장을 따라 해병단으로 달려갔다. 아직 동이 트지도 않아 컴컴한 연병장에 바닷바람만이 쓸쓸히 헤맨다. 청사 앞에 이르니 이런 말소리가 들린다.

　“부직장교(副直將校) 총원 기상 십구 분 전입니다.”

　“요ㅡ시14) 전령(傳令)!”

　“하잇.”

　“발전기실에 십오 분 전을 알려라.”

　말이 떨어지자 어느덧 통지가 되었는지 병사와 청사에 일제히 불이 켜진다. 다섯 시 반에 총원 기상하니 바로 다섯 시 십오 분이다. 우리들

─────────────

14) ‘요시’로 ‘좋아’라는 뜻이다.

은 소년병의 병사에서 총원 기상의 실경을 견학하였다. 시종번병(時鐘番兵)이 치는 네 점종이 땡땡 – 땡땡하고 울리니 줄기찬 기상나팔이 새벽 공기를 쥐고 흔든다. 그러면 확성기로부터 "총원기상" "총원 쓰리도꼬(釣床)15) 묶어라!" "총원 쓰리도꼬 치여라!"의 호령에 때는 벌써 병사 내는 발칵 뒤집혀 벼락이다. 눈보라다. 스콜이다. 티살 하나 일지 않는 돌개바람이다. 이를테면 해병단은 그대로 싸움터였다.

몇 분 후에는 연병장으로 향하는 해병 떼가 달음질로 마치 대하(大河)처럼 흔들린다. 구름처럼 몰려든다. 그 몇 천 몇 만의 발이 대지를 울리는 소리는 쿵덩쿵덩 말발굽 소리같이 우렁차다. 마치 그 발소리가 자아내는 위대한 교향악(交響樂)은 이렇게 외치는가 싶다.

"대지야 깨져라!"

"칠대(七大) 바다 오너라."

"세계의 아침이 밝아라."

별안간에 벌판같이 넓은 연병장은 해병 떼로 흰 물결같이 높은 바다를 이루었다. 장엄한 조례(朝禮)가 이제 벌어지는 것이다. 기미가요 나팔에 맞추어 먼저 궁성을 요배하며 천황 폐하께 만세 무궁을 축원 드리고 그 다음엔 고향을 향하여 나라에 충성을 다할 것을 부모님께 맹세한다. 그리고 일제히 장중하게 '우미유까바'16)를 부른다. 해군 남아로 태어난 행복을 감사하고 바다의 제 일선에 나설 중요한 책임을 가슴에 새겨 이 노래 밑에 굳은 결의를 다시금 새롭게 하는 것이다. 그 뒤에 곧 새벽 훈련이 시작되었다. 이리하여 무적 해군은 커나간다. 그날 아침으로 우리

---

15) 달아 맨 그물 침대를 말한다.
16) 「우미유카바(海ゆかば)」는 일본 제국 해군을 상징하는 것으로, 각종 타이틀로 사용됐다. 이 곡의 가사는 "바다에 가면 물에 잠긴 시체 / 산에 가면 풀이 돋은 시체 / 천황의 곁에서 죽어도 / 돌아보는 일은 없으리"이다. 원 가사는 『만요슈(萬葉集)』 장가(長歌) 중 한 구절로, 1937년 노부도키 키요시(信時潔)가 작곡한 일본 군가이다. 이 곡은 국민의 전투의욕을 고취시키기 위한 곡이었으며 전장에 나가는 병사를 배웅하는 노래로서 애호됐다.

일행은 도쿄(東京)를 경유하여 쓰시우라(土浦)[17]를 향하여 떠났다.

9. 함상일야(艦上一夜)

　저녁 여섯 시 반에 군함기를 내리는 유량한 나팔 소리에 우리 일동도 함상에서 기착을 하였다. 붉은 노을이 빗긴 바다. 훈련 나갔던 수많은 하얀 단정(短艇)이 호각 소리에 맞추어 가물가물 저어 들어오는 광경도 여간 줄기차고 아름다운 것이 아니었다.

　해먹을 달아맨 뒤 우리들은 구조원들과 갑판 위에 섞여 앉아 하루 저녁 즐길 기회를 얻었다. 모두 남방으로부터 개선한 백전연마의 용사들로 소속 부대가 최근에 거지반 감장(監狀)을 가졌다 한다. 그 중에도 나이 지긋한 수염 난 용사는 말솜씨가 능란하여 판을 막는다. 말끝에 '뎃세' '스모레'하는 사투리를 연발하는 품이 아마 '오까야마(岡山)' 근방 농촌 출신으로 짐작된다.

　"뉴기니아의 바로 작년 이맘때라면 낮에는 한증(汗蒸)이나 다름없어도 밤이면 꼭 오늘밤처럼 흐릿하고 서늘한 바람도 부는 '뎃세'……. 허허 한 소나기 쏟아지지나 않을까……. 아차 여기가 내지(內地)렸다. 후후 여기는 우따께스모레"

　"그래도 보르네오는 이렇게 밤이 밝지는 못 했던 걸요."

　수염 단 용사의 등을 안마질해 주는 젊은 병사이다.

　"남십자성(南十字星)이 촘촘하니 말방울처럼 늘어지게 매달려서 별빛이 환하긴 하나 반딧불을 등에 신구서 '정글' 속으로나 기여 들고 보면……."

　"하긴 말이 났으니 말이지만."

---

17) 이바라키(茨城) 현 남부에 위치한 도시.

하고 맨 끝에 수그리고 있던 사람 좋아 보이는 중년 용사가 머리를 들었다.

"우리들도 가다루카날서 반딧불을 등에 실고 정글 속으로 들어갔으나 가장 긴요한 식량은 등에 진 것이 하나도 없었는데 총부리를 안쪽에 대고 허기진 배를 부둥켜 쥐고 있노라니까 등에 잔뜩 짐을 진 자들이 정글 밖에서 서성거리질 않겠나. 키가 훌쩍 크니 토인은 아니렸다. 말소리에 귀를 기울이니 일본말 같기도 하고 아닌 것 같기도 한데……."

"그래서."

"허나 별빛에 거뭇하게 뵈는 옷매무새가 양코 작자도 아닌 상 싶어서 하여간 누구냐! 고함을 벽력같이 지르며 돌격을 하였지……. 그러더니 그 친구네들이 허허 웃으며 여기 계셨소. 진작 알은체를 할 게지. 자 어서 '간즈메'18) 통이나 터뜨시우. 잇쿠―총알 온다 하며 기어드는데 그게 바로 조선 동포들이었다우. 조선설영대(朝鮮設營隊)란 말씀이에요."
하며 우리들은 돌아본다.

"조선 동포들이 많이 가 있다는 말은 들었지만……."
하고 놀래는 표시를 하니 그 다음부터는 제 일선에서 반도 출신의 건설부대와 생사를 같이 하던 감격담이 벌어졌다. 그들은 병사들에 못지않게 용감하여 건설과 운반에 눈부신 활약을 하고 있는데, 건설부대의 태반은 실로 조선 동포라 하더라. 짐을 지고 와서는 병사들과 마주 얼싸안고 사내 울음을 내놓으며, 하나를 둘로 쪼개서 나누어 먹어가며, 병사가 넘어지면 그 총을 그들의 거센 손으로 끌어 잡고 전진을 거듭한 일도 이루 헤아릴 수 없었다 한다.

"나는 무식해 모르긴 몰라도."
하고 수염 단 용사가 말을 가로챘다.

"제 일선이 가장 내선일체'뎃세'. 머 그런데, 조선에도 육군엔 징병제

---

18) '缶詰'로 '통조림'을 말한다.

해군엔 특별지원병제가 실시 된다지!"

하고 일어섰다.

"구름 떼처럼 몰려가는데 아, 우리들은 또 언제쯤 보내줄려나. 빨리 나가서 또 한판 떠야겠는뎃세."

"안마 그만 두려우."

"그만두게. 그런데…… 금년 조선 농업은 어떻습니까?"

이때에 벌써 소등(消燈) 시간이 가까운 모양이라 해병단으로부터 사람이 와서 밤에 순검(巡檢)을 견학하러 오라기에 모두 일어났다.

10. 부모의 얼굴

도쿄를 거쳐 쓰지우라(土浦) 항공대에 닿기는 소낙비가 이따금씩 쏟아지는 낮 때였다. 제 일선 해군 항공병에 칠 할을 여기서 내놓는다느니만치 무적해군 항공병의 양성기관으로는 으뜸가는 곳으로 갑종, 을종, 병종 이렇게 세 항공과에 노니는 히나와시(雛鷲)19)는 모두가 한결같이 새파란 소년들이다. 바로 그날은 한 달에 한 번씩 있다는 복장 검사일로 소년 항공병의 떼가 연병장에 그들이 정렬하고 있는 참이다. 그들의 대열(隊列)은 까딱도 않고 모두가 조상(彫像)처럼 땅에 발을 붙인 채 시선은 호령대 쪽에 일직선으로 집중되어 있다. 어쩌면 그 눈이 저렇게도 맑고 체격이 늠름할 것인가. 또 어쩌면 모두가 그렇게도 한결같이 홍안의 미소년들일까. 게다가 일곱 알의 금단추가 달린 짧은 웃옷에 금모루의 날개, 금장과 성장(星章)이 찬란한 모자가 아주 반하리 만치 황홀하다. 검사 뒤에 훈시가 있는 동안 우리들은 ○○ 중위의 안내로 제반 시설을 고루

___

19) '새끼 독수리'라는 의미이다.

고루 견학하는데 혹은 지성교(至誠橋), 일관교(一貫橋) 혹은 충용교(忠勇橋) 혹은 무쌍교(無双橋)를 건너게 된다. 그때 대내에 여기저기 설치한 확성기로부터는 부사령의 우렁찬 훈시소리가 들려온다. 지성일관(至聖一貫)하고 충용무쌍(忠勇無双)하라. 이것이 히나와시들의 가슴에 사무치는 훈시 내용이다. 휴게소, 도서실, 훈련장 등을 견학하고 교실 내로 접어들어 교실 안에 책상 서랍을 열어젖히니 가득히 들어있는 교과서 외에 어느 책상에나 반드시 부모님의 사진이 들어있다. 모두가 수수한 시골 부모님네의 얼굴이다. 흙에 손이 트거나 살림에 이마에 주름 잡히거나 혹은 바닷바람에 얼굴이 타오른 — 이 어린이들의 어디에서 저런 깨끗한 미소년들이 태어났을까 하고 의심스러울 만치 소박한 얼굴이다. 죽음 앞에 모든 사념(邪念)을 버린 맑은 눈동자와 억센 의지와 단정한 복장, 이것으로 비길 바 없이 모두가 신비로운 아름다움을 차지하는 것일까. 그러나 이 나이 어린 항공병들은 책상 뚜껑을 열 때나 닫힐 때나 부모님네 얼굴은, 어머니, 아버지 야스꾸니(靖國)에서 뵙겠습니다 하고 눈을 감고 노래하는 것이다.

 싸움에는 첫째 공격이요, 둘째 필살(必殺)이요, 셋째 죽음이다. 이것이 또한 교육이요, 훈련이요, 명령이다. 그러나 여기에 혼연히 목숨을 바치고 나가 싸우려는 소년들이 그득 찼고 또 나라에 바친 귀한 아들이나 아우나 오빠가 장렬한 죽음을 하도록 신전에 비는 아버지와 어머니, 형과 누이들이 전국에 그득하니 장엄키 한량없다. 이때에 구름 낀 하늘에서는 가스미우라(霞ヶ浦)항공대[20]로부터 날라드는 비행기 떼가 폭음소리도 요란히 고등 비행술로 급강하로 연달아 내려오기도 하고 송곳 누르듯이 가물가물 떨어져 내려오기도 한다. 벌써 그 즈음엔 연병장에서도 훈련복을 갈아입은 소년병들이 흩어져 기계소로 또 재주넘기로 땅 위를 뒹굴 듯이 뱅글뱅글 굴기고 하고 고함을 지르며 돌진하기도 한다. 우리

---

20) 가스미우라는 이바라키 현 남동부와 치바 현 북동부에 걸친 호수이다. 이 항공대는 1916년에 일본 제국 해군의 항공시설로 건설됐다.

들은 하늘을 우러러보며,
　"어쩌면 저렇게도 비행기가 재주를 할꼬……."
　또 연병장을 굽어보며,
　"저 소년들이 모두 저런 비행기를 타려나……."
하니 사뭇 감개무량하였다.

날파람*

날파람이라고 하는 것은 조선에서도 평양 특유의 집단 싸움을 일컫는 것이다. 치열한 결전 중이므로 전의(戰意) 앙양을 위해서도 옛 조선의, 그 중에서도 예부터 내려온 무용(武勇)을 통해 들려오는 평양인의 싸움 이야기라도 한번 피로해 보고 싶다.

날파람은 대개 초저녁부터 심야에 걸쳐 결행된다. 성내에서는 거의 구역 마다 날파람 부대가 결성돼 대장은 삼십 전후, 대원은 열두셋 정도이다. 이 어린아이들이 날파람의 시발점을 만든다.

내가 소년일 무렵이 날파람 황금시대로 날파람 부대에는 중구모리군(板場軍), 사골군(軍), 가막골군, 배꼽이군, 그리고 우리들의 광장군(廣場軍) 등이 핵심적인 것이었다. 중구모리는 사납게 들렸다. 사골군은 해악관(偕樂館)이라는 영화관 주위의 치들인 만큼 조금 기품이 부족했다. 가막골군은 비교적 빈민들의 무리인 만큼 적개심이 강했고, '배꼽이'라는 별명의 대장이 이끄는 배꼽이군은 과세(寡勢)[1]지만 작전에 뛰어났다. 우리들 광장군의 대장은 그 이름 유명한 명장 정복선(鄭福仙)으로 모두가 인정하는 바, 날파람군의 전통적인 정신을 가장 잘 체득하고 있었다.

나는 이 정대장의 신임을 두텁게 얻어, 중학 2년경에는 겟세기(게릴라)

---

* 이 수필은 「ナルパラム」(『新太陽』, 1943. 11)을 번역한 것이다. 번역시 사용한 저본은 일본에서 출판된 『김사량전집4』이다.

1) 적은 인원으로 편성된 미약한 군세(軍勢).

대장을 하라는 분부를 받았다. 주로 중구모리군과 결전을 벌였는데, 대동문루(大同門樓)를 가운데 끼고 강안(江岸) 통로가 주요한 전장이었다. 절대로 무기를 가져서는 안 되지만, 대장에게만 악마봉(惡魔棒)의 휴대가 허용됐다. 인원이 많을 때는 2, 3백 명이 뒤섞여서 대난투가 벌어진다. 때리고, 차고, 던지고, 치고, 짓밟고, 머리로 박고, 무슨 짓이든지 벌인다. 요즘은 더 이상 그러한 난장판은 그림자를 감추었지만 당시는 순사도 결국에는 팔짱을 끼고 후움 후움 감탄할 따름이었다.

어느 여름 막 비가 갠 직후 밤에, 여느 때처럼 중구모리군과 큰 충돌이 일어났는데, 나는 서넛 걸음이 빠른 자들을 데리고 어느 민가 대문 그늘에 잠복했다. 미리 짜 놓은 대로 정대장이 악마봉으로 지휘하는 것에 따라서, 아군은 전략적 후퇴를 하기 시작했다. 그때, 지금이 적기라고 판단하고 적진에 혼입해 들어갔다. 진격하는 적 가운데서 지목한 놈을 닥치는 대로 일격으로 쓰러뜨리고 전과를 올리려던 참이었다. 내가 너덧을 뒤에서 머리로 들이박고 쓰러뜨릴 때까지는 좋았다. 하지만 적장을 습격해서 다치게 했으나, 적장에게 완전히 업어치기를 당하고 굴렀을 때 무수한 흙 묻은 발이 폭풍처럼 밀려와 밟기 시작했다. 이것 봐라 하고 정대장이 위세 좋게 역습에 나서서 신병(身柄)을 뺏기지 않고 끝났는데, 이미 만신창이로 녹초가 돼서 축 늘어져 버렸다. 게다가 내 새로 마련한 가죽 전투화도 빼앗긴 참이다.

전투화를 빼앗긴 것은 예가 없는 불상사여서, 즉시 그 다음날 밤 정대장과 적 대장은 어느 이층집에서 회합을 갖고, 술을 주거니 받거니 하면서 선후 처지를 강구하기 시작했다. 하지만 술자리가 한창일 때, 아무것도 아닌 일로 둘 사이에 싸움이 벼락같이 벌어졌다. 팔씨름이 원인이었다고 한다. 둘 다 용감하고 무력에는 일가견이 있는지라, 지붕이 날아오르고, 바닥이 갈라지고, 벽이 무너지는 등의 큰 소동이었던 것 같다. 그 중에서도 정대장은 박치기 명수로, 호랑이처럼 민첩했고, 적장은 항우도 무색할 정도로 곰과 같은 괴력을 갖고 있었다. 부관급 사내의 목격

담에 따르면, 완전히 양 눈을 머리에 얻어맞은 적장은, 우리 대장을 있는 그대로 전부 안아 올려서 이층에서부터 척하고 아래로 내던졌다. 하지만 큰일이라고 생각하는 순간에 정대장은 적장의 목덜미를 붙잡고 지옥으로 떨어지는 동행으로 삼았다. 정대장은 밑에 깔려서 팔이 부러졌다. 하지만 두 사람은 다시 2층에 올라가서, 태연스레 주연을 계속했다고 한다.

일문 소설집 발문

『빛 속으로』[1] 발문

이번 창작집에 넣은 각각의 작품에 대한 감상을 말해보자면,

「토성랑」은 내가 쓴 최초의 작품으로 명실공이 처녀작으로 할 수 있겠다. 고등학교 2년 때 써놓고서도, 말에 자신을 갖지 못하고 책상 서랍에 넣어둔 것을, 동경의 대학에 가서 동인지 「제방」에 실고 호평을 얻었다. 그것은 본서에 실린 작품의 내용과는 상당히 다르며, 거기에는 사회에 대한 내 격렬한 의욕이나 정열도 얼마쯤 활사돼 있었는데, 나중에 「문예수도」에 재수록 할 때 대개정에 이르렀던 것이다. 「기자림」도 같은 계열에 속하는 소멸해 가는 것에 대한 애수를 나타낸 것이기는 하지만, 나는 아직 어째서인지 이 서툰 두 작품에 애착을 느끼고 있다.

이 두 작품을 거치고, 나는 「빛 속으로」를 써서 점차 세상에도 알려지게 되었다. 마침 대학을 졸업한 봄, 경성에 체재하면서 하숙의 작은 온돌방에서 묘하게 긴장된 흥분 속에서 단숨에 다 썼다. 정말 어찌할 수 없는 기분으로 쫓기듯이 썼던 것의 하나인데, 「천마」도 또한 내가 썼다고 하기보다는, 오히려 쓰게 됐다는 기분이 든다. 이 작품 가운데서 나는 주인공과 그를 쫓는 또 다른 한 사람의 자신과, 삼파(三巴)로 나뉘어

---

1) 『光の中に』(小山書店, 1940. 12. 10).

피범벅이 되도록 격투를 한 느낌이 든다. 아직 붓을 든 지 얼마 되지 않았기 때문이리라. 「무궁일가」는 내지의 조선 이주민의 고난에 찬 생활을, 조선 내 동포에게 전하고자하는 기분에서 썼던 것.

하는 김에 단편 두 편도 곁들였다.

이렇게 쓰면서도 각기 작품의 내용을 생각해 보자면, 현실의 중고(重苦)에 억눌려, 내 시선은 아직도 어두운 곳에만 쏟아져 있는 것 같다. 하지만 내 마음은 언제나 명암(明暗) 속을 유영하며, 긍정과 부정 사이를 누비면서, 언제나 어슴푸레한 빛을 구하려고 발버둥치고 있다. 빛 속으로 어서 나아가고 싶다. 이는 내 희망이기도 하다. 하지만 빛을 간절히 바라기 때문에, 나는 어쩌면 여전히 어둠 속에 웅크린 채 눈동자만을 빛내고 있지 않으면 안 되는지도 모르겠다.

쇼와(昭和) 강진(康辰) 11월
모란대(牡丹臺)에서

『고향』2) 발문

이 제2소설집을 내면서, 제목을 『고향』으로 하게 됐다. 고향은 누구에게도 그립고 게다가 동경에 넘치는 곳이리라. 나도 자신의 고향을 그지없이 소중한 것으로 생각하며 또한 사랑한다. 어떤 의미에서는 고향을 사랑하지 않을 수 없는 숙명을 지고 있는 것이라고 조차 느껴진다. 그렇다고 해도 고향 반도는 내게 있어 반드시 아름답고 즐거운 곳만은 아니다. 그런고로 더욱더, 고향을 그립고 둘도 없는 것이라 생각하는 것이다.

여기에 수록한 소설 속 인물들도, 한 둘 예외를 제외하면 거의가 나

---

2)『故鄕』(甲鳥書林, 1942. 4. 20).

와 같이 고향을 연모하고, 그 따듯한 품속에서 쉬는 것을 정말로 원한다. 그들의 시의(猜疑)의 빛에 넘치는 눈이나, 비참해져서 늘쩍지근한 심정이나, 그러면서도 멈추지 않고 희망을 뒤쫓는 애처로운 모습을 나는 물끄러미 지켜보고 있다. 그것을 서툰 필치로 필사적으로 쓰려고 했다. 「벌레(蟲)」 속의 지기미 노인이나 넝마주이 그림쟁이도, 또한 「향수(鄕愁)」 속 누님인 가야나 이현도, 「광명(光冥)」 속 고학생과 소녀들이라 해도, 그리고 「Q백작」의 반미치광이 주인공도, 그 외 다른 것도 내 혼(魂) 가운데 침음(沈吟)해 있는 친구의 목소리이며, 또한 동우자(同憂者)의 모습이라 하겠다. 설령 그들이 각기 뿔뿔이 멀리 고향에서 멀어져 일본 내지 혹은 북지(北支)에서 고난에 찬 생활을 한다고 하여도.

하지만, 나는 이 모자란 책에서 향리의 모습이나 고향 사람들을 여러모로 충분히 글로 쓰지 못했다. 혼(魂)의 상수자(傷愁者)를 그린 「도둑놈(泥棒)」은 별도로 하고, 「산의 신들(山の神々)」이나 「천사(天使)」, 「월네(月女)」, 「윤주사(尹主事)」 등도 말하자면 고향의 모습이나 그곳에 살고 있는 여러 사람들임에는 틀림없으나. 이러한 것 외에도 조금 졸저 「빛 속으로(光の中に)」 이후 혹은 그것과 같은 시기에 쓴 것으로, 고향에 대해서 쓴 작품도 있기는 하지만, 큰 의미에서 재고할 여지가 있어서 여기에는 전연(全然) 수록하지 않기로 했다. 「광명」이나 「향수」 등에서는, 고향을 사랑하고 또한 그것을 살리는 방도로서, 나는 진작부터 주요한 테마로 추구해 온 방향에 따라서, 내적 진실성을 규명하려 했다. 내선(內鮮)의 일체화는 진실로 이상적인 형태로 달성돼 가고 있다. 거기에는 더욱이 여러 가지 곤란한 점을 내포하고 있지만, 절실한 과제이다.

하는 김에 이 소설집 가운데 「Q백작」은, 경성의 문예지 「문장」에 조선어로 발표한 것을 번역한 원고임을 밝히고 양해를 구한다.

쇼와(昭和) 16년 10월
가마쿠라(鎌倉) 객사에서

문예시평

"겔마니"의 세기적 승리*

　중세기의 초기 '로―마' 제국의 부진에 따라 도도한 민족이동의 물결이 넘쳐들어 구주(歐洲)의 세계가 암담하게 되었을 때 새로운 정신적 기간이 되는 것은 기독교였으며 새로운 육체를 구현한 것은 만족(蠻族) '겔마니'였다. 그 당시 서양문명 사회에 침입한 미개족(未開族) 중에 가장 새로운 민족이던 '겔마니'는 '로―마'인에 비하여 퍽이나 저도(低度)의 문화를 가지고 생활도 심히 소박 간이하며 사회생활에서나 정치생활에서나 마찬가지로 그 기초는 자유민에 있었다. 그들은 개인을 중심으로 하여 부락의 독립을 이상으로 하고 있는 병사이며 동시에 경작민이었다. 처음으로 '로-마' 인에 접하였을 때 그들은 성질이 표한(慓悍)하고 호전

---

* 이 평론의 정확한 제목은 「구라파 문화는 어디로? 제3회 "겔마니"의 세기적 승리」로 『조선일보』에 1939년 4월 26일 석간 5면에 실린 것이다. 이 평론은 임화의 「구라파문화는 어디로? "카토리시즘"과 현대정신 (상)」(『조선일보』, 1939. 05. 02, 석간 3면)을 시작으로 유진오(玄民), 김병모, 이헌구, 박치우 등이 "구라파 문화는 어대로?"라는 시리즈를 쓴 가운데 하나이다. 이 시리즈의 제1회는 조선일보 기자의 「구라파 문화는 어대로? 제1회. 격류중의 정정과 사상계」(1939. 4. 21, 석간 5면)를 시작으로, 제2회는 김병모가 「구라파 문화는 이대로? 제2회. 겔만적과 로만적 독일인과 프랑스인의 민족적 특질 상, 하」(1939. 4. 23, 25, 각 석간 5면)를 이은 것으로, 이헌구가 제4회 「구라파 문화는 어대로? 제4회. 진통기의 "고올" 문화」(1939. 4. 27, 석간 5면)를 쓰는 것으로 끝난다. 임화나 유진오 박치우가 쓴 평론은 개별적인 것이다. 김사량이 이 시리즈에 참가 하고 있는 것은 그가 동경제대 독문과를 졸업한 것이 크게 작용한 것으로 보이며, 이 평론은 김사량의 독일문학관을 알아볼 수 있는 초기작에 해당된다.

적이어서 살육 약탈로써 개인적 행동과 욕망을 만족시키는 만족에 불과
하였다.

그러나 '겔마니'의 침윤(浸潤)은 소위 민족대이동의 이전부터 시작하여
경제상으로나 군사상으로나 그 세력은 크게 미치는 바 있어 제국의 말
엽에는 '겔마니'의 출신으로 제국의 추요(樞要)한 지위를 점령한 자로 있
었으며 또 제5세기에 이르러서는 '로-마'군대는 거의 다 '겔마니'의 용
병으로 충만하였다. 그리하여 점차로 '로-마' 제국을 전복시켰으나 초
기에는 여하간 그들은 '로-마'의 우열한 문화에 황홀하여 그 문명의 섭
취에 노력하면서 차츰 국가적 사회적 단체의 발전을 보인 것이다. 그러
나 역시 처음에는 부절(不絶)이 그들 고유한 개인주의로부터 부락과 부락
사이의 전투를 그칠 줄을 몰랐으므로 그들이 '로-마' 세계 속에서 어
떤 확실한 국가사회의 형식을 가지게 된 것은 픽 그 뒤의 일에 속한다.
이 동안에 민족적 항쟁은 어떻게 되었으며 또 어떠한 과정을 밟아 '로
-마' 고래(古來)의 요소와 '겔마니' 고유의 요소가 융합되었는가는 여기
서 논할 여지가 없지만 수세기 동안에 서서히 그들은 새로운 '로-마'
풍에 감화되어 6세기 중엽 이후에 오면은 도리어 고대문화의 담하자(擔
荷者) '로-마'인이 '겔마니'화 하는 경향이 보였다. 이같이 하여 이 두
신구 양 민족은 서로 대립과 상극 속에서 드디어 수세기의 발전을 통하
여 차츰 동화가 되어 새로운 '로-마노, 겔마니' 세계가 화성(化成)된 것
이다.

여기서 우리는 이 만족 침입의 일반적 의의를 충분히 생각지 않으면
안된다. 현대의 구주인은 명백히 이 침입민족의 혼혈에 의하는 후예들
이다. 물론 '겔마니'의 혈족은 북구에 농후하여 그 중 금일의 독일인이
가장 '겔마니' 문명을 대표한다고는 할 수 있다. 그러나 엄밀한 의미로
서는 금일의 독일 문명은 순수한 '겔마니' 문명이 아니다. 그리고 '겔마
니' 문명은 금일의 독일 문명에만 영향을 주지도 않았다. 그러므로 현대
의 구주와 그 당시와의 상태 사이에는 아무런 관계가 없는 것 같지만

그 발달의 자체를 따진다면 이것을 금일에 있게 한 힘은 즉 '로-마니즘'과 '겔마니즘'과의 상극과 포합(抱合) 속에서 인식하지 않을 수 없다. 금일에 와서는 '겔마니'의 문제는 '겔마니' 문제 자체에 머물지 않고 그것은 적어도 세계사적 색채를 더욱 농후하게 띠고 나타나게 되었다. 그때문에 우리는 또 그 반세력으로서의 '로-마니즘'의 재인식을 필요로 하게 된다. 옛날에 그것이 얼마나 광대하였으며 그 몰락이 얼마나 위대한 몰락이었는가 그리고 그것이 구주의 정신문명 속에 남기고 간 유산이 얼마나 큰가를 기억하지 않을 수 없다. 원래로 이 두 문명이 복재(伏在)하여 때때로 머리를 들고 서로 다투게 되는 것은 발전의 단계로 보아 자명한 일이며 이것이 금일의 세계사의 발전을 특징 붙이는 흥미 깊은 문화 조류로 되는 것이다. 실로 고대로부터 중세기에 이르면서 이 같은 양 세력의 대립이 현저하더니 근간에 와서는 더욱 현실 문제로써 발달하게 되었다. 이 같은 의미로서 최근의 독일의 동향은 주목을 끄는 일이라 않을 수 없겠다.

조선문학 풍월록*

1. 위대한 작가여 나오라

　언어문제부터 해서 조선문학이 지금이야말로 수난기라고들 말한다. 하지만 우리들은 이 문제에 그다지 신경질적인 반응을 보이지 않아도 된다고 생각한다. 온갖 언어학자와 민족심리학자의 증언을 빌릴 것도 없이, 민족어의 장래에 대해 이러쿵저러쿵 비관할 것까지는 없기 때문이다. 지나(支那) 한자의 고집스러움 아래에 있던 지난 세기 동안조차도, 우리들은 그 나름으로 지금까지 백의와 자신의 언어를 지켜왔다. 그것은 오히려 본능이었다. 게다가 조선인 대부분이 문맹으로, 문화에 참여하는 사람들이 정치기구 안에 있는 극히 소수의 사람에 한정되어 있는 상황 속에서 민중에게는 커다란 영향을 끼치지 못했다. 지금 우리들 팔할이 문맹이다. 의무교육도 시행되지 않고 있는 우리들이 살고 있는 땅에서, 두세 시간만 배우면 족히 습득할 수 있는 조선정음(朝鮮正音)[1]을

---

* 이 평론은 김사량의 일본어 평론 「朝鮮文學風月錄」(『文藝首都』, 1939.6)을 번역한 것이다. 김사량의 조선어 평론과 「조선문학측면관(상, 중, 하)」(『조선일보』, 1939. 10. 4~6)과 내용면에서 상당부분 유사한 것을 봤을 때, 이 평론이 조선어 평론의 저본이 됐을 가능성이 높다. 「조선문학측면관(상, 중, 하)」의 상세서지는 아래와 같다.
「朝鮮文學側面觀(上)－露文學의影響・知性의貧困」
「朝鮮文學側面觀(中)－語感尊重의限界와題材」
「朝鮮文學側面觀(下)－漢字問題, 觀察 敎養其他」

금지하고 그것을 대신해 갑자기 내지어(內地語)를 하라 해도 무익한 일이며, 또한 그러한 것이 문화를 사랑하는 길도 아니다. 수백 년 간 러시아나 독일의 지배하에 있던 폴란드의 언어나, 잉글랜드의 철저한 영향 하에 있던 아일랜드 슬랭2)이 지금 한층 더 민중어로서 신장하고 있음을 돌아보는 것만으로도 짐작하고도 남음이 있으리라. 한때, 조선에서는 "아는 것이 힘이요, 배워야지만 살아남을 수 있다"고 하는 문자를 보급하는 브나로드 운동이 활발했었다. 그 운동이 얼마나 많은 문맹자에게 빛을 안겨주었는가. 민중은 가장 필요하고 또 바로 요긴하게 쓸 수 있는 것을 항상 원한다. 지금 이 운동은 여러 사정으로 정체된 상태이다. 조선문화는 또 십년이든 이십년이든 정체되는 상황을 맞았다. 많은 소학교나 중학교에서는 교내나 가정에서 조선어와 조선 복장의 사용을 금지하고 있다고 한다. 이렇게 되면 실제 모든 학교를 동경 근처로 옮겨가는 편이 좋을 것이다.

하지만 이러한 언어의 수난을 보고 조선 문학의 장래성을 걱정하는 것은 속단(速斷)이다. 이러한 시기야말로 위대한 문학이 탄생하기 마련이다. 조선 민중은 읽기 쉬운 것이라면 무엇이든 읽고 싶어 하고, 조선의 작가는 그것을 안겨주는 것을 꾀하고 있다. 17세기 무렵 프랑스 문화가 침투하는 가운데, 독일에서는 크롭프슈톡도 태어나고 레씽도 괴테도 태어났다. 그리고 조선에도 조선어와 조선 문학의 기초를 만드는 괴테가 태어날 것이다. 그리고 현재가 그러한 작가가 탄생할 시기이며, 또 태어나지 않으면 안 된다고 나는 늘 생각하고 있다. 최근 신진 작가들의 작품을 읽어보면 이전에는 언어의 예술성에 무관심했던 좌익 문학의 반동으로, 극도로 언어 감각을 갈고 닦고 있는 것이 눈에 띈다. 그래서 새로운 언어도 많이 발견되고 있는 듯하지만, 나쁘게 말하자면 조선어를 더

---

1) 원문에는 '정음' 위에 '가나'라는 토가 달려있다. '가나'는 일본의 히라가나를 말한다.
2) 슬랭(slang)은 비어, 속어라는 뜻이다. 원문 그대로 옮겨본다.

욱더 혼란하게 만들고 있는 것이리라. 괴테는 독일어를 새롭게 발견해서 확장한 것뿐만이 아니라 그것을 정리했다고 할 수 있다. 앞으로 조선의 작가는 조선어를 정리해야 할 과제를 무엇보다도 진지하게 생각하지 않으면 안 된다.

출판계의 소식에 따르면, 갑자기 조선에서 출판물의 팔림새가 호조를 띄기 시작했다고 한다. 하지만 우리들은 현상적인 출판계의 좋은 업적만을 가지고 낙관하는 경솔한 판단을 해서는 안 된다. 왜냐하면 이러한 경향은 확실히 일시적인 것으로 오 년도 채 계속되지 못 할 것이기 때문이다. 특히 지금의 소학생과 중학생이 사회인이 돼서 독자층을 구성하게 되는 날을 예상해 보면 암담함을 느끼게 된다. 장래의 문화층을 형성하는 것은 적어도 조선어와 조선어 책자를 읽을 수 있는 힘과 습관이 거의 없는 사람들이 아닌가.

2. 내지어로는 쓸 수 없다

우리들은 조선문화를 사랑하기 때문에 이참에 여러모로 생각하지 않으면 안 된다. 그리고 조선문화를 지키는 것을 시작으로, 전일본(全日本) 문화에도 그것이 플러스가 될 수 있음을 우리들은 확신하고 있다. 당국자도 이러한 점을 반성해 주기를 바란다. 넓게 보자면, 조선문화의 독자성을 보지(保持)하는 것은 일본문화는 물론 동양문화를 위해서이며, 세계문화를 위해서이다. 이 점은 우리가 아무리 주장해도 지나친 것이 아니다. 우리들은 이러한 깊은 신념 아래 그 방향에 대해서 일관된 문화에 관한 의지를 가지고 움직이지 않으면 안 된다. 시세(時勢)를 타려고 하는 것은 아니나 현상적인 것에만 구애되어 대세를 잘못 보게 되면, 조선문화를 위해서도 상당히 슬픈 일이 아니겠는가. 이 점에 대해서는 정말로

조선문화를 염려하는 마음을 갖고, 진지한 태도로 의견을 나눠야 할 것
이다. 그러한 한 가지 예 가운데 장혁주 씨의 「소장(訴狀)」(문예[文藝] 이월
호)3)도 매우 과감한 소론(所論)으로 주목 받았다. 그것은 대체적으로, 문
학계(文學界) 신년호에 실린 조선문화 좌담회4) 중에서 하야시 후사오(林房
雄)5) 씨의 의견과 똑같은 것으로, 조선어는 곧 없어질 것이 틀림없으므
로 지금부터 조선어로 쓰는 것을 그만두고, 내지어로 쓰게 하지 않으면
안 된다는 것이다. 하지만 이러한 요구는 실질적인 문제로서 이루어질
수 없는 논의이다. 우리들은 조선어 감각으로서만 기쁜 것을 알고 슬픔
을 느끼며, 화를 느껴왔다. 물론 우리들 가운데 일부 사람은 내지어로
자신의 의지 표명이 가능하다. 하지만 감각과 감정 표현은 할 수 없다.
나는 지금까지 일찍이 감각과 감정을 무시한 곳에 문학이 있다는 것을
들어보지 못했다. 이 점은 장혁주 씨와 잡담을 나눌 때 장 씨 본인이 인
정했던 부분이기도 하다.

　내지어로 써야만 하는 것인가? 물론 쓸 수 있는 사람은 써도 될 것이
다. 하지만 일부러 모든 희생을 감수하고 내지어로 글을 쓰게 될 경우에
는, 그 장본인에게 대단히 적극적인 동기가 없으면 안 된다고 생각한다.
조선의 문화나 생활, 인간을 보다 넓은 내지의 독자층에게 호소하려는

---

3) 정확한 제목은 「朝鮮の知識人に訴ふ」(『文藝』, 1937. 2)이다. 번역하면 「조선의 지
　식인에게 호소한다」로 당시 조선 문단에도 반향을 일으켰던 문제적 평론이다.
4) 이 좌담회는 경성에서 열린 좌담회 「조선문화의 장래와 현재」(『경성일보』, 1938.
　11. 29~12. 8), 「朝鮮文化の將來」를 일본의 잡지에 다시 소개한 것이다. 일본에 실
　릴 때 제목은 「朝鮮文化の將來」(『文學界』, 1939. 1)이다. 이 좌담회의 일본 측 출석
　자는 秋田雨雀, 林房雄, 村山知義, 張赫宙, 辛島驍(城大敎授), 吉川兼秀(總督府圖書課長)
　였으며, 조선 측에서는 정지용, 임화, 유진오, 김문집, 이태준, 유치진이었다. 장혁
　주가 일본 측으로 출석한 것이 흥미롭다.
5) 하야시 후사오(1903~1975)는 소설가, 문예평론가이다. 당시 내지 문단에서 확고
　한 위치를 확보하고 있었으며, 조선 문단에도 일정한 영향력을 행사했다. 또한 전
　시기(戰時期)에 체제에 협력적인 활동을 한 것이 문제가 돼서 1948년 공직 추방을
　당하게 된다. 1963년에는 『대동아전쟁긍정론(大東亞戰爭肯定論)』이라는 평론으로
　문단에서 화제가 됐다. 일본이 패전 이후 사어화된 '대동아전쟁'이라는 용어를 사
　용한 것으로도 많은 논란을 일으켰다.

동기. 또한 겸손한 의미에서 더 나아가서는 조선문화를 동양과 세계에 널리 알리기 위해서 그 중개자가 되어 수고를 하겠다는 동기. 이러한 고귀한 의식이 없다면 자신의 문장과 말을 걸 수 있는 넓은 독자층을 갖고 있으면서도, 그것을 버리고 일부러 쓰기 힘든 내지어로 써야 할 필요가 현재 어디에 있단 말인가. 이 점에 있어서 나는 처음부터 장혁주 씨를 인정하려 들지 않았던 조선 문단의 협량(狹量, 좁은 도량―역자 주)을 부당하다고 생각한다. 하지만 사실을 말하자면, 역시 조선 작가는 자신의 독자층을 위해서 훌륭한 자신들의 언어로 써야 하며 또한 쓰지 않으면 안 된다. 만약에 작가가 자신의 언어를 버리고, 그 독자층으로부터 멀어지려 한다면 그것이야말로 조선문화 삼천 년의 역사를 정지시키는 것이리라. 이 점, 동경의 문화인도 진지하게 생각해 주었으면 한다. 조선에서는 조선 문자 밖에 읽을 수 없는 민중이 수백만 명이 있다. 조선문화를 원래의 사막과도 같은 상태로 매장시키려는 듯한 생각을 아무쪼록 철회해 줄 수는 없겠는가.

그 대신 우리들은 이때 다방면으로 언어 문제에 대해 구체적인 것을 생각해 보지 않으면 안 된다. 그것을 짐짓 피해서 문제 삼지 않겠다는 듯한 태도를 취하는 것은 도리어 비겁하다.

3. 정음(正音)과 한자

내 생각에, 현재 조선어로 쓴 작품은 소년들이나 관립학교 교육을 받은 사람들이 읽고 나서 한결같이 너무 읽기 어렵다는 반응이 나온 것은 큰 문제이다. 우리들의 언어가 갖고 있는 그 자체의 우수성은 결코 읽기 어렵다는 점에 있지 않다. 작가가 읽기 힘들게 쓰기 때문이다. 지나친 경우 신심리문학(新心理文學)의 아류는 구두점도 없이 기묘한 말을 억지로 만들어서 보기 흉하게 연이어 써놓은 것이, 보기에는 어딘가 산스크리트어를 보고 있는 것과 같은 느낌이 들 뿐으로 전혀 와 닿지 않는다. 물론 나는 이 일파의 작품을 인정하지 않는 것은 아니다. 하지만 사람들이 읽지 않는 것에 분노하지 말고 우선 많은 사람들이 읽을 수 있도록 궁리해야만 하는 것이 아니겠는가. 작품은 무엇보다도 독자를 필요로 한다. 내 경우에는 소학교부터 관립학교를 나왔기 때문에 그러한 좋은 표본이라 할 수 있는데 아무리 선의를 갖고 읽으려고 해도, 이 아류들의 문장은 한 장도 읽어줄 수 없다.

그런 선의 따위 필요 없다고 큰소리를 치며 나설지도 모르지만 말이다. 현재 조선에서는 어학회나 어학연구회라고 하는 다양한 권위 있는 단체가 있어서 다사제제(多士濟濟) 활동하고 있다. 이 분들이 어서 난마(亂麻) 속에 있는 언어를 통일해 주기를 바란다. 그리고 작가들도 대단한 경우가 아닌 한, 문법상의 활용과 변화를 파괴하지 않도록 노력해 주기를 바란다. 이것은 독자가 멀어져 가기만 하는 현 상황을 막는 한 가지 계책이라고 생각한다. 현재 작품 가운데는 실제 있지도 않은 말도 많이 사용되고 있으며, 또한 작가 자신조차도 확실히 이미지를 잡지 못한 말이 섞여 있어서, 더욱더 작품을 읽기 어렵게 만들고 있다. 나는 이러한 점을 현재 어느 뛰어난 신진 작가의 작품을 번역하려고 할 때, 가장 통절히 느꼈다. 어느 나라의 문학사에도 이러한 한 시기가 있었다. 문학사적으로 말하자면 조선문학의 초창기에서 새로운 조선 정음문학(正音文學)을 수립했던 이광수, 염상섭(想涉) 씨 등은, 실로 조선의 크롭프슈톡이며 레씽이다. 그러나 지금은 괴테가 태어나 나오지 않으면 안 된다. 조선어 문자에 전통적인 기반을 부여할 수 있는 언어 예술을 획득한 조선의 괴테가. 그렇지 않으면 언어는 그렇다 해도, 그것이야말로 조선문학이 최대의 위기에 처해 있다고 말할지 않을 수 없다. 현재 조선어는 무엇보다도 통일 및 정리를 필요로 하며, 그리고 그것이 위대한 작가를 통해 예술적으로 형상화 되는 것을 바라고 있다.

또한 나는 여기에 또 하나 용기를 갖고 제창하고 싶은 것이 있는데, 읽는 사람이 이해를 쉽게 하지 못하게 할 어구가 아닌 한에는 한자를 섞어서 써야만 하는 것은 아니겠는가. 이것을 작가들도 출판업자도 또한 어학 연구자도 반대하고 있는 모양인데, 우리들처럼 문필을 직업으로 하는 자들은 독자에게 편의를 제공해야 함에도 이러한 점을 조금도 생각하지 않아도 좋단 말인가. 사실 한자를 한 글자도 섞지 않고서 정음만으로 연이어 쓰는 문장을 몇 페이지나 읽는 것은 고통스러우며, 게다가 인상도 선명하게 줄 수 없다. 나는 한때 내가 읽던 책을 참고하려고 나중에 그 구절이 있는지를 찾기 위해 반시간이나 써버린 적이 있다. 만약에 한자가 섞여 있었다면 문자의 이미지를 보고 감각만으로도 충분히 찾는데 도움을 받았을 것이다. 이것은 그저 하찮은 한 가지 예에 불과하다. 우리들은 이런 위기에 즈음하여 이와 같은 것을 토론해야만 한다. 이러한 것이 우리들의 독자를 멀어지게 한다는 점을 누구하나 눈치 채지 못하고 있는 것인가. 나는 이런저런 의견과 비판을 크게 기대하고 있다. 역시 지금까지 해왔던 우리들의 정음문학(正音文學)은 그걸로 좋았다. 그것에는 충분한 이유가 있었기 때문이다. 이는 삼십 년 전까지 한자의 중압(重壓) 하에 살았던 우리들이 독자적인 언어로 문학을 수립하려고 했기 때문에 일어난 한 가지 현상이다. 하지만 이미 일부분의 한자는 우리들의 것이 되어 있지 않은가. 게다가 한어(漢語)에서 유래해 이전부터 조선어가 된 말을 쓸 때에도 작가에 따라 각기 다른 읽기로 쓰고 있다. 물론 작가는 어조나 문장의 흐름 가운데 그렇게 하고 있음에 틀림없다. 하지만 독자는 여러모로 성가시기 그지없는 것이다. 내가 여기서 예를 들지 않으면, 친애하는 우리들의 작가는 이해하기 힘들 정도로, 그토록 무엇 하나 독자를 생각하지 않았다는 말이던가. 동경 문단에서는 야마모토 유조(山本有三)6) 씨가 제창해서 되도록 어려운 한자를 피하고, 다 알

---

6) 야마모토 유조(1887~1974)는 극작가이며 소설가이다. 기쿠치 간(菊池寬)과 아쿠타가와 류노스케(芥川龍之介) 등과 문예가협회를 결성해서, 내무성 검열을 비판하기

고 있는 말은 히라가나로 옮겨야 한다고 하고 있다. 우리들은 지금 정확히 그와 반대되는 일을 해도 좋다고 생각한다.

이 외에도 여러 가지 의논해야 할 것이 많다고 생각한다. 우리들은 지금은 어떻게 하면 보다 널리 독자층을 확대할 수 있을지를, 제재(題材)나 내용과의 관계를 통해 생각해 봐야 하는 것은 물론이며, 그것에 버금가게 중대한 사실은 정음문학의 현재 모습 그 자체에도 전술한 것처럼 더욱 생각해볼 여지가 있지 않겠느냐고 하는 것이다.

4. 제재와 내용

조선의 신문학(新文學)은 불과 삼십 년 역사밖에 갖고 있지 않다. 지금 생각해 보면, 최근 조선 문학사는 아마도 세 가지 단계로 구별해서 생각해야 한다고 생각한다. 소위 초창기라고 해야 할, 이광수와 염상섭의 시대는 그들이 동경 유학에서 일본의 신문화와 문학운동에 자극을 받아, 고향에 돌아와서 새로이 조선 정음문학을 일으킨 것에서 시작됐다. 그들에게는 그 당시, 무엇보다도 문화와 문학에 대한 타들어갈 듯한 정열이 있었다. 그것이 그들의 문학을 만들었다. 하지만 잠시 신문학이 대충 그 토대를 만들려고 하는 찰나 마침내 사회주의 사조가 밀어닥쳐서, 섬약한 문학적 기반을 밟아 뭉개버리고 말았다. 이 성급한 사회주의 문학은 조선문학의 싹을 다 먹어치워 버린 독소였음은 부정할 수 없다. 우리들은 몇 사람의 사회주의 문학자조차 갖지 못했다. 가진 것은 모두 다 사회주의 어용 대서인(代書人)뿐이었다. 이는 그들이 간신히 성장하고 있던 신문학 예술을 짓밟은 것에서부터 문학적 활동을 시작했다는 것을

도 했다. 1934년에는 일본공산당과의 관계를 의심받고 일시적으로 체포되기도 했지만, 1941년에는 제국학사원 회원에 뽑혔다.

의미하며, 그것을 자신들의 피와 뼈로 받아들이지 못했기 때문이기도
하다.

  지금은 바로 그 반동기라고 하겠다. 어중이떠중이 모두 예술의 신에
홀린 것이 아니라 그런 것처럼 퍼뜨리고 있을 따름이다. 하지만 그들에
게 치명적인 것은 제일기(第一期) 문학자에게 있었던 것과 같은 정열이라
고 하는 술렁거림이 없다는 사실이다. 비너스를 바라보는 눈이 침침해
져 있는 것 같이 보이는 것은 어찌된 일인가. 이미 조선문학을 하는 사
람들은 생활과 곤고(困苦) 앞에 깃발을 내리기 시작했단 말인가. 그 정도
로 이 땅의 문학자가 녹초가 되지 않으면 안 될 정도의 것을, 이 시대와
사회는 부여하고 있는 것인가. 하지만 이는 기우에 불과한 것이다. 지금
부터 새롭게 일어나고 있는 최근의 문학층(文學層)은 지금까지 해왔던 제
일기 제이기의 문학을 지양하는 방향을 취하고 있는 것 같다. 우리들이
슬퍼할 것까지는 없으리라. 하지만 나는 한자(漢字) 문제와 똑같이, 여기
서 굳이 충언할 마음으로 말하고 싶은 것은, 우리들은 지금까지 제재나
내용을 확장하는 것으로 문학을 다시 시작하지 않으면 안 된다는 것이
다. 제일기의 문학자는 훌륭하게 정열적인 문학을 만들었고(지금은 기교로
그 생명을 이어가고 있지만), 현재의 문학자는 자기를 변호하는 문학을 해왔
던 것이다. 지금부터 시작되는 문학은 이러한 어떠한 양상과도 다르게
자유롭지 않으면 안 된다고 생각한다. 그러한 의미에서 나는 김남천 씨
의 자기고발 문학을, 현재의 문학 경향에서 이탈한 한 가지 방편으로서
주목하고 있다. 삼문(三文)의 가치도 없는 치들이 자신은 문학의 신에게
씌었다는 것을 방패로 삼아 자기를 지키려고 한다든지, 빈민굴의 생활
에 센티멘탈한 동정하는 마음을 보태서 비극문학을 쓰거나 하는 것 등
에서, 우리들은 손을 씻지 않으면 안 된다. 나는 신진이라는 이름으로
데뷔한 작가의 처녀작이 빈민굴을 다룬 작품이 아닌 것을 알지 못하며,
또한 그들이 문단에 나온 후부터 자기를 뽐내려고 하지 않은 경우를 알
지 못한다. 우리들은 이제부터 인생을 관찰하는 것에도 보다 냉철하게

시선을 돌리지 않으면 안 되리라. 그리고 자신에 대해서도 엄혹하게 대하지 않으면 안 된다. 한때 리얼리즘 문제가 활발하게 논의되었던 때, 상당한 수준의 문학자도 그것을 자연주의나 소박한 사실주의와 혼동해서, 게다가 득의만면한 얼굴을 내밀었는데, 어째서 이 리얼리즘이 우리들 눈앞에 꼭 써야만 하는 보다 넓은 분야를 부여하고 있음에 경의를 표하지 않는 것인가. 우리들의 문학에서 가난한 과부는 반드시 선량해야만 했다. 사환은 반드시 종국에는 주인집에 불을 질러 놓아야 했다. 촌부는 반드시 농장 감독에게 강간을 당해야 했다. 중역은 뚱뚱해야만 했다. 이렇게 조선에는 몇 종류의 인간밖에 없는 것인가. 이제부터 좀더 예리하게 넓게 눈을 돌려서 보다 깊이 그것들의 진상을 파악해야 될 것이다. 우리는 하나의 관리를 쓴 작품도 갖지 못했다. 인간을 탐구하고자 하는 우리가 조선 민중의 생활과 밀접한 관계를 맺고 있는 관리의 인간성마저, 지금까지와 같이 공식주의를 떠나서는 쓰려고 하지 않았다는 것에 대해 부끄럽게 생각하지 않아도 되겠는가. 작가가 그렇게 유치하고 경솔해서 좋단 말인가.

우리들은 새로운 제재와 내용을 지금부터 포착하지 않으면 안 된다.

5. 번역클럽

나는 앞서 조선문학이 수난기에 처해있지 않다는 의미의 글을 썼는데, 실은 조선문학을 위해 여러 가지 반성할 재료와 토론할 기회를 부여해 주었다는 점에서 이 시국(時局)에 감사해야 할 것이다. 우리들은 정말로 지금부터라도 위대한 문학을 건설하지 않으면 안 된다. 차라리 그러한 점을 위해서 열중하지 않으면 안 된다고 생각한다. 과거 삼십 년이라는 짧은 역사는 새롭게 수립돼 가고 있는 신문학을 위해서 그 토대를 키워낸 시간치고는 짧았지만, 이미 조선문학도 지금은 어엿한 하나의 층을 형성하였고, 우리들이 출발할 수 있는 지반을 부여했다. 그리고 우리들의 돛에 바람을 일으키는 사회나 시대의 혼탁함은, 일찍이 톨스토이나 도스토예프스키, 투루게네프를 탄생시킨 시대 및 사회에 비교해도 뒤떨어지지 않을 정도이다. 내가 존경하고 있는 문학자가 조선에는 지금이야말로 위대한 문학이 태어날 것임에 틀림없다고 말하는 것을 들은 적이 있다. 참으로 그 말 그대로이다. 하지만 지금 현상(現狀)은 어떠한가. 우리들이 걱정해야 할 것은, 혹은 이천만 이상의 인간이 일 분 동안에도 한사람이 몇 백 마디씩은 쓰지 않을 수 없는 조선어가 없어질 것이라고 하는 사실이 아니다. 오히려, 사실은 우리들은 문학의 성장을 위해서 진지하게 반성하고, 자각하고, 염려해야 할 것이다. 이천만 조선인이 살아있는 동안은 역시 그들을 상대로 그들이 읽을 수 있는 문장으로 써야 한다는 것은 당연한 것이 아니겠는가. 염려해야 할 것은 그것을 긍정한 연후의 일이다.

그런데 나는 지금부터 번역클럽이라는 것을 제창하려고 생각한다. 이는 조선문학의 고전과 현대작품에 국한된 것이 아니고, 적어도 동경문단과 또는 세계문단에 내놓아도 흡족한 걸작을, 지금부터 클럽도 좋고 협회라도 좋으니 어쨌든 무언가 하나의 조직을 만들어서, 번역해서 발표하자는 것이다. 조선의 작가들이 응할 수 없는 상담을 가져와서 일본어로 쓰라고 하는 것은 부당한 일이다. 그 대신에 조선어 문학을 번역할 수 있는 조직을 만들어서 동경문단과 세계문단과도 교류를 꾀하고, 조선문학의 현상과 조선문학이 참으로 조선의 언어로밖에 쓸 수 없는 이유를 공시(公示)해야 할 것이다. 이 점에 대해서 제씨(諸氏)는 어떤 식으로 생각하고 있는가. 여러모로 동경 근처 문학자의 후원을 얻어가며 잡지 관계자나 출판 직원과도 교섭할 수 있도록 하겠다. 우선, 경성제대 조선문학부 출신 모든 학도들부터라도 번역회라도 조직해서, 본인들의 전문인 조선문학을 내지어로 번역해 보려고 하는 마음은 없는가. 현대문학은 꼭 그렇지도 않지만, 역시 고대문학이나 이조문학(李朝文學)은 이러한 학도의 힘을 빌리지 않으면 안 된다. 그리고 이러한 학도들 자신도 그러한 것을 기획해도 좋을 시기가 아니란 말인가. 그와 동시에 현대문학 번역회와 같은 것이라도 만들어서, 거기에서 선정한 것을 사전에 동경에 사는 문화인과 협동으로 번역에 힘써서, 교섭도 동경에 있는 분에게 위임해서 대처하게 한다면 조선문학의 자부심을 안팎에 널리 떨치는 것이 되며, 또한 그 자체로 조선 문학자에게 활력을 불어넣는 하나의 방편이 될 것이라고 생각한다. 이 점에 대해서는 동경문단의 출판가, 작가나 평론가 제씨도 호의와 기쁜 마음으로 힘을 빌려 줄 것이 틀림없다고 생각한다. 실제 여러 문고본 가운데 정말로 조선의 고전 걸작집이나 현대 걸작집이 네다섯 권 있어도 좋지 않겠는가.

그에 덧붙여 꼭 필요하다고 느끼는 것은 우선 동경 조선예술가협회의 결성이다. 이 점에 대해서는 언제가 다시 기회를 봐서 사견을 펼쳐보려 한다.

극연좌의 춘향전 공연을 보고*

    작년에 도쿄 신협(新協)1)이 장혁주씨의 춘향전을 공연하고자 하였을 때, 나는 그 '텍스트레이지'2)에 참가하였던 관계로, 유치진씨의 춘향전도 그 참고삼아 읽어 볼 기회가 있었다. 그 당시 나의 숨김없는 감상에 의한다면, 장씨의 작품은 무대성이 적은 대신, 시적(詩的) 연소(燃燒)를 지녔으나 유씨의 각색은 무대적 효과는 얻었으되, 조잡함을 면치 못하였다고 할 수 있었다. 그리고 장씨는 독자의 대상을 내지인에 두었기 때문에, 춘향전의 소재성을 희생시킴이 많았고 유씨는 조선인 관객을 상대로 하였기 때문에 도리어 소재의 앞에, 작품의 내면성을 해침이 있었다.

    원래, 고전의 민역(民譯)을 소설화나 혹은 희곡화 함에는, 두 가지의 태도가 성립된다고 생각한다. 하나는 일단 원본을 떠나서 사회적 시대적 관계에서, 출발하려는 태도이고, 또 하나는 그 원본에 되도록 충실하고자 하는 태도이다. 이로 본다면, 유씨나 장씨나 모두 후자의 방향을 취한 것으로 신조(新潮)에 오른 장씨의 작품은 '레제드라마'3)로서는 생명

---

* 이 연극평은 「劇研座의 春香傳公演을 보고」(『비판』 1939. 6)를 원문을 최대한 유지하며 현대어로 고친 것이다. 이 작품의 복사본을 제공해 주시고 도움을 주신 연세대학교 박사과정의 전설영 선생님께 감사의 마음을 전한다.
1) '신협극단'은 1934년 9월에 결성된 이후, 1930년대 문화적인 반-파시즘 운동의 저항선을 형성하였다. 하지만 1940년 8월 주요 멤버가 지안유지법 위반으로 검거되면서 해산을 당하면서, 당시 신협극단에서 공연을 준비 중이던 김사량의 「불가사리」 공연도 무산되었다.
2) 대본의 재교정 작업을 말한다.

을 가지고, 유씨의 것은 금일(今日)의 극연(劇硏)이 가지는 관객을 앞에 두
고서는 무대적 생명을 가질 수 있을 따름이다.

그럼으로 나는 이번 극연에서 춘향전의 결정판을 상연한다는 말을 듣
고서는, 퍽으나 기대하는 바가 있었다. 그것은 내가 조선 연극 운동에서
공로많은 이 극단의 공연을 비로써 본다는 기쁨도 물론 있지만, 나는 무
엇보다도, 유씨가 퍽 더 훌륭한 개정본을 가지고 다시 세상에 춘향전을
묻는 줄로 믿었기 때문이다. 사실로 우리들의 춘향이는 얼마든지 더 이
쁘게 단장하여도 좋은 것이다. 그러나 나의 기대는 어그러짐이 많았다.
그 대신 무한한 기쁨을 금치 못하리만큼 감동된 것은 이 춘향전 가운데
나타난 작위성이나 진부한 '야마'도, 조고마한 부자연도 없이 제대로 우
리들에게 받아들여지는 것을 발견할 수 있음이다. 나는 이와 꼭 같은 경
험을, 도쿄 쓰키지(築地) 소극장의 춘향전 무대에서도 가졌던 때문이다.
그것은 고전의 위대한 힘이다. 그 점 나는 이미 『테아토로』 지상(誌上)에
서 시론하였으므로,4) 이곳에서는 다시 중복하지 않으려 한다. 그러나 유
씨의 춘향전에 있어서는 '야마'5)를 기대하는 관객을 만족시키고 있는
이 소재의 '트리비알'한 요소의 승리가 오히려 커다란 난점이라는 것을
지적하지 않을 수 없는 것이다. 물론 일단 관객은 어느 정도까지 이 무
대와 호흡을 같이 할 수가 있다. 허나 각색자가 원본과 관객이 요구하리
라는 점에 너무 친절하였기 때문에, 견실한 구조와 전개를 가지고서도,
매장(每場)을 어수선한 작위로 시종하여, 내면적으로 깊이 파고들어가지
를 못하였기 때문에 '앙상블'을 가지고 일관하여 도달하는 힘이 부족하
다. 가령, 이도령의 해석 같은 것을 본다고 할지라도 조금도 유씨 적인
면에 부대낄 수가 없다. 시대와 주위(周圍)와 혈통과의 모순 속에서 생긴

---

3) 레제드라마(Lesedrama)는 무대에서 상연할 목적이 아니라 독서용으로 쓰인 드라마
   이다.
4) 『테아토로』 총목차를 찾아봐도 김사량의 이름은 보이지 않는다.
5) '야마'는 일본식 표현으로, '클라이막스'를 의미한다.

하나의 비극적 존재인 이 주인공에 대하여, 조금도 작자로서의 지적 간섭이 없는 것 같다. 이것은 이 작품에서 치명적인 것이라고 안 할 수 없다. 다만 나는, 유씨의 작품에서는 원본에 나타난 도령을 높은 정도로 이식하였다고는, 생각하였는데 무대 위에서는 그 이도령도 자취를 감추고 말았음은 어찌한 일인가. 무대 위의 몽룡은 하나의 호색 소년에 불과하다. 이것은 연기자 자신의 문제가 더 크다고도 생각된다. 도쿄 학생예술좌 공연 때에, 보이던 호색 소년 몽룡이에서 조금도 떠나지 못한 것은 김동혁(金東赫)씨의 노력이 미급(未及)함인가.

연출에 있어서도 가장 문제 되는 것은 역시 각본의 '텍스트레이지'가 부족하여 내면적 투영을 조금도 실현하지 못한 점이다. 작자가 자기 작품을 연출할 때에는 언제나 이 같은 실패에 빠지기 쉬운 것을 반성하여야 될 줄 안다. 작품이 연출가의 손에 넘어왔을 때는, 벌써 그것은 작가의 것이 아니고 연출가의 것이기 때문이다.

전반적으로 말한다면, 무대 위에서 선과 향(向)의 '앙상블'이 부족하여 연기자들의 무대적 호흡이 맞지 않는다. 이 작품의 '드라마트루기'에서, '희－헤풍트'라고 할 수 있는 이별의 장면도 아무 절실한 맛이 없고 '최후의 긴장점'이라고 할 수 있는 옥중 장면도 심금을 울림이 없다. 김영옥(金映玉)씨의 춘향이는 좀 더 발성과 이시성(異時性)의 동작에 연구의 여지가 필요하다고 본다. 그리고 옥중의 춘향이보다도 성장(盛裝)한 춘향이가 이뻐보이지 않는 것은 의상술의 부족이라 할 수 밖에 없겠다.

월매가 2막에서 노래를 부르며 자탄(自嘆)한다던가, 4막1장에서 도령이가 춘향의 편지를 띄워 읊는 것 등은 전체의 연출 의도에 어울리지 않는 것 같은데, 구태여 그렇게 할 필요가 어디 있는가. 월매 강정옥(姜貞玉)씨의 연기는 다소 과대하나 연기성의 풍부하다고 생각한다. 그리고 월매의 연기 지도는 가장 찬(讚)할만 하다. 이익(李翼)씨의 방자는 열연이라고 할 수 있겠지만, 방자로서의 독특한 '아지'⑥가 없음이 서운하다. 역시 춘향이와 같이 미스 캐스팅에 속한다. 과부역은 각본에서도 필요하지 않고, 무대 위에서도 볼 것 없다. 무엇보다도 이번의 춘향전 공연에서 인상적인 것으로는 나는 이웅(李雄)씨의 변학도를 들려고 한다. 도쿄 신협에 있어서는 가장 연출자의 의도를 깊이 살린 것은 오자와(小澤)의 신관 사또(使道)였었는데, 이곳의 변사또(卞使道)는 연출자의 의도에는 관계 없이라도 또 독특한 풍격(風格)을 나타내었다. 그 외 연기성이 훌륭한 것도 아니지만 분장술은 완성에 가까우며, 개성적 '아트모스페어'7)를 지어내고 있다. 가히 추상(推賞)할만 하다고 보는데, 요컨대 난점은 발성술의 부족에 있다. 이 점은 다른 연기자 제씨들도 모두 이제부터 연구하여야만 될 새 과제라고 생각한다. 경성에는 본시로 시험적 소극장이 없는 탓으로 단계적으로8) 발성에 대한 연구들을 하지 못하였고, 또 대극장에 처음부터 나서기 때문에 연기도 퍽 공식적 의미로서 대극장성을 띠었을 뿐, 구체적 연구에 즉한 '제스추어'의 필연성을 볼 수가 없다. 장치는 비용 관계도 있겠으나 너무 평면적인 것이 흠이지 대체로 무방하다고 생각한다. 그러나 호리존트9)가 없어 색채적 효과를 낼 수 없는 것은 큰 유감이다.

그리고 단역의 제씨(諸氏)의 연기에는, 무엇보다도 장래를 기대함이10) 많아, 이 극단의 장래를 축복하고 있다. 나는 오늘까지 기회를 얻지 못하고 다만 두 셋의 신파와 중간극만을 볼뿐이다가, 이제 극연의 춘향전을 보고 어쩌면 다소의 흥분을 억제치 못하였다. 그것은 조선의 연극도 이만큼이라도 진보하였다는 것과, 그리고 이제 얼마든지 진보할 좋은 맹아(萌芽)를 가지고 있음을 발견한 까닭이다. 물론 춘향전은 이 극연에

---

6) '아지'는 일본식 표현으로, '맛'이라는 뜻이다.
7) 'atmosphere'로 '분위기'라는 뜻이다.
8) 원문에는 '계단적으로'라고 나와 있다.
9) 호리존트(horizont)는 하늘이나 지평선 등으로 이용할 수 있는 스튜디오 안의 벽면. 무한한 공간감을 만들어 내기 위해 텔레비전 스튜디오 바닥에 설치하여 배경으로 사용되는 이음새가 없는 벽이다.
10) 원문에는 '期待식힘이'라고 나와 있다.

서는 '다마데바코'11)인 모양이다. 언제나 춘향전의 기획은 성공하였다는 것이 당사자들의 말이다. 번역극 혹은 현대극에 있어서는 이만한 성적을 올릴 수 없는 모양이나, 제제다사(濟濟多士)의 극연이니 장래는 그 방면도 개척할 것이라 기대된다. 조선의 신극은 영화보다 5년 신파보다 3년은 앞선 것 같다. 연기자 제씨가 차츰 리얼한 어성으로 대사를 읽게 된 것도 신극의 승리라 아니 할 수 없겠다. 이 극단에서도 차츰은 혼일(渾一)한 예술적 향기를 자아내는 시정신(詩精神)이 창일(漲溢)한 앙상블의 무대를 보여주리라고 기대한다.

---

11) 일본어로 '玉手箱'를 말한다. '다마데바코'는 옛날에, 용궁에서 가져온 상자를 말하며, 물건을 소중하게 보관해 두는 상자라는 뜻을 갖고 있다.

독일의 애국문학*

어느 나라의 문학자가 제 국토와 민족과 결대(結帶)하고 그 민족의 피가 그의 혈관을 돌고 있는 한 그의 창조가 생득적 의미로 민족적이며 현재의 나치가 흔히 쓰는 말로 휠크하후트(즉 민족적)일 것은 자명한 이치이다. 그러나 그것이 선천적 투영의 범주를 벗어나서 오로지 애국을 위한 정치 문학으로써 볼 때에는 독일 문학에는 그 유례(類例)가 심히 요연(寥然)한 감이 있다. 나치 문학자는 여기 있어서 이후에 진실로 애국주의의 갈망이 없었는가 하고 혈안이 되어 과거 문학에 그 계시를 찾으려다 실패한 나머지 도리어는 그 책임은 문학자에 있는 것이 아니라 정치 그 자체에 있었다고 하는 것이다. 그것도 일편 지당한 말이다. 서구의 문학자에 있어서는 문화가 국가의 개념의 앞에 나서는 수가 대단이 많았기 때문이다.

30년 전쟁(戰爭)의 뒤 지리멸렬하게 되었던 독일을 통일하여 보(普)노(魯)서(西)가 성립되었을 때에도 그것이 소위 '봉건적 폐허'로서 모든 '정신적 창조'에 전제적 압박을 가함에 있어서는 단연 그것을 야만의 소굴이라 하여 애국적 열정을 기울이지 않았던 것도 그 당시의 문학자들이

었다. 혹은 크롭슈톡처럼 정말로 도피하는 이도 있고 헬델처럼 노서아 (露西亞)로 망명한 이도 있다. 괴-테는 지금 나폴레옹의 군대가 독일의 국토 안에 쳐들어온다는 비발이 들릴 때에 쌍수를 들고 불란서의 민주적 문화가 독일에 들어오게 되었다고 기뻐하였던 것이다. 하인리히 하이네는 소년적 열광으로써 나폴레옹을 찬미까지 하였으며 보노서 제국과 속물적 애국주의에 대하여 용감한 반항을 하였다. 나폴레옹인 즉 대혁명의 찬탈자(簒奪者)이면서도 봉건적 보노서로부터 독일인을 해방한 구주(救主)이였기 때문이다.

그러므로 우리는 그 당시의 독일 애국문학에도 두 가지의 갈래가 있음을 본다. 그것은 그때를 풍미(風靡)하던 낭만주의 사조 속에 이 두 유파를 규정할 만한 두 가지의 성격이 내재하였다는 것이다. 그 하나는 독일적 애국문학으로서 과거의 독일에의 동경(憧憬) 봉건적 독일에의 찬미의 길이였음에 대하여 또 하나는 바로 그 정반대의 성격이었다. 즉 전자 슈레겔의 형제 티-크 노봐리스 호프만 등의 독일 중세사에 대한 동경에 가득 찬 애국문학에 대하여 그것은 과거의 독일을 증오하고 그 봉건적 보(普)노(魯)서(西)적 독일로부터 벗어나 민주적 독일에까지 발전시키려는 건실한 애국문학이다.

하이네, 칼 구코, 하인리히 라-베, 루-돌프 뷘발크 등의 청춘 독일파의 운동이 그것이었다. 그러므로 그들은 낭만주의에 적대하여 가장 치명적 타격을 주면서도 기실 낭만주의의 영원한 가치를 구출함에 큰 도움이 되었던 것이다.

물론 나폴레옹의 지배 당시 불란서에 대한 증오와 독일에 대한 찬미로써 이류 삼류의 시인이면서 족히 해방 전쟁의 시인이라는 명예를 가질 수가 있었다. 그들은 독일인의 애국심을 고취함으로부터 불란서적 독일을 봉건적 독일에 역전시키려 함이다. 나폴레옹의 지배를 벗어나 독일이 자립함은 물론 아무나 모두 기구(企求)할 일이었다. 그러나 봉건적 국가 속에 민주적 호흡을 불어 넣는데 힘이 된 나폴레옹을 쫓아내고 자기들의 두상에 봉건 독일 왕후의 철추(鐵鎚)를 받들 것은 그렇게 즐거워할 리가 없는 일이다. 하이네는 여기에서 비애국자의 악매(惡罵)와 박해를 무릅쓰고도 진실한 애국 문학자의 새로운 태도를 제시하였다. 그는 「독일 겨울 이야기」의 서문 속에서 다음과 같이 말하었다.

「나는 조국을 너희들과 똑같이 사랑하고 있다. 이 사랑 때문에 나는 13년 동안을 추방 속에서 살아 왔다. 그리고 이 사랑 때문에 나는 또다시 추방의 길을 떠나는 것이다. 나는 불란서인의 동무이다. 이성을 가지고 선량한 자(者)이라면 아무런 인간이라 동무인 것과 마찬가지로……이것이 나의 애국문학이다」

그러나 일반적 의미로 볼 때 독일 문학자로서 독일 민족의 아가(雅歌)를 부르며 자기의 국가의 번영을 바라지 않는 사람이 어디 있을 것인가. 우리는 헬린을 생각하여도 좋다. 시인이라면 그의 말에 의하면 반드시 '민족의 시인'이었다. 다시 말하면 애국의 시인이었다. 그렇다고 이것을 생득적인 한계를 벗어나서 현재의 나치문학이 말하는 '즉 민족적 문학'과 혼동할 때에는 우리는 독일의 흥망을 좌우하는 대전시(大戰時)의 문학 속에서나 그 요구에 합치되는 문학을 겨우 발견하게 되는 것이다.

대전(大戰)의 유발을 계기로 독일 문단에는 일부에 왕성한 애국문학의 대두(擡頭)가 있었다. 이것도 역시 낭만주의의 전통을 계승하여 중세기의 몽환(夢幻)과 신비를 동경하면서 독일을 구가(謳歌)하고 애국열을 고무한 것이다.

그러나 이 애국문학 가운데에서 그 예술적 가치를 인정할 만한 작품이라면 우리는 드뷘켈의 「독일의 운명」과 보이델브르그의 「보-제뮤렐 부대」, 알벨스의 「와인호-르트」, 그리고 웨-넬의 「벨단의 칠용사」 등 몇몇을 겨우 들 수가 있을 뿐이다. 그 반면에 이와 대립하여 소위 표현주의 일파가 나서며 인도주의적 의욕과 세계주의적 이상 밑에 전쟁문학을 출산한 것은 극히 주목할 만한 사실이었다. 그리고 표현주의가 본질 조명에만 즉하여 너무 추상적이었음에 대한 반동으로 신즉물주의(新卽物

主義)가 현실주의적 색채를 띠이고 그 뒤로 출현한 것도 특기(特記)할만
하다. 바야흐로 총동원으로 국가의 흥망을 걸고 싸울 때 벌전쟁의 초년
에 나타난 크리츠 폰 운루-의 승리의 여신의 날개로부터 레마르크의 「서
부전선 이상없다」에 이르기까지 거의 허무주의적 성적 생활의 무윤리(無
倫理)를 고창하여 전쟁의 참(慘)을 뚫고 나가는 인간 본능의 요구를 그린
작품이 접출(接出)한 것이다. 그러므로 대전 당시의 전쟁 소설이라고 하
여 거기서 우리가 전반적으로 애국문학을 보려고 하여도 그것은 극히
무모에 가까운 일이라 하겠다. 그리고 전쟁문학으로써 전자를 극복한
것도 역시 인도주의적 입장에서 예술위에 적수(敵讐)를 두지 않으려는 평
화문학에 틀림없었다.

그러나 현재는 전후 참상의 책임을 전후를 지배한 평화주의에 문질(問
質)하는 나치문학이 출현하여 독일 문단을 휩쓸고 있는 터이다. 이에 다
시 새로운 애국문학이 탄생하게 되었다. 이 신흥애국문학은 평화주의에
대립함으로부터 자연 독일적 '즉 민족적'이 되려고 의욕하는 것이다. 그
러므로 엄밀한 의미로서는 애국문학이라기보다 외려 애족문학(愛族文學)
이라고 함이 지당할 것이다. 그들은 문학자가 제 국토와 민족과 생득적
으로 결대(結帶)되어 있는 면을 특별히 내세우며 강조하여 '문학자'는 영
육(靈肉) 양양(兩樣)으로 구설 문필을 다하여 제 국민의 요구에 응하고 민
족과 같이 살고 죽어야 된다고(한스요-스트)한다. 그러므로 현재의 애국문
학은 자연 민주적 정치의 특수성을 부정함으로부터 이성을 몰각하고 신
앙을 우위에 추재(推載)하게 되는 것이다. 그들은 민족 의표(意表)는 개인
적의 것이 아니고 사회적 국민적이기 때문에 국가는 불가침의 권위체(權
威體)라 한다. 따라서 문학도 민족정신에 귀환하기를 요구한다. 그리고
문학이 민족적 정치적이 되어야 한다는 요구의 목표는 직접으로 그 내
용에 언급하는 것이니 즉 문학은 제재적으로 민족의 중대 운명에 참여
하여 정치적 사태를 선동적 혹은 동반적으로 표현하게 해야 민족의 정
치 교육과 정치 운동에 영향을 미치게 해야 된다는 것이다. 한스 그림의

1932년의 언설에 의하면 지금이야말로 문학은 시국의 호령에 맞추어 철저하게 정치문학화 해야 된다고 했다. 그리고 이 애국문학에 충실한 문학자로써는 헬만슈테-르슈밋트본 그리고 세-휄 등이 있으며 최근의 신인으로서는 골벤하이엘 그리-제부퉁크 등이 활약하고 있다. 작품으로는 골벤하이엘의 「몬살밧슈」라든가 옷로 그메-린의 「황제의 면모」라는가 한스 그림의 「국토 없는 민족」 그리고 한스요-스트의 「슈라-세텔」 등이 백미라 하겠다.

여기서 우리가 독일의 애국문학을 개관한 바로는 언제나 그것이 국난에 처하였을 때 낭만주의적 경향을 가지고 대두하였음에도 불구하고 늘상 세계주의적 문화주의적 문학방법에 드디어는 극복되었다는 사실이다. 고전주의 시대의 괴테의 태도로나 또는 하이네 일파의 애국주의의 성질로나 그리고 대전 직후의 표현주의와 신즉물주의의 문학 태도에서나 그 시사를 볼 것이다. 독일문학의 특색이라면 비극에서 머나먼 피안을 낭만하여 건투하는 정신이다. 그리고 독일문학은 언제나 독일의 시대사조와 독일의 특유한 민족성과 그리고 각자의 작가적 개성을 발휘시켜왔다. 이곳에 과시(誇示)하지 않고 시위(示威)하지 않은 독일의 애국문학 애족문학이 건재하였던 것이다. 현재와 같은 무장화한 애국문학은 참으로 순리적인 자연적인 애국문학이라고 할 수 없는 줄로 안다. 현재는 독일의 애국문학은 광적 애국주의에 함몰(陷沒)하였다고 할 것이다. 그러므로 우리가 조금이라도 과거의 독일 애국문학의 발전의 양상으로 미루어 본다면 현재의 독일의 특수 부락적 애국문학도 내지 않은 장래에 그 문학 자체 속에서 양성(釀成)되는 모순과 이미 대립되어 오는 추방된 이민문학에 의하여 새로운 단계로 양기(揚棄)될 것임을 가히 추측할 수가 있는 것이다. 여기서 우리는 하이네가 진실로의 애국주의로부터 보노서 제국을 향하여 저주와 악매(惡罵)를 퍼부은 사실과 최근에 발표된 토마스 만의 절절한 애국적 고백을 다시금 생각하게 된다.

독일과 대전문학*

세계의 문화와 질서를 일거에 폐허화(廢墟化)한 세계대전이 독일의 문학과 사상의 조류에도 심히 커다란 변화를 주고 있다. 한동안 전쟁을 주제로 한 전쟁문학의 뒤를 이어 대두한 것은 허무주의적 체념의 문학과 평화를 갈망하는 인도주의적 문학이었다.

그러나 세계대전이 독일 민중의 정신생활에 준 타격은 너무도 격대(激大)하였다. 피와 불의 창이(創痍)를 만신에 받고 신음하게 된 나머지 그들은 절망의 폭연(瀑淵)에서 새로운 생명을 동경하게 되었다. 즉 패전 후의 독일인을 죽음과 절망으로부터 구원함에는 늙은 옛적의 신과 옛 기계문명과 절연하고 새로운 정신적 자아를 발견하여 재건하는 길밖에 없었다. 그리고 새로 군림한 문학의 신은 이제부터 우리가 논의하려는 표현주의[1]였다.

표현주의 문학은 일언으로 말하면 인상주의에 대한 반동으로 세계대전의 참(慘)으로부터 현저히 촉진되었다. 대전으로 인하여 생활은 위험에

---

* 「獨逸의 大戰文學」은 『조광』(1939. 10)에 발표된 것으로 원문을 최대한 살리되 현대어로 바꿨음을 밝혀둔다. 이 평론은 김사량의 독일문학관을 잘 알 수 있으며, 김사량의 1939년 동경제대 독문과 졸업논문 「낭만주의자로서의 하인리히 하이네(Heinrich Heine als Romantiker)」와도 관련을 맺고 있다.

1) 20세기 초 주로 독일·오스트리아에서 전개된 예술운동으로, 특색은 작가 개인의 내부 생명, 즉 자아(自我)·혼(魂)의 주관적 표현을 추구하는 '감정 표출의 예술'에 있다. 이 운동은 우선 회화에서 시작되어 다른 조형예술을 거쳐 문학·연극·영화·음악에까지 미쳤다.

빠지고 생존은 참혹(慘酷)을 말하고 운명의 지배는 크게 되었다. 모든 회의(懷疑)도 금단되고 의무와 봉공(奉公)이 오직 그들을 전장으로 몰아내었다. 이런 외부의 권위에 구사된 자아를 해방하고 새로운 생활을 주장하려는 운동이 바로 표현주의니 ‘헬만팔’은 그의 논문 표현주의에서 말하였다.

“현대에는 외부의 압박 때문에 자아를 상실하였다. 표현주의는 인간이 자아를 피로 회복하려는 운동이다. 인간은 오늘날 자기들의 물질과 기계의 노예가 되었다. 그러므로 영혼과 물질과의 쟁투(爭鬪)가 생긴다. 자연을 정복하려고 하다가 인간이 자연의 복수를 받고 넘어지었다”

물질과 기계의 복수(復讐)인 비참한 전쟁 때문에 신음하는 인간을 정신의 요람(搖籃) 자유와 평화와 도취(陶醉)의 나라에 이끌어 들임이 표현주의의 사명이었다. 자유와 평화와 지세(止世) 이것은 얼마나 동경(憧憬)이 가득한 세계인가. 그리고 이 정신적 높은 태도는 필연 세계주의적 경향을 가지기 때문에 신낭만주의나 신고전주의의 안티테－제가 된다. 그러나 중요한 점은 세계대전이 낳은 표현주의 문학을 볼 때 그 당시의 독일인이 받은 정신적 타격이 너무도 심대하여 그 문학 내용 혹은 형식에까지 여러 혁명이 일어나 그 고답(高踏) 도취(陶醉) 고뇌(苦惱) 규환(叫喚) 황홀(恍惚) 비참(悲慘) 광조(狂躁) 등 이루 말할 수 없지마는 역시 이것도 현실을 정복하고자 한 급격한 의도와 열정 때문에 불과(不過)한 현상이다.

‘세계’를 그 핵심으로부터 탐구하고 창조하는 것이 장래 예술의 커다란 의무이다. 현실을 정복하여야 한다. 그러나 현실을 도피함이 아니다. 이것은 ‘드슈미트’의 표현주의 문학에 대한 술회(述懷)이다. “정신의 활동과 감정의 심각과 폭발로서 현실을 정복하는 것이[2] 젊은 문학자의 공통된 의지이다.”

이 세대의 문학자는 감각의 세계는 진실의 실재가 아니기 때문에 자

---

2) “현실을 정복하는 것이” 이 부분의 원문은 “現實은 征服하는 길이 것이”이다. 이와 같이 두드러지게 수정한 부분을 뺀 나머지는 명기하지 않겠다.

아를 확대하여 현상의 배후에 있는 본질에 접근하여야만 된다고 한다. 그러므로 표현주의는 운명에 대한 도전과 새로운 형식의 창조욕에 가득 찼었다. 불안정한 감정 회의 초조 생활의 재건 열(熱) 깊은 세계 신앙이 모두 다 이 때문이다. 새로운 문화 건설에 대한 의욕과 이성적 판단의 노력 구주(歐洲) 평화와 새로운 시대에 대한 책임의 성정(誠情)이 또한 그렇다.

엄밀히 말하자면 표현주의 방향에서 보는 인류의 이상은 기계와 성질로부터의 자아의 해방이니만치 민주주의 혹은 사회주의 무정부주의 반군주의에까지 진전할 가능성을 내포한 것은 간과치 못할 사실이다.

표현주의는 그 세계관과 예술관으로부터 특히 조형미술의 방면에 먼저 커다란 혁명을 일으키게 되었다. 미술가 '막스벳히슈타인'은 현대의 문명을 거부하고 남해(南海)와 고도(孤島)에 건너가 강렬한 일광과 치열한 색채의 자연 속에서 소박하고도 자유로운 토인의 원시적 생활을 그리려고까지 하였다.

표현주의는 문예방면에서는 특히 극계에서 괄목할 활동을 하였다. 물론 독일의 표현주의 문학운동은 벌써 1910년 「악티온」이라는 잡지가 시작되는 해부터 대두하였다고 보지마는 자연주의 시대에 활동하던 「뷔데킨트」와 「칼·하웁트만」의 영향도 적지 않다. 더욱이 극계에서 그러하였다. 물론 양식에 있어서도 제반 특색을 가지게 된다. 그것은 회화에서 볼 수 있는 것과 마찬가지로 대상의 초월과 양식의 단순화에 있다. 즉 특수로부터 보편에 이르는 경향 표현파의 '알프레드-브린'의 설에 의하면 문장의 속도와 간결성과 최고의 긴장 등이 '슈틸'(양식)의 절대 조건이다. 이것은 그 당시의 혼돈과 긴박과 초려(焦慮)의 사회 상태로서 볼 때 일응(一應) 수긍할 일이다. '게-팅'의 해전이라든가 카이젤의 「칼레의 시민」 같은 희곡과 저번 미국에서 객사한 망명가 '에른스트 톨러-'의 제작(諸作) 그리고 '에드슈미트 슈테룬하임' 등의 소설에서 이 경향을 볼 수가 있다. 단순한 색감 설명하지 못할 복선(伏線) 추상적 인간 심지어 희곡상에서는 등장인물의 성명(姓名)이 없기까지 한다. 그러므로 「제일의 인(人)」, 「제이의 인(人)」, 「신사」, 「노동자」 등의 등장인물도 생기고 시대라든가 장소의 설정도 필요하지 않다. 이것은 어떤 특수한 시대와 장소의 특수한 개성적인 인간3)을 그리려함이 아니고 극히 추상적인 인간을 세워 유형화하려고 하기 때문이다.

참고삼아 표현주의 작가와 작품을 본다면

희곡의 대표작가에 '게올그 카이젤' 작품에 「교장 크라이스트」, 「아침부터 밤까지」, 「유태인 과부」 등 수십 편이 있으며 그 중 「칼레의 시민」은 표현주의 최대 수확의 하나다. '칼슈테른하임'의 공적도 결코 잊을 수 없으니 그는 풍자로서 일가를 이뤄 희곡 「바지」 외에 「가면」, 「소시민 가족」, 「1913년」 제작(諸作)이 있다.

「군중인간」, 「기계파괴자」 등의 유태계 작가 「에른스트 톨러-」의 활약도 간과할 수 없다.

「일가(一家)」, 「광장」의 「푸릿츠폰운루-」. 그의 「폭풍」은 시대와 신시대의 부자(父子)의 갈등을 그린 작품으로 여러 문제를 제기하였으며 그외 「하-젠크렐」의 「자식」, 「게-링」의 「해전」, 「조르게」의 「거지」 등은 이미 조선서도 애독된 작품들이다.

표현파 시인으로는 '프란츠 웰첼', '게오르그 트라칼', '또이 부렐', '에-렌슈타인', '월트간스' 등 허다(許多)하지만 그들은 모두 고뇌와 불만과 반항과 환락과 감격을 노래 부르고 있다. 그리고 그들의 시에는 열정과 광폭이 있는 대신 비약과 방종(放縱)이 그림자처럼 따른다. 시집으로는 '또이부렐'의 「극광(極光)」이 자연에의 동경을 담았으며 '웰첼'의 「우리들은 살았다」의 분방한 형과 심통한 고민이 있고 '월트간스'의 「정오」는 인류에 대한 열정에 타고 있다. 하나 표현주의는 현실에서 가능한 생활 혹은 인간 등은 염외(念外)에 두기 때문에 소설에는 좋은 작품이 적고 다만 작가에 '하인리히 만', '한스요-스트', '우-릿츠 에드슈밋트', '레

---

3) 원문은 '個性人間'이다.

오날드 푸랑코’, ‘우드－월츠’ 등이 있을 따름이다. ‘하인리히 만’의 초기작 「적은 거리」, 「신하」 ‘요－스트’의 장편 ‘에드 슈밋트’의 「티－물」 등이 겨우 문학사적 의의를 가질 뿐이다.

그러나 세계 질서의 회복과 독일 혁명의 완성에 따라 점차 안은(安隱)의 문학을 요구하는 기운이 농후하게 되어 표현주의도 반성하게 되었다. 이는 대전 전화(戰禍)로 절망에 빠졌던 그 당시에는 무리도 아니었지만은 차츰은 비판적으로 대상을 보게 되고 또 극도의 흥분과 도취와 몽환(夢幻)의 세계를 이탈하게 된 탓이다. 그러나 그 본질은 역시 인류의 정신적 갱생(更生)에 있었으며 그것이 다만 대전의 격세인 정신적 타격 때문에 잠간(暫間) 경련 상태에 있었다고 볼 수 있느니 만큼 역력히 다음의 신즉물주의의 계승될 동인(動因)을 내포하였었다.

그 혼돈 광조 흥분도 역시 하나의 ‘슈틸’에 속하여 필경은 새로운 인간에의 갈구에 지나지 않은 것이므로 다분히 낭만성을 띠었으며 또 먼 ‘바로크’ 시대의 예술과도 연관됨이 없지 않다. 그러므로 표현주의를 세계대전의 충동(衝動)때문에만 일어난 문학사상의 우연으로 생각함도 부당하다.

신즉물주의는 즉 표현주의의 극복을 의미한다. 추상적인 것에 반하여 이상과 몽환에 머물지 않고 현실과 실제에 접근하려는 지향을 가지고 대두하였다. 예를 대전에 두고 보면 표현주의는 전쟁의 참화(慘禍)와 전율(戰慄)에 압도된 탓에 전쟁을 저주하였으나 신즉물주의는 전쟁을 세밀히 내적 체험을 통하여 새로 결산하고자 한다. 그러므로 자연히[4] 신즉물주의에는 인도주의적 방향으로서 표현주의의 정당한[5] 조류를 계승한 방향과 새로운 국가사상에 일어난 국민주의의 방향 이 두 갈래가 있는 것이다. 전자는 즉 구주의 천지에 영원한 평화를 가져 오려는 민주적 전쟁 회피의 정신이나 결국 나치스 정권 후자가 전자를 정치의 힘으로 억

---

4) 원문에는 ‘自然’으로 나와 있다.
5) 원문에는 ‘正當’으로 나와 있다.

누르고 새로이 나치스 문학으로서 독일의 천지에 군림하게 되었다. 이 것은 비합리와 신앙과 독일의 사상을 담아 모든 이질문화를 배격하고 옛날의 전제(專制) 보노서 제국을 꿈꾸어 침략과 전쟁의 어용(御用)에 조 달되어왔다. 여기 반하는 작가는 모두 뒤를 이어 유태계 문학자와 같이 외국에 망명을 하지 않을 수6) 없었다. 그리고 우리는 표현주의 작가에 유태계가 압도적으로 많이 있는 것을 보게 된 것도 흥미 깊은 일이다.

지금은 독일의 천지는 다시금 참비(慘鼻)의 대전장으로 화(化)하였다. 이 대전은 장차 어떠한 문학을 낳을 것인가. 더욱이 독소(獨蘇)의 악수로 부터 그 장래는 적지 않게 주목된다. 옛날의 포현주의 작자가 거의 반 '파시스트'가 된 오늘날 소련에 대하여 추종하고 친선하고자 하는 독일 나치스가 이 망명 문학자들에게 이제부터 어떠한 태도로 임할 것인가. 그러나 이 후(后)의 독일 문학의 발전도 여간 문학사의 전개 양상에 대 한 지식이 있다면 대략 예상을 가질 수 있는 줄로 안다.

표현주의 시대의 「프리츠픈운루―」는 결국의 목적은 비정치적 인간 에 있다. 인류의 상호애와 인간의 정신사적 갱생(更生)의 필요는 어느 시 대 어느 환경에서나 신의 진실한 섭리이다. 국가는 최근 그7) 이기적 본 성만을 나타내었다. 그리고 예술의 근본 개념은 사랑의 체험과 모순되 어 있다.

장래의 독일문학의 방향에 대하여도 시사(示唆) 깊은 말인 줄 안다.

대전 당시의 문학은 이미 전고(前稿) 독일 애국문학에서 시론(試論)하였 으며 또 전쟁문학은 세계대전이 낳은 것이 아니고 높이 고취된 애국열 이 낳은 문학이라는 견지에서 이곳에서는 언급하지 않기로 하였다.

---

6) "하지 않을 수" 이 부분의 원문은 "안을수"이다.
7) 원문에는 '最近其利己的本性'으로 나와 있다.

조선문학 측면관*

상. 러시아 문학의 영향 지성의 빈곤

1. 계몽문학

나는 다만 조선문학의 충실한 역자(譯者)에 지나지 않는다. 그러나 문단에 발을 들여 놓고 있지 않기 때문에 오히려 남보다 객관적으로 보고 있지 않는가 하고 스스로 생각할 때가 있다. 더욱이 이번은 어떤 잡지사의 조선문학 번역 소개에 참획(參劃)하여 더욱 더욱 조선문학에 대하여 느끼는 바가 많게 되었다.[1] 지금까지 계통을 세워 읽지도 못하였거니와 또 내가 좋아하지 않는 작가의 것은 눈도 거들떠 않았지만은 이번은 권위를 세우기 위하여 널리 왕복 통신으로 우수한 작품을 추천받은 탓으

---

* 이 평론은『조선일보』에 1939. 10. 4~10. 6일 걸쳐 총3회(상, 중, 하) 걸쳐 연재된 것이다. 연재란의 필자 소개를 현대어로 바꿔서 소개해 보면 "필자는 동경대 독문과를 마치고 현재는 동대학원에서 연구 중인 학구로서 또『문예수도』의 관계자다. 이번에『모던일본』사의 위촉으로 동지 조선판의 조선소설 번역을 주재하였다."라고 하고 있다. 신문에 게재된 제목은 각각 아래와 같다.
「朝鮮文學側面觀(上)－露文學의影響 知性의貧困」
「朝鮮文學側面觀(中)－語感尊重의限界와題材」
「朝鮮文學側面觀(下)－漢字問題, 觀察 敎養其他」
1) 김사량은『모던일본(モダン日本)』(제1차 조선판 1939년 11월)에 이광수의「무명(無名)」(일본어 번역)을 발표하고 있다.

로 책임을 지고 일일이 한 번씩 읽게 되었다. 이 기회를 오히려 대단히 즐겁게 생각하고 초기의 것으로부터 현재의 신인의 작품까지를.

　첫째 느낀 것은 우리들 초기의 계몽문학은 압도적으로 노서아(露西亞) 자연주의의 영향을 받았다는 점이다. 이것은 그 당시의 조선의 사회 정세와 농촌의 사정으로 부터도 설명될 줄 안다. 그러나 넓은 의미로 볼 때에도 조선의 문학자처럼 노서아 문학이나 서구 문학의 영향을 받은 것은 없을 것 같다. 그것은 우리들의 지역이 대륙에 달렸으며 북방적인 것을 내적 인간 속에 가지고 있는 탓도 있을 것이다. 대체로 조선 문학자가 내지문학의 영향을 그다지 받고 있지 않은 점은 극히 주목할 만한 사실이다. 우리는 이광수 씨에서도 염상섭 씨에서도 김동인 씨에서도 이것을 예증 할 수 있는 줄 안다. 그러므로 우리가 조선의 작품을 이곳에 번역하여 이식하고자 생각할 때에 무엇보다도 주의할 것은 내지문학의 내재성과 조선문학의 내재성이 상이하기 때문에 조선에서의 가치 판단과 이곳에서의 가치 판단이 자연 상이할 것이라는 점이다. 물론 그 작품이 작품 자체서만도 높은 가치를 가지고 있을 적에는 별문제이지만 조선 문학사 속에서 의미를 가지는 작품이라 하여 반드시 이곳에서도 높게 평가 되느냐 하면은 결코 그렇지 못할 것은 자명하다. 나는 이것을 예를 들어 말하기를 피하지만은 년전(年前)에 『문학안내(文學案內)』2)에서 시험한 조선작가 소개호의 성과를 모아 확실히 깨달을 수가 있었다. 그것은 상호 문계(文系) 주류의 상이와 사적 전개의 간격으로부터도 기인하는 줄로 믿는다. 여기 관하여는 나는 한설야 유진오 이태준 제씨의 작품

---

2) 『문학안내』는 문학안내사에서 1935년 7월 1일 발행돼서 1937년 4월 1일 제3권 4호를 끝으로 폐간됐다. 『문학안내』의 발행자는 기시 야마지(貴司山治)로 그는 NALP(일본 프롤레타리아 작가 동맹) 해산 이후 문학적 저항을 이 잡지를 통해 도모했다고 할 수 있다. 『문학안내』는 『문학평론(文學評論)』(1934. 3~1936. 8)과 함께 조선 및 대만 작가들이 작품을 발표한 매체이기도 하다. 이 두 잡지는 중일전쟁 돌입 이후 『문예(文藝)』 등에서 조선문학을 소개했던 것과는 그 궤를 달리하는 것이기도 하다.

을 읽으며 더욱 절실히 느낌이 있었다.

그러므로 이 일문(一文)도 극히 겸손한 의미로 하나의 보고 혹은 '도큐멘트'로 삼아 편집자의 요청을 기쁘게 알고 고정(苦呈)하고자 하는 것이다.

2. 지성문학

소위 제1기의 계몽문학의 뒤를 이어 대두한 것은 그 당시의 사회 사조의 반영으로 좌익문학의 활동이었다. 그러나 유물변증법적 창작 방법이 해소된 이후 소위 발전적 '레얼리즘'을 정당히 받은 작가가 하나도 없는 것은 기이한 감이 있다. 단지 작가의 자기비판이라는 문제를 가지고 나선 김남천 씨의 고발문학이 있지만은 아직 그것이 창작의 실천에까지 이르렀다고는 볼 수 없다. 그리고 대개 지성문학이라 할 제 조선 문단은 실히 빈한한 감을 금치 못한다. 조선문학 작품은 그 제제로부터 대단히 단조로운 것 같다. 그리고 현실 생활에 정신적 빈곤으로부터 그 내용의 색조도 거진 어슷비슷함을 볼 수 있다. 가는 조선의 수백여의 작품을 읽으면서 언제나 거의 숙명적인 허탈하고 불안한 마음을 빠지지 않은 적이 없었다. 이것은 보아도 역시 소설은 사실을 말하는 때문일까. 이 점 조선의 시단(詩壇)을 넘겨다 볼 때 역시 시인이라는 것은 대다수가 옛날의 아름다움을 꿈꾸든가 미래의 귀한 것을 동경하든가 하는 특수부락이라는 감이 깊다. 나는 이곳 어떤 잡지에도 썼지만은 조선의 신인으로써 처녀작에 빈민굴을 쓰지 않은 작가를 거의 볼 수 없었으며 대뜸 사람을 죽여버리지 않은 소설가를 모른다. 더욱 이 초기의 좌익문학을 읽으면 모두가 불장난이 심한 데에는 재삼 놀라지 않을 수 없다. 이 모양으로 지성문학도 이녕(泥濘) 속에서 빛을 구하는 중으로 순수하고 또 청징(淸澄)하게 생장하지를 못하는가 싶다. 한설야 씨나 유진오 씨는 아직까지 새로운 예술적 파악의 길을 확립하지 못하였음을 본다. 여기에 한설야 씨의 「이녕(泥濘)」도 존재하며 유진오 씨의 「가을」도 나오게 되었다. 한설야 씨는 나의 의견에 의하면은 「임금(林檎, 사과)」에서도 아직 청산하지 못하였던 공식주의를 근작 「이녕」에 와서는 깔고 엎어쳤다. 「이녕」은 물론 가장 높은 수준에 속하는 작품의 하나이지만은 작자의 비약의 태도가 너무 안일하지 않을까. 이 작품은 동경문단에 나타난 전향문학에 비하면 발족의 근거에 대한 전색(銓索)이 너무 도외된 감이 있다.

중. 어감 존중의 한계와 제재

긍정에 대한 작가로서의 내면적 고투가 있어야 한다. 너무 안이하게 긍정에서 발족하였기 때문에 이 작품을 번역하여 내어놓을 때 단순한 풍속소설이라는 인상을 가지게 한다. 「이녕」이 주제와 같이 그 내면성이 모색 혼란하고 있는 대신 유진오 씨의 「가을」은 어떤 의미로 보아 내면적 연소(燃燒)를 지낸 작품이다. 그러나 이 작품은 물론 조선의 현단계에서는 하나의 현실일지 모르나 작자로서 심히 경계와 극복을 요하는 감상의 세계라고 생각한다. 안함광 씨의 변호는 객관적 진실성을 가졌다고 볼 수는 없다. 오히려 「창랑전기」, 「나비」 등에서 씨의 최근의 방향이 필연(必然)한 하나의 정점에 도달하였다는 감이 있으나 나는 씨의 최근의 방면에 시정주의에의 위험성을 본다. 한설야 씨의 진지한 혼란이 높이 평가될 발전성을 가지고 있다 하겠다.

3. 순수문자

나는 현재와 같은 소위 비평의 기준도 상실되고 창작 방법도 확립되지 않은 시기는 어떤 의미로는 작가가 내적 세계에 깊이 침투하여 자기 확충과 탈피를 하게 되어 오히려 기뻐해야 할 현상이라 하였다. 이것도 조선의 문학자가 반드시 한번은 경과해야 될 반가운 단계이기 때문에. 그러나 아직 작가가 새로운 발견하고 새로 발을 들며 높은 세계라는 것은 조금씩 차이는 있고하나 역시 흔한 말인 '세태' 혹은 '시정'의 범주를 나서지 못한가 싶다. 이것으로 보아도 대체 우리들 작가에는 예술적 파악의 길에 대한 진지한 노력과 개척이 부족하다고 할 수 있지 않을까. 조선의 인기작가 이태준 씨의 여러 단편과 한 둘의 장편을 읽으면서도 무량한 감을 금치 못하였다. 동양적 시정이라는 말을 조선서는 이 작가에 대하여 쓰는 모양인데 그 작품의 계보는 오히려 '체홉'에까지 간다고 한다. 그러나 '체홉'에 있는 진실한 관찰성과 높은 순수정신이 씨에는 박약하여 문학주의의 경향에 빠지지 않은가 한다. 「패강냉(浿江冷)」 같은 데에서는 혐오까지 느끼게 된다. 물론 나도 씨의 부드럽고도 비단결 같은 문장을 사랑하는 자이다.

그러나 좀 더 새로운 파악의 길이 준비되지 않는 한 언제나 「패강냉」의 경지에 머무를 것이라 생각된다. 이런 점은, 새로운 제재를 잡고 새로운 세계를 재발견함으로부터 구원될 것이 아닌가. 「농군(農軍)」을 높이자는 소이도 여기 있다.

그리고 우리들이 가장 경계할 것은 좌익 문학의 반동으로 극단화한 언어의 감각 수식 때문에 와왕 문장이 교묘하다든가 특별한 분위기를 가졌다든가 하는 의미로써 작품의 가치 판단의 기준을 삼아서는 안 되겠다는 점이다. 우리는 박태원 씨의 소설을 특별히 간직하기 위하여 세태소설이라는 상자를 만들기 전에 작품의 내용이라든가 구성에까지 언급하여 「골목안」의 구성의 진부라든가 「작가 구보씨의 일일」[3]의 정신적 내용에 대하여도 경고를 발하여 될 줄 믿는다.

우리는 여러 문인의 추천과 나의 해석과 이곳 문단의 사정 등을 고려하여 7, 8편을 추려 내이고 역자를 택하였다. 그 뒤에도 신중히 하기 위

---

3) 「소설가 구보씨의 일일」을 말한다.

하여 사(社)로써 이곳 여러 사람들의 의견과 조언을 바래여 조선문학의 성가(聲價)를 올리고자 최선의 노력을 아끼지 않았다. 후에 발표되는 것은 물론, 추천도 많이 들어온 것이지만은 그렇다고 조선 문단의 최고의 것도 아니며 또 그 이상의 작품도 번역되었으나 번역의 성과라든가 그 외 시국의 관계라든가 내용상의 '버라이어티'라든가 하는 여러 가지 사정에 의하여 먼저 소개하게 됨에 불과함을 부언한다. 동경문단에서도 번역이 있을 줄 안다.

4. 한글과 한자

그리고 이번 나의 숨김없는 감상은 대체로 현재의 조선어로 쓴 작품은 초기문학보다도 대단히 어감적으로 연마는 되었지만은 너무 통일이 되지 않았기 때문에 독자에게 대단한 불편이 있다는 점이다. 작가가 읽기 힘들게 쓰고 있는 것이다. 물론 지금도 조선어의 발견이 우리 작가의 커다란 임무임에 틀림없다. 그렇다고 하여 아무런 기준이 없이 혼란시켜서 좋을 리는 없다. 심한 예를 들면 김남천 씨는 「대하」에서 평안도 사투리를 타 문장에서까지 썼으며 한설야 씨 역시 어려운 함경도 방언을 정리함이 없다. 현재 조선에는 어학회니 어학연구회니 하는 권위 있는 단체가 있어 제제(濟濟) 다사(多士)가 활동하고 있으니 하루 바삐 혼란 중에 있는 언어의 통일을 힘써야 될 줄 안다. 그리고 작가들도 대단하지 않은 한 문법상의 활용과 변화를 무시하지 않는 노력을 하여야 되리라 믿는다. 17, 8세기 불란서 문화와 불란서어의 침투 속에서도 독일에는 '크롭슈톡'도 나왔으며 '렛싱'도 났으며 '괴―테'도 났다. 이제부터 조선에도 조선어와 조선문학의 독자성 기초 세울 위대한 작가가 나타날 줄 안다. 그리고 지금은 나타날 시기이며 또 나타나야만 되리라고 생각한다. '괴―테'는 독일어를 새로 발견하고 넓히었을 뿐더러 그것을 통일하고 정리하였다. 이제부터의 조선작가는 조선어를 발견하며 또 정리한다는 과제 앞에 무엇보다도 진지하여야 될 줄 안다. 현재의 작품 가운데에도 실제로 있지도 않는 말이 아니 사용되는 것 같고 또 작자 자신도 확실한 '이메지'를 가지지 못한 말까지 남용하고 있는 것 같다.

하. 한자문제, 관찰, 교양 그 외

　나는 용기를 가지고 제창하지만은 쉬운 어구인한 창작에서도 한자를 써야 되겠다고 생각한다. 이 점은 현재의 작가도 출판업자도 또 어학연구자도 반대인 모양이다. 그러나 문필을 잡는 사람이 독자의 편의를 주는 것을 꺼려야 될 것은 없다. 사실로 한자의 일어(一語)도 섞지 않은 한글만의 문장을 읽는 것은 대부분의 독자에는 여간한 고통이 아닌 줄 안다. 한자를 섞은 경우에는 우리는 보면 되어도 한글만이면 읽어야 된다. 이런 점도 확실히 우리들의 독자를 소원하게 함을 느낀다. 나는 이 점에 대하여 여러 선배와 동료들이 의견과 비판을 내려주기를 바란다. 사실 지금까지 우리의 순 한글문학은 그것으로 훌륭한 이유가 있었다. 그것은 삼십 년 전까지 한문의 중압 아래에 있던 우리들이 우리 독자의 언어와 문학을 수립하고자 한 열정이 나머지이다. 그리고 더 엄밀히 말하면 좌익문학이 언어 예술에 소홀하였던 반동으로 극도의 한글 일방주의가 대두하였다. 그러나 벌써 한자의 약간은 우리들의 어휘에 속하게 되지 않았는가. 더욱이 한자로부터 유래하여 이미 조선어가 된 말을 쓸 때에도 작가에 의하여는 각양각색의 음독을 하고 있다. 이런 점도 이제는 반성하여도 좋을 시기이라고 생각한다. 무엇보다 어떤 사람은 순 한글을 빨리 읽지 못한다. 이것은 전혀 간과해야 할 성질의 것이 아니다. 독자가 없다고 자탄할 것이 아니다. 먼저 널리 읽어지도록 힘써야 될 것이 아닐까.

5. 제재와 내용

이 외에도 여러 가지로 생각할 점이 깊은 줄 안다. 우리들은 어떻게 해야 더 널리 독자층을 확대할 것인가를 한글문자 형상 자체에 관계하여 생각할 것은 물론 또 무엇보다도 제재와 내용과의 연결에서도 여러 가지로 생각을 할 바가 많은 줄 안다.

우리는 제재와 내용의 확장을 노력하는 것부터 새로이 문학의 길을 시작하지 않으면 안 된다. 제1기의 문학자는 흔히 계몽적 정열문학(情熱文學)을 만들고 (지금은 기교로 생명을 잇고) 제2기의 문학자는 방화의 문학을 만들었고(지금은 붓을 던지고) 현재의 문학자는 자기 변호의 문학을 일삼아 왔다. 그러나 이제부터 시작하는 문학은 이 어느 망상으로부터도 떠나 이것을 극복하여야 될 줄 안다. 그 의미로는 김남천 씨의 자기고발 문학은 연재의 문학주의로부터 자유로워지는 한 방면으로서 주의된다. 자기가 문학의 신에 사로잡힌 것을 방패로 자기를 높게 평가하려는 것처럼 희극은 없다. 우리들은 이제부터 인간의 관찰에도 좀 더 냉철한 눈을 가져야 될 것이다. 그리고 자기에 대하여서도 엄격해야 되리라고 생각한다. 한 때 '리얼리즘' 문제가 한창 논의되었을 때에도 이것을 자연주의나 사실주의와 혼동하는 무정견(無定見)을 폭로한 문학자도 불소(不少)하였다. 그 당시의 단계로 보아 왜 '리얼리즘'이 우리들의 앞에 새로운 분야를 제공한 추진력이 됨에 대하여 조금이라도 경의를 표하려고 하지 않았는가. 우리들의 문학에서는 과부는 꼭 불쌍하든가 행실이 부족하든가 하였다. 사환은 반드시 주인집에 불을 질러 놓아야 되었다. 촌부(村婦)는 반드시 농장 감독에게 강간을 당해야 되었다. 중역(重役)은 뚱뚱해야만 되었다. 이렇게 우리 조선에는 몇 종류의 인간만이 살어 있는 것일까? 이제부터는 좀 더 예민하게 넓고 깊게 인간의 진상을 파악하여야 될 것이다. 우리는 하나의 관리를 쓴 작품도 가지지 못하였다. 유진오 씨의 「김강사와 T교수」는 확실히 조선 '리얼리즘' 문학의 선구였다. 그리고 새로운 제재의 개척이었다고 할 수가 있다. 그러므로 나는 여러 작가들의 잔약(孱弱)한 정신이 회고 취미나 예술 기미(己味)나 세태 정서에 침면(沈眠)하고 있음에 대하여 최대의 불만을 가진다. 이 경지를 떠나지 않는 한 '휴머니즘'도 지성 옹호도 자기 고발의 정신도 하등의 존재 이유를 가지지 못한다. 작가가 출발에 있어서 진지하고 관찰에 있어서 투철하고 또 작가의 정신적 체험이 심각하고 이것을 요리할만한 현대적 교양을 항상 쌓고 있지 않는 한 지금의 국면을 타계할 길은 없는 줄로 안다.

그리고 또 한 가지 부언하고자 하는 것은 하여간 이번과 같은 번역 소개로부터 조선문학이 좀 더 넓은 무대의 '스포트'에 비칠 때 우리들은 다시금 우리의 문학을 반성하고 검토하게 될 줄로 안다.

그러나 조선 내에서 번연히 조선문학 번역에 대하여 반대 의견이 있는 것인 심히 이해하기 곤난한 바이다. 조선어의 감각을 어떻게 화문(和文)으로 이식할 수 있느냐 하는 것은 물론 타당한 의문일지 모른다. 그러나 우리는 이보다도 지난(至難)한 외국 작품도 번역해 왔으며 또 외국 작가의 좋은 작품으로부터도 많은 영향을 받어왔다.

더욱이 우리 조선문학에서 보는 '플롯'의 빈약, 구성의 취약 '테-마'의 빈곤 등을 어감(語感)의 미(美)로서 호도(糊塗)하려는 경향이 많이 보이는 이때에 있어서는 오히려 그 특수한 맛이 감소되면서 하나의 작품으로만인 앞에 나타날 때 우리는 자기들의 나체를 정시할 수가 있다. 언어의 '쇼-비니즘'은 금물이다. 어떤 것을 번역할 것인가가 문제일망정 번역 그 자체가 문제되지를 않는다. 또 크게 말한다면 조선문학이 조선말로만 쓰여진 채 파묻혀 있어야할 이유는 없을 것이다. 벌써 우리들의 문학도 지금에 와서는 외방(外方)에 자랑할 만한 작품을 얼만큼은 가지고 있는 것이다.

조선의 작가를 말한다*

조선에서 신문학이 시작된 것은 불과 삼십 넌밖에 되지 않아서, 작가라고 해도 모두 상당히 젊은 것이 두드러진다. 젊어서 그만큼 호된 대립이 있다. 게다가 조선에 신문학이 시작된 무렵부터 이미 벌거숭이로 뜀박질을 해서 선진문학을 뒤쫓고 있어서인지, 모두 성급한 면모가 있다. 언제인가 기쿠치 간(菊池寛)[1]이 일본문학 안에는 톨스토이도 도스토예프스키도 모파상도 발자크도 모두 하나로 한데 뒤죽박죽 섞여서 들어왔다고 쓰고 있는데, 조선 문단도 역시 이와 같다. 하지만 일본문학은 칠십 넌에 걸쳐서 그것을 들여왔지만, 조선문학자는 그것을 불과 삼십 년 동안에 성취하지 않으면 안됐다. 그래서 실로 숨을 헐레벌떡 거리지 않을 수 없었다. 하지만 현재 조선의 작가도 자신들의 호흡기로 호흡하고 있다. 게다가 일본문학과 조금 다른 점은, 조선문학이 본래부터 북구(北歐)

---

1) 기쿠치 간(1988~1948)은 소설가, 극작가, 출판인으로 '신사조파' 작가로 분류된다. 1924년 '문예춘추'를 창간하여, 근대 일본을 대표하는 문예잡지로 성장시켰다. 그는 문학자의 사회적 위치의 향상과 복지에 관심이 높았다. 절친했던 친구를 기념하여, 1935년 '아쿠타가와상(芥川賞)'과 '나오키상(直木賞)'을 만들었다. 이처럼 단순히 작가 활동에 멈추지 않고, 출판 및 사회적 활동에서도 눈부신 성과를 보인 점이 일본 문단에서 최고의 위치를 차지할 수 있었던 원동력이 되었을 것이다. 기쿠치 간은 당시 조선 문단에도 상당한 영향력을 행사하고 있었으며, 조선에도 두 차례 왕래하였다. 하지만 패전 이후 태평양전쟁 시기의 국책적인 활동으로 인해 공직에서 추방되었다.

자연주의 문학의 영향을 압도적으로 받은 것이다. 그것은 우리들의 땅이 대륙에 이어져 있으며 북방적인 요소를 인간의 내적인 면에 갖고 있기 때문인 것 같다. 일반적으로 조선의 문학자가 일본문학의 영향을 그다지 받지 않았다는 사실도 주목함직 하리라.

그런데 조선문학의 거물이라고 할 수 있는 이광수는 와세다 영문과에서 배웠지만, 사실 씨(氏)의 문학적 교양 가운데는 북구적인 것이 우세하다. 이광수 씨는 조선의 톨스토이라고 불리고 있다. 흘러가는 듯한 수려한 필치와 가슴속 깊숙한 곳에 품고 있는 조용한 화산은 지금까지 다난했던 삼십 년 간 정체됨을 몰랐으며 또한 쉼이 없었다. 이광수 씨의 처녀작 「무정」이라고 하는 장편은 지금도 여전히 판(版)을 거듭하고 있다. 이광수 씨의 작품만큼 조선에서 일반 독자에게 받아들여진 것은 없을 것이다. 「무정」에서 「사랑」이나 「무명」까지를 꿰뚫는 것은 고귀한 사랑의 정신이다. 그리고 현재는 드디어 종교적인 고귀함에까지 이르려고 하고 있다. 현재 만주에서 신문 사업에 관계하고 있는 염상섭[2]은, 러시아문학 중에서도 도스토예프스키 쪽에 속하는데 소설가라는 의미에서 씨야말로 조선의 본격적인 작가로서 존중받고 있다. 주로 장편을 쓰고 있는데 「만세전후(萬歲前後)」,[3] 「삼대」 등의 역작이 있으며 최근에는 「이심(二心)」이라는 장편을 내서 호평을 얻고 있다. 현재 대중문학으로 변신한 김동인은 우수한 단편작가의 한 사람이다. 그 「감자」나 「배따라기」라는 좋은 단편은 이미 일본어로 번역되어 있으며 대개 필립 취향의 것으로, 예전 자연주의적 작품 가운데서도 읽기에 족한 부분이 있다. 씨는 상당히 여자를 그리는 것에 능숙하며 특히 기생을 닥치는 대로 그리고 있다.

지난 사월 조선 문단 펜부대 일원으로 북지를 다녀왔지만, 전쟁이라는 약이 지나치게 들은 것인지 불면증이 심해져서 고생하고 있다.[4] 그

---

2) 원문에는 '廉尙燮(想涉)'으로 나와 있다.
3) 김사량이 「만세전(萬歲前)」을 착각한 것으로 보인다.

리고 극히 최근 복귀해서 『문장』에 「김연실전(金姸實傳)」이나 「선구녀(先驅女)」 등을 발표해서, 여러모로 물의를 일으키고 있다.

한편 현재 조선 문단에서 이기영은 「서화(鼠火)」라고 하는 중편으로 데뷔한 작가인데 그가 쓴 장편 「고향」은 조선 농민문학의 기념비적 작품으로 여겨지고 있다. 삼사년 전에 그 일부가 『문학안내(文學案內)』에 번역 연재되었다.5) 최근 씨는 조선일보가 의촉해서 만주의 조선 이민자의 생활에 대해 집필하게 되었는데, 그 성과가 크게 기대된다.6) 최근에는 작가의 자기비판이라는 문제를 내세우고 나타난 김남천의 고발문학이라는 것이 있다. 씨는 아직 젊은 작가로 지금까지 비평가로서 활동하고 있지만, 지금은 오직 창작에 정진하고 있다. 단편소설집 「소년행(少年行)」이 있으며, 최초의 장편으로 어느 집안의 가족사를 꼼꼼하게 그려낸 「대하(大河)」가 있다. 잘 아는 장혁주는 지금까지 조선 문단에서는 그다지 좋은 작품을 내고 있지 않지만, 씨의 조선어 장편 「여명기(黎明期)」 농촌편은 역작이며, 최근에는 이것을 개작해서 동경문단에 발표했다. 하지만 어쨌든 동경에서 소문이 나있는 것처럼, 조선 문단에서 장혁주를 질투하고 있다고 전적으로 해석하기에는, 현재 조선의 작가는 너무나 자신들의 일에 기쁨을 느끼고 있으며, 또한 그 참혹한 고통과 노력도 너무나 진지하다고 말할 수 있겠다.

조선의 순수예술파에 속하는 사람들을 들어보면, 이태준, 이효석, 박태원 등이다. 거기에 근래에는 조선어를 새롭게 발견하는 것이 일반 작가 사이에서 커다란 문제로 부각되기 시작했다. 그리고 지금은 조금씩 통일되고 있지만, 그 어휘가 풍부하며 뉘앙스가 뛰어나기 때문에, 이태

---

4) 김동인은 '황군위문 조선 문단 파견대'의 일원으로 박영희, 임학수 등과 함께 1939년 4월 12일부터 5월 13일까지 거의 한 달 동안 중국대륙의 '북지전선(北支戰線)'을 다녀왔다.
5) 『문학안내』는 기시 야마지(貴司山治, 1899~1973)가 주재한 일본의 잡지이다. 이기영의 작품은 1937년 1월에서 4월까지 게재됐다.
6) 여기서 말하는 작품은 이기영의 『대지의 아들』이다.

준과 이효석, 박태원, 고 김유정과 같은 감각적인 작품에 이르면 거의 번역이 불가능하다는 느낌을 받는다. 이효석은 현재 대동공전(大同工專) 어학교수인데 예술적인 향기가 드높은 소설을 쓰는 사람으로 「성화(聖畵)」, 「메밀꽃 필무렵」, 「돼지」 등의 명작이 많다. 이태준은 이화여전 강사를 하면서 『문장』이라고 하는 우수한 문예지를 편집하여 최근의 문학 수준을 향상시키고 있다. 씨는 일류라 할 수 있는 아름다운 멋스러운 문장으로 동양적인 시정(詩情)을 그려내며 특히 여성 독자의 인기를 독차지하고 있다. 장편소설도 많아서 『황진이』, 『제이의 운명』 등이 있다. 박태원은 갓파(河童)처럼 거리를 걷고 있는데 골목길이나 빈곤한 사람에 관한 세태 정서를 좋아하는 모양으로 『천변풍경』(장편) 스케치에 몰두하거나, 고골리 풍의 능란한 필치로 「골목안」을 쓰기도 했다. 조선 문단에서는 씨를 세태파(世態派)의 원조라고 하고 있다. 얼마 전에 죽은 김유정은 매우 불우한 최후를 맞이했는데 「봄봄」 등 흥미로운 작품을 내놓고 실로 장래가 촉망되던 다재한 작가였다. 그와 함께 애석한 것은 동경에서 객사한 이상인데 그는 특이한 감각 때문에 사랑받았다. 최근 별로 작업을 하고 있지 않은 작가로는 이무영이나 엄흥섭, 안회남이 있으며, 극작가 유치진이 있다. 이무영은 지금까지 동아일보 문예부에 있던 사람으로 최근 퇴사했다고 하니 지금부터 크게 활약할 것이며, 엄흥섭도 차차 본래 궤도에 들어선 것인지 최근 「여명(黎明)」 등을 발표하고 있다. 함대훈은 조선에서 첫째가는 다작을 하는 작가로 여러 곳에 단편과 장편을 썼는데, 현재 『조광』이라는 잡지를 주재하고 있다. 채만식은 조선의 이시카와 다쓰죠(石川達三)[7]에 해당하는데, 작업을 하기 위해서인지 시골에 틀어박혀 있다고 한다. 그에 비해 조금 화려한 소설을 좋아하며 이전에는 일본

---

7) 이시카와 다쓰죠(1905~1985)는 일본의 소설가이다. 제1회 아쿠타가와상 수상자이다. 사회비판을 주제로 한 소설을 썼으며, 『살아있는 병사(生きてゐる兵隊)』가 신문지법에 걸려 발금처분을 받고, 금고형을 선고받았다. 패전 후에도 일본 펜클럽 회장을 하는 등 활발하게 활동했다.

어 소설 등을 시도했던 이석훈은 드디어 경성으로 옮겨와서 지금부터 속도를 내고 있다.

지성파 작가를 보자면 그다지 수가 많지 않은 느낌이 오는데 유진오, 한설야, 최명익 등을 들어야 할 것인가. 「김강사와 T교수」의 작가 유진오는 현재 보성전문 법과 교수 자리에 있는 한편 창작에도 힘쓰고 있는데, 금년 들어 특히 그 활약이 눈부시다. 앞에 언급했던 이효석도 똑같이 경성제국대학8) 출신으로, 상당한 명문가에서 태어나 작품상에도 다소 그러한 점을 엿볼 수 있다. 최근 발표한 「가을」 등은 최근 조선 인텔리의 일면을 쓴 것이며, 「창랑정기」나 「첩(蝶)」9) 등은 지금까지 써왔던 것과 다르나 호평을 얻었다. 한설야는 중앙에서 멀리 떨어져 착실하게 창작에 전심하고 있는 좀처럼 볼 수 없는 노력가이다. 요즘 연달아서 「이녕(泥濘)」과 「보복(報復)」 등의 역작을 발표한 귀중한 존재이다. 최명익은 재작년부터 나타나기 시작해서 조선에서는 보기 힘든 장년(壯年) 신인인데, 그 역량은 크게 기대되는 바가 있다. 최근 발표한 「심문(心紋)」이라는 작품은 당당한 것으로 씨는 그 극명하게 단련된 필력과 구성으로 차근차근 입지를 굳혀가고 있다.

하는 김에 조선 문단의 신인을 좀 더 추려보면 실로 각양각색이어서 장래 조선문학이 다복하다는 것을 알 수 있다. 정인택, 현덕, 정비석, 김소엽, 박노갑, 김동리, 박영준, 김영수, 계용묵 등등 셀 겨를이 없다. 극작 부분 신인으로는 이서향, 김승구 등이 있다. 게다가 그 정진하고 지향해 가는 모습과 정열 등을 보자면, 언젠가 미래를 짊어질 작가로 매우 촉망받고 있다.

마지막으로 여류작가인데, 지금까지 활약해 온 사람으로는, 박화성,

---

8) 원문에는 '(京)城(帝國)大(學)'으로 나와 있다.
9) 「가을」과 「첩(蝶)」은 현재 갖고 있는 이효석 단편 작품 리스트에 속해 있지 않은 작품이어서, 제목 확인을 제대로 할 수 없었다. 이 제목은 원작과 다를 수 있음을 밝혀둔다.

강경애라고 하는 유능한 작가가 있으며, 조선의 요시야 노부코[10]로는 김말봉, 다재한 미인으로 최근 애석하게도 지고 만 백신애 등이 있는데, 극히 최근에는 최정희가 「지맥(地脈)」이라는 비통한 소설로 사람들을 자극하는 역작을 발표해서 여류문인으로 대단한 관록을 보여주고 있다.

사변 이후[11]에 새로운 시국 인식에서 대두한 시국문학(時局文學)[12]도 있는데 창작 상으로 그 실천을 시도하는 사람은 눈에 띄지 않으나, 시인으로는 김용제 평론가로는 박영희, 김문집 등을 들 수 있다.

요컨대 요즘은 작가가 보다 내적인 세계로 침투할 수 있게 됐음은 기뻐해야 할 일임에 틀림없다. 현재 조선 문단에서도 모든 들판에 꽃이 피기 시작했다고 해야 할까. 또한, 작가들이 각자 저 혼자 방황을 시작하고 있는 것으로 보이는데, 점차 자신을 확충하고 '탈피'를 꾀하기 시작했다고도 말할 수 있다. 그런 고로 조선의 작가도 예전보다 한층 진지하며 더욱이 냉철한 태도로 문학에 임하게 되었으며, 평론가들도 조선문학 본연의 모습을 깊이 있게 재검토하여, 어떻게 하면 현재의 문학을 보다 충실, 앙양(昂揚) 시킬 수 있는 가를 혼신의 노력을 다해 보여주고 있다. 한때는 작가 측에서 비평무용(批評無用)이라는 외침이 높았으나, 지금 작가는 형안(炯眼)을 갖은 유능한 비평가와 함께 조선문학의 르네상스를 쌓아 올리지 않으면 안 된다는 자각에 이르렀다.

---

10) 요시야 노부코(吉屋 信子, 1896~1973)는 일본의 소설가로 1916년 소설을 연재하며 인기 작가가 됐다. 1919년에는 동성애적인 체험을 바탕으로 한 소설을 써서 화제를 낳았으며 태평양전쟁 중에는 특파원으로 인도네시아, 베트남 등을 취재했다.

11) 1931년 9월 18일 류탸오거우사건(柳條溝事件)으로 비롯된 일본 관동군(關東軍)의 만주(지금의 중국 둥베이 지방)에 대한 침략전쟁. 류타오거우에서 일본군은 스스로 만철 선로를 폭파하고 이를 중국 측 소행으로 몰아 만철 연선에서 북만주로 군사행동을 개시했다. 이로 인해 1932년 초 일본은 만주 전역을 점령했고 3월 1일에는 만주국이 설립되었다.

12) 시국문학이란 당시 일본의 침략전쟁을 부정하지 않고 이에 찬동하는 문학을 일컬으며, 이 문학이 현재 한국에서는 친일문학의 대부분을 차지하고 있다.

건설을 향한 의지*

— 시마키 겐사쿠 저 · 만주기행 —

조선에서는 지금까지 내지로부터 온 이주민 5, 60만을 맞아드린 대신에, 과거 십여 년간 만주에만 조선인 100만 이상이 이주해 갔다. 그러므로 이 만주 개척민의 생활을 그린 이야기를 읽으면서, 나는 우선 만주에 간 100만의 조선 이주민이 도대체 어떠한 생활을 하고 있는 것인가 하고, 실로 복잡한 감정에 빠지지 않을 수 없었는데, 여기는 내가 이러한 것을 논할 만한 곳은 아니다. 어찌 됐든 현재 내지에 이주해 온 조선인의 생활을 관찰하거나 연구하고 있는 내게, 이 책은 여러 의미에서 친근함을 느낄 수 있는 유익한 책이라고 하지 않을 수 없다.

이 책은 저자도 서문에서 밝히고 있듯이 무엇보다 고찰(考察)의 영역을 자신의 심리적인 문제로 한정하지 않고, 만주 개척지의 문제 자체를

---

* 이 서평의 일어 제목은 「建設への意欲—島木健作氏著·滿州紀行」(『三田新聞』 436 1940. 7. 10 2면)이다.
　시마키 겐사쿠는 전향 문학자로 1930년대부터 작품 활동을 시작했으며, 김사량이 가마쿠라 '고메신테'로 거처를 옮겼을 때 바로 옆집에 살던 사이였다. 시마키는 김사량이 가마쿠라에서 태평양 전쟁 발발 다음 날 '사상범 예방 구금법'에 걸려 체포됐을 때 그 구명에 힘쓴 것으로도 알려져 있다. 이 서평은 야코 마사노부(八子政信) 선생이 발굴 한 것으로, 조선문제연구회의 정기 간행물 『해협(海峽)』에 임전혜 선생이 이 서평을 소개하면서 세상의 빛을 보게 됐다. 번역은 와세다 대학 소장의 『미타신문』 축쇄본을 보고 했는데 희미한 부분이 있어서 약간의 오류가 있을 수 있다.

깊이 있게 파고 들어가고 있는 것이 그 특장(特長)인데, 또한 그렇게 했기 때문에 지나치게 많아 질려버리는 여행 인상기(印象記)나 관용 선전문과는 스스로 거리를 둔 높은 가치가 있는 것이다. 여기에는, 대상을 파고드는 탐구적인 눈과 솔직한 비판, 건설을 향한 격렬한 의지가 있으며, 그것을 꿰뚫는 앙양(昻揚)된 정신과 태도가 전면적으로 나타나 있어서 우리를 강하게 사로잡는다. 그러한 점, 지금까지 있었던 여행기 가운데 가장 뛰어난 독자적인 것이며 또한 외지에 나가는 문학자의 임무 일부를 정당하게 완수했다고 하겠다.

보통 내지에서 외지로 건너가는 사람들은 처음부터 고정관념이 생겨서, 그것을 통해서 구별하는 개념을 만들고, 오히려 열심히 관찰한 것을 그것에 맞춰서 생각하고, 이를 통해 내지의 일반 독자나, 혹은 위정자에게 아첨한다. 그리고 내부에 잠재한 여러 문제나 진상 등은 일찍이 없었다는 태도를 보이는 것이다. 하지만 이 책은 만주인의 입장에서 보더라도, 저자의 균형 잡힌 정신적 태도로 인해 안심하고 읽을 수 있을 것이라고 생각한다. 「청복의 사람(淸服の人)」이나 「만주의 농가(滿州の農家)」에 나오는 이야기 등도, 크나큰 시사를 함포하고 있어서 흥미롭게 읽을 수 있다. 다만 내 바람으로 보자면 조금 더 만주 농민의 문제에도 시마키 씨(氏)와 같은 사람이, 깊이 다뤄 주었으면 하는 아쉬움은 남지만.

물론 이 책에서 드러내고 있고, 주장하고 있는 만주 개척지에 대한 문제에 대해서 나는 어떠한 의견을 말하거나 비판을 하거나 할 지식을 갖고 있지 않다. 하지만 역시, 만주 개척지의 현상(現狀)이나 그것이 제시하는 문제를 풀고, 그리고 장래에 나아가야 할 방향을 암시하고 있는 「북만 개척지의 과제(北滿開拓地の課題)」, 「새로운 출발(新たなる出發)」이 두 논문은, 뭐라 해도 일반 사람들에게도 깊이 생각할 수 있는 것을 함포하고 있다. 또한 발리(勃利)에서 만났다고 하는 소년들의 생활도 영웅적이고 두드러지며, 또한 절실한 그 목소리에도 귀를 절실히 기울여야 할 것이다. 특히 저자가 만주 각지에 깊숙이 들어가서, 직접 만나거나 혹은 견문한 다양한 타입의 인간이 작품 속에 생동하고 있는 것도 흥미 깊다. 시마키 씨의 「어느 작가의 수기(或る作家の手記)」라고 하는 소설 등도, 그 점에서는 이 기행집 가운데 넣더라도 결코 소설의 품위를 해치는 일은 없으며, 보다 만주에 대한 인식을 깊게 하고 저자의 태도도 더욱 선명히 보여줄 수 있지 않았을까 생각해 본다.

하여튼 만주 이민의 문제가 절실한 이 시기에 여러 의미에서 이 이야기는 널리 읽혀야 할 것이라고 본다.

(창원사간(創元社刊), 1원 80전)

조선문화통신*

1. 지식계급을 위해

조선의 신문화라고 해도 불과 삼십 년의 역사밖에 갖고 있지 않기 때문에 조선에서 적어도 문화 영역 안에 있는 모든 것은 젊다. 이조(李朝) 쇄국의 악몽에서 깨어난 결과, 갑오개혁 운동이 일어났고 이때부터 조선은 새롭게 태어났다 말할 수 있다. 세계정세와 일본의 흥륭(興隆)에 놀라운 눈을 돌려, 거기에 자극을 받고 신문화 신교육을 열렬하게 요구하여, 과학 정신과 신의학의 지식 등의 배양에 열중했던 것도 그 이후의 일이다.

하지만 이처럼 무엇이고 간에 젊은 바, 그만큼 젊은 특징인 청신하며 게다가 활력이 넘쳐서 건설적인 희망에 불타올라서, 또한 거의 맨발로 전진해 온 느낌이다. 그런 고로 때로는 초조해 하며 허둥지둥 대는 경향이 없지 않으나, 하지만 조선의 문화 일반이라고 하는 것은 그러한 점으

---

* 이 평론은 「朝鮮文化通信」(『現地報告』, 1940. 9)을 번역한 것이다. 『현지보고』는 문예춘추사가 발행한 잡지로 1940년 5월부터 1943년 4월까지 임시증간호를 구성해 비정기적으로 낸 잡지로 일본의 전쟁 수행에 관련된 종합적인 정보를 담고 있다. 특히 전쟁 르포르타주가 대거 연재되면서 일본 국민들에게 전쟁에 관한 정보를 제공했다. 지금 시점에서 보면 객관적인 보도지라고 하기보다는 침략전쟁을 미화하는 프로파간다로 가득한 잡지이다.

로 설명을 할 수 있으며 또한 이해해야 할 것이리라. 예를 들어 이러한 것은 조선의 신문학에도 적용할 수 있다. 조선문학은 과거 불과 삼십 년이라는 시간 동안 모든 사회 사조의 격랑 속에 유례없이 모든 선진문학을 받아들인 것은 물론이고, 또한 그것을 피와 뼈로 삼아 자신의 육체마저도 새롭게 구축하지 않으면 안됐다. 임화 씨는 시인적인 말을 통해, 우리들의 문학은 마치 승합차에 타고 여기저기를 돌아다니며 성장하는 소년들과 같다고 말했다.[1] 실로 적절한 말이라고 하겠다. 그리 생각해 보자면, 조선에서는 문학만이 아니라 모든 영역의 문화가 각각 버스에 타고 있다고 할 수 있겠다. 앉아서 자리를 데울 틈도 없이, 눈은 앞으로만 내달려간다. 너무나 어지럽고 빠르다고 하는 사람도 있다. 자동차도 벼락치기로 만든 것으로 완전히 몸에 익지 않았다며 비난당한다. 덜커덩덜커덩 지나치게 흔들리는 경향도 있다. 이리하여 실은 또한 조선문화와 문화인에 대해 외부에서 이런저런 해석과 억측이 행해지고 있는 것이다.

조선문화가 승합차에 흔들리고 있다고 할 경우, 또한 범위를 넓혀서 생각해 보면 조선의 인텔리겐차 자신이 각기 자동차를 몰고 있는 운전수라고 할 수 있다. 그러므로 나는 이 문화적인 의욕에도 건설적인 정열에도 조선의 유능한 인텔리겐차야말로, 외람되지만 그 이름에 가장 어울리는 것 중에 하나가 아닌가 한다.

그런데 한때 조선 인텔리겐차에 대해 내지에서 이런저런 피상적인 인식에서 오해와 억측을 하여, 그 성격적인 결함에 대해 이러쿵저러쿵 말이 많았다. 물론 우리들은 자신들을 돌아보고 반성하고 또한 자신들이 운전하는 차를 주의 깊게 재점검한다고 하는 기분에 인색하지 않으나 ─ 혹은 지금까지 성급한 너무 그 점을 약간 등한시 했는지도 모르겠다 ─ 하지만, 우리는 이러한 부당한 억측이나 독단을 그대로 전면적으로

---

1) 임화는 「現代朝鮮文學の環境」(『文藝』, 1940. 7)이라는 평론에서 조선문학을 위와 같이 비유적으로 말했다.

받아들일 수 없다. 특히 요즘 그러한 것으로 이미 조선 인텔리, 더 나아가서는 조선인 일반의 인간성이 이미 결정이 났다는 식의 상황에 이르러서는, 더욱더 그렇다고 할 수 있다. 그리고 만약 작년 장혁주 씨의 지론, 「조선의 지식인에게 호소한다」(문예지상)2)가 여러 의미에서 내지인의 조선인에 대한 인식을 잘못 보게 하는 요인을 만들었고, 또한 어떠한 의미에서는 트집 꺼리를 안겨주었다고 한다면, 장 씨의 진정을 잘 이해하고 있는 한 사람으로 몹시 유감스러운 마음을 금할 길이 없다. 그 내용이 다소 이기적이고 자기 치부를 드러냈다고 하지만, 오히려 그것은 우리들이 반성하고 재고할만한 점을 강조하는 것이었으나, 그 반향은 확실히 역방향으로 나타났다. 내 경우를 들어 생각해 보면, 졸작 「천마(天馬)」 가운데 내가 부정적인 면만을 집요하게 물고 늘어진 경향이 있기는 했으나, 그래도 도저히 참을 수 없는 마음으로, 잘도 증오해야 할 주인공을 횡행하게 놔두는 사회를 저주하고, 더욱이 그러한 인물을 보고 조선인 전반(全般)에 대해 이러쿵저러쿵 말해서는 곤란하다는 것을 암시하고 싶었던 것인데, 도리어 사실상 역효과를 불러온 것인지, 내지인 친구 한둘과 비평가에게서 지나치게 자학적이라는 말을 들었다. 그것을 듣고 나는 절실하게 소설의 어려운 점과 함께 문장을 쓰는 책임이 막중한 것을 통감하지 않을 수 없었다. 그것은 어찌되었든, 장 씨의 논문 이후에 갑자기 조선 인텔리겐차의 성격적 결함에 대해 이러쿵저러쿵 말이 많아지게 된 것만큼은 부정할 수 없을 것이다. 하지만 이러한 점도, 내지 사람들이 진정으로 조선 사람을 이해하려고 하는 따듯한 마음을 갖지 않고서, 사람의 승합차에 잠시 앉아 보고는 제멋대로 비평을 한 것에 그 원인이 있다고 생각한다. 우선 말해둘 것은 이렇다. 말하기를, 조선 인텔리겐차는 교활하고 신용할 수 없다. 말하기를, 당파심이 강하고 질투심이 깊다. 말하기를, 덧붙여서 격해지기 쉽다고.

---

2) 「朝鮮の知識人に訴ふ」(『文藝』, 1937. 2).

나는 우선 무엇보다도 상호 문화의 교류와 감정을 융화하기 위해서는, 내지 사람들을 향해 윗사람(優者)의 미덕으로 겸양과 따듯하게 사람을 보는 마음과 사람을 구별하려고 하는 정열에만 휩쓸리지 말고, 사람의 좋은 점을 우선 보려고 하는 큰 도량을 바라마지 않는다고 말하고 싶다. 특히 다른 민족 간의 문화와 생활을 말하는 경우에는 더욱더 그러하며, 극히 일면적인 인상을 중심으로 책임을 질 수 없는 결론을 내리지 않도록 삼가야 할 것이다. 게다가 만일 현재 조선의 인텔리겐차를 논할 경우에는 특수한 조선의 사회 환경이나 문화가 젊다는 것, 그리고 그것을 활발하게 부흥시키려고 하는 인텔리겐차의 애타는 마음을 참작하고 나서야말로 실상을 이해할 수 있을 것이며, 또한 꼭 그렇게 해주기를 바란다. 새로운 의욕을 갖은 문화를 태운 승합차는 벼락치기로 만든 데다가 운전수와 차장까지 젊고 미숙하여 혈기만 왕성하여 조금은 눈빛도 변할 수 있는 것이고, 또한 조선의 현실 그 자체처럼 가로(街路)도 제대로 정리가 되어 있지 않기에, 때로는 오도 가도 못해 하며 또 때로는 서로가 무서운 기세로 충돌하려고 한다고 말할 수 있는 것이 아니겠는가. 물론 이러한 것은 우리들이 여러모로 생각해서 수정하거나, 타인에게 배워서 비판을 들어 보거나, 스스로 고민해 보아야 할 성질의 것으로, 또한 애를 써가며 그리 하고 있는 터이다. 그러므로 우리들이 다른 이들에게 이러쿵저러쿵 듣는 말의 일부분은 그것이 사실임을 인정하지 않을 수는 없다. 하지만 어떠한 지방과 민족에게도 특히 현저하며 고유한(本具的) 장점은 늘 새롭게 흘러가고 있음이 확실하지 않을까. 그것을 우선 인식해 주기를 바란다. 오히려 나는 우리들의 선배가 설령 급조한 자동차일지언정, 그것으로 잘도 게을러지지 않고 꾸준하게 고난의 길을 개척하고 나아갔다고 하는 감사의 마음을 금할 길이 없다. 그리고 조선 문화의 오늘을 있게 했다는 것에 대해 어떤 의미에서는 엄숙함마저 느끼고 있다. 나는 이를 조선 인텔리겐차의 명예를 위해서라도 소리 높여 말하지 않을 수 없다. 그리고 이렇게 문장을 쓰는 것이, 지나치게 늦은 감이 있을 정도이다.

　요컨대 조선에는 무엇이든 젊다고 하는 한마디로 정리가 된다. 그래서 지나치게 허둥지둥 대며 이러한 어지러운 삽십 년 동안 선진 문화의 뒤를 따라서 흡수에 흡수를 더해 왔다. 때로는 격심한 시류에 휩쓸려 갈 것 같았고 또 때로는 격심하게 흔들려서 눈앞이 어두워질 것 같으면서도. 하지만 그래도 오늘날 그럭저럭, 일단 안정된 느낌을 갖고 또한 자신의 호흡기로 호흡할 수 있게 됐다고 할 수 있다. 이 점에 대해서는 시대적인 계기가 그것에 박차를 가했다고 하는 점과 또한 과거의 전통이 갖고 있던 힘이 있었음을 잊어서는 안 된다. 무엇보다도 조선에서 과거 삼십 년 간은, 그것이야말로 슈투름 운트 드랑(질풍노도－역자 주)의 시대라고 해야 하며, 모든 추하고 낡은 것을 질풍노도로 없애 버리고 초조해하며, 새로운 광명과 새로운 문화를 요구했던 것이었다. 조선의 유능한 인텔리겐차로서 누구 하나 여기에 참여하지 않은 사람은 없었다. 하지만 그 노도(怒濤) 속에서도 전통의 힘은 강하게 뻗쳐있어서, 숨 가쁘기는 했지만 새롭게 흡수할 것에 대해서는 비판적인 촬영(撮影)3)을 잊지 않았다.

　그리하여 특히 현재의 조선 문화계는 실로 과거의 전통을 보다 엄밀하게 음미하고, 게다가 그것을 정당하게 계승하여, 드디어 독자적인 조선문화를 수립하려고 하는 단계에 도달한 느낌이다. 여기서 불타고 있는 들불과 같은 기세로 새롭게 대두한 것이 조선학에 관한 연구이다. 혹은 이것은 바닷물처럼 밀려들어 온 외래문화에 대한, 반동적인 행동이라고 해석될지도 모르겠다. 하지만 오히려 이것은 선진문화로부터 눈을 가리고, 자기의 빈약한 아성(牙城)에 틀어박히려고 하는 고집스러움 때문이 아니라, 그것을 자신의 육체를 통해 되살리기 위한 한때의 회고이다. 우리들은 또한 이제부터도 긴장해서 선진문화를 뒤따라가지 않으면 안 되는 숙명을 짊어지고 있기 때문에. 그리고 특히 오늘날과 같은 시대에

---

3) 원문에도 '촬영'으로 나와 있는데, 의미가 조금 불분명하기는 하지만 원문 그대로 옮겼다. 당시 유행했던 말일 수도 있으나, 오식으로 보인다.

는 조선의 독자적인 문화의 모습을 규명하고, 그것을 훌륭하게 구축해서 또한 장래의 전망을 할 수 있는 것이야말로, 동아(東亞)의 문화협력이라는 이념에도 합치하며, 전일본문화(全日本文化)의 일익(一翼)을 장식한다는 자각이 있는 것이다.

그러한 의미에서 현재 조선에서는 정열을 갖고 언어, 문학, 역사, 민속, 철학, 종교 등 전반에 걸친 연구가, 연로한 대가에서부터 신진 기예(氣銳)한 학도에 이르기까지 모든 사람을 망라해서 진행되고 있다. 그 중에서도 언어학 영역에서는 이극로, 이윤재 씨 등을 중심으로 한 조선어학회의 『조선어사전』의 획기적인 편찬이나, 또한 제씨(諸氏)의 신라 향가 고어(古語) 연구, 고야가사(高野歌詞)4) 해석 등은 주목해 봄직하다. 문학에서도, 김대준 씨의 조선소설사연구 및 조윤제 씨의 시가연구와 함께, 임화 씨의 근세문학 연구가 큰 성과를 거두고 있는 것 같다. 역사학 방면에서는 최근 작고한 문일평 씨는 제외하고, 안재홍 씨와 같은 선배를 시작으로 실로 다양한 느낌이 있는데, 특히 이병도 씨 등의 사회사적인 연구 방향이나, 황의돈 씨를 중심으로 한 향토사 연구회의 활약이나, 이병기 씨의 시조에 대한 학문적인 연구 등은 그 의의가 깊은 것이 아닌가 생각한다. 민속고고학 방면에서는 손보태 씨나 송석하 씨 등이 각각의 분야에서 활약하고 있으며, 그 외에도 모든 분야에 걸쳐 실로 많은 뛰어난 사람들이 연구에 몰두하고 있다. 그 중에서도 경성제대 조선문학과 계열의 젊은 세대 인재들이 현장에서 민요의 채집이나 무속 조사, 속담의 채집, 묻혀있던 부녀자 문학의 불굴 등을 통해, 조선학을 수립하는 방향으로 진영을 굳혀가며 움직이는 그 절정기의 모습은 눈여겨보아야 한다고 생각한다.

---

4) 원문 그대로이며 이것은 '고려가사'의 오식이 확실해 보인다.

2. 조선문학과 언어문제

한편 현재 조선문학에 대한 것인데 전술한 것처럼 그것도 발아한 이래, 불과 삼십 년의 역사밖에 갖고 있지 않기 때문에, 문학의 질량으로 봐도 작가들의 나이로 보다 굉장히 젊은 것은 사실이다. 하지만 그렇다고 해도 신문학이 서구문학이나 일본문학의 영향만을 받고, 아무런 태반(胎盤)도 없이 갑자기 탄생했다고 할 수는 없다. 물론 한문에서 해방되어 민중의 언어인 조선어5)로 돌아간 것과 동시에 또한 전통의 가요 형태의 문학과도 결별하는 것으로 현대 조선문학이 탄생했다고 하는 것은 사실이다. 그래도 그것은 역시 오랜 시간 동안 배양된 민족문학의 전통이라는 토양 위에, 현대에 밀려들어온 바람을 가미해 개화했다고 해석하지 않으면 안 된다. 사실 갑오년 이후, 신문학운동이 일어나고 조선어로 쓰여진 소설이 나타났지만, 당초에는 그것이 서구나 일본소설의 단순한 모방에 그친 것은 부정할 수 없다. 그것을 통상 조선문학사에서는 신소설이라고 부르고 있는데, 하지만 그것이 율격이나 정신, 표현 등을 볼 때, 어떠한 의미에서는 구소설의 피를 이어받고 있다는 점은 명확하다. 또한 이광수 씨 이후 오늘의 이른바 현대소설도, 십여 년에 이르는 신소설의 발전을 토대로 해서 탄생했다는 것을 놓쳐서는 안 될 것이다.

그러므로 현재 늦은 감은 있지만, 조선문학이 점차 내지에도 소개되고 그 독자성이 일반에게도 인정되기에 이른 점도, 조선문학이 단순히 서구문학이나 일본문학을 모방한 것이 아니라는 점을 잘 보여주는 것이다. 그것에 더해 또한 당연한 것이지만, 조선문학은 기후와 풍토 및 오랜 역사에 순응하며 만들어진, 조선인 독자의 기질이나 성격, 언어, 감성이 뒷받침된 것이며 또한 반영된 것이기 때문이다. 하지만 어찌됐든 조선문학이 초기에 러시아의 자연주의 문학의 영향을 특히 받았던 점은

---

5) 원문에는 '조선'으로 나와 있다. 이 평론은 이처럼 오식이 두드러진다.

부정할 수 없는 것이리라. 그렇다는 것도 혹은 우리들의 토지나 기후 풍토가 대륙계이며, 또한 정신적인 면에서도 대륙적인 특징을 더욱 갖고 있기 때문일 것이다.

　어찌됐든 이 짧은 삼십 년 동안에 오늘날과 같이 조선문학을 왕성하게 구축하게 된 것은 경탄하기에 부족함이 없다고 할 만하며, 그 한 면에는 얼마나 조선 사람들의 강렬한 계몽적인 정열과 시민적인 욕구가, 문학 가운데 작용하고 있는 것인지를 알 수 있으리라. 최근 출판계의 이상한 호황 등으로 보자면, 아마도 그것이 변질적인 요인을 갖고 있다고 하더라도 조선문학의 황금시대가 나타났다는 느낌을 지울 수 없다.

　그리고 조선 문단의 구체적인 상황이라고 해도, 지금까지 여기저기 소개되어 있기 때문에 나로서는 특별히 내세워서 말할 것을 갖고 있지 않으나, 지금은 조선문학이 선배 대가들의 손을 떠나서, 이태준, 한설야, 유진오, 이효석, 김남천, 이무영, 채만식, 박태원 등 제씨와 같은 중견작가에 의해 굳건히 지켜지고 있다는 것은, 특필하기에 충분하다고 생각한다. 게다가 문예 주류가 혼란스러워진 후에는 요컨대 제 각기 작가가 정신적인 세계로 보다 깊이 침투해 가서 혼자 방황을 시작하여, 사람이나 생활을 정확히 파악하고 새로운 모럴의 수립을 향해 서로 노력해 가고 있다는 것은 역설(力說)할 수 있다. 그러므로 그 어느 시기보다도 각각의 작가가 한층 진지하고 더욱이 냉철한 태도로 문학에 임해서, 조선문학 본연의 모습을 상세하게 검토하고 규명하여, 어떻게 하면 현재의 문학을 보다 충실하고 더욱이 앙양(昂揚)할 수 있을지 혼신의 노력을 보이고 있다.6) 이어서, 최근의 작가 전반에 걸친 공통된 노력은 조선어의 새로운 발견이라는 점에 기울여졌고, 그것이 또한 성공적으로 착착 진행돼서 고전문학으로부터 풍부한 언어 유산을 계승하였고, 또한 한층 언어의 통일이나 감각을 조탁(彫琢)하는 데까지 이르렀다. 이러한 점에서

---

6) 이 부분은 본 작품집에 실려 있는 「조선의 작가를 말한다」 끝 부분과 동일하다.

드디어 조선문학도 그 권위가 무거워졌으며 기 기초도 백 년에 걸쳐 굳어졌다고 할 수 있으리라. 즉 한문학(漢文學)의 지배를 완전하게 타파하고, 고전문학의 유산을 계승하며 또한 조선어 확립을 위해 무수히 많은 선구자의 작업도 완성하게 됨에 따라. — 주지하는 것처럼 독일에서는 18세기, 적대적이었던 프랑스 문화가 침윤(浸潤)하는 가운데에서도, 독일어의 아버지 크롭프슈톡도 태어나고 레씽도 괴테도 태어났다. 그런 의미에서 지금부터 조선에서도, 조선어를 통일하고 순화하여 조선문학을 대성시킬 수 있는 위대한 괴테가 태어날 것이다. 그리고 지금이 그 탄생이 가장 필요한 시기로 보인다.[7] 하지만 그렇다고 해도 언어 문제부터 해서 우리들이 편협한 기분으로 조선문학 쇼비니즘에 빠져서는 안 된다고 하는 것은 경계해야 할 점이다.

그런데 요즘 동시에 언어에 관한 문제가 꽤 까다로워져서, 조선의 작가도 모두가 내지어로 써야 하지 않겠는가 하는 논의가 일어나서, 일부에서는 조선문학은 지금이야말로 수난기라고 말하고 있는 것 같다. 하지만 우리들은 이 문제에 즈음해서, 그다지 신경질적으로 반응하지 않아도 된다. 모든 언어학자나 문학사가의 증언을 빌릴 필요도 없이, 또한 역사발전의 증명을 통해서 민족어가 존속하는 것에 대해서 이러니저러니 비관할 것까지는 없다. 또한 그뿐 아니라, 조선에서 문맹이 아닌 사람들 대부분이 조선문학밖에 읽지 못하는 현 상황에서, 갑자기 조선 작가가 모두 조선어를 버리고 내지어로 쓰는 것은 문화를 사랑하는 길이 아닌 것이다. 요컨대 자명한 것을 실정에 대조해 보고 조선문학자 입장에서 허심탄회하게 설명을 해보는 것이다. 하지만 조선어로 저술하는 것이 비애국적이라고 하는 일파(一派)의 주장에 대해서 우리들은 결코 묵과할 수 없다. 현재 시국논객으로 그 요직을 차지하고 있는 인정식(印貞植)도 「내선일체의 이념」(인문평론)이라는 논문 가운데 확실하게 결론짓고

---

7) 이 부분은 본 작품집에 실려 있는 「조선문학풍월록」에도 나오는 내용이다. 아래 부분의 내용도 겹치는 부분이 많다. 비교해서 읽어 보면 좋을 것이다.

있다. 즉 조선 안의 문학자가 아무리 시국에 눈을 뜨고, 내선일체의 이상이라는 것을 위해 움직인다 하더라도, 실제로 조선 사람 대부분이 읽지 못하는 내지어로 쓴다면, 그것이야말로 피리는 불지만 사람은 춤추지 않는다[8]고 하는 것이 되리라고. — 나는 이렇게 생각하는 것이 가장 귀중하다고 본다. 왜냐하면 문학이라는 것은 역시 민중 가운데 흘러 들어가고 그에 따라 읽히는 것을 절대적으로 필요로 하기 때문이다. 덧붙여서 작년 시월, 전조선(全朝鮮) 문단인이 시국적인 인식 하에 동원되어, 조선문인협회가 발족되었는데, 만약 조선문(朝鮮文)이라는 것이 반국가적인 것이라고 한다면, 이 협회의 임무나 실천은 도대체 어디서 찾아낼 수 있다고 하는 것인가.

본질적인 의미로 생각하자면, 역시 조선문학은 조선작가가 조선어로 씀으로써 비로소 성립되는 것은 자명한 일이다. 하지만 이러한 어려운 논의는 제쳐두고, 작가 측의 실질적인 입장에서 생각해 보면 조선의 작가가 내지어로 쓰게 될 경우에는 여러 가지로 곤란하고 불편한 문제가 따라와서 정열을 분산시킬 위험성이 충분하다. 우선 조선 문단의 현실을 털어놓고 말하자면, 조선인 독자가 읽어주기를 바라는 마음에서 자신의 언어로 좋은 작품을 쓴다는 것이 고작이며, 조선문학을 활성화 시키리라는 정열이 앞서서 내지어로 쓰려는 여유를 갖기 힘든 것이 현실이다. 이것은 무엇보다도 강한 주관적인 이유인데 그러므로 밥도 못 먹는 조선어 창작을 그만두고 내지어로 쓰라고 하는 호소도 그다지 영향력을 갖지 못하는 까닭이다.

그 다음으로, 조선의 사회나 환경에서 그 동기나 정열에 내몰려서, 그것에 따라 포착한 내용을 형상화 하는 경우 그것을 조선어가 아닌 내지어로 쓰려고 할 때 작품이 아무리 해도 일본적인 감정이나 감각에 끌려가는 재앙을 초래하고 만다. 감각이나 감정, 내용은 언어와 결부된 후에

---

8) 일본 속담으로 원문은 "笛吹けど人は踊らず"이다. 위정자의 호소에 민중이 바라는 대로 움직여 주지 않는 것을 형용하는 말이다.

처음으로 가슴속에 떠오르게 된다. 극단적으로 말하자면 우리들은 조선인의 감각이나 감정으로, 기쁨을 알고 슬픔을 느낄 뿐만 아니라 그러한 표현은 그 자체와 불가분으로 맺어져 있는 조선말에 의하지 않으면 확연하게 떠오르지 않는다. 예를 들어 슬픔이나 욕만 해도, 그것을 내지어로 옮기려면 직관이나 감정을 상당히 빙빙 돌려서 장황하리만치 번역하지 않으면 안 된다. 그것을 못하면 순연한 일본적 감각으로 바꿔서 문장을 쓰게 된다. 그러므로 장혁주 씨나 나와 같은 사람, 그 외에 내지어로 쓰려고 하는 많은 사람들은 작가가 의식하고 있든 아니든 일본적인 감각이나 감정으로 이행하여 휩쓸려 갈 것 같은 위험성을 느낀다. 더 나아가서는 자신이 쓴 것이면서도, 이그조틱[9] 한 것에 현혹되기 쉽다. 이러한 것을 나는 실제로 조선어 창작과 내지어 창작을 아울러 시도해 보면서 통감했던 사람 중 하나이다.

어찌됐든 내지어로 쓰든 그렇지 않든, 그것은 작가 한 개인의 문제이며 조선문학을 조선어로 창작해야 한다는 것은 엄연한 진리일 것이다. 조선이라는 현실 사회 속에 살면서 거기서 감정이나 동기를 느끼고 붓을 드는 경우, 자신에게 손쉬운 언어로 또한 그러한 언어밖에는 알지 못하는 다수 독자를 위해 쓰는 것에 대해서 무엇을 이상하게 생각 할 필요가 있겠는가.

또한 세 번째로 무엇보다도 근본적인 것은 내지어로 쓰라 하여도, 실제로는 내지어로 예술적인 형상화를 할 수 있는 작가는 극히 소수밖에 없다는 사실이다.

---

9) 이그조틱(exotic)은 '이국풍'의 '외래적'인 이라는 뜻이다. 원문 그대로 '이그조틱'으로 옮긴다.

3. 번역 기관의 필요성

이상 언급했던 것과 같이 실제적인 문제로, 조선의 작가가 모두 내지어로 써야 한다는 것은 응할 수 없는 논의인데, 만약에 그것이 어쨌든 가능하게 되더라도, 그렇게 된다면 지금까지 애써 쌓아올린 독자적인 조선문학은 붕괴하게 될 것이다. 또한 그것은 전일본문화, 동양문화, 더 나아가서는 세계문화를 위해서도 슬퍼해야 할 손실임에 틀림없다. 가와카미 데쓰타로[10]는 조선문학을 접한 감상으로, 세계문학이 20세기라는 시대에 지방적인 꽃을 피웠다……고 말하고 있다. 또한 구메 마사오 씨나 하야시 후사오 씨는 조선문학이 아일랜드 문학과 비교할 수 있는 문학이 된다면, 그 이상 좋을 것은 없다는 의미의 말을 하고 있다. 그것은 필경 영국문학이 아일랜드문학을 일익(一翼)으로 거느리고 있음으로, 한층 눈부심을 더해 간다는 사실을 우리들이 알고 있기 때문이다. 조선문학의 존재도 확실히 일본문학의 일익을 장식하는 것이라고 나는 믿어 의심치 않는다.

하지만 지금까지 조선문학은 좁은 영역에 틀어박혀서 자신의 육체를 구축하는 데 급급한 나머지, 영국문학에 있어서 아일랜드문학처럼, 일본 문단과 그다지 밀접한 거리를 갖고 있지 않았다. 그러한 상황에서 상호 교류를 하는 이 시점에, 지금부터 문제가 발생하고 있는 것이다. 하지만 지금은 새로운 시세(時勢)의 전개와 함께, 내지에서는 조선문학에 대한 인식이 좋아지고 또한 평판도 점차적으로 높아지게 되었다. 그것도 과거 삼십 년 간에 걸친 조선문학자들의 평범하지 않은 노력이 반영 되어

---

10) 가와카미 데쓰타로(河上徹太郎, 1902~1980)는 일본의 문예비평가, 음악평론가이다. 예술원회원이었으며 고바야시 히데오(小林秀雄), 오오카 쇼헤이(大岡昇平) 등과 친교가 두터웠다. 일제말기에는 일본문학보국회에 깊숙이 관여하여, 패전이후 신일본문학회의 오다기리 히데오(小田切秀雄)에게 '전범문학자(戰犯文學者)'로 규탄을 받았다.

서 인정받기 시작한 것에 다름아니다. 그리고 조선문학도 지금까지 일개 지방에 국척(跼蹐)11)하고 있었지만, 점차적으로 발을 넓혀서 보다 넓은 세계로 각광을 받기 시작하고 있다. 뭐라 하여도 이것은 전일본문학을 위해서도, 또한 조선문학을 위해서도 기뻐해야 할 일이라고 말하지 않을 수 없다.

그 여파로 내지에서 일부 문학자들이 조선의 작가도 내지어로 써야 하지 않겠냐는 의견을 내놓았던 것인데, 전술했던 현실적인 이유에서 그것은 실제로는 매우 지난한 일이다. 하지만 그것에 대해 조선의 작가들도 여러모로 오해를 하거나 억측을 할 필요는 없을 것이다. 오히려 그것은 내지의 문학자가 조선의 작가마저도 맞아들이려고 하는 아량을 보여준 것이라고 이해해야 할 것이다. 그리고 또 한편으로는 대국적으로 생각해 보면, 현실은 훨씬 우리들을 앞서 진행하고 있음을 인정하지 않을 수 없다. 내지어 철저화 방침도 점차 그 강도가 거세지고 있으며, 가까운 시일에 의무교육까지 실시된다면, 보다 넓은 범위로 내지어가 보급될 것이다. 또한 이러한 점은 내선(內鮮)의 융화와 일체를 위해서도 꼭 필요한 일이다. 그리고 현재 소학생이나 중학생이 사회인이 돼서, 새로운 독자층을 형성할 날을 상상해 보면 장래에는 내지어로 쓰는 것에 설령 예술적인 집중이 이뤄진다 해도, 그 문학적인 존재성이나 필요성을 부정할 수 없을 것이다. 물론 내가 여기서 말하는 것은 본질적인, 예술적인 견지에서 전술했던 조선언어주의(朝鮮言語主義)가 현실적인 상황 앞에서 그 진리성이 전복돼야 한다고 말하는 것은 아니다. 진리는 어디까지나 진리이지 않으면 안 된다. 하지만 나는 여러 가지 불편한 점을 참아가며 내지어로 쓰는 사람이나, 쓰려고 하는 사람들의 입장까지 이해하지 않으면 안 된다고 생각한다. 그것은 어째서인가. 즉 내가 말하는 것은 현재 모든 희생을 감수해 가며, 자신의 언어와 말로 대화해야 하는

---

11) 황송하여 몸을 굽히다라는 말이다.

넓은 독자층을 갖고 있으면서도 그것을 아랑곳 하지 않고 일부러 내지
어로 쓰는 사람들은, 그 당사자에게 절대적인 어떠한 절실한 심적인 동
기가 없으면 안 된다는 것을, 전제로 해야 한다고 생각하기 때문이다.
조선의 문화와 생활, 감정을 보다 넓은 내지 독자에게 호소하려는 동기,
혹은 다른 의미로 말하자면 더 나아가서는 조선문화를 내지와 동양, 세
계로 널리 알리기 위해서, 미력하지만 그 중개자라는 수고를 감수하겠
다는 동기 등도 그러한 것이리라. 또한 그것을 무엇보다 현 시대는 요구
하고 있다. 그리고 내지 문단이 조선 문학자에게 호소하는 이유도 거기
에 있다고 생각한다.

그러한 의미에서 나는 조선의 작가 가운데, 내지어로 충분히 쓸 수
있는 사람은 조선어 저술을 하는 한편으로 내지 문단에도 계속 좋은 작
품을 써서 보낼 필요가 있다고 생각한다. 그리고 조선인이라고 하는 것
과 그 생활이나 감정을 널리 이해시키고 동시에 조선문학의 진가를 묻
는 것은 그 자체로 조선문학의 발전을 위해서이며, 또한 조선문학이 제
삼자에게 비판당하는 것을 통해서, 이바지하는 점이 큰 것도 틀림없다.
정신적인 진정한 내선일체도 문학을 통해서만이 제대로 이루어질 수 있
을 것이다. 하지만 경계해야 할 점은, 내지어로만 써야 한다고 하는 사
고방식일 것이다.

하지만 현재처럼 조선에서 유능한 작가 대부분이 내지어로는 쓸 수
없는 시기에, 나는 이 기회에 꼭 내지문학과 교류를 꾀하기 위해 권위
있는 번역 기관을 만들 필요가 있다고 생각한다. 즉 조선문학의 고전이
나 현대 작품에 국한되지 않은 적어도 널리 소개하기에 부족함이 없는
작품을 지금부터 번역하여 소개하는 것은 매우 의미 있는 일이기 때문
이다. 나는 이 필요성을 한두 번 조선이나 내지에서 제창했는데,[12] 특히
최근 갑자기 조선문학 작품이 다양하게 번역되어 소개됨에 이르러, 더

---

12) 본 작품집에 실려 있는 「조선문학풍월록」을 말한다.

욱더 그 필요성을 절실하게 느끼지 않을 수 없게 되었다. 그것은 작품을 비판적으로 선택하고, 또한 불친절하게 번역하는 혼란을 막고, 무분별하게 출판사가 이익과 욕심으로 향해가는 정책에 이용당해서, 조선문학이 모처럼 출발하는 것이 어이없이 좌절해서는 안 되기 때문이다.

현재 조선의 작가가 응할 수 없는 논의를 해서 내지어로 쓰라고 하는 것은 뭐라 해도 무리이다. 그 대신에 조선문학을 번역하는 조직을 만들어서 조선문학이 진정으로 조선어로 쓰지 않으면 안 되는 까닭을 보여줘야 할 것이다.13) 당장 조선총독부가 솔선해서 번역국(飜譯局) 등을 설치해서 그러한 유익한 문화사업에 뛰어드는 것도 좋다. 그것이 아니라도 경성제대 조선문학부 출신의 모든 학도부터라도 고전문학 번역회라도 조직해서, 자신들의 전문인 고전문학을 번역해서 소개할 마음은 없는가. 현대문학은 꼭 그렇지도 않지만 역시 고려문학이나 이조문학(李朝文學)은 이러한 학도의 힘을 크게 빌리지 않으면 안 된다. 나는 요즘 춘향전 원본 번역을 시도하고 있는데, 절실하게 그것을 통감하고 있다. 그리고 이러한 학도들도 이러한 것을 기획해도 좋을 시기이다. 그와 동시에 현대문학 번역회와 같은 것이라도 만들어서, 서로간의 협의를 통해 선정한 것을 완벽을 기하는 번역으로 완성해서 소개한다면, 조선문학의 자부심을 내외에 떨치는 것이 되며, 또한 그것 자체가 조선 문학자의 노고를 위로하고 활력을 불어넣는 하나의 방편이 될 것이라고 생각한다. 게다가 번역을 실제로 하려면 여러모로 어려운 점이 있는데, 나는 한두 번 실제로 그러한 문제와 부딪쳐 보고 역시 공동으로 연구해야 할 여지가 많다고 생각하고 있다. 이 점에 대해서 여러모로 처음에는 무리가 있을 지도 모르겠으나, 나는 번역을 할 때도 조선어 뉘앙스나, 격율, 어감 등을 되도록 살리는 쪽으로 궁리해야 한다고 생각하고 있다.

역시 이상적인 것은 보다 광범위한 번역 기관이 생겨서 거기서 고전

---

13) 번역 기관이 필요하다는 부분은 본 작품집에 실려 있는 「조선문학풍월록」 끝 부분에도 나온다.

문학 멤버나 현대문학 멤버를 포함시켜, 번역에 대해 공동으로 연구해 가면서, 각각 자신의 분담에 따라서 서로 노력해 가는 것이리라. 거기에는 동경에 있는 조선의 문화인들도 적극적으로 가담해서 함께 협력해서 연락을 취해야 할 것이며, 또한 그 점에 관해서는 동경의 출판사나 문학자 제씨들도 호의와 기쁜 마음으로 힘을 빌려 줄 것이 틀림없다고 생각한다. 어쨌든 이런 권위 있는 번역 기관이 하루 속히 조직된다면 조선문학의 모습을 내지 사람들에게 널리 뚜렷하게 인상짓고, 그것이 현재 동아(東亞)의 한 척박한 땅에 오랜 기간 전통을 갖고 이어져서, 가련하고 아름다운 꽃을 피우고 있는 것을 과시하고, 더 나아가서는 오늘의 어려운 언어문제를 과도기에 있어 훌륭하게 그 역할을 다하고 싶다.

조선문학과 언어문제*

　조선문학이 발아한 이래, 불과 삼십년이라는 역사밖에 갖고 있지 않으므로, 문학의 질량이나 작가들의 연령이 상당히 젊은 것 만큼은 사실이다. 하지만 그렇다고 해도, 신문학이 서구문학이나 일본문학의 영향만 받고 아무런 태반(胎盤)도 없이 갑자기 탄생한 것은 아니다. 물론 한문에서 해방되어, 민중의 언어인 조선어로 돌아옴과 동시에 또한 오래된 가사(歌詞) 형태의 문학과도 결별해서 현대 조선문학이 탄생했음은 사실이다. 그래도 그것은 역시 오랜 기간 배양된 민족문학의 전통 토양 위에, 현대의 바람을 가미해 개화했다고 해석하지 않으면 안 된다. 사실 갑오년 이후, 신문학운동이 일어나고 조선어로 쓰여진 소설이 나타났지만, 당초에는 그것이 서구나 일본소설의 단순한 모방에 그친 것은 부정할 수 없다. 그것을 통상 조선문학사에서는 신소설이라고 부르고 있는데, 하지만 그것이 율격이나 정신, 표현 등을 볼 때, 어떠한 의미에서는 구소설의 피를 이어받고 있다는 점은 명확하다. 또한 이광수 씨 이후 오늘의 이른바 현대소설도 십여 년에 이르는 신소설의 발전을 토대로해서 탄생했다는 것을 놓쳐서는 안 될 것이다.

　그런고로 현재 늦은 감은 있지만, 조선문학이 점차 내지에도 소개되

---

* 이 평론은 일본어로 쓰여진 「朝鮮文學と言語問題」(『삼천리』, 1941. 6)를 번역한 것이다. 이 평론은 그 전에 발표됐던 「조선문화통신」(『현지보고』, 1940. 9)의 제2장 '조선문학과 언어문제'와 거의 똑같다. 그러므로 주는 생략한다.

고 그 독자성이 일반에게도 인정되기에 이른 점도, 조선문학이 단순히 서구문학이나 일본문학을 모방한 것이 아니라는 것을 보여준 것이다. 거기에 또한 당연한 것이지만, 조선문학은 기후와 풍토 및 오랜 역사에 순응하며 만들어진, 조선인 독자의 기질이나 성격, 언어, 감성이 뒷받침된 것이며 또한 반영된 것이기 때문이다. 하지만 어찌됐든 조선문학이 초기에 러시아 자연주의 문학의 영향을 특히 받고 있는 점은 부정할 수 없는 것이리라. 그렇다는 것도 혹은 우리들의 토지나 기후 풍토가 대륙계이며, 또한 정신적인 면에서도 대륙적인 특징을 더욱 갖고 있는 때문일 것이다.

어찌됐든 이 짧은 삼십 년 동안에, 오늘날과 같이 조선문학을 왕성하게 구축하게 된 것은 경탄하기에 부족함이 없다고 할 만하며, 그 한 편에는 얼마나 강하게 조선 사람들의 계몽적인 정열과 시민적인 욕구가, 문학 가운데 작용하고 있는지를 알 수 있으리라. 극히 최근 출판계의 이상한 호황 등으로 보자면, 아마도 그것이 변질적인 요인을 갖고 있다고 하더라도 조선문학의 황금시대가 나타났다는 느낌을 지울 수 없다.

그리고 조선 문단의 구체적인 상황이라고 해도, 지금까지 여기저기 소개되어 왔기 때문에 나로서는 특별히 내세워서 말할 것을 갖고 있지 않으나, 지금은 조선문학이 선배 대가들의 손을 떠나서, 이태준, 한설야, 유진오, 이효석, 김남천, 이무영, 채만식, 박태원 등 제씨와 같은 중견 작가에 의해 굳건히 지켜지고 있다는 것은, 특필하기에 충분하다고 생각한다. 게다가 문예 주류가 혼란스러워진 후에는, 요컨대 제 각기의 작가가 정신적인 세계로 보다 깊이 침투해 가서 혼자 방황을 시작해서, 사람이나 생활을 정확히 파악하고 새로운 모랄의 수립을 향해 서로 노력해 가고 있다는 것은 역설(力說)할 수 있다. 그런고로 지금까지의 어느 시기보다도 각각의 작가가 한층 진지하고 더욱이 냉철한 태도로 문학에 임하여, 조선문학 본연의 모습을 상세하게 검토하고 규명하여, 어떻게 하면 현재의 문학을 보다 충실하고 더욱이 앙양(昻揚)할 수 있을지 혼신의 노력을 보이고 있다. 이어서, 최근의 작가 전반에 걸친 공통된 노력은 조선어의 새로운 발견이라는 점에 기울여졌고, 그것이 또한 성공적으로 착착 진행돼서 고전문학으로부터 풍부한 언어 유산을 계승하였고, 또한 한층 언어의 통일이나 감각을 조탁(彫琢)하는 데까지 이르렀다. 이러한 점에서 드디어 조선문학도 그 권위가 무거워졌으며 그 기초도 백년에 걸쳐 굳어졌다고 할 수 있으리라. 즉 한문학(漢文學)의 지배를 완전하게 타파하고, 고전문학의 유산을 계승하며 또한 조선어 확립을 위해 무수히 많은 선구자의 작업도 완성하게 됨에 따라. ─ 주지하는 것처럼 독일에서는 18세기, 적대적이었던 프랑스 문화가 침윤(浸潤)하는 가운데에서도 독일어의 아버지 크롭프슈톡도 태어나고 레씽도 괴테도 태어났다. 그런 의미에서 지금부터 조선에서도 조선어를 통일하고 순화하여 조선문학을 대성시킬 수 있는 위대한 괴테가 태어날 것이다. 그리고 지금이 그 탄생이 가장 필요한 시기로 보인다. 하지만 그렇다고 해도, 언어 문제부터 해서 우리들이 편협한 기분으로, 조선문학 쇼비니즘에 빠져서는 안 된다고 하는 것은 경계해야 할 점이다.

그런데 요즘 동시에 언어에 관한 문제가 꽤 까다롭게 돼서, 조선의 작가도 모두가 내지어로 써야 하지 않겠는가 하는 논의가 일어나서, 일부 사람 사이에서는 조선문학은 지금이야말로 수난기라고 말하고 있는 것 같다. 하지만 우리들은 이 문제에 즈음해서, 그다지 신경질적으로 반응하지 않아도 된다. 모든 언어 학자나 문학사가의 증언을 빌릴 필요도 없이, 또한 역사 발전의 증명을 통해서 민족어가 존속하는 것에 대해서 이러니저러니 비관할 것까지는 없다. 또한 그뿐 아니라, 조선에서 문맹이 아닌 사람들 대부분이 조선문학밖에 읽지 못하는 현 상황에서, 갑자기 조선 작가가 모두 조선어를 버리고 내지어로 쓴다고 하는 것은 문화를 사랑하는 길이 아닌 것이다. 요컨대 자명한 것을 실정에 대조해보고 조선문학자 입장에서 허심탄회하게 설명을 해보는 것이다. 하지만 조선어로 저술하는 것이 비애국적이라고 하는 일파(一派)의 주장에 대해서 우리들은 결코 묵과할 수 없다. 현재 시국논객으로 그 요직을 차지하고 있는 인정식(印貞植)도 「내선일체의 이념」(인문평론)이라는 논문 가운데 확실하게 결론짓고 있다. 즉 조선 내 문학자가 아무리 시국에 눈을 뜨고, 내선일체의 이상이라는 것을 위해 움직인다 하더라도, 실제로 조선 사람 대부분이 읽지 못하는 내지어로 쓴다면, 그것이야말로 피리 불지만 사람은 춤추지 않는다고 하는 것이 되리라고. ─ 나는 이렇게 생각하는 것이 가장 귀중하다고 본다. 왜냐하면 문학이라는 것은 역시 민중 가운데 흘러 들어가고 그에 따라 읽히는 것을 절대적으로 필요로 하기 때문이다. 덧붙여서 작년 시월, 전조선(全朝鮮)의 문단 사람이 시국적인 인식하에 동원되어, 조선문인협회가 발족되었는데, 만약 조선문(朝鮮文)이라는 것이 반국가적인 것이라고 한다면, 이 협회의 임무나 실천은 도대체 어디서 찾아낼 수 있다고 하는 것인가.

본질적인 의미로 생각하자면, 역시 조선문학은 조선작가가 조선어로 씀으로써 비로소 성립되는 것은 자명한 일이다. 하지만 이러한 어려운 논의는 제쳐두고, 작가 측의 실질적인 입장에서 생각해 보면 조선의 작가가 내지어로 쓰게 될 경우에는 여러 가지로 곤란하고 불편한 문제가 따라와서 정열을 분산시킬 위험성이 충분하다. 우선 조선 문단의 현실을 털어놓고 말하자면, 조선인 독자가 읽어주기를 바라는 마음에서 자신의 언어로 좋은 작품을 쓴다는 것이 고작이며, 조선문학을 활성화 시키리라는 정열이 앞서서 내지어로 쓰려고 여유를 갖을 수 없는 현실이다. 이것은 무엇보다도 강한 주관적인 이유인데 그러므로 밥도 못 먹는 조선어 창작을 그만두고 내지어로 쓰라고 하는 호소도 그다지 영향력을 갖지 못하는 까닭이다.

그 다음으로, 조선의 사회나 환경에서 그 동기나 정열에 내몰려서, 그것에 따라 포착한 내용을 형상화 하는 경우 그것을 조선어가 아닌 내지어로 쓰려고 할 때 작품이 아무리 해도 일본적인 감정이나 감각에 끌려가는 재앙을 초래하고 만다. 감각이나 감정, 내용은 언어와 결부된 후에 처음으로 가슴속에 떠오르게 된다. 극단적으로 말하자면 우리들은 조선인의 감각이나 감정으로, 기쁨을 알고 슬픔을 느낄 뿐만 아니라 그것의 표현은 그 자체와 불가분으로 맺어져 있는 조선의 말에 의하지 않으면 확연하게 떠오르지 않는다. 예를 들어 슬픔이나 욕만 해도, 그것을 내지어로 옮기려면, 직관이나 감정을 상당히 빙빙 돌려서 장황하리만치 번역하지 않으면 안 된다. 그것을 못하면 순연한 일본적 감각으로 바꿔서 문장을 쓰게 된다. 그러므로 장혁주 씨나 나와 같은 사람, 그 외에 내지어로 쓰려고 하는 많은 사람들은 작가가 의식하고 있든 아니든 일본적인 감각이나 감정으로 이행하여 휩쓸려 갈 것 같은 위험성을 느낀다. 더 나아가서는 자신이 쓴 것이면서도, 이그조틱한 것에 현혹되기 쉽다. 이러한 것을 나는 실제로 조선어 창작과 내지어 창작을 아울러 시도해 보면서 통감했던 사람 중 하나이다.

어찌됐든 내지어로 쓰든 그렇지 않든, 그것은 작가 한 개인의 문제이며 조선문학을 조선어로 창작해야 한다는 것은 엄연한 진리일 것이다. 조선이라는 현실 사회 속에 살면서 거기서 감정이나 동기를 느끼고 붓을 드는 경우, 자신에게 손쉬운 언어로 또한 그러한 언어밖에는 알지 못하는 다수 독자를 위해 쓰는 것에 대해서 무엇을 이상해 할 필요가 있겠는가.

또한 세 번째로 무엇보다도 근본적인 것은 내지어로 쓰라 하여도, 실제로는 내지어로 예술적인 형상화를 할 수 있는 작가는 극히 소수밖에 없다는 사실이다.

－현지보고 10월호 「조선문학통신에서」[1]

---

1) 이 부분은 김사량이 「조선문화통신」을 「조선문학통신」으로 착각한 것이다.

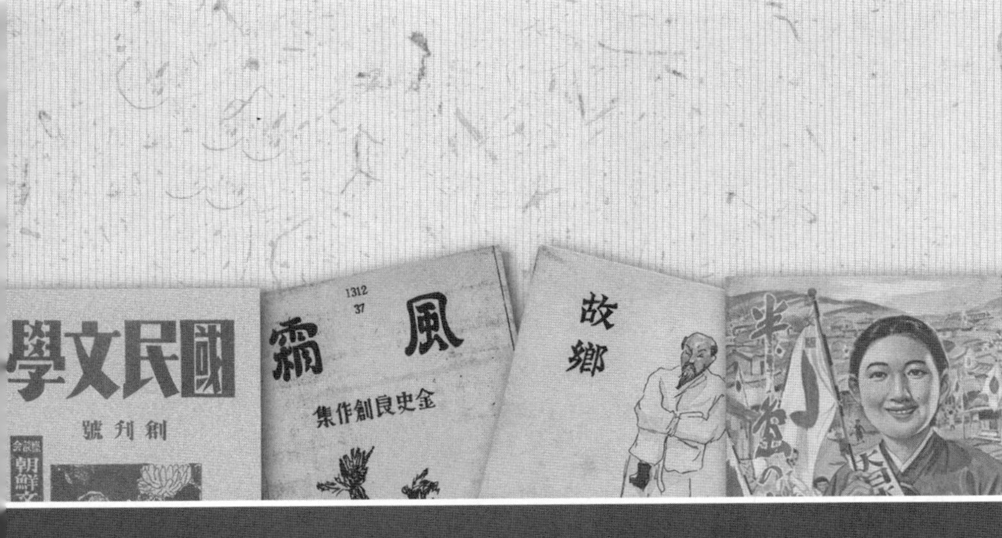

작품 제 2 부

태항산 시절의 희곡

호접(3막 4장)*

때   1941년 12월 11밤 (제1막)

이튿날 새벽 (제2막)

그날 낮 (제3막)

곳   화북석가장서 멀지 않은 원씨현호가장부락

사람   김세중－29세 대장

조상봉－27세 소대장

송일석－26세 분대장

박철동－27세 사병

김학운－25세　 〃

원칠성－24세　 〃

장남수－30세　 〃

차성렬－34세　 〃

이만갑－18세　 〃

하순이－22세 위생원

임성옥－27세 차성렬의 부인

윤분대장

오분대장

팔로군공작원

포로

---

* 「胡蝶」은 「八・一五解放一週年紀念戱曲集」(북조선예술총연맹, 1946. 8. 15)에 수록된 것으로 한자만 한글로 변환했으며 띄어쓰기 등은 원문그대로이다. 중국어 및 한자, 일본어 뒤에 [　]로 들어가 있는 설명은 편자 주이고, 그 이외는 원문그대로이다.

팔로군간부
노파
그 외 여러 사람

자막
이 연극은 1941년 12월 중국 팔로군의 정치공작에 배합하여 화북석가장 부근에 출동한 우리 조선의용군의 무장선전대 29용사가 애통히도 피로써 물들인 장절한 전투기록이다. 만리이역 산지에서 일본대군의 포위진을 통렬히 무찌른 이들의 불같은 정신과 애끓는 조국애 눈물겨운 동지애. 우리는 이를 친애하는 국내동포들과 같이 한자리에 읊조리고자 한다. 모름지기 이들 조국 해방의 열사에 대한 감사의 념을 다시금 새롭게 하여 또한 못내 뜻을 못이루고 피눈물을 머금으며 차디찬 광야에 쓰러진 여러 민족 영웅의 영을 위안하기 위하여 하루 바삐 참다운 통일전선 밑에 건국일로로 돌진하자!

제 1 막

향하여 왼쪽에 지붕처마와 흙 담이 보이고 흙 담에는 먹글씨로 「즉각 성립연합정부」 집 뒤로부터 정막한 굴곡과 경사를 지어 오른쪽으로 깊숙이 올라가 대체로 험준한 산밑 마을이라는 느낌, 산 언덕받이는 바위 투성이로 가심덤불에 쌔였으며 멀리로 그악한 산 게다가 으스름 달밤. 막이 열리면 의용군과 팔로군 공작원들이 돌위에 덤덤히 앉아 있고 그 앞쪽 바위 위에는 공작원1이 올라서서 수많은 군중을 향하여 연설중, 일동은 모두 편의에 경무장이다. 보초하나 뒷바위 위에 서 있다.

여공작원1   노향문(여러분) 이것은 곧 우리 중국과 조선 두 민족이 일
               본제국을 짖부시지 않는 한 영원히 그 노예의 운명으로부
               터 벗어나지 못할 것이기 때문에 이분들도 우리의 항일전
               쟁에 적극적으로 참전하여 총칼을 들고 타도에 매진하는

것입니다. 파쇼 일본은 우리의 공통의 적이요!! (박수와 함성) 그러나 우리는 우리를 도우려 달려온 이 조선의 열혈동지들에게 무기를 변변히 내어줄 힘이 없는 우리였소. 마는 노향문 우리들에게 일단 힘이 진다면 그때는 이 지구 위에서 또 하나의 피압박민족이 해방되기 위하여 우리는 조선의용군에게 많은 무기를 보급할뿐더러 적극적으로 조선민족해방전쟁에도 참가 협력할 것을 이 자리에서 선언치 않으렵니까!!

공작원2   (일어나서 구호) 어서 우리의 혁명역량을 길러 조선의용군에 무기를 보급하자!!

구호를 받아 군중도 다 같이 주먹을 쥔 오른 손을 치켜들고 마지막 ○○따라 부르짖는다.
이하
공작원1 내려와 김 대장과 악수
(악수 동시에) 구호 (군중 속으로부터) 우리는 조선의용군과 굳게 악수하여 공동의 적 일본 군대를 때려눕히자!!

사이

김 대장   (바위 위에 올라서서) 토-치카를 둘러싸고 혹은 전화선을 이용하여 선무 공작을 시작하면 놈들은 우리를 팔로군인의 중국인, 일본 유학생이리라고 주장하였습니다. 누르면 누를수록 약소민족이라 솜처럼 줄어드는 줄만 알아 십여 년 간의 갖은 압박과 착취 아래 우리 조선민족도 또한 기가 진할대로 하고, 맥이 낮아질대로 낮아진 줄로 안 모양입니다 마는 용감한 우리 조선 민족은 결코 죽음의 족속이 아니

요!! (박수 소리) 폭발하는 화약에는 압축된 솜일수록 강대한 힘을 발휘하는 법입니다. 우리 민족이 눌릴대로 눌린 솜이라면 이 솜뭉치에 바야흐로 화약이 달렸습니다. 이대로 여기 있는 것이오. 그 이름은 조선의용군이라고 합니다.

조 소대장   (뛰어나오며 구호) 조선의용군은 약소민족 해방의 화약이다!!

김 대장   옳습니다. 우리는 조선 민족 해방의 하나의 불길이요, 화약입니다. 적은 우리 의용군의 존재를 의심치 못하게 되자 몸부림을 쳤습니다. 그것은 왜? 중국의 적지구안에는 일본제국주의자가 조선 민족을 짓밟다 못해 전부 몰아낸 수많은 사병과 군속이 가슴속에 화산을 안고 있으며 또 민중이 조국 땅에서 쫓겨나와 원통한 마음이 이를 갈고 있습니다. 그들에게 무서운 화약이 달려서는 큰일이라고 깨달았기 때문입니다.

여공작원1   (구호) 조선인사병이 가슴에 안은 화산에 화약을 던지자!!

김 대장   謝謝哪(고맙습니다) … 적은 무엇보다도 이것을 무서워하였습니다. 여기에 조국의 깃발이 있어 이 깃발 아래로 뭉치라고 외치는 소리가 들리기만 하면 그들은 아우성을 치며 무기를 들고 사선을 뛰어넘어 달려올 것이요!!

(와－ 함성) ………

노항문 이때가 우리 조선의용군 힘이 크게 뭉치는 때이며 또 이때가 우리들이 더욱 큰 손으로 여러분들의 손을 덥석 끌어 잡을 수 있는 날입니다.

공작원 2   (구호) 조선 민족의 참담한 현상을 동정하고 이해하자!!

구호 (군중 속으로부터) 우리도 하루바삐 전선으로 나가자!!

김 대장   우리의 공작이 나날이 진전하여 큰 힘이 뭉칠 것을 두려워한 적은 경중기관총에 박격포까지 가진 견고무장한 200명 결사대와 중국 화평군 말하자면 중국의 민족 반역군 백오

십으로 우리의 뒤를 전문으로 쫓게 하였다. 하나 우리는 오
리내지 이삼십리 씩의 거리를 두고 옮아가며 끊임없는 대
적선전 공작과 군중대회를 가질뿐더러 처처에서 유격전을
일으켜 적을 때려 부시고 무기까지 빼앗아 들 수가 있었습
니다. 이제부터야 말로 우리 싸움이 더욱 치열하게 벌어질
것이오!!!
우리 의용군에서는 세 가지 굳은 결심이 있습니다. 파쇼 일
본을 때려 눕힐 결심, 하나 나라를 도루 찾을 결심, 또 하
나 인민을 건질 결심!

벽력같은 박수소리 속에 바위 위에서 내려와 공작원들과 악수

사이

향하여 오른쪽으로부터 도라지 타령에 호궁소리 음악도 합주할 때
    왼쪽으로부터는 노래 소리 바위틈사이로 일군모에 돋보기 안경을 쓰
고 나막신을 신은 유난히 키가 작은 일병 하나가 총을 메고 기어올라와
고개를 갸웃거린다. 군중이 펄펄뛴다.

왜놈이다 ! 왜놈!!
저 놈을 죽여라!!
저 왜놈 잡아라!!

조 소대장   여러분 여홍입니다. 오해마십시오!
일병   메시메시 깡호디 (밥이 먹어) 하구 심을때 어떤 놈 하나 술
에 고기 근이나 구도우루 나이가나 …… 그 놈을 칼로 찔
러 엎었소데…… 오흠오흠 (기침깃다 놀라여 눈알을 굴리

며) …… 창고로들의 소리 아니구 요보상의 소리 같은
데…… 옳지 팔로군 안에 그 몹쓸 구두 무시무시한 요보
의용군이 따래유라더니 으흐흐…… 그놈들이 오나. (바들바
들 떨며 움켜든다) 니세루 호초니지루 호호데……

  왼쪽으로부터 태극기를 가슴에 두르고 꽁무니에 권총을 찬 청년이 곡
괭이를 메고 노래의 춤으로 등장, 동시에 오른쪽으로는 중국로군이 호
궁을 그며 등장, 한거리 춤을 추고 난 뒤에 음악은 ○○○로 변한다. 이
장면은 국악 양식화함이 필요하다. 이번은 중국 춤을 추며 노래를 주고
받는다. 적당한 군데마다 의용군이 합창해도 좋다. 일병이 고개를 갸우
뚱이 내어 밀고 혀를 회회 내뽑아 돌린다.

일병   무슨 노래인지. 워–뿌지다오…… 시키시 호호데 구경이나
           하다가 코로스 호호데

농군 (노래)   八路軍和義勇軍相好大大的
           你們那我們那兄弟那一樣的
           扛着槍站在一起共鬪打日本
           鬼子害怕跑胞了跑了的有

  조선식 중국어라 좀 우스광스레 다음의 의역으로 불러도 좋다.

           팔로군과 의용군
           대단쪼아해 니매나워매나 형제나 한가지
           뚫어서 총을 메고 왜놈 족치니
           왜놈이 아이쿠데이쿠 도망이 갔소.

일병의 고개 움츠려든다.

청년(노래)   老百姓是我們的母親一樣的(농부 좋아. 우리나 어머니 한가지)

일병 다시 기어나와 총 뿌리 향하자 군중 속에서
      저 놈 저 놈 봐!!
      쉬- 쉬- 연극이야!

노래는 그냥 계속, 일병 숨어든다.

청년(노래)   沒有老百姓那有我們的(농부나 없으면 우리도 메유디)

청년(노래)   老百姓雍軍軍隊愛民(농부는 군대 돕고 군대 백성이나 사랑해)

청년(노래)   爾們生産我們打全杖滅消日本(니데 생산 워대 일본 멸망)

합창(의용군도)
      野獸樣的鬼子又要求搗展(짐승같은 왜놈아 올려면 또 오라)

日兵 다시 나타난다.

      義勇軍展開了政治攻勢 八路軍打遊擊民兵埋地雷
      (義勇軍은 정치공세 展開하고 八路는 유격이라, 民兵은 지
      뢰묻어)

일병 사지를 떨며 나막신을 벗어든다.

鬼子的地雷메시메시死了的有
(왜놈자식 지뢰 메시메시 꺼구러 졌네)

일병(日兵) 뛰다가 바위우에 네 활개 펴고 쓰러진다.

일병(日兵) 아이야 워-디 지뢰를 메시메시 신단지

군중 홍소(哄笑). 둘이 양쪽으로 접근하여 팔을 걸고 앞뒤로 장지거리
하여 동동 쳐들고 퇴장

합창(의용군도)

　　　　　제1절의 노래

김 대장　　(뛰쳐나와 구호) 중국인민 해방 만세!! 만세!!

공작원1　　(뛰쳐나와 구호) 조선인민 해방 만세!! 만세!!
　　　　　노향문 이것으로서 오늘밤의 군중대회는 폐회키로 합니다.
　　　　　(김 대장(金隊長)과 악수하며) 대단히 승리적인 대회였습니다.

김 대장　　(很麻煩爾們了)(덕택에 고맙습니다.)

공작원1　　不麻煩不麻煩[천만에요. 천만에요.] 그럼 저희들은 여기서
　　　　　한 십 리쯤 떨어진 왕장(王莊)으루 가서 묵겠습니다. 오래간
　　　　　만에 오늘밤은 옷도 끄르고 마음 놓으시고 푹 쉬십시오. 내
　　　　　일 아침 떠나시기 전에 또다시 와서 뵙겠습니다.

　일동 경례를 주고받는다. 공작원들 오른쪽 산길로 퇴장, 군중도 흩어
진다.

조 소대장　　제2분대와 제3분대는 각각 정렬해서 예정의 숙사로 돌아가
　　　　　　시오. 집합은 내일 아침 여덟점 장소는 여기 반근거지라고
　　　　　　는 하지만 간간 스파이 작용이 있는 곳이니 이 점도 충분

히 조심하십시오. 정보에 의하면 우리 뒤를 밟고 있는 적
350은 불과 20리 밖에 안 되는 양가촌(楊家村)에 당도하여
숙영하는 모양입니다.

김 대장　제2분대는 동북간(東北間) 제3분대는 서남간(西南間)에 민병
과 배합하여 보초를 세우고 경계를 게을리 하지 마시오. 그
리고 만약에 적정이 발생한다면 이곳으로 연락원을 파견하
여 지시를 받을 것! 그 뿐.

두 분대장 대원을 이끌고 좌우 양쪽으로 퇴장

송 분대장　소대장 동무 우리는 동지적 입장으루 저 두 분대가 숙사에
도착할 때 쯤까지 여기서 머물며 잡담을 하는 게 어떤가요?
조 소대장　(미소를 지으며) 동지적 입장으로? 참 말이 좋구려.
김 대장　헛허허…… 춥지만 않으면 그렇게들 합시다 그려. (돌 위에
앉으며) 재미나는 이야기나 그럼 좀 하시오.

모두 환성을 지르며 흩어져 군데군데 모여 앉는다.

장남수　아! 참 스무날만에 첨이데이…… 으찌 바뻤든지 죽을 짬도
없댔구만.
이만갑　하필 왜 나를 왜놈으로 만든단 말이야. 차 동무 좀 두구 보
아요…… 아까 장지거며 해가지구 나갈제 그렇게 막 모가
지를 비틀기야!
차성렬　……처음 해보는 연극이며 왜놈을 잡아흠탕 집어치우느냐
생각하니 흥분해서……
이만갑　또 왜놈 (대들며) 누가 왜놈이길래……
차성렬　아니 나야……

김 대장   만갑 동무 무슨 말을 그렇게 하우? 다 …… 없을 소리요,
            차 동무도 이제는 우리 훌륭한 동지로 아시오.

이만갑   흥 동지?

조 소대장   (핀잔조로) 만갑 동무?

이만갑   (퉁명스레) 네. 알았어요.

임성옥   (남편을 향하여) 막 저렇게 수모를 받으면서두……

차성렬   (빽 소리로) 입 닥치구 있어!

임성옥   (울며) 난 사람 아닌가? 모두 들러붙어 몰아세우기만 하구……

송 분대장   어쨌든 오늘 밤의 연극으루 우리 분대가 명예회복을 했어
            천여 명 되는 군중이 얼마나 좋아하는지……

김 대장   우리의 시인 학운 동무의 연출도 좋았지마는……

김학운   (웃으며) 아니올시다. 무엇보다도 만갑 동무의 명연기 때문
            입니다. 왜놈의 숭내를 어찌나 잘……

이만갑   또 왜놈?

하순이   호호호 만갑 동무두……

이만갑   그런데 대장 동무! (우로 돌아 차렷하고) 아까 연설하신 말
            씀에 나 이상한 점이 있었습니다.

김 대장   무엇이요?

이만갑   우리에게는 총도 총이려니와 기관총까지 있다고 하셨지만
            총이 하나 모자릅니다.

김 대장   모자르다니 누구 것이?

이만갑   바로 제 것이 없습니다.

조 소대장   (웃으며) 꽁무니에 찌른 것은?

이만갑   권총입니다. 이것도 전리품은 전리품이지마는 왜놈들과 싸
            울 때 끝끝내 보총을 빌려주지 않아 한 놈두 쏘아 죽이지
            를 못했습니다. 그래 돌아오는 총이 하나두 없습니다.

김 대장   동무들이 아마 동무는 그 중 나이 어린 소년병이래서 애끼

구 도는 모양이요.

이만갑   대장 동무!

김 대장   동무의 심정을 내 못 알리 있소마는. (다가서며) 이제 더 크
게 싸우고 크게 죽을 기회가 반드시 우리에게 올 것이오!
그리고 또 본대 가까이 있는 내 보총을 동무의 권총과 바
꾸어 줄 것이오.

하순이   만갑 동무도 깐돌이야 기어코 보총하나 데구야 마네. (학운
이 마주 웃는다)

이만갑   아니올시다. 전들 제 손으로 못 쏘아 뺏들어서요? 만약에
전투만 벌어지면 동무의 총을 서슴치 않고 제게 빌려 주실
수 있지요? (손을 내어민다.)

김 대장   (웃으며 악수) 맹세하오.

송 분대장   곤하실텐데 대장 동무는 들어가 쉬시지요. 아마 저 동무들
은 오래간만에 한가한 틈을 타서 미진한 이야기에 꽃을 도
치는 모양입니다. 오늘밤 보초는 누군지요.

박철동   저올습니다.

조 소대장   세시간만에 교대하기로 합시다. 수고하시겠소! 그 다음은?

이만갑   저올습니다.

조 소대장   그 다음은?

김학운   저올습니다.

김 대장   (웃으며) 시를 읊으며 또 비몽사몽간으로 천국에서 놀지나
않겠소?

이만갑   절대로 그럴 리 없습니다. 안심하시고 편안히들 쉬십시오.

조 소대장   차 동무랑 임 동무두 들어가지요.

　　김, 조 두 대장을 따라 차성렬의 부처도 집 뒤로 퇴장
　　박철동은 새로 총을 받아 메고 보초 위치에 선다.

박철동   동무는 전투 안 하구두 보총은 얻어 놓았어! 대장은 총이라
면 모젤이나 차는 법이야. 동무 생각을 해서 대장 동무가
총까지 메구 다니는 줄 알게.

이만갑   에이 오늘밤으루라두 전투만 벌어져 봐라.

김학운   제발 그런 소리 말게 전투가 있다면 대체루 새벽이야! 그리
고 새벽 보초는 나! 오늘 밤만은 오래간만에 동무들이 편안
히 쉬는걸 보세나.

(바위 위에 기대로 앉는다)

장남수 집 뒤로부터 화로를 들고 나온다. 그 뒤로 주전자와 사발을
가진 집주인 노파 모두 고마워하며 한 그릇 씩 받는다.

장남수   ―老駕! 老駕[미안! 미안]
―麻煩 麻煩那[폐를 끼칩니다]

장남수   자! 이래 모여서 천천히 들을락 해야지 영감 병정이라 수족
이 차서!

원칠성   참 잘 어울리는데 꼭 늙은 양주 같구먼 爾不是老兵 爾是老
百姓[노병이 아니라 일반 백성입니다]

모두 웃는다.

노파   (웃으며) 정말 이이는 꼭 노백성 같다니까. (송 분대장을 보
며) 춥지 않우? 내게두 꼭 당신만한 아들이 하나 있었는
데…… (모두 떠들썩) 어쩌면 우리 그 애와 그리두 꼭 같은
지 아까부터 유심히 들여다 뵈이유! (옷을 만지며) 부모님
네는 계시우? 이렇게 먼 나라에 와서……

송 분대장   허허 여기서 어머니를 보네그려. (잔등을 두들기며) 그럼

어머니 어서 들어가우!

노파 고개를 끄덕거리며 퇴장

장남수   아이고 참 이야기 꼴이 다 잊었다. 그래 칠성 동무 머락구
         했다고? 이야기는 남아서는 좀 세세히 들어야지!
송 분대장 그래 마저 하우! 이제부터 더 재미있을 모양이니!

화로 가에 앉기는 장, 원, 송, 만갑은 뚜벅뚜벅 거닐기 시작 학운은
퉁소를 꺼낸다.

하순이   날씨가 좀 풀리는 품이 아무래도 눈이 올래는가봐. 학운 동
         무는 틈만 나면은 언제나 시인지 깨묵인지 짓느라고 야단
         아니면 퉁소야.
김학운   (웃으며) 영웅한일월(英雄閑日月)이라니. (퉁소를 불기 시작)
하순이   돌 위에 앉았다가 또 감기나 들지 말어요. (제 외투를 씌워
         준다) 동무는 제 건강을 너무두 돌보지 않어! 어제 밤에두
         밤새껏 밖에서 새우더니.
김학운   이를테면, (웃으며) 이 퉁소가 내 애인이다.
하순이   아이! 거짓말! 연안 간 인실 동무의 생각에 치운줄두 몰랐
         지뭐! 호호호 바루말해요!
김학운   (머리를 흔든다) 사실은 차 동무의 이야기가 하두 딱해 밤
         가는 줄두 몰랐소!
하순이   하긴 그이 차 동무네두 불쌍한 사람들이야! 북지가면 잘살
         아 보리라고 봇짐하나 걸머 지구서 남편을 따라 나섰다는
         길이!
김학운   차 동무가 주변이 있을 사람두 못되니까! 취직은 안되구 돈

　　　　도 떨어지구 먹을 것은 없구보니!

이만갑　(옆에서) 그렇다구 해서 약장사하라는 말이 어디 있어요? 그런 장사를 한다야!

하순이　그러나 차 동무가 조건부로 이리 들어오게 될 줄 임성옥 동무는 몰랐매대 서루 딴 곳에 갇혀 있었기 때문에……

이만갑　모르기는 왜 몰라!

하순이　아니 정말이래.

이만갑　차 동무의 자백하는 소리 못 들었어? 알아 내가지구 오기 전엔 부인을 안 놓아 준다구 해서 떠날 때 성옥 동무를 만나 보구 왔다구 그렇지 않았어?

하순이　정말 그랬지!

이만갑　성옥 동무가 또다시 그런 사명을 띠고 들어오지 않았다구 누가 보증할테야.

하순이　아이— 함부루 사람을 의심하는 것은 옳지 않아.

김학운　그러나 경각성은 높여야지. 하기는 만갑 동무가 아까는 차 동무에 대해 너무 지나쳤어…… 스파이로 들어온 동기는 밉기는 밉지! 마는 차 동무는 이미 자백을 하고.

이만갑　그러나 성옥 동무가 들어온 뒤부터는 조금도 안심이 안된다니—

하순이　에이 없을 말 없을 말.

이만갑　(의미심장하게) 그래도 안심은 말어요. (나서 거닐기 시작)

원칠성　아, 그래. 나는 밭고랑 아래 숨어 있다가 서분네가 비명을 지르며 동네루 달려가기에 이렇게 불렀지. (신파조로) 역시 오긴 왔다 칠성이가! 애야 내 호들기 소리를 잊었느냐?

　　김학운 퉁소를 분다.

송 분대장	그래서?
원칠성	하니까 서분네는 깜짝 놀라서 돌아서데 그려— 아— 이게 어디서 들리는 소리요? 하며 허공을 우러러 보겠지…… 하늘에 천사가 있다더니 천사가 부르는 소리일까? 땅속에 귀신이 있다더니 팔려가는 나를 비웃는 소릴까? (일어나며) 정말루 당신의 소리라면 부드러운 그 목소리루 제 이름을 다시 한번 불러주세요.

이만갑 멈춰서서 팔을 벌리고 (배우시늉)

장남수	아이구 그래 머이락 했노.
원칠성	(혼자 감격하여) 그래 나는 서분네야 OO계있니 칠성이는 예있다. …… 군복채 밭고랑에서 뛰어올라와 앉으니까 서분네는 흠칫 물러섰다가 이렇게 두팔을 벌리고 달려오며……
이만갑	(쓸어안으며) 아— 이게 꿈이 아니요? 웬일이요? 칠성 씨. (우는 시늉을 하며 꼬집는다)
원칠성	(비명) 아이야!

모두 박수를 치며 웃는다.

이만갑	맞았지? 벌서 세 번째야……
장남수	만갑 동무는 들어야 못알 소리…… 어린애는 어서 들어가 자이소……
이만갑	(돌아보며) 또 어린애!
장남수	(다가 앉으며) 그래 으쨌다고?
송 분대장	우리 본대루 돌아가거든 학운 동무 이제 그 연극을 하나 꾸미시오. 제목은 무어라구 하나? 옳지! 「칠성 동무 꿈속의

　　　연애」.

원칠성　　분대장 동무 아닙니다. 연극두 아니구 공상두 아니구 정말
　　　　　입니다.

김학운　　허허허…… 하기는 이래서 우리 하나 하나가 다 저두 모르
　　　　　는 새에 소설가가 되구 시인이 되는가봐. 조국에 대한 절절
　　　　　한 사명, 고향에 대한 애타는 그리움, 고향 사람들에 대한
　　　　　아름다운 꿈.

송 분대장　　(고개를 끄덕이며) 동무의 말이 맞었소.

김학운　　그 아름다운 꿈을 가슴에 안고 읊조리누라면 그것이 정말
　　　　　있는 일처럼 착각이 되구 내중에는 진실이 되어 눈 앞에
　　　　　떠올라 그 때문에 혼자 울기도 하고 기뻐도 하게 된다니
　　　　　까…… (일어나며) 다 우리에게 없을 수 없는 아름다운 꿈!

원칠성　　저 동무두 내가 거짓말을 꾸며가지구 혼자 좋아하는 줄 아
　　　　　는가부네……

장남수　　그까짓 따라지 시인의 잠꼬대 괜찮다…… 그래 얼사안구서
　　　　　뭰노?

하순이　　호호호…… 내참!

송 분대장　　그래 그래…… 그 다음 일을 들어보구야 정말인지 아닌지
　　　　　를 알겠는데……

원칠성　　(어름어름하며) 그담엔…… 그담엔 물떠 달래 먹구……

장남수　　언제 그 말 할라크드나? 얼싸 안구서 어떡했노? 안있나? 그
　　　　　거……

하순이　　호호호 그만 두어요……

장남수　　아따 순이 동무 놈의 연애 참례는 그만하구 칠성 동무처럼
　　　　　한이나 나지 안두룩 어서 결혼할락 하시우…… 그래 으쨌
　　　　　다고?

송 분대장　　그럼 그 대목은 넘기기루 하구……

원칠성	(웃으며) 옳지 서분네가 울더구먼…… 그래 서분네야 울지 마라 하며 내가 잔등을 쓸어 주었지…… 나두 인제는 옛날의 칠성이가 아니루다 아무것두 모르는 철부지였지만 병정이 되어 바른 정신이 들대루 들었다…… 닭 몰듯이 내모는 바람에 지원병 명색으로 병정이 되었지만 이제는 그대신 총 쏘는 법을 배웠고 칼 쓰는 법을 배웠다. (주먹을 부르쥐며) 그 총부리 향할 곳을 알았단다. 칼을 들어 쳐 부실 것이 무엇인지를 알았단다 서분네야 울지 말고 내가 이만치 장해진 것을 기뻐해다우……
장남수	아이구 참 조선 정신을 막 발휘했구마. 애인 앞에서는 말두 잘하능구마.
원칠성	하기는 내가 탈출해 나올 즈음 부대가 북지루 움직인다는 말두 있었으니 여기 벌서 우리의 옛적 동무들이 와 있을지두 몰라…… 어떻게 연락만 된다면 내 동무는 다― 래두 끌어낼테야.
김학운	허허 참 모두 하나씩 착실한 연극꺼리를 가졌군.
박철동	(바위위에서) 지꺼분한 소리는 그만두어!!
하순이	아이구 깜작 놀랬다. 저 화차 대구리는 혼자 갑재기 흥분하군해서……
박철동	고향에 대한 아름다운 꿈? 사랑? 흥 연애? 연극깜? 어쩌구 저쩌구 그래야 이 세상에 나 혼자 연극거리 하나 없는 외로운 사람이야……
하순이	아니 왜 또 신이 접했수?
박철동	유복자루 태어나 젖꼭지두 못 떨어져 어머니를 잃었으니 얼굴두 모르지 누이라구 하나 있지만 망명간 매부따라 아라사루 갔으니 감감 생이별이지…… 지금두 이따금씩 생각난다는 게 나를 주어다 길러준 갈미골집의 검둥 강아지 그

놈이 나하구 어찌 좋아했는지. 흐흥. 그래, 혈붙이 없는 내
가 검둥 강아지와 연애했다구 연극을 꾸미기루서 강아지를
무대위에 올릴테야? 아무것도 없는 내게 꼭 하나 있을 수
있다면 반드시 있어야 할 것이 조국인데 조국조차 없지 않
느냐 말이야!

　

　　침침한 분위기 바람의 인다. 사이…… 송 분대장 감개무량한 듯이 혼
자 뚜벅뚜벅 거닐기 시작. 차성렬 잠이 못 드는 모양으로 그림자처럼 나
와 놀라 우두머니 멈춰선다.

　

송 분대장　　철동 동무 마음을 가라 앉히시오.

박철동　　…… 아무리 좋게 생각할래두 천애고아인 나를 따사롭게
　　　　　껴들어주는 사람 하나없는 내 나라였어! 내어 쫓기다시피
　　　　　거지 행색으로 고향 청진을 떠나 동북으로 열한 살에 걸어
　　　　　나온 나였지 그렇게 심한 함경도 사투리까지 죄다 버릴만
　　　　　큼 이놈에게 부대끼구 저놈에게 구박을 받구 뭇놈에게 업
　　　　　수임을 받으며…… (돌 위에 웅크리고 앉는다)

김학운　　품고 있는 서름이란 다― 털어놓으면 그래두 속이 좀 시원
　　　　　한 법이야.

송 분대장　　(철동의 총을 거두어 제 어깨에 매며) 동무의 심정을 우리
　　　　　가 왜 모르겠소……

박철동　　말일망정 동포지만 나를 그렇게까지 학대한 조선놈들이었
　　　　　어. (울음) 내가 중학을 마치고 군관학교를 나오게 된 것두
　　　　　오로지 이 중국과 중국인 신세거든…… (주먹으로 가슴을
　　　　　치며) 말하자면 내 조국은 나의 저주를 들어야 하며 고향
　　　　　사람은 내 복수를 받아야 해! 하나…… 하루 한시 이 조국
　　　　　을 잊지 못하겠으니 이게 뭔 일이야. 동무들의 조국에 대한

추억은 아름답다구? 고향 사람들에 대한 그리움은 절절하다구? 내게는 그것이 하나도 없으나 그래두 그 조국을 찾자고 동무들과 한 자리에 있으니 이게 또 웬일이야!

장남수   아이고 참 야단났대이……

김학운   (침통한 얼굴로 나직히) …… 하기는 절대적인 고독 속에서 끓어나는 힘이 더 무서운가봐……

박철동   언제나 나는 책상머리에 조선 지도를 펴놓고서 마주앉아 둘이 신세한탄을 하곤 하였어…… 야 이놈아 조선아! (일어나며) 울상을 하지말구, 좀 ○○을 펴려무나!

하순이   (달려가 껴들며) 철동 동무 오늘밤만은 무사히 돌아온 기쁨으루 좀 즐겁게 놀아요. 동무 흥분했소. 응.

박철동   왜, 너는 네 가련한 백성들에 대해 그리 사랑이 없느냐? 네 집, 네 옥토, 네 사람, 다- 빼앗기구 왜 내 책상머리에 앙상스레 앉어 있느냐 말이야!!

원칠성   내가 쓸데없는 말을 시작해서……

박철동   응 조선 이 놈아!

하순이   (안타까운 듯이 반울음 소리로) 아! 그만 두어요!!

박철동   (더욱 흥분하여) 이렇게 막 주먹으로 땅땅 치면서 욕지거리를 퍼붓노라면…… 금새 또 이 조선이 애처로워서 지도를 끌어 안구서 흐륵흐륵 느껴 울군 하였어…… 이를테면 돌아가는 나를 있대자 반겨 맞아줄 사람 또 하나 없는 조국이지만……

장남수   철동 동무 진정하이소!

박철동   그래두 조선은 그 무릎에 매달려 호소를 하며 호들겨 울 수 있는 내 어미요, 또 내 품에 꼭 껴안고 내 설움 내 기쁨 내 뜻을 속삭일 수 있는 애인이요, 사랑이란 말이야! 내게 조국에 대한 이 같은 끈까지 없었더라면 나는 오늘까지 살

아 올 힘이 없는 인간이었어! (감격의 울음) 이놈아! 조선
아! 너가 정말 오는가 부다 이번만은 우리 서로 만나면 남
부럽지 않은 좋은 살림 꾸려 가자 응. (돌아서서 바위위에
엎드린다)

김학운   (독백처럼) 그렇구 말구 만백성 노래 들으며 일하고 르며 꿀
이 있어 먹을테고 화원이 있어 호접이 나는 아! 그런 조국!

송 분대장   차 동무 왜 안 주무시오!

차성렬   어쩐지 졸리지가 않습니다.

송 분대장   이제 저 철동 동무의 비참한 고백을 들었소?

차성렬   네…… 가슴이 막 미어지는 듯합니다.

송 분대장   철동 동무의 이야기를 들으면 때문에 더 싸워야겠다고 기
운이 샘솟는 듯하고 마음이 더 커지는 것 같소 서로 마음
을 크게 가집시다.

차성렬   저 역시 그렇습니다.

송 분대장   (다시 거닐기 시작) 나는 본래 군관학교의 포병과 출신이요,
소위 국민군에 있을엔 포병 상위로 더러 산포나 야포를 만
져보기도 하였소만은……

장남수   (칠성더러) 상관있나 우리는 아까 그이 얘기 끝냅시다.

다시 이야기 시작, 순이와 학운은 딴 이야기
성옥 담 벽에 붙어서 기어 나오며 동정을 살핀다.

송 분대장   그 당시로 보면 나는 사상의 혁명가라기보다도 오로지 내
대포알로 왜놈들을 때려 부시고 싶다는 일념에 중경을 탈
출하여 용감히 왜놈과 싸우는 이 팔로부대를 달려온 사람
이오.

차성렬   저이야 공비라고 왜놈들도 너무도 악선전하는 바람에 귀를

베구 눈알을 뽑아대는 마적떼인 줄만 알았지요……

송 분대장　그러나 막상 와보니 너무도 각박한 조건의 싸움이라 대포 하나 쏠 수 없구려. 어떻게 하면 내 대포알을 왜놈들의 머리 위에 불벼락처럼 들일 수가 있을까 하고 불현듯 대포 생각만 나면 나는 안절부절 어쩔 줄을 몰라 하오…… 그러나 동무 고맙소. 이렇게 우리들의 동무가 하나 둘 자꾸 늘어 힘이 뭉치고 게다가 대포까지 빼앗아 온다면 그 때는 내 대포알이…… (이를 간다)

원칠성　(놀래며) 아이야 저 분대장 동무 보아!

하순이　내참 오늘 밤의 흥분은 유행성인가봐……

송 분대장　(먼 산을 바라보며) 야 이놈들아! 잔악하고도 음흉한 일본 파시스트야! 네 놈들이 죄악의 씨를 거둘 때가 왔다― (팔을 벌리며) 자― 이제 이 산포와 야포방열을 봐라.

차성렬　(다가서며) 분대장 동무! 송 동무!

송 분대장　폭탄이 나간다! 소의탄이 나간다! 문적문적 다― 무너져라! 하하하 불같이 이는구나― 저 놈들 저 놈들. (달려가며) 어디를 말거미처럼 기어 달아나느냐!! 자― 이번은 산탄 유탄이 나간다. 아― 맞았다. 들어맞았다. 핫하!

차성렬　(붙들며) 분대장 동무 염려 마시오. 언제든 큰 전투만 일어난다면 내가 지은 죄값으로 목숨을 바쳐서라두……

장남수　(일어나며) 았다 무슨 말을 그렇게 해놓고 내가 하다못해 박격포 하나라두 뺏들어 드릴까요. ― 염려마시오. 차 애기 동무는 몬할끼오!

송 분대장　(얼싸안으며) 동무들! 고맙소. 차 동무 우리 같이 싸웁시다. 응― 그러구 맹서 삼아 내 권총을 드리우! (권총 달린 혁대를 풀어준다) 우리의 적이면 쳐야 하우 언제든지!

차성렬　(연한 목소리로) 분대장 동무 저를 이렇게 믿어주십니까?

일본놈에게 바쳤던 목숨을 왜 이 자리에 못 내놓겠소? 왜 동무들에게 못 바치겠소!

박철동   (일어나 다가가며) 분대장 동무 제가 잘못하였소. 공연히 시초를 잘못내어. (총을 받아 제 어깨에 맨다.)

송 분대장   (멋 적게 웃으며) 허허…… 나두 대포 생각만 하면 그만 흥분하군 해서 동무의 흥분이 역시 내게 전염된게로군…… 네 들어가시오. (돌아보며) 동무들은 아직 이야기 끝이 안 났소?

장남수   거의 끝날락 합니다. 먼저 가시소. 우리도 곧 갈끼오.

송 분대장   추운데 차 동무도 들어갑시다.

차성렬   춥지 않습니다. 달구경이나 좀 하다 들어가겠습니다. 먼저 들어가 쉬십시오.

(돌 위에 앉아 먼 산 바래기)
(송 분대장 철동 동무에게 경례하고 퇴장)

원칠성   (자리를 털며) 우리도 들어가지…… 그래, 산 마루턱에 척 올라서서 돌아다보니 발이 딱 붙어 버리구 말겠지. 주제소와 면소 있는 쪽에 불길이 이고 화광이 충천이다.

장남수   아! 그놈 시원하다. 서분네가 붙인 모양이지?

원칠성   (일어나며) 지금쯤 방화죄로 감옥일께야.

장남수   몰유관계 몰유관계 우리 조선으로 쳐나 가든 그 놈의 감옥을 막겨 부시구 끌어내야지…… 앗다 왜 자꾸 일어만나는고? (할 수 없이 따라나선다)

원칠성   (같이 들어가며) 이야기 끝을 간단히 맺자면…… (보초에 인사) 신고 신고료.

장남수   춥겠소.

(둘이 퇴장, 철동 뚜벅 뚜벅 산길을 올라가기 시작, 성렬이 따라나선다)

하순이   아이 학운 동무도 오늘 보초이죠?

김학운   네…… 왜 그러우?

하순이   오늘 밤 보총을 메는 사람은 돌아가며 흥분하는가봐, 아무래
         도 무슨 좋지 않은 일이 있을 것만 같아. 조심해요 응……

김학운   (일어나며) 헛허…… 그렇게 신경이 약하다구야…… 자―
         우리두 들어가십시다. 이번에 본대로 가거든 역시 내 말 대
         루 동무는 연안으로 들어가는게……

하순이   (팔을 붙들며 정면을 향하여) 아니…… 동무는 제가 여기
         있는게 그렇게두 싫어요? 내가 왜?

김학운   (한참 들여다보며) 참 순이 동무두 못하는 말이 없구려……
         쯔쯔쯔 눈물까지 어려서.

하순이   난 아버지와 어머니처럼 죽어두 전쟁마당에서 죽을래요. 동
         무를, (돌아서며) 동무를 떨어져서는 아무데도 안 갈테야!

김학운   그렇게 외곬으로만 생각하지 말구 항일대학이나 다니며 동
         무 자신을 더 키우는게 좋지 않소? 얼마나 우리의 앞날이
         뭐우…… (뒤돌아본다)

하순이   나는 그 소리를 들을 때마다 왜 그런지 자꾸 가슴이 두근
         거려…… (손을 잡으며) 우리들만이야, 우리뿐이야.

김학운   (손을 잡으며) 왜 이렇게 내 손이 떨리는지 모르겠소, 그러
         나 순이 동무!

하순이   (빤히 쳐다보며) 학운 동무!

김학운   (물끄러미 쳐다보다 마음의 유혹을 억제하려는 듯 얼굴을
         돌리며) 우리서로 냉정히 마음을 가집시다.

하순이   연안 간 인실 동무를 아직도 못 잊어서……

김학운   하기는 내 자신을 것 잡지 못할까봐 인실 동무 연안가기를

	찬성한 나였지만은 내가 동무를 얼마나……
하순이	얼마나 괴로움으로 아는지 모른단 말이죠. (돌아서며)
김학운	순이 동무— 참 아직두 애린애구려…… 우리가 지금 어떤 형편에 있으며 여기가 또 어떤 곳이요?
하순이	알어. 다 알아요.
김학운	역시 동무는 내 누이동생 나는 동무의 오빠…… 이게 우리들에게는 가장 좋은 길이야.
하순이	(달음질로 퇴장하며) … 몰라요!
김학운	(뒤따라 퇴장하며) 순이 동무! 순이 동무!

　사이 왼쪽 산길에서 구두소리 집 담 벽에 바짝 붙어 있는 임성옥 불빛 어린 눈으로 산길을 보살핀다.

임성옥	(숨죽은 목소리로) 여보! 창수아버지!

　차성렬 산길로 내려와 두리번거린다. 임성옥 손짓한다.

차성렬	(따라가며) 아니 무엇하러 나왔어?
임성옥	(팔을 끌어당기며) 쉬— 바짝 담 벽에 붙어요 …… 당신의 외투랑 목도리랑 가지구 나왔어! 어서 우리 달아나요!
차성렬	(저도 모르게 놀라며 담벽에 두 팔을 벌리고 바싹 기대어) 달아나? 달아나다니!!
임성옥	아직두 결심을 못했수?
차성렬	아니 난 못가— 못가—
임성옥	우리 일을 손바닥처럼 끼어 돌구 앉어 있는데 귀신 모르게 죽을 줄 모르오…… 어서 도망가요…… (움직인다)
차성렬	(두어 걸음 따라가다) 아니, 아니, 전부다 털어놓고 개심만하면.

임성옥　　아까 그 만갑 동무인가 하는 사람의 욕지거리 못들었어?

차성렬　　그게 다— 우리 잘못한 탓이야.

임성옥　　그럼 산 중으로 따라 들어갈 테야요? 영 언제 나올지 모를
　　　　　데를…… 난 여간 무서워 못 견디겠이요…… 그리구 어린
　　　　　창수 생각을 하면……

차성렬　　(괴로운 듯이) 창수!

임성옥　　그리구 어린 수영이가……

차성렬　　(괴로운 듯이) 응, 수영이?

임성옥　　(음쳐들며) 쉬—

　　(박철동, 산길을 내려와 집 뒤쪽으로 뚜벅뚜벅 거닐며 퇴장)

임성옥　　지나 갔나부…… 어서어서. (끌어당긴다)

차성렬　　아니, 아무래든 나는 못가— 얼마나 고마운가 생각해 보우,
　　　　　내 본색이 탄로되기에 총살을 각오했더니 도로히 용서를
　　　　　하면서 깊이 믿는다는 의미로 이 권총까지…… 대장 동무
　　　　　가 주며……

임성옥　　흥, 당신은 알아내오야만 나를 놓아준대는 딱한 사정이었으
　　　　　니 그래두 정한 이치나있지, 나야…… 나야…… 내가 왜?
　　　　　그저 당신 찾아 도망 들어온 줄만 알 터인데.

박철동 집 뒤쪽에 부터 서서 엿든는다.

차성렬　　(놀래며) 그럼?

임성옥　　그럼 어 아니라 그놈들이 보내지 않았다면 내가 이곳으로
　　　　　어떻게 찾아 올 수 있을테야?

차성렬　　아니 그럼 어서 대장 동무 앞에 모든 것을 털어 놓아 응 석

　　　　　가장에도 여공작원이 들어가 있어 우리 같은 게 들어오는
　　　　　쪽쪽 무전으로 본대에 알리기에…… 본대만 갔다는……

임성옥　　(바들바들 떨며) 아이구- 나 살려요- (매달리며) 나 살리
　　　　　는 줄 알고 어서 같이 도망쳐!!

차성렬　　아니 어서 솔직히.

임성옥　　그럼 어린 애들은?

차성렬　　(괴로운 듯이) 어린애?

임성옥　　저런 헐렁뱅이 의복에 총하나 변변히 못가지구 일본 군대
　　　　　를 언제 이기게 되겠다구……

차성렬　　어린애들의 염려는 말어…… 대장 동무에게 부탁해서 석가
　　　　　장에 나가는 대원 틀림없이 애들을 데리구 들어오도록 할테
　　　　　니……

임성옥　　그 애가 뉘집에 있기에 큰일나!

차성렬　　(놀라며) 왜? 금강상회에 맡겼다면서……

임성옥　　(고래를 흔들며) 특무기관 이시이 그 통역 녀석한테……

차성렬　　(눈이 뒤집혀) 무엇이!! 그럼 정말루 그 놈이!

임성옥　　(울며) 응… 응…

차성렬　　네 년놈들이 나를 이리루 들여보내 놓구서는 서루 맞붙어
　　　　　서…… 오- ㅁ 네년이 아직 두 까페에 있던 버릇을 못 버
　　　　　리구…… 옳지, 알았다, 그 놈이 네 년과 미리 짜구서 나를
　　　　　치워놓고는 네년을 끌어내다가……

임성옥　　(느껴 울며) …… 그러기 어서 어서 도망가요! 어린애들을
　　　　　찾아가지구 조선으로 나가구 말어요!

차성렬　　(고함소리로) 가긴 왜 가! 네 년 좋으라고……

임성옥　　(엎어지며) 그 살기 같은 놈이 죽기보다두 더 싫어서 당신
　　　　　을 찾아온다는 것이…… 그 놈의 수에 또 넘어 나까지……

차성렬　　이걸…… 이걸…… (권총을 뽑아들고) 가라- 이년 가라-

(육박)

임성옥　　(가운데로 뒷걸음치며) 아, 살려주― 여보 이게 내가 원한
　　　　　　길이요? 행여나 당신 만나 같이 들어오게 될까…… 구 여보―
　　　　　　아― 여보!

차성렬　　이년 어서 가서 그놈과 갈탕히 살어라.

임성옥　　아니 아니에요! 어서 우리 나가서 여기 이야기만 한다면,

박철동 등장

차성렬　　무엇이 이년! 또 한번 이야기 해봐라― 아― 철동 동무―
　　　　　　이년과 나를 어서 묶으시오… 이년이 이년이―

임성옥　　어이!

박철동　　(성렬의 입을 손으로 막으며) 안 되우, 내가 이야기를 채 들
　　　　　　어서는 안 되우!

차성렬　　(통곡하며) 철동 동무!

(막)

제 2 막

다음날 새벽, 무대는 1막과 같다. 발작눈이 0이고 안개가 자욱 이만갑
어깨와 군모에 눈을 지닌 채 보초 위치에 서있고 김학운 혼자 뚜벅뚜벅
거닌다. 먼 곳에서 닭우는 소리

김학운　　첫닭이 회를 치치 우네. (돌아서며) 자, 이젠 그만하고 교대

　　　　　　　를 하지.

이만갑　　　하나만 더 읊어야지.

김학운　　　밑천이 아주 떨어졌어. 동무가 들어가 잘 자라는 자장가라
　　　　　　　면 또 몰라도……

이만갑　　　쳇, 이번은 동무의 시 하나……

김학운　　　동무 참 어지간하군. 날을 밝힐 작정인가.

이만갑　　　아니.

김학운　　　(다시 거닐기 시작하며 읊는다)
　　　　　　　못내 뜻을 이루고 싸우다 죽으면 우리의 흘린 피가 새 나
　　　　　　　라의 동맥이 되리. 그 때는 동무야 이내 가슴 위에 돌을 세
　　　　　　　워다고 돌 위에 새겨라. 「조국해방 만세」.
　　　　　　　그러면 내 검붉은 피가 영원히 물 드리련다. 거룩한 이 글
　　　　　　　씨를. (만갑 앞에 이르자 갑자기 차렷의 호령을 지른 뒤 경
　　　　　　　례하고 손을 내대인다. 만갑 총을 주고 경례. 둘이 마주보
　　　　　　　면 웃는다.)

이만갑　　　그만 기합에 걸려서……

김학운　　　자 들어가서 쉬어. 여덟시까지는 아직도 서너 시간 있으니까.

이만갑　　　「그때는 동무야 이내 가슴 위에 돌을 세워다오.」…… 문학
　　　　　　　중에서도 시라는건 참 좋은 예술이야…… (기지개를 펴며)
　　　　　　　나는 동무 밑에서 시공부나 좀 해볼지……

김학운　　　나같은 무명시인 밑에서 공부한데서 시가 될 리도 만무하
　　　　　　　지만 동무는 시야 글렀지!

이만갑　　　왜?

김학운　　　(딴전을 바라보며) 동요라면 또 몰라……

이만갑　　　뭐?

김학운　　　어린 애들 부르는 아동 시 말이야.
　　　　　　　중중 떼떼중

칠월이 번개중

소맷독에 빠진중

대꼭자로 건질중

말하자면 이런노래말이야.

이만갑   쳇, 우리 분대엔 너무도 늙은 노팔자병이 흔하니까……

김학운   아 이러면 정말 내가 보초임무를 다하지 못하겠네……

이만갑   오늘이 십이월 십이일… 내일 모레가 바로 우리 아버지 세상 떠난 날이다. 눈 자꾸만 또록 해지며 잠이 오지 않아 그래.

김학운   옥사했다는 아버지의?

이만갑   응, 아버지 생각이 어제오늘 별나게도 간절해져…… (독백처럼) 바로 이게 발작 눈이 내린 아침이었겠다. 감옥에서 시체가 되어 아버지가 집으로 돌아오는데 그때 내 나이 열한살이니까 칠년전이로군. 칠년전이면 일천구백……

김학운   (거닐며) 삼십사년…… 입옥하시기는?

이만갑   오년만의 일이니까 1929년 겨울…… 누구나 다 제 부모는 좋다고 하지. 우리 아버지만은 특별히 좋은 분이었어…… 눈물이 많고 마음이 착하시고 그러면서도 용기가 있고…… 나를 데리고 노닐적에 범놀이 수박따기 말놀이 어떤 때는 동래 애 죄다 모아놓고 다리혜기, 원님내기까지 해주셨지.

김학운   점잔빼기를 좋아하는 조선 사람 아버지로선 역시 파격이셨군.

이만갑   원님내기에 아직도 내게 잊어지지 않는 일이 있어…… 언젠가 어머니와 같이 감옥으로 면회를 가니까 아버지가 원님 이야기를 하시겠지…… 만갑아, 나도 이제 몇 해만 더 있으면 나가게 된다. 아버지 나오면 좋겠지 하시기에 고개를 끄덕이니까 어디 그럼 여기랑 집이랑 원님내기루 맞춰봐…… 하며 웃으시는군…… 그래 나는 우리 집을 어머니 여기는 이 사람하고 옆에 칼을 차고 권총을 둘러멘 왜놈

간수를 손으로 가르치고 제발 하나님 어머니에게 맞아 줍시사 하고 빌면서 간수로부터 한알똥 두알똥 삼재 염재 이렇게 불르며 나갔는데 분명히 어머니에게 맞어 떨어져야하는 것이 어디서 잘못되었는지 간수에서 떨어지겠지…… 그래 나는 그만 소리를 내어 엉엉 소리를 내어 울었어…… 어린 마음에도 가슴이 덜컹 내려앉더니…… 종내……

김학운 불행한 일이 생기면 별일이 다 탓나는 것이지.

이만갑 아니야. 내게는 미신이 아니고 어떤 신비적인 암시였어…… 그래 엉엉 소리를 내어우니까 간수가 아버지를 끌고 다시 들어가겠지…… 이때부터야, 내가 이런 생활을 하러 떠날 결심을 어렴풋이나마 생긴 것이…… 옳지 우리 아버지를 늘 가두어 두는게 저 왜놈이요, 우리 아버지를 늘 노리는게 저놈의 총이요, 칼이로구나! 저 놈의 총칼을 빼앗아 왜놈을 죽여야…… 감옥에서 아버지의 시체가 돌아와 그 앞에 웅크리고 앉았을 때 어린 가슴속에 이 결심은 불길처럼 더 크게 일어났다……

김학운 오늘 참 동무의 좋은 이야기를 들었군.

이만갑 나야 이제는 행복스런 몸이지. 왜놈과 싸우다 죽으면 그리운 아버지 있는 곳으로 가고……

김학운 허허, 천당 문을 엎고 들어 갈 작정이로군……

이만갑 싸워 이겨 조선으로 나아간다면 그리운 어머니를 만나니.

김학운 좋소 동무는 어머니라도 계시니……

이만갑 동무야, 그 대신 남 없는 것 하나 있지 않아?

김학운 무얼?

이만갑 애인!

김학운 핫하하…… 비단 하나뿐이랴…… 동무들이 다 애인이지.

이만갑 그런데 참 학운 동무 어젯밤 왕(王)동지가 정찰하고 들어와 대장에게 보고하는 말을 들으니까 우리 뒤를 밟는 왜놈의 군대에 조선사람이 서너 명 있는 모양이래……

김학운   그게 정말일까……

이만갑   응…… 글쎄 그런 죽일 놈들이 어디있단 말이야. 일단 끌려 나와 병정이 되었기로서 칠성 동무 같은 이는 병영서까지 탈출해 나오는데……

김학운   그렇게 수월히 되나…… 그이들이라고 오죽하겠다고 무슨 생각인들 없으리.

이만갑   난 그놈들이 미워 죽겠어. 저 임성옥 동무가 그놈들의 끄나풀이나 아닌지 어떻게 곬을 알고 알맞게 자기 남편 있는데도 들어올 수 있겠나 말이야……

김학운   (끄덕이며) 하긴 그래……

이만갑   그놈 서로 주의하자는 말이야…… 그런데 동무 어젯밤 읊었던 시의 한구절이 뭐라더라…… 만백성 노래 부르며 일하고.

김학운   꿀이 있어 떡을 빚고
화원이 있어 호접이 나는
아― 그러하리 내 조국
이것 말이지?

이만갑   그게 누구의 시야?

김학운   먼 어떤 약소국 혁명 시인이 장래의 새 조국 제 고향을 그리며 부른 노래라나……

이만갑   포렌셔.

김학운   아니 동방의……

이만갑   또 모략! 동무의 시로구면…… 만약 나는 이 땅에서 전사를 한다면 화원이 있어 호접이 나는 그 호접이 되어 조선으로 날아갈 테야.

김학운	공상 공상 연약한 호접이 어떻게 몇 천리 길을 가나. 동무는 늘 호접이야기 호접이 그리 좋아 어서 들어가 자기나 하오……
이만갑	(웃으며) 내 말을 들어준다면!
김학운	또 무슨 말!
이만갑	순이 동무랑 결혼하겠다면……
김학운	또 쓸데없는 말……
이만갑	아니 정말로 부탁이야. 순이 동무가 학운 동무를 얼마나 사모하는 알아!
김학운	그런 종장 없는 말 말고 어서 들어가 자기나 하오…… 그런 일도 화원이 있어 호접이 나는 조국으로 돌아가는 날……
이만갑	동무도 참…… (끄덕이더니 경례하고 퇴장)

이때 무대 오른쪽 바위에서 팔자 수염을 단 거무스레한 얼굴이 하나 나타나 기맥을 엿보고 숨는다. 멀리서 개 짖는 소리

| 김학운 | (혼자 뚜벅 뚜벅 거닐며) 안개가 자욱하니 끼일젠 날씨가 좀 풀릴 모양이지…… (시를 읊기 시작)
두고 가는 긴 시름 쥐어틀어서
여기도 내 고향 저기도 내 고향
젖으나 마르나 가느니 서름
혼자 울 오늘밤도 멀지 않구나
순이 동무 용서하시오. 어떤 시인이 부른 노래 그대로 나는 혼자 이 밤을 우오. 역시 나를 두고 동무는 떠나야 할까 보오. 같이 있어서는 안될가보오…… (돌이 굴러 떨어지는 소리 놀래어 소리 나는 쪽으로 달려 내려가며) 誰呼! 誰呼!
(시이 바람소리 다시 올라오며) 그새 무슨 소릴까! 스파이 |

나 아닐까! (총뿌리를 향하고 다시 돌아섰다가 웃으며) 승
냥인 모양이라 옛적부터 스파이 많은 곳이라더니 산지와
승냥이도 많은 모양이로군……
(요란히 개 짖는 소리) 수상한데…… 아무래도 무엇에 놀래
어 짖는 소리야. (긴장한 얼굴로 두루두루 살피고 나서 팔
뚝시계를 보며) 다섯시 십오분 별안간 멀리서 총소리.

김학운   (집 쪽으로 달려가며) 일어나시오! 일어나시오!

만갑을 선두로 분대원 총기를 들고 모두 뛰쳐나온다.

(계속적인 총소리)
대장 동무 총소리는 동북방 제 2분대 쪽입니다!
(기관총 소리)

조 소대장   제3분대 쪽에서 기관총 소리가 들립니다.
이만갑   (권총을 빼앗아 들고 달려가며) 대장 동무 제게 보총을 빌
려 주세요!
김 대장   맹세대로 바꾸어 드려 동무의 성공을 비오…… 모두 엎드려!

(지뢰 터지는 소리 히멀그레 밝기 시작)

원칠성   민병이 품은 지뢰가 터지는 모양입니다.

(기관총 소리)

이만갑   제2분대 쪽에서 중기관총 소리가 들립니다. 저놈의 기관총
은 내가 잡는다.

김 대장　　　모두 덤비지 말고 침착히…… 대담히……
주 분대장　　저놈 저놈들 히뜩 히뜩 보인다.

(임성옥 뒤쪽으로 벌벌 기어 나온다)

하순이　　　(성옥에게 권총을 던져 주며) 어서 거기 엎드려요!
차성렬　　　동무들 저년을 도망 못가게 하시오. 바로 저 왜놈들의 끄나
　　　　　　풀입니다!
임성옥　　　여보! 창수 아버지! (쓰러진다)
박철동　　　대장 동무 어서 전투 명령을 내려주십시오!
장남수　　　호호호 오는구나! 오는구나!
김 대장　　　하룻강아지가 범 무서운줄 모르고 오기는 오는구나! 기어
　　　　　　코 결전이다. 동무들 우리의 위력으로 놈들의 머리위에 불
　　　　　　벼락을 들씌울 때가 바로 이때요. 정황을 판단하기까지 침
　　　　　　착히…… 대담히……
차성렬　　　누구야!!

(연락원 오른쪽으로 등장)

연락원　　　제3분대장 연락원 보고!! 적은 동남간으로부터 진공중이나
　　　　　　아군도 적극적으로 접전 중 그 뿐!
김 대장　　　나팔소리가 들리면 제 1분대의 엄호 밑에 이 산위로 전위
　　　　　　할일!
　　　　　　(연락원 퇴장) 명령! 조 소대장의 임무는 제3분대를 지휘하
　　　　　　여 두 분대의 전진을 엄호하여 산위로 올라오려는 적을 쳐
　　　　　　물려 돌격로를 완전케 할 것! 그리고 동무들 결코 만만한
　　　　　　싸움이 아니니 탄자를 아끼시오! 탄자 하나를 놈들의 생명

하나와 바꾸어야 하오!

(연락원 왼쪽으로 등장)

연락원   제2분대 연락원 보고!! 중기 하나 경기 둘을 갖춘 적 백오
십은 서남간으로부터 포위 태세로 압박중이나 아군은 적극
적으로 저항 중 그 뿐!
김 대장   결사적으로 저항할 것! 나팔 소리가 들리면 이 산위로 제1
분대의 엄호밑에 전진할 것!

(연락원 퇴장 산위로부터 중기관 총소리)

주 분대장   산위로부터 중기의 사격입니다.
박철동   (뛰쳐나오며) 대장 동무! 저를 가게 해 주십시오! 저놈을 제
게 맡겨주십시오!
김 대장   (제지하며) 흠 그렇지 역시 중기가 올라와 있겠지! 동무들
덤비지 마시오! 기관총수 내뒤에 달렸! 소리 내지 말고 감
쪽같이 침착히!
조 소대장   대장 동무 어디를!
김 대장   (기관총수를 데리고 뒷산길을 올라가다가) 내가 중기를 진
압할테니 동무 뒷일을 맡기오!
박철동   대장 동무!
조 소대장   (뛰쳐나가며) 안됩니다. 저를 보내주시오!
김 대장   명령이니 동무는 남아 지휘하시오! (퇴장)
조 소대장   명령! 주 분대장은 제3분대 쪽의 엄호를 담당할 것…… 산
위에서 나팔 소리만 나기를 기다렸다가 돌격을 엄호해야
하오…… 옳지, 동이 트기 시작한다.

장남수　　　제2분대도 명렬한 저항일락 한다!

차성렬　　　저놈들 쓰러지는 것 봐라! 적이 동요한다.

원철성　　　제2분대도 돌진이다! 돌진이다!

　(이때 산위에서 적의 중기와 김 대장의 경기와의 접전소리)

주 분대장　　대장 동무가 처 올라가는 모양이다!! ─ 집 뒤로 나온다.

김학운　　　─ 노항문 진속으로 들어가요! 몰려와! 아, 저 나팔소리

　(난민들 퇴장. 사위에서 나팔소리)

조 소대장　　대장 동무의 승리다! 진압한 모양이다. 이제부터야말로 우
　　　　　　리의 전투요. 돌격엄호! 전진엄호!

　(일제히 방총 시작. 산위에서 경기와 중기의 소리)

이만갑　　　빠져 나왔다! 빠져 나왔다! 제2분대 포위를 돌파하고 전진
　　　　　　이다!

원칠성　　　앗! 대장 동무가 기관총을 들이대며 내려간다.

　(박격포탄 근처에 떨어진다. 사이)

차성렬　　　으흐흐 종내 박격포까지 동원이구나! 송 동무! 저놈의 박격
　　　　　　포를 제가 뺏들어 드릴테니……

장남수　　　아니 내가 잡을끼라!!

임성옥　　　앗! 여보! (벌벌 기어 나가며) 여보! 어쩔라고……

조 소대장　　(차를 붙들며) 바싹 닦아매어가지고　닦아매어가지고……

저놈들 갈팡질팡거리며 다시 몰려온다!

(제3분대원 무대 왼쪽으로부터 나타나 산길을 향하여 부상자를 껴들고 전진. 밝기 시작)

조 소대장　　어서 동무들은 산으로 올라가시오! 순이 동무, 임성옥 동무도 어서 안전지대로!

임성옥　　(기어가 성렬을 붙들며) 여보, 어서 우리들도 저리 올라가요!

차성렬　　(뒷발질하며) 무엇이? 비켜라 비켜…… 내가 키어코 저놈의 박격포를 뺏고야 말테다!! (성옥 산길로 달아나려 하자) 게 섯거라! 옳지 네가 뛰려느냐? (총소리를 향하며) 어디를!

임성옥　　앗!

차성렬　　죽어도 같이 죽어야지. 너만은 못 보낸다!

조 소대장　　차 동무 무슨 짓이요!

조 소대장　　위험하오. 엎드렷!

송 분대장　　소대장 동무도 저 동무들을 따라 산으로 올라가시오!

조 소대장　　안 될 말이 안 될 말이! 죽으며 같이 죽읍시다. (박격포탄 근처에 터진다) 엎드렷!

송 분대장　　앗 저놈들 우리의 전진할 길을 막으련다!

조 소대장　　자 아주 포위되기 전에 어서 내갈겨라. 내갈겨! 알 있는대로!!

하순이　　성옥 동무도 어서 쏘아요!!

(임성옥 바위에 붙어서 권총을 방사)

이만갑　　저놈의 기관총 이번에야— 이번에도— (자리이동하며 사격) 쏘았다!! (벌떡 일어나 바위 넘어 돌진)

조 소대장　　(두어 걸음 뛰쳐나가) 동무, 만갑 동무. 앗! 만갑 동무가 기

	관총을 빼었다. (맹렬한 기관총 소리) 앗하하! 만갑 동무가 기관총으로 내갈긴다. 만갑 동무, 적이 뒤로 간다. 뒤로 간다. 요놈아. (사격) …… 앗! (오른팔을 맞아 총을 떨어트리자 왼속으로 권총을 빼들며) 권총이 또 있다! 이놈들아!! (바위에 기대고 다시 사격)
임성옥	(그 총을 주워 들며) 죽기는 마찬가지야!! 이왕에 죽은 목숨
김학운	탄자. 탄자가 끊어졌어.
임성옥	(총을 집어주며) 이걸로 이걸로 쏘아요.
송 분대장	수류탄을 던져! (일어나 던진다. 총 맞고 쓰러진다) 차 동무, 성렬 동무.
차성렬	분대장 동무! (꺼들며) 어서 일어나시오.
송 분대장	나는 괜찮소. 어서 내 수류탄으로 이걸로 이걸로— (일제히 수류탄을 던진다.)
조 소대장	완전히 포위를 당했다. 우리 중대의 정신을 발휘하자 모두…… 모두…… (일어나며 지휘하려다) 앗! (쓰러진다)
김학운	내가 저 놈을……
송 분대장	(쓰러진 채) 누구 없소? 어서 저 소대장 동무를 업고 어서 산으로…… (학운 달려가 업으려다 역시 총에 맞고 쓰러진다. 순이 달려온다)
하순이	학운 동무, 정신차리오! (수건을 찢어 응급수당을 한다)

칠성 달려와 소대장을 업는다.

박철동	(돌격하며) 이놈들아 의용군 철동의 칼 받아라!! (퇴장)
장남수	조선정신을 발휘해라!! (퇴장)
차성렬	분대장 동무의 원수는 내가 갚는다!! (퇴장)

(임성옥 그 뒤를 따른다)

송 분대장　　(이를 악물고 손으로 권총을 빼어 들며) 내 걱정은 마시오. 학운 동무를 부탁하오. 아직도 내게 탄자 세 개 있겠다. (기어나가며) 이놈을 마저 쏴야 이놈들…… (나팔소리. 바위 위에서 굽어보며) 박 동무, 장 동무— 차 동무도 나간다! 아 동무들 전진, 전진! (기어내려가—)

하순이　　(울음소리) 학운 동무 상처가— 어서 정신차려요. 나 순이요, 순이에요.

김학운　　(손을 허비적거려 순이의 머리를 더듬으며) 아, 순이 동무? 순이 동무 나를 바짝 꺼안아주…… 승리, 승리요?

하순이　　네, 적을 추격하는 모양이에요.

김학운　　적을…… 추격…… 나는…… 나는…… 임무를 다하지 못하고……

하순이　　학운 동무, 무슨 말을 그렇게 하오…… 동무의 힘이 오죽 장했다고…… 마음을 단단히 가져요. 동무들이 이제 돌아올테니 기운을 내여……

김학운　　대장 동무도?

하순이　　응. 오구말고.

김학운　　소대장 동무도?

하순이　　응. 칠성 동무가 업고서 바로 이리로 피하였어요. 학운 동무, 그 일을 괴로워하지 말어요……

김학운　　만갑 동무도 올까? 철동 동무도?

하순이　　(얼굴을 돌리며) 오구말고…… 다 오구말고…… 동무가 기운만 낸다면야. 아 이걸 어떡하나 동무, 학운 동무.

해뜨기 시작.

김학운   순이 동무…… 아무래도 나는 못 견디겠소…… 대장 동무
에게…… 임무를, 임무를 다하지 못하고 죽음이…… 원통
하다는…… 이 말을 꼭 전달해주―

하순이   학운 동무, 왜 그런 소리를 해요?

김학운   그리고 동무, 나를 용서해주. 순이 동무. (어루만지며) 지금
가지 내 마음속의 고뇌를 동무까지도 못 알아주는 듯하였
소. 나는…… 나는 동무를 끝없이 사랑했소. 샛별처럼 내
속가슴에 불을 비쳤소…… 눈에 보이지 않는 끈으로 나의
심장을 얽어 매었소…… 꽃처럼 연약한 듯하면서도 쇠보
다 더 억센 끈으로…… 나는 동무를 끝없이 사랑했소!!

하순이   학운 동무, 언젠가 중경군과 왜놈의 비행기에 쫓겨 산마을
속으로 들어갔던 때의 일 생각나오? 황하를 굽어보는 산
마루터 무너진 지붕 밑에 웅크리고서 동무는 정신 잃은 사
람처럼 퉁소를 불고 있었지…… 봄비가 소리 없이 내리는
밤이었어요…… 동무들은 다 잃어버리고서 내가 부상한 아
버지를 끌고 비 그친 데를 찾아 무너진 집 처마 밑을 비칠
비칠 헤매이는데 어디선가 퉁소소리가 처량히 들려와 저도
모르게 눈물이 쭈루루 흘러 내렸어…… 그때 아버지 말씀
이 저게 아무래도 조선곡조로다. 조선 동무가 부는게로다
하셔서 달려가 보니 동무가……

김학운   옳지…… 옳지…… 그런 일이 있었지.

하순이   제 아버지가 오― 또 불러주 고향의 노래 또 한 곡조 불러
주 하며 괴로움도 잊은 듯 퉁소 소리에 전에 없이 미소를
지으며 숨이 지었을 때 동무는 흐느껴 우는 내 얼굴을 떨
리는 손으로 쳐들며 기운을 내시오 하시지 않았소? 아, 동
무! 이번은 제가 그럴 테야 기운을 내세요!

김학운   순이 동무, 아무래도 나는…… 나는 못 견디겠소……

하순이   아니…… 아니…… 그때 동무의 부상이 오죽했냐구……
어깨에 총을 맞고 다리에 칼까지 받아 가지고…… 일어서
지 않았소? 순이 동무 일어나시오. 다시 떠납시다 하시지
않았소? 피에 젖은 몸으로…… 학운 동무 이번은 제가 그
럴 테야 기운을 내세요. 일어나세요!

김학운   정말…… 그런 일이 있었지. (단말마의 힘으로 일어나려고
애를 쓰며) 어서 내가 일어나야…… 내가…… 내가…… 아
니 아무래도…… 아무래도…… 나는.

하순이   (끌어안으며) 동무!

김학운   나 혼자 동무에게 사랑을 꿈꾸는 것이…… 죄스러운 것 같
았소…… 이렇게 죽음을 앞두고…… 고백을 하게 될 줄이
야…… 동무 울지 말고…… 나를 불쌍히 여겨 꽃처럼 포근
한 웃음을 지어 나를 보내주시오.

하순이   (순이 하 몸부림치며) 동무! 아니, 아니, 동무! 동무! 정신차
려요!

김학운   (손으로 허비적이며) 순이 동무, 뜻을 못 이루고 죽으나 내가
죽으면 떠날 때 내가 지어 부르며 나는 장송가로…… 나
를…… 보내주…… 내 장송가로 제일 먼저 내가…… 떠나는
것도…… 행복된 죽음이요…… 그리고…… 동무…… 내 무
덤에는 내 가슴 위에는…… 조그만한 나무 조각에라도……

하순이   (흐느껴 울며) 응, 응……

김학운   순이 동무, 어디가, 어디가 조선이요? (순이 껴안아 일으켜
동북방으로 향하자) 아, 저 태양, 우리 조선에서 저 시뻘건
새 태양이 떠오르네. (법열에 넘쳐 모자를 벗어 들고) 우리
조선 우리 조선 독립 만세…… 조선 인민 해방 만세! (모자
떨어진다) 조선아 잘 커어. (쓰러진다)

하순이   동무, 동무! (가슴을 부둥켜 앉고 바슬바슬 일어나) 학운 동

무도 가고 말았네. 아, 바위처럼 검게 터진 저의 얼굴이 어쩌면 저렇게도 빛날고…… (낙암(落暗) 무대 회전하기 시작) 아, 동무들 동무들이 어딜 갔을까 나도 어서 가서 이 원수를 갚아야……

2장

험준한 경사지 고목이 두서넛 군데군데 서있고 포연에 잠겨 있다. 콩 볶듯 하는 총소리 이리 뛰고 저리 뛰는 그림자 번쩍이는 검빛. 아우성소리. 흩어져 있는 일병의 시체. 주 분대장은 비스듬히 걸려 있는 고목에 매어 달려 있다.

하순이   (경사 위에 올라서서 태양 빛을 한껏 몸에 지니고) 컴컴한 어둠이 내 주위를 둘러싸거라. 시커먼 죽음의 손길이 발밑으로 기어 들거라. 어디로 갈가. (팔을 벌리며) 자, 이 왜놈들아, 내 몸둥이를 총으로 겨눠보아라.

소리 : 友軍力 オ－イ－[우군인가 어－이－]
소리 : 敵人 トッチダ[적이다 어디냐]
소리 : 찔렀다
소리 : 이놈아
소리 : アイタツ－ ヤラレタツ[이런 당했다]
소리 : 쏘았다
소리 : 危イ ソッチハ 危イ－[위험해 그 쪽은 위험해－]

송 분대장   핫하하! 저놈들 잘 쓰러진다. 철동 동무, 잘 찌른다. 만갑 동무, 잘나간다. 만세!! 음, 그렇지! 차 동무, 옆으로 옆으로.

(낭독)

　해외에 나간 조선의 아들과 딸은 이렇게 조국을 위하여 싸우고 피를 흘렸다. 총칼이 숲처럼 우거진 사이를 칼날을 집고 총부리를 앞에 두고 처참히 돌진하였다. 대체로 이것이 무엇 때문이었더냐. 조선이 독립을 하고 우리 인민이 잘 사는 날만 맞이하게 된다면 그 역시 고마운 죽음이라고 굳은 결의를 늘 말해온 그들이었거니⋯⋯

이만갑　　　（기관총을 휘두르며) 내가 다 맡을 테니 동무들은 어서 전
　　　　　　진하시오. 전진하시오!! (퇴장)

(낭독)

　연약한 팔에 휘어잡은 기관총을 휘두르며 나가는 불덩어리 같은 용기가 보이지 않느냐? 고래고래 지르는 저 우렁차고도 비창한 목소리가 들리지 않느냐? 하기는 이 거친 화북광야에서 적을 치다 눈물을 머금으며 쓰러져도 좋고 적을 쳐 몰고 올라가다가 만리장성 이끼 앉은 성돌 밑에 초토가 되어도 좋으며 동삼성 진흙바닥에 넘어져 일어나지 못한대도 나라를 위한 주검이니 달갑다는 그들이었다.

소리 : アイツダ－アイツダ[저 놈이다. 저 놈이다.]
소리 : オ－イ[이－봐]
소리 : 이 자식 무엇이－
소리 : アソ－[아앗－]
소리 : 자 받아라

주 분대장　　철동 동무, 찔렀다. 또 찔렀다. 그렇지 잘 찌른다! 앗! 철동
　　　　　　동무가 겹겹 포위당했다. 뚫고 나가라! 철동 동무, 뚫고 나
　　　　　　가! 아이고 기진했구나. 아. 총－ 칼 동무들 내게 총을 주려

무나! (쓰러진다)

하순이 달려 내려간다.

박철동   (왼쪽으로 퇴장하며) 자, 이젠 칼도 없고 총도 없구나! 이놈
           들아, 이 내 가슴을 찔러라. 조선독립만세!!
장남수   (달려가며 퇴장) 철동 동무! 철동 동무! 내가 간다.
주 분대장   아, 철동이 철동이–

(낭독)

   역사적인 팔·일오이후 해방된 조선을 향하여 우리 의용군과 같이 진
군해 나오는 도중 작자는 피눈물에 젖은 이 우전에 머물러 오랜 시간
움직일 줄을 몰랐다. 산 깊은 돌작지 바윗길에 잡초만이 무성하고 때 아
닌 가을비는 소리없이 내리고 있었다. 호서산은 기도를 올리는 듯 바위
는 말이 없었다. 이 불스러운 조선의 아들들이 무엇 때문에 흠연히 미소
를 짓고 이 이국땅 깊은 산간에 쓰러질 수가 있었던가? 「어서 빛나는
인민의 나라를 세워라!」 이것이 그들이 피의 부르짖음이 아니겠느냐!

송 분대장   (고개를 들고) 야, 만갑 동무.

   만갑 동무의 기관총 소리까지 끊어졌다

(다시 거꾸러진다)

(낭독)

   이 쓸쓸한 고 전장의 뒷마을 앞 재 등에 그들의 무덤 네 그루가 가지
런히 앉아있었다. 밭고랑에 묻어 버리는 중국의 풍습과 달리하여 앞쪽

이 훤히 트이고 양 옆으로 옅은 산줄기가 내달린 푸근한 자리에 그리고
앞쪽은 동북을 향한 조선쪽이었다. 그때 그날 무덤가에서는 가을비도
울지 않았다. 이름 모를 이 나라에 산새가 해방된 우리의 기쁨을 같이
즐기려는 듯 지저귀며 노래하고 있었다. 우리는 이 여러 동무들의 무덤
위에 꽃을 뿌렸다.

차성렬   (다시 정신을 차리고 일어나며) 어서 어서 저놈의 박격포를
      내가 잡아야…… (기어나가다가 다시 쓰러지며) 어서 저놈
      을 빼앗아 분대장 동무에게 주어야……

임성옥   (매달리며) 그러지 말고 안정해요. 이 몸으로 어딜 움직여
      보겠다고 저기 누구 없소!!

차성렬   (몸을 일으키며) 지금까지 나는 소나 말처럼 네놈들이 함부
      로 부리는 매로 순종해왔다. 이 몸둥이에 채찍을 받고 칼도
      받았지만은 이번은 내손에 총칼이 있다. 아니 네놈들이 총
      을 쥐어 주고 칼을 들게 하였다. 옛날의 차성렬은 이미 이
      전쟁마당에서 죽었다. (다시 일어나며) 자, 새로 탄생한 차
      성렬이가 일어나는 걸 보라. 네놈들이 들려준 이 총을 보았
      지. 칼을 보았지.

임성옥   여보, 정말로 이 자리에서 나를 용서해주워요. 저도 이왕의
      성옥이가 아니에요.

차성렬   왜 여기서 머뭇거리느냐. 어서 싸우러 나가라. 저놈들이 우
      리를 개, 돼지처럼 때려 눕히고 너와 나와 피로써 저희들의
      목숨을 사려던 것을 아직도 모르겠단 말이냐!!

임성옥   그러기에 나는 울지도 않아요. 눈물도 흘리지 않아. 당신
      대신 내가 나가게. 이 총을 들고 내가 나갈게. (총을 들고
      일어선다)

(박격포탄 터지는 소리)

차성렬   (붙들며) 정말? 정말이냐? 그럼 어서어서 저놈의 박격포를.
임성옥   응, 내게 맡겨! (바들바들 떨며) 이왕에 죽은 목숨…… 나
         같은 년은 이 산골짜기에 거꾸로 매달려 승냥이와 까마귀
         떼와 물려 뜯겨 죽어야 마땅한 년이야.
차성렬   응. 그렇지, 빨리…… 내 대신 저놈을…… 아니 여보!! (기
         어 나가며) 어디를!! 어디를!! (갑자기) 안 된다. 안 된다. 안
         돼!! 이년아 서거라! 네가 어디를 튀려고!! 이년아! 이년아!
         이년아! (권총을 발사)
임성옥   (엎드려 울음소리로) 나를 믿어요. 나를.
차성렬   (푸들푸들 떨리는 몸을 일으켜 세우며) 안 된다. 안 된다.
         (권총부리를 향하며 나간다)
임성옥   (일어나 두 팔을 벌리며) 그럼 나를 쏘아 죽여요! 어서 나를!
         당신의 손에 맞아 죽는 것이 더 깨끗해! 자 어서 쏘아요!
주 분대장 (기어나와 팔에 매달리며) 차 동무에게 무슨 일이요? 나 송
         이분대장이오!
차성렬   아, 분대장 동무! 어서 저년을 쏘게 해 주어요. 놓아요! 저
         년이 튈려 합니다! 저년을 놓치면…… 이 권총은 적이면
         쏘라고 주시지 않았습니까?
임성옥   저를 믿어 주어요. (쏜살처럼 퇴장)
송 분대장 (얼싸 안으며) 아니, 아니, 차 동무.
차성렬   분대장 동무! (울음) 저년이 역시 왜놈들의 *끄*나풀입니다!
         아 놓아주어요!
주 분대장 믿읍시다. 성옥 동무 믿읍시다.
차성렬   분대장 동무, 저를 용서해 주시오…… 박격포 하나 뺏질
         못하고…… 아니 어서 내가 가야!

주 분대장　　동무, 동무, 안정하세요! 몸을 아끼시오. 우리 동무들이……
　　　　　　　동무들이…… 쳐들어 나가고 있으니……

차성렬　　　　분대장 동무! 부상이, 부상이 대단하신 모양이구려……

(순이 달려온다.)

차성렬　　　　순이 동무! 어서 이 분대장 동무를…… 분대장 동무를……
　　　　　　　(쓰러진다)

하순이　　　　동무들! 동무들!

송 분대장　　순이 동무요?…… 내 걱정은 말고 어서 저 차 동무를……

하순이　　　　(쓸어안으며) 어서 여기 누워요! 동무 무슨 상처가 이렇
　　　　　　　게……

송 분대장　　(얼굴을 쳐들며) 학운 동무는? 학운 동무는?

(순이 느껴 운다. 돌격 나팔소리. 멀리 함성)

송 분대장　　그럼…… 그럼…… 학운 동무도?

김 대장의 소리 (멀리서) 일제히 추격! 추격!

차성렬　　　　(쥐고 흔들며) 아 대장 동무의 목소리. 분대장 동무, 저 함
　　　　　　　성소리를 들어요. 저놈들이 퇴각하는가 봐요. (기어가며) 어
　　　　　　　서 나도 따라나가야…… 어서 가봐요…… (쓰러진다)

(박격포탄 근처에 대폭발 무대 포연에 휩싸인다. 사이)

송 분대장　　으흐흐, 으흐흐. (일어나며) 누가 그까짓 박격포쯤 무서워할

	줄 아느냐? 내 총 내 칼 아니 내 대포. (반실성) 동무, 어서 내 대포를 주려무나. (쓰러진다)
하순이	송 동무, 송 동무-
송 분대장	(다시 일어나며) 아 이게 어디야 옳지…… 내가 오긴 바로 온 모양이지…… 동경이야! 하하하 (치를 떨며) 이 왜놈들아 일본 파시스트야…… 이제는 짓밟히는 우리들이 머리를 들고 일어섰다. 자, 이놈들 내 대포알로 죄악의 답복을 받아라!! 하나 둘 셋!! 아하하! 또 쏘아라. 또 갈겨라. (쓰러진다)
차성렬	분대장 동무! 염려 마시오. 내가 갑니다. (기어가다 다시 쓰러진다)

(주인 노파 달려온다)

하순이	이걸 어떡하나. 이걸 대낭(大娘) 어서 붙들어 죽어요…
노파	(붙들어) 아니 여보! 당신이었구료.
주 분대장	(뿌리치고 기어 나가며) 놓아라. 이젠 대판으로 가자 어서 대판으로…… (다시 쓰러진다)
노파	여보. 안정하오…… 여보 왜 그러오…… (울며) 당신이 총에 맞아 내 아들 소귀도…… 바로 이렇게 전쟁마당에서 왜놈들 총에 맞어…… 여보 정신을 가다듬어요…… (몸부림치며) 소귀야 소귀야-
하순이	대낭(大娘) 울지 말고 어서 아무라도 좀 불러와요…… (가슴에 상처를 보자기로 글러 메며) 송 동무, 정신차려요……
노파	(달음질로) 여보! 여보! (퇴장)
송 분대장	(다시 정신을 차린 듯) 이게 누굴까, 어머니가 오셨나? 아, 어머니! (손으로 순이의 잔등을 어루만지며) 나도 운명이 가까워 오는 게지…… 자꾸 눈앞에 안개가 끼이네…… 아,

어머니! (허공을 더듬으며) 나 일석이에요…… 내가 떠날 때 어머니는 삼천리길 고개턱까지 나오셔서 호감자를 보자기에 싸 주시며 나는 아들까지 없는 줄 안다고 하시며 오르셨지…… 어머니 팔년 안에 그 일석이가 돌아왔어요……

하순이 (느껴 운다) 동무- 동무-

송 분대장 (의아스레) 누가 우는 소릴까? 앞이 깜깜해지며 도무지 보이질 않네. 우리 누나가 우나? 왜 울어 바보야…… 나 오빠다 오빠야-

하순이 (어깨를 걷는다) 응, 그럼 내가 누이 대신 들을게요.

송 분대장 이제는 새 나라가 되었으니…… 어머니 모시고 고향으로…… 돌아가자, 응. (비틀거리며) 아! 집합 나팔소리…… 내가 실성을 했나…… 정신을 가다듬어 대장 동무에게 보고를 해야…… 보고를 하고 내가 죽어도 죽지…… (쓰러진다)

노파 (달려오며) 빨리들 와요. 빨리 와요!!

(여럿이 황망히 달려와 몇은 차성렬쪽으로 가고 몇은 송을 껴안는다. 김 대장 이하 팔을 메고 혹은 다리를 절며 부상자들이 동무들의 부축을 받으며 등장. 어제의 팔로공작원들도 등장)

김 대장 (차를 껴안으며) 동무- 차 동무!

차성렬 아, 대장 동무! (쓸어 안는다)

김 대장 용감히도 잘 싸워주셨소. 기운을 내시오. 동무, 이렇게까지 싸웠을 줄 몰랐구려.

차성렬 (얼굴을 묻으며) 대장 동무 어서 저를 죽여주십시오. 제 아내를 놓쳤습니다. 도망갔어요.

김 대장 (눈이 뒤집혀) 무엇이요?

차성렬 어젯밤 자기도 저와 같은 임무를 가지고 들어온 것을 고백

했습니다. 같이 도망가자고 유혹했습니다. 무서운 여자입니다. 대장 동무, 어서 그년을 따라가 잡아야 합니다. 바로 이리로 이리로.

조 소대장   (이를 갈며) 어서 동무들이 뒤를 따르시오!!

김 대장   총기로 반항할 땐 발포도 사양치 마시오.

사병 1, 2 황망히 퇴장

주 분대장   (부축을 받아 일어나며) 제1분대장 보고.

김 대장   (일어나며) 주 동무!

송 분대장   우리 분대는 최후까지 남아 돌격 엄호에 노력하였으나……
분대장의 힘이……

조 소대장   …… 동무 그게 무슨 소리요……

송 분대장   …… 분대장의 힘이 미치지 못하여 많은 동무를 잃었을 뿐
으로 임무를 다하지 못하였습니다……

김 대장   (다가가며) 동무…… 훌륭히 중대한 임무를 다하였소……
보고는 그만하고 보고는 나중에……

하순이   (울며) 분대장 동무의 상처는 대단합니다. 가슴에 맞은 총
상이.

송 분대장   (선 채 가쁜 숨길로) 아니, 아무 일없습니다. 제2분대장 보
고…… 이만갑 동무는 적 여러 명을 쏜 뒤에…… 적의 기
관총을 쏘아 넘어트리자 그 달음으로 돌진하여 기관총을
빼앗아 들고 내가 다 맡을테니 동무들은 어서 전진하라고
고래고래 고함 소리를 외치며.

팔로공작원1   (기록하여 2에 주며) 곧 군사령부와 정치부에 이 기록을 보
고하시오.

(공작원2 바삐 퇴장)

김 대장　　동무…… 보고는 나중에.

송 분대장　　대장 동무…… 이제 못하면…… 이제 못하면……

김 대장　　(비통한 울음) 아, 내가 끝까지 들어야 하오…… 그럼 끝까지 들을게요. 끝까지.

송 분대장　　철동 동무는 적진 가운데 뛰어 들어 마왕과 같은 용맹으로 찌르고 또 찌른 뒤에 겹겹이 쌓인 포위 속에서 마침내 기진하여 칼을 뽑지 못하였습니다. 조선독립만세를 부르더니 가슴을 헤치고 이 내 가슴을 찔러라하며 맨 주먹으로 덤벼 들어…… (고개를 떨어트린다)

조 소대장　　아, 송 동무 이젠 그만하시오.

김 대장　　(팔을 벌리며) 들어라 조선아 이것은 우리 용사들이 대장이라고 하여 내 보고 하는 말이 아니라 사랑하는 조국 그리운 고향사람에 알리는 말이로다. 조선아 무심치 않거든 똑똑히 듣고 가슴 속에 새겨다오.

송 분대장　　……그리고…… 그리고 학운 동무는…… (쓰러진다)

김 대장　　(끌어 안으며) 송 동무—

하순이　　학운 동무의 최후는……

김 대장　　왜 이리도 슬픈 일이 많소!!

하순이　　김학운 동무는 탄자와 수류탄이 떨어지자 돌격에 옮으려고 일어선 순간 중상한 소대장 동무를 발견하고 등에 업고서 돌격로를 뚫으려다 복부에 총상을 받고 쓰러졌습니다. 숨이 지기 전에 저더러 소대장 동무가 무사히 피하였느냐고 묻고.

조 소대장　　어리석은 왜놈들아! 왜 나를 바로 못 죽이고 이 동무들을, 동무들을!

하순이　　그리고 또 임무를 다하지 못하고 죽는다는 말을 대장 동무

	에게 전달해 달라고 신신부탁한 뒤에…… (울며) 동무 자신이 지은 장송가로 보내주되 조그만 나무 조각에라도 조국 해방만세라고 써서……
김 대장	알았소. 알았소…… (송의 몸을 흔들며) 송 동무 하고 싶은 말 있는 대로 다 해주오.
송 분대장	…… 대장 동무 대포까지 가지고 싸우게 된다면 알을 넣어 쏠 때마다 이 송일석이라는 이름을……
김 대장	동무 잊을 수가 있다니……
송 분대장	그리고…… 그리고……
조 소대장	응, 어서 말하오……
송 분대장	(손을 허우적이며) 대포…… 대장 동무, 내 대포를……
김 대장	역시 그 말뿐이오? 또 달리 할 말은 없소?
송 분대장	내게 대포를…… 대포를…… (쓰러진다)

송 동무－
분대장 동무……
모두 몰려들어 운다.

(막)

제 3 막

무대 제1막과 같다. 어지간히 해가 퍼져 오르고 난민이 많이 올라와 수선거린다. 김 대장은 머리에 피 묻은 수건을 두르고 팔을 메었으며 조 소대장은 부상한 다리를 뻗힌 채 괴로운 듯이 사병의 가슴에 기대고 누워있다. 그 외에도 여러 부상병이 덤덤히 앉아 속은 울고 혹은 이를 갈고 있다. 국기 아래에는 송·김의 시체가 흰 보에 덮여 누워있다. 먼 곳에서 이따금씩 총소리.

사병   (성렬의 발을 처치하며) 약− 상처에 바를 약하나 우리에게는 없으니.

   (기관총소리)

사병   우리 동무들의 기관총소리다. (두 손을 맞 비틀며) ……어서 희생된 저 동무들의 원수를 갚아다오…… 아, 대장 동무…… 어쩌자고? 동무, 소대장 동무.

조 소대장   저놈들을…… 저 죽을 놈들을 내가 그냥 둘 줄 알아. 저놈들을 씨알머리없이…… (부들부들 떨며 일어나련다. 쓰러지며 제 가슴을 친다) 아이구, 이 비겁한 놈아…… 어서 일어나려무나. (자기보고) 어서 일어나 어서 일어나야지……

김 대장   그런다고 지금의 동무에게 무슨 일을 할 수 있겠소? 그리 극성을 마오.

조 소대장   (목이 메인 소리로) 대장 동무, 저는 희생된 여러 동무들 앞에 낯을 들 면목이 없습니다. 저만이 이렇게 죽지를 못하고 백일아래 추태를 부리게 되었으니……

김 대장   낸들 무슨 면목으로…… 나를 보아서라도 안정하시오.

조 소대장   그러나 대장 동무, 용감한 이 여러 동무들이 저 때문에……

김 대장   다 전운이 불길한 탓으로 알 수밖에……

조 소대장   더구나 학운 동무의 애처로운 전사는…… 그리고 또 칠성 동무의……

김 대장   (큰 소리로) 그만 두시오.

원칠성 하순이와 같이 등장

원칠성   (국기와 시체 앞에 경례하고) 보고— 철동 동무와 만갑 동
         무의 시체를 발견하고 들것에 담아 이리로 운반중입니다.
         바로 저 아래 칠십리쯤 떨어진 바위 밑에서 이만갑 동무는?
조 소대장   (다가서며) 만갑 동무는?
하순이   남수 동무는 여기서 백삼십미터쯤 상거한 저 큰 집앞 우물
         곁에서……
김 대장   무엇이? 남수 동무도?

     (일동 놀란다)

하순이   (숨을 몰아쉬며) 아니올시다. 남수 동무는 포구를 이리로
         향한 적의 박격포를 빼앗아 억누르고 한 팔로 휘감은 체.
차성렬   (일어나며) 뭐 박격포를? 남수 동무가?
하순이   어깨에 맞은 총상으로 의식을 잃고 있었습니다. 찬물을 끼
         얹어 겨우 의식을 회복하였는데 자꾸만 분대장 동무의 이름
         을 부르고 있었습니다. …… (목이 메여) 어젯밤 이야기 끝
         에 분대장 동무가 대포만 있다면 대포만 있다면 하며 가슴
         을 치는 것을 보고 언제든 큰 전투가 생기면 하다못해 박격
         포 하나는 빼앗아 주겠노라고 차 동무와 둘이 맹세하더니.
차성렬   (울며) 송 동무…… 분대장 동무……
조 소대장   아, 우렁찬 그 우정!
원칠성   이만갑 동무는 빼앗았던 적의 기관총을 막 붙들고 바위에
         의지하여 인왕산처럼 뻗어 선 채로 숨이 졌는데 입가에는
         꽃보다 더 아름다운 한갓 미소를 담고 있었습니다. 그러나
         동무의 손은 (울음소리로) 동무의 손은 불덩어리처럼 달아

하순이	오르는 총신 때문에 시커멓게 터졌으니…… 어찌도 기관총을 꽉 붙들었는지 겨우 떼어 놓고 시체를 지금 운반중입니다. 철동 동무의 전사한 장소는 산뒤쪽 오십 미터 가량쯤 되는 돌각지로 그 정황은 처절무쌍 하리만치 장렬함을 다 하여 적의 시체 여섯 앞에 동무는 적 하나를 타고 엎누른 채 운명하고 있었습니다. 최후의 길동무 삼아 타고 엎누른 적은 중위이고 보니 적의 중대장인가 합니다.

(철동과 만갑의 시체 흰 보에 메여 들 것에 실려 산길로부터 등장 만갑의 들 것에 전리품인 기관총도 실려 있다. 모두 일제히 경례 처처에 오열성 군중들의 몰려드는 가운데 시체는 국기 아래 안치 사이)

사병 나	(오른쪽으로부터 등장) 보고 지금까지 조사 판명된 것만 적의 유기 시체 중 대장 한명 사병 이십이명 중국 반역군 십명…… 지금 민병에 맡기어 한곳에 수용중입니다.

(팔로공작원1 이것을 종이에 적어 부하에 내어 주어 공작원3 황망히 퇴장 남수의 부르짖는 소리)

남수의 소리	(괴로움 속에도 기쁨에 찬) 분대장 동무 박격포 가지고 와요. 송 동무…… 이걸로…… 왜놈새끼들을……
원칠성	이걸, 이걸 남수 동무는 아무것도 모르고서……
하순이	분대장 동무가 살아있다면 얼마나 기뻐할까.
장남수	송 동무, 왜 아니 오는교? (들 것에 실리어 집 뒤로부터 등장하며) 송 동무, 어서 와서 이 박격포 받아 가이소! (들 것

을 내려 놓자 몸을 일으키며) 송 동무, 어디 갔능교?

(사병들 박격포를 메고 등장. 모두 오열)

차성렬　　남수 동무, 장하우. 내가 기어코 뺏들어 드릴렀더니……

김 대장　(뛰어가 손을 잡으며) 남수 동무, 인간으로서는 상상조차
　　　　　할 수 없는 용맹이오. 또 우정이오. 더구나 동무가 이 박격
　　　　　포를 결사적으로 빼앗아 그놈들의 위력을 엎질럿기에 말이
　　　　　지……

장남수　　분대장 동무는 어디 가서 아니 오는고? 내 이거 그 동무 줄
　　　　　라고……

김 대장　동무 마음을 단단히 가지시오……

장남수　　요까짓 상처로 죽을 상 싶은가요. 아니 죽습니다.

김 대장　내 잔등을 꼭 껴안으시오. (서로 껴안는다) 아무런 말을 들
　　　　　어도 놀래지 않겠다고……

장남수　　예!!

김 대장　동무, 맹세 하시겠소?

장남수　　……그럼, 그럼?

김 대장　마음을 단단히 가지시오. 송 분대장 동무는 중대하고도 곤
　　　　　란한 임무를 다한 뒤에 가슴에 치명상을 받고도…… 오직
　　　　　초인적인 정신력으로 내가 오기만 기다렸다가……

장남수　　송 동무!

김 대장　끝까지 남아 싸운 최후의 한 사람으로서 희생된 동무들의
　　　　　장렬한 전투 내용의 전말을 세세히 보고한 뒤에……

장남수　　그렇게 그리던 대포 한번 못 쏘아보고.

김 대장　동무, 정신을 가다듬으시오. 우리의 싸움은 이것으로 결코
　　　　　끝난 것이 아니라 이제부터 이 치열한 싸움이 시작되는 것

이오. 송 동무도…… 마지막 말이 역시 대포를 달라고 대
포…… 대포 하면서……

장남수　(울음을 터친다) 그렇게도 원통스레 죽다니…… 송 동무!

김 대장　원통함이야 말해 무엇하겠소 마는! 남수 동무! 이제부터는 송 동무의 원수를 동무가 빼앗아온 이 박격포로 갚아 주시오. 그리고 또 대포를 빼앗으면 그 장남수 대포로…… 동무! 동무의 임무는 이제부터 더 무한히 커졌소. 응!

장남수　(손을 그려 쥐며 울음) 대장 동무! 송 동무의 얼굴이라도 한 번 보게 해 주시오…… (시체옆으로 벌벌 기어가며) 앗! 철동 동무! 아니 만갑 동무도! 학운 동무도! 야— 나만이 못 죽었네!!

김 대장　왜 그렇게 슬픈 소리만 하오. 어서 일어나시오! (일으켜 앉힌다)

장남수　(송의 시체를 향하여) 송 동무, 분대장 동무, 내 소리가 그렇게 믿어지지 않던가요!! 왜 박격포라도 왜놈을 못쏘아보고 죽는교!!

김 대장　그만 두시오. 동무, 그만 두시오…… (끌고 나간다)

　(윤 분대장 등장 제2분대 제3분대원도 등장. 정렬 포승을 받은 포로 두 명을 앞세우고 오분대장 나타나자 삽시에 살기 등등 칠성 이하 칠 팔명 총칼을 내대며 몰려가자 김 대장 제재군중들 더욱 모여든다)
　—동무들의 원수를 내가 갚는다!
　내게 맡겨라 내게—
　—이 개자식들아

원칠성　대장 동무, 놓아주시오. 제 손으로도 찔러 없애도록……

김 대장　동무들 흥분하지 마오.

오 분대장　　제3분대장 보고— 퇴각하는 적을 추격하고 돌아오는 길가에 이 놈들 두 명이 굴복하고 앉아 목에 흰 수건을 느리우고 투항하였습니다.

원칠성　　이 엉큼한 놈들아! 우리가 결코 포로를 죽이지 않는 줄 알고 투항하여 왔지? 속죄가 미급한 인간들이오.

(일동 악연)
—아— 조선놈이네—
—저런 죽일놈들—
—조선 놈들이 있다더니 정말로……

포로2　　(고개를 떨어트린 채) 옳습니다. 분명히 조선 사람이오. 또 마땅히 죽일 놈들입니다.

차성렬　　(통쾌한 웃음소리를 터치며) 하하하, 원수는 외나무다리에서 만난다고 저 자식들 바로 잡혀 오긴 왔구나— 네 놈들이 사냥개로 들어 보낸 아편장사 차성렬이가 여기 칼을 들고 서있다. 이놈들아!!

김 대장　　차 동무, 안정하시오

포로1　　(허공을 우러러 보며) 우리들도 오늘만은 여러분이 포로를 용서않기를 간절히 바랍니다. 어서 그 칼로 우리의 목을 쳐주시오.

차성렬　　흐응, 그런 걱정까지 할 것 없다.

포로2　　여러분의 칼을 받아 분수처럼 내뿜는 선혈로써 더러운 몸둥이를 씻을 수 있다면 이보다 더한 행복이 없겠습니다.

사병 가　　저놈들의 능청맞은 수작질 보아!

사병 나　　그런 생각이 있다면 왜 오늘까지 우리를 죽이려고 쫓아 다니고 있었더란 말이냐!

포로1	그러기에 이 자리에서 목을 쳐 주신다면 일본북지 파견군 9776부대 군속 오야마통역관 부대 기무라 병장은
원칠성	(놀래어) 기무라 병장 기무라?……
차성렬	으음, 9776부대면 석가장 부대로구나. 내가 다 알고 있다. 오야마니 기무라니 새빨간 거짓말이야 (뛰어 들어 그들의 머리를 치켜들며) 어느 놈이냐? 음 어느 놈이냐!!
윤 분대장	(성렬을 끌어 다니며) 대장 동무의 처분이 있을 때까지 가만 계시오!
포로2	이시이 통역은 행복스레 이미 죄 값을 하였습니다.
윤 분대장	죄 값을?
포로1	도망가다 어떤 여인의 총에 맞아 고꾸라졌습니다.
김 대장	(순이를 돌아보며) 여인이라니?
포로1	중국 복장을 하였으나 조선말로 고함을 치며 막 총질을 하고 있었습니다.
하순이	성옥 동무인가 봐요.
차성렬	아니…… 아니 그럴 리가……
김 대장	(顔仰天) 음, 조선 사람이 몇이나 따라 왔길래?
포로2	우리 둘에 이시이까지 세 명이었습니다. 어서 주저 말고 우리의 가슴도 찔러 주십시오……
사병 가	잔소리마라. 아무려면 살려 줄줄 알았더냐. 이 개자식아—
조 소대장	조선의용군을 소위 토벌하는 길인 줄 알고서 떠난 길이지?
포로2	전혀 그런 내용을 알려주지 않아 몰랐습니다마는 총대를 겨누고 여러분의 뒤를 노리는 대오에 있기는 마찬가지입니다…… 여기서 결전이 일어나 의외에도 조선사람인 여러분이 호랑이 떼처럼 용맹히 싸우는 것을 볼 때 우리 둘이는 뒤에서 서로 껴안고 몸부림을 쳤습니다.
차성렬	헤헤, 거짓말 마라. 그 이시이 놈은?

포로1 이시이는 중국 화평군에 있었으니 모르겠습니다마는 우리는 어찌해야 좋을지를 알 수가 없었어요. 나중에는 안타까워 둘이 마주 앉아 서로 가슴을 찌르고 죽으려 하였습니다.

김 대장 알 수 있지…… 알 수 있고말고……

포로2 바로 이때에 여러분들이 조국의 만세를 부르는 소리가 우렁차게 들려왔어요. 우리들도 나직이 조선독립만세를 불러 보았습니다. 이 순간입니다. 새로운 어떤 계시에 몸뚱이가 와들와들 떨리며 무엇인가 귀에 대고 이렇게 속삭이는 듯 하였습니다. 일어나라— 너의 둘도 왜놈들을 쳐라! 그 소리에 우리는 벌떡 일어나 쫓겨 가는 왜놈들의 뒤를 총으로 겨누고 추격하였습니다마는 그놈들이 사라진 뒤에 우리는 다시 땅위에 펄쩍 주저앉았습니다. 여기서 죽느냐? 다시 가느냐? 우리는 차라리 죽자 이렇게 결심하였습니다. 이왕 죽을 바에는 조선의 독립을 위하여 싸우는 여러분의 손에 죽자! (쓰러진다)

김 대장 (치를 떨며 비장한 얼굴로) 조국이 없는 죄 이게 누가 꾸민 연극이냐? 조국을 잃은 죄다. 나라를 강탈한 왜놈들이 꾸민 연극, 연극이 이렇게도 비통할 법이…… 이렇게도 눈물겨울 법이…… 동무들 결박을 풀어주시오…… (사병 갑 그대로 시행) 새로운 두 동무. (열광적으로) 이것을 조상으로부터 맥맥히 우리들의 심장으로 흘러 내려온 피가 가슴속에서 출렁이 치며 부르짖는 소리요! 속죄는 주검에 있지 않고 새로운 싸움에 있다. (팔을 쳐들며) 자 얼굴을 치켜들라—

포로2 (고개를 쳐들다가 칠성을 보고) 아— 칠성이! 칠성이! 이게 웬일이야?

원칠성 (껴안으며) 아니 춘식이……

포로2 역시 자네가 여기 와 있었네 그려.

원칠성 대장 동무, 소위 지원병 명색으로 뽑혀 나가 잠시 같이 있
       던 동무입니다. 춘식이 용하게도 왔네. 용하게도 왔어.
포로2 자네가 달아나다가 잡혀 죽었다는 말을 듣고 얼마나 우리
       가 울었는지 아나.
원칠성 나도 남아 있는 자네들의 일을 하루 한시 잊지 못하였네.
       정석이도 잘 있나? 길호, 인철이는 이번 북지로 실려올 때
       차가 산해관을 넘어서자 내려 뛰어 달아나고 인철이는 이
       번 부대에서 탈출을 하다가 붙들려 총살되었네.
원칠성 인철이가?
포로2 길호랑 찬영이는 지금 석가장 부대로 와서 탈출할 기회만
       노리고 있단다.
원칠성 옳지 그럼 되었네. 하루 바삐 연락해 끌어내세. 응.
김 대장 그렇다. 서로 법석 껴안아라 벗석벗석 그리고 자 우리는 조
       국의 깃발아래 모였다. 조국의 깃발을 우러러 보라.

    (일동 나팔소리와 같이 차렷을 하고 국기 향해 경례)

김 대장 (시체를 향해 두어 걸을 나가) 사랑하는 동무들. 우리를 두
       고 먼저 가는 동무들 보았소? 우리의 조국이 받치는 위대
       한 꽃다발이오— 산 선물이오— 마침내 그대들의 흘린 피
       는 새로 찾아온 한 겨레 한 형제의 가슴속에 안은 화신에
       도 화약을 던지고 말았소!! 아까의 비통한 이 동무들의 고
       백을 들으셨소? 이것이 다 우리의 조국이 없는 죄로부터
       나오는 비극이 아니고 무엇이겠소? 동무들, 우리도 동무들
       이 보여준 제일분대의 돌격 정신을 길이길이 귀감으로 삼
       아 우리의 피가 최후의 한방울이 남을 때까지 조국을 찾기
       위하여 싸우겠소.

군중 몰려든다. 소학생 떼도 여교사의 인솔로 등장 사병2도 묵묵히
등장.

동무들― 우리의 영웅 조선의용군의 열사들― 참으로 우리는 오늘에
야 비로소 동무들을 우리의 영웅이라고 부를 수 있는 것 같소. 동무들은
언제 한번 꿈엔들 개인의 명리를 탐내어 보았소? 사랑하는 고향 그리운
사람 모두 버리고 이 광야를 혁명의 일을 떠나온 이래 언제 한번 꿈엔
들 따스한 잠자리를 얻어 보았소? 동무들에게는 무엇보다도 내 조국을
찾자는 굳은 결심이 맛나는 양식이었소. 불같이 타오르는 적개심이 몸
에 지닌 아름다운 무장이었소! 사랑하는 내 조국 내 민족이 아픔을 당하
고 있기 때문에 이것을 건지자는 그야말로 님 향한 일편단심으로 전투
또 전투 공작 또 공작 생산 또 생산 전투를 하면서도 부대를 파면서도
조밥에 산채국을 뜨면서도 우리는 언제나 여윈 팔을 쓰다듬으며 조국의
장래를 축원하고 우리 민족의 행복을 빌지 않았소? 그 동무들이 생사를
같이하고자 떠나온 길가에서 이렇게 우리를 두고 먼저 가니 팔다리가
떨어진 것보다도 더 아프구려!! 그러나 동무들의 싸워 흘린 피는 결코
헛되지 않았소. 뿐만 아니라 그대들의 피는 여러 혁명선열들의 거룩한
피와 땅속에서 얼기설기 엉키고 뭉치여 장차 가져올 위대한 우리나라에
아름다운 꽃을 찬란히 피울 것이오. 인민의 꽃 민중의 꽃 아 위대한 인
민의 나라…… 원컨대 안식하시라 (물러선다)

사병1   (나즉이) 보고― 임성옥 동무는 영 행방불명입니다.
차성렬   저 짐승 같은 것…… (치를 떤다) 대장 동무, 무엇이라 얼
             굴을 들 면목이……

여교사와 같이 두 소학생 태극기와 중국기 만든 것을 순이에게 준다.
순이. 사체 앞으로 간다.

김 대장 친애하는 중국인민 여러분, 여기에 누운 우리 동무들은 오로지 약소민족의 자유를 위하여 다시 말하면 조국의 독립과 중국인민의 해방을 위하여 고귀한 선혈을 아낌없이 이 광야에 뿌렸습니다. 더구나 이 네 분은……

차성렬 (울며) 대장 동무. 다섯 명입니다. 이왕에 저는 이미 죽어버리고 새로이 또 하나의 제가 생겨난 줄 알아주십시오.

김 대장 (끄덕인 뒤) …… 더구나 이 네 분은 최후까지 머물러 싸운 결사적인 돌격대원들로서 중대한 임무를 다하였을 뿐더러 끝까지 적을 쳐부수고야 만다는 불같은 적개심과 머리가 부서져도 임무를 완수한다는 굳은 책임감과 동지를 위하여서는 목숨을 아끼지 않는다는 위대한 희생정신 그리고 나라를 위하여서는 흔연히 미소를 짓고 죽는다는 거룩한 순국의 태도 이 네 가지의 산 교훈을 우리에게 남겨 주었습니다. 우리들은 오늘의 설움과 분격의 마음을 내일의 폭탄으로 삼아 이들의 남기고 가는 교훈을 앞날의 수류탄으로 삼아 적진에 육박하여 그 머리위에 주검을 퍼부을 것이요…… 이제 희생된 동무들의 약력 보고가 있겠습니다.

조 소대장 (한 걸음 나와 인사하고) 제1분대장 송일석 동무는 조선 평안북도 희천 태생으로 금년 26세 과묵침용의 인으로 여태까지 한 번도 생장의 역사를 밝힌 적이 없어 세밀한 것은 알 수 없으나 나라 일이 중하고 민족의 일이 귀하여 단란한 가정을 더구나 일가의 기둥이 될 몸이로되 눈물을 머금고 나와 혁명의 험로를 밟았던 것으로 짐작됩니다. 이는 중앙군관학교 출신으로 평생 소원이 대포와 야포의 방렬을 짓고 통절이 왜놈들을 격멸하고 싶다는 것이었으나 마침내 그 염원은 못 이루었으되 이번의 처참한 전투에 있어 최후의 돌격분대를 지휘한 분대장으로서 중대한 사명을 완수하

　　　　　　고 뿐만 아니라 적탁으로 몸에 수개처의 치명상을 받았음
　　　　　　에도 불구하고 불같은 책임감 밑에 의지력 하나로 대장 동
　　　　　　무 돌아오기를 기다려…… 세세히 정황을 보고한 뒤에 마
　　　　　　지막 말을 끝내고 난 순간 그만 숨이 지고 말았습니다.

윤 분대장　　(시체를 굽어보며) 송 동무, 우리들은 동무를 위하여 남수
　　　　　　동무가 빼앗아 온 저 박격포를 가지고 또 다음날에는 대포
　　　　　　까지라도 전취하여 동무의 불같은 투혼과 책임감을 본받아
　　　　　　오늘의 원수를 갚고야 말리다. 응.

　　(두 나라 국기를 덮어준다)

조 소대장　　우리 의용군에 있어 청춘의 상징이던 이만갑 동무는 금년
　　　　　　십 팔세 조선 황해도 신천 태생 일찍이 중학시대로부터 혁
　　　　　　명운동에 가담하여 싸우다가 금년 가을에 사선을 넘어 우
　　　　　　리 의용군으로 들어와 그야말로 각렬한 물덩어리처럼 맹렬
　　　　　　한 활동을 하였습니다. 이번의 돌격전에 있어 동무가 빼앗
　　　　　　았다고 상상되는 것만 보총이 여섯. 게다가 표범처럼 적진
　　　　　　속으로 돌진하여 적군의 기관총을 빼앗아 들고 휘둘르며
　　　　　　적을 처 들며 나가가다 불행히 적탄을 맞고 바위에 의지하
　　　　　　여 선 채로 이 세상을 하직하였습니다. 겨우 열여덟 살의
　　　　　　소년의 몸으로 이 형극의 길을 걷기에는 동지로서도 보기
　　　　　　에 너무도 애처롭고 눈물겨웠으나 조국강토를 사랑하는 동
　　　　　　무의 마음은 이처럼 뜨겁고 또한 아름다웠습니다.

김 대장　　(시체를 들여다보며) 만갑 동무! 나 대장 김세중이오. 무심
　　　　　　치 않거든 눈을 뜨고 한번 보아주구려. 기관총을 연약한 팔
　　　　　　에 꽉 붙들고 중상의 아픔도 모르는 듯이 입가에 지은 그
　　　　　　미소가 어쩌면 그렇게도 아름답소…… (윤 분대장 들것에

서 기관총을 들어 대장에게 준다) 그리고 동무가 주검으로
서 바꾸어 주는 이 기관총 확실히 우리들이 받아 들었소.
우리는 이 기관총으로 적을 무찌를 때 언제나 동무의 일을
생각하기 위하여 이 기관총을 만갑이라는 동무의 이름을
붙일테요. 원컨대 안식하시라.

(두 나라 국기를 덮어준다)

조 소대장　　그리고 우리의 혁명시인 김학운 동무는 조선 서울태생으로
　　　　　　타고난 천품의 시재로서 민족의 요망을 울부짓다가 작년
　　　　　　가을 사랑하는 처자를 두고 이리로 탈출하여 온 이래 펜을
　　　　　　들었던 손에 검을 바꿔 쥐고 우리와 같이 싸워왔습니다. 금
　　　　　　년 25세에 있어 혁명적인 재능을 발휘하여 많은 작시와 노
　　　　　　래로써 우리들의 사기를 북돋우며 또한 적개심에 불을 질
　　　　　　렀습니다. 이번 본대를 떠나올 때 새로 장송가를 지어 부르
　　　　　　며 나오더니 그때에 벌써 오늘이 있기를 깊이 각오하였던
　　　　　　모양으로 오늘이 전투에 있어 동무는 최후까지 머물러 야
　　　　　　차와 같이 싸운 뒤에 돌격으로 옮으려 일어선 순간…… 옆
　　　　　　에 바로 옆에…… (말을 못 마치자)
김 대장　　　(대신 나서며) 바로 이때 그 소대장 동무가 다리에 총탄을
　　　　　　받고 넘어지는 것을 보고…… 줄곧 달려가 등에 걸머지고
　　　　　　돌격을 하다가 그만 장렬한 전사를 하였습니다. 동무는 숨
　　　　　　이 지는 순간 송 분대장에게 유언하기를 제 자신이 지은
　　　　　　장송가로 보내 주며 제 가슴위에 돌을 세우고 그 위에는
　　　　　　조국해방만세라 새겨 달라고 하였다합니다…… 순이 동무
　　　　　　이리 나오시오.
하순이　　　(시체옆으로 나와 울음을 걷잡지 못하는 듯) 동무, 저 순이

에요. 우리에게 지어주고 간 장송가. (읊는다) 모진바람 몰아치는 길가에 못내 풀고 쓰러지는 그 원한 우리들이 갚아주기 맹세하네 옳습니다. 동무, 그대로 우리는 맹세합니다. 그리고 저는, 저는 역시 연안으로 안갈테에요. 동무의 발자취 걸음걸음 피에 젖은 이 전방에 그냥 머물러 싸울테에요. 왜놈들에게 복수를 하고야 말테에요…… 이것이 이제는 제 유일한 위안이 되었어요…… (엎드린다)

김 대장　　동무…… (일으키며) 암만 그래야 끝이 있겠소…… 참으시오……

(두 나라 국기 덮어준다)

하순이　　(울며 물러서며) 그리고…… 그리고 동무가 언제나 몸에 지니고 다니는 퉁소는 제가 오늘부터 몸에 간직할게요…… 제가 매일 밤마다 불며 동무의 일을 그릴 터예요…… 그리고 머지않아 조선으로 나가게 된다면 이 퉁소로써나마 조국의 기쁨을 느끼고 보고 듣도록 해드릴게요. 응. (느껴운다)

조 소대장　　끝으로 조선 함북 청진 태상의 박철동 동무는 우리들이 화차대구리라고 불러온 만치 다부진 작달만한 몸둥이 도시 담덩어리였습니다. 고향에는 부모형제 하나 없는 천애 고독한 몸으로 열한살에 조국을 걸어나와…… (놀래어 움칠한다)

뒤쪽으로부터 여자의 노래 소리

윤칠성　　에 저네 누구 소리야……

윤 분대장　　(굽어보며) 대장 동무, 성옥 동무가 돌아옵니다.

김 대장　　무엇이요? 성옥 동무가? (다가가 굽어보며) 동무, 이게 웬일이오?

　머리를 흐터진 임성옥 피에 젖은 일본의 웃복을 갈기갈기 입으로 물어뜯으며 등장
　입속으로 노래.

차성렬	저게 무슨 지랄이야…… 그 이시이 녀석과 도망가려다가…… 옳지, 그 녀석이 거꾸러지는걸 보더니……
하순이	성옥 동무!
장남수	차 동무, 무슨 소리를 그렇게 하는고?
임성옥	(노래) 무거운 쇠줄을 벗어 메치고 뼈 속에 사무친 원한을 풀어 나가자 나가자 나가자 굳게 뭉치여 승리는 우리를 재촉하나니
하순이	성옥 동무, 이게 무슨 일이에요?
임성옥	(웃으며) 호호호, 내가 우리 의용군의 노래 모르는 줄 아시는가봐. (시체를 하나하나 굽어보며) 총칼을 매고 혈전의 길로 다 앞으로 동무들아 혁명의 기는 우리 앞에 날뛴다. 다 앞으로 동무들아 호호호…… 아이들이 사이좋게 가지런히 누워서 합창을 하시네…… (다시 노래) 참 깃발도 어쩌면 저렇게 고울고…… 내 가슴에도 저렇게 깃발 둘러주워요, 네……
김대장	그럼 아까 이 동무가? (포로를 둘러본다)

　순이 성옥을 붙든다.

포로1   바로 저분이 이시이와 마주치자 갈비처럼 달겨들며 총을
        쏘아 쓰러트렸습니다.

차성렬   아니…… 아니 무엇이?

포로2   처음에 우리는 저분이 미치지나 않았는가 했습니다. 이시이
        는 면바로 가슴에 총을 맞고 쓰러졌습니다. 저분은 갑자기
        소름이 끼치는 소리로 자지러지게 웃었습니다. 우리들이 무
        서워 바위 뒤에 움츠려 들게끔……

포로2   이시이는 비틀거리며 간신히 일어나 도망쳐 보려고 했습니
        다. 저분은 달려들며 또 다시 총을 놓았습니다. 그리고는
        달려가 타구를 누르고 막 주먹으로 머리통을 두들겨 패며
        그냥 웃어대입니다. 소름이 쭉 끼치게……

차성렬   여보, 그게 정말이오? 당신이……

임성옥   (순이더러) 아씨, 제 손금을 보아주세요. 네 일원이요? 오십
        전만 하세요. 장인님 부챗금에 이렇게 여기서 갈라지고 명
        금이 도재 요만해도 이것 보세요. 이것…… 어린애가 둘이
        나 있다우…… 호…… 참 신통해라. 꼭 들어맞추네. 우리
        창수가 이담에 대장된다구요. 수명이는 여자 박사가 된다
        우. 여자 박사가……

차성렬   (울며) 여보!

김 대장   성옥 동무, 정신을 가다듬으시오. 용감히도 동무가 우리의
        원수를 갚아주었소. 그 이시이란 놈이 조선 사람 중에도 가
        장 가는 악질특무였소.

임성옥   호호호…… 저도 저렇게 깃발에 싸주시겠다구요…… 태극
        기가 새것이어서 제일이에요…… 네 고맙습니다. 태극기는
        청농이라구요. 일본 깃발은 거야 뭐 백농이지요…… (하늘
        을 쳐다 보며) 청농 백농이 서로 어울려 싸워요 (뒷걸음치
        며) 저것 봐요 저것 백농이 물여 뜯으려니까…… 앗 저놈

이 이시이가 칼을 가지고…… 아이마니

하순이	(쥐고 흔들며) 동무— 동무—
임성옥	(한참 들여다 보더니) …… 이게 누굴까?
하순이	성옥 동무, 우리를 알아보겠수?
임성옥	……
차성렬	왜 대답이 없소? 여보
임성옥	……
김 대장	성옥 동무, 마음 놓으시오.
임성옥	……
하순이	저 순이에요.
임성옥	……
김 대장	순이 동무, 어서 껴들고 저리로 내려가시오.
오 분대장	(떨어트린 웃복을 들쳐보고) 대장 동무, 옳습니다. 분명히 이시이라고 씌여 있습니다.
차성렬	음 바로 그 통역놈이로구나! (웃복을 쥐고 흔들며) 바로 이 놈입니다. (성옥에게) 여보…… 고맙소! (울며) 고맙소!
김 대장	차 동무, 그놈의 모가지 대신 가져온 가 보오. 부인을 용서 하시오. 어서 안정시키시오.
임성옥	피를 빨아 먹는 독사뱀은 내가 잡으러 갈 테에요…… (움 직인다) …… 두꺼비는 뱀의 첩살이를 하고 있다우. 저도 태극기를 좋아한다구 아까 그러겠지요. …… (놀래며) 아이 마니 저놈의 피가 뱀이 되어서 바위를 타고 슬슬 기어올라 가네…… 앗 저놈의 뱀…… 여보 어서 저걸 잡아 죽여요 아이마니 나 살려요.
차성렬	(붙들며) 여보, 내가 여기 있지 않소. 동무들도 여럿이 이렇 게 당신을 보호하고 있지 않소. 하나도 무서울 것 없이 정 신 차리우.

임성옥   그놈이 그저…… 그놈이 자꾸 내 뒤를 따라 다니네!! 저 눈
        깔보아! 저 아가리. (쓰러진다)
차성렬   (흔들며) 여보, 미쳤소!! 여보!
하순이   아직도 아마 무서운 악몽이 사라지지 못한 모양이에요……

    고요한 사이

김 대장   조 동무, 계속하시오.
조 소대장 박철동 동무는 열한살에 조국을 나온 이래 이 중국 땅에서
        성장하여 중학을 나오고 중앙군관학교를 졸업한 뒤 스물일
        곱살의 금년에 이르기까지 중국 이십육성 가운데 동무의
        발자취 안 닿은 곳이 거의 하나도 없을 만치 오랜 성상을
        혁명 운동에 시종하였습니다. 돌아간대도 반겨 맞아 줄만한
        친지 하나 없지만 그래도 조국이 그립다고 조선의 지도를
        움켜쥐고 늘 읊조리곤 하는 그런 열렬한 애국자였습니다.
        이번의 전투에 있어 동무는 돌격로를 칼로 헤치어 우리들
        의 전진을 완전케 한 뒤에 겹겹이 둘러친 적진 속으로 혈
        혈단신 뛰어들어 마침내 기가 진하여 적을 찌른 칼을 뽑지
        못하게 되자 웃통을 벗어던지며 내 가슴을 찔러라 조선독
        립만세를 고창하며 단말마의 용맹을 적의 중대장을 깔아
        엎은 체 장렬한 최후를 지었습니다.

    말발굽소리 멀리서 들려온다.

임성옥   (일어나며) 호호호, 내 가슴을 어서 찔러 주시오. 네 저도
        불러 보게 조선독립만세를…… 난 못 불러서요?
차성렬   여보, 여보, 왜 이러우?

임성옥   (노래)
          세상풍진 모르는 나의 몸둥이
          만리풍경 달리며 떠나가노니
          떠나가는 나의 심사 어떠하리오.
김 대장   (두 나라 국기를 덮어주며) 철동 동무, 저 동무의 노래가 우
          리 마음에 더 아프구려. 우리들을 두고 가는 동무의 마음
          그대로인가 보구려……
임성옥   (노래)
          청파만경 청천이 앞을 가리워
          다시 보지 못하는 내 나라이라

　　팔로군간부 셋이 평사포를 가지고 황망히 등장. 팔로공작원과 경례
다시 김 대장에게 경례. 차성렬 부인을 한 옆으로 끌고 간다.

팔로군간부   우리 팔로군 구 사령원께서는 귀 조선의용군이 나타낸 영
          웅 무쌍한 돌격 정신과 비창한 돌격전에 대한 보고에 접하
          자 무상감격 애통하여 혁명 사난열사들의 영전에 이 평사
          포를 받치며 귀군의 위대한 무훈을 치하하셨습니다.
          (팔로군 두 명 평사포를 시체 앞에 받친다.) 그리고 팔로군
          에 조선의용군의 위훈을 포고하는 동시에 장렬한 최후를
          지은 귀군 네 명의 사렬사를 위하여 추도대회를 준비하라
          는 명령을 내렸습니다. 또 하나 우리 정치부에서는 조선의
          용군의 돌격 정신을 길이 찬양하기 위한 명년 봄에 개정되
          는 소학교과서에 이 호가장 전투의 내용을 수록키로 결정
          하였습니다.

　　조선 중국 양 민족 해방만세!

조선의용군 열사의 영명 만세!

조 소대장   보셨소. 동무들? 들으셨소. 동무들? 사실로 이 자리는 우리
          가 눈물을 흘릴 자리가 아니라 고래고래 소리 질러 동무들
          을 위하여 만세를 불러야 하오. 춘풍추우 나라를 찾고자 싸
          워온 동무들의 이 거룩한 최후는 또한 모름지기 동무들의
          만족스런 최후가 아니겠소. 자 우리는 동무의 뒤를 이어 모
          든 위험을 박차고 나갈테요!! (반 울음으로) 위대한 조선의
          민족 영웅 만세, 만세.

김 대장   동무들, 우리 조선의 영웅 중국 인민 해방의 열사들 그대들
          의 영웅적 죽음을 슬피 생각하여 보내는 이 자리에 군민은
          물론 소학도에 이르기까지 천명의 중국인이 참례하였
          소…… 그러나 우리들에 대한 이들의 위로가 크면 클수록
          중국인이 많이 모였을수록 보내는 우리들의 설움과 고○간
          은 더욱 커지는구료. 여기가 우리들의 사랑하는 조국 땅이
          라면 여기가 우리들의 사랑하는 조국 땅이라면…… 이다지
          도 서럽지는 않을 것 같소. 이레 저레 사랑하는 동무들이
          하나씩 둘씩…… 그러나 동무들! 머지않아 그대들의 무덤
          위를 뛰어 넘어 적진 속으로 돌격할 삼천만의 우리 민족을
          축원하시오. 자 보시오! 우리는 다시 총을 메오!! 가진 횡포
          와 호사를 다하는 파쇼 일본을 뚜들길 총 메어 수풀처럼
          우리의 주위에 이어나다 우리는 다시 칼을 드오!! 제국주의
          의 기둥을 잘라 엎을 서슬퍼런 칼날이오. 바다처럼 우리의
          주위에 모여들라 자 우리는 다시 앞으로 나가오!! 동무들의
          못내 이룬 뜻을 계승해 싸우기 위하여 앞날의 우렁찬 승리
          를 위하여 빛나는 조국의 독립해방을 위하여!

윤 분대장   (대오에 명령) 총 메엇.

음악반주로 학운의 장송가를 장중히 부르며 국기를 선두로 들것과 전리품인 기관총 평사포 등이 전우의 손에 하나하나 들리어 서서히 우편으로 전진.

모진 바람 몰아치는 길가엔
못내 풀고 쓰러지는 그 원한
우리들이 갚아 주기 맹세하네

임성옥　　(행렬 뒤에서 땅에 떨어진 칼을 접어들며 노래) …… 아이마니 참 내가 귀한 보물을 얻어 들었네…… (몸에 감추며) 우리 창수 갔다주어야지. …… 수영이는 무얼 주나…… 깃발로 꽃수레 만들어 줄까…… 꽃수레를 왜놈들이 발길질에 부숴버렸대요…… (노래 따라 부른다)

하순이　　(끌고 가며) 내 껴들어 드릴게. 어서 같이 가요. (칼을 발견하고 뺏들며) 동무, 이게 무슨 일이요?

임성옥　　호호호…… 우리 창수가 대장인줄 모르고 이 아씨가 빼드네…… 선녀가 날아가며 주었다. 오. 우리 창수랑은 이종사촌뻘 되는 이라우. 우리들이 갚아주기 맹세하네.

차성렬　　(칼을 받아 간직하며) 여보, 정신을 똑똑히 가지우 모두 내가 잘못되었소……

임성옥　　(신비스런 미소를 지으며 산길로 올라서서) 안녕히들 가세요. 네…… 우리나라 깃발을 독수리가 채 가겠다구. 그래 병아리 떼가 덫을 놓았다우…… 범이 하나도 아니구 셋이나 되더래요…… 우리 수영이가 가마 타고 시집갈 때 호랑요를 씌워 아무도 물어가지 못하게 할테에요…… 안녕히들 가세요. 네… (바위 위에 오자) 아이머니…… (뒷벼랑을 굽어보며) 저기 금비녀가 있네. 우리 수영이에게 주어야 (몸을 소꾸어 공중거리로 떨어지며) 저 금비녀, 금비녀.

하순이　　앗!!

차성렬　　여보!

장남수　　오, 저 동무가 자살을……

사병 몇 달려 내려간다.

차성렬　　(한참 망연히 내려다보며) …… 여보, 잘하셨소! 억한 소리
　　　　　도 그러나 나는 당신 대신으로라도 죽지 않소, 응…… 소
　　　　　리 없이 곡하고 그리고 이 칼은 당신 말대로 창수에 주어
　　　　　훌륭한 조선 사람을 만드리다…… (일어나며) 어서들 조용
　　　　　히 가십시다……

다시 따라서며 장송가 부르기 시작
(천천히 막)

1945. 7. 7. 기념일 稿完

於 華北太行山中 조선 독립 동맹

1946. 3. 1. 기념일 修稿

於 평남 예술 연맹

봇똘의 군복(1막)*

인물 서분네 칠성의 애인(19)
    봉 의 칠성의 누이동생(17)
    이뿐이 둘의 동무(19)
    칠 성 탈주병(23)
    봇똘이 칠성의 아우, 바보(20)
    박첨지 서분네의 아버지(65)
    가네다 갈보장사, 양복쟁이(42)
    노 파 칠성의 어머니(62)
    나까무라 순사
    헌병, 그 외 여러 사람

장소 서도 일 한촌(一寒村)

시대 1944년 봄

무대
향하야 무대 우편에 뽕나무숲. 그 뒤로부터 길이 정면 우물가로 통한다. 아름드리
나무로 짠 우물. 우물가에 수양 한 그루. 그 뒤로는 밭고랑. 먼 산 우에 밤이면 열
사흗달. 산 밑 동리에도 등불이 하나 둘. 무대 왼쪽에 울바자가 둘리우고 그 뒤와
앞으로부터 길이 또한 우물가로. 울바자 옆에는 포푸라 두서너 그루. 길에도 풀이
무성하다.

　　막이 열리면 먼산에 저녁 노을이 휘황한데 어디선가 어린애들의 기러

* 이 작품의 원제목은 「뽀덜의 군복」(『적성』 창간호, 1946. 3)이다.

기 노래.
　앞엣놈은 장수
　뒤엣놈은 떠깨비
　간덴놈은 기러마
　지고랑

봉　의　　　　(드레줄을 느리며) 종내 면회를 못하셨대. 그 좋아하든 송
　　　　　　편을 먹여 보구 싶다구 두구두구 애끼시든 서너 됫박 입쌀
　　　　　　을 정성껏 빚어가지구 가시드니 그게 쉬지근해지도록 꼬박
　　　　　　이 사흘 동안을 문깐에서 졸랐다누.
서분네　　　　(앉어 산채를 다듬으며) 오라질 놈들! 그럼 어림두 없었겠
　　　　　　네, 내가 보낸 건 …….
봉　의　　　　콩데끼? 그럼 머 고냥 가지구 돌아오셨어. 문깐 파수병이
　　　　　　못 들어오리라구 칼 꽂은 총부리를 내대이며 야단이드래.
서분네　　　　(고개를 쳐들며) 그래 아직은 병대청에 남어 있드래나?
봉　의　　　　것두 모르지 머. 감쪽같이 전쟁마당에 실어나르군 한대니.

　　이뿐이, 울바자 뒤로 물동이 이고 등장.

봉　의　　　　인제 나와?
이뿐이　　　　이야기에 또 깨가 쏟아진 모양이지. (동이를 내려 놓는다)
　　　　　　아이마니, 산나물이네. 서분네 너이두 벌서 산나물 캐러 오
　　　　　　게 되었늬? 꼬들빼기두 많이 캐 왔다.
서분네　　　　우리는 별수 있늬? 넌 가다가다 별소릴 다 하드라. 우리가
　　　　　　더하지. 공출두 못 채운 처지에……. 정말 나달알이라군 핏
　　　　　　쌀 한 되 없는 형편이야. 그래 오늘두 산에 가서 하루 종일
　　　　　　꼬들**빼**기니 길짱귀, 돌구지 캐오누라구…….

이뿐이	그놈들 죄다 빼았어갔으니 나달 있대는 게 하기야 거짓 말이지……. 요즘 풀들만 뜯어 먹어 그런지 뚱뚱 부은 얼굴이 수북해……. 어서 햅쌀이나 나와야. 긴데 봉의야, 어머니 돌아 오셨늬?
봉 의	(고개를 떨어뜨리며) 응. 이뿐이 (서분네 향해) 에이구 언니두 못난이. 좀 따라가 만나보구 오지, 보고 싶어 안들증만 나서 그러지 말구……. 그런다구 칠성이가 뵈인대?
서분네	앤 참, 말두……. (봉의더러) 그래 조곰두 소식을 모르구 오신 모양이든?
봉 의	일본 갔대는 말구 있구……. 아직 절반은 남어 있대는 말두 있구……. 칠성이네는 북지루 떠났대는 말두 있구……. 그래 전혀 종을 못 잡으시겠드래.
서분네	(놀래며) 북지? 전쟁에 몰리니까 이놈들이 칠성이마저 끌구 나갔나 베.
이뿐이	저런, 떠났대?
봉 의	(돌 우에 앉어) 어머니 눈이 어두워서 바루 못 보셨는지는 몰라두 병대정 뜰 안에서 병정들이 흙짐을 나르는데 한 사람이 삽을 흔들어 뵈이드래누……. 그래 오빠나 아닌가구 어머니가 쇠울타리 밑으로 달려가며 오빠 이름을 불렀더니 그 사람두 무어라구 고함을 치며 달려오다가 그만 높은 놈인지한테 두들며 맞드래…… 오빨까. 그걸 보구 어머니는 그만 사지가 죽어…….

일동 침묵.

서분네	(울며) 내가 내일은 아무 일이 있어두 들어가 볼 테야……. 그럼 들어가 보구말구.

우편 뽕나무숲 새로 두런두런 말소리가 들리더니 마을사람 네다섯 지나간다. 그 뒤로 막대든 봇똘이 다리 절며 등장.

마을사람1	어서 놈들이 망해야지.
마을사람2	누가 듣겠쑤. 그런 소리하다 또 때워나 가지 마우.
마을사람1	(외장 성이 나서) 때워가? 다 잡어가라지!
마을사람2	성나는 대루 말 다 하구 사는 세상인가, 참게나.
이뿐이	그래, 만돌이두 뽑혔수?
마을사람2	글세 말이다. 뼈두 굳지 못한 애를 갑종이라구 뽑아 김서방이 저렇게 탈기해 그런다.
마을사람1	그 망할 놈들, 우리 애는 그래두 약과야. 주재소와 면소 앞에 긋득 모여든 청년들을 다 잡어내갈 모양이드라. 한 녀석 빠지는 거 어듸 있드라구? 헌병, 순사 수북이 나와가지구…… 의사놈의 신체검사라는 게… 또…….

일동 퇴장.

이뿐이	사내란 사내는 병정 아니면 징용으루 죄다 잡아내가니 이래 농사는 누가 짓누?
봇똘이	(우물가로 다가가며) 이래 색씨들은 누구한테 시집가누? 히히.
봉 의	(고개를 돌리며) 오빠! 가기나 해요. 무슨 농인줄 알어?
봇똘이	(새삼스레 놀래여 두리번거리며) 울었나? 뉘랑 쌈했어?
봉 의	(역정) 듣기 싫어요. 오빤 점적하지두 않어, 절룸바리를 해 가지구 그래두 검사받으려구 들석거리며 나갔드랬수? 오빠 팔자가 고작인 줄이나 아우.
서분네	고만두어. 불쌍한 것 보구…….

봇똘이　(봉의를 힐끗 보며) 왜 작구 성나서 그래. 또 운다. 우지 말어. 남 병정 못나가 성나는데 부화만 돋구네. 내 이름 부른다구 그래 나가니깐 나까무라가 병정 못 나가는 놈은 죄인 한가지 하드니 발길루 걷어차면서 검사두 안해 줘……. 망할 자식. 도적놈으루 아나베. 내가 죄인이냐? 누군 저만치 총 못 쏴서…… (막대를 치켜 들고) 탕탕, 탕탕, 히이 잘 쏘지?

봉　의　오빠! 어서 들어가기나 해요. 병정이 못 되어 그러케 뼈가 쏘우? 평생 처음 효도한 줄이나 알아요.

봇똘이　칠성이형님이 뭐랬어. 우리들두 총 한자루씩은 가져야겠다구 그러지 않았어?

봉　의　그래 만 오빠가 일본 병정 되얀다구 그랬어?

봇똘이　그래두 난 병정이 되어 병대청에 가서 형에 만나보구 싶어…….

서분네　(혼자 소리처럼) 그러게 두 발이 떨어지질 않어. 우리는 뉘 때문에 전쟁 마당에 나가 죽어야 되느냐구 이를 부드득부드득 갈며 떠나느니……. 이게 우리나라를 위해 싸우러 나가는 길이래면 열번 죽어두 한이 없겠누라구 몸부림을 치며 나가드니……. 한동기라두 저런 철부지는 병정이 못 되어…….

이뿐이　말해서…… (한숨)

봇똘이　(각서리 노래)
바- 사렸다 사련장
코 풀었다 홍성장
왜깍데깍 사기장
난 까짓거 피양 들어가 장타령해 돈이나 벌겠다. 돈 벌어 난 홋떡 사가지구 형 면회갈랜대애!

봉　의　　　（물동이 이고 들어가며） 있다들 올래? 나 먼저 가……. 오
　　　　　　빠, 숭없이 그러지 말구 어서 들어가 저녁이나 먹어요.

봇똘이　　　（누운 채） 싫어.

봉　의　　　그러지 말구 어서 들어가요. 오빠, 내가 화낌에 잘못했수.
　　　　　　어머니두 기다리실 텐데.

봇똘이　　　좀 있다 들어간대니까……. （콧노래）

　　　　　　한다리 찔뚝 봉천장

　　　　　　오줌 찔찔 지린내장

　　　　　　방귀 뀄다 구린내장

봉　의　　　오빠! （눈 흘긴다）

봇똘이　　　（벌떡 일어나 앉으며） 응 봉의야, 내 피양 들어가 돈 벌어가
　　　　　　지구 올 때 뭐 사다주까? （일어선다） 헤……거울……옳지,
　　　　　　고무신 사다주까? 헤……내가 돈 못 벌 줄 아나 베? 볼래
　　　　　　좀? 왼팔을 이러케 꺼부러치구 턱어리 내밀구서…… （비실
　　　　　　비실 각서리 시늉）

　　　　　　장때기 끝에 제비장

　　　　　　어흥 그렇지 잘한다

　　　　　　한푼 주- 우

봉　의　　　（내여미는 봇똘이 손을 탁 치며 목이 맺힌 소리로） 오빠! 남
　　　　　　웃을 줄 모르우? 가긴 어딜 간다구 매일 야단이요? 어머니
　　　　　　가 정말 죽는 걸 볼래는가 봐.

봇똘이　　　（펄쩍 뛰며） 안야, 안야! 어디 먹을 쌀이나 있어? 일하든 형
　　　　　　에 병정 나가군, 데데 굶으면서두 그러네. 내 피양 가서 돈
　　　　　　많이 벌어 쌀 사가지구 올래는데 왜 그래? 그리구 나 형에
　　　　　　꼭 한번 만나볼래! 홋떡 사가지구 엿, 사과, 다 사가지구 가
　　　　　　서…….

봉　의　　　（서글프게） 오빠두 그러케 맏오빠가 그립수?

봇똘이   (고개를 숙이며) 응, 난 형에가 제일 보구 싶어. 형에 만나면 나 이러케 경례 붙이구 꽉 끼여 안을래.

이뿐이   인정은 다 같은 게야.

서분네   그럼……. 칠성이가 얼마나 저 동생을 사랑하였다구.

봉 의   (울바자 앞으로 눈물을 훔치며 퇴장) 언니…… 언니가 잘 타일러 들여보내주.

봇똘이   (서분네 앞으로 가며) 너 봤지? 히…… 어때 그만하면 피양 가서두 돈 벌만 하지? 잉…… 내 돌아올 때 너 비단저고리감 끊어다 준다……. 그래야 형에랑 잔체하지.

서분네   응, 그래 그래. 마음 놓구 어서 들어가.

봇똘이   이뿐이는 또 머 사다 주까? 오라, 이뿐인 책 좋아하지? 그럼 내 책 사가지구 오께.

이뿐이   흥, 책이 먼지나 알면서…… (혀를 내어민다)

봇똘이   데데 내가 글자 모르는 줄 알어? 가갸거겨두 다 알어. (다 가서며) 내 이여 주까? (물동일 쳐들며) 가갸 가다가 거겨 거렁에 고교 고기잡어.

이뿐이   (질색하며) 아이 참, 남 보겠네. 싫여, 싫여요…….

서분네 웃는다.

봇똘이   (그냥 거들어 주며) 구규 국 끓여서 나냐 나하고,

이뿐이   (동이를 빼앗어 놓고 물을 뿌려주며) 이놈의 봇똘이 치라우요. 채!

봇똘이   (우로 달어나며) 너녀 너하고 노뇨 노나먹자. (작대 메고 나팔부는 시늉) 또뗏 또뗏 또뗏 또! 양국병정 밥 먹었나 찔게가 없어 못 먹었네. (퇴장)

　사이. 황혼이 짙어진다. 이뿐이. 다시 물을 긷기 시작. 꼴 비어 진 사람 지내간다.

서분네　　　이뿐이 혼났지? 그러케 수모하다야 싸지 머.

이뿐이　　　언니는 그래두 제게 머나 된다구 편을 드네.

서분네　　　호호. 글세 생각해 봐. 모두가 피하려다 못해 끌려만 나가는 병정 틈에두 못 끼이니 지각 없는 생각에 여북 서운하면……. 더구나 저두 병정이 되어 형 만나러 간다구 매일 벼르구 있었단다…….

이뿐이　　　정 아마 그런가 부지……. 하기는 봉의네두 말이 아니야. 아버지 세상 떠나자 오빠는 병정나가지. 어머니가 몸이나 튼튼하시나……. 남기는 저런 병신만 남았으니…….

서분네　　　가만있기나 하나. 쩍하면 피양으로 장타령 나간다구 서둔대니……. 그래 양식이 떨어져두 봇똘이 듣는 데는 걱정두 못한대. 돈벌이가 그러케두 수월하다면야 나두 벌서 장 타령 길이나 떠났지…….

이뿐이　　　이놈의 세상이 어서 무슨 결단이 나야……. 하긴 머지 않았다구 배근이두 그러드랬겠만…….

서분네　　　정 그이 소식 들었어?

이뿐이　　　아니.

서분네　　　네 마음도 오죽하겠늬? 면회나 한번 가보렴.

이뿐이　　　당자의 친족두 못 만나게 하드래는데 나 같은 거야 머…… 검사국으루 넘어가기 전엔…… 아무두……

서분네　　　벌서 두 달포나 되었는데 아직두 경찰서래?

이뿐이　　　그인 아무런 곡경을 당해두 꼭 입을 다물구 말을 내지 않을 사람이야. 그래 연루자를 한 명두 들어낼 수가 없는 모양이래……. 장하시지……. 혼자서 십 년이래두 버티기만

　　　　　　할걸…….

서분네　　매 사람이 다 그이처럼 이를 악물구 닥어든대면 우리두 나
　　　　　라를 다시 찾구야 말지……. 그이가 공부루 봐서 취직한대
　　　　　면 군수자리래두 마댈 사람 아니야.

이뿐이　　언니, 언젠가 그이가 말하는데 서양에서는 독일 군대가 쫓
　　　　　겨들 제 속방나라의 늙은이, 어린애, 여자 할 것 없이 모두
　　　　　가 괭이를 들구 나서서 독일놈들을 쳐부셨기 때문에 다시
　　　　　독립을 했대누. 바루 지금 일본놈들두 쫓겨 들어온대…….
　　　　　언니, 우리두 때가 왔다구 나서라면 호미 자루라두 들구 나
　　　　　서야 하우. 틀림없이 그땐 배근의 동지들이 달려와 우리 동
　　　　　리에두 알려줄거야.

서분네　　(일어서며) 나두 나갈게, 응! 나두 들구 나가! 내 곡괭이라
　　　　　두 메구 나갈게! (우물을 사이에 두고 둘이 응시) 언젠가 아
　　　　　버지두 그러시든데 칠십여년을 살어봐야 그래두 갑오 전
　　　　　세상이 그립다구……. 쓰나 다나 제 나라 깃빨을 달구 살
　　　　　든 시절이 그립다구 하시면서…….

이뿐이　　언니, 이번은 옛적과 달러. 정말 살기 좋은 새 조선이 온다
　　　　　우! 배근이 그이가 그러는 데 권세 부리는 양반두 없구 깔
　　　　　려만 사는 상놈두 없구 죽두 못 끓여 허득이는 가난뱅이두
　　　　　없구 질탕스레 난장을 피는 부자두 없는 그런 조선을 맨든
　　　　　다누…….

서분네　　그러래면야…… 일본에 징용으로 때워간 오빠 몫까지 내가
　　　　　싸울 테야. 병정으로 잽혀간 칠성의 몫까지 내가 싸울 테
　　　　　야.

이뿐이　　그이들이 왜 멀정스레 팔짱만 찌르구 있다 죽을라구…….
　　　　　그이들두 싸우지 않으리, 언니…….

멀리서 구슬픈 호드기소래. 달이 뜬다.

서분네   (놀래며) 아이구마, 저 호드기소래…….

이쁜이   (먼 산을 바라보며) 참 달이 뜨네. 대보름이 내일 모레…….
         누가 부는지 호드기두 잘은 분다.

서분네   신통이두 곡조가 같다. (머리 흔들며 혼잣소래) 아니 아니
         야……. 그럴 리 있다구. 달이 둥글기가 세 번째. 벌서 그이
         나간 지가 석 달이지……. 나가기 바루 전 이러케 달이 둥
         근 밤 저 버들개언덕에 앉어서 저런 곡조로 호들갑스레 잘
         두 불어대드니 내가 두 손을 쥐여들며 운다구 책망하였겠
         지. 울리기는 누가 울렸기? 이러케 둘이만이 늘 만나군 하
         는 버들개언덕에 앉어서 호드기 불기두 이게 영 마즈막일
         지두 모르겠누라 제가 외려 슬픈 소리 않지 않았어…….
         그래 울려 놓구선 혼자 천연스레 호드기만 불어대는 척하
         면서, 또 전 안 울었기? 달빛에 쳐다보니까 저두 눈물이 뺨
         에 주북해 가지구서. 아! 저 호드기소래! (일어선다) 바루
         저 버들개언덕에서 들려오네……. 저 곡조! 아무래두 칠성
         이가 온 게야.

이쁜이   언니 실성을 했어? 어디라구 칠성이가 돌아와.

서분네   너는 저 호드기소래 들리지 않늬?

다가가는 것을 이쁜이 붙든다.

서분네   아이 참, 뚝 그치네……. 내가 정말 홀렸나? 무엇에…….

이쁜이   그러게 걱정스레만 생각하지 말어. 그래야 간 사람이 잘 돌
         아온대…….

서분네   잘 돌아와? 그 놈들이 그대루 곱게 돌려보낼 테야……. 아

니 하기는 칠성이두 그놈들 손아귀에 잡힌 채루 만만히 죽
을 사람은 아니야.

이뿐이   그럼 머 배근이랑 다 한쪽인데…….

사이. 호드래소래.

서분네   (가슴을 쥐어짜며) 이뿐아…….
이뿐이   응?
서분네   난 정 그이 생각이 간절해 죽겠구나. 나는 마음이 약해 그
런가 부지……. 더구나 멀리 북지루 떠났대는 소리를 듣구
나니……. 그만 나두 북지루 갈까 봐. 아버지더러 도장 치
구 말랠까 봐…….
이뿐이   언니 바보! 그 녀석의 소리에 속아 넘어갈 테야?
서분네   북지 가면 사흘거리루 한 번씩 만난대누……. 한 번만 만
나본대두…….
이뿐이   거 다 청국으루 팔아먹는 그 녀석의 속임수야. 누가 또 칠
성이 북지루 가는 거 보기나 했대?
서분네   군병의 옷 짓구 밥 짓는 데래니…… 설마……
이뿐이   언니 알고 있어? 그 녀석 갈보장사야.
서분네   갈보장사?
이뿐이   내중에 칠성이가 안다면 언니를 얼마나 원망할 테야?
서분네   아! 저 호드기소래 또 들리네. 자꾸 이리 다가오는 것만 같
네.
이뿐이   언니네 아버지 오시는가 봐. 어디서 또 취하신 게야.

무대 왼쪽으로부터 취성.

서분네   아이구 참. 아버지두……

취 성   암, 그러면 그렇지 내 사위감이 어련할려구……. 그놈이 엉
           큼한 놈이라 웃놈을 잘 삶은 모양이렷다……. 으— 취한다.
           그러니 칠성이가 목숨은 건진 셈이라…….

소 리   쉬— 군대 비밀을 그리 함부루 말씀허시단…… 어쨌든 영
           감님 팔자가 무던하시우. 딸을 결혼시키어 신식말루 신혼여
           행까지 떠나보내는 셈이니, 하여간 내일 모레 따님두 틀림
           없이 같이 떠나게 해야만 됩니다. 그리 되겠지요?

이뿐이   (서분네의 팔을 붙들며) 언니, 저것 봐! 큰일 났네. (박첨지
           와 가네다, 울바자 앞길로부터 등장. 반사적으로 이뿐이와
           서분네. 우물 뒤로 숨는다)

박첨지   앗따, 여부 있소? 내가 선 듯 도장 치는 것만 보구려. 내가
           본시 선듯한 사람이거든……. 그리구 또 서분네 그애가 본
           래 효녀이외다. 아버지 말은 죄 순종이지요……. 가정교육
           있는 집애가……. 암 다르다마다……. 으— 참 술이 더 오
           른다. 헌데 가네다상, 우리 칠성이가 북지가면 전쟁 안하구
           군대사무 본대는 건 조금두……

가네다   영감님, 그게 무슨 말씀이유. 글세 오늘 대장한테 듣고 왔
           댈 밖에……. 이제부터는 군대 안에서 살지두 않구 관사에
           살게 됩니다. 관사에요……. 오붓이 신접살림 채리가지구
           살게. 영감님은 딸보러 가기나 허슈.

박첨지   헤헤. 내가 그저 몰라 그러구려. <u>흐흐흐.</u> 신접살림이라…….

가네다   어서 들어가 따님보구 행장준비나 채려두시라시유. 영감님
           취하셨습니다.

박첨지   그게 될 말이유? 아 이번은 내가 한턱 냅시다. 날 그리 인
           사두 채릴 줄 몰으는 사람으루 아시우……. 우리 딸년의
           월급 일년분 선금 삼천원 돈이 옆채기에 수북한데 정종 지

종 한 되쯤 내 못 사겠소? 야메술이면 야메고……. 으 가네

다상 어서 갑시다.

가네다 허허 그만두시오…… 영감님. 허허 정성이 정 그러시다면

그럼 우리 진성관에나 잠간…….

박첨지 옳지, 진성관……. 이왕이면 요리집 출입두 해볼 것이지.

암, 그렇지. 신식 손님은 진성관이래야……. (퇴장) 진성

관……진성관……. 으 이놈들 대장 장인 지내간다.

이뿐이, 서분네의 손을 이끌고 뛰쳐나온다.

이뿐이 아이머니, 저놈이 종내 협잡을 꾸몄어! 어서 아버지 불러와

요. 저 돈 다 쓰기 전에. 아이구 어떡해……. (고함소래) 서

분네 아버지, 서분네 아버지!

서분네 (쓰러져 느껴 울며) 팔려가두 좋아, 팔려가두……. 칠성이만

만난다면…….

이뿐이 (기가 차서) 언니 바보! 바보야! 칠성이가 북지 간대는 말

그리 신용이 되어? 그까짓 면소 서기나 하든 놈 만주 다니

며 무슨 짓 하는지 뉘 알어! 서분네 아버지! (뛰어간다) 박

첨지 영감!

이뿐이 퇴장중에 나까무라 순사와 부딪칠 뻔하야 뒷걸음질. 순사 뒤
로 봇똘이 비칠비칠 다리절며 따라온다.

봇똘이 (노래)

뜬바딴바 북죽개뚜껑에

황새 똥 갈렸다. 넓은이 똥 쌌다. 워ㅡ리, 워ㅡ리.

나까무라 (발을 굴으며) 이 자식이 두고 보겠나? 나 따라와 무슨 일

　　　　이가 있소?

봇똘이　　(멀즉암치 떨어져) 워─리, 더─리, 개 불러 매─라. 그럼
　　　　아까 나 왜 때렸어? 누구 병정 안 나간대. 히…… . 무서워
　　　　난 못 뽑았지! (개 부르는 시늉) 오에오에워 오에오에.

나까무라　봇또리 이리 오라 했소.

봇똘이　　(뒤로 물러서며) 또 때릴라구…… . 누가 모를 줄 알어,
　　　　항…… .

나까무라　때리지 아니했소. 이리 오라. 정말 칠성이 못 봤나? 있는데
　　　　아라 주문…… .

　　이뿐이 일어난다. 서분네는 새하얀 얼골.

나까무라　봇또리 병정 뽑으라 했소. 좋은 거시도 마니 줬소.

봇똘이　　정말? 그럼 내 찾어보까.

　　서분네, 봇똘이 주먹을 흔들어 뵌다.

봇똘이　　아니…… . 못 봤어…… . 안 왔는데 머…… .

나까무라　(돌아서서 싱긋 웃으며) 이고시 누구야, 색시들…… . 못 봤
　　　　나, 칠성이 이리 왔는데?

　　서분네, 이뿐이, 공포에 치를 떨며 얼골을 가루 흔든다. 이때 헌병, 사
복 세 명이 나타나 나까무라와 수군수군. 봇똘이 놀래어 뽕나무 숲속에
숨는다. 헌병의 지휘 밑에 일동, 마을을 향해 퇴장.

서분네　　이걸 어떡하나. 칠성이가 도망해 나온가 부네.

이뿐이　　아이마니, 잽히면…… 내 뛰어가 보게.

서분네   나두! 칠성이가…… 칠성이, 어쩔라구 도망해 나왔수?

　　둘이 손을 마조 잡고 황급히 퇴장하려는데 우물 뒤 밭도랑 아래에서
소리.

소　리   역시 오긴 왔다, 칠성이가……. 서분네야, 내 호드기소래를
　　　　　　잊었느냐?
서분네   (놀래며 반 실성으로 허공을 우러보며) 아, 이게 어디서 들
　　　　　　리는 소리요? 정말루 당신의 소리라면 다시 한번 제 이름
　　　　　　을 불러 주…….
소　리   소분네야, 부를 게 있니? 칠성이가 예 있다! (밭고랑 쪽으로
　　　　　　부터 군복의 칠성이 머리를 든다)
서분네   (흠칠 물러섰다가 두 팔을 벌리고 달려가며) 아, 이게 왠일
　　　　　　이요!
이뿐이   (발을 구르며) 칠성이네, 정말 칠성이야! 어쩌문 좋아, 벌서
　　　　　　잡으러 왔어요!
칠　성   (서분네의 손을 잡고 반시만 올라와 걸터앉으며) 이뿐이냐?
　　　　　　염려 말어……. 물 뜨러이 밑에 기어들어와 벌서 알어채렸
　　　　　　어. 물이나 한 모금 떠다우……. (서분네, 황급히 드레질)
　　　　　　그리구 이뿐이 너는 저기 숨어서 누가 오나 좀 망을 보아
　　　　　　다우.

　　이뿐이, 날쌔게 올바즈 밑으로 퇴장. 칠성이 물을 마시고 봇똘이는 눈
을 크게 뜨고 뽕나무 숲속에서 움칠거린다. 달이 유난히 밝다.

서분네   (물 마시는 칠성의 몸을 쓰다듬으며) 다친 데나 없수?
칠　성   (머리를 흔든다) 으응.

서분네   그럼 이제는 어떡할 테요? 우리 그럼 버들개루 나가 죽어버
         려? (옷고름으로 얼굴을 싸며) 당신과 같이 죽는다면…….
칠 성   미련한 소리 말어. 죽기는 왜 죽어. 우리가 철없이 죽어 될
         때냐? 하기는 나도 네 생각이 간절해 혼자 그 버들개언덕
         에 앉어 너와의 옛일을 그리며 한참동안 호드기를 불었다.
서분네   나도 들으며 꿈이 아닌가 했수.
칠 성   그래 그동안 잘들 있었늬?
서분네   (우물에 기대여 느껴 운다) 응……응. 나야 머……
칠 성   왜 울어, 울지 말어……. 나도 이제는 옛적의 칠성이가 아
         니루다……. 아무것도 모르는 철부지였다만 병정이 되어
         밝은 정신이 들 대로 들었다. 내 일본놈을 위해서 죽어서는
         안 된다는 것을 절실히 깨달았다. 내 귀한 목숨을 우리 조
         선을 위해 바쳐야지. 서분네야, 값없는 죽엄은 안할 테루다!
         두구두구 생각하니 붙들려간 배근의 말이 죄 옳더라…….
         닭 몰 듯이 내모는 바람에 지원병 명색으루 병정이 되었지
         만 이제는 그 대신 총쏘는 법을 배왔다. 칼쓰는 법을 배왔
         다. 그리구 우리 많은 동무들과 이 나두 그 총부리 향할 곳
         을 알었단다. 칼을 들어 쳐부실 것이 무엇인지 알었단다.
         서분네야, 울지 말구 내가 이만치 장해지는 것을 기뻐해 다
         우…….

   봇똘이 움칠한다.

서분네   응…… 응……. 그리구 오늘 봇똘이까지 검사가 있었다우…….
칠 성   그 놈들 조선사람이면 병신의 피까지두 앗아보려구. 아, 우
         리 봇똘이 병정되어 날 만나러 온다구 언젠가 그애가 그랬
         지. 내 이번 멀리 갔다 돌아올 젠 우리 조선군복을 갔다 주

런다구 그리 전해 다우……. 총두…… 칼두……. 그리구 내 봇똘이 대신 두 사람 몫을 싸우런다고……. 어렸을 제 그애를 델쿠 나무에 올라갔다가 병신 맨든 것을 요지음 얼마나 뼈에 사모치게 슬퍼하는지 모른다. 그애도 우리 조선을 위해 한껏 싸워줄 몸이 될 것을…….

서분네 그러지 않아두 봇똘이는 형에가 만나보구 싶어서 죽겠다구……. (멀리 개 짖는 소래. 놀래며) 어서……어서……. 어 뒤루든지 피신해요! 저놈들이 개 차대니듯 몰려와서 찾느라 야단이니…….

칠 성 염녀 말아……. 너를 보았으니 이전 한이 없지만 어머니랑 동생을 못보고 떠나 적이 슬프다……. 나라를 찾기 위해 나두 멀리 떠나드라구 잘 전해 다우, 응?

서분네 어디루?

칠 성 압록강은 헤엄쳐 건느런다. 산해관은, 만리장성은 걸어 넘으런다……. 발이 터지면 해변으로 나가 어선을 잡어타고서라도 바다를 건느런다……. 중국 땅에만 가면 우리 조선의 독립을 위해 싸우는 의용군이 있다고 들었다. 그이들과 같이 우리나라 찾기 위해 싸운다면 머리가 열쪼각이 난들 무슨 한이 있겠니……. 하기는 백두산에만 들어가두 우리 독립군이 있다구 들었다. 서분네야, 떠난 뒤의 일을 네게 죄 부탁한다. 내 늙은 어머니, 병신 동생, 나어린 봉의, 모두 잘들 보아 다우, 응……. (벌떡 올라앉으며) 그럼 서분네야, 마지막으루…….

서분네 (두 팔을 벌리고 껴안으며 흐느껴 운다) 아무쪼록 조심히, 조심히…….

칠 성 그리구 정말, 잊었구나……. 어서 몰래 마을루 들어가 의복을 한벌 내다 다우.

서분네   꽁지가 빠지게 내 달음질쳐 갔다 오께……. 몸을 감추구서
         꼼짝 말어요.

　　봇똘이, 분주히 저고리를 벗는다. 고매끼도 풀기 시작.

칠　성   (다시 밭고랑으로 내려서며) 하나 그놈들의 눈이 날카로우
         니 우리집으로 들어가지말구…… 네 아버지 의복이라두 한
         벌 꾸려가지구 저 버들개언덕, 알지? 우리 소를 매구 호드
         기 불며 놀군 하든 잔디밭 게다 갖다 놓아 다우. 그놈들 눈
         치 채우지 안투룩 조심히, 응…….
서분네   응, 응, 내 그리 내다 주께.
칠　성   하긴 내 주재소 전화줄두 끈어야 잽히지를…… 아니 그건
         내가.
서분네   (달려가다 뒤돌아보며) 전화줄? 응, 내게 맡겨요. 불을 노랜
         들 못 노리. (깜짝 놀래며) 이게 머야?

　　뽕나무 숲새로부터 우물가로 저고리가 날러온다. 그리고 바지, 짚세기.

봇똘이   (배밀이해 나오며) 형에야, 나 봇똘이야! 어서 갈어입구 도
         망쳐……. 나 봇똘이야!
칠　성   (뒤로 기어올라와 엎디어 봇똘이 손을 잡으며) 아, 고맙다.
         너를 만나 네 의복까지 바꿔입으니……. (분주히 갈어입으
         며) 봇똘이는 어려서부터 총이랑 칼이랑 좋아했지? 내 이번
         돌아올 때는 우리나라 새 깃빨을 총대에 꽂고 칼을 휘두르
         며 달려올게, 응…….
봇똘이   형에야, 내 군복 정말 갖다줄래?
칠　성   응, 총, 칼, 군복 다 갖다 주구말구. 그때는 너두 우리나라

	새 깃빨 흔들며 마주 나와다우, 알었지? (짚신을 걸치드니) 그럼 봇똘아. 잘 있거라. 서분네야, 울지 말아.
서분네	아, 어서 이걸루 신동을 메요. (옷고름을 뜯어준다. 칠성이 신들매)
칠 성	됐다. 그럼 간다. (달려가는 등 언저리에 달빛이 빛난다)
봇똘이	(배밀이로 다가들며) 형에야, 내 옆채기에 돈두 있어. 스물 옛냥, 응. 배 타구 가!
소 리	알었다, 응. 어서 들어가라!

둘이 망연히 밭고랑을 바라본다. 사이. 울바자 밑에서 고양이 우는 소리.

이뿐이	(달려오며) 누가 오는가 봐!
서분네	(펄쩍 놀래어 군복을 뭉치며) 아이, 이걸 엇따 치우냐?
이뿐이	벌서……갔네?
봇똘이	(군복을 빼앗어 가지고 우편으로 달려가며) 내가 감추구 오께!
서분네	어디 산에 가지고 가요. 이뿐아! (손을 붙잡으며) 그럼 난 주재소로 간다!
이뿐이	아니 주재소는 왜, 언니?
서분네	(봇똘이 뒤를 따르며) 전화줄을 끊어야.
이뿐이	전화줄? (따라가다 돌쳐서서 마을 쪽으로 달려가며) 그럼 난…….

사이. 고양이 울음.

봇똘이	(군복 안은 채 뽕나무숲으로 기어든다) 히……. 이걸 엇따 감추냐? 야단 났네. (우물가를 건너다보며) 다 어테 갔어?

(주섬주섬 군복을 만지며) 이거 우리 형에 입든 거. (껴안는다) 갔다올 제 내 군복이랑 총 가지구 온다구 그랬지……. 또 뭐라드라? 오－ 라 우리나라 위해 싸운다구 그랬지……. 형에 일본놈들과 전쟁할래나? 그러래문 나두 하지며. 나까무라 순사 그까짓 놈. 그럼 나두 전쟁 못할 줄 알어? 내가 왜 못해. (혁대까지 띠고 나선다) 우리 형에 바루 가기나 했나? (먼 산을 보며) 무얼 도적했을까? 우리 형에 그럴 사람 아닌데. 그놈들 왜 잡으러 다녀? 이거 칼 어떠케 뽑나? 히 나온다. 나오네. (흥분) 쉬－ 저놈의 고양이 왜 작구 울어. 방정맞게스리. 고양이 우는 거 난 제일 싫더라. 재수가 없어……. (울바자 쪽으로 달려간다) 이놈의 고양이 죽어볼래! 쉬－ (집 뒤로부터 지껄이는 소리. 놀랜 봇똘이 울바자 밑에 기대며 귀를 기울인다. 뽕나무숲 새로 박첨지 등장. 곤드레만드레)

박첨지   에헴, 우리 서분네 팔자가 괜치 않으니라. 아무래두 서방은 잘 만났거든. 으－ 우리 딸 월급만 한 달에 이백 원이야, 알어? 월급 받으며 북지서 잘들 벌어먹으면 나두 북지 가서 살구 말이야. 이게 무슨 사는 꼴이람! 에 이놈들 대장 장인 듭신다. (놀래며) 이게 무슨 소리야?

노파소리   이러지 말구 날 죽이려므나! 이 짐생 같은 놈들! 난 이제 당장 죽는대두 한이 없는 사람이다. 다 잡어가다 못해 이제는 이 늙은 것까지 끌구가는구냐?

박첨지   칠성이 자친 목소리 같은데?

노파소리   이놈들 내가 죽어 우리 칠성이 편안만 하다면 골백번이라두 죽을 테다! (포승 받은 노파와 봉의 앞세우고 나까무라, 헌병, 사복 그외 동민 여럿이 등장. 이뿐이는 노파를 껴 들고 나온다. 봇똘이, 바싹 엎대여 갈범처럼 눈을 번뜩인다)

나까무라	그래 무슨 소용 있나. 어서 마리 해. 칠성이 어데 있어?
봉 의	(악바라지로) 보지 못한 칠성이 우리가 어떠케 알어?
박첨지	아니 이게 무슨 일이까!

순사, 칼집으로 노파를 치려 하자 이뿐이, 대신 나서다 맞고 쓰러진다.

노 파	죽여라 죽여!
이뿐이	놓구 말해요! 오지 않은 사람 내노라니 어떠케 내놓아!
나까무라	(이뿐이를 걷어차며) 이래두 마리 아니해? (칼집으로 목을 눌러 엎어치며) 마리 아니하문 아라 있소? 칠성이도 자바주기고 너이들도 주거줬소? (노파 비명)
박첨지	(땅에 털석 주저앉어) 아이구 속았구나! (반 울음) 서분네야! 우리 서분네 어디 갔나?
봉 의	이놈아 죽여라! 죽여! 어머니 정신 채려요! (놀래여 일어서며) 앗 오빠!

봇똘이 별안간 군도를 들고 번개처럼 습격하매 순사, 잔등에 칼을 받고 앞으로 꼬꾸라진다. 일동 대소란.

봇똘이	(노파를 껴안으며) 어머니 죽지 말어! 저놈 내가 죽였어! (이때 사복이 타고 업누르며 왼팔에 포승을 걸자 메다꽂으며 벌떡 일어나 권총 든 헌병과 마주 선다. 다시 번개처럼 날어들며) 이놈 너두 일본놈이구나!

헌병, 가슴에 칼을 받고 쓰러지며 총을 놓아 봇똘이는 배를 부둥켜안고 넘어진다. 칼은 꽂힌 채 푸들푸들 떨린다. 멀리서 불이야 불이야 소리.

노 파   (봉의와 같이 다가들며) 칠성아, 칠성아! 이게 왠일이냐!
봉 의   오빠! 오빠! 정신 채려요! 앗, 봇똘이 오빠! 어머니, 봇똘이
             오빠야!

멀리서 불이야! 불이야! 화광충천.

이뿐이   (일어나 발을 구르며 반 실성으로) 아－ 니 저 불, 우리 서
             분네 언니가 종내 붙였구나. 하하하. 어서 몽땅 타버려라!
             이놈의 세상!
소 리   주재소 불이야! 불이야!
소 리   불이야! 불이야!
봇똘이   (일어나며 법열에 찬 얼골로) 에헤 에헤 전화줄 끊어졌구나.
             저놈의 전화줄. 에헤 형에야, 나두 두 일본놈들과 전쟁해
             이겼어 에헤. 아마 일본놈 죽였다구 총 맞은가 베. 형에야,
             일본놈, 죽여야 되는 일본놈 죽여두 되는 군복 갖다 주어!
             응, 형에야! (다시 쓰러진다)
노 파   봇똘아! 봇똘아!
봉 의   오빠! 오빠!

   화광이 더욱 충천. 동민 줄어든다.

소 리   (멀리서) 불이야! 불이야!

                                                           막
                                           『적성』 1(1946. 3)

더벙이와 배뱅이(전 5막)*

때	한 50년 전 가을
곳	배나뭇골
사람	배좌수 (60) 별호 악좌수
	마누라 (59)
	배뱅이 (18) 그의 딸
	더벙이 (24) 그의 집 머슴
	정첨지 (40) 코가 크고 흉하여 별명 코첨지
	매 파 (68) 꼬부랑 허리
	세월네 (20)
	네월네 (18)
	홍초시 (50전후) 배좌수네 하인
	김서방 (〃) 〃 〃
	오생원 (〃) 〃 〃
	곱실이　　　　배좌수네 종
	타박네　　　　배좌수네 종
	노 승
	곽풍헌
	무당패
	보리간나우
	그 외 촌민 여럿

---

* 이 작품은『문화전선』창간호(1946. 3), 2호(1946. 11), 3호(1947. 2)에 게재됐으며,
『풍상』(민주조선출판사[평양], 1948. 1)에 전부 실린다.

제 1 막

　배좌수네 대문밖 마당가 담장 밑에 장기 두는 중늙은이 세명. 홍초시는 새끼 꼬고 김서방은 신 삼으며 장기. 오생원은 호밋자루 고치며 훈수. 정첨지는 대문옆 툇마루에서 이 사냥.

홍초시	원 참 어처구니가 없어서…… 자네가 그런 수를 다 안다면 내가 당초에 그렇게 쓰구 있겠군.
김서방	(정색하고) 아니 그럼 또 물려 달란 말이야?
오생원	글쎄 여보게 아무려면 그걸 가지구 이기겠단 말인가?
홍초시	(버럭 성을 내며) 이 오가 녀석 왜 곁방구질이야!
정첨지	허―그러다 또 쌈하겠다…… 내기장기는 밤낮 두면서 술 한번 사는 적 못보겠으니…… 에라 또 한놈 잡었다 (마루 위에 이를 두 마리 맞붙여놓고)
	중아 중아 쌈해라
	상자야 상자야 말려라
김서방	자― 그럼 다시 써봐(물러주며) 이번 또 물려달랬단 그저……
홍초시	(눈을 흘기며) 허―거 참 무서운데 아이구 무서워라!
정첨지	옳지 맞붙잡구 대갈놀음들을 해라…… 어디 화잇술이라두 생기나 보게 상자야 성자야 말리지 말아라!
홍초시	(조심조심 다시 쓰며) 멍후니 멍세루―이러―하면 형 아무 염려두 없는 걸 가지구 (오생원을 돌아보며)…… 그렇지?
김서방	어서 손을 떼자!
홍초시	가마…… 가만 있자! 가만 있으라는데두……

　(더벙이의 노랫소리 들린다)

정첨지　저놈의 더벙이녀석 이제야 밥생각이 났는지 어슬렁 어슬렁
　　　　들어오는가 보군……

깜돌이　(상투 들었다. 마당귀로 나오며) 애들아 더벙이 와 애 더벙이!

여아1　더벙이가? (나오며) 오− 정말! 알루리 깔루리 더벙머리 총각!

여아2　우리 놀려줄까?

깜돌이　응 송구 상투도 못 올린 자식…… (여아들 돌아보며) 난 상
　　　　투 있어 애……

여아3　애 온다 온다 와 애!
　　　　(키들거리며 모두 노적더미 뒤에 숨는다)

오생원　(툇마루가로 오며) 뭣 모르구 오다 저놈의 깍다귀들한테 혼
　　　　나게 되었다 더벙이녀석 좀 혼나봐라……
　　　　(더벙이 노랫소리)
　　　　네 호밀랑 내가 베려줄게니
　　　　널랑 품에다 날 재워나 주렴
　　　　가기는 매일밤 가지만서두
　　　　뒷담이 높아서 못 넘을네
　　　　애들의 놀리는 소리
　　　　더벙 들통!
　　　　총각 들통!
　　　　문이 문이!
　　　　소문이!

정첨지　참…한 울 안에 꽃같은 아씨를 두구두 십년 동안에 별수
　　　　한번 못 꾸미면서 수작은 제법이야…… 노랫수작 들으면
　　　　동네 처녀 혼자서 다− 후려 낼 것 같지……

오생원　여보게 깜돌의 새색씨 물길어 가지구 오네
　　　　(모두 바라본다)

정첨지　허− 그거 참 볼만한데 글쎄 고런 꼭대기에 피두 안 마른

녀석이 다 색씨라구 얻어가지구서…… 개 팔아 두냥반이래

　　　두 양반이 좋기는 좋구나－ 빌어먹을 놈의 것

깜돌의 색씨　(물동이 이고 등장. 어린 남편을 주먹질하며) 고것 봐라 애

　　　이구 고것 봐라! 긴내 어린 애야?

깜돌이　(돌아보며) 왜 자꾸 주먹질하니?

깜돌의 색씨　어서 냉큼 들어가기나 해?

여아일동　(돌아서서)

　　　색씨맥씨 닭이다리 꼬닥지

　　　확실이 덕실이 덜구통 봐－라

깜돌이　너희 우리 색씨 놀려줄테야?

여아일동　새서방 꽁지 망꽁지

　　　돌러맸다 똥꽁지

깜돌이　(주먹을 둘러메며) 뭐야 죽어볼래!

깜돌의 색씨　아이구 망칙해 어서 냉큼 못 들어가!(총총걸음)

　　　(정첨지 이하 모두 웃는다)

더벙이　(호밋자루 메고 노래하며 등장) 헤헤헤 참 꼴보기 좋네!

　　　어디 나두 한몫 들어볼가(여아들과 같이 뒤따라가며)

　　　노랑 두 대가리 물렛줄상투

　　　샛문턱에 나서서 누른갱이 달라고

　　　흘쩍 흘쩍

오생원　원 저놈이 정신이 있나 없나? 저게 무슨 꼴이야!

깜돌이　(제법 도사리고 쇠된 목소리로) 어른 앞에서 무슨 짓이야?

　　　우리 아버지 데려올 제 볼래?

더벙이　(싱글싱글 웃으며) 깜돌이 서방님 아버지는 무섭지 않어

　　　두…… 새색씨님이 무서우니 좀 데려와요!

　　　(깜돌의 색씨 달아나난다. 배뱅이 담장 너머로 내다본다)

정첨지　허－ 저런 놈 정말 곤장맞을 소리만 하네… 여보게 더벙이

	어서 이리오게!
여아일동과 깜돌이	(더벙이의 뒤를 따르며)
	더벙아 더벙아 장가 가거라
	바지 없어 못 가겠네
	쭈쭈쭈쭈 쭈쭈쭈쭈
	형의 바지 입고 가지
	달린 게 없어 못 가겠네
	쭈쭈쭈쭈 쭈쭈쭈쭈
더벙이	(돌아서며) 뭐야 이 간나이 새끼들!
	(일동 우르르 도망친다. 깜돌이 넘어져 운다)
더벙이	아야! 아야! 아야! 아야!
더벙이	(다가서서)
	아야! 아야! 아야국 먹구
	아이 몇이나 났니
	너 하나밖에 못났다
	(한 다리를 쳐들어 깜돌의 위로 휙 둘러 넘기고 냉큼 집어
	일으키며) 어서 가!
배뱅이	(담 너머로) 정신이 있어 없어!
더벙이	(놀래여) 헤헤헤…… 아씨 보았어?
배뱅이	머슴이 남의 색씨 새서방을 놀리다가 큰코 다칠 줄 몰라!
더벙이	내가 왜 머슴이야 아씨랑……
배뱅이	아이! 그럼 총각이 그래서 좋을가 뭐……
더벙이	테- 내가 그래 곧땅 총각이야?…… 제가 잘 알면서……
	(모두 웃는다)
배뱅이	(질색) 더벙이 키다리 바보! (주먹질하고 없어진다)
더벙이	(다가가며) 아씨 아씨! (마루로 오며) 날거리가 사나우려니
	까……

정첨지   아니 배뱅아씨 말마따나 정신이 있나 없나

더벙이   그놈의 자식 장가 갔으면 갔지!

정첨지   그래 자네는 이 복닥 더위에 지금까지 두더지처럼 그냥 땅
         만 파구 있었더란 말인가?

더벙이   그럼 어떡해? 심었으면 갈아야지……

정첨지   허ㅡ 저놈의 입심 보게…… 다ㅡ제 생각하구 하는 말인 줄
         은 모르구……

더벙이   그러게 나두 조갈을 하다가 부아가 떠 오르기에 점심 먹으
         러 들어오구 말었지

오생원   저런 바보 봐! 그럼 부아가 떠오르지 않았으면 점심두 안
         먹을뻔 했네 그려

더벙이   점심두 그리 먹구싶지 않어요……

정첨지   하기는 그럴걸세…… 그러기에 내말대루 일 안 나가구 다
         문 며칠이라두 증을 부려보라는 말이야! 비가 오건 눈이 오
         건간에 머리를 싸매구……

더벙이   초가을에 눈오겠군 비오는 날 누가 일 나간대나……

오생원   한다는 소리가 원 어디서……

정첨지   어쨌든 나중에 머리를 숙이구 빌붙을 건 악좌수거든.

더벙이   글쎄.

정첨지   글쎄가 아니라 뻔한 일 아닌가. 그때는 일어나 정색을 하구
         앉어서 아씨를 줄테요 안줄테요. 준다면 언제 잔치를 채릴
         테요. 이렇게 다짐을 받거든.

더벙이   히ㅡ 돼지 잡구 소 잡구 잔치할 제 술한잔 얻어먹나 볼려구?

오생원   아니 그래 자네에겐 나쁘나?

정첨지   자네 덕분에 내가 한잔 얻어먹어 죄루 가겠나 자네 좋으니
         좋아 나 좋으니 좋아……

더벙이   그래두 안 들으면?

오생원	그래두 안 듣거든 그깐 영감 상투를 뽑아주구 말어!
정첨지	그렇다면 모두 파의하자구 틀구앉아서 일년열두달 삼백여 든날……
홍초시	(건너다 보며) 삼백 예쉰날이라네 이 사람아……
김서방	장후니는 받지 않구 무슨 이야기 간참이야? 어서 장후니나 받자!
정첨지	고까짓 스무날쯤 무슨 상관이야? 그래 삼백 예쉰날이면 예 쉰날…… 밭갈구 씨뿌리구 김매구 후치질하구 소멕이구 짐 나르구 논에 물붓구 모꽂구…… 그리구 또 없나?
더벙이	신삼구 새끼 꼬구……
정첨지	옳지 신삼구 새끼 꼬구 마당질하구……
더벙이	몰래 닭잡어 먹구.
정첨지	허 — 이놈이 날 놀리려드네…… 어쨌든 십년동안 뼈가 녹 아나게 일해 준 삯전을 죄 — 회계해 내라구 대들란 말이야
더벙이	누구 아씨를 안 준대나? 아직 크질 않어 그런대지……
정첨지	크질 않았어? 아니 간대루 크겠나 동가슴이 쫙 버그러지구 엉덩이가 항아리만 한데?
오생원	열여덟이면 다 — 컸지 씨암탉이나 다름없다네 다름없어……
정첨지	흥 송구두 어리다구 망할놈의 뒷산 갈밋골 매파가 뻔질 드 나들길 왜 드나드는 줄 아나? 속은 십리만치 딴 곳에 있는 게 분명하지 않어?
홍초시	멍후니 멍세루 그래 어쨌단 말이야?
김서방	옳지 그런 수두 있긴 있구만.
더벙이	제 — 길하거 경두 못 읽구 굿두 못하구…… (눕는다)
오생원	그러다 정 상사병에 걸려 죽구 말겠네.
더벙이	누가 죽어?
정첨지	자네두 죽구 아씨두 죽구 다 죽지……

더벙이   (벌떡 일어나며) 왜?

정첨지   왜두 죽나 세월네 시집 가자 그날 밤으루 김도령 목매죽는
            걸 못봤나? 이런소리 아나? 나이 많은 처녀라고 물 길러도
            안 보내고 빨래질도 안 보내니 만날 길이 없었더라. (노래)
            섣달이라 그믐날
            앞마을의 늙은 처녀
            널 뛰다 죽었다오
            뒷마을의 늙은 총각
            그네 뛰다 죽었다오

더벙이   그게 무슨 말이야?

정첨지   상사병에 걸려 서루 얼굴이라두 볼려구 지랄하다 죽었단
            말이지…… 자네야 좀 좋은가 한 뜰 안에서 늘 마주보며
            그걸 죽여?
            처녀라니 죽으려면 맥 없다네.

더벙이   거 정말이야?

정첨지   암.

더벙이   거 야단났네.

보리간나우   (회회 저으며 등장) 아니 이렇게 한가히 장기만 두구 앉어
            될까?

정첨지   아니 벌써 우리가 일하구 안 하구를 따지게 되었어?

보리간나우   무엇이 어째? 이 코첨지 녀석.

더벙이   길주명천 베장수는 종내 갔나요?

보리간나우   (팔을 걷으며) 애 이 녀석들이 정말 쌈을 거는구나.

더벙이   아니예요. (대문으로 밀어 넣으며) 새벽마다 길주명천 베장
            수야 닭 운다구 가지말아 그런다구 하니 물어본 말이에
            요…… (엉덩이를 툭 치며) 어서 들어 가기나 해요, 악좌수
            가 기다리니.

보리간나우	마님은?
더벙이	도끼 베리러 나갔어요. 도끼 들구 들어오기 전에 어서 들어 가요. (대문 닫는다) (모두 웃음)
김서방	그런 것 하나는 참 저놈이 엉큼스레 잘 하거든……
오생원	그래 어디 좀 들어보세…… 도대체 아씨는 무어라는가? 배 뱅아씨두 그리 자네가 싫지 않은 모양이데나? 언젠가 저─ 찔렁밭 귓떼기 뽕밭에서……
더벙이	(벙글거리며) 헤 내가 저녁 어슬녘까지 김을 매구 있는데 아씨가 살금살금 나오더니 좀 쉬기나 하지 키다리 바보! 고 건 두말안짝에 키다리 바보야. 그래 호밋자루를 던지구 뽕 밭으루 들어갔지.
오생원	옳지 그래서……
더벙이	그러니까 그때두 또 놀려만 주는 거야…… 갈밋골 할미가 드나들어 고을 박참봉네 둘째아들하구 말이 났느니 어디 최진사네 맏아들하구 말이 있느니 하며 자꾸 부아만 돋우 다가 또 키다리 바보야…… 더벙이야…… 어서 어서 이거 나 먹어 하면서 옆구리에서 보름달 같은 절편을 한 개 꺼 내어 주겠지……
정첨지	옳지 그래 둘러메쳤나?
더벙이	그래 분한 김에 한입에 틀어박었지!
정첨지	(입을 쩍 벌리고) …으…… 으……
오생원	저런 미친놈!
더벙이	하니까 내가 먹는 꼴이 무에 그리 우스운지 뽕나무에 올라 가서 혼자 캐들캐들 야단이더니 이번엔 또 오두를 따 내리 며 하나하나 입으루 받어 먹으라기에 입을 벌리구 쩍쩍 받 아 먹으니까 죽을 것처럼 좋아 날치는 거야…… 그래 좋아

하는가 했더니 무에 또 갑자기 슬퍼졌는지 손으루 얼굴을
싸매구서 콜짝콜짝 운단말야…… 무슨 영문인지 암만해두
모르겠어.

정첨지 허— 그거 참 정말 죽으려는 모양이로군.

더벙이 (겁에 질려) 정말?

홍초시 (돌아보며) 캐들캐들 웃는 법일지 울며불며 하는 품이 다—
심상치 않을세……

김서방 아따 이야기 간참 말구 어서 장후니나 받어!

정첨지 아무래두 꼭 죽었는데 죽었어!

더벙이 어이구 야단났네!

정첨지 이 사람아 자네가 그만치 엉뚱해 가지구서 그 만한 일을
처결 못하구 우리에게 그래 소감투를 씌우겠단 말인가! 저
놈의 할미 또 오네 저 고개턱을 보게나!

오생원 저렇게 분주히 왔다갔다 하는 게 다 좋질 않어!

정첨지 저게 다— 아씨 죽이는 수거든!

더벙이 어이구……

정첨지 (일어서며) 더벙이 수가 있네!

더벙이 (달려 붙으며) 응 무슨 수!

정첨지 내말을 꼭 듣겠나?

더벙이 그래 무슨 수야?

오생원 잘 위로나 할 생각하지 공연히 또……

정첨지 아니 참 신통한 수일세 자네가 영락없이 아씨한테 장가를
들게 할테니.

더벙이 정말이야?

정첨지 암 여부있나— 그대신 일이 바루 된다면 내게 저 새천이
조밭 돌려주겠나 무남 독녀에 장가를 들면 이 전 재산이
몽땅 자네 것 될 것 아닌가 그래 돌려주겠나?

더벙이   내 다－래두 줄터야…… 그 조밭이 본래 이집 것이기 뭐
         돈값에 빼앗었지.

오생원   정말 일이 될 모양인가? 그럼 여보게 더벙이, 내 무녕밭두
         돌려주게 응.

더벙이   염려 말어 글쎄 무슨 수야?

홍초시   (일어나며) 나두 한다리 듭세 내 텃논두 돌려주게나.

김서방   아니 지게되니까 일어나기야?

홍초시   아－ 누구 안 둔대나? 논밭이 왔다갔다 하는 모양이니 그
         러지…… (도루 앉으며) 그래 장후니라?

김서방   여보게 더벙이 논밭만 되는가? 그럼 내해두 모른 체 해서
         는 안 되네 종살이 하는……

더벙이   타박네? 글쎄 염려 말어! 그래 무슨 수야?

정첨지   그럼 이제 당장 들어가 악좌수의 상투를 잡어채든지 사채
         기를 덤썩 끌어쥐든지 하게.

더벙이   테－ 큰일 나려구?

홍초시   헛헛허 기껏 좋은 수라는게 그런 수야?

정첨지   저 천치보게 간다 보아라 하구 이놈의 집을 나오기 위해
         하는 일인데…… 그럼 자네는 텃논 그만두게나

홍초시   아니야 아니 허－ 그참 좋은 수인데

더벙이   헤 그랬단 정말 아씨두 영 못보게

정첨지   글쎄 염려 말어…… 그게 불과 며칠 동안이거든. 아씨를
         지구와서 제발 데리구 살어붓수사구 손이 발이 되게 빌두
         룩 내 만들어 놓을테니.

더벙이   정말?

정첨지   암 되다마나……

더벙이   내가 악좌수영감 죽이면 상갓술 얻어 먹을가해서 그리는게
         아니야?

정첨지	상갓술은 왜? 잔치술 먹지 아 그렇게 못미더우면 그만두게나.
더벙이	(덤비며) 아니, 아니야. 하라는 대루 할테야. (옆문으로 퇴장)
매 파	(꼬부랑 걸음으로 등장) 아리랑 고개인지 무슨 고개인지 그 놈의 고개 넘기가……
정첨지	(내려서며) 어서 오십쇼 수구레 오십니다.
매 파	휴ㅡ 기가 차서 그래 좌수어른 계시나?
정첨지	마님은 나가셨어요.
매 파	마침 잘되었군. 그럼 들어가볼까.
정첨지	치성드려 얻은 무남독녀라 아마 백년가야 중신들기 힘들걸요……
매 파	이게 다 무슨 소리야? 웃동네 세월네와 아랫골 네월네는 무남독녀 아니라 십남매 막둥이들이냐?
정첨지	그런게 아니라요.
매 파	아니긴 뭐이 아니야. 칠십칠년동안 중매 노릇을 하누라니까 나중에는 별소릴 다 듣겠다. 그 아씨들두 내 손으로 내가 중신들여 아들딸 낳구 잘만 살더구나.
정첨지	그래두 이집 마님은 다를걸요…… 몹시 신귀를 뜨셔서……
매 파	무엇이라구?
정첨지	제가 좋은 수를 알려 드릴게요.
매 파	네깐놈이 무슨 수 보리암수?
정첨지	그럼 그만 두어요. 일년 열두달 헛물만 켜러 다녀보셔요.
오생원	그러지말구 어서 좋은 수를 대달라시우.
매 파	그래 무슨 수냐? 하기는 내 그렇게 힘든 혼사라곤 처음이루다…… 그래두 좌수 어른은 좀 헌뜻하셔서 이번 가을 안으루 방불한 곳에 꼭 살리실 작정인데 마님이……
정첨지	내 말이 맞었지요.
매 파	그래, 그래, 자네는 어디 마님이 구미 돋칠만한 자리가 있

	어 뵈이나? 한자리 알려 주시게. (웃으며) 그 대신 나는 자네들 팔자 펼 일이나 하나 알려줌세.
오생원	뭐인데요.
매 파	아니 자네가 먼저 말하게.
정첨지	여기서 멧기슭을 뒤를 돌아 한 오마장쯤 스쳐 들어가면 절길이 되지요?
매 파	그라 밤나무 골채기 말이냐?
정첨지	거기서 올라가누라면……
매 파	망할녀석 태월사 절이지…… 무슨 좋은 혼처나 한자리 잡어 주련다고…… 그라 고작 잡어 준다는게 돌중 놈이냐? 내 무덤자리냐?
정첨지	그렇게 둘려 짚지마세요…… 바루 그 태월사가 배뱅아씨를 백일치성 드려 얻은 절인 줄 아세요.
매 파	누구를 두구 놀리는가보지……
정첨지	그 절까지 올라가지를 말고 왼쪽 지름길로 빠지면 선바위가 있습니다.
매 파	그래.
정첨지	그 밑에 무슨 집이 있는지요?
매 파	썩어질 놈 미륵당이 있지 무에 있을고?
정첨지	제 말이 바루 그 미륵당이에요.
매 파	엑기 놈!
정첨지	아니 글쎄 들어보세요. 그 미륵님이 아주 혼사에 영하거든요.
매 파	(반색하며) 무엇이 혼사에 영하다구?
정첨지	암, 혼사를 맺어 놓는데 송곳이 아니면 가락고치랍니다.
매 파	그럼 내가 물떠놓구 치성을 드려야 할 모양이냐?
정첨지	그 미륵님이 얼마나 입이 높구 식성이 좋으시다구요. 술 고기 떡을 잔뜩 늘여놓구서 아마 적어두 오일치성은 드려야

	할 걸요. 그러니까 치성은 돈 많은 마님더러 하시래구서 할 머니야 미륵님 지시해주는 혼처에 중신이나 드셔야죠.
매　파	옳지. 그만두 비슷한 말이루다마는 미륵님이 무슨 재주루 혼처를 대줄 수가 있을고?
정첨지	그 미륵님은 치성만 좋으면 일수 말씀을 설설하는데요. (오생원 이하 웃음을 참는다)
매　파	아니 말씀을 하셔?
정첨지	암, 하시구말구요. 아 춘향 어머니 월매두 그 미륵님께 치성 드린 덕으루 이도령같은 사위를 맞지 않았어요…… 제가 그런다는 말은 하지말구 마님한테 전해보서요.
매　파	(웃으며) 춘향이네두 그랬다구? (대문으로 향하여) 그것 참 신기한 말이루다.
오생원	아 우리들 팔자 고칠 일은 안 내어주럽니까.
매　파	호-꼼박 잊었군 (낮은 말로) 글쎄 여부시 자네들 이쁘장한 딸애 하나 없겠나?
오생원	왜요? 어디 팔어 먹을 좋은 자리 있어요?
매　파	(사면을 둘러보고) 아-좋은 자리 말해서…… 바루 이 댁 좌수영감이 늙마에 잔 심부름할 애하나 얻을 생각이시라네.
오생원	밭말지기 다 빼앗기구 나중엔 딸까지 내바치게요?
정첨지	마님두 아시나요?
매　파	쉬- 알리가 있나 좌수영감이야 그래서 아씨를 어서 시집 보내시자는게야…… 평계가 좀 좋은가? 늙마에 딸 하나 있던 것을 시집 보내구나니 쓸쓸하기두 하거니와 아들 볼 생각이 간절하다구…… 누가 들어와 싯멀건 아들만 하나 낳아보지 그 집안이야 떡함지에 드러눕는 셈이지…… 또 못 낳으면 어때? 그 영감이 간대루 살겠나? 과즉 일 이년에 가리운 일이거든…… 그럼 생각들 해보게.

(옆문으로 퇴장)

정첨지   (따라가며) 할머니 무엇보다두 미륵이가 술고기를 제일 좋
아하는 줄 잊지말어요.
(문틈으로 드려다본다) 여보게들 저것 보게!
(모두 몰려 간다.)

—막—

제 2 막

배좌수네 안마당. 더벙이 밥상을 들고 울안으로부터 나와 앞채 담모
퉁이를 몰아서다 우뚝 멈추선다. 마루에는 젊은 색씨들이 앉아 이야기.
뜰에는 화단.

세월네   호호호…… 다 제가 타구난 팔자나름…… 그러니 무슨 별
도리가 있어? 우리 아버지 뉘아버지할 것 없이 좋거나 싫
거나 부모님 정해주는대루 장가들구 우리 어머니 뉘어머니
할 것 없이 또 정해주는 대루 생면부지 모르는 사람한테
시집을 가지 않었어? 우리만이 어떻게 저 좋은 서방을 고
를 수 있단 말야? 제 팔자 좋으면 무던한 서방을 만나구 사
나우면 못된놈을 만나구 그러는게지.

배뱅이   세월네 언니는 어쩌문 그렇게도 무정할고 언니 그날 밤으
루 목을 맨 김도령 생각을 해서라두……

세월네   가마에 내실리며 시집이라두 가래니까 갔지…… 낸들 어떻
하니? 처음에 들을 젠 나두매 언짢더라만…… 글쎄 그이두

　　　　　죽기까지야 할게 뭐냐!

더벙이　　(독백) 고거 인두루 지질놈의 계집애!

네월네　　(핀잔조로) 시집을 가면 그렇게두 마음이 변하던? …… 한 때는 죽자살자 야단이더니.

세월네　　다 철없을 때 한번씩은 있는 일이야……

네월네　　그래 언니두 철없어 그랬던 일루 여기우……

세월네　　너두 시집가서 한 열흘만 지내 보렴…… 꿈결처럼 다 잊어 버리구 마는게야……

네월네　　언니는 남의 속을 알지구 못하구.

배뱅이　　참 세상이 언제까지나 이 모양대루 나갈래는지!

네월네　　(목이 매친소리) 난 요즘 매일밤……

세월네　　호호호…… 예장받은 일감 다듬질 하기에 매 바쁘단 말이지?

배뱅이　　언니는 이야기를 해두 어디서……

세월네　　글쎄 그래야 안이나 더 달구 사람이나 더 마르지 쓸데가 있니? 그럴 것 같으면 예전에 그이를 붙잡구 놓지를 않을 게지……

네월네　　글쎄말야 내가 어리석었어…… 얼마나 비감하면 날받이 한 지 사흘만에 군사루 자원해 나갈려구…… 요즘 밤마다 그이가 꿈에 나타나서는……
　　　　　(운다)

더벙이　　(독백) 나두 그만 전라두 군사루 나가 매일밤 아씨꿈에 뵈 군할까부다!

배뱅이　　울지말어 응……

세월네　　처녀적엔 다 한번씩 울어봐야 하는가 봐…… 배뱅이 너두 울게 될 날이 차츰 가까워오는 모양이더구나.

배뱅이　　홍……

세월네　　갈밋골 할머니가 매일처럼 드나드니……

배뱅이	(뾰롱뾰롱) 드나들면 대수야!
세월네	호호…… 드나들면 또 잔체하구 시집가지!
배뱅이	나는 일평생 시집 안 갈테야!
더벙이	(눈이 둥글해져) 무어?
세월네	왜 더벙 총각을 못 떨어져서…… 호호호……
배뱅이	언니!
세월네	호호호…… 맞었지?
더벙이	헤—
배뱅이	그까짓 더벙이 같은거!
세월네	그럼 배뱅이 혼자 곱게 시집 갈가보구나. 총각들하구 손목 한번 쥐여본 일 없이.
배뱅이	난 머리깍구 중 될테야.
세월네	더벙 총각하구 못살면 말이지?
배뱅이	별말을 다 하네. 내게 무슨 상관이 있어서!
	(더벙이 밥상을 털썩 떨어뜨린다. 그릇 깨지는 소리와 같이 어린애 놀래어 운다)
배뱅이	누귀야! (얼굴을 내여 밀고) 저런!
더벙이	헤, 돌뿌리에 걸려서……
배뱅이	(황망히 제 입을 손으로 막으며 말하지 말라는 시늉) 어서 들어가!
더벙이	(제 손으로 입을 막고) 응. (주워담아 가지고 퇴장)
세월네	오—우리 귀애야…… 울지말아…… 집으루 가자 응…… (내려오며) 아이마니 저 할련꽃 곱기두 해라.
배뱅이	왜들 가려니?
세월네	요— 앙탈이 있게 해야지.
네월네	(꽃을 꺽어 주며) 우리귀애 꽃 줄가…… 울지말어…… 응.
배뱅이	또 와요.

서분네   어서 들어가 갈밋골 할머니나 잘 위하라구.

배뱅이   에이 참 언니는 시집갔다오더니 능청 맞었다니까!

서분네   이제 거 더벙 총각이지.

배뱅이   아니야……

서분네   (잔등을 치며) 내가 다 들었어.

네월네   ……내일 또 오께.

　　　　　(옆문으로 퇴장. 배뱅이 울안으로 돌리다가 아까 그 담모퉁
　　　　　이에서 더벙이와 마주친다.)

배뱅이   (뽀룽퉁해서) 밥상이나 둘레메치면 누가 장하대.

더벙이   넘어졌지 뭐.

배뱅이   그럼 또 달래먹지 끝내 점심 안 먹구 살테야.

더벙이   먹구 싶지 않은거 어떻게 먹어……

배뱅이   안 먹으면 누가 무섭대…… 그게 그저 고린 장집갠줄만 알
　　　　　어? 풋고추에 고기 썰어넣은 줄두 모르구…… 귀만 크면
　　　　　대수야 조금두 짐작이 없대니까.

더벙이   아씨는 몰라.

배뱅이   키다리 바보 같은거……

더벙이   나는 오늘루 결단을 낼테야,

배뱅이   무슨 결단 흥 그리 잘내군하는……

더벙이   방치루 디굴퉁을 까지 않으리?

배뱅이   아니마니 우리 아버지를?

더벙이   그럼 뭐 아씨는 싫어?

배뱅이   누가 아버지 디굴퉁을…… 아니 머리 까는거 좋아할가 바
　　　　　보같은거 말루해보지 입은 두구보래는 거야!

더벙이   말은 해 뭘하게!

배뱅이   그러지 말어, 응. 큰일 나요!

더벙이   그리구 난 뛰구 말테야.

배뱅이　　아이, 오늘 갑재기 환장을 했어?

더벙이　　(덜썩 손목을 끌어 잡으며) 그럼 나하구 같이 뛸테야?

배뱅이　　아이마니 어디루?

더벙이　　서울루!

배뱅이　　서울? 하루 한번 맘대루 문밖에두 못 나가던 사람이 어떻게 천리길을……

더벙이　　염려말어, 서울가면 내 삯짐을 져서라두 벌테야…… 아무두 나 수모하는 사람 우리 방해하는 사람 없는데 가서.

배뱅이　　도망을 친다면 하루에 난 오십리두 못 걸을테니 이틀두 못 가서 붙잡힐려구……

더벙이　　왜 못가? 왜 붙들려? 아씨 같은 건 둘 아니라 셋이라두 업구 뛰려면 뛰어. 냉큼 둘러 업을제 볼래?

배뱅이　　네가 그래 어린애루 뵈여?

더벙이　　어린애 아니구?

배뱅이　　저까지 그러니간 아버지두 그러시지 내가 그래 곧장 어린애야?

더벙이　　아니 아니 다―컸는데 뭐 그리구 난 스물넷이나 되었으니…… 어서 우리 서울가서 재미나게 살림차려 응……

배뱅이　　아니 놓아 망칙해라! 누가 같이 산다구 그랬어?

더벙이　　(멋쩍게) 그럼 뭐…… 그럼 아씨 우리 절루 갈까?

더벙이　　그럼 아까 머리 깎구 중된다구 그러지 않었어?

배뱅이　　저것 봐 엿들었네. (다가들며) 누가 엿들으래?

더벙이　　그럼 아씨 언제 죽을테야?

배뱅이　　아니 미쳤어. 누가 죽는대?

더벙이　　안 죽어? 그럼 코첨지가 거짓말 했나? 상사병이라는게 아씨 죽인다구 그러던데……

배뱅이　　흥 염치 좋네. 내가 저 때문에 죽겠군!

더벙이 (웃으며) 테- 거짓말 널 뛰다가 이제 죽을 제 봐…… 난 그네 뛰다 죽는다.

배뱅이 아니 오늘 정말 미치네. 아이마니 아버지 나오신다. (황망히 퇴장)

(더벙이 그 자리에 웅크리고 앉는다. 배좌수 화단가로 나온다. 매파는 삽살개처럼 달리고 보리간나우도 뒤따라 나온다)

모 파 글쎄 터럭만치나 나무랄 데가 있는 자리유? 지체루 보나 가문으루 보나 규모가 쪽-째인 가정이요. 또 고을바닥을 들구치는 세도에 재산으로만 본대두 고을 안에서 둘치루 가래면 뺨치려구 덤빌 처지라우. 자그만치 십만석이라우, 십만석군…… 그래 좌수어른 생각엔 박참봉네가!

배좌수 으흠 좋은 혼반이다마다…… 바로 박참봉의 당숙이 우리 고을살이루 내려오셨을 때 나두 벗하며 지낸 사이지만 인물이 감때사납고 슬슬 말아들이는 솜씨가……

매 파 그저 좌수어른은 모르시는 일두 없어…… 그 대감이 지금 쨍쨍 울리는 황해 감사라우! 남자라니 좀 감때가 사나워야 입신양명하는 게 아니유 신랑이 바로 그 대감을 닮았다우. 인물이지 구변일지……

더벙이 (독백) 저런 마귀같은 핼미!

배좌수 그럼 십상 좋군……

보리간나우 영감님 그렇게 좋은 자리라면 어서 혼사 맺구 말아요!

배좌수 그래야 자네에게두 좋을 상 싶지?

보리간나우 흥 저 혼자만 좋아서요?

매 파 힛히히 그렇다마다…… 나이 찼으면 어서 시집을 보내야지…… 딸이란 아무래두 제 어머니편을 든다우.

배좌수 아 그 박참봉 외오촌 이별감이 지금 동래 부사를 지내지만 좀 욕심이 지나치다하여 아마 욕별감이라는 별호가 달렸지!

매　파　　　(웃으며) 악좌수와 욕별감…… 정 그렇다우 그이가 오죽한
　　　　　　분이면 별감살이 삼년에 오만석이 늘었겠수?…… 바로 신
　　　　　　랑의 마음보가 그이를 닮았다우.

배좌수　　　그렇데면 정말 금상첨화인데……

보리간나우　호호…… 그 욕별감이 제 배꼽에 달린 사마귀가 복사마귀
　　　　　　라구 늘 쓰다듬으며 좋아하더니.

배좌수　　　무엇이? 그걸 자네가 어떻게 알어?

보리간나우　(낭패하며) 그저그저 들은 말이에요.

배좌수　　　나두 하다못해 고을 살이라두 한번 해볼걸…… 이렇게 낙
　　　　　　향해서 아무것두 모르는 즈랭이 촌놈들 하구만 상종을 하
　　　　　　누래니……

매　파　　　말씀 마슈…… 암만 그래두 촌놈들이 제일 어수룩합넨다
　　　　　　좌수 어른의 수단이 좀 좋으셨어요…… 바로 또 신랑의 수
　　　　　　단 좋기가 좌수 어른 뜸떼먹을만 하다우!

배좌수　　　허허 정말루 나무랄 데가 없는데…… 아 그 박참봉 자신의
　　　　　　위인이 또 오죽하다구……
　　　　　　너무 좀 과하게하다 시골 어느 놈인가한테 낫으로 얻어맞
　　　　　　아 아마 팔이 하나 없지?

매　파　　　이를 말씀이유…… 신랑의 위인이 바로 그 아버지를 판에
　　　　　　찍어내인 듯 하다우……
　　　　　　그러기 벌써부터 부자집 돈 많은 과부를 눈 주어 보구다니
　　　　　　다가 그 아들놈한테 칼에 찔려 눈이 하나 없지유. (갑자기
　　　　　　후회) 아이구 내가 이게 무슨 정신이야…… (더벙이 못 알
　　　　　　아 듣고 눈만 끔벅끔벅)

보리간나우　저런!

배좌수　　　(감탄하여) 허 그 참 회한한 소리로군…… 스물 전에 벌써
　　　　　　부터 그렇대면 더할나위 없는데…… (보리간나우더러) 여

	부게 자네는 어서 돌아가게나 늙은이 들어오기전에……
보리간나우	(뒷문을 향해 나가며) 밤에 오시지요! (퇴장하며) 약을 대려 놓을게요.
배좌수	응, 응. 어서 가라구…… 그래 내 마음은 아주 작정되었네!
매 파	아이구 참 좌수 어른이 달라! 더할 나위 없다뿐이유! 이제 몇 배 덧부자에 우 덧부자가 될제보시유!
배좌수	으흠 그럼 늙은이 돌아오면 좀 잘 껴들어보게…… (살틀히 다가들며) 그래 어디 또 방불한 자리가……
매 파	(놀래며) 아니 작정하셨다면서유?
배좌수	아니, 그애 일 말구……
매 파	(웃으며) 옳지 좌수 어른의? 아 있다뿐이겠수. 안골 김서방네 막내딸만 해두 방년 십오세에 물찬 제비처럼 예쁘장한 품이 어른이 보시기만 한다면 그저 한입에……
배좌수	그건 너무 나이 어리군.
매 파	아니 되두룩 어린 게 좋으시다더니……
배좌수	어디 돈많은 과부두 무방은 한데……
매 파	돈많은 과부라.
배좌수	박참봉 아들이 좋아한다는 그 과부는 볏 천이나 하는가?
매 파	(어리둥절) 볏 천……
배좌수	아니 그 애꾸눈이 좋아한다는 과부말이야.
더벙이	(갑자기 일어서며) 옳지, 알었다. 아씨! 아씨 신랑이 애꾸눈이래!
배좌수	(놀래며) 저런 죽일놈! 아니 저 녀석이…… 점심을 처먹었으면 어서 나가 밭일을 볼게지. 으, 으, 이놈아!
매 파	글쎄 저 망할녀석이!
배좌수	(호령) 어서 썩 못나가!
배뱅이	(더벙의 뒤에 나타나) 어서 나가 어서……

더벙이 (힐끗 돌아보고) 나가? 응, 그럼 내 나갈테야. (나서라는 소리로 안 모양 쑥 나서며) 내가 못 나갈줄 알어!

배좌수 (담뱃대로 치며) 이 박살할 눔 무엇이! 응 이 이눔! 으으 글쎄 이눔이 저기 있은 걸 모르구 어서 썩 못나가겠니?

더벙이 (화단을 비슬비슬 돌며) 나가라면 못 나가서 그 대신 어떻게 해줄테요……

배좌수 (어쩔줄 모르며 매파에게) 어서 들어가우 어서 들어가라는데.

매 파 (물러서며) 네, 들어갑쥬, 네…… 저눔, 그저 저눔 때문에.

더벙이 무엇이 이눔의 햄미 허리를 꺾어놀 제 볼래!

배좌수 이 무지막지한 눔 상전 앞에서 함부루 수작질이야? (담뱃대를 두들기며) 어서 썩 못나가! 으으 저눔이 저기 있은 걸 모르구.

더벙이 난 공연히 헛일만 했게?

배좌수 저눔 수작질 봐 이눔아 누가 네게 서분케 한다더냐?

더벙이 그럼 언제?

배좌수 글쎄 아직두 저 어린 것을……

더벙이 그럼 왜 저놈의 햄미가 들산히 다녀요.

매 파 이 녀석 그건 딴 일이야.

더벙이 누가 못 들은 줄 알어? 이전 속지 않어요!

배좌수 으으 저눔이 엿듣는 걸 모르구…… 글쎄 이눔아 아직 어린 것을……

더벙이 뭐이 어려요! 모두 씨암탉 같다는데……

배뱅이 (발을 구르며) 무엇이 어째! 어는 박살할 눔이 남의 대갓집 규수를 그리 험구하더냐?

응, 이눔아.

(담 모퉁이에서 팔을 둘러메며) 에이구 저 등신!

더벙이 (배뱅이를 보고 저도 팔을 둘러메고) 이걸 이걸 그저!

배좌수   (뒷걸음질) 저놈 봐 날 칠려누나! 야 게 누구 없느냐!

더벙이   이눔의 악좌수 죽어볼래!
          (화단을 끼고 뱅뱅 돈다. 배뱅이는 발을 동동)

배좌수   (휙 돌아서자 반대로) 무엇이라구 이눔! 응 이눔…… (마누
          라 대문으로 들어선다. 매파 반겨 맞는다)

마누라   아니 이게 무슨 지랄이요?!

매 파   아-글세 저-흉악한 머슴눔이 일수 대드는구려……

마누라   아니 늙은이는 어디서 그런 혼사 자리만……

더벙이   (그냥 뺑뺑돌며) 하나는 애꾸눈에 하나는 절름발이에 하나
          는 언챙이……

마누라   간질쟁이두 있다면서……

매 파   저 죽일 눔 봐…… 아니 맑은 낮에 불벼락 맞겠수…… 마님
          이 그 망한 눔의 코첨지와 저 머슴눔의 악담을 들으신게로구
          려?

마누라   아니 영감님 미쳤소?

배좌수   (멈추서서 벌떡거리며) 글쎄 저 녀석의 수작질을 들어봐?

더벙이   십년동안 일한 품삯을 회계해 주어요. 오늘루 나갈게.

마누라   저 녀석 정신이 나갔나?
          애 이 녀석아 정승집 개두 삼년만 있으면 육갑을 한다는데
          네 녀석은……

더벙이   그러게, 이젠 정신이 버쩍 들었단 말이예요.

마누라   그만침 크길 뉘 집에서 컸으며 입구 먹구 자기는 어디서
          했길래?

더벙이   (눈이 뒤집혀) 아니 이젠 그렇게 말하기야?

배좌수   이눔아 그럼 네 얼굴이 고와 하루 세끼 밥 지어 먹이구 철
          찾아 옷해입힌 줄 알았더냐?

더벙이   (바윗돌을 둘러메매) 무엇이?

배좌수   (뒷걸음질) 저눔봐라 이애야! (뒤로 퇴장)

매 파   아이구 저눔 눈깔이 뒤집혔어!

마누라   (선웃음 치며) 이애야 말하자면 그렇단 말이루구나…… 누
         가 그 어린 것을 딴 곳에 살리길 한 대니 너 왜 그리 극성
         이냐?

더벙이   (웅크리고 앉으며) 왜 나이 적어서요?!
         열여덟에 세월네 아씨는 시집가서 싯멀건 아들까지 낳아왔
         는데요.

매 파   (살살 다가서며 적은 소리로) 마님, 그래, 박참봉네는 아무
         래두 맘에 안계시우?

마누라   다 씨글씨글하우 어디 못살려서 병신놈에게……

매 파   (소매를 끌며) 아− 그런데 마님 절골 미륵님이 혼사에 썩
         영하시대유……

배뱅이   (가슴을 치며 독백) 저 등신 울기는 왜 울어 나가잖구.

마누라   (귀가 바싹 티이는 모양) 혼사에?……

매 파   글쎄 치성을 잘하면 미륵님이 좋은 혼처를 친히 말씀해 주
         신다는구려.

마누라   아니 말씀을 하셔?

매 파   그러게 말이지요.

마누라   그렇대면 내일루라두 가봐야겠군!

매 파   그럼 제가 모시구 가지요.

마누라   글쎄 우리 배뱅이가 어떻게 태어난 애라구 백일치성 드려
         부처님한테 점지받은 딸인데 그렇게 막 주어치기루 혼사를
         맺다니…… 야 곱실아 곱실아!

곱실이   (뛰어나오며) 네−마님 찾으셨세유?

마누라   어서 녹두 담거라 그리구 찹쌀두 씻어라! 야 깨두 봐야 한다!

곱실이   네−(들어간다)

마누라 내일루 제일 큰 돼지를 잡으라구 일러라. 꼬꼬두 몇 마리
        튀기구.

매 파   그래 마님이 현시 받은 혼처를 제게 일러만 주신다면야 서
        울 아니라 제주도라두 제가 찾어갑지요. 아 글쎄 춘향의 어
        머님 월매두 천리길을 걸어와 그 미륵님께 치성을 잘 드린
        덕분으루 이 도령같은 사위를 맞었답네다래.

마누라 춘향이네두, 야 타박네야! 타박네야!

타박네 (뛰어나오며) 네!

타박네 네. (들어간다)

더벙이 (주먹으로 가슴을 치며) 그럼 난 어떡할테야!

배좌수 (대문으로 뛰어 들며) 자―어서 저 눔을 잡어 묶어라 이눔
        아! (댓세를 둘러메고 달려든다) (그 뒤로 밧줄 부삽 작시미
        호미 등을 들고 정첨지와 장기 패거리 달려들어 온다)

더벙이 (벌떡 일어나 댓세를 받아던지며) 헤헤…… 알었다 이제는
        나를 잡어 묶기까지 해! 이눔의 악좌수 죽어봐라! (타고 엎
        누른다)
        (일동 대소란)

마누라 사람 살류!

배좌수 아이구 나 죽는다 이눔들아 뭘하니?

배뱅이 (뛰쳐나와 엎드리며) 더벙아, 더벙아.

정첨지 (밧줄을 들이대며) 어서 뛰게, 그만 하구.
        (장기 패거리 달려들자 둘러 메친다)

더벙이 이제는 다―깨여진 사발이다 이눔들 모두 나서라 하나두
        무섭잖다! 이눔의 악좌수 디굴통을. (주먹으로 두들긴다)

배좌수 아이구 나 죽는다 이눔의 힘이 항우루구나!

더벙이 항우라두 못 줄테냐?

배좌수 못 준다. 어이구, 이눔들아 뭘하냐?

정첨지 틀렸대니까 틀렸어. 어서 뛰게나!

더벙이 무엇이! 이눔의 코첨지 네눔두 죽어봐라. (매다 꽂는다)

정첨지 나보군 왜 이러나? 이 사람 아이구 이눔의 힘이 관운장이
루구나!

더벙이 그래 관운장두 못 줄터야? 이눔들 그렇대면 나는 나간다!
잡으려면 잡아봐라!

(뒤로 달아난다)

배뱅이 (따라가며) 더벙아 어디가?

배좌수 어이구 이눔들아 어서 저눔을 잡어라 저눔을!

(모두 뒷겯으로 달려간다)

마누라 아이구 이게 무슨 망신이요! 이런 변이 또 어디 있겠소. (목
을 놓고 운다) 아들 없다구 머슴놈까지 수모를 하누나! 아
이구!

(담 모퉁이에서 정첨지와 곱실이)

곱실이 당신이 또 충동한게지…… 아씨가 죽는걸 보려구.

정첨지 헤, 염려말어. 우리 일두 곧 풀릴 제 봐. 요거 왜 울어. 너
무 좋아 우나? 나만 믿어 나만……

곱실이 녹두랑 떡쌀 담그라기에 더벙이와 아씨 잔치 채리는 줄만
알았더니……

정첨지 우리 둘의 잔치 떡이야……

곱실이 실없는 소리만…… (퇴장)

(모두 쟁기를 든 채 도루 나와 서루 맞부딪치며 혹은 마루
아래를 혹은 독안을 혹은 하늘을 살피는데 정첨지는 꺽두
기짝을 들고 나가 이리저리 훑어본다.)

김서방 (타박네와 독안을 들여다보며) 그놈이 여길 숨지 않았나?
타박네야 어서 너두 배가 이만치 커야 한다 응.

타박네 누구 듣겠다! 흥 먹여살굴 것두 없으면서! (부엌으로 퇴장)

정첨지   이놈의 더벙이 나오너라 그저 나왔다만 봐라. 다리뼈를 분
          질러놓구 말테니……
배좌수   이놈아 아무려면 꺽두기속에 들어갔겠니! 저놈들이 다 한
          패야 어이구 디굴통이야 어이구 둥시미 뼈야!
정첨지   아니예요. 이놈이 곧잘 술법을 쓰는데요. 새가 되어 하늘루
          날기두하구 고양이가 되어 마루 속으루 기여들기두 하지
          유…… (꺽두기를 흔들며) 이놈아 이놈이 분명히 꺽두기를
          밟더니 그새루 없어졌는데 (들여다보며) 이놈이 어딜갔어!
          옳지, 알았다. 이놈이 거미가 되었네. (떨어뜨려 짓밟으며)
          이놈 죽어봐라! 이 죽일놈!
마누라   (땅을 치며) 아이구 저 하인놈들까지 우리를 수모합네다래!
          아이구 원통해라?
정첨지   마님, 아니예요. 마님, 그놈이 술법을 쓰지 않으면 어떻게
          하루에 닷새갈이 김을 매구 소두없이 사흘갈이 밭을 혼자
          갈겠어요. 참 그런 일꾼이 어디 있겠다구요?
마누라   (좌수를 일으키며) 어서 일어나서요. 저 녀석의 수작질……
          애, 이 코첨지 녀석아 외루 우리는 잘 되었다! 그놈만 나가
          없어지면 우리집 근심 걱정은 하나두 없다 없어!
배좌수   이놈들아 머뭇거리지 말구 어서 곽풍헌을 찾아가 막놈들을
          풀어 잡아 대령해라. 어이구, 골사박이야 나 죽겠구나! 내
          주머니 어디 갔니? 어이구, 내 머리 팔 다리 있긴 다 있어
          두 어이구 나 죽겠구나.
          (정첨지 이하 모두 대문으로 퇴장)
마누라   아 영감님이 죽으면 우리는 어떡하우? 정신을 채려요! 아
          우리 배뱅이두 다 살렸구나! 이런 소문이 나구야……
매 파   (달려가서) 마님 그건 염려마소…… 중매 다 할려구 이런
          소문 내겠소!

마누라   (울며) 아이구 이게 다 아들이 없는 수모루구나. 아이구 만
            둥이 너 왜 죽었니 만둥아!

배좌수   그러기 이제라두 아들을 낳어야.

매 파   좌수어른 그건 염려맙소. 안골 김서방네 여다섯살난 애가
            맘에 없으면 어디 돈 많은 과부라두……

마누라   (벌떡 일어나며) 무엇이 이놈의 핼미야! (엎들어지며) 아이
            구 원통해라. 이제와서는 아들 없다는 핑계루 날 수모로구
            나! 이놈의 핼미 미륵당에 데리구 가나봐라!

매 파   마님! 마님!

보리간나우   (등장) 아니 영감님, 이게 무슨 일이요. 내가 없는 새에!

마누라   무엇이! 이 여우같은 보리간나우년!

보리간나우   (달아나며) 애개개 왔댔구나!

—막—

제 3 막

절골 밤나무 숲새의 미륵당. 미륵 앞에 술방구리와 제기가 수북하다.
저녁 무렵 더벙이 혼자 앉아 돌미륵과의 이야기

더벙이   (기지개를 펴며) 휴—
            오늘두 늘어지게 한잠 잘 자고 일어나네 며칠째나 가을비
            한방울 맞지 않구 짚검불속에서 뜨스하니 지나게 되는 것
            두 모두 네 덕택이루다 더구나 어제까지 이틀째나 저녁마
            다 떡 고기에 술까지 질탕히 먹구보니 싫지 않은 걸 미륵

이 (손으로 쓰다듬으며) 그런데 약조한 날이 오늘 아니냐?
배뱅 아씨가 정말 오긴 올가.
(정첨지 미륵당 뒤로 슬금슬금 등장하여 뒤에 붙어서서 엿
듣는다.)
그래두 집에 있을젠 뼈가 녹아나게 일을 한 대두 하루 한
번 아씨의 얼굴만 보면 천근만근 괴로운 몸이 얼음사탕 녹
아 떨어지듯 하더랬다…… 너두 닷새씩 나와 같이 있어 보
니 알겠지만 총각 나이 스물네살이 적기나 하니?

정첨지   아무렴.

더벙이   (놀래며) 아이구 네가 정말 말하더랬구나…… 그럼 오늘 진
짜루 아씨가 오긴 올텐가?

정첨지   암.

더벙이   이애! 네가 정말 말하는구나

정첨지   장가까지 들리라……

더벙이   (쓸어 안으며) 아니 뭐 오늘 밤으루 장가까지?

정첨지   암.

더벙이   (물러나며) 이애 미륵아, 그럼 꼭 네가 중신 들어야된다. 네
입으루 우리 그 마님 잘 삶어다우, 응…… 네가 중신 좀 잘
하는 솜씨가? 그놈의 코첨지야 엎어치나 재쳐치나 제가 술
고기 얻어먹을 생각에 지어낸 계구지……

정첨지   에끼놈!

더벙이   (펄쩍 뛰며) 애 미륵아 너 성났니?

정첨지   그 정첨지 어른이 네게는 큰 은인이니라.

더벙이   그럼 뭐 그렇구말구.

정첨지   네 뜻대루 배뱅 아씨에게 장가를 들게 할 터이니…… 그러
면 내 분부루 알고. (더벙이 꿇어엎딘다) 악좌수가 투전돈
몇냥 빌려준 값으루 빼앗은 새천의 조밭과 집을 정첨지 어

른에게 되루 주어 신세를 갚을테냐?

더벙이　(일어나 앉으며) 그건 걱정말어. 벌써부터 내가 준다구 말했어! 홍초시 김서방 오생원네 산판 무녕밭 논배미두 다―되루 줄테야.

정첨지　흥 갸륵한 뜻이로다…… 남한테 빼앗은 논밭은 다―돌려주되 집들두 한채씩 끼여주구 또 종들두 당장에 속냥해란 말이지……

더벙이　헤―정첨지랑 김서방 좋아하겠다.

정첨지　약조만 하구 시행치를 않았단 너는 잡아 지옥 불구덩에 쓸어넣고 아씨는 배암소굴에……

더벙이　하라는대로 다―할테야!

정첨지　그럼 좀 있다 악좌수두 올 터이니.

더벙이　악좌수가 왜?

정첨지　온다면 오느리라! 그놈이 오면 오늘밤 첫닭이 울기 전으루 문서를 돌려주어 준수히 시행해얀말이지. 그러지 않았던 온 식구가 피를 토하구 꼬꾸라지리라구 호령을 지르거라!

더벙이　아니 이번은 네가 그래주어!

정첨지　내 등 뒤에 숨어서 말하면 되느니라. (어둠이 내려덮인다)

더벙이　……

정첨지　네가 말하는 것이 내가 말하는 것이야!

더벙이　내가 말하는 것이 네가 말하는 것이야?

정첨지　네 정상이 하두 가긍해 춘향 어머니 월매한테 말한 지 꼭 백년만에 오늘 다시 입을 열었다마는 이제부터는 네가 말하는 것이 내가 말하는 것이야!

더벙이　그럼 꼭 아씨에게 장가들게 되지?

정첨지　염려 말어. 네놈이 총각나이 스물네살에 무던히 뼈근한 모양이루구나!

더벙이   히! 정말 죽겠어!

정첨지   그러면 아씨가 올 때 되었으니 어서 나가 몸둥이를 깨끗이 씻
         구 들어오너라…… 네 놈의 발쿠지 내음새가 고약하나니라.

더벙이   정말 네가 신통히두 잘 아누나 구린내 나는 몸둥이를 씼구서
         첫날밤을 맞아야지 그럼 내 얼른 갔다온다. (뛰쳐나와 퇴장)

정첨지   (당내로 기어들어 미륵의 머리를 쓰다듬으며) 참 네놈이 이
         야기 잘 했다. 네 덕분에 어디 나두 내일부터 제 밭날가리
         와 집을 도루 찾아 곱실이까지 얻어 데리구 잘 살게 되나
         보자. (담배를 피워 물구 누우며) 소뿔은 단김에 뽑으랬더
         니……

더벙이   (얼굴을 손으로 닦으며 다가온다) 정첨지 어른 벌써 왔어?

정첨지   아니 갑재기 왜 또 정첨지 어른이야?

더벙이   (벙글거기며) 그럼 뭐……

정첨지   아니 무슨 영문이야. 무얼 본 중놈처럼 혼자 벌룩거리기만
         해?

더벙이   글쎄말야. 아까 저 미륵이가 오늘 밤으루 장가를 들테니 목
         욕을 하라구 그러겠지……

정첨지   허, 저런.

더벙이   그러면서 이제부터 네가 하는 말이 내가 하는 말이……

정첨지   (손질하며) 무어? 내가 하는 말이 네가 하는 말이?

더벙이   아니 가만있어…… 내가 하는 말이 저 미륵이가 하는 말이
         래.

정첨지   흠, 그럼 자네에게 미륵의 신(神)이 접했다는 말일세그려.

더벙이   응, 그렇지. 이젠 내가 미륵이야! 내가 하는 말이…… 네가
         하는 말이 아니 네가 하는 말이 내가 하는 말이…… 에이,
         모르겠다. 그런데 정말 배뱅 아씨가 따라오긴 올가?

정첨지   오다마다! 오늘은 마지막 치성이라 아주 작정지어 줄게라

구 소를 잡는다 돼지를 잡는다 야단 법석이라네…… 하긴 배뱅 아씨는 자네가 나온 날부터 이불을 쓰구 들어누워 모두 미신을 꾸며 가지구 저를 어디 생소한 몹쓸놈한테 내여 맡기련다구 울며불며 야단이었다네…… 그래 아까 마루에 비질을 하는 척하구 슬쩍 다가가서 아씨 그리 걱정마서요 설마 그렇게두 영하신 미륵님이 아씨의 심정을 몰라 볼라구요 속는 줄 알구 따라가보세요 제 생각 같아서는 아무래두 오늘밤으루 미륵이를 만나게 될 것 같아요…… 하니까 펄쩍 놀래여 일어나겠지.

더벙이　그래?

（바람소리 들린다）

정첨지　그러니까 분명히 온단말이지……

더벙이　히히, 참, 우리 코첨지, 아니 정첨지 어른이 고마워…… 그래 내 오늘 장가만 들게되면 오늘 밤으루 밭날가리에 집이랑 곱실까지 다—함께 내여 줄테야!

정첨지　아니 자네가? 무슨 재주루?

더벙이　이제 그 악좌수가 오거든.

정첨지　（놀래는 척） 어떻게 그걸 다 알아?

더벙이　맞았지? 그럼 내가 미륵인데 그것두 모를가.

정첨지　아 자네가 정말 미륵이가 된 모양일세나…… 그래 그런지 신수가 더 훤해 보이는데…… 미륵이가 약조는 어기지 않겠지?

더벙이　내가 언제 어겼어?

정첨지　적어두 닷새동안은 치성드려야 된다구 그러라는데…… 놈 백날이라두 치성드린다는 사람보구 자네가 펄쩍 뛰며 이에 닷새두 너무 길다 사흘만에는 꼭 아씨를 데리구 오란다구 그 말만 자꾸 내세우지 않았나…… 먹을 것 못 먹는 우리들이 다뭇 닷새라두 허리띠 풀어놓구서 좀 맛나는 음식에 술루 배를 불리렸드니……

더벙이 오늘은 내가 본때있게 할 터인데 무어라구 말해야 될가?

정첨지 무어?

더벙이 아씨는 나중에 두구 가랄가?

정첨지 그렇게 해서야 되겠나?

더벙이 그럼 도루 보낼테야?

정첨지 그때는 척 이러거든…… (귀에 대고 수군수군) 알겠나?

더벙이 (벙글거리며) 참 멋진데…… 그리구선?

정첨지 그리구는…… (수군수군)

더벙이 옳지…… 옳지…… 악좌수가 우리에게 호령질하던 본때루 만하면 된다?…… 아니 벌써 오는 가부네 저기 불빛이 뵈네.

정첨지 정말 오네. 그럼 나는 나가 숨어 있을테니 조심조심 잘하게나…… 너무 말이 많으면 실수하는 법이야……

더벙이 (미륵 뒤로 기여 들며) 아이구 가슴이 두군거려라……
(정첨지 퇴장. 초롱불을 앞세우고 장기패 세명에 제찬을 지우고서 일행 등장. 마누라 배좌수는 머리의 상처에 헝겊을 둘렀다.)

더벙이 (미륵을 쓰다듬으며) 야ー 온다. 정말 아씨두 오는가봐. 오늘 밤으루 알지? (아주 숨는다)

매 파 아이휴, 숨이 차라. (당대에서 술독과 제기를 꺼내 놓으며) 마님 보세요. 아 이번두 다 훌랑 잡수셨는데요. 우리 미륵님이 참 식성두 좋으시지.

마누라 (제물을 담으며) 역시 말씀하시는 미륵님이시라.

배좌수 허, 그 참 미친것들 때문에 생사람 다 미치겠네. 내가 정신이 빠져 이런 데를 다 따라왔지…… 태월사 돌중눔이 내려

　　　　　　　와 궁한 김이라 반반히 처먹군하는게지……

마누라　　　(펄쩍 뛰며) 아니 입으루 복을 빈다니…… 그래 태월사 스님이 그럴 분이요? 천부당 만부당한 말씀……

배좌수　　　그까짓 돌중눔…… 아들두 하나 못보게 해주는 눔.

매　파　　　히— 그 점은 염려 마시라는데두……

마누라　　　여기와서까지 첩중매 이야기야?

매　파　　　아 그런게 아니라.

배좌수　　　돌중눔이 안 먹었으면 개승냥이떼라두 와서 처먹는게지 좀 좋아 술 고기 떡에……

홍초시　　　숭냥이가 술까지 말끔히 잔에 부어 먹을 줄 알겠어요?

매　파　　　어서 들어가 치성이나 드립세다. (들어선다)

오생원　　　저번날 미륵님이 정말루 절절 말씀 하시던데요.

마누라　　　암 그러다마다. 어서 들어가요. (같이 들어가며) 야 배뱅아 너두 들어오렴.

　　　　　　　(모두 미륵 앞에 꿇어엎디지만 배좌수만은 앉은 채 휘휘 둘러본다. 바람 소리 부엉의 소리)

매　파　　　좌수님 어서 엎디서유.

더벙이　　　모두 꿇어엎뎄느냐.

배좌수　　　(펄쩍 엎디며) 에구 정말이네.

마누라　　　그저 대자대비하신 미륵님 우둔한 백성이와 모르고 그르치는 잘못 모두 다 자비심으로 덮어 눌러 주시옵소사…… 오늘 미륵님의 분부대로 딸년 배뱅이도 대리고 와서 한자리에 꿇어엎뎄습니다.

매　파　　　(살살 손으로 빌며) 그저 영하신 미륵님 오늘밤으루 어디가 좋은 혼처라구 현시만 해주시면 이 늙은 것이 허리가 땅에 늘어붙을지언정 천리길이라두 내일 새벽으루 떠나겠습니다.

더벙이　　　내가 오늘밤은 마음이 좀 바쁘니 대강 말하리라……

마누라 그저 미륵님 처분대루……

배좌수 어쩨 듣던 말소리 같은데…… (목을 쳐든다)

더벙이 으 으 백년만에 입을 열어 며칠째 이야기를 하느라니……
미륵은 분명히 미륵이지만 어쩐지 내 말소리가 사람말 소
리와 같아지는 것 같다.

마누라 이를 말씀입니까…… 그래야 저희들 인간두 알아듣지요 이
렇게 미륵님이 영하신줄 알았더면……

더벙이 게 악좌수두 끓어덮댔느냐?

배좌수 (엎디며) 네 소인두 왔습네다.

더벙이 네 하는 행실과 심보가 하두 고약해 악좌수라고 벌써부터
우리 치부책 첫꼭지에 울려 놓고 오늘 내일루 네눔을 묶어
다 호랭이 닭잡듯하여 부글부글 끓는 남비솥에 집어던지렸
더니 오늘밤 그래두 네가 내 앞에 와서 끓어엎딘 것을 보
니 좀 가긍해……

배좌수 (벌벌 떨며) 미륵님 그저 살려줍시사…… 무엄스레 제가 몰
라뵈여……

마누라 그러기 내 뭐래요. 어쩨부터 오재니까……

더벙이 으흠 악좌수 네눔이 네 죄를 아느냐. 내가 치부책을 들구
앉었으니 네 아는대루 일일이 다 고겨바치렸다!……

배좌수 네 미륵님 오늘은 그저 다 덮어 눌러주시구 우리 배뱅의
일이나……

더벙이 엣기눔! 바른대루 고겨바치지 않았단 네눔 온식구를 오늘
밤으루 쇠망돌에 덜덜갈아 가루를 맨들테야…… 아니 배뱅
아씨만은……

배좌수 네…… 네…… 이실직고 합지요.

마누라 어느 분 앞이라구…… 어서 다 말씀해요.

더벙이 오늘밤은 내 마음이 좀 바뻐…… 대강대강 말해라 뒷골채

기 샘논은 어찌해 생긴거야?

배좌수 네 그건 차선달이 칠년전 흉년이 졌을 때 보리 서말 꾼 것이 이자가 붙어서……

(정첨지 등장하여 뒤쪽에서 엿듣는다)

더벙이 칠년 동안이나 그만침 놈의 것을 빼앗아 이를 보았으니 되루 내여주고 딸년 타박네의 종살이도 속냥해 주렸다!

김서방 헤헤 고마우서라 타박네가 속냥된다네.

배좌수 무엇이 이놈아!

마누라 어서 그런다구 그래요.

배좌수 네, 분부대로 합지요.

더벙이 앞산머리 새천의 조밭은? 네가 코첨지에게 투전 돈은 옛냥 꾸어준 값으루 빼았었지?

마누라 아이구 참 영하서라…… 죄다 끼여들구 계시네.

배좌수 네, 틀림없습니다. 그러나 그눔만은……

더벙이 그눔이라니, 그래뵈두 내게는 끔직한 사람이야.

배좌수 네…… 그 정첨지 어른은 술만 처먹구.

더벙이 홀애비루서 늙마에 가산까지 빼앗겼으니 부아가 나 그렇지…… 그래 조밭을 도루 내줄테냐 집두 한간 장만해주며 곱실이 종살이두 속냥해주렸다! 내가 보매 년눔의 눈이 맞었느니라.

마누라 그저그저 어떻게 아시는지 그래 그 녀석은…… 아니 그 어른은 마당 쓴다는 핑계루 쩍하면 그년을 만나러 들어옵지요.

더벙이 썩 그리 할테야?

배좌수 네―

더벙이 원시골 산판은 약값으루 백가한테 빼앗은 게지?

배좌수 네, 백가의 여편네가 산후열루 앓아 누웠을 때.

더벙이	치부책이 흐려 이 일만은 좀 똑똑치 않다마는 고을 들어갔던 길에 내눔이 토끼똥을 주어가지구 와서.
배좌수	아니올습니다. 좋은 보허탕(補虛湯)이였습니다. 미륵님 이왕 치부책이 흐린 김에 그것 하나 만이라두……
더벙이	안될 말! 그때 얼마주구 사왔는지?
배좌수	네 수생국에서 너돈 오푼 주고.
더벙이	그걸 선심쓰듯이 내어주어 대려 먹게한 뒤에 효험이 없이 사람은 죽었는데 인삼녹용이 들었다고 하면서 약값을 얼마 청구했는지?
배좌수	죽을 죄루 잘못했습니다. 일흔냥이라구……
더벙이	이 고이한 눔 그래 산판을 도루 내줄테냐?
배좌수	그렇게 다— 되루 주었단……
더벙이	무엇이?
배좌수	네, 네, 내어줍지유……
오생원	(김 홍과 같이 기웃거리며) 미륵님 이왕이면 저희들 것두……
배좌수	(뒷발질을 하며) 이놈들 입닥쳐!
더벙이	뉘 앞에서 함부루 큰소리야! 오냐…… 비오는 날이면 마당가에서 늘 장기쌈질하는 늙은이들이루구나…… 밭갈어주다 병든 소 죽인죄루…… 보리고개에 쌀 퍼가다 붙들려…… 혹은 양반 때린 아들의 아비인 탓에 이럭저럭 빼앗긴 논밭을 내 다 찾아주리라……
마누라	미륵님 그럼 우리들은?
배좌수	난 아주 깍데기가 되네.
배뱅이	더벙의 일두 있어요!
배좌수	아 요 방정 맞은 년아!
마누라	요년아!
더벙이	아무래두 배뱅아씨가 헤헤 제일이야. 그러나 더벙장수의 일

은 염려할 것 없느니라……

배좌수　네, 고맙습니다.

더벙이　그러나 내 앞에서 약조한대루 산판과 논밭을 도루 다 돌릴 일과 집없는 하인에게 일일이 집 마련해주고 종 속냥할 일을 오늘밤 첫닭이 울기 전으루……

배좌수　오늘 밤으루요? 그건 너무……

더벙이　첫닭이 울기 전으루 문서를 도루 내주어 준수히 시행하란 말이지. 하나라두 어기었다는 채 날이 밝기 전에 네놈은 칼에 맞은 자라처럼 뻐드러져 피를 토하구 죽으리라…… 알았느냐?

배좌수　(부들부들 떨며) 아다뿐입니까. 이를 말씀입니까.

마누라　그대신 어서 이도령같은 사위라두 하나 맞도록……

배좌수　다 틀렸어 이렇게 되구 보면 황소처럼 농사나 부지런히 할……

배뱅이　우리 아버지의 말씀이 옳습니다. 더벙이 같은……

배좌수　이년아 애비 치는 놈을……

매　파　그저 미륵님 이도령이건 황소건간에 택해만 주시면……

더벙이　네가 갈밋골 중매할미냐?

매　파　네.

더벙이　어째 요즈음 악좌수의 첩 감을 고르누라 야단이냐?

마누라　아이구 고마우서라. 어서 불벼락을 내려줍수사.

더벙이　만약에 그런 생각을 다시 내었다가는 네년의 꼬부랑 허리를 활등처럼 꺼꾸루 꼬부려 대굴대굴 굴두룩 달걀 구신을 붙이리라!

매　파　제一발 살려줍수사 지금두 숨이 차서 걷기가 어려우니…… 다시는 아예……

마누라　어서 훌륭한 사위나 하나 택해줍수사 미륵님.

더벙이　아 나두 어쩐지 가슴이 울렁거리구…… 배두 출출하다 그
　　　　럼 어서들 물러가거라…… 집으루 돌아가누라면 수리개 돌
　　　　다리를 건너게 되렸다?

배좌수　네 돌다리 건너지요……

더벙이　에이 그건 너무 멀다. (차차 말이 빨라진다) 이 뒤루 돌아가
　　　　면 샘물터 앞에 선 바위가 있으렸다?

마누라　네, 알지요.

더벙이　그 밑에 가서 쳐다보면 바위 위에 옷은 남루하고 머리는
　　　　더벙머리지만 장래 이도령보다두 더 훌륭히 될 장수 한분
　　　　이 있을테니 그 아래 엎드려 세 번 에이…… 그건 너무 많
　　　　다…… 한번만 절하구 내 딸을 제-발 맡아줍수사 하면 그
　　　　장수가 고개를 끄덕끄덕 할테니 그때는 아씨를 남겨두고
　　　　바삐 돌아가거라 알았느냐?

배좌수　황감하옵습니다.

마누라　이렇게 쉽사리 귀한 사위를 맞을 줄이야……

매　파　미륵님 제가 먼저 가서 중신을 들지 않어두 될까요?

더벙이　네가 가면 될 일두 안 된다…… 그리구 돌아갈 제 만약에
　　　　일백보…… 에이 그건 너무 가깝다 일천보를 채 가기 전에
　　　　돌아보는 일이 있었단 아씨는 당장으루 지부왕에게 붙들려
　　　　가구 너희들은 며칠 안에 지옥 배암 소굴에 빠지리라 알았
　　　　느냐? 음…… 그리구 공연히 부질없는 생각에 며칠 뒤라두
　　　　이 근방에 와서 기웃거리거나 함부루 사람을 보낼 것 같으
　　　　면 그 즉시로 발이 땅에 눌어붙어 모두 바위가 되리라 알
　　　　았느냐? 그런데 이봐라 내가 백년 만에 이렇게 맛나는 음
　　　　식을 먹어보니 버릇이 사나워져 아마 앞으루 한 닷새쯤은
　　　　더 먹구 떨어져야 할가부다.

마누라　미륵님 그 염려는 마십수사. 닷새 아니라 일년 열두달 이래

　　　　　두……
더벙이　　허 그렇게까지 할 것은 없어…… 본래 내가 식량이 좀 큰
　　　　　데다 멀리서 귀한 손님두 오군하니…… 저녁마다 닭 한놈
　　　　　에 떡과 전육이나 한광주리씩 정첨지에 들려보내거라……
정첨지　　(당 뒤에서) 술두.
더벙이　　술? 이게 누구 소리야?
배좌수　　저는 아니올습니다.
더벙이　　그렇지. 술두 한방구리씩은 잊지말구……
배좌수　　이를 말씀입니까.
더벙이　　에헴, 오늘이 며칠이더라.
배좌수　　팔월이십구일이옵니다.
더벙이　　그러면 내일부터 닷새동안이니 삼십사일까지.
배뱅이　　아이구 망칙해 삼십사일두 있나요?
더벙이　　으으 그러랬나. 아이구 재채기가 나올런다. 그럼 어서 아씨
　　　　　를 데리구 선바위쪽으루 가거라 앞길루 천천히 가야만 된
　　　　　다!
마누라　　(일어나며) 그저 미륵님 은혜 감지덕지 올습니다.
배좌수　　다 분부대루 할테니 목숨만 살려줍수사. (초롱 들고 일어선다)
더벙이　　초롱두 가지구 가느냐? 그건 내가 오늘밤 쓸데가 있으니
　　　　　두고 가거라!
　　　　　(일동 앞길로 줄렁줄렁 퇴장. 더벙이 슬금히 나와 뒷길로
　　　　　거풀거풀 퇴장. 정첨지 앞으로 나와 소리없이 마주 웃는다)
마누라의 소리 천천히 가라구했어요.
배좌수의 소리 선바위가 어디가?
정첨지　　더벙이 녀석이 무던히 마음이 바쁜 모양이지 돌다리는 너
　　　　　무 멀다구 선바위로 고칠 젠……
　　　　　어서 우리는 잔쳇술이나 한사발씩 들이키세.

　　　　　　(술독을 꺼내여 사발에 부어 돌린다)

김서방　　아니 그놈이 참 엉큼스레 말을 잘하는데.

홍초시　　그 녀석이 정말 미륵이가 된 거나 아닐가?

정첨지　　본시 엉큼한 놈이 내말에 속아 제 말이 바루 미륵의 말이
　　　　　라구 굳게 믿구서 들어 붙으니까 아주 배심있게 말이 잘
　　　　　되는 모양이야……

홍초시　　아무랬건 자네 덕분에 한밑천 도루 찾어가지구 다시 살게
　　　　　되나부네.

오생원　　그러나 저놈의 악좌수가 도루 주긴 줄가?

홍초시　　안 주구 견디나, 겁이 시퍼렇게 났는데……

김서방　　아씨두 꼼박 속은 모양이지.

정첨지　　대체루 속은 모양이야…… 그래두 행여나 더벙이라면 하구
　　　　　바라는 마음이야 없지두 않지…… 더벙이가 아니면 정말
　　　　　죽구말걸.

홍초시　　쉬 벌써 오늘 가불세……
　　　　　　(분주히 술독을 집어 넣고 정첨지 또 숨어 버린다)

마누라의 소리　서른아홉…… 마흔…… 마흔하나……

김서방　　일천보 넘어야 된댔으니…… 저렇게들 고지식하다구야……

배좌수　　예순하나…… 예순둘…… 예순셋…… (한줄로 서서 등장)

마누라　　(미륵당 앞을 지나며) 일흔셋 일흔다섯…… (갑자기 멈추어
　　　　　서 앞을 향한 채) 아이구마니 우리 배뱅이 언제 첫나들이
　　　　　오는지! 미륵님 보구 물어나 볼걸.

배좌수　　(앞을 향한 채) 여부시 바삐 돌아가라는 분부였다네. 어서
　　　　　가세 여든여섯 여든일곱 여든여덟……

오생원　　마님 어서 가서요. 돌아보시지 말구.

홍초시　　미륵님이 어련하시려구요. 다 좋두룩 해주실텐데.

마누라　　글쎄 그러시겠지…… 일흔일곱 일흔여덟……

매　파　　　(꼬부랑 걸음으로 앞서가며) 천 아니라 만 발자구라두 다시
　　　　　　는 돌아보지 않는다…… 글쎄 귀신인지 도깨비인지두 모르
　　　　　　구 귀한 딸을 내맽기는 법이 어디 있담! (퇴장)

배좌수　　　아흔세 아흔넷…… (멈추서서) 여보게들 이리 좀 오게 나는
　　　　　　돌아 못 보는 사람이야!

홍초시　　　(다가서며) 네, 무슨 말씀인데요?

배좌수　　　자네들두 빨리 가세나…… 첫닭이 울기 전에 자네들과 볼
　　　　　　일이 있네.

마누라　　　어서 가요. 여든아홉 아흔…… 아흔하나. (퇴장)

홍초시　　　우리들두 곧 가지요.

배좌수　　　제발 날 죽이지 않으려면 어서 가세나…… 아이구 아흔 다
　　　　　　섯 아흔 여섯 천만부탁이네……
　　　　　　아흔일곱…… (퇴장)

홍초시　　　흐흐, 글쎄 염려 말아요.
　　　　　　(그냥 봇수를 세는 소리 모두 웃는다)

오생원　　　벌써 오네.

김서방　　　빠르기두 하다. 아니 저런 업구 오는가 부지.

홍초시　　　우리는 시침을 딱 떼야하네.

더벙이의 소리 …… 나야 나─ 어서 정신채려!

정첨지　　　(등장) 아니 이게 무슨 지랄이야?

더벙이　　　(배뱅이를 업고 등장) 아씨 나야 나…… 정신채려 선바위
　　　　　　꼭대기에서 옆으루 내려뛰니까 막 질겁을 해서……

정첨지　　　(술 떠가지고 나오며) 어서 술한모금 먹여보세…… (먹이며)
　　　　　　아씨 다 바루 됐어요…… (숨돌리는 소리) 정신 차려요……
　　　　　　김서방은 어서 신방을 꾸리게나 홍초시 자네는 여기 잔치
　　　　　　상을 내다 벌이게…… 오생원은 어서 초롱을 가지구 오게!

더벙이　　　에헤, 에헤, 이제야 정신 들었어? 나야, 나. (초롱을 받아 들

　　　　　 며) 좀 볼래, 나 더벙이야!

배뱅이　　(놀래며) 아이마니!

홍초시　　자, 우리는 어서 잔치상이나 받읍세!

더벙이　　난 줄 몰랐지?

배뱅이　　(물러앉으며) 여길 어떻게?

더벙이　　(벙글거리며) 미륵이가 꿈에 뵈이니 선바위에 올라가 있으
　　　　　 라겠지……

배뱅이　　난 죽은 줄 알었어.

더벙이　　테…… 난 아씨가 죽은 줄 알았대애!

정첨지　　나두 어서 가서 곱실이를 만나야겠군.

김서방　　난 어서 가서 타박네를 만나야겠군.

오생원　　그럼 난 무녕밭을 찾아애……

홍초시　　그럼 나두 가야겠군 텃논이 기다리는데…… 어서들 신방으
　　　　　 루 들게나! (일동 퇴장)

더벙이　　(좇아가다가) 누구 무서워 할가봐 우리는 무섭지 않어……

　　　　　　　　　　　　　　　　　　　　　　　　　　　 ─막─

제4막

　며칠 뒤의 미륵당 낮. 새들의 노래. 개울가에 앉아 배뱅이가 더벙이의
머리를 빗겨 주고 있다.

더벙이　　(머리채를 그러 쥐며) …… 아야 아퍼─ 아야!

배뱅이　　에이구, 또 지랄이야. 뭐리 그리 아퍼서……

더벙이	아구구…… 전 그렇게 뜯는 거 안 아플테야. 아야…… 아야.
배뱅이	정 누구 듣겠네. 글쎄 오늘루 다섯번째나 빗는 머리가 왜 이리 덥실그레한지 아무래두 더벙이야—
더벙이	또 더벙이! 어젯밤에 오늘부터는 깍듯이 넵을 한다구 그러지 안었어— 아구구……
배뱅이	호호호…… 아직두 더벙인걸 뭐……
더벙이	그럼 어서 상투 틀어…… 아구구, 아야, 좀 아프지 않게 틀어.
배뱅이	(틀어 얹으며) 응, 좀 가만 있어요. 에이구, 또 침 바르네…… 물루 곱게 빗겨주는데……
더벙이	응 아씨…… 틀구나면 넵하지?
배뱅이	내가 긴내 아씨야…… 아씨밖에 모르는가봐!
더벙이	응, 정말 마님.
배뱅이	에이구, 그래 내가 제게 마님이야.
더벙이	응 정말…… (돌아보며) 당신.
배뱅이	호호호, 남 듣겠네. (상투를 치며) 더벙이같은 거!
더벙이	헤— 인제야 다 됐어! 그럼 나 일어날테야. (일어나려 한다)
배뱅이	아니 좀 가만있어! (수건을 꺼낸다)
더벙이	(돌아보며) 송구두 요거 넵 안할테야! (돌을 손으로 꼭 찌른다)
배뱅이	아이 돌아보지 말어! (수건으로 더벙이의 눈을 가리우고 물러나며 노랫조로) 날 잡으면 넵해주지. 날 잡으면 넵해주지.
더벙이	난 정말 배고파 죽겠네! 그놈의 코첨지 왜 아니오는지…… 두 끼를 굶으니까 다리가 다 후들후들 떨려서……
배뱅이	참 먹보야… 그렇게 배가 고플가…… 안 일어나면 저 넵 못받지!
더벙이	헤헤. (일어나 손을 쩍쩍 벌리며) 걸 못 잡아서……

　　　　　아씨, 아니 당신!

배뱅이　　호호호……

　　　　　날 잡으면 넵해주지

　　　　　이짝저짝 볼게 있나

　　　　　한짝에는 산이 있고

　　　　　한짝에는 물이 있지

　　　　　산도좋고 물도 좋고

　　　　　어느 짝이 더 좋은고

　　　　　쌀을 내여 밥을 질게

　　　　　내 있는 짝 좋을네라 (앞으로 날며) 흐르르!

더벙이　　어이구… 헤헤, 그럼 난 못 놀려주서.

　　　　　을뽕남게 앉은색씨

　　　　　인물좋고 실한색씨

　　　　　을뽕줄뽕 내따줄게

　　　　　명주주의 하시거든

　　　　　더벙머리 더벙장수

　　　　　이내몸에 맞춰주게

배뱅이　　(바싹바싹 다가가며) 나무신 딸각…… 신짝이 찌르륵……

　　　　　짚동이 풀석…… 고양이 야옹!

　　　　　(옆을 스친다)

더벙이　　(덮치며) 헤헤, 놓쳤네! 어서 성화멕이지 말구 이리와!

　　　　　(노승 그림자처럼 배뱅이의 뒤로 등장)

배뱅이　　날 잡으면 넵 해주지

　　　　　똥누다가 감투잃구

　　　　　또랑건너 뛰염뛰다

　　　　　망태상투 마자잃구

　　　　　부아애김에 술집가니

술값내라 찰삭철삭

(앞에 가서 손뼉치고 뛴다)

더벙이   그렇게 놀려만 주기야 잽혔단! 그저 꼭 끼여안구서. (휘청
거리다가 노승을 붙잡고 껴안는다)

헤— 잡었다 얼럴럴 상사두 두리둥둥 내사랑!

배뱅이   아이구, 망칙해. 아니야! 아니야! 중영감이야! (더벙이를 붙든
다)

더벙이   (수건을 벗으며) 아니야? 헤헤, 정말 중영감이네—… 남 노
는데 왜 왔어?

노 승   (허리를 굽히며) 소승은 태월사 주지로 배나뭇골에 탁발(托
鉢) 차로 내려갔다가 돌아오는 길이옵니다—… (목탁을 꺼
내어 두들기며 천수경) 정구업진언 음 수리수리 마하수리
수수리 사바하 천수천안…—

더벙이   태월사 중이면 그럼 백일 치성드려……

배뱅이   (잡아뜯으며) 가만있어!

노 승   (찔금 놀래는 눈치) 소승이 바루 세월네 네월네 아씨와 배
뱅이 아씨가 생탄합수사구 기도 드린 중이옵니다. (눈을 섬
석거리며) 으흠 천수천안 관자재보살 광대원만 무애대비심
대가라니 나모라 다라다라……

배뱅이   배나뭇골엔 그래 무엇하러 갔다와요?

노 승   (허리를 굽히며) 네 소승을 보고 하시는 말씀이오니까? 관
세음보살 관세음보살…… 대자대비하신 관세음보살께서 배
좌수댁에 상스럽지 못한 소리가 들리니 내려가 보아라 하
시와……

더벙이   그럼 악좌수네 집에?

배뱅이   홍 남의 아버지보구 악좌수가 뭐야?

노 승   (알아채리고 싱긋 웃더니) 으흠 나모라 다라다라 아야니마

알락 발오기제 사바라야……

배뱅이 아니 상스럽지 못한 일이라니요?

노　승 (허리를 굽히며) 소승을 보고 하시는 말씀이오니까…… 관
　　　　세음보살 관세음보살.

더벙이 제－길 무슨 관세음보살이 그리 많어……

배뱅이 어서 말해요.

노　승 나무아미타불 나무아미타불…… (다가서며) 그러지 마시구
　　　　배뱅아씨께서 저와 같이 돌아가시는게 좋을가 하옵니다.

배뱅이 아이구, 깜짝이야. 날더러 배뱅아씨래!

더벙이 나는 돌미륵이구 이 사람은 지장 보살이야!

노　승 (놀래는 채) 관세음보살 관세음보살…… 어떻게 오늘 이렇
　　　　게 미륵님과 보살 두분께서 사이좋이……

더벙이 몇 백년만에 다시 만나 좀 놀아 보는 거야.

노　승 (허리를 굽히며) 십구생래 위선녀 탈의 입지 호지장 명간위
　　　　주 도생원 지옥문저 누볼수……
　　　　대발원이신 지장 보살님! 부모님께서 무상애통이시니 미륵
　　　　님께 몸 공양은 그만하시고 돌아가심이 좋을가 하옵니다
　　　　지장보살 지장보살……
　　　　(정첨지 광주리 메고 등장)

배뱅이 이 중영감 미쳤나? 누귀를 화냥년으루 아는 게지 몸 공양
　　　　이 뭐야?

정첨지 이 배암잡아 회를 쳐줄 중놈아! 아까 집에 와서 마님과 무
　　　　얼 또 숭얼거리더니 무슨 기수를 채구서……

노　승 (광주리에서 슬쩍슬쩍 전육점을 집어 소매속에 놓고 나서
　　　　목탁을 두들기며) 수리수리 마하수리 수수리 사바하 천수
　　　　천안 관자재보살 광대원만……

정첨지 이 돌중영감 어서 못가겠니?

노　승	(허리를 굽히며) 적선 합수사.
더벙이	으, 우리가 무슨 돈 있다구 적선하래?
노　승	목이 컬컬하니 곡차라두 한잔……
정첨지	저런 곤장맞을 눔 봐 그래 중이 술을 처먹을테야?
노　승	문수보살 문수보살. (옹배기로 술을 따르며) 본래 불도에는 음주식육(飮酒食肉)이 무방반야라 하였습니다. (들이킨다) 으─참 맛 좋다─ 어디 고깃점 하나……
정첨지	(옹배기를 받아 둘러메며) 에이 더럽다! 냉큼 못 갈테야! 어디루? 어디루 가는거야? (노승 비실비실 뒷걸음)
노　승	소승은 탁발이라 무소부지올습니다. (더벙이 떡 먹기 시작)
정첨지	어서 썩 산으루 못 갈테야─ (노승 향을 고친다) 또다시 배나뭇골루 왔다만 봐라. (노승 달아난다) 산으루 올라가긴 가는군 무에구 큰일났네.
배뱅이	왜 무슨 큰일이 생겼어요?
정첨지	저눔의 중영감이 아씨를 몰라봅디까?
배뱅이	기수를 채였나봐…… 수작질하는 푼수가……
더벙이	(떡을 주며) 어서 먹어…… 어제 저녁에 왜 안 왔어?…… 어디서 또 술먹누라구 우리일은 잊어 버렸지?
정첨지	헤─ 참 어제 저녁두 광주리를 메구 떠나기야 떠났지…… 아 안 되려니까 붉은 거리를 지내오다가 그만 국수집 마루에서 장기를 두구 앉아 있는 홍초시에게 붙들렸네 그려. 찰거마리처럼 매어달리며 놓아주어야지. 술 한잔 걸구서 내기 장기를 두어야만 놓아준대네…… 바루 그 홍초시가 여기서 돌아간 날 밤으루 논 문서를 찾어가지구 나가 집을 붉은 거리에 장만했다네.

더벙이   국수장사 시작했나?

정첨지   아니지…… 전같이 농사를 짓는데 제해가 된 뒤부터는 이
           놈의 영감 어디서 그리 기운이 나는지 진새벽부터 벌에 나
           가 야단이랍네…… 어제따라 집에 돌아와 선들바람 소풍겸
           장기를 두다가 나를 보니 반갑다고 매어달리는데 어디 인
           정이 그렇던가 좋아만했지 수야 형지 없이 약하였다……
           그래 이제는 얼른 한판 지우고 가는 수밖에 없다하고 들어
           붙었더니 이놈의 영감 늘 하는 본때루 오두가두 못할 장후
           니에 누가 보나 첫눈에 진 것이 분명한데…… 그래두 인제
           생각해서 멍훈을 한답시며 찰떡처럼 늘어붙은 채 일어나얀
           말이지…… 그새에 밤이 오구……

더벙이   우리들이 꼴딱 굶는 생각은 안 하구……

정첨지   하기는 밤에 오면 미륵님이 외려 귀찮어할가해서…… 헤
           헤…… 그리누라니 첫닭이 울구 개가 짖구 소바리가 왈랑
           거리는 새벽일세…… 그래 하두 기가 막혀 생각다못해 광
           주리와 술독을 죄－ 털어주구 집으루 도루가서 다시 담어
           가지구 오는 길일세…… 아 그 수수범벅은 우리 마누라가
           만든 게라네.

배뱅이   아이구 참 고마워라…… 그래 곱실이는 좋아하나요?

정첨지   좋아하구 말구요…… 종살이루만 늙는 줄 알었다가 밭날가
           리에 집까지 있는 어엿한 서방을 만났는데 안 기뻐요……
           헤헤 아씨보다는 좀 못할른지 모르지마는……

배뱅이   아이 망칙해…… 코첨지의 홍코! 주먹코!

정첨지   아 좋으면 그저 좋다하지 왜 남의 코타령까지 해요…… 이
           래뵈두 이코가 단단한 복코요 계구코라우.

더벙이   음식 나르기는 오늘까지지? 내일부터는 정말 야단났는데……

배뱅이   먹을데만 걱정이야…… (다가앉으며) 아니 그래 큰일 났다

니 무슨 일이에요?

정첨지　정말 큰일 났어…… 배나뭇골집에선 두 늙은이가 탈기해 드러누워 경을 읽는다 굿을 한다 야단이라네.

배뱅이　아니 왜?

정첨지　모두 생병이지요 생병…… 아 글쎄 그 몹쓸구 욕심 사나운 좌수영감이 미륵님의 호령이라 끔쩍은 못했으나 재산을 몽땅 털었으니 마음속이 오죽하겠소 아이구 디굴통이야 등시 미뼈야하는 신음소리에…… 아따 엊그제부터는 마님까지……

배뱅이　저런 어머니까지?

정첨지　마님은 또 어떤구하니 나는 재산과 논밭은 하나두 아까지 않다마는 배뱅이 네가 없어지다니……

배뱅이　아니 내가 죽은 줄 아시나?

더벙이　우리 도루 들어갈가?

정첨지　(술을 마시며) 큰일날 소리 말게…… 모든게 다 자네루부터 생긴 앙화라구 해서 자네가 잡히기만하면 육모방맹이에 학춤을 치며 사다듬이를 할판이야! 잡혔단 죽네 죽어…… 아무리 불학무식한 사위놈이기루서 첫날밤이 지나면 장인 장모 보러 오는 법인데 그림자 하나 얼씬 안한다고 개가죽문이 닳두룩 마님이 드나들더니 사흘째 되는 날엔 첫나들이 옴직한 딸까지 안 오니 웬일이냐구 안타까워하던 끝에 종내는 대판으루 부부싸움이 일어났다네.

배뱅이　아니 그럼 내가 가볼테야.

더벙이　그럼 난?

정첨지　글쎄 좌수영감이 구백예순다섯보만에 뒤를 돌아보았다는게 싸움의 시초지 천보 채 못가서 돌아보았다가는 아씨는 지부왕에 잡혀가고 우리는 머지 않어 배암소굴에 떨어진다는지 지엄한 분부였으니 이제는 다 망했구나. 돌아보길 왜 돌아본단 말이요. 아이구 우리 배뱅이는 못 오는걸 보니 필경 죽은게루구나…… 그대신 영감님은 아무런들 천보를 거진다 가서 무심결에 한번 돌아보았기루서 그렇게 내릴놈의 벌이 어디있어. 예전에 네년이 이런 일을 시작 안했으면 논밭재물두 다─ 빼앗기지 않구 배뱅이두 부잣집에 시집갈게 아니냐. 아이구 암탉이 울어 내가 종네 망했구나…… 이렇게 되어 하루종일 싸움이 벼락치듯 하더니 나중에는 영감님이 정신이 뒤집혔던지 벌떡 일어나 이게 다 저눔의 돌미륵 때문이야. 그놈의 디굴통을 까버려야 하며 뛰쳐나오다가 기둥을 받고 그 자리에 쓰러져 응신을 못한다네.

배뱅이 아이 저절 어떡하나!

더벙이 나 욕하다야 싸지.

배뱅이 제가 미륵이야 그래서?

정첨지 그래 그 달음으로 마님은 안싯골 누깔 먼 곱새영감하테 가서 점을 쳤지요.

배뱅이 응.

정첨지 그랬더니 망한눔의 거 자네만 죽을 패가 났더란 말일세.

더벙이 왜?

정첨지 왜두 있나?…… 모두 자네 때문에 생긴 앙화라는 걸세 허 앙화두 또 이만저만 하다는가……
그날 자네는 악좌수를 때리구 동방으루 달아나다가 늪에 빠져 물귀신이 되었다는게야.

더벙이 내가…… 물귀신이?……

정첨지 암…… 헌데 이 총각 죽은 몽달귀라는게 본래 또 고약하대는구면. 원수의 구백예순다섯보 때문에 미륵의 말대루 신랑감은 비상천하구 아씨는 그만 쓰러졌지…… (싱글거리며) 이걸보구 자네 죽은 귀신이 엉금엉금 기어나와 아씨를 냉큼 걸머지구서 늪속으루 들어갔다네…… 하기야 것두 비슷한말 아닌가.

더벙이 아니야. 난 정말 선바위 위에 있었어.

정첨지 어쨌던 그눔이 날 치구서 제가 견디어 백일가 물에 빠져죽은 것은 고수하다마는 우리딸까지 저승으루 끌구가? 어서 그 눔을 열조박에 내어 불구덩이에 쓸어넣어 줍수사…… 그러나 내 딸이 손각씨가 되면 어떡하나? 아이구데이구…… 이렇게 되니 오늘까지 열사흘경이라네…… 처녀 죽은 귀신 손각씨라는게 또 시집두 못 가본 원심이 사무처 심보가 참 고약하대는게야.

더벙이 속아서 경만 읽지말라구 그래요…… 내가 살어있다구 ……

정첨지 곧이 듣나요. 그야말루 소귀에 경읽기지…… 아씨가 꼭 죽은 줄만 알구있는데…… 저 봉사꼴 영하다는 청너구리 무당년에게 물으러 가니까 아씨가 틀림없이 죽었으니 어서 살풀이 굿을 해란다구 그래서 그제부터는 무당년이란 무당년이 다 쓸어모어 앞마당에선 또 굿판이 벌어졌지요…… 오늘 가지구 온 그 음식이 죄다 아씨 위하는 굿잔치상이랍니다. 하긴 여기서 바루 받기는 받었소마는……

더벙이 저 야단났는데…… 그래 나두 죽었다나?

정첨지 죽었다면 좋겠는데 아 청너구리 무당년은 아씨만이 죽었대는게야…… 그래 그 육시를 할 눔이 아직두 알어있어? 그눔을 어서 썩 잡어 대령하라구 하여 풍헌소 막눔들이 구름떼처럼 흐트러졌다네.

더벙이 난 이전 죽어두 안 떨어질테야.

정첨지 참 패가망신한다는게 이런걸 두구 하는 말인가봐. 밤에는 경이요 낮에는 굿이니…… 굿두 일년삼백예순날 매일이라두 내처 할 모양이니 사람은 견더나며 돈은 또 당할눔의

　　　　　　재주가 있나? 으– 참……

배뱅이　　아니 일년씩이야 머……

정첨지　　글쎄 어제부터는 우리배뱅이 말소리라두 한번 들어보구 죽
　　　　　겠누라구 그래 무당년들이 번짜루 갈라들며 혼신맞이라네
　　　　　이렇게 여기에 지장보살처럼 앉아 있는 아씨 이름이 무당
　　　　　년의 공수 속에 오루내리게 되었으니.

더벙이　　(매어달리며) 코첨지, 아니 정첨지 어른 무슨 좋은 수 없어?

정첨지　　(싱글거리며) 없지두 않겠지만…… 하여튼 큰일났네 오늘
　　　　　안으루 무슨 결단을 내야지.

더벙이　　오늘 안으루?

정첨지　　암. 아까 왔던 그 중영감이 큰 흉수야 그 눔이 한몫 보려지
　　　　　가만 있겠나?

배뱅이　　글쎄 그럴 것 같아요.

정첨지　　암 그렇구말구요…… 그눔이 아침녁에 배나무골에 동냥질
　　　　　하러 내려왔다가 굿하는 줄 알구 찾어와서 마님의 만단하
　　　　　소연을 듣구서는 그럼 소승은 절루 물러가 아씨의 성불을
　　　　　축원드릴가하옵니다…… 이런 주작으로 돈을 많이 타내어
　　　　　가지구 올라오던 길이라네…… 그러지 않어두 무슨 기수를
　　　　　채구서 우정 이리 왔던 모양인데 아씨와 자네를 제눈으로
　　　　　똑똑히 보기까지 했으니.

더벙이　　그 중눔이 집으루 내려가 대주지 않을가…… 그럼 큰일났네–

정첨지　　글쎄 나두 하는이 그 걱정일세!

배뱅이　　아이구 어떡해요…… 이제라두 막사람이 쓸어 오면……

정첨지　　(술을 마시고) 그리 염려 마시오. (제 코를 만지며) 이 계구
　　　　　코가 아직두 이렇게 싱싱한데 무슨 좋은 수가 없을라구요.

배뱅이　　싱글거리지만 말구 어서 좋은 수가 있으면 대주어요.

정첨지　　대어드리면 제말 들어줄텐데요?

배뱅이　　무슨말? 논배미 남은걸 마저 달래두 줄테야.

정첨지　　누구 욕첨지루 아는가부네 덕분에 도루 찾은 밭만해두 우
　　　　　리 양분의 힘에 부칠 지경인데……

더벙이　　그럼 술?

정첨지　　나두 이전 제살림을 하는데 술만 먹겠나…… 우리 마누라
　　　　　한테 이렇게 공술이라야만 한달에 꼭 서른 번 먹는다구 약
　　　　　조했다네.

더벙이　　그럼 무어?

정첨지　　오늘 저녁으루 글쎄 굿마당을 잔치마당으루 만들어 놓을테
　　　　　니……

더벙이　　정말?

정첨지　　글쎄 만든다면 만든다니까…… 하긴 계구는 내가 내지만
　　　　　일은 자네 솜씨에 달렸네……

더벙이　　집에서 나올 때처럼 또 때려눕혀?

정첨지　　아니 아니.

더벙이　　그럼 미륵의 뒤에 숨어서……

정첨지　　쉬ー

배뱅이　　어서 다ー 펴놓구 이야기해요 아무러면 누가 모르는 줄 알어.

더벙이　　테ー

정첨지　　아씨 그럼?

배뱅이　　어리충충한 우리 부모나 속으면 속으셨지. 그럼 내가 송구
　　　　　두 짐작못할가?

정첨지　　(머리를 벅벅 긁으며) 헤헤, 그럼 이번은 정말 야단났는데.
　　　　　넓으나넓은 뜰 안에 애 어른남녀할 것 없이 배뱅아씨의 말
　　　　　소리 들어보겠다구 구데기 날치듯 하는데 까닥 실수했다
　　　　　는……

더벙이　　어이구 그래 거길 간단말야?

정첨지   그럼 범구멍에 가야 범을 잡지.

배뱅이   참 코첨지두 비싸게 구네.

정첨지   그럼 꼭 들어주시오. 헤헤, 다른 게 아니라요. 우리들두 아
          씨네처럼 아직 잔치를 못했는데요. 오늘 계구가 들어맞어
          잔치를 하게 되면 헤헤 우리 부부 한쌍두 엇붙어 잔치를
          했으면 하는데요.

배뱅이   호호호, 참 좋아. 그래, 그래.

더벙이   대체 어떡하는거야?

정첨지   자네가 이번은 귀신이 돼야하네.

더벙이   귀신? 내가?

정첨지   암!

더벙이   총각 죽은 귀신? 나는 이젼 총각이 아니야 이 상투 좀 봐!

정첨지   총각 죽은 몽달귀가 아니라 아씨 죽은 손각씨가 돼야 하네.

배뱅이   무슨 재주루?

정첨지   말하자면 아씨 죽은 귀신이 접한 무당이 돼야단 말일세.

더벙이   무당을 내가?

정첨지   미륵이가 다 되는 더벙 장수가 무당이 못 될려구? 무당으
          루 들어서자부터는 자네가 말하는 것이 아씨가 말하는 것
          이야.

더벙이   내가 말하는 것이? 아씨가 말하는 것이?

정첨지   그렇지. 아씨가 말하는 것이 자네가 말하는 것이야. 그러니
          여보게 두 늙은이가 어서 죽기 전에 배뱅아씨의 말소리라
          두 들어보겠다는게 원이니까 아씨의 이왕 일을 바늘귀에
          끼여들 듯 내려 엮어 정말 아씨의 혼신이 온게라구 처음부
          터 펄쩍 놀래게 만들어야하네. 아씨일을 어지간히 탐지해
          가지구들 온 모양이지만 벌써 제주도 노랑무당두 공수 몇
          마디 안짝에 쫓겨나구 평안도 메추리 무당패는 염불 한마

　　디에 몰려 나가구 강원도 까치무당두 날개를 펴기 전에 쫓
　　겨난 판이니 자넬랑 껑충 뒤여들며 오는 날이야 황해도 봉
　　산땅 박사무당이 듭시누라 하면서 두마디 안짝에 아버지
　　어머니 배뱅이왔소 ─ 이렇게 불러 세워 간담이 녹아나게
　　하거든…… 첫마디에 속아넘기만 하면 그댐엔 거미줄 풀리
　　듯 술술 풀리네 시작이 절반이라니……

배뱅이　　더 다른 좋은 수는 없어?

정첨지　　이밖에는 더벙이가 잽혀죽는 수밖에 없지요. 글쎄 염려말어
　　　　　요. 먼저번 그 엉뚱스런 입심보셨지요.

더벙이　　야단났네. 굿하는 건 몇번 보긴 보았어두…… 까짓거 지턴
　　　　　구나 할가.

정첨지　　허허, 지턴구를 다 아나? 그 본때루 시작하면 맞춤일세 맞
　　　　　춤이야.

배뱅이　　흥, 거기까지 가기는 어떻게 가구?

더벙이　　정말! 가다가 들어서기두 전에 올각지에 깨울려구?

정첨지　　아, 괜히 황해도 봉산땅 박사무당이래나?
　　　　　탈무당패라 탈을 쓰구 가지루 하지…… 그러면 누가 누군
　　　　　지를 알어야지.

더벙이　　히 ─ 정말!

배뱅이　　그럼 나두 가나?

정첨지　　암, 가야죠. 신부 없이야 잔치 하나…… 그런데 아씨!

더벙이　　이전 아씨 아니야. 내 상투를 보라는데두.

정첨지　　헤헤 정말…… 마님 혼수에 쓰려구 장만해둔 게 퍼그나 많
　　　　　지요.

배뱅이　　전 왜 곱실이 칠부홍상 시켜보려구?

정첨지　　아니, 글쎄 말이에요.

배뱅이　　하기야, 여태까지 어머니의 낙(樂)이라는 게 내 혼수 차비루

귀물이라 귀물을 사들이는 일이었지…… 달을 일러 월공단
해를 일러 일공단을 나사 진나사 백갑사 청갑사 모본 단모
초 넝초 법단이며……

더벙이 다…… 내게는 하나두 소용없는 거네.

배뱅이 가죽같이 굵은 북포에 입기 좋은 소캐무명 아흔아홉조박
에……

정첨지 더벙 장수 똑똑히 들어두게나…… 그래 그게 다―어디 들
었는데요?

배뱅이 큰방 아룻목 화류장 농속에 채국채국 들어 있구 둘째도리
의장에는.

정첨지 패물등속은 장만 안 했나요?

더벙이 왜 없어, 내가 다 알어…… 시집갈 제 차구 간다구 언젠가
사온 것 말이지 손꾸부랑이 같은 놈두 있구 솔잎 같은 놈
두 있구 새장고통같은 놈두 있구 소귀같은놈두 있구……
개발구락 같은 놈두 있구……

배뱅이 흥, 알긴 잘 아네. 그건 호톱이야!

더벙이 호톱?

배뱅이 범의 발톱!

더벙이 글쎄 어쩐지 머리가 오싹해…… 범을 찌를라는지 날창은
뭐야?

배뱅이 호호, 그게 날창이래. 큰머리에 꽂는 큰 비녀지 뭐……

정첨지 그래, 그건 다 어디 들었어요?

배뱅이 웃골방 자개함 농속에.

정첨지 옳지, 더벙 장수 똑똑히 들어두게나. (휘휘 둘러보며) 누가
듣지 않을가?

배뱅이 어서 그럼 저리루 들어가요. (일어난다)

정첨지 (미륵당으로 엉금엉금 기어가며) 하긴 낮말은 새가 듣는다

구 어서 들어가 계구를 꾸미세.

(노승 슬금슬금 미륵당 뒤로 돌아간다)

노 승   (뒤에 숨어서) 에헴, 나는 이 밤나뭇골 산신령이리라. (모두
놀랜다) 사면팔방에 호랑이떼를 풀어놓았으니 오늘저녁까
지 꼼짝말구 있지 않았다는 그저 뻑다구 추념을 당할 줄
알어라…… 그전에 내가 볼일이 좀 있다. (황망히 퇴장)

더벙이   (정첨지에게) 어서 좀 나가봐! 산신령이 제일 무섭다는
데……<u>으흐흐</u>……

정첨지   자네가 좀 나가보게 설마 미륵님이야 몰라보려구?

—막—

제 5 막

　　그날 저녁 무대는 제 2 막과 같다. 뜰 한가운데 차일을 치고 굿상 위
에 쌀 떡 고기 실과 등이 쌓이고 점점이 연화꽃이 꽂혀있다. 주위에는
구경꾼이 들산한데 배좌수는 다친 머리에 수건을 두른 채 기둥에 기대
로 토방 위에 앉았으며 마누라는 그 아래에 펄쩍 주저앉아 한숨질. 명석
자리에는 무당이 봇짐을 싸들고 황망히 달아날 차비.

세월네   (어린애를 안고) 정말 이러다는 일년 열두달 간대두 배뱅이
말소리 한번 못 들을가부네.

네월네   글쎄말이지 어디 가락꼬지처럼 들어맞치는 무당이 있어야
지……

촌 부   하긴 무스기 무당이 영하긴 영한걸.

함경도무당   (부채를 들고 서너바퀴 휙 돌구나니까 술마리들의 제금소
리 뚝 그친다) 간대잉 간대잉 무스기 나는 간대잉 무남독녀

꽃을 피는 열여듧에 무스기 나는 간대잉 나 죽거든 아ー배
는 뒤채 메고 오ー매는 앞채 메고 무스기 술병 들고……

배좌수 허 저런 우라질 무스지년 보아 이년아 우리 배뱅이가 앓아
누웠는줄 아느냐? 벌써 귀신모르게 죽었어 이년아!

함경도무당 무스기 벌써 죽었다? 옳지 그럼 사신굿을 해야지…… 왔당
왔당 무스기 배뱅이 혼신 왔당이ー

마누라 (발악) 무스기 무스기가 뭐야? 우리 딸의 말소리라두 한번
들어보재는 게야!

배좌수 그러기 누가 하자는 굿을 하면서 이 지랄이야! 이제는 무당
년이 콩으루 메주를 쑨대두 곧이 안 듣는다. 어서 저년을
집어치워라.

　　　(무당 질겁하여 물러난다. 이때 바깥에서 갑자기 왈랑절랑
　　　말방울 소리가 같이 아ー 호아ー 호아ー 하며 장가행차 들
　　　어오는 권마성에 안마당 부글부글)

마누라 (벌떡 일어나며) 아니 이게 무슨 소리야?

배좌수 (일어나며) 이런 괴변이 있나? 어서 누구 나가봐라!

촌부1 정말 이도령이나 오지 않나?

촌부2 분명히 장가행차 드는 소리야!
　　　(대문으로 모두 쏠려나려는데)

오생원 (뛰어 들어오며) 황해두 봉산 탈무당 일행이 들어옵네다!

배좌수 (호령) 무엇이? 호아ー 호아ー가 뭐냐?! 여기가 그런 소리
할데냐?

오생원 그러기에 저두 딸을 잃고 설음 속에 굿을 하는데 이게 무
슨 지랄이냐구 하니까 아 봉산탈무당패거리는 본시 그런
법이라구 하며 젊은이 늙은이 남녀 세패거리가 얼굴에 탈
을 쓴 채 말을 타구서 막 대들겠쥬 천하에 사내무당이 다
어디 있느냐구 하니까 그러길래 박사무당이라구 주척거리

며 바루 저것들입니다.

(일행 너풀너풀 들어와 앞마당 소연)

배좌수　이 벼락맞을 년놈들아 이게 무슨 지랄이냐?

마누라　아 저런놈들!

(더벙이 멍석바닥으로 뛰어들어 장삼을 걸치자 그 외는 제각기 꽹가리와 북채를 들고 무악을 친다)

더벙이　(덩더쿵 한바탕 춤을 추고 나서) 아이구 아버지 어머니 오늘이야 배뱅이가 왔소이다. 이 불효여식이 보구싶다구 꽹가리 치며 굿하는 소리 엊그제부터 듣고 떠난다는 길이 황천강에 홍수가 나서 나루질이 더디어 이제야 배뱅이가 왔소이다. 아버지 어머니ㅡ

배좌수　홍, 저 무당눔의 능청맞은 수작질 봐!

더벙이　(부채로 가리키며) 수만리 길을 배뱅이가 찾어왔는데 반가이는 못맞이하나 아버지는 왜 무엇 먹은 소경처럼 우들거리기만 하십네까?

배좌수　(흠칫 놀래며) 저눔이 난 줄을 어떻게 하니?

마누라　가만 좀 계시오.

더벙이　(부채로 가리키며) 금지옥엽으로 귀애하시던 아버지 어머니를 눈앞에 두고 내가 왜 모르겠소 굿소리를 들으니 바삐 만나보구 싶은 생각에 천상에서 제일 영하다는 황해도 봉산 박사무당에 몸을 빌어 배뱅이가 왔소이다.

배좌수　이눔아 양반 대갓집 딸이 암만 죽었기루서 사내 무당녀석한테 붙어 올테냐 불학무식한 녀석이라니…… 내 딸엔 그런 법이 없어!

더벙이　서산에 지는 해는 지구 싶어 지며 떨어지는 꽃은 지구 싶어지나요. 아이구 아버지 그걸 못참구 구백예순다섯보에 돌아보길 왜 돌아본단 말이요. 아이구 원수로구나 원수로구나 아버지의 구백예순다섯보째가……

마누라   그러기 내가 뭐래? 모두 영감탓이야!

배좌수   저눔이 박사무당이라 무던히 탐지는 해가지구 왔는데……

더벙이   태월사 부처님께 백일치성드려 삼천갑자 받어 세상에 태어
          나온 이 배뱅이가 아니었소? 무럭무럭 크는 양은 이슬아침
          물외같다고 좋아하신 아버지가 아니었소?

배좌수   (앉으며) 하기야……

더벙이   방실방실 웃는 양은 동해사창 꽃이라고 기뻐하신 어머니가
          아니었소?

마누라   (울며) 네년이 고렇게 똑똑하더니 축두새나 더 똑똑하구나.

정첨지   헤헤, 박사무당이 역시 다르지요?

더벙이   (정첨지에게) 여보게 박사무당이구 무에구 큰일났네. 그 담
          엔 뭐라구 하나?

정첨지   옳지, 숨이 차다구? 그럼 한거리는 내가 하세. (춤을 추고
          난 뒤에 창) 그러구려 자라나 나가놀 제 한잎 주구 들어와
          놀 제 한잎 준 돈이…… 돈이…… (배뱅이를 잡아 일으키자)

배뱅이   아흔 아홉냥 일급돈 칠분오리 백지에 달달말아 아랫간 웃
          굿장 농밑에 넣어둔 돈.
          (모두 흠칫 놀랜다)

마누라   네가 평생 돈을 아껴 팔아먹지두 않구 모아두느니 그 생각
          이 다 나는 게로구나……

정첨지   십세 전에 글을 배워 십세 후에 일을 알아 꽃봉이 진 열여
          덟에 밤나뭇골 영특하신 미륵님께 기도드려 황소처럼 힘끌
          센 새신랑을 맞이할 걸 지부왕이 무삼일인고 웃음소리 낭
          자할 걸 굿마당이 웬말인고.

배좌수   허 – 그 참!

더벙이   아이구 아버지! 머슴총각 더벙장수의 주먹다짐에 대가리

	바셔지고 미륵님 호령통에 홍띠 싸고 사람된 악좌수야. (배뱅이 그의 발을 꼬집는다) 아구구 왜 그래.
배좌수	필경 이게 무슨 화도루다 저눔이 누구야? 미륵이두 그 육십할 더벙이 녀석을 더벙장수라더니……
마누라	영감 그게 무슨 소리요! (손을 비비며) 이애야 배뱅아 나쁘게 생각말구 어서 그전 하구 싶은 말 다해……
촌부2	배뱅아씨의 말이 오죽 옳아서……
더벙이	(소리를 높여) 이 악좌수야, 아니 아버지, 큰일날소리 마소. 원수의 구백예순다섯보째 아버지가 뒤돌아보자 갑자기 캄캄한 구름이 사방에 일며 천동지둥 우레소리 뒤덮더니 바위 위에 총각 낭군은 간 곳이 없고 일직사자 월직사자 발을 구르며 내닫는데 한손에는 검이요, 한손에는 포승이라. 발길질로 몰아내어.
마누라	(울며) 아이구 배뱅아……
정첨지	지부왕 앞으로 끌려나갈 제 난데없이 그 총각낭군이 천마를 타고 내달려와 번뜩이는 칼을 들어 두사자의 목을 배고 아씨 일어나우 나요 하며 일으키는데 아버지 어머니 그게 누군 줄 아오 우리집 머슴총각 더벙장수에요.
마누라	이애야 그럼 아직 지옥에는 가지 않았니?
촌남2	역시 더벙이가 장수감은 감이었어.
더벙이	암 그렇구말구.
네월네	죽잖구 같이 살았으면 좀 좋아.
배좌수	(시글벌떡거리며) 그눔이 우리 배뱅이를 손탁에 넣다니? 그래 이애야 네가 애비 치는 그놈과 살 생각이냐?
더벙이	(춤을 추고 나서) 제가 이렇게 와서 뵈이는 것도 뉘덕이며 아버지의 모가지가 아직 달려있는 것도 뉘덕인줄 알구 함부루 더벙장수 욕하십네까.

배좌수   그래 언짢으냐? 망할놈의 계집애! 하긴 그놈이 저두 못살구
         뒤어졌대니 그나마 좀 속이 시원하다.
더벙이   송구두 이 악좌수 무서운 줄 모르느냐? (소리 높여) 분부를
         어겨 천보전에 돌아본 죄루만두 뻐드러질텐데 무엄스레 더
         벙장수까지 잡으련다구 미륵님이 성이 꼭두까지 나서 네놈
         을…… 아니 아버지를 당장 잡어다가 옴두꺼비를 만들어
         칼루 선뜩 목을 베고 유황불로 지지구 볶으어…… (배뱅이
         가 잡어뜯는다) 아구구……
배좌수   이애야 그게 무슨 소리냐?
더벙이   소금 찍어 빠짝 간장 찍어 울걱하라고 문서를 꾸며 미륵님
         이 지부왕에 보내는 것을 더벙장수가 천마를 타고 달려가
         빼앗어 옆채기에 넣어둔 탓에 아직은 목숨이 붙어 있는 줄
         을 모르구……
배좌수   (벌벌 떨며) 여부시 더벙장수 내가 잘못되었네. 그 은혜를
         무엇으루 갚어야 옳을지 어서 그 문서를 불살려주게나……
         곽풍헌 바삐 나가 막놈들을 걷우어 들이게.
         (곽풍헌 퇴장)
마누라   처음 약조한대루 더벙이한테나 내어 맡길걸……
더벙이   이제야 생각나니?
배좌수   글쎄 이렇게 될 줄이야…… 허나 필경 이게 무슨 화조야
         세상에 이럴 놈의 법이……
정첨지   바싹 드러붙게 왜 있잖나?
더벙이   아이구 어머니…… 살아 생전에 남같이 시집은 못갔으나
         죽어서나마 내 신혼재장일랑 찾어보구 싶구려 어머니 어머
         니 달을 일러 월공단 해를 일러 일공단 을나사 진사나 백
         갑사 청갑사…… 아룻목 화루장농에 채국채국 든 것을 하
         나두 불태지말구……

| 마누라 | (울며) 오냐, 좀 있다 돌아갈제 다—내 실으리라 네 물건 네 찾어가겠다는데 하나나 애낄게 있니? |

마누라 (울며) 오냐, 좀 있다 돌아갈제 다—내 실으리라 네 물건 네
찾어가겠다는데 하나나 애낄게 있니?

김서방 (탈을 쓴 채) 그럼 어서 내오소!

더벙이 호랑이발톱이며 번뜩번뜩하는 태아미꾸녕이며 범의 날창같
은 큰머리 비녀며 칠보단장할 모든 패물…… 홍상청상 치
마에 연갑사 진나사 비단저구리 하나도 빼지말고 웃골방
자개한 농속에서 꺼내다 주구려.

마누라 오냐 다 내주구 말구…… (방으로 퇴장)

배좌수 저년이 아무래두 오긴 온 모양이지 저렇게 깨여들구 있을
려구야 대들보라두 뽑아가렴.
그러나 이년아 청상홍상에 곱게 칠보단장하구 그 더벙이놈
과 자체하려는 건 아니지?

더벙이 눈물 씻어 다홍치마 다 젖는다는 시집살이는 하기 싫여도
나이 차라 싱송생송 총각님이 그리워. (배뱅이가 꼬집어)
아야…… 노래에도 있는 말이…… 돈이나 없으면 남비솥
팔고 남비솥 팔기가 정 싫걸랑 이웃집 김도령 달머슴 두어
랬다니 아야…… 저는 오빠도 없는 무남독녀로 단지 저는
우리 부모 호랑이처럼 사나워 행랑사랑에 십년 전부터 천
장배필을 두고도…… 아야…… (춤)

마누라 (보따리 들고 나오며) 이애야 누구 그런 줄이야 알았니?

더벙이 모르긴 왜 몰라? 이 늙슬구렁이년 같으니…… 서루 좋아
히히덕거린다구 우리들 욕만 하더니.

세월네 애개!

배좌수 저눔의 계집애가 죽더니 환장을 한게지?

마누라 글쎄 너희들이 살아있다면야 좀 좋으니 거저 죽은게 원통
하구나.

배좌수 죽길 잘했지. 상전(上典)을 치는 그런 놈에게 딸을 주어?

촌부1   저 영감 봐!

촌부2   좀 좋은 총각이었다구.

노 파   그래두 그 녀석이 좀 더퍼리였었지.

정첨지   (가로맡아서) 무엇이라구! 요놈이 술장사 할미야 더벙장수
           가 돈없어 술 안 팔아주었다구. 그런 험구하다는 호물때기
           아가리에 영우뼈를 가루 물구 더벙장수의 시퍼런 칼에 두
           동강이 날 줄 알어라! (춤)

노 파   (꿇어 엎디어 손을 비비며) 그저 살려줍소사. 이 늙은 것이
           노망을 해서…… 아이구 오줌이 다 살살 나온다.

더벙이   여봐라, 알았느냐. 어느 놈이건 한마디라두 더벙장수 승만
           보았다는 고추 먹으면 고스러지구 달네 먹으면 닥으러지구
           앵도먹으면 앵도라지구 뻐금 먹으면 뻐드러질줄 알어라!

배좌수   이애야 나두 그렇게 되겠니? 다―네 생각해서 한말이니 내
           게는 특별히 인심 쓰거라 응.

더벙이   저는 김이 문문 김가도 싫어요. 물에 빠진 오참봉도 싫어
           요. 박조가리 박가도 허수애비 허가도 모두 싫고 미륵님이
           정해준 더벙장수가 제일 좋아요…… 아이구 물이야―

배뱅이   (물그릇을 입에 대여주며) 제게만 좋게 이야기야?

더벙이   헤― 정말. (배뱅이를 꾹 지르며) 좀 유식한 말 대신 해보아.

배뱅이   (창) 아버지 어머니 하기는 더벙장수도 혼자 몰래 생각이
           달렸다우…… 아버지 떠주어 어머니 접은 댕기 울안에서
           널 뛰다가 울 밖에서 잃었을 제 더벙 장수 집어들고 댕기
           야 주었지만 네한테로 장가들게 도복소매에 넜다주마고 놀
           리더니 서른두냥 빚값에 밭날가리 아버지에게 다― 뺏기고
           도 나를 못 잊어 머슴살이 들었지요. 그러기에 어제아침도
           하늘에다 배틀 놓고 구름 잡아 잉아 걸고 청배나무 바디집
           에 옥배나무 북에다가 뒷다리 돋이놓고 꼭두마리 올리누라

<table>
<tr><td></td><td>니 더벙장수 날아와 하는 말씀 을공졸공 내 짜줄게 명주주의 하시거든 이 내몸에 맞춰 주소.</td></tr>
<tr><td>배좌수</td><td>허 참 제놈의 꼴에 명주주의가 다 뭐야. 그래, 지어줄테냐.</td></tr>
<tr><td>더벙이</td><td>(다시 나서며 창) 저는 저는 죽으면 죽었지 더벙장수는 못 놓아요. 반달 같은 딸을 두고 왼달 같은 총각머슴 사랑채에 두면서 왜 사위를 못삼았소? 이놈의 악좌수야 원통하구나.</td></tr>
<tr><td>배좌수</td><td>이년아 처녀 적엔 다 그런법이야. 낸들 좀 그러기루서 멜 하겠니마는 그녀석 상투만은 제발 울리지 못하게 해야한다. 상투까지 틀구 나면 소문이 사나워 집안 망신하느라!</td></tr>
<tr><td>세월네</td><td>글쎄 배뱅이두 죽으니까 못할 소리가 없네.</td></tr>
<tr><td>네월네</td><td>죽으면 정신이 나가는가봐.</td></tr>
<tr><td>세월네</td><td>아마 그런가부지. 우리두 죽은 뒤에 저런 지랄을 했다는 큰일 나겠구나.</td></tr>
<tr><td>더벙이</td><td>듣고나니 귀에 익고 돌아보니 세월네 네월네야 반갑고나 반갑고나 내가 죽었다구 아예 괄세말아…… 오르구 내리는 잔기침소리에 열녀라도 막무가내라 물 말은 이밥도 목이 멘다고하던 세월네야 염치좋게 딴서방 얻어 시집가더니……</td></tr>
<tr><td>세월네</td><td>배뱅아 그게 말이라구 하니?</td></tr>
<tr><td>더벙이</td><td>돌아와 만나자니 어떻더냐? 네가 시집을 간 그날 밤에 감나무에 대자들이 명주끈으로 목을 매고 죽은 김도령이 귀신되어 저승으로 가는 길에 나를 만나 하는 말이 이세상에 가거들랑 네가 낳은 첫아들 뉘닮었나 보아달래더라.</td></tr>
<tr><td>세월네</td><td>(주저앉으며) 놈 시집살이 못하는 걸 볼려구……</td></tr>
<tr><td>곽풍헌</td><td>허 아무리 죽었기루서 좌수댁 규수가 저렇게 망령을 부릴 놈의 법이있나?</td></tr>
<tr><td>더벙이</td><td>듣자하니 곽풍헌하는 소리두 점잖구나 가장 점잖은 체 잘난 체하며 공연한 사람 잡어다가 두들겨 패어 돈을 뺏는</td></tr>
</table>

　　　　　곽풍헌……

곽풍헌　　이게 무슨 소리가?

더벙이　　놀랜 체 말고 채수염 흩어치고 물어보라! 그년이 궁둥이는 금궁둥인지 공단 속것이 연두채라는 시궁시궁한 일봉놓이 박과부 궁둥이에 밤이면 홍살무늬처럼 늘어붙었다가 낮이면 그년 대신 변받으러 동리방성 끓이더니 그년이 먼저 가서 지옥 불구덩이 아랫목에 넙죽이 자리 잡어놓았노라 오래더라!

곽풍헌　　(벌벌 기며) 이애야 난 그년 아지두 못한다구…… 그 사정을 대왕님께 말씀 좀 잘해다우 아이구 등줄기가 다 우적우적한다.

더벙이　　반갑고나 네월네야 네게라고 할말이 없겠느냐.

네월네　　(손으로 빌며) 배뱅아, 말하지 않어도 다 알어. 배뱅아, 응.

더벙이　　네가 날받이한지 사흘만에 장두칼 차고 전라도루 군사루 자원해 나간 강총각이 왜장(倭將)치구 공은 세웠으나 총에 맞아 저승으로 가는 길에……

강총각의 어머니　　　(통곡) 아이구 이게 웬일이냐. 네가 총에 맞어 죽다니!

정첨지　　어쩌자구 그러는가 아지두 못하는 소리를.

더벙이　　가만 두구봐…… (창) 반가이 나를 만나 하는 말이 돈 없어도 죽자 사자 좋으니 갓몰랑은 깔고자고 우산일랑 덮고 살자 혀바른소리 날름날름 하던 고년고년.

네월네　　아이구 어쩌면 좋아.

더벙이　　일년 근근 모은 닷냥두 돈으로 끊어다준 비단저구리 곤때도 묻기 전에 예장짐 두바리 받고는 좋아라 날치면 밤을 새워 다듬이질만하는 고년고년 만나거든 그래두 못잊겠으니 돌아올 제 너를 업구 오라더라…… (춤)

강총각의 어머니　　　그 소릴 들으니 그래두 좀 시원하구나.

네월네   (울며) 배뱅이 너까지 내 마음을 그렇게도 몰라주니?

네월네 어머니 (질겁하며) 아씨 모두가 다 제 잘못이니 나를 대신 잡어가
            더래두 우리 저애만은 살려주 많기나한 딸이 오니까.

더벙이   오니야 네가 정 그렇다면 내 분부를 들을테냐? 옳지 그럼
            이제 당장 돌아가 예장짐에 날받이종이 꽂아 말에 내실리
            어 황학동 오아모개네 집에 도루 보내거라.

네월네 어머니 네-아씨 딸 죽구야 예장이 다 머겠소 곧 돌아가 도루 보
            내구 말구요.

더벙이   기특해라 갸륵해라 네 생각이…… 그렇대면 또 이제 당장
            전라도 광주 군영으루 사람 보내여 강장군을 맞어들이거라.

강총각의 어머니   아니 무엇이라구요?

네월네   배뱅아 죽었다면서?

더벙이   아니 아니, 염려말아 강장군이 총에 맞기는 왼손 새끼손가
            락 끝이라 손톱이 하나 날라갔을 뿐…… 갸륵한 너의 모녀
            정성보아 천도(天桃)로 고쳐 내려 보내리라.

네월네 어머니 그저 아씨님이 고마우셔라 이애야 어서 가자!

강총각의 어머니   아이구 좋아라 네월네 어머니 나두 같이 갑시다!
            (삼인 황망히 퇴장)

무 당   (담배를 뻐금뻐금 빨며) 삼십년 동안 무당노릇을 해두 저런
            놈의 무당은 처음 보겠네…… 염불 한마디 제대루 못하면
            서 날받이까지한 남의 혼사만……

더벙이   저기저기 눈이 먼 체 귀 먹은 체 조는 체하며 혼자 앉어 중
            얼시는 청너구리 무당년아!

무 당   (펄쩍 놀래어) 아이구 내 차례야? 아씨! 아씨! (빌며 나온다)
            그저 저두 아씨의 혼신맞이 하러온 정성을 보아 널리 용
            서해 줍소사.

정첨지   (다가서며) 그래 밤새두룩 할 모양인가.

더벙이   내친김에 하나만 더…… (창) 이년아 네년 굿에 올 배뱅이
         더냐? 죽은 서방 돌려 논달부터 네딸친구 나 여기왔다 문
         열어라 네 어머니 곤남진 나 여기왔다 문 열어라 소리에
         동지 섣달 봉창문이 다 떨어지도록 두년이 번짜루 들락날
         락 난장질이더니…… 옳지 옳지 보리간나우년 네가 뛰누나
         살살 뛰면 어딜 갈테냐? 대문턱에 꼬꾸러져 코피 쏟구 꼬
         꾸러지기 전에 게 섰거라. (춤)

보리간나우 (도루 나오며) 아씨 아씨 저 매일 물 떠놓고 제 드릴테
         니……

마누라   아이구 싸다! 열두 대문 안에 깊이 들어앉어 아무것두 모르
         려니 했더니 배뱅이 네가 정말 별일을 다 아는구나……

더벙이   어머니 무슨 말씀이요. 이것 저것 다 저승길에서 뼈아픈 사
         람들의 하소 듣고 알지요, 제가 어떻게 아오리까?

무 당   아씨, 제 영감은 뭐라구 그러던가요?

더벙이   너이 예딸 두년이 앉을 날창멍석 십년만에 다 꾸몄으니 하
         루 바삐 대려오겠누라더라…… 담뱃불로 지질 요 보리간나
         우야 네 남편 숫돌이는 황천강에서 사공질하며 보가지 많
         이 잡어 알루만 국을 끓였다고 식기 전에 어서 오래더
         라…… 하두 기가막혀 네 남편이 저년의 말질을 보게 한탄
         하면 친정에 있을 제는 한말 지고 두말 이고 동리 이서방
         따리다녔누라 이건 목만 쓰더니 종내 네년이 네남편 보가
         지국을 끓여 멕여 죽였지?

보리간나우 아씨 그저 용세해 줍수사……

더벙이   죽은 지 이틀두 못가서 한말 두말도 아니요 열말폭은 될
         술부대 이서방을 실어놓구 좋아라더니 (배뱅이 꼬집는다)……
         아야…… 요즈막엔 바지 괴춤밑에 수렁이처럼 돌어백인 악
         좌수의 배꼽을 꾹꾹 지르며 삽살개같이 따라다니니 이 또

웬일이냐?

마누라　요 앙실방실한 년! 배뱅이 그런 말은 정 잘한다 독수리 닭 채어 가듯 어서 잡어가다우 저년을……

배좌수　(바지를 끌어 올리며) 이년아 양반집 딸은 아는 말이라구 그렇게 다 하는 법이 아니야.

　　　(땅금이 져온다 노승 터불터불 등장)

마누라　아니긴 뭐이 아니야?

더벙이　그러길래 아버지 어머니 저는 부귀도 마다하고 공명도 탐 내지 않어요…… 구름 잡어 집을 짓고 해 떠다가 금침삼고 달 떠다가 등불삼고 무지개 따다 담장치고 미륵님께 치성 드려 부모님 정해주신대로 더벙장수 모시고 춘향아씨처럼 일편단심 굳은 절개로 천년만년 살고지럽니다……

정첨지　(꽹가리 치며) 우리 박사무당 잘한다……

배좌수　남 모른데서 몰래 그녀석과 좀 살아보려면 보아라만 제발 그 녀석이 상투까지 틀게 되었단 마즈막이루다 응.

노　승　태월사 소승 아뢰옵니다.

더벙이　아이쿠 저 중놈!

　　　(꽹가리 소리 일부러 요란히 울린다)

노　승　당장에 굿을 멈추고 아씨를 데리러 가심이 좋을가 하나이다.

배좌수　(놀래며) 무엇이?

마누라　(역시 놀래며) 스님 그게 무슨 말이요? 지금 배뱅이가 와 있는데……

노　승　(놀래며) 아차 늦었나? 관세음보살 관세음보살 무엇이라구 말씀이 오니까?

마누라　저 박사무당 하는 말이 배뱅이 하는 말이야.

더벙이　암 내가 하는 말이 아씨 하는 말이…… 아니 아씨 하는 말 이 내가 하는 말이……

노 승   (허리를 굽히며) 관세음보살 관세음보살 아씨가 살어계시니
          데리러 가심이 좋을가 하나이다.

마누라   아니, 스님 무엇이요?

배좌수   무엇이라구? 꽹가리 소리 좀 그만 두어라!
          (무악 뚝 끄친다 굿마당 긴장)

정첨지   (더벙이에게) 여보게 저 중놈 홍띠를 싸게 만들어야지 큰일
          나겠네……

노 승   (허리를 굽히며) 소승이 아침에 되짚어 절루 물러가 아미타
          불게 아씨의 극락발원 지성껏 드렸삽드니 중생도진방중보
          시 관세음보살 관세음보살.

마누라   그래 어서 말하오.

노 승   소승보구 하시는 말씀이오니까 관세음보살 관세음보살.

배좌수   아 보살놀음에…… 젠장.

노 승   네 보살 어른의 말씀이 일가망극해 함이 측은도 하려니
          와…… 나무아미타불…… 무엇보다도 계행청정(戒行淸淨)한
          소승이 끊임없는 정성으로 주신 돈 한잎 떼여먹지 않고 고
          냥고채 불공하여 아씨의 성불축원함이 가상타하여 아씨를
          다시 세상에 내려보내니 속히 찾어 뵈고 발고여락(拔苦與樂)
          하라 하시와 전갈하여 아뢰옵니다.

배좌수   아니 정말 그런 법두 있느냐?

노 승   (눈을 끔적거리며) 부처님 덕이 즉 소승덕이라 아뢰옵니다
          나무아미타불 나무아미타불.
          (무악 다시 시작)

마누라   아이구 그저 부처님이 고마우서라! 그래 어디 있소?

노 승   (허리를 굽히며) 그전에 대시주가 계셔야할가 하나이다 관
          세음보살.

마누라   어서 대여주 집을 팔아서라두 시주할테니. (치마고름 고쳐

　　　　　묶는다)

더벙이　　(소리를 높여) 아이구 아버지 어머니― 요넘어 저넘어 태월
　　　　　사 개똥밭 저 돌중놈의 음충스런 수작에 속아 여기 있는
　　　　　배뱅이를 두고 어디를 가신단말요? 뒷문으로 마중나갈 때
　　　　　앞대문으로 들어설 줄 모르우?

노　승　　이게 어디 악귀쇠리가? 나미아미타불 나미아미타불.

더벙이　　어서어서 오줌독에 빠질 저 중놈을 잡어 묶어 내던져주소!
　　　　　눈이 더러워질가 못들어옵니다― 오늘 아침만해도 저 접시
　　　　　맡에 핥아 중이 어머니 시주해준 돈으로 암충년의 속것 사
　　　　　들구 밤나뭇골 미륵당에 기어들어 부모님네 치성드리는 술
　　　　　한독 다―가루 채어먹구……

배좌수　　무엇이 저 중놈이?

노　승　　(부들부들 떨며) 아이구 어떻게 아니? 문수보살 문수보살!

더벙이　　절루 비틀비틀 올라가며 배암 잡어 회치고 개고리 잡어 탕
　　　　　치구서 웃턱이 까북까북 아래턱이 까북까북 잘두 먹더니……

노　승　　저눔이 아직 부처님을 미몽재(未夢在) 한놈이다 술한자 떠먹
　　　　　었기루서.

배좌수　　이봐 또 한번 수작질 해 봐라!

노　승　　(허리를 굽히며) 이것을 소위 역행(逆行) 보살이라 하나이다
　　　　　문수보살. (더벙이를 향하여) 네놈이 나를 그리 욕하다는
　　　　　당장에 무간아비(無間阿鼻) 지옥에 빠져 무상 고초를 받으리라.

배좌수　　이 날도적놈아! 그래 열흘동안이나 네놈이 처먹고 했더란
　　　　　말이냐 (마누라보고) 이년 그려기 내 뭐라더냐?

노　승　　(벌벌 떨며) 아니옵니다 오늘 아침만 아씨가 떠주시기
　　　　　에…… 더벙 총각놈이랑……

배좌수　　(벌떡 일어나며) 이놈아 무엇이라구? 하두새나 수작질이……

더벙이　　어서어서 아버지 저 중놈을 잡어 묶어주소.

배좌수   (호령) 저 중놈을 냉큼 잡어 묶어라!

노 승   아이쿠! (막내를 짚고 허둥지둥 달아나며) 나무아미타불 나
　　　　 무아미타불 나 살려주－(퇴장) (어둠이 짙어진다)

더벙이   별불로 초롱 달고 무지개 다리를 은안백마로 배뱅이가 내
　　　　 려갑니다…… 부정탈가 두려워 인심 사납고 더러운 년놈
　　　　 다－혼을 내고 배뱅이 마음을 푹 놓구서 내려갑니다. 저기
　　　　 저기 울고섰는 세월네야 아까는 말이 지나쳐 마음도 아프
　　　　 겠다마는 김도령 죽은 몽달귀신 만나 네말 잘해 원한 풀고
　　　　 내려오는 길이니 어서어서 나와 이 배뱅이 손목잡어 맞어
　　　　 주렴…… 반갑고나 세월네야 이통에나 네 분결같은 손을
　　　　 한번 쥐여보자꾸나. (다가가려다) 아구구……

세월네   아이구 망칙해라.

더벙이   어서 쥐여 보래라구 배뱅이가 그러는데 무슨 상관있어……

세월네   글쎄 하구 많은 무당 중에 하필 왜 사내 무당한테 붙어 온
　　　　 단 말이야.

정첨지   이보게 외도까지 하려는가?

더벙이   먼산에 달래 캐고 우물에서 물 긷고 강에서 멱을 제는 죽
　　　　 자사자 하더니 오냐오냐 두구보자 네가 날 죽었다구 괄시
　　　　 하노나 오늘밤 당장으루 네 새끼를 잡어다가……

세월네   (손으로 어린애의 머리를 짚어보고) 아이마니 정말 머리가
　　　　 따근따근하네. (손을 내대며) 에따 난 몰라!
　　　　 (더벙이가 다가가려 하자)

배뱅이   (일어나 떠밀며) 이게 무슨 짓이야－ (하는 순간 탈이 벗겨
　　　　 지자 어머니 무릎으로 뛰어든다) 어머니!
　　　　 (모두 일어선다 꽹가리 더욱 요란)

배좌수   이게 무슨 일이야?

마누라   (쓸어 안으며) 배뱅아! 배뱅아!

더벙이	(너훌너훌 춤을 추며) 여봐라 배뱅아씨가 정말루 왔으니 꿈이 아닌가 배좌수 영감 제뺨을 쳐 보거라! (그리하며 아야) 마님은 제 무릎을 꼬집어 보거라. (그리하며 아야)
마누라	(뛰쳐나와 춤을 추며) 오늘날이야 하늘에서 떨어졌느냐 땅에서 솟았느냐 어화어화 우리 배뱅이 정말 다시 살어왔구나!
정첨지	(같이 춤을 추며) 배뱅이 아씨만 오겠소 어서어서 뜰 아래는 횃불이요 뜰 위에는 촛불켜소!
마누라	(소리 높여) 어서 촛불 횃불을 다 켜거라.
더벙이	어서어서 상배한 년 물리치고 상처한 놈 물리치오. 장수신랑 천마를 몰아 챗질도 요란히 듭십네다!
마누라	아이구 장수신랑까지 오신댄다! (술렁술렁 끓어 통에 달아나는 이 들어오는 이 촛불 횃불 들어선다)
정첨지	어서 아씨 연지로 단장하고 비단으로 치레하여 머리 위에 계화꽃이 넘노는 듯 어서어서 호걸장수 맞이하소…… (곱실이 한테) 자네도 어서 홍상하게나!
마누라	이애야 어서 홍상하구 단장하자 아마 곧 호걸장수 신랑이 듭시는가부다!
	(배뱅이 단장 시작. 곱실이 타박네도 홍상. 배좌수 어리둥절. 소경패 북메고 등장)
곱새소경	굿들만 하구 경은 안 읽으려냐?
털보소경	밤은 우리 차리랍니다.
배좌수	(호령) 이 소경놈들아 우리딸이 도루 와서 잔치를 하는데 무엇이라구?
곱새소경	에구 다 틀렸구나!
	(모두 달아난다)
매 파	여우에 홀린 것 같아 영문을 모르겠군 그래 마님 이렇게 잘 살리누라구……

더벙이	어서어서 밝은 횃불 돋아놓고 금실 좋고 일 잘하는 부부 쌍쌍이 세워놓고!
정첨지	(곱실이와 탈을 벗고 나서며) 우리 한쌍 나옵네다!
배좌수	이게 무슨 일이가? (입을 쩍 벌린다)
김서방	(타박네와 나오며) 금실 좋은 부부 여기도 한쌍 나옵네다!
홍초시	(장기판 들고 섰다가) 아이구 장기두는 일보다 우리 마누라 데리구 오는게 상수다! (뛰쳐나간다)
배좌수	아니 네 년놈두?
더벙이	아버지 어머니 호걸신랑 더벙장수 이제야 듭십네다 천리 만리 길을 말을 몰아 올려기에 추자매자 망근에다 옥관자도 못 붙이고 사모관대도 없으나 호걸장수에는 틀림없소…… (장삼을 벗더니 좌수 부부 앞에 나가 탈을 벗고 발아래 절하며) 새사위 뵈입시다 (배좌수 더욱 입을 벌리고 어안이 벙벙)

—막—

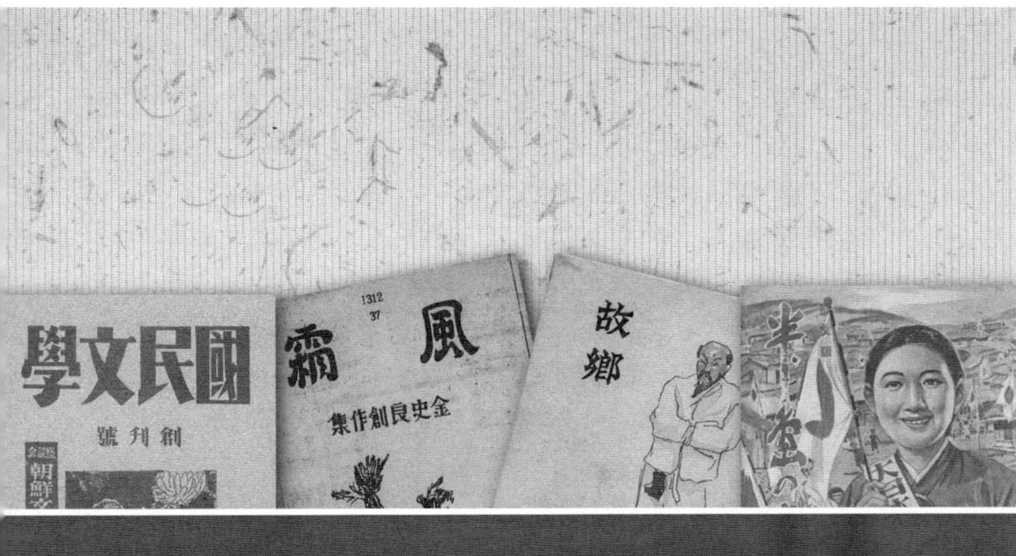

작품 제3부

해방 이후

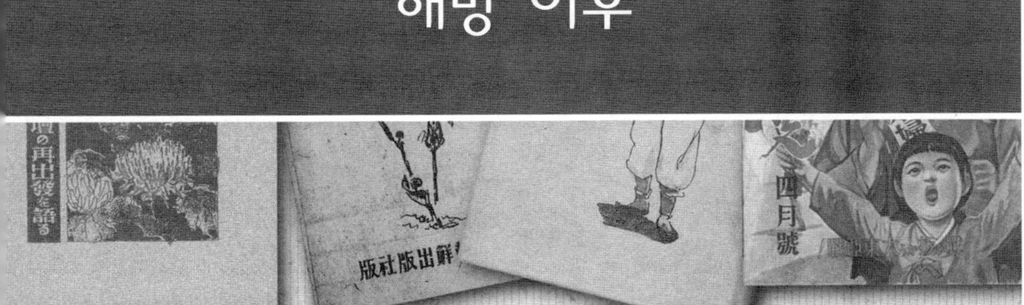

소설

E 기사의 초상*

- 선전자 박찬식 동무를 추억하며 -

1.

　지난 6월 하순 모란봉 극장에서 열린 역사적인 장엄한 조국통일 민주주의 전선 결성대회의 진행을 나는 외금강 휴양소에서 라디오로 방청하였다. 제2일 오전회의가 끝날 무렵 멀리 남조선 지리산 유격지구에서 미군철퇴와 이승만 괴뢰정부 타도를 위하여 손에 무기를 들고 영용한 무장투쟁을 전개하고 있는 유격대 용사들로부터 본 대회를 경축하여 보내온 편지가 피력되었다.

　『미 제국주의자의 무제한적인 원조로 발톱까지 무장한』 원수들과의 피를 뿜는 싸움에서 단련된 그들의 강철같은 투지는 불꽃을 튀는 듯 무더운 감격 속에 가슴을 설레이게 하였다.

　이 축사에 뒤이어 서울로부터 달려온 남조선 언론계 대표가 단상에서 문화 예술언론인들에 대한 반동매국정부의 잔인무도한 탄압의 진상을 폭로하면서 다음과 같은 말을 하였다.

　『국토의 분열에 의해서만 생명을 유지할 수 있기에 조국통일을 두려워하는 괴뢰정권은 학살과 고문으로써 인민의 눈과 입과 귀를 틀어 막

---

* 이 작품은 『선전자』(1949. 2)에 게재된 것이다.

어 버리려한다. 그 실례를 하나 든다면 독립신보 기자 박찬식군은 일찍이 잡지『민성』기자시대에 이 북조선을 방문하고 문화인들과 접근한 뒤에 돌아가 북조선의 실정을 남조선 인민에게 보도한 것과 여수순천 폭동사건 당시에 민주일보 기자로 현지에 파견되어 생생한 보도를 한 명기자로 이름을 날렸는데 이것을 미워한 종로경찰서에서는 지난 2월 하순에 그의 전신을 두들기고 전기로 고문을 하여 수갑을 채운 채 죽이고 말았다.』

그의 죽음의 전말이 얘기될 때 나는 심장이 고동을 멈추는 듯하였다.

이날에야 비로소 나는 박찬식 동무가 무참히 살해된 사실을 알게된 것이다. 그 당시 서울신문지상에는 그의 죽음이 보도되었는지 또는 발표게재조차 금지되었는지 혹은 보도할만한 재료로도 안 되었는지 모른다. 하기는 테러와 학살이 백주 네길까지에서 횡행하는 남조선 천지로 본다면 그다지 신기한 일도 아닐 것이다. 이름없는 영웅들의 죽음이 얼마나 많았으며 또 얼마나 많은가?

2.

내가 실지로 박찬식 동무를 만난 것은 46년 겨울이었다. 어떤 날 새벽아침 문을 두드리는 낯설은 청년 하나가 있었다.별반 기억에는 없으나 그는 내 손길을 잡으며 매우 반가운 웃음을 띠운다. 서울잡지『민성』기자인데 자기네 편집부장이 찾아가 모든 일을 상논하래서 찾아왔다면서 해방되는 해 12월에 자기는 나를 서울서 만난 적이 있다고 한다. 그러고 보면 거기 편집실 한구석에서 본 듯한 얼굴이었다.

그해 겨울 나는 문학 예술분야의 선배동료들과 함께 철원 포천으로 해서 삼팔경계망을 넘어 서울에 올라간 일이 있었다. 남조선에 있는 동무들과 만나 국토가 양단된 정세하에 대비할 문학 예술운동의 여러 가지 문제들은 토론하기 위해서였다. 이때에 나는 잡지『민성』편집부장의 간청에 의하여 항일 중국 기행『노마만리』의 허두를 총총히 몇 자 써 주고 속고(續稿)는 북조선에 돌아와 보내기로 약속했었다. 3, 4회 계속해 보낸 뒤에 삼팔선이 굳어지며 원고의 송달이 불편하게 되어 이럭저럭 중단 중이었다. 계속 원고도 가져갈 겸 북조선 특집호를 내기 위하여 후원을 얻고서 방문한 것이라 한다. "아시는 바와 같이 너무 데마 선전과 허위보도가 많기에 실지 제눈으로 보고 가려고 왔습니다."그는 이렇게 말하였다.

그렇다고 잡지사나 자기네 책임자의 신임장도 의뢰장도 없었다. 손에 든 가방도 하나없이 까까머리에 조그만 베레모를 얹은 채 스케치북을 옆구리에 낀 모양이 잠간 길거리에 산보라도 나온 듯한 차림이었다. 동짓달 추위에 오바도 두루지 못하고 퍼르스럼한 스텡임카라 홑양복을 걸친 행색도 초라하였다. 서울에서의 그의 생활이 얼마나 비참한가를 헤여진 헌 노동화가 입을 벌리고 여실히 말해주는 듯하였다. 밤중에 내려 정거장에서 한밤을 새우고 찾아왔다면서 시커먼 살눈썹을 연신 섬석이며 시리운 기다란 목을 손으로 서걱서걱 부비었다.

이날부터 청년은 우리집에 유숙하게 되었다. 그의 건실한 태도와 선량한 인품에 호의를 갖게 되고 또 매우 딱한 그의 형편에 대하여 우선 동정을 했었기 때문이다. 넓은 평양거리에 별로 아는 사람도 없고 또 노자도 떨어진 모양이었다. 연세는 25, 6세 고향은 전북 고창 부근의 어떤 가난한 농촌인 듯 기억된다.

일본 동경에 가서 노동을 하며 그림 공부를 하다가 학병으로 붙들려 나갔다고 한다. 기자 생활도 해방 뒤에 시작된 터이라 전부터 들어오던 이름 있는 사람도 아니었다. 서울 미술동맹원이면서 글쓰기를 좋아 하다 뿐이지 그의 글을 본적조차 없으니 불안한 끝이 없는 바도 아니었다.

솔직히 말하면 별로 총명하거나 재기활발한 청년같아 보이지도 않았다. 말이 없고 겸허할 뿐 자기의 의도를 능숙히 표현하여 사람들을 설득할 수 있는 호변가도 아니었다. 그러므로 북조선 특집이란 큰 계획을 한 몸으로 능히 달성할만한 이라고는 더욱이나 생각되지 않았다. 다만 어디엔지 집요하고 담대해 보이는 성격이 그를 미덥게 하였으며 어쨌건 해보려는 드세인 열정이 그의 엄청난 계획을 도리어 동정하게 할뿐이었다.

이리하여 나는 박찬식 동무에게 백방으로 방조를 줄데 대한 문제를 그 당시의 우리 예술총동맹에 제기하였다. 이 제안이 정식으로 채택되기에 이르기까지 며칠 동안을 청년은 밤낮을 헤아림이 없이 거리거리를 헤매었다. 소위 월경 잠입 복면 기자식으로 자료를 얻으려 두루 배회한 것이다. 진실을 보고자하는 정열에 불타는 청년은 암담한 남조선과는 너무도 판이한 북조선의 우람찬 현실 앞에 좁은 가슴을 두근거리듯 찬란한 신방에 들어온 젊은 신랑처럼 형용못할 감개에 젖어들었다. 돌아와 저녁에 만나면 그는 연방 질문을 퍼부었다. 주저주저하여 더듬거리던 말씨조차 변해진 듯 음울하던 얼굴도 화기로워졌다. 남조선 반동진영의 허무맹랑한 데마 선전에 다소간이라도 영향을 받고 있던 그는 제 눈앞에 벌어진 현실들을 거듭 황홀스럽고 의아해지고 꿈같아 보이고 또 놀랍게 생각되는 모양이었다. 밤에는 늦도록까지 자리에 들지 않고 북조선의 출판물들을 열심히 뒤적거리고 있었다.

한말로 말하면 그는 북조선에 와서 새로 눈을 뜨고 새로 귀를 열고 새로 진실을 알게 된 것이다. 그리하여 더욱 진실을 사랑하게 되었다. 하루 저녁은 복귀되어가는 공장거리를 헤매고 돌아와 비분한 표정으로 남조선 영등포 공장거리의 애기를 하였다. 새로 창설된 김일성 대학을 방문하고 돌아와 서울 학생들의 비참한 현상을 슬퍼하였다. 언젠가는 늘 들고 다니는 자기의 스케치북을 펴 뵈었다. 거기에는 조소친선이란 화제(畵題)밑에 고장난 화물차의 튜브를 수선하는 사내 주위에 소련병사들이 두세 명 늘어서서 웃으며 구경하는 그림이 유모러스하게 그려있었다. 다음 장을 들치며 청년은 웃었다. 나도 미소를 머금었다. 펑크가 다

수선된 모양으로 담배를 입에 문 병사 하나가 숨이 턱에 닿은 자세로
열심히 펌푸질을 하고 있었던 것이다.

3.

　지금 이 글을 쓰는 저녁상 머리에는 박찬식 동무의 손에 집필되고 편
집된 『민성』잡지 북조선 특집호가 놓이지 않아 그의 명문장 『북조선답
사기』를 인용치 못하게되 섭섭하다. 그대신 청년이 서울로 돌아가 반드
시 쓰리라더니 미처 이루지 못하고 죽은 이 그나마 여기에 적어 그의
한많고 비분한 죽음을 조상 하고자한다. 혹시 그 특집호에는 못 실렸으
나 우리들이 모르는 지면에다 숙망을 달했는지도 모른다. 그러나 나는
서울서 온 동무들로부터도 그 내용의 글을 보았다는 말을 듣지 못하였
다. 그것은 당시 우리 집에 함께 살던 소련기사 E씨와 박 동무와의 애기
이다. 청년은 바로 그에게 대담한 흥미와 관심을 가져 우리들한테도 그
의 일에 대하여 여러 가지로 시시콜콜이 묻곤하였다. 서울 가면 그의 애
기를 소설로 한편 꾸며 보겠다면서 즐거운 낯빛을 하였다. 이제 와서 소
설 아닌 실제의 애기를 이렇게 내가 대신하여 기념삼아 쓰게 되었으니
작가라 이 또 무슨 직업인가?
　밤이면 때때로 그들 둘이는 차를 마시며 묵묵히 서로 마주앉아 있었
다. 때로는 셋이서 술을 같이 하기도 하였다. 기실 청년은 술을 못 하였
다. 본디 말도 전혀 모르고 익살스러운데도 없기 때문에 청년은 그야말
로 꿔다놓은 보리자루였다. 게다가 E기사도 또한 과묵의 성격으로 좀해
서 웃지도 않았다. 쓴차와 술도 매우 맛적게 들이키었다. 그러다가 이따
금 이유 없이 제바람에 우뚝 일어서서는 시뻘건 얼굴을 흠실거리며 좁
은 방안을 곰처럼 왔다갔다 하였다. 통역 동무한테 들은 말에 의하면 조

국전쟁에 온가족을 잃었다는 외로운 독신자였다. 소련서도 유명한 화학 기술자라는데 그래 그런지 축제일 같은 때는 그의 가슴패기에 레닌훈장이 빛나곤하였다. 그러나 그는 한 번도 자기 자신의 얘기를 하려고는 않았다. 성미가 괄괄할 뿐 실상은 그 이상 더 없으리만치 순박하고 어진 사람이었다. 우리애들은 늘 이 기사를 찾아다니며 무서움이 없이 커다란 가슴에 나겨서는 그의 늘어진 볼을 잡아뜯어 그를 웃기곤하였다. 웃을 때에는 굵은 웃음소리가 송풍관으로 바람을 내뿜듯 방안을 흔들었다. 어린애는 그의 가슴위에서 더욱 좋아라고 캐들거리었다.

　집에 돌아오면 별로 놀러나가는 데도 없고 따로 찾아오는 사람도 없으나 때때로 기술자 비슷한 조선청년들의 방문을 받았다. 이런 때면 박 동무는 일손을 멈추고 옆방에서 들려오는 말소리에 유심히 귀를 기울였다. 기술상의 해명을 해주느라고 방안을 거닐며 거쉰 목소리로 무어라고 한참식 설명을 하였다. 그 내용을 통역 동무가 일일이 받아 조선말로 옮긴다. 그러면 박 동무는 자기가 그 기능자나 되는 것처럼 노-트에 받아썼다.

　"…알만 합니까? 그래서 두 종류의 가스를 혼합해 쓰는 것이 이상적이라고 합니다. 기록하십시요. XX 가스는 850칼로리 XX 가스는 1,400칼로리 XX는 1,700칼로리 그런데 동무가 개조한 가스통로를 본다면……"

　그날밤 청년은 훗훗한 화독 옆에서 E기사와 마주 앉아 그의 초상을 스케치하고 있었다. 늦게 돌아온 나도 저녁을 마치고 한자리에 참석하였다. 이윽고 통역 동무도 찾아왔다. 그때 여러 가지로 얘기가 전개되었으나 세밀한 것은 기억에 없다. 청년은 이 기회를 대단히 기뻐하여 스케치를 하면서 그에게 여러 말을 물었다. E기사도 이날은 북조선을 탐사하려 먼 길을 떠나온 용감한 젊은 저널리스트를 동정하고 존경했던지 순순히 대답해주고 있었다. 전에 없이 유쾌한 태도로 소주를 들이키면서 콧노래까지 불렀다. 그러나 청년은 그의 고향이 어디냐고 물었을 때 E기사는 매우 의아하다는 듯이 갑자기 얼굴이 굳어지었다.

“고향? 소베트 사유자―니뽀니마이?”

내 고향이 소련나라인 것을 모르느냐는 반문이다. 박 동무는 손을 내저으며 우리와 같이 웃었다. 그도 아주 유쾌한 모양이었다.

“기사님 그러지 말고…… ”

“무엇이요?”

E기사는 더욱 놀래였다는 듯이 내 얼굴을 돌아보고 또 청년의 얼굴을 마주 보며 머리를 설레설레 저었다. 하기는 나 역시 아직 그의 고향에 대한 얘기를 들은 적이 없었다. 나도 청년편에 가담하였다. 하니까 그는 커다란 푸른 눈알을 굴리며 두 손으로 낮과 마치의 시늉을 하고 팔다리로 춤을 추는 동작까지 섞어가면서 이런 의미의 말을 하였다.

“온세계의 6분지 1을 차지하는 광대한 국토는 무궁한 자원과 건설에 무르녹고 인민들은 일하기를 즐겨하며 평화와 자유를 노래하는 세계에서도 가장 부강한 정의의 나라 위대한 소베트 사유자를 니뽀니마이? 동무 박 그래도 모르겠느냐?”

입언저리에 웃음빛 하나 떠오르지 않는다. 박 동무는 난처한 듯이 머리를 부비며 “뽀니마이 뽀니마이”를 연발하였다.

“동무박 뽀니마이다?”

하면서 E기사는 그제사 만족한 듯이 빙긋이 웃더니 다와이 다와이하며 청년의 손에서 스케치를 뺏어 들었다. 뺏어들고 들여다보면서 곧잘 된 그림이 신기한 듯 유쾌한 웃음을 터뜨리었다. 그 후 이 초상은 기사가 우리집을 떠나는 날까지 그의 방에 붙어 있었다. 그리고 떠나면서 기사는 가난하고 불상한 젊은 조선인 화가가 기념으로 그려준 이 선물을 소중히 가방 속에 건사해 넣었다. 오늘에 와서는 이 그림도 박 동무의 조그마한 유작(遺作)의 하나가 되고 말았다.

그러나 고향의 얘기가 이렇게 되었다고 청년은 만만히 물러나려고는 하지 않았다.

그 서투른 그림을 마담과 말리엔끼가 기다리고 있는 곳으로 보내주시면 영광입니다 이렇게 말하니까

"니에루!"

기사의 느닷없는 대답은 무슨 의미인지 똑똑히 알 수 없었다. 그러나 청년은 이렇게 하여 그의 고향 얘기를 끌어낼 속심이었던 모양이다. 그러므로 가족이 하나도 없다는 말로 지레 짐작하고 조선식 소련말로

"마담 말리엔끼 아딘 니에루?"

"다다 마담 니에루 말리엔끼 니에루"

하면서 불현 듯 침통한 얼굴을 지으며 술을 꿀떡 들이키었다. 그리고 빈 컵으로 자동 소총을 둘려대는 시늉을 하며

"게스만스키 뚜뚜뚜!"

기사의 눈방울에서는 시퍼런 불빛이 튀어나오는 듯하였다. 잠시 무거운 침묵이 내려 덮였다.

"그러면 일가친척은…" 한참만에 박 동무가 침묵을 깨트렸다.

"일가친척?" 기사는 쓸쓸히 웃는다.

"동무 박 하나도 없소 혹시 나 모르게 친척이 있는지는 몰라도…"

"기사님." 청년은 웃어 넘기었다.

"세상에 일가친척이 사는 고향도 없는 사람이 어디 있어요?"

"당연한 질문이오." 하면서 의미심장하게 끄덕이는 E기사는 어쩐일인지 매우 감개무량한 모양이었다.

담배에 불을 달아 한모금 들이키더니 서글픈 표정을 짓는다.

"그러나 내게는 소베트 사유자가 있었을뿐 고향이 없는걸 어떡하오?"

어디엔지 말할 수 없는 심각한 음영이 잠겨 있는 듯한 말이었다. 청년과 나는 묵묵히 그의 무거운 입을 바라볼 뿐 이었다. 기사는 이윽고 육중한 구두발을 뜨즉뜨즉 옮기듯이 입을 열어 천천히 얘기하였다. 통역 동무도 언제나 자기에 대한 말이 없던 E기사의 얘기가 의외로 신중

하게 전개되는데 은연히 놀라는 마음으로 귀를 기우리며 조용히 통변을 하였다.

"기차안에서 태여났으니 어떻게 고향이 있겠소? 동무박 피의 일요일 이란 말을 들은 적이 있소? 피의 일요일!"

"있습니다. 여기 와서 책을 읽고 알았습니다". 청년은 힘있게 대답하였다.

"1905년 1월 9일 아닙니까. 노동자들이 짜르를 믿어서는 안된다는 피의 교훈을 받은…"

"옳습니다. 바로 그날 니콜라이 2세가 군대를 풀어 맨주먹의 노동자들을 막 쏘아 죽였습니다. 남조선에서도 이승만 그렇게 하지요?"

"그런 일 많이많이 있습니다." 청년이 무연히 대답하니까 기사는 손을 내저었다.

"남조선 인민 이승만에게 많이많이 죽어지 않소…"

"옳습니다. 남조선인민은 싸워야 된다는 것을 확실히 깨닫고 있습니다." 박 동무는 이렇게 대답하였다.

"총을 들고 일어났습니다."

"바로 그 피의 일요일 니콜라이가 노동자들을 막 쏴 죽인다는 놀라운 소문을 듣고 달려가는 사람들 가운데 제어머니가 있었소. 아버지가 시위행렬에 참가했기 때문입니다. 불안과 공포속에 어머니는 나를 즐겨 낳고 세상을 떠났소. 그 뒤부터 나는 아버지와 같이 각 지방공장으로 탄광으로 제조소로 전전유랑했습니다. 어린 나는 일터에까지 따라다니며 아버지의 곁을 떠나지 않았습니다. 그러면서 자연 일을 배워 노동하게 되었지오. 아버지는 내가 열두살 나는 해 봄 광산에서 중상을 당하여 죽고 말았소. 얼마 안되어 곧 10월 혁명입니다. 나는 소년연락원으로 어른들의 무장 폭동에 참가하여 싸우러 다녔습니다. 남조선에도 그런 소년 많을 것이오."

"부녀자 소년할 것 없습니다." 청년의 대답에 기사는 크게 끄덕이었다.

"뒤이어 외국반동정부의 후원 밑에 국내 백파들은 우리 소베트정부를 향해 대포와 총을 가지고 나섰소. 나는 붉은군대에 뛰어들었기 때문에 놈들과 싸우느라 한자리에 붙어 있을 수가 없었습니다. 아직 어린 소년이었으나 그 당시에도 이렇게 몸이 든든했소."

하면서 힘을 주어 끌어다닌 두팔 사이로 굵다란 목을 쑥 내민다.

"백파들과의 싸움에 이긴 뒤에 나는 다시 노동자가 되었습니다. 화학공장에서 일했습니다. 기능자가 되면서 공업대학에 들어가 공부도 하고 그 뒤에 결혼도 하고 나는 대단히 행복했소. 딸 하나 아들 하나 어린애들도 대단히 귀여웠소. 우리 부인도 대단히 좋은 사람이었소. 그러나 이번은 난데없이 독일 강도놈들이 쳐들어옵니다. 우리들의 평원을 휩쓸고 진실을 파괴하고 사람들을 도살합니다. 나는 또다시 군복을 입고 전선으로 나갔소 독일 강도놈들을 때려부시며 백로씨아 우크라이나 파란등지로 진격했소. 그러다가 전선에서 명령을 받고 돌아와 복구사업에 착수했습니다. 돌아와 보니 처자는 놈들에게 살해되었소 집은 불타고 업소. 공장도 파괴 되었소. 이 공장에서 얼마동안 저 광산에서 얼마동안 이렇게 각 지방으로 돌아다니며 복구사업에 종사하던 중 조선에 나가라는 명령이 내렸소. 보십시오 결코 거짓말이 아니오. 내 고향은 소베트사유자 전체입니다. 동무박 뽀니마이?"

이런 서글픈 얘기에 귀를 기우리며 나 역시 깊은 감동속에 잠겨있었다. 통역 동무가 조선말로 옮기는 말도 마디 마디 떨리는 듯하였다. 청년의 가슴속에는 기구한 운명을 가진 외로운 이 소련 기사에 대한 존경과 동정의 마음이 사무치는 듯 열심히 필기하던 봇대를 멈추고 때때로 뜨거운 시선으로 그의 얼굴을 우러러보곤 하였다. 기아와 고통과 슬픔과 투쟁에 일관한 40평생… 오늘의 소베트인민이 광영의 조국과 승리의 평화를 얻기까지에는 이렇듯 험난한 역사와 악전 고투가 있었던 것이다.

"고향이 없다고 무슨 큰일이오? 나는 우리 조국 제일 사랑합니다. 동무박은?"

"나도 역시 우리 조국을 제일 사랑합니다."
이렇게 청년이 감격의 어조로 대답하니까
E기사는 두팔을 벌리여 벌떡 일어났다.
"오진 하라쇼… 그리고 우리들의 두 나라는 형제요. 그러니까 작가 김!"
하면서 내손을 붙잡고
"내 형제 아지나—크!"
돌아보며 청년을 쓸어 안더니 열광적인 어조로 부르짖었다.
"동무박 내동생!"

4.

이때의 인상이 떠나지 않고 언제나 내 머릿속에 있다. 그 뒤 며칠만
엔가 박찬식 동무는 좌담회 기록을 작성해가지고 원고뭉치와 사진재료
들을 보에 싸들고 하루 아침 서울을 향하여 먼 길을 떠났다. 우리들은
그를 위하여 새로 글도 써주고 좌담회도 조직하고 또 기타 여러 가지
자료를 제공했던 것이다.

청년이 서울을 향하여 떠난 후 우리들은 그가 무사히 돌아갔을까 그
의 계획이 헛되지나 않은가 매우 조바심이었다. 어느 길로 돌아갔는지
도 모르는 그의 소식은 얼마동안 영 까마득하였다. 그 뒤 담경을 지나
풍편으로 나는 청년이 인천부두에 하륙하면서 체포되었다는 소식을 들
었다. 뱃속에서 미리 어떤 여인에게 의탁하여 원고와 자료는 무사했다
고 한다. 그러나 낙망천만이었다. 모든 일이 편집발행에 대한 청년의 굳
은 신념과 결의를 담보로 하여 이루어진 일이기 때문이다. 이제는 그를
보내왔던 편집부장의 양심을 믿을 수밖에 없었다.

한 달 가량 뒤에 2, 3월 합병호로 발행된 『민성』 잡지 북조선 특집호

가 전달되어 왔다. 그것을 펼쳐들고 나는 무량한 감격에 싸여 예술총동맹으로 나갔다. 박 동무는 단순한 월경자로 가장하고 석방되어 나와서 전적으로 편집에 참가하였고 인쇄 노동자들은 밤을 새워가며 찍어냈다고 한다. 잡지 한권 전체가 거의 다 그의 손에 집필되고 편집되었다. 그리고 그 내용은 얼마나 청년이 견결하고 성실하며 또 얼마나 비상하고 탁월한 자질을 가진 선전자인가를 증명해 주고도 남음이었다. 나는 혀를 채며 새삼스레 놀래었다.

그러나 이 특집호가 세상에 나와 남조선 독서계에 미증유의 파문을 일으키게 된 그날 아침으로 편집부장과 박 동무는 그 잡지사에 있지 못하게 되었다. 청년이 며칠 뒤에 대한테러청년단 본거로 납치되어가서 무한한 악형을 당했다는 사실은 그 뒤에야 알게 되었다. 몽둥이와 철편으로 들어 조이는 바람에 거의 다 죽게된 그는 죽음을 무릅쓰고 3층으로부터 떨어지었다. 아스팔트 노상을 피로 적시며 꿈틀거리는 그의 몸 End이를 지나가던 어진 인민들이 떼메고 달아났다고 한다. 그러나 그 뒤의 생사에 관해서는 알 길이 없었다.

그러나 그는 살아있었다. 작년 11월에 우연히 나는 그의 글을 신문지상에서 발견하고 놀래었다. E기사와 박 동무의 말처럼 죽음과 멸망을 원치 않는 남조선인민들의 천지를 뒤흔드는 항쟁의 불길은 더욱 치열하게 일어난 것이다.

박 동무는 이 진상을 정확히 인민들에게 알리려고 순천 여수 폭동사건 당시 현지로 달려갔었다. 그의 현지 보고의 일단이 우리 북조선 지면에도 전재되었던 것이다.

"박찬식 기자의 보도에 의하면……" 이런 어구를 발견하고 나는 적이나 감개무량하였다. 보도의 일부는 이러하다.

"여수에 당도해보니 참으로 경시할 수 없는 참경이다. 국군이 난사한 총탄과 폭격에 의하여 시가는 거의 폐허화하고 몽롱한 연기 속으로 피비린내가 코를 찌른다. 하루 밤의 포격으로 거지가 된 이재민 만여 명은 노두를 방황하고 있다. 한편 이곳 읍민들은 통행증을 받으려고 경찰서 문앞에 줄을 이어 해가 저물도록 순번을 기다리고 있었다. 그러나 통행증을 받으려면 두면의 현직 경관의 보증이 필요하다 하여 여기에도 뇌물시장이 벌어지고 있다. 거리거리에서 당지 인물들은 만나는 사람들마다 부둥켜안고 살아있었소? 하는 것이 인사이다."

이글을 읽을 때 내 머리 속에는 시커먼 살눈섭을 연신 섬석이며 시리운 목을 손으로 서걱 서걱 부비던 그의 영상이 떠올랐다. 이윽고 그 살눈섭 속에 증오의 불빛이 뻔쩍이고 기다란 목이 불기둥처럼 달아오르는 모양이 눈앞에 선하게 보이는 듯하였다. 계속하여 다음과 같은 보도도 있다.

"그전 종산국민학교에는 소위 포로수용소를 설치하고 혐의자라는 죄명밑에 많은 인민들이 감금되고 있으며 시가에서 약간 떨어져 있는 곳에 사형장이 있는데 이날도 오후 2시에 폭동군 ○○명에 대하여 사형을 집행한 후 그 자리에서 화장해 버렸다고 한다. 그리고 기자는 저녁때에도 24명의 사형집행을 끝내고 돌아오는 자동차를 보았다. 그 외에도 경찰들이 17, 18세 난 듯한 소녀와 청년들을 끌고 가는데 그 뒤로는 가족일 듯한 사람들이 공포에 찬 걸음걸이로 따라가는 것을 보았다. 그중에는 집안에 있었던 아들이 총을 쏜 혐의자로 끌려간다고 울며불며 애소하는 노인이 있었다. 그 뒤를 미국 군인을 실은 지프차가 웃음을 담고 질주한다.

밤이 되면 군경은 공포와 불안 속에 휩싸인다. 죽음과 암흑의 거리에서는 고양이 울음소리 하나 들리지 않으나 청년남녀들이 자꾸자꾸 유격대를 찾아 발길을 떠난다고 경계망은 들었다 놓았다 야단을 치고 있다. 그리고 살인적 고문을 받는 청년학생들이 끝까지 반항을 하며 사형장에서는 조선민주주의 인민공화국 만세를 부르며 심지어 미소를 띄우고 집행을 받고 있다는 얘기가 이 거적더미에서 저 토굴속으로 건너편 움집으로 이렇게 야명조의 울음소리처럼 전해지고 또 퍼져가고 있다."

명기자의 이름을 떨치기까지의 박찬식 동무는 양차에 걸쳐 대규모의 용감한 현지 여행을 하였다. 공감(共感)과 기쁨에 찬 북조선 탐사에 비하여 볼 때 이것은 또한 얼마나 이가 갈리며 치가 떨리는 비분한 행각(行脚)이었을까? 진실을 사랑하고 인민에게 충실하려던 가장 애국적인 우수한 선전자 박 동무는 이미 무참하게도 미 제국주의자의 앞잡이들에게 살해되었다. 치받치는 분격과 증오 속에 하마 눈이 감기지 않는 원한에 찬 죽음이었을 것이다. 놈들은 악형하다 못해 미국식 전기고문을 하고 수갑을 채운 채 학살했다고 한다. 그러나 놈들은 알아야 한다. 이와 같은 무수한 죽음을 헛되지 않게 하기 위하여 우리 인민들은 시체를 넘어 장엄하게 전진하며 맹렬히 싸우고 있다. 박 동무의 시체는 우리 진지의 또 하나의 힘있는 보루(堡壘)가 되어있는 것이다.

E기사가 그의 죽음을 안다면 얼마나 분해할까 라디오로 이 일을 알았을 때 기사의 얼굴이 퍼득 떠올랐다. 동시에 비통한 운명을 마친 박 동무가 기념으로 그려준 그 스케치가 지금은 소련 어느 한 지방 공장 사택에 걸려 E기사로 하여금 그 복구사업에 커다란 공훈을 남긴 조선나라에 대한 가지가지의 추억을 들추게 하고 있을 건가를 생각게 하였다. 조국과 평화와 건설을 위하여 혈투해온 E기사의 절절한 고백은 언제나 그를 고무하고 격려했을 것이다. 박찬식 동무 역시 붓 한 자루를 들고 전전유랑하여 고향이 없기나 다름없는 옷도 없고 이불도 없는 신세였었다. 그러나 그 역시 우리 조선이 언제나 잊지 않고 기억에 새겨둘 우수한 아들의 하나인 것이다. 계집들은 싫고 지프차를 달리며 조선의 어린애들을 육살하거나 카빈총을 들고 인민들을 위협하며 다니는 미군인들을 모아오던 공장을 뜯어내고 광산에서 은금보화를 도적해내는 미국기술자들만 보아오던 그의 눈앞에 소련기사 E씨의 영상은 언제나 살아지지 않는 등대의 불빛이었을 것이다.

E기사의 소식은 귀국 후 까마득하였다. 그러나 바로 며칠 전의 일이다. 청진 제강소 복구사업에 위대한 원조를 주고 있는 소련 기사들의 사

진과 기사가 실린 신문 속에서 나는 E기사의 얼굴을 발견한 것이다. 경제문화 협정에 의하여 또다시 조선으로 파견되어 나온 모양이었다. 조선노동자들 속에 포위되어 질문에 응답하고 있는 역시 여전하게 무뚝뚝한 얼굴이었다. 내 눈앞에는 그 육중한 몸집이 두 팔을 벌리고 박찬식 동무를 쓸어안으며 “동무 박 내동생……” 하던 광경이 그림자처럼 떠오르며 그 거쉰 목소리가 귀를 울리는 듯하였다.

칠현금*

1

    얼마 전 이 국영제철소에 문학 동맹중앙위원회로부터 파견되어 나온 작가 S는 직장위원회 문화부의 걸상에 앉아 지금까지 이곳 제철로 동자들이 손수 써놓은 문예작품들을 뒤적거리고 있었다.

    생산계획 초과달성과 기간단축운동의 최후 돌격기에 들어간 제철소는 공장전체를 들어 그야말로 장엄한 군악을 울리는 듯하였다.

    중천에 버티고 앉아 쇳물을 내 뿜으면 지동을 치는 용광로 불기이며 너울너울 무쇠가 끓어 번지는 불가마들이며 활개를 저으며 달리는 기중기, 불방아를 찧으며 돌아가는 압연로라, 그 밑으로 몸부림을 치며 달려나오는 시뻘건 철판, 흠실흠실 무너져나오는 해탄더미의 불담벽! 제철소의 웅심깊은 호흡과 장쾌한 파동이 그의 가슴속을 벅차게 넘쳐흐르는 듯 하였다.

    이처럼 우람차고도 감동적인 면모와 인상의 반영을 여기 노동자들의 작품 속에서도 찾아보려고 하였다.

    그리고 S는 어느 정도 이점에서도 만족을 얻을 수 있었다. 표현수식이 잘 되고 못된 것은 둘째치고 거의 모두가 철자법부터 틀린 개발글이

---

* 이 작품은 『문학예술』(2-6, 1949. 6)에 게재된 것이다.

였으나 불과 몇 줄 씩 안 되는 시가의 구절가운데서도 자기네의 공장과 노동에 대한 열렬한 찬미와 민주개혁을 베풀어준 민족의 태양 김일성장 군님에 대한 불타는 충성심이며 반동반역에 대한 피를 물고 이를 가는 듯한 적개심 등이 글자 속으로부터 푹푹 기름내와 쇳가루를 내뿜으며 용솟음치는 듯하였다.

특히 격조 높고도 씩씩하고 아름다운 시가의 귀중한 새싹들이 남몰래 움트고 있음을 엿볼 수 있었다. 이렇듯 소담한 새싹들을 어째서 아직까지 묻어두었을까 하고 직장위원회 문화부의 등한한 처사를 비난하기 전에 S는 도리어 작가자신들이 무관심성을 뉘우치게 되었다. 따라서 여기에 나오기가 너무도 늦었음을 후회하기 전에 그는 뒤늦으나마 지금이라도 이처럼 나오게 된 것을 적이 다행한 일로 여기려고 하였다. 하루바삐 자리 잡고 앉아 작품창조의 길을 개척하는 한편 청신하고도 기운찬 노동예술가들의 싹을 발견하고 키워내리라…….

작가 S는 흐뭇한 행복감에 가슴속이 부풀어오르는 듯하였다.

새시대를 맞이한 새나라 작가로서의 새로운 삶의 길을 찾으려는 S자신의 자기요구도 또한 어지간했던 것이다. 형형색색의 종이위에 각가지 글씨와 문체로 써넣은 글들은 대개가 시편이 아니면 감상문이었다. 이것들을 하나 하나 정리해나가느라면 그 중에는 도시 제목부터 없는 또 있대야 <용접공 용감시>니 <해탄수월>이니 따위의 엉터리없는 것들이었으며 또 가다가는 겨우 다섯장 밖에 안 되는 12막 3장이라는 전대미문의 희곡도 튀어나와 실소를 금치 못하게 하였다.

그러나 이와 같은 작품 아닌 작품을 대하게 되어도 그 소재가 한결같이 공장의 실생활과 노동자의 생동한 감정에 토대를 둔 적절한 내용임에 새삼스레 놀라게 되는 경우가 많았다. 하나 설마 이 원고뭉치 속에 지금까지 아무에게도 발견됨이 없이 무한한 진통을 겪으며 있는 하나의 우수한 재능이 숨어있으리라고는 전혀 뜻하지 못 하였던 것이다.

수많은 이 원고 가운데 소설도 4~5편 되었으나 그 중의 한편이 유난히도 그의 주목을 끌었다.

작가 S는 중도에서 이 원고부터 집어들게 되었다. 일제시대의 엽서 크기만한 공용천 뒷면 백판에다 연필로 깨알같이 한자 한자 잘게 박아 쓴 옹골찬 글씨부터가 매우 인상적이었다. 그것이 열두서너 장, 200자 원고지로 한다면 60~70매 길이나 될까? S는 이와 같이 기다랗게 얘기거리를 늘어놓을 수 있는 사람이 있었던가고 우선 이점에서부터 은연히 놀라는 마음이었다. 비교적 빈 구석이 없는 탐탐한 문장으로 어감도 부드럽고 화술도 능란한 편이었다. S는 결코 처음 써보는 솜씨가 아니라고 혼자 끄덕이면서 옆에 앉아있는 문화부 동무에게 이 사람을 아느냐고 물어보았다.

"윤남주?"

그 동무는 이렇게 이름을 한자씩 떼어서 읽더니 귀에 설은 이름인 모양 고개를 기웃거리며 또 다른 동무들에게 물어본다. 맨 구석에 쭈그리고 앉아 주판을 대고 종이 위에 선을 긋고 있던 중년 동무가 깔깔한 노랑수염을 만지작거리며 말했다.

"아마 병원에 누워 있는 동무지이."

"무슨 병으로?"

"글세 자세히 알 수 없습니다. 그렇다는 말만 들었을 뿐이니까요."

문화부 동무들이 이럴제는 이 필자의 존재가 그다지 주목되어 있지도 않은 모양이었다. 캐어물을 필요도 없기에 다시금 원고를 집어들고 계속해 읽어나간다. 그러나 S는 공장 동무가 어째서 이런 소설을 썼을가고 진작 머리를 기우뚱거리게 되었다.

문화직 소양도 풍부하고 재능도 출중한 편으로 얘깃거리는 비교적 규모있게 짜여졌으나 너무도 노동자들의 생활과 거리가 먼 공허하고도 허구적인 내용을 담은 작품이었다.

"아마 이것도 그 동무의 것인가 봅니다. 일전에 보내왔습니다."

앞에 앉아 서랍 속을 뒤적이던 동무가 넘겨주는 것을 S는 받아들고 또다시 앉은자리에서 내려읽었다.

이것도 역시 한 본새로 공용천 뒷면에 연필로 박아쓴 깨알 글씨이며 또 필자의 필력을 충분히 보장함에는 틀림없는 30~40매 가량의 단편이었다. 그러나 어떤 절망적인 고독과 설움을 그린 그 내용이 또한 이상스럽게 생각되었다.

"이 공장 노동자입니까?"

원고지를 접으며 이렇게 의아스럽게 다시 묻고있는 차에 마침 부장 동무가 들어왔다.

"그 동무는 해방 전부터 누워있다고 합니다."

"해방 전부터?"

"그렇습니다. 본시 전기기술공이었는데 작업 중에 부상을 당한 이래 전혀 운신을 못한다고 합니다."

"그럼 불구자로군?"

S는 놀란 듯이 허리를 펴며 정좌하였다.

"그렇지요. 이 원고도 병원 간호원이 일전에 가지고 왔습니다. 읽어보셨는가요? 노동자라고 농촌을 못 그리고 운신을 못하는 몸이라고 가보지도 못한 선거장 풍경을 못 그리겠소만 워낙 허궁 뜬 얘기가 되어서 실감이 나지 않을 것 같습니다."

"글쎄말입니다."

"그 뒤에 또 써온 것은 없고?"

사실 이런 이유에서만도 S는 이 필자에 대하여 가벼운 놀람과 동시에 일종의 위구에 가까운 흥미를 느끼지 않을 수 없었다. 그것은 선거에 대한 작품이었던 것이다.

"없습니다. 아직은……. 사람을 보내어 쓴 것이 있으면 달래올까요? 하여간 불쌍한 동무입니다. 여―연락원 동무!"

S는 부장 동무를 제지하며 자리에서 일어났다.

"제가 문병겸 올라가볼럽니다."

이리하여 작가 S는 불행한 병자를 방문하기 위하여 공장병원으로 찾아 올라오게 되었다. 병원은 제철소 전경이 눈앞에 바라보이는 언덕위의 아늑한 곳에 자리 잡고 있었다. 겨울을 저버린 듯 한낮의 다양한 햇빛이 졸고 있는 기다란 복도를 지나 입원병동으로 통하는 길로 접어들려는데 갓 지나온 간호원실에서,

"여보세요."

하고 부르는 소리가 들린다.

"어디를 가세요?"

S는 주춤 멈춰서면서 주사기에 약을 놓던 손길을 멈추고 빠끔히 내다보는 얼굴이 갸름한 간호원에게 병자를 면회하러 간다고 말하였다.

"면회는 일요일 오후 한시부터 세시사이에만 하게 되어있습니다."

하면서 간호원은 부채질처럼 긴 살눈썹을 내리깔고 다시 주사약을 뽑아넣는다.

"……"

"오늘 꼭 찾아보셔야 겠어요?"

계면쩍게 웃으며 끄덕이니까

"어느분을 찾아가세요…… 윤남주 동무요?"

간호원은 약간 기색이 달라지며 다시 한번 살며시 쳐다보더니

"그럼 이리 들어오세요."

하고 펜을 들고 의자에 앉으며 특별면회용지를 꺼내놓으며 연거푸 묻는다.

"용건은?"

"어데서 오셨는데요?"

"평양? 그럼 전부터 아세요?"

무척 친절은 하나 어지간히 다사스러운 간호원이라고 생각하면서 아직 면식은 없지만 꼭 만나 볼일이 있어서 왔다고 하니까 용건란에 문병이라고 기입하더니 긴 살눈썹을 살짝 치켜올리며,

"S 선생님 아니세요?"

하고 기대어린 빛으로 묻는다. S는 짐짓 놀라는 체하면서 그렇다고 고개를 끄덕였다.

"역시 선생님이 오셨군요."

간호원이 반색을 하며 새물새물 웃는 바람에 작가 S는 더욱 어리둥절할 수밖에 없었다.

"……"

"그렇지 않아도 윤 동무가 아까 선생님 얘기를 하던데요. 아이참 우연한 일치인데."

간호원은 혼자 신이 나서 덤비며 뒤를 향하여 기쁜 빛으로 말을 건넨다.

"과장 선생님 그렇죠?"

지금까지 뒤쪽에서 환자들의 병력서를 뒤적거리고 있던 나이 지긋한 의사 한분이 이쪽을 물끄러미 바라보다가 다가오며 악수를 청하였다.

"바루 선생님이시군요 윤 동무가 얼마나 기뻐할지 모르겠습니다. 저는 여기 외과과장입니다."

S가 어리둥절해하자 간호원이 잽싸게 참견해 나섰다.

"아까 공장 스피커루 방송이 있었다나봐요. 선생님이 오셨으니 문학써클원들은 전부 노동자회관으로 모이라구요……. 윤 동무는 우리 병원 내의 청신경이랍니다."

그제야 비로소 어떻게 된 영문인지를 알게 된 S는 대체 언제부터 본인이 누워있으며 또 병은 무슨 병이냐고 물었다.

"저는 가제 부임해왔기 때문에 아직 자초지종을 자세히는 모릅니다만은 이 신 간호원이……"

"6년 동안이예요."

신이라고 불리운 이 간호원이 또 나서는 바람에 외과과장은 설명 할 사이도 없었다.

"6년 동안!"

"왜놈들이 며칠 안으로 죽을거라고 손 한번 대지 않고 그냥 내버려두었기 때문에 아주 페이니 되고 말았어요.”

　“병명은 압박증 척수염 등시메뼈가 부러진 겁니다. 바루 이쯤……”
하면서 과장선생은 자기의 허리밑에 손을 돌리며 이렇게 설명하였다.

　“뼈가 부려졌기 때문에 쪼각뼈들이 눌러버려 하반신을 움직이지 못합
니다. 전혀 감각도 없습니다. 오줌도 고무줄로 뽑아내고 대변도 관장으
로 풀고 있는 형편입니다.”

　“…….” 너무도 참혹한 애기에 압도 되어 S는 말이 나오지 않았다.

　“일간 렌트겐사진을 찍어보렵니다만은 워낙 너무 시기를 놓쳤기 때문
에…….”

　“왜놈들은 우리들의 철도, 광산, 공장만 파괴한 것이 아니라 우리 조
선사람들의 신체까지 파괴한 셈이에요.”

　신 간호원이 숨을 돌이키며 새촘하니 질린 얼굴에 까만 눈망울을 불
송이 처럼 번뜩이었다.

　“그렇습니다…… 파괴된 그 신체들을 회복시키는 일이 저희들의 임
무지요.”

　과장선생은 무거운 어조로 이렇게 중얼거렸다.

　“그러나 윤 동무에 대해서만은 별도리가 없을 것 같습니다. 현재 치
료라고는 오래 누워있었기 때문에 살이 꺼지고 물커지는데를 소위 욕창
을 소독하고 약을 발라주는데 불과합니다. 세상 말할 수 없이 비참한 병
자입니다. 언제나 책읽기를 좋아하고 또 자기도 글을 쓰노라고 바닥바
닥 애를 쓰는군요.”

　“때때로 자기가 쓴 동화가 방송되는 것을 들으며 위로를 받는 모양입
니다.”

　애기를 듣고 보니 아까 읽은 그의 작품에도 어덴지 동화작가다운 필
치와 풍격이 서리어 있듯이 느껴졌다.

　“먼저 달에도 방송을 나왔어요.”

　신 간호원은 비록 말이 다사한 탓만이 아닌 듯하였다.

"저희들은 수직실에서 들었는데 어찌 재미있던지 모르겠어요."

"그래? 어떤 얘기인데."

돌아보며 웃음을 띠우는 과장 선생도 매우 사람 좋은이로 보이었다.

"제목이 여우가 판 함정에는 누가 빠졌나? 이런 얘기에요. 들어보면 여우가 꼭 일제시대의 왜놈원장이겠죠. 그놈이 윤 동무를 저렇게 만들었거던요. 그래 그 놈의 얘기가 아니냐구 본인에게 물으니까 반동요물 리승만! 이러겠죠. 하기야 왜놈이나 리승만이나 여우나 다 엇비슷한 요물들이죠 뭐……."

무심중 모두 웃음을 터트렸다. 신 간호원은 이렇게 분위기를 제 마음대로 하는 명랑하고도 귀여운 매력적인 처녀였다.

"그러나 이제는 그의 동화도 다 들었어요!"

"왜?"

과정선생의 눈이 동그래졌다.

"소설루 돌아서나봐요."

"소설? 소설도 좋지."

하면서 과장선생은 병력서를 몇 장 뽑아들고 일어나더니 이렇게 말하는 것이었다.

"어쨌든 우리 병원에서 가장 자랑하는 귀중한 문화인재입니다. 본인에게 많은 위로와 지도를 주십시오, 저녁시간이 되기 전에 어서 들어가 보시지요. 윤 동무의 방은 저 – 동병사 9호실입니다."

남으로 창문이 열린 외간 넓이의 병실 안은 중기 돌아가는 소리만 시그랑거릴 뿐 고요하였다. 담벽 한쪽에 붙여 놓은 침상위 흰 이불속에 첫눈에도 여윈 몸매 가느다란 청년이 돌아 누워 있었다. 그는 조용히 들어서는 S에게 돌아누운 채 숨소리도 나직이 물었다.

"누구신가요?"

S는 한 걸음 가까이 나서며 간단히 내방의 뜻을 말하였다. 순간 청년은 한 팔을 들어 헤엄치듯이 허공을 저으며 반색하였다.

“아— 선생님이에요?”

그 손을 다가가 붙들며 S는 뜨거운 촉감에 신열이 있구나 하였다.

“선생님이 이렇게 찾아오실 줄은……. 누구 좀 불러주십시오. 혼자 돌아눕지를 못합니다.”

이렇게 말이 떨어지기도 전에 문이 열리며 기다리고나 있었던 것처럼 그 신 간호원이 들어와 침상 곁으로 다가온다. 아마 S의 뒤를 따라온 모양이었다. 병자를 돌아눕히려고 하는데 새 한 마리가 이불자락 밑에서 오독독 뛰어나와 머리맡위로 올라붙더니 낯설은 방문객을 또록또록 살펴본다. S도 이 본새다른 조그만 방주인을 놀라운 눈으로 바라보며 뒤쪽에 놓인 감병인용의 나무침상위에 걸터앉는다. 신 간호원이 병자의 몸뚱이를 유리곽이라도 다루듯이 조심스레 움직여 반듯이 눕혀놓은 동안에 S는 방안을 한번 둘러보았다.

병자가 늘 바라보게 되는 앞벽면에는 파라우리한 사기로 된 붕어형 꽃병이 걸리고 그 붕어입이 종이로 만든 빨간 다리아꽃 두 송이를 물고 있었다.

침상가의 벽면에는 책상이 놓이고 거기에는 옥편, 사전, 시집, 소설책, 잡지, 그의 학습장 등이 꽂혀있고 자기 손으로 스위치를 비틀 수 있게 가까이 놓여있는 탁자위에는 라디오가 마주앉아 있었다. 그리고 머리맡 구석에는 실내온기에 잎이 싱싱한 한길가량의 석류나무가 그럴 듯이 모양좋게 가장구를 드리우고 그 끝가지 위에는 어느 사이 새란놈이 올라앉아 목덜미의 보숨털을 보르르 떨면서 반쯤 내리뜬 눈 위에 흰자위를 굴리고 있었다. 잘라준지 오래인 듯 어지간히 길어진 날개를 이따금 펼치며 조그만 발을 바둥거리기도 한다.

불우한 동화작가의 방다운 독특한 분위기였다.

햇빛이 마냥 퍼붓는 들창 밖으로는 차가운 하늘위에 나란히 솟은 열한개의 열풍로 굴뚝들이 신화에 나오는 천신들의 거문고처럼 번들거린다. 그 사이에 거인과도 같이 버티고 앉아있는 용광로와 육중하고 등실한 대형가스 탱크며 거무끄레한 고층 건물 등 웅장한 공장전경도 아연하게 바라보인다.

“신 동무, S 선생님이요…….”

이불자락을 여며주고있는 간호원에게 이렇게 병자가 가만히 들려주는 말을 받아 신 간호원이 말했다.

“아까 저희들 방에서 뵈었지요…….”

“그래요, 제가 그래도 글줄을 써본다구 위에 선생님이 찾아오셨겠지요…….”

저윽이 행복스런 어조였다.

“글쎄말이예요……. 고맙습니다.”

신 간호원이 웃음을 머금고 S를 향하여 사뿐 인사한다.

“그런데 선생님이, 이 윤 동무에겐 좋지 못한 버릇이 하나 있어요. 신열이 나고 몸이 편찮을 때는 쉬어야겠는데 그런 때면 더 극성을 부리며 무엇에 쫓기기라도 하는 사람처럼 붓을 들고 원고를 쓰신답니다. 악을 바락바락 받치면서 뻘겋게 뜬 얼굴이 꼭 반미친사람 같이 되어가지고 혼자 중얼거리며……. 윤 동무 그렇죠?”

하고 돌아보며 해죽이 웃으니까 병자는 악의 없는 눈길로 흘겨본다.

“또 쓸데없는 말을…….”

“선생님, 충고해주세요. 그럼 실례합니다.”

신 간호원이 나간 뒤에 작가 S는 불행한 이 병자에게 무슨 말부터 시작해야 좋을지 망설이다가 새를 퍽 좋아하는 모양이라고 하니까 해맑은 웃음빛을 띤 얼굴을 이쪽으로 돌리며,

“글쎄요, 좋아한다 할는지 전에는 그렇지도 않았지만 너무 오랫동안 새와 꽃과는 담을 쌓은 생활이기 때문에…….”

하고 말하는 그의 얼굴은 어떤 뛰어난 조각작품처럼 이목이 수려하기 그지없었다.

굳은 의지를 말하는 도톰한 콧날이며 미소를 머금은 탐스러운 입모습

과 어떤 알지 못할 깊은 속에서 내다보는 듯한 눈매— 그리고 코밑에 박힌 기미도 매우 인상적이었다. 나이는 27∼28세나 됐을까? 혹시 하나 둘 더 많을지도 모른다. 파리한 몸이어서 그런지 두팔만이 어울리지 않게 유별히 길어보인다. 그리고 무심히 쥐었다 폈다하며 부단히 움직거리는 북두갈구리 같은 큼직한 손은 역시 감출 수 없는 노동자의 손이었다.

그러나 어둠침침하고도 뒤숭숭한 방안과 불에 그슬린 썩정구와도 같은 병자의 모양을 예상하였던 S는 실내의 밝은 분위기와 병자의 명랑한 인상만으로도 우선 숨길이 좀 트이는 것 같았다.

"벌써 아홉달째 됩니다. 지난봄에 인민학교 학생이 잡아다 주길래……."

"무슨 새입니까? 얼핏보기에는 방울새 같기도 하구……."

사실 생긴 모양이나 몸의 크기는 방울새 비슷하였다.

"방울새와는 머리모양이 좀 다르지요. 울줄도 모릅니다. 별루 이름도 없는 새인가봐요. 아주 길이 들대로 들어 손에건 이마에건 막 날아와 붙는 걸요. 창문을 열어놓아도 나갈 생각을 못합니다. 오히려 제가 저 새를 동정하게 될 때가 있어요……."

하면서 그는 쓸쓸한 웃음을 지었다.

그러고 보면 날개를 잘리운 메새나 하반신의 자유를 잃어버린 이 병자나 매한가지의 신세로 생각되어 S는 덩달아 웃지를 못할 심정이었다.

병자는 연속 웃음빛으로 얼굴을 적셔가며 제철소에 대한 감상을 묻고 공장내용도 서명해주고 나중에는 문학이야기를 꺼내면서 여러 가지로 질문을 시작하였다.

이로부터 수월히 담화가 벌어지게 되어 S에게는 그나마 다행으로 생각되었다.

사실 그의 비참한 불행에 대하여 아무런 예비 지식도 없다면 모르려니와 일부러 모르는 체하고 그의 병상에 대하여 화제를 펴거나 더욱이 메사로운 위안의 말을 늘어놓거나 하기에는 너무도 그의 정상이 참혹하고 애처로운 느낌이었던 것이다.

　다만 이와 같은 침상의 불행 속에서도 어떻게든지 그을 써보려고 노력하는 그의 엄숙하고도 놀라운 기개에 대하여 충심으로 경의를 표하고 싶어지는 것이다.

　"그러나 배운 것도 읽은 것도 없기 때문에 쓸 줄이나 알아야지요. 이렇게 미이라처럼 드러누워 종이를 얼굴 위에 맞대고 써보느라니 이어 팔죽지가 떨어져오고 숨결이 가빠지고 또 생각도 흩어지고 해서……. 그런데 언제까지나 계실 작정입니까?"

　"여기서 겨울을 날 테니까 앞으로도 종종 찾아오리다."

　이렇게 위로하듯이 대답하여 S는 슬며시 말머리를 돌리었다.

　"동무는 선거도 이 방에서 치렀겠군요?"

　"물론 이동함에다 투표했습니다."

　"남보다 특별히 다른 감격이었겠습니다?"

　"말해서요……. 저 같은 사람에까지 선거권을 주니……."

　"이왕 선거이야기를 쓸 바엔 그때의 동무의 세계라든가 심정을 그렸더라면……."

　"부끄럽습니다. 선생님이 벌써 읽어주셨군요."

　"역시 작가란 자신이 제일 잘 알고 깊이 느낀 일을 제일 잘 쓰게 마련입니다."

　이렇게 말하면서 허구한 세월을 병상에 누워있는 몸으로 인민의 대표를 위하여 이동함에다 투표하는 사실 자체만도 그 얼마나 감격적이냐? 아무에게나 뼈저린 공감을 줄 수 있는 가장 특이하고도 특별한 자기의 감정세계를 그려보는 것이 어떠냐고, 이렇게 들려주고 싶던 얘기를 하였다. 그러자 지그시 눈을 감고 듣기만 하고 있던 병자는 자못 심란한 웃음을 지으며,

　"제 일이 무엇이 잘난일이라고 쓰겠어요?"

하고 짓는 그의 웃음을 진작 또 서글픈 빛으로 변하였다.

　"저는 이 제철소의 하나의 쓰지 못할 녹쓸은 나사못입니다."

“그 녹쓸은 나사못이 자기의 과거체험과 현재의 심정을 솔직히 말하기 위하여 붓을 든다는 겁니다.”

“그러나 저는 그러고 싶지 않아요. 그럴 필요가…….”

하면서 그는 별안간 굳어지는 얼굴 속에 말꼬리를 삼켜버리었다.

S는 고개를 들고 정색하며 그의 얼굴위에 나타나는 심각한 표정의 변화를 놓치지 않았다. 심상하게 배았는 말과도 같으나 내심 뜨끔하니 질리는 구석이 없지도 않다. 너무도 비참하고 불행한 운명이기에 자기에 대하여 일체 눈을 가리우고 싶은 심정에서일까? 그 반작용으로 새와 꽃과 짐승들을 환상 속에 그리는 아름다운 동화의 세계로 달리는 것일까? 아직도 자신의 장래에 대한 기적을 기다리는 꿈에서 자기를 굳게 쇠잠그려는 것일까? 하여간 S는 불우하고도 유능한 이 청년작가를 바로 이해하여 그에게 도움을 주기 위하여 그의 여러 작품들을 세밀히 검토해 보고 싶었다. 그런 마음에서 작품들을 보여 달라고 하니까 병자는 보일만한게 하나도 없다면서 이렇게 덧붙이는 것이었다.

“장난이지요……. 그게 글이라구요……. 선생님이 계시는 동안 열심히 써 보겠습니다. 억지루라도 쓰겠습니다. 지금까지 동화라고 여러문편 방송은 되었지만, 그것도…….”

“초고라도 좋으니…….”

“통 없습니다. 워낙 이렇게 누워서 겨우겨우 몇 줄씩 써보는 형편이니 어디 초고니 등본이니 해놓을 힘이 있어야지요. 저는 하나의 산송장입니다!”

그는 마치 땅속에서처럼 중얼거리었다.

“그렇습니다. 저는 썩어들어가는 산송장입니다.”

“너무 자기를 괴롭히지 마오.”

S는 자리에서 일어나며 이렇게 말하였다.

“새롭게 살길을 찾아야지요.”

“새롭게 살길?”

병자는 항의라도 하려는 듯이 얼굴을 치켜들었다. 열기를 띤 그의 눈속에는 불빛이 서물거리는 듯하였다.

"선생님, 제가 이 몸으로 무엇을 하면 좋단 말씀입니까?"

"나는 동무의 손에 문학창작의 귀중한 붓대가 쥐여져 있다는 것을 동무를 위해서나 사회를 위해서나 천만 행복으로 아오……."

S는 사실 그렇게 생각하였다. 그리고 또 이렇게 가없는 절망과 고독 속을 헤매는 불쌍한 병자를 있는 힘껏 도우리라 결심하고 있었다.

"그러나 문학을 해보자니 제게 아는게 있습니까. 쓰는 재주가 있습니까."

병자의 말소리는 비감으로 떨리었다.

"저는 노동자입니다. 이렇게 단 하나 밑천인 몸까지 부자유해가지고서야……."

"동무와 같은 순진한 노동자로서 훌륭한 소설을 쓴 이도 많았소. 동무에게는 쓰라린 생활이 있었고 또 현재가 있고 남에게 못잖은 우수한 재질까지 있지 않소. 거기에서 힘을 얻어야지요. 그리고 또 동무보다 몇갑절 더 참혹한 불구자이던 작가들도 얼마든지 있는 겁니다……."

작가 S는 위로와 격려를 겸하여 이렇게 말하였다.

문학에 전혀 문외한이던 우랄철제공장 노동자의 몸으로 어떤 광부일가의 비참한 역사와 자기의 불우한 과거를 골자로 대작품을 쓴 알렉산드르 아브덴꼬 얘기도 들려주었다. 뒤이어 참혹한 불구작가 느. 오쓰뜨롭스끼의 얘기도 좋은 자료로 꺼내었다. 너무 지나치게 참혹한 얘기가 아닐가 하면서도.

"가령 그와 같은 사람에 비한다면 동무의 불행쯤은 약과입니다. 기운을 내어 더 많이 읽고 생각하고 또 자꾸 자꾸 쓰시오……."

"어떤 작가입니까? 어떤 불구자였던가요? 어떤 내용입니까?"

병자는 숨가쁜 목소리로 이렇게 다그쳐 물었다.

S는 거의 전신불구가 된 그 작가가 자기의 투쟁생활의 계승을 위하여

병상에서 어떻게 문학공부를 쌓아 작가로서의 혁혁한 새출발을 했으며 또 어떻게 조국과 인민에게 복무하는 훌륭한 작품들을 남기었는가에 대하여 그의 작가로서의 성장과정을 상세히 얘기해 주었다. 줄기차고도 감격적인 이 불구작가의 이야기에 병자는 비상히 감동되는 듯하였다.

그가 구술로써 역은 『강철은 어떻게 단련되었는가』의 작품내용이 국내 전쟁시기에 조그만 불기둥이 되어 싸운 강직하고도 슬기로운 소년 빠벨 꼴챠긴의 이름을 빌린 작가자신이 있는 그대로의 자전적 기록이라는 점을 은연히 강조하는 것도 잊지 않았다. 얘기가 그의 참혹한 병상에까지 이르렀을 때,

"눈까지 못 보았던가요?"

하고 병자는 숨죽인 목소리로 물었다.

"나중에는 두 눈까지 시력을 잃었지요. 자기 소설에 그대로 나옵니다. 한쪽 팔을 못쓰게 되고 두 무릎이 또 굳어지고 그 뒤에 폐안까지 된 겁니다. 투쟁과 사업을 떠나서는 살 수 없는 꼴챠긴이 이 절대절명의 경지에서 어떻게 사느냐? 그러나 입이 아직 살아있다. 귀가 들린다. 이것을 무기로 소설을 쓰자. 이렇게 된 겁니다."

방안을 조용히 거닐며 이렇게 얘기하던 S는 가까이 다가가 병자의 얼굴에 미소를 던지며,

"기운을 내오. 느. 오쓰뜨롭스끼야말로 우리들이 따라 배워야 할 작가인줄 압니다. 그 기개와 노력과 문학에 대한 신심이 얼마나 위대하오!"

하면서 그의 손목을 잡아 흔들었다.

"동무는 조선의 오쓰뜨릅스끼가 되어야 하오!"

그러나 이렇게 얘기하고 나서 역시 S는 안 할 말까지 지나치게 했나 보다 하고 후회하였다. 아직도 그와 같은 숙명적인 절망 속을 헤치고나갈 과감한 각오와 정신력이 준비되지 못한 듯한 그에게 참혹한 운명의 진전을 전제 해 놓은 이런 얘기를 펴놓은 것이 마음에 괴로워서였다.

그러나 어차피 그의 운명은 운명대로의 길을 밟을 것이 또한 애처로

운 일이었다.

"그 소설책을 볼 수 없을까요?"

"이 다음 평양갔다올제 가지구 나오리다……. 요컨대 동무와 같이 외계와의 교섭이 끊어진 작가로서는 자기의 영창을 통하여 보고 듣고 느끼는 것을 쓰는게 좋을 것이요. 내게는 그렇게 생각됩니다. 자기가 직접 체험하고 시련 받은 일을 말할 때에 독자들에게도 더욱 커다란 공감을 일으키는 법입니다. 만약 소설을 쓸려거든……."

"압니다. 압니다……."

병자의 반신경질적인 반응에 S는 방긋이 웃음을 머금었다.

"오계의 활동과 분리된 생활 속에서 동화의 길을 취한 동무의 방향도 충분히 이해할 수 있고 또……."

"저는 동화세계에서 떠나고 싶어요……."

"그렇다고 소설이래서 또 동무자신의 얘기를 꼭 써야 된다는 게 아니라…"

"……."

병자의 얼굴은 서글픈 표정으로 흐려진다.

"동무의 심정은 이해되오."

S는 이야기를 뚝 그치고 무거운 감개로 끄덕이며 가방 속에서 원고철을 몇 권 꺼내었다.

"원고지를 드리고 가리다."

병자는 원고지를 받아들고 가슴에 끼여안더니 그의 손을 힘있게 쥐었다.

"고맙습니다. 언제쯤 또 와주실수 있겠습니까?"

이렇게 애원하듯이 말하는 병자의 손길을 마주잡으며,

"짬을 보아 또 오리다."

하며 S는 외려 자기에게 단단한 다짐을 주는 듯하였다.

"몸조심 각별히 하며 공부 많이 하시오."

2

　이날이 있는 뒤부터 S의 머릿속에는 이 불우한 병자에 대한 생각이 언제나 떠나지 않고 있었다. 실상 불꽃을 튕기며 돌아가는 생산돌격전 속에서 자신을 단련함 경험을 실제로 육체화하고저 나온 그에게 있어서 병자 자신의 말대로 하나의 '녹쓸은 나사못'에 불과한 이 불구병자에게 마음이 끌리게 되었다는 것은 하나의 웃음거리라면 웃음거리였다. 그러나 이 제철소에 나온 이래 S도 전에 없이 바쁜 나날을 보내게 되었다.

　군중문화사업이 아직도 노동자들 속에 깊이 침투되지 못하였음을 깨닫게 된 그는 우선 직장위원회의 문화사업을 협조함으로써 이 제철소와 직접 연결되고자 하였다.

　결국은 의욕과 열성은 왕성하면서도 문화지도일군들이 부족한데 그 부진의 원인이 있는 것이었다. 이런 이유에서 S는 직장위원회와 또 여느 예술가 동무들과 토론을 한 결과 군중문화써클활동의 핵심적 역할을 할 수 있는 노동문학예술일군들을 길러 내기 위한 문화공작예술창조 실제에 관한 단기강습회 같은 것을 상설적으로 가졌으면 하였다.

　이리하여 그는 이 조직사업에 분망하게 되었다. 한편 군중문화운동의 실정을 이해하고 숨죽인 써클들을 발동시키기 위하여 매일 아침부터 생산현장으로 민주선전실로 본사무실로 그밖에 공장 내 여러 사회단체들을 찾아다니게 되었다. 그래 S는 병원을 다시 찾을만한 마음과 시간의 여유를 좀처럼 가질 수가 없었다.

　그러다가 하루저녁 병원민주선전실의 형편을 보기 위하여 올라갔던 길에 다시금 병자의 병상을 찾게 되었다.

　민주선전실에서는 요즈음 보급되기 시작한 무도회가 한창이었다.

　몇 동무는 새로 벽면을 장식하느라고 풀그릇을 들고 돌아간다. 여기서 그는 춤을 배우고 있는 외과과장을 다시 만나게 되었다. 구석쪽 걸상에 마주 앉았을 때 화제에 자연히 또 불우한 병자를 올리게 되었다.

　"문학의 길에 그렇게 대한한 재주가 있는 줄은 처음 알았습니다. 그저 심심소일거리로 글장난을 하거나 했군요."

　과장선생도 역시 이 병자에 대하여 특별한 애정과 관심을 가지고 있는 모양이었다.

　"아마 그 동무자신 그런 생각에 설겁니다."

　"글쎄요. 어쨌든 간에 잠시도 가만 못 있는 성품같습니다. 그 동무야말로 불사조라고 하는지요. 어쩌면 또 그렇게 자기의 불행과 고통을 다른 사람들 앞에서 감추려 할 수 있겠습니까?"

　이렇게 얘기하는 소리를 듣고 S는 저윽이 의아한 생각이 들었다. 외려 자기는 이 병자와의 면회에서 다시없이 고독하고도 절망적이며 자학적인 인상을 받았었다. 그리고 또 그것은 결코 무리는 아니라고 생각하였었다.

　이래서 저번날 만났을 때의 일을 대강 얘기하자 과장선생은 이상하다는 표정을 지었으며 또 그가 손수 쓴 소설이 전혀 허구적인 내용이 아니면 절망적인 세계라는 것을 말하였을 때엔 비상한 놀라움을 느끼는 모양이었다. 그러나 과장선생은 진작 이것을 부인하려고 하였다.

　"그럴까요? 저는 도리어 정반대인줄 압니다. 생각해보십시오. 병세는 별로 차도가 없는데 욕창에서 패혈증이라도 일어나면 그땐 마지막입니다. 그렇다고 별다른 신통한 수도 없으리라는 걸 본인도 잘 알고 있습니다. 그러나 조금도 그런체 없는 태도로 어떻게든 공장과 병원을 위해 무엇이든 일해보려고 애를 쓰고 있으니 이 사실을 어떻게 설명해야 하겠습니까?"

　"가령?……"

　이번은 S가 놀라게 되었다.

　"윤 동무는 그런 반신불수이면서도 국가와 인민과 주위에 대하여 무관심은커녕 가장 열성적이며 헌신적이니……. 웃으시는군요."

하더니 그 역시 웃음빛을 띠며 말을 이었다.

"산송장이 헌신적이란 말이 매우 우습기는 합니다만 사실은 그야말로 헌신적입니다. 첫째 병원내의 교양사업은 그 동무가 전적으로 지도하고 있다고 해도 과언이 아닐 겁니다. 시사정치문제에 들어서 윤 동무만치 정통한 사람이 아마 쉽지 않으리다. 라디오가 바루 그 동무의 종합대학입니다. 누구나 모른게 있으면 그 방으로 들으러 가고 또 강사차례가 되면 으레히 그 동무의 세세한 해설을 참고하여 제강을 꾸미군하지요. 밤낮없는 학습! 이것이 윤 동무의 생활전부입니다. 저는 이 동무를 오히려 대단한 현실주의자라고 봅니다. 병상에 누워서 여러 가지로 전기기계의 고안을 하며 공장복구사업을 도왔다는 얘기도 들었습니다. 죽는 날까지 소용이 있건 없건 간에 어쨌든 지식을 쌓으며 남을 위해 일해보리라는 그와 같은 태도는……."

"처음 듣는 얘기입니다."

작가 S는 비상한 감동에 휩싸였다. 새로운 살길을 찾지 못하여 절망 속을 헤매이듯이 보이던 병자자신이 벌써 이처럼 훌륭한 삶의 정열과 의의를 소유하고 있지 않는가? 얼마나 고귀하고 도 눈물겨운 정성이며 노력이라고 할 것인가? 좀체로 상상조차 할 수 없는 일인만치 S의 놀람과 감동은 더욱 클 수밖에 없었다. 그렇다면 과연 문학을 심심소일의 한낱 장난거리로 알고 있는 것일가? 그의 열심한 태도와 총명한 기질로 보아 결코 그럴리 없는 것이다. 그렇다면 어째서 자기의 세계를 건드리기를 그렇게도 두려워하며 또 작품 속에서 절망의 길까지 달리는 것일까?

"저는 윤 동무가 때때로 혼자 몰래 깊은 우울증에 빠지지나 않을가 생각되는군요. 역시 그 처지라면 그럴게 아닙니까? 아마 그런 때의 심정이 가끔 반영되는 게지요?"

"……."

그렇게도 생각되지 않는바 아니었다.

"동화는 대개 어떤 내용입니까?"

"그건 또 아주 명랑하고도 씩씩합니다. 아마 그와 같은 비참한 병자의 손에서 된거라면 아무도 믿지 않으려고 할겁니다. 그러니 또 이상해지는군요……. 동화는 그렇고 소설은 이렇고……. 동화의 세계에서는 떠나간다면서요?"

"글쎄말입니다. 요즈음 특별히 전과 달라지는데는 없어보이는가요?"

"전연 없습니다. 더욱 의욕이 왕성해질 뿐이지요. 동무들, 그것 좀 이리 가져오우!"

마침 몇 동무가 새로 제작한 벽신문을 맞들고 들어오는 참이었다. 붓대를 입에 물고 종이 한끝을 꺼내들고 오던 신 간호원이 S를 발견하고 얼굴이 빨개지며 붓대를 어른 손에 집어든다.

"자, 이 벽신문을 보십시오!"

과장선생은 앞에다 펴놓으며 설명을 시작하였다.

다른 동무들도 여럿이 모여든다.

"풍부하고도 다채로운 이 원고들이 거의 다 그 동무의 손에서 쓰여진 겁니다. 이 기사도 그렇고 또 이 호소문, 그리고……."

"이것도 윤 동무가 쓴 거예요."

신 간호원이 가리키는 데를 보니 몇 줄 안 되는 알뜰한 콩트도 한편 실려있었다.

S는 한참동안 벽신문의 내용을 유심히 들여다보았다.

그중에서도 남주가 쓴 원고는 재료의 선택일지, 내용의 초점일지, 솜씨 좋은 필치일지 모두 참신하고도 교양적 의의가 큰 것이어서 매우 대견스러웠다. 사실 그것은 이 제철소내의 10여종의 벽신문 중에서도 가장 모범적으로 된 것이라고 할 만하였다. 벽면에 붙이려고 옮겨간 뒤에 원고도 원고려니와 체계와 형식 등 실지 제작솜씨도 또한 비범하다고 말하니까 과장선생은 벙긋 웃으며,

"실지 제 작자가 누기인줄 아십니까? 바로 이 신 간호원입니다. 그렇지요?"

하고 신 간호원을 돌아본다.

"신 동무는 윤 동무의 일이라면 무엇이나 극진하니까……."

"아니 선생님두……. 편집부원이 돼서 그렇지 윤 동무의 일이래서 그런건 아니예요."

"아— 잘못했소. 취소요. 취소……."

하면서도 과장선생은 사람좋은 웃음을 지으며 오금박듯 따져묻는다.

"그러나 이 병원에서 한사람은 간호원으로 다른 한사람은 병자로 그렇게 오랜 세월을 같이 왜놈들에게 부대껴온 처지는 그렇지도 않은 모양인데…… 맞았지?"

"신 동무는 언제부터입니까? 이 병원이……"

S가 물었다.

"7년 전부터예요"

"그러면 남주 동무를 부상당시부터 알겠군요? 도대체 어떻게 부상당했습니까?"

"자 여기 앉아서 들려드리우."

과장선생은 제자리를 신 간호원을 붙들어 앉히며 일어선다.

"그러면 저는 가보아야겠습니다. 어쨌든 저희들도 윤 동무를 위해 최선을 다해보렵니다. 요즘 척수염과 심장병이 과한 치험례들을 조사해보며 최근의 외국문헌도 여러 가지로 참고연구중입니다. 이 거리에 있는 소련 적십자 병원에서도 일간 와주기로 하였습니다. 그러나 이 동무의 살아나갈 앞길에 대해서는 우리들보다도 선생님의 힘이 더 필요할 것 같습니다."

"함께 노력합시다."

S는 무량한 감개로 그와 악수를 하였다. 사실 불쌍한 윤 동무의 앞길을 개척하는데 도움을 주리라는 생각은 이제 와서 생긴 것은 아니었으나 그래도 이때처럼 굳어진 적은 없는 듯하였다.

과장선생이 나간 뒤에 S는 다시 신 간호원과 마주앉게 되었다. 회의

라도 있는 모양인지 하나, 둘 스럼스럼 나가버리고 실내는 차차 조용해
졌다.

"윤 동무가 병원에 실려온 게 43년 가을이에요."

"현장에서입니까?"

"네, 그 당시 전기공이었는데 제철소 안에 있는 변전소 근무였대요."

신 간호원은 손가락 끝으로 무릎을 매만지면 이렇게 얘기를 시작하였다.

"오일스위치라고 6백키로나 되는 앞쪽은 무겁고 뒤가 가벼워 중심이
잘 잡히지 않는 쇠통이 있다나요. 왜놈감독들이 무거운 쪽을 가까스로
쳐들고서 그쪽으로 기여들어가 쟈끼를 받치라고 야단치는 바람에 들어
갔다가……."

"놈들이 놓아버렸군요?"

"그렇죠. 한 동무가 뛰어오며 위험하다고 고함을 쳐 빠져나오려는 찰
라……."

"……."

"조선사람들이야 무슨 성명이 있었어요? 저희놈같으면 팔 하나만 삐
여져도 성대병원이다, 구대병원이다 하고 일본까지 보내면서도……. 원
장놈과 과장놈은 이렇게 허리가 부러져들어온 사람을 예전에 상처 한
번 세밀히 진찰해 볼 생각도 안하고 무어라 둘이서 수군거리더니 간호
원들에게 간단한 지혈조치만 분부하고 나가겠지요. 그놈들은 윤 동무의
몸뚱이에 거적때기만 씌우지 않았을 뿐 그시로 돌려놓은 셈이었어요.
그러기에 북쪽병사 외따른 침침한 독방에다 집어넣고 말았지요. 조선사
람에게는 그 독방이 바루 지옥의 대문간이었답니다. 독방 입원실이 50
개나 되는 큰 병원이지만 조선사람은 한다하는 원직공중에서도 공상자
래야 침대가 열 스물씩 되는 대병실에 겨우 입원할 수 있으나마나 였습
니다. 여기 입원시켰다가 운명이 가까워오면 죽기 임박하여 잠시 독방
으로 옮겨놓았으니까요……."

신 간호원은 지그시 입술을 깨물며 말끝을 머금는다. 전기종소리가

복도를 통하여 울려오기 시작하였다.

"이제부터 저희들 종업원회의에요."

"가보시오."

S는 따라 일어나 그와 같이 선전실을 나오며 이렇게 말하였다.

"나는 입원실에 가보겠소. 언제든 한번 조용히 얘기를 듣고 싶군요."

"네, 저도 그랬으면 합니다. 하기야 윤 동무가 더 잘 알지요. 같이 가십시다. 바루 저기 보이는 허청간 같은 집이 윤 동무가 들어갔던 독방이랍니다."

"저 창고말입니까?"

아카시아나무아래 거무끄름한 목조집 한 채가 침침하게 잠겨있었다.

"네, 지금 석탄창고로 쓰고 있어요."

신 간호원은 S를 입원동 모퉁이까지 바래다주려는 모양이었다.

"글세 그놈들은 윤 동무를 들어온 즉시로 저기 독방에다 쓸어넣고는 그냥 내버려두었어요. 해나 드는덴줄 아세요? 물론 상처에 나무때기하나 대어줄리 없었지요. 이틀이면 알아본다는게 그놈들의 진단이었습니다. 그를 이렇게 생병신 만들어 놓은 왜놈들이 책임이라도 돌아올가 싶어 후과를 근심하니까 이틀이 못 갈 텐데 무슨 걱정이냐, 좋도록 꾸며대라고 원장놈이 얘기하는걸 복도를 지나다가 들었어요…… 얼마나 무서운 살인자들입니까…… 그 길로 저는 그의 방으로 찾아들어가 윤 동무를 몰래 간호하게 되었답니다."

"……."

"그런 죽일놈들이 또 어디 있겠어요? 생떼같은 젊은이를…… 그때 윤 동무는 스물두 살의 새파란 청년이었어요. 저희놈들 때문에 그렇게 중상을 당하고 누웠는데 한번 들여다나 보겠어요."

눈물이 글썽하여 이야기하는 신 간호원의 말소리는 떨리었다.

"조선사람 의사는 없었던가요?"

"내과에 한 명 있었습니다. 그러나 왜놈보다도 더한 놈이었어요. 해방 뒤에도 왜놈들을 도와주며 공장을 파괴하다가 지금 교화소밥을 먹고 있는 그런놈이예요.”

“간호원은?”

“겨우 세명 있었어요. 조선말도 모르는체하는 왜년 다된게 하나 있었구 또 하나는 내과에, 그러구는 견습생으로 저하구 이렇게 셋이었지요.”

“그러나 용히 살았소!”

“용히 살구말구요. 참 그때 생각을 하면……. 그럼 선생님, 또 뵙겠습니다.”

신 간호원과 헤어져 입원병사를 향하여 온 작가는 남주의 병실 가까이 다다랐을 때 무심중 놀란 사람처럼 주춤하니 멈춰섰다. 병실안에서 무어라고 부르짖는 남주의 목소리가 들리는 듯하였다. 어떻게 들으면 반울움소리 같기도 하고 거친 신음소리 같기도 하다. 무슨 일인가고 가만히 문을 열고 들어서려는데 획 – 세찬 바람이 불며 방바닥에 널려던 종이 조각들이 휘날린다. 바람새가 사나와졌는데도 창문은 그냥 열린체였다. 창문을 닫으려고 방안에 들어간 S는 침상에서 거의 떨어져내려오게 된 상반신을 가까스로 한 팔로 지탱하고 있는 남주를 발견하였다. 달려가 껴들어안고 제자리에 눕히었다. 남주는 얼굴이 파랗게 질려가지고 가쁜 숨을 몰아쉬고 있었다.

“어떻게 된 일이요?”

S가 창문을 닫으며 의아스레 물었다.

“쓰는데 바람결에…… 바람결에 날기에……”

아직 헐떡거리며 이야기하는 그의 한 손에는 종잇조각이 두어서너 장 쥐어져있었다. 방바닥으로 날려 떨어지는 종이를 집으려다 이렇게 된 모양이었다.

연필글씨로 자잘분하게 메워진 종이장들을 방바닥에서 하나하나 거두어주며 무슨 원고냐고 물으니까,

“아무것도 아닙니다. 아무것도…….”

이렇게 꺼리면서 그것을 가슴위에 모두어 안고 숨을 태우느라고 한참 동안 헐떡거렸다. 이마위엔 땀이 송골송골 내돋았다. S는 말없이 수건을 집어주었다.

잠시도안 납덩이같은 침묵이 계속되었다. 석류나무가 저위에서 걱정에 끓던 조그만 방주인도 이제는 저윽이 안심되었던지 방바닥으로 내려와 종종걸음을 치며 이 놀리움 판을 또닥거리고 있었다. 초저녁의 대기를 흔들며 개포에 정박중인 외국화물선의 고동소리가 은은히 들려오고 있었다.

"직장 예술학교가 생긴다지요?"

이윽하여 남주는 더욱 해쓱해 보이는 얼굴을 돌리며 이렇게 묻는다.

"병원안게까지 많이 입학참가하라는 스피커소리가 들려왔어."

"이름은 듣기 좋게 학교라지만 한달 가량의 단기 강습회요."

"얼마나 지원해왔습니까?"

"벌써 근 200명이나 되오. 이렇게 지망자가 많을 수 있었던가고 오히려 놀라울 지경이요."

"왜 그리 안되겠습니까. 저도 몸만 움직일 수 있다면……"

남주는 전에 없이 자기의 불행을 뼈아프게 느끼는 듯 쓸쓸하고도 서글픈 표정이었다.

"동무에게는 필요 없는 겁니다. 문학예술에 대한 극히 초보에서부터 시작하니까."

"제가 무얼 알아서요. 저 혼자만 이렇게 병원에 누워 자꾸자꾸 뒤떨어지게 되었으니……"

그는 푹 꺼지게 한숨을 내어쉬었다.

"솔직한 말로 우리가 오히려 동무를 따라 배워야겠소. 이제껏 민주선전실에서 동무의 얘기를 하다 오는 길이요."

사실 S는 그에게 비하여볼 때 자기의 정성과 노력이 얼마나 부족한가를 새삼스레 돌이켜 보게 되었던 것이다.

"지금도 낙심하지 말고 많이 읽고 많이 생각하고 많이 쓰시오. 같이 공부합시다."

"대체 제가 무엇을 써야 합니까. 선생님이 다녀가신 뒤부터 저는 여러 가지로 생각해 보았습니다. 선생님은 저더러 우선 자기의 세계에 충실하라고 하셨습니다. 그러나 저 같은 아무런 보잘 것도, 보람도 희망도 없는 인간의 산 기록이 무슨 가치가 있겠습니까."

"아니요. 그렇게 생각해서는 안 되오. 어느 놈이 동무를 이처럼 참혹하게 만들었소?"

작가 S는 깊은 회의에 잠긴 남주를 애처롭게 바라보며 열기 띤 어조로 말을 이었다.

"내 오늘 처음 알았소만은 동무의 그와 같은 훌륭한 생활태도와 애끊는 정성은 도대체 또 어디에서 나오는 것이겠소? 동무야말로 제 나라 인민의 모범일꾼일뿐더러 과거의 아픔을 다 안 노동계급의 산 표본이 아니겠소."

"하기는 이런 생각 저런 생각이 요즈음 저를 며칠째 하염없는 과거의 추억으로 이끌어 갑니다. 언제나 머릿속에 떠오르는 것은 무서운 악몽의 연속입니다만은…… 먼 옛날일은 차차하고 이렇게 침상에 드러누운 뒤부터만해도 네놈들이 좋아하라고 죽겠느냐, 내 죽지 않으리라는 앙심이 해방을 맞는 날까지 저를 살아오게 하였습니다. 기껏 자기의 불행과 고통을 연장시켜서야만 자기의 존재를 주장할 수 있는 저주로운 운명이었으니……"

이렇게 말하면서 남주는 여윈 팔을 쓰다듬으며 진절머리 나는 부상 당시의 일을 회상이라도 하려는 듯 스르르 눈을 감았다.

"동무가 이 병원에 들어와 구박을 받던 얘기도 방금 전에 잠깐 신 간호원에게서 들었소."

"신 간호원…… 그 동무는 바로 저를 죽음 속에서 끌어 일으킨 사람입니다. 그리고 또 저를 왜놈들로부터 지켜 준 은인입니다. 사실 간호원이 아니라 그는 그대부터 이 병원의 조선사람 병자들에게는 구원의 샛별이었지요. 면회까지 엄금했기 때문에 동무 하나 찾아오지 못하는 컴컴한 독방에 혼자 누워 저는 신음할 뿐이었습니다. 혼수상태에서 어머니를 찾아 헤맸고 또 동무들의 이름을 불렀었지요. 이럴 때 어머니의 손길이 제 가슴을 쓸어 주는 듯했습니다. 그러면 저는 그 손을 붙들고 혼곤히 잠이 들었습니다. 또 어떤 때는 동무의 손길이 제 머리를 쓰다듬어 주는 듯 했습니다. 몹시 목이 타올랐습니다. 물, 물하고 웅얼거리면 조그만 잔으로 시원한 약물을 한 모금 넣어 줍니다. 간신히 제정신으로 돌아왔을 때 뜨거운 눈거죽을 뜨고 보니 침상가에 하얗게 입은 소녀 하나가 서서 별처럼 반짝 웃겠지요. 그 눈에는 어쩔 줄 모르게 기뻐하는 눈물이 흘러내리고 있었습니다. 이것이 바로 어머니도 되어 주고 동무도 되어 주던 소녀 시절의 신 동무였던 것입니다. 덕택에 저는 최초의 위기를 넘기고 죽지 않았습니다.”

이렇게 시작하여 남주는 독백과도 같이 자기의 과거의 일단을 술회하기 시작하였다.

작가 S는 잠자코 담배를 꺼내어 입어 붙여 물고 심금을 울리는 눈물겨운 그의 애기에 귀를 기울였다.

남주는 자기의 병상을 살뜰히 간호해 줄 만한 친척 하나도 없는 혈혈단신이었다.

열네 살 나는 해 여름 장마비에 물사태가 쏟아지며 산발들이 모두 흘러내리고 집채가 무너져 그의 가족은 또다시 가마솥을 떠지고 정처없이 살길을 찾아 떠나게 되었다.

이때에 그는 몰래 도중에서 자취를 감추어 버렸었다.

죽어도 그 짐승사이의 길을 더 계속하기가 싫어서였다.

그 길로 거지살이가 되어 전전유랑하다가 밥벌이 좋다는 이곳으로 찾아와 소년 인부로부터 노동자의 생활에 들어섰었다.

그리하여 굶주림과 고역에 시달리다 못해 중상까지 당한 몸이 침침한 방안에서 외로이 가뭇없이 사라지려는 때에 나어린 소녀의 구원의 손길을 맞게 된 것이었다. 그 당시 이 소녀의 대병실 근무의 간호원 견습생이었다.

오줌똥 받아 내기와 그의 잔시중도 처음부터 신 간호원이 돌보아 주었다.

구박과 천대는 병자로서의 그나 왜놈들 사이에 끼어서 들볶이며 업신을 받는 신 간호원이나 조선사람의 처지로서는 매일반이었다. 신 동무의 그에 대한 정성만 하더라도 실인즉은 왜놈들의 악의 속에서 동족을 보호하려는 정성스런 마음의 표현이었던 것이다. 어느 누구랄 것 없이 모든 조선사람 병자에게 한결같이 헌신적이었으니…… 하면서도 자기 자신도 서러운 일, 분한 일도 많은 모양으로 그의 병실에 들어와서 혼자 쿨적거리며 운 적도 한두 번이 아니었다. 그럴 때엔 이상하다는 듯이 왜놈 의사들이 와 보기도 하였다.

놈들이 이미 돌려놓은 목숨이었지만 그래도 치료하고 있다는 것을 보여주기 위하여 때로는 남주에게 해열주사쯤 배당하는 적도 있었다. 그러나 20여 일을 두고 보아도 그리 간단히 죽을 것 같지 않다고 인정했던지 하루는 사무실 녀석과 간호부장년이 와서 대병실로 옮겨가야 하겠다고 서둘러 댔다. 왜 옮기느냐 안 가겠다고 어지자지 두 년놈과 언성을 높이고 있으려니까 신 간호원이 질겁하여 달려오더니 귓속말로 “그러지 말고 옮겨가요. 조선사람은 당장 죽을 사람이나 독방에 넣게 돼 있어요.” 이렇게 타이르듯 말하였다. 이 소리를 들었을 때 그는 눈살이 희뜩 뒤집혔다.

‘옳지, 나를 죽으라고 여기에다 틀어박아 놓구서 진찰 한번 하지 않았구나.’

그는 벽력같이 고함을 질렀다.

“이 년놈들아, 나가라. 나는 안 간다. 죽기까지 기다려라!”

신 간호원은 그를 안정시키려고 얼싸안으며 울기까지 하였다. 연놈들은 와당와당 방안으로 밀차를 몰고 들어왔다. 극도로 흥분한 중상자는 이렇게 완력으로 떠실려 가다가 다시 의식을 잃어버리었다. 이날부터 39도를 넘나드는 신열이 계속되고 하루 24시간을 헛소리로만 지내게 되었다. 이러한 중태가 꼭 반 년 동안이나 계속되는 동안에 그 좋던 몸이 이렇게 피골이 상접하게 말라 버린 것이다.

음산한 대병실 안은 생지옥 그대로였다. 어스레한 전등불 밑에 괴로운 신음 소리가 일어나는가 하면 구석 쪽에서는 누구인지 쿨쩍쿨쩍 우는 소리도 들려오고 때로는 고열에 뜬 사나이의 미친 듯한 비명이 방안의 침중한 공기를 흔들어 놓기도 하였다.

줄줄이 연달린 침상 위에는 다리를 자른 아픔에 낑낑거리는 사나이, 섬찍스레 밑둥서부터 허궁 팔이 없어진 병신꼴, 얼굴과 머리를 눈만 내놓고 통째로 싸두른 피묻은 붕대, 부러진 갈빗대쯤으로 고무줄을 달아 놓고 숨채기를 하는 젊은이…… . 어떤 때는 한밤중에 쿵덩쿵덩 발걸음 소리를 울리며 중상자를 떠지고 왔으나 밤을 넘기지 못하고 숨져 대병실 안에 곡성이 탕자할 때도 없지 않았다. 노동보호시설 하나 설치하지 않고 안전장치 하나 없이 노동자들을 마구 몰아 때리기만 할 뿐이니 매일처럼 중상자가 속출할밖에…… . 제철소는 문자 그대로 죽음을 목에 건 무쇠의 감옥이었다.

그러나 신 간호원이 나타나기만 하면 대번에 병실 안은 밝아지는 듯하였다.

병자들은 모두 신음 소리를 죽이었다. 그는 침상 하나하나를 찾아다니며 명랑한 웃음을 뿌리며 위로도 해주고 흘러내린 붕대도 다시 감아 주고 밤낮해야 같은 소리인 하소연을 또다시 천연스레 들어 주고 공장에서 일어난 재미있는 얘기를 들려주기도 하고…… . 참으로 신 간호원은 병실 안 어디에나 반짝반짝 비치는 희망의 샛별과도 같은 존재였다. 그가 옆에 오기만 하면 모두들 고통과 싸워 나갈 힘을 얻으며 만족해하였다. 이제껏 머리가 쪼개지게 아프다고 야단치던 사나이도 그의 손길이 이마 위에 닿기만 하면 고요히 잠이 들곤 하였다.

그러나 남주는 하루라도 더 빨리 죽어 없어지고만 싶었다. 산댔자 영 쓸모없는 폐물이라는 것을 알았기 때문이었다. 언젠가 한번 일본 과장 놈이 회진을 왔을 때 병신을 면하고 다시 일어나는 날이 있겠느냐고 물어 본 일이 있었다. 하니까 살눈썹이 시꺼먼 눈으로 한참 노려보더니 퉁명스런 소리로 중얼거렸다.

"바보 같은 자식!"

그는 이날부터 이 침상이 자기의 무덤인 줄을 알게 되었으니 이왕 산송장이 될 바엔 이렇게까지 고통과 모욕을 받으며 살아서는 뭣하겠는가는 생각이 들었다.

어떻게든지 죽어 없어지려고 식음을 전폐한 적도 있었고 한번은 노끈으로 목을 졸라매며 소동을 일으키기까지 하였다. 회진하려는 의사의 수술가위를 집어 들고 목을 찌르려다 실패도 해보았다. 말하자면 반나마 정신이상 상태였었다.

신 간호원은 너무도 애가 타서 어린애처럼 소리 내어 울기까지 하였다. 그러나 그는 나날이 쇠약해 갈 뿐 고열은 그냥 계속되고 물 한 모금도 넘기지 못하였다.

그 자신 며칠을 더 못 견디리라는 것을 알게 되었다.

그러자 하루는 간호부장년이 몸을 뚱기적거리며 또다시 나타나 방이 마음에 맞지 않아 신열이 계속되는 모양이니 조용한 독방으로 다시 옮기지 않겠느냐고 이번은 조심조심 말을 건네었다.

아— 이제는 정말 시원스레 죽을 수 있게 된게구나……. 그는 미소로써 대답하였다. 간호부장년은 의외로 유순한 그의 태도에 어리둥절해 하면서 금니를 내놓고 히죽 웃었다. 웃으며 얼결에 '아리가도…….'라고 하였다. 이 바람에 그는 순간적으로 또다시 격정이 치밀었다. 사람이 종내 죽게 된 것이 '고마워'냐? 그러나 그는 치를 떨면서도 꿀꺽 참아 넘기었다.

또다시 그의 몸뚱이는 컴컴한 독방으로 운반되었다. 허나 이상한 일이었다. 그렇게 원하던 죽음이 필연 오리라고 하는 안심이랄까 마음을 놓아 그런지 이번은 두 팔로 끌어안으려던 죽음의 그림자가 차차 멀어지기 시작하였다. 실열이 밀려가고 의식도 차츰 건전해지며 이에 따라 음식물도 입에서 받아들였다. 신 간호원은 침상가에 매어달려 이렇게 애원하는 것이었다.

"분해서라도 살 생각을 하세요. 죽으면 저놈들이 좋아합니다. 기어코 살 생각을 하세요."

그는 힘있게 끄덕이었다. 놈들이 좋아하라고는 죽지 않으리라, 기어코 살리라는 앙심이 솟아올랐다. 사람의 정신력도 어지간한 모양으로 그의 건강은 나날이 좋아졌다. 그러나 이와 반대로 그의 하반신은 완전히 송장이 되고 말았다. 발가락 하나 움직거리지 못할뿐더러 불로 지져도 전혀 아픈 줄을 모르게 되었다. 하나 살리라는 굳센 의지와 결심은 조금도 동요하지 않았다. 놈들도 이제 또다시 그를 대병실로 옮겨 갈 생각은 못 내는 모양이었다.

이리하여 그는 조선인 노동자치고 유일한 독방 병자가 되었던 것이다.

이야기가 여기까지 진행되었을 때 조용히 문 두드리는 소리가 들리더니 신 간호원이 들어와 남주에게 체온기를 꽂아 주며 해죽이 웃음빛을 뿌린다.

"무슨 말씀들을 하세요. 저도 들어 괜찮아요."

"옛날 병원일을 선생님에게 들려드리던 참이오."

남주는 괴로움이 떠도는 얼굴을 반쯤 돌리며 쓸쓸히 웃어 보였다.

"흥분하시면 몸에 해로우시다니까요……. 긴 말씀을 삼가셔요."

하면서 신 간호원은 맥박을 재기 위하여 병자의 팔목을 잡았다.

"그런 참혹하던 시절을 생각해야 내가 더 기운이 나는 거요. 살아 남았다는 생각이 고마워지기도 하고……."

신 간호원은 약간 놀라는 표정으로 남주를 응시한다. 잠시 중단되었던 얘기는 다시 심중한 목소리로 계속되었다.

"독방에서 죽지 않고 살게 되고 보니까 오히려 저는 이렇듯 죽지 않고 버젓이 살고 있으며 봐란 듯이 제 존재를 어떻게든 주장하고 싶었습니다. 이 신 동무에게 부탁하여 제 전 재산을 처분한 돈으로 라디오를 사왔습니다. 바로 이겁니다."

뼈 굵은 손이 탁상의 라디오를 만적였다.

"저는 이걸 아침부터 요란하게 틀어 놓군 하였습니다. 저 자신은 음악을 듣자는 거지만 외양에는 이 병실 안에 삶의 행복이 나래치고 있는 것 같았습니다. 그리고 이 라디오가 봐라, 여기 윤 아무개가 훌륭히 살아 있다고 외쳐 주는 듯 했습니다. 이렇게 3년 동안을 살았습니다. 드디어는 이 라디오가 제 일생의 통쾌한 복수까지 해주었습니다."

"이렇게 맥이 벌렁벌렁 뛰잖아요. 안정하세요. 오늘따라 왜 이러실까?"

"다음날 또 말씀을 듣기로 하지요."

S는 침상에서 떨어질 뻔했다는 얘기를 하려다가 말끝을 돌리었다.

"흥분하지 않는 게 좋을 겁니다."

"무슨 흥분하구 말구가 있겠어요. 저는 여느 병자들과는 다릅니다. 상반신은 아주 건강체입니다……"

"38도 5부."

신 간호원은 체온기를 꺼내 보고 얼굴을 가로 흔들면서,

"동무는 말씀 그만 하는 게 좋겠어요. 제가 대신해 드릴게……"

이렇게 어린애를 달래듯하며 신 간호원은 침상에 기대어 섰다.

"참 그야말로 위대한 복수였어요. 8·15 정오에 소위 중대방송이란 게 있기루 되잖았어요? 어디서나 왜놈들의 귀들이 죄다 라디오통에 매달렸을 때였어요. 병원 내 왜놈들은 모두 이 동무의 방으로 몰려들었습니다. 원장 이하 과장에서부터 간호원들까지 툭 터지게 모이다 못해 문 밖 복도에까지 차고 넘치었지요. 그 당시 수직실에 라디오가 있긴 하였

으나 좋지를 못 하고 또 윤 동무가 조절에 익숙한 줄을 알기 때문이었어요. 저도 그때 들으러 왔었는데 스위치를 비틀며 왜놈들을 흘겨보는 이 윤 동무가 어떤 위대한 심판자와도 같이 뵈었어요. 3분 2분 이렇게 시간이 다가오더니 12시 신호가 뗑 울리고 방송이 나온다는데 천황인지 성황인지의 칙어 낭독이었습니다. 천황이란 자의 목소리가 매우 헷갈리어 떨려 나오더군요. 라디오소리에 익숙지 못한 사람은 좀체 알아듣지 못 하리만치……. 그리고 또 내용도 워낙 백성들이 알지 못하도록 힘든 말로만 꾸며대겠죠. 머리를 숙였던 놈들이 영문을 몰라 한 놈 두 놈씩 몰래 얼굴을 들며 눈알을 씰룩거립니다. 아, 이때에 윤 동무가 무슨 소리를 들었는지 갑자기 상반신을 치솟구고 팔을 내두르며 '일본은 망했다야!', '무조건 항복하라!' 이렇게 벽력같이 소리쳤어요. 놈들은 눈이 휘둥그래서 '어째서 어째서야' 하며 몰려들겠죠. '포츠담선언을 접수한다지 않느냐?' 미친 사람처럼 그냥 막 울어대며 조선말로 '여러분, 왜놈들이 망했소. 일본이 망했소' 하고 외쳤어요.

아마 뼛속에 맺히고 맺혔던 울화가 한꺼번에 터져 나왔던가 봐요. 폭탄과 수류탄이라도 막 집어 던지는 사람처럼 날뛰겠죠. 그때 저도 정말 이 동무를 붙들고 진정하라면서 자신 감격에 겨워 흑흑 느껴 울었어요."

그때의 감격이 되살아나는 듯 수건으로 눈물을 훔치던 신 간호원은 웬일인지 긴장된 표정으로 가만히 귀를 기울이며 혼잣소리처럼 중얼거렸다.

"무슨 소릴까?"

"……."

모두 숨소리를 숙이었다. 멀리 현관 쪽에서 심상치 않은 발걸음 소리가 들려오는 것 같기도 했다. 그러고 보면 쿵쿵거리는 발걸음 소리는 하나만이 아닌 듯하였다.

"아— 외과 쪽이외다."

남주가 단정하듯이 입을 열었다.

“신 동무가 가보시오. 중상자라도 온 모양입니다.”

“아무래도 그런가 봐요. 그럼 가보겠습니다.”

인사를 한 뒤에 총총걸음으로 나가선 신 간호원은 문가에서 돌아서며 S에게 병자를 부탁한다는 듯이 눈웃음을 지었다.

복도를 통하여 쿵쿵거리며 들려오던 발걸음 소리들은 다시 조용해졌다. 어디선가 문이 열리는 소리가 들린다. 일종의 불길한 예감에라도 사로잡힌 듯이 목을 옹송그린 채 어떤 보이지 않는 줄을 통하여 무슨 기맥을 엿들어 보려는 양 남주는 귀를 이윽이 기울이고 있었다. 먼 데서 전화기 소리가 일정한 간격을 두고 따르릉 따르릉 다급히 울리더니 누구인지 무어라고 전화로 말하는 소리가 들려온다. 남주는 혼자만이 알 수 있는 어떤 인기척을 감각하는 듯 혼잣소리로 중얼거리었다.

“외과 과장 선생이 마침 계시는 모양이군요……. 당직 간호원들이 총동원하는가 봅니다……. 어째서 렌트겐실로 들어갈까? 수술실에서는 준비를 하는 모양이군요……. 어디를 다친 상처일까?”

“정말 동무는 병원의 청신경이로군요.”

“오래 누워 있노라면 자연…….”

병실 안은 다시 쥐죽은 듯 고요해졌다. 창밖에서는 어둠의 적막 위에 소리 없이 함박눈이 쏟아지고 있었다. 그들의 남다른 8·15 추억담은 S에게 무한한 감동을 불러일으키었었다. 그 이야기 가운데는 어떠한 박해도 굴함도 없이 죽지 않고 살아남은 인간의 무서운 투지와 열정, 피를 토하는 듯한 분노와 환희, 이루 말할 수 없는 격정이 서리어 있었다. 그리고 또 그것은 남주의 말대로 얼마나 통쾌한 복수였을까? 그날에 미칠 듯이 날뛰며 노호하는 병자의 모양이 눈앞에 선하게 떠오르는 듯하였다. 왜놈들을 눈앞에 두고 이처럼 통쾌하게 승리의 영광 속에서 함성을 지른 극적 장면도 쉽지 않을 것이다. 이 공장 도시에서는 일본 항복의 소문이 병원으로부터 튀어나와 그 즉시로 제철소 내 전공장과 거리거리를 뒤흔들게 되었다는 이야기를 이미 들은 터였으나 바로 이 불구환자가 장본인이었던 줄은 몰랐었다.

"병원 안 조선사람들은 모두 몰려와 저를 부여잡고 정말 틀림없느냐고 묻겠지요."

남주는 다시 계속해 말하였다.

"대병실에서는 가제 다리를 자른 사나이까지 엎치락뒤치락하며 복도를 기어왔습니다. 신 간호원은 이 일을 알리려 제철소로 달려들어갔습니다."

"그 얘기는 들었습니다. 간호원 하나가 전공장을 달려 다니며 노동자들에게 알렸다고요."

"그 말을 듣고 공장 안에서 노동자 동무들이 물밀 듯 몰려나와서 정말인가고 묻고는 만세를 부르며 거리로 뛰쳐나갔습니다. 지어 조선 형사놈들도 찾아와서 허튼소리 함부로 하지 말라고 꽥꽥거리고서는 고개를 움츠리며 귓속말로 항복이란 게 정말이냐고 묻겠지요. 이놈들은 병원에서 나가다가 노동자 동무들에게 붙들려 큰 코를 다쳤다더군요. 나중에는 서장놈까지 달려왔습니다. 휴전이지 항복이 아니라고 막 으르딱딱거리며 유언비어로 잡아 가두겠다고 야단치며 정식발표가 있기 전에 그 따위 소리를 또 했다가는 용서치 않겠다지요. 암만 위협을 하면 무슨 소용 있습니까. 이렇게 누워 있는 저를 어떡할텝니까? 공장 안에서와 시내에선 벌써 벌 둥지를 터친 것 같은 대소동인데야……. 그리고 그날 밤에는 라디오에서 장엄한 우리나라 노래를 부르기 시작했습니다. 그 노래를 들으며 저는 일본놈들의 모든 것에 복수라도 한 것처럼 기쁨에 넘치는 눈물을 흘리며 나는 이젠 죽어도 한이 없다고 생각했습니다……."

얼마 뒤에 신 간호원이 또다시 병실로 분주히 들어섰다. 아까와는 달리 어째선지 그의 얼굴에는 엄숙한 긴장과 흥분의 빛이 떠돌았다. 그는 한걸음 침상가로 다가서며 이렇게 말하는 것이었다.

"놀라지 마세요. 윤 동무와 비슷한 척추골절 부상자가 들어왔습니다."

"저런……."

남주의 눈에는 불빛이 켜졌다.

"어디서? …… 어떻게?"

"연공이라는데 높은 곳에 올라갔다가 눈에 미끄러져 떨어졌대요. 골절이 척추하고 팔하구 두 군데라나요. 새로 오신 외과 과장 선생님이 워낙 기술이 능한데다 또 대단한 열성이어서 왜놈 같으면 두말없이 보지도 않고 돌려놓았을 건데…… 전화로 소련 적십자 병원에 알렸더니 거기 원장 선생님도 곧 이리로 오신다누만요. 지금 겐트겐실에서 사진을 내어 부상자를 진찰중이에요."

"소련 선생님도 외과의사요?"

남주의 질문에 신 간호원은 숨을 몰아쉬었다.

"네, 그렇대요. 조국전쟁에 군의로 나가 별의별 부상자를 다 치료한 분이라겠죠……. 골절수술엔 더욱 기술이 능하신가 봐요."

"이와노브 대위 말입니까?"

10월 혁명기념일 밤에 축하 연석에서 같이 즐긴 일이 있기 때문에 작가 S는 그와 노상 면목이 없는 바도 아니었다. 대위 자신 두 번이나 중상을 당했다는 몸이라서 그런지 40도 못 되는데 그야말로 하룻밤에라도 늙어 버린 사람처럼 머리가 허옇게 세고 이가 전체로 틀이이며 가는귀도 먼 사람이었다.

"네 대위에요. 그런 분까지 눈을 맞으며 와주신대서 모두 긴장해 돌아가고 있어요. 제가 걱정되어 괜찮겠느냐고 물으니까 과장 선생은 웃으면서 수술 경과를 봐 가지고 소련 선생님과 같이 윤 동무도 수술해 볼 테니 성공만 빌라겠죠."

하고 말하는 신 간호원은 귀밑까지 빨개졌다.

"아마 자신이 없지도 않은가 봐요. 일전에 찍은 동무의 렌트겐사진도 내놓을 때엔 소련 선생님이 오시면 토론을 해보실라는지요……. 동무도 수술을 하게 됐으면 해서 알려드리려고……."

이렇게 설명을 하는 동안 유리창이 불꽃을 튕기는 듯한 섬광에 번쩍거리며 쏴— 하고 쇳물을 뽑아 내리는 용광로의 지동 소리가 울리는 바람에 이야기가 중둥무이 되었다. 핏줄이 벌렁거리는 남주의 얼굴 위로 유잣빛 불광이 달린다. 깊은 그림자를 담은 그의 커다란 눈은 어디라 없이 먼 곳을 그리는 듯 움직이지 않았다. 멧새도 바로 이런 순간이면 생명의 약동을 금할 수 없는 듯 꽃나무 가지 위로 보금자리를 떠나 실내를 이리저리 펄럭이며 돌아가고 있었다.

“저 부상자 동무는 얼마나 행복한지 모르겠군요”

하고 말한 남주는 동안이 떠서 중얼거리었다.

“죽어도 원이 없으리라.”

“말해서요. 그때의 동무 봐서야……. 그러나 동무도 희망이 있어요. 아예 낙심하지 마세요…….”

이렇게 격려하더니 신 간호원은 날개를 퍼덕이는 멧새를 한참 동안 눈 주어 바라보며,

“저 새봐요. 저러단 정말 도망도 치겠는데요”

하며 쫓아가려는데 앞마당 쪽에서 자동차 소리가 들려 왔다. 신 간호원은 그 순간 꼭두각시처럼 우뚝 섰다.

“아, 오시는게다.”

3

그러나 이날 밤 병원에서 일어난 일이 남주의 운명에 커다란 전환을 가져오는 하나의 계기가 되었다는 것은 두고두고 생각하여도 유쾌한 일이 아닐 수 없는 것이다. 토요일을 이용하여 평양에 다녀온 작가 S는 그 길로 직장위원회에 짐을 풀어놓고 현장으로 나가려던 참이었다. 해탄부

노체공장 휴게실에서 열리기로 된 문학서클 회합 시간이 되어 왔기 때문이다.

현관 앞 층층대를 막 내려서려고 할 때 "선생님" 하고 부르는 소리가 들리어 돌아보니 흰옷을 나풀거리며 신 간호원이 달려오고 있었다. 가까이 다가오더니 언제 돌아왔느냐고 물으며 남주가 손수 전해 달라던 원고를 꺼내 준다.

남주의 원고는 종이로 여러 겹 싸고 또 싸서 피봉까지 든든하게 한 것이었다.

"방송국에 보내려던 모양이지요?"

"아니에요. 동화는 폐업했기 때문에 소설이라는가 봐요."

하면서 신 간호원은 무슨 큰 비밀이라도 말하려는 것처럼 한걸음 더 가까이 다가서며 소곤거린다.

"……그런데 선생님, 성공한 걸 아셔요?"

"……."

S는 말귀를 몰라 어리벙벙하였다.

"전번날 밤에 들어온 척추 부러진 중상자말이에요……. 성공했어요."

"아 수술이."

그제야 S는 놀란 듯이 부르짖었다.

"성공했단 말이지요?"

"네……."

신 간호원은 행복스런 표정으로 끄덕이며 반짝하니 웃는다.

"예전 같으면 어림이나 있겠어요. 죽든지 산송장이 되든지 둘 중에 하나였을 거예요. 전날 밤 네 시간이나 걸리는 대수술을 했답니다. 저도 간호원 생활 7년에 척추골절을 수술하고 처치하는 건 처음 본 셈이에요. 온 신경이 집중된 데다 웬만해선 손도 못 대거든요. 과장 선생님도 여간한 솜씨가 아니지만 워낙 소련 선생님이 전쟁 중 야전 병원에서 척추에 탄환이 박힌 사람들의 수술에까지 성공을 거듭한 명수래요. 그게 세상

없는 수술이라는군요. 그러니까 척추라도 웬만한 골절쯤은……. 같은 수술하신 과장선생님이 끝마친 뒤에 소련 선생님을 막 얼싸안았어요.”

S는 흠흠 콧소리만 지를 뿐이었다.

“그날 밤으로 부서진 뼛조각들을 세심히 집어 낸 뒤에 부상자의 종아리뼈를 한치 가량 잘라 내더니 그 자리에다 메우기까지 하겠죠. 아르비 수술이란 말만 들었지 하는 걸 보기는 이번이 처음입니다. 그 뒤에 기부스벳트를 했는데 몇 달만 지나면 환자의 동작에 그리 장애가 없으리라고 해요……. 오늘 아침 감각신경을 시험했더니 벌써 뜨거운 걸 알겠다거던요.”

“그렇다면 윤 동무도 수술을 해볼 만하군요.”

“그게 글세 부상 직후에 해봤어야 할 텐데 너무 오랫동안 묻어 두어 되살아날 수 있을까 의문인가 봐요.”

“그런 선생님을 만나기가 쉽겠소. 이번 기회에 어쨌든 해볼테지요…….”

“그럼요. 소련 선생님의 말씀은 크게 바라지는 못하더라도 대소변을 혼자 보게라도 됐으면 한다는가 봅니다.

“그게 어디요. 그렇게만 된 대도…….”

S는 저도 모르게 혀를 찼다.

“그럼 곧 해볼 모양입니까?”

“아직은 딱히……. 하지만 과장 선생님의 결심은 확고해요. 한다면 꼭 하시는 분이에요. 오늘 저녁차로 과장 선생님이 소련 선생님과 같이 윤 동무의 렌트겐사진을 가지고 평양에 올라가신다나 봐요. 소련 적십자병원본부엔가 유명한 외과 박사가 계신다나요…….”

“바루 되면 좋겠소 나도 곧 읽어 가지고 병원에 올라갈 테니 윤 동무에게 그리 전해 주시오. 그 사이에 아까 올려 보낸 소설을 읽어 드리시오”

“그 책을 읽기 시작했을 거예요. 『강철은 어떻게 단련되었는가』 이렇게 책제목을 띠어 읽더니 강철은 만들 줄은 알아도 내가 파쇠거든…….

이러면서 쓸쓸히 웃더군요."

신 간호원 자신 또한 쓸쓸한 웃음을 입가에 띠운다.

"그이도 강철이 돼야 할 게 아니에요……. 그럼 바쁘신데 어서 가보셔요."

작가 S는 무량한 감개에 젖어 소설원고의 피봉을 뜯으며 천천히 현장으로 향하였다. 왜인지 누구에게라도 감사하고 싶은 마음이었다. 알지 못할 흐뭇한 행복감에 가슴속이 또한 후련해지는 듯도 하였다. 수술은 불가능할 지도 모르며 또 한댔자 효과 없기가 십중팔구 쉬울 것이다. 그러나 옛날에는 모멸과 학대와 굶주림 속에 자취도 없이 살아오던 생명들 하나하나가 이처럼 소중히 취급되는 인민조국의 고마움, 우리는 얼마나 은혜롭고도 행복스러운 세상을 새 나라에서 살고 있는 것인가!

혹시 또 남주의 신상에 새로운 운명의 날개가 펼쳐지게 될지도 모른다. S는 혼잣소리처럼 '녹슨 나사못은 어떻게 재생되는가?' 이렇게 중얼거리며 웃었다. 원고의 내용은 병원 애기인 모양으로 저번날 저녁 쓰고 있던 것을 완성한 것일까? 방바닥을 날고 있던 그 공용천 종이였다. 연필로 반듯이 박아 쓴 글자 하나하나에서 병자의 가쁜 숨소리가 들려 오는 듯 더욱이 만양의 붉은 햇빛이 얼른거리는 글줄 속에서는 그의 핏줄이 서물거리는 듯하였다.

S의 눈앞에는 침상에 반듯하게 누워서 온 정신을 붓끝에 모두고 여윈 팔을 들어 얼굴 위에 받쳐 든 종이 위를 노리는 윤남주의 심각한 모습이 떠오른다.

그는 스스로 숨길이 막히는 듯한 느낌으로 원고를 다시금 호주머니 속에 집어넣으며 발걸음을 재촉하였다. 그러나 이같이 뼈를 깍아내는듯한 고심 속에서 붓대를 들고 싸우는 불쌍한 환자가 아주 비범하고도 특이한 동화작가임을 발견하게 되었던 것은 얼마나 큰 기쁨이었던지…….

평양에 올라간 길에 S는 문학동맹에 들리어 방송국 문예과에 남주의 방송동화원고를 빌려 주도록 의뢰하였었다. 하나 전화로서의 대답의 말이 그날그날 분의 방송원고와 함께 묶여 있기 때문에 그것을 찾기란 좀체 용이한 일이 아니며 또 보관용이어서 원칙적으로 기관 외로 내보내지 않게 되어 있다는 것이었다. 그래 S는 부득이 방송국을 방문하게 되었다.

문예과 책임자의 특별한 호의로 그 동화원고를 하나하나 골라내어(10여 편 되었다) 읽어 나가던 그는 경이에 가까운 어떤 야릇한 감명 속에 젖어들기 시작하였다.

문예과 책임자도 이 작가가 비참한 불구자라는 말을 듣고 새삼스레 놀라는 빛이었다. 그만큼 이 작품들은 모두가 하나같이 건강한 아름다움으로 장식되어 있었다.

S에게는 놀라움을 지나 도리어 아연해질 정도였다.

그리고 그것도 결코 자기의 저주로운 운명에 대하여 눈을 가리우려는 그런 투의 환상적인 동화세계도 아니었다. 새와 꽃과 짐승들을 그린 작품까지도, 지어 아동의 환상심리를 헤치고 들어가는 우화적인 작품 가운데서도 실상은 아주 현실적인 작가의 너무도 건전한 감정과 사상과 입김이 기운차게 숨쉬고 있는 것이 놀라울 지경이었다. 뿐만 아니라 거기에는 어른들의 세계에까지 육박하며 독자의 마음을 쥐고 흔드는 어떤 이상한 힘이 있는 듯도 하였다. 이런 것들을 두고 과연 동화라고 할는지를 의심하게까지 할 정도였다. 어찌보면 역시 소설작가의 붓이 아닐까고 혼자 머리를 기웃거리게도 되었다. 하여간 S 자신이 다년간 더듬어 온 소설세계와는 정반대로 아주 현실적인 동시에 조금도 무리와 거짓이 없는 모두가 다 힘차고도 탐스러운 이야깃거리들이었다. 아동의 세계를 더듬을 때는 자기의 비참한 세계와 거리가 멀어지니 만치 도리어 허심탄회하게 되어 이처럼 작품에 그의 건전하고도 아름다운 면이 그대로 반영되는 것일까?

작가 S는 이 동화원고를 앞에 놓고 오래오래 생각하였다. 일단 동화의 세계에서 떠나기만 하면 발이 땅에 붙지 않는 이유는 어디에 있을까?

디디로 서기에는 절망의 담벽이 너무도 높기 때문이었을까? 그러나 어떻든 이 절망의 담벽을 디디고 올라서야 할 것이다. 본인이 소원하듯이 역시 동화세계의 요람으로부터, 새도 조롱 속으로부터 해방되어야 할 것이다. 그렇다고 또 작품들을 그냥 여기에 묻혀 두기에는 아까운 생각이 들었다.

"방송에 그칠 게 아니라 문자화하는 방법을 찾아냈으면 합니다."

S는 이윽고 이렇게 말하였다.

"동의합니다."

문예과 책임자도 대단히 열성을 보였다.

"우리와도 여러 번 서신 왕래가 있었으나 한 번도 병자라고 밝혀 온 적이 없기 때문에 병원내의 보건 일꾼인가 했었군요."

"불구자라는 것을 남에게 알리기 싫어하는 모양이지요. 원고를 겨우 겨우 쓰는 형편이라 본인에게 초고도 등본도 없을 겁니다."

문예과 책임자도 그 원고들을 그냥 밖으로 내보낼 수는 없으나 그 대신 필사를 하여서라도 등본을 작성하여 문학동맹으로 넘겨 줄 것을 약속하였다.

작가 S는 동맹에 돌아와 아동문학 분과위원회에 이 동화작가와 그 작품에 대하여 상세한 의견서를 제출하는 한편 작품에 대한 심중한 심사를 의뢰하였다. 불우한 이 동화작가를 맞이하여 문학동맹의 큰 날개 속에 품어 주고 키워 주는 일에 커다란 의의와 기쁨을 느끼었다. 이력서 용지를 가지고 나오며 가까운 시일에 남주를 다시 방문하고자 하였다. 그러던 차에 어찌하면 수술을 하게 될지도 모른다는 기쁜 소식을 듣게 되고 또 이렇게 그의 새 작품까지 받게 되어 그의 기쁨과 기대의 마음은 여간 크지 않았다.

해탄부 노체공장은 시꺼먼 아름드리 가스관이 둥실둥실 기어오른 다박솥밭 산등성이를 넘어 개포로 나가야 된다. 우중충한 가스탱크와 육중한 건물들이 비좁게 늘어서 있는 화학직장 옆 골목길로 접어들어 가면 거대한 군함과도 같은 해탄로가 저녁 안개 속에 버티어 누워 있었다. 마스트처럼 생긴 노상에는 노체공들의 검은 그림자가 오가고 굴뚝처럼 일렬로 늘어서 있는 상승관은 삼색기처럼 무럭무럭 노란, 파란, 혹은 흰 연기를 뿜어낸다. 두 대의 거창한 압출기는 축기계를 팔굽이처럼 휘둥거리며 요란한 굉음 속을 이리저리 달리고 있었다. 이 사이를 뚫고 들어가 쇠발 거리를 붙잡고 한참을 굽이돌아 올라가면 노상의 함장실과도 같은 후끈후끈한 무더운 휴게실과 마주친다. 바로 교대시간이어서 출퇴근 노동자들이 웅성웅성 끓고 있었다.

이 속에서 무엇이라고 거쉬인 목소리가 열심히 외치고 있었고 이따금 와— 떠드는 소리, 박수 소리가 터져 나오기도 하였다. 주춤주춤 다가가 들어다보니까 요즈음 예술학교에 다니며 시낭송과 시짓기를 시작한 청년노체공들이 서로 번갈아가며 걸상에 올라서서 자작시들을 낭송하는 중이었다. 문학서클원들도 거의 모두 모여 있었다. 한 낭송자가 S를 발견하고 머리를 긁적이며 겸연쩍어 하였다.

"좋소, 그냥 낭송하오."

S는 손을 흔들어 보이며 의자에 앉았다. 젊은 노동시인은 자작시를 거쉬인 목소리로 계속하여 읊기 시작하였다.

우릉우릉 압축기는 힘차게 밀어
우당탕탕 콕스는 소리치고
아— 승리의 해탄로여
너와 나는 10년 세월을……

다른 노동자들은 전혀 생각도 못했던 동무가 노상 제 손으로 이렇게 시를 써 가지고 멋들어지게 읊는 것을 보니 놀랍기도 하고 희한도 하여 눈을 끔뻑거리며 연신 혀를 치는가 하면 때때로 박수를 치고 또 와— 환호성을 지른다. 낭송자는 저절로 흥분하여 어깻죽지를 쳐들고 주먹을 쥐었다 폈다 하며 리듬이 고르지 못하여 숨길이 막히는데도 그냥 막 몰아쳐 나가며 가쁜 숨을 내쉰다. 그런데도 젊은 노동자의 순정과 열도가 거침없이 내뿜는 듯하였다. 그것은 연간 계획량을 벌써 초과달성하고 전공장에 열렬한 호소를 보내게 된 자기들, 해탄로의 승리를 긍지높이 노래하는 시였다.

작가 S는 조용히 눈을 감은 채 그들의 기쁨과 자랑이 거침없이 솟구치는 낭송시에 귀를 기울이며 여기서도 또한 줄기차게 뻗어 오르는 조국인민들의 새 힘을 느끼는 듯하였다. 소박하나마 기름내가 풍기며 열정에 넘치는 글줄 속에 새로 피어오르는 인민예술의 꽃망울도 보는 듯하였다. 제 손으로 글을 짓고 노래하는 노동자들의 새로운 기운과 이러한 가능성과 분위기 속에 자기가 놓여 있다는 행복감도 또한 어지간하였다. 그러면서 동시에 머릿속에 떠오르는 것은 역시 풍부한 감정과 천부의 재능을 가진 채 6년 세월을 병원 침상에서 쇠진해 가는 윤남주의 일이었다. 남주도 이 공장에서 계속하여 일하는 건강한 몸이라면 얼마나 더 훌륭한 작품들을 내 놓을 수 있을 것인가? 정말 그를 다시 자리에서 일어나게 할 수술은 전혀 할 수 없는 것일까? 의사들의 기대대로 대소변이라도 자유로이 볼 수 있게 된다면……. 오늘 전해준 오쓰뜨롭스끼의 소설은 과연 그에게 어떠한 영향을 주게 될까? 자기의 불행을 과감히 디디고 일어서게 할 수 있을까? 혹은 그를 더욱 구원받을 길이 없는 절망의 고독 속에 떨어뜨리지나 않을까? 어쨌든 자기로써는 정신적인 면에서나마 이 불구자의 몸을 문학의 길 위에 껴들어 일으키도록 노력해보리라…….

그러나 써클활동을 협조하느라 밤에는 예술학교에 강의를 나가느라 자기의 창작학습장을 정리하느라 이래저래 분주하게 된 작가 S는 남주의 소설을 3~4일 뒤에야 겨우 읽어볼 수가 있었다. 그것도 이날 아침 제철소 북문으로 들어오던 길에 신 간호원을 만나 은연히 독촉을 받은 셈이 되어서였다. 교대시간을 이용하여 신 간호원은 종업원들에게 예방

주사를 놓아주려고 다른 간호원 두 명과 함께 나와 있었다.

마침 사람들의 출입이 그다지 번화하지 않은 비교적 한가한 틈이었다.

신 간호원은 그의 팔소매를 걷어올리고 알콜을 적신 솜으로 팔죽지를 문대며 나직이 물었다.

“윤 동무의 소설은 읽으셨어요?”

“참 오늘내일 하면서 아직 못 읽었군요. 본인이 몹시 궁금해하겠군요.”

“글쎄요……. 조금도 못 읽었어요?”

“미안합니다.”

“아이 선생님두 제게 미안할 게 뭐예요…….”

신 간호원은 얼굴에 주홍빛을 띠며 눈을 흘긴다. 이런 때엔 더욱 귀염성 있어 보이는 처녀였다.

그러나 남주에게 특별한 관심과 호의를 가지고 있는 그임을 S도 눈치 채지 못하는바 아닌 것이다.

“오늘 밤 틀림없이 읽을 테라고 그렇게 전해 주시오. 동무는 읽어보았던가요?”

“지금까지 쓴 것은 대개 저한테 읽어 주든가 빌려 주던가 했는데 이번 것은…….”

“그거 참 안 되었군요.”
하고 말해 놓고 보니 S는 뜻하지 않은 빈 농담을 한 듯싶었다.

입으로 주사침자리를 훅훅 불고 있던 신 간호원은 토실한 턱을 들고 살그미 쳐다보며 말했다.

“공연히 놀리신다니까…….”

“앞으로는 남주 동무가 쓴 것은 일일이 등본을 만들어 주는 일이라도 있어야 겠더군요.”

“그러게 말이에요. 선생님이 원고지를 주시더라고 자랑이기에 제가 그 원고지에 정서하여 선생님께 드리자고 하지 않았겠어요……. 보시기도 편하실 게고……. 그런데…….”

적이 섭섭하고도 나무라운 모양이었다.

"다 마른 뒤에 소매를 내리세요……. 그런데 선생님, 그 원고지를 보시고 돌리기전에 저한테 빌려 주실 수 있겠어요?"

"아, 그러지요."

S는 이렇게 대답하고 느닷없이 물었다.

"동무도 문학을 좋아하시오?"

"아니에요. 저야 뭐……. 저도 그만 교대하고 돌아가겠으니 함께 가시자요."

S는 산등성이의 다박솔밭 언덕길을 올라감 간호원에게 남주의 수술문제가 어떻게 추진되어 가느냐고 물었다.

"과장 선생이 이와노브 박사와 세 번이나 렌트겐사진을 놓고 의논하시었어요. 가능성이 전혀 없지는 않으나 역시 매우 힘들 거라고 하시면서 요즈음은 외국의서까지 펴놓고 열심히 참고 연구중이시랍니다."

"언제 수술할 모양이오?"

"아마 며칠 내에 할 모양이에요."

"희망을 가집시다. 남주 동무도 대단히 기대가 클 거요."

"과장 선생이 환자에게 정신적 준비를 시키기 위해 어제 얘기해 주었는데 남주 동무는 목메어 울었어요. 얼마나 고마우면……. 하지만 기적이 있기 전에야……. 한데 기적이란 게 세상에 어디 있어요? 저는 그게 무서워요. 그 동무는 기적이 나타나 언제든 다시 일어나게 되려니만 생각하고 있으니……."

"설마 그렇게까지야 생각하고 있겠소? 그만치 총명한 사람이……."

"아니에요. 억지루라도 그렇게 생각하는가 봐요. 여태 그 공상 덕에 살아왔죠 뭐……. 만약 이번에 실패되어 그 공상이 조금도 실현되지 않는 날엔……."

얼굴의 근육이 일순간 경련을 일으키고 입술이 바르르 떨린다.

"그러나 수술해야지요."

변명이라도 하듯이 신 간호원은 이렇게 다그치며 부르짖었다.

"어쨌든 해놓고 봐야지요. 하루바삐 고쳐 가지고 나가셔야지요……."

하지만 역시 어디라 없이 미묘한 울림이 있는 목소리였다.

"그러나 사람이란 최후의 공상과 희망까지 잃어버릴 땐……. 그게 남아 있다는게 얼마나 위안이 되게요."

"우리 남주 동무의 수술이 성공되기만 축원합시다.

S는 깊은 생각에 젖으며 뜨적뜨적 말을 이었다.

"또 설사 실패하더라도 본인이 절망하지 않고 힘차게 살아가도록 격려해야지요. 그리고 공상에 매어달려 살려는 그 뜬생각도 벼려야 문학의 길에서라도 살 수 있게 되리다."

"그럴까요? 저는 너무 참혹한 것 같아서……."

"참혹할 수 있소? 자기를 더 헌신적으로 굳건히 다지는 데야……. 신 동무는 그 일을 어떻게 생각하오?"

"어떻게 생각하긴?"

간호원은 얼굴이 빨개지며 웃는다.

"어서 자리에서 일어나기만 바라지요 뭐……."

"일어 못날 땐?"

"일어 못날 땐 더욱."

"더욱 어쨌단 말이오."

"아이 몰라요. 그럼 저는 이쪽으로 갈테에요"

하며 옆길로 몇 걸음 달려가다가 상기된 얼굴을 다시 돌리었다.]

"저 내일 찾아갈 테니 원고를 꼭 빌려 주셔야 합니다."

"……."

미묘한 감수 속에 S는 못에 박힌 사람처럼 멍하니 서 있었다.

신 간호원은 뒤돌아보지도 않고 다시 바쁜 걸음으로 줄달음 쳐 올라간다.

이날 저녁 사택으로 돌아와 남주의 소설 원고를 들고 작가 S는 적이 놀라운 마음에 사로잡혀 앞을 재촉하게 되었다. 처음 얼마 가량을 읽으면서는 혼잣소리로 '아니다, 이것도 아니다. 작가는 작기를 속이고 있다'고 중얼거리던 그였다.

그러나 그냥 계속해 읽어 나가면서는 때때로 원고를 놓고 무연히 앉아 한참씩 생각하곤 하였다. 두 다리를 다 자르지 않을 수 없게 된 어떤 불행한 병자와 그에게 호의를 가지고 있는 어떤 여성과의 애정문제가 취급되어 있었다. 이런 어쩔 수 없는 심각한 문제의 설정부터 S의 가슴을 공연히 설렁거리게 하였다. 다리를 잘라야겠다는 선언을 받은 젊은 노동자는 사랑하는 사람의 면회까지도 일체 거절하고 혼자 몰래 죽으리라 결심하였다.

여성에게 자기에 대한 아름다운 기억이나마 남겨 두기 위해서였다. 그러나 이와 반대로 병자의 태도가 이렇게 변해지자부터 여주인공은 자기가 그를 얼마나 끝없이 살아하고 소중히 여기고 있는가를 새삼스레 깨닫고 스스로 놀란다. 동시에 이 병자에게 절대로 자기가 없어서는 안 될 사람이라는 것도 통감하였다. 면회를 굳이 거절하기 때문에 병상을 찾아볼 수 없으나 매일 아침부터 병원에 와서는 이 의롭고도 불쌍한 병자의 병세를 염려하고 초조해 하고 또 어떻게든지 그에게 위안과 삶의 힘을 줄 길이 없을까고 궁리하였다. 마침내는 이 병원의 간호원이 되고자 지원한다……. 병자의 신상에 기적이 나타나기 전에는 도저히 유쾌한 해결이 없어 보이었다.

그러나 난데없이 기적이 나타난다. 그런데 이 기적은 무서운 병이 일대 오진이었다는 것으로 판명되어 나타나는 것이다. 이리하여 두 사람 사이에는 새롭고도 열렬한 사랑이 활짝 꽃피게 되었다. 말하자면 이렇게 엉터리없게 꾸며진데다가 여러 가지로 빈구석조차 많은 이야깃거리에 지나지 않았다. 우선 어떻게 맺어진 사랑이라는 구체적인 해명도 없고 또 여주인공은 작자의 필요와 줄거리의 형편에 따라 허수아비처럼 움직인다. 주인공이 부상을 당해서인지 또 다른 무슨 병 때문인지 그 다리를 잘라야겠다는 이유조차 분명히 밝혀 놓지 않았다. 이렇게 놓고 보면 조금도 취할 바 못 되는 결함투성이의 작품임에 틀림없었다. 그러나 어디엔지 매우 절절하고도 애타웁고 심혹한 주인공의 심정이 읽는 사람의 가슴을 치는 이상한 작품이었다.

작가 S는 이 소설을 읽고 났을 때 심상치 않은 감회로 이것을 신 간호원에게 빌려 주기로 약속한 것을 진작 후회하였다. 왜 그런지 그런 생각이 머릿속에 떠올랐다.

작가가 신 간호원에게 이 소설을 보이기를 원하지 않았다는 얘기와 신 간호원이 이 소설에 특별한 관심을 가지고 있다는 사실이 그에게 야릇한 감정을 일으키게 하였다. 그들 둘 사이에는 보통으로 이해하기 어려운 미묘한 감정이 엉키어 돌고 있음을 확연히 직감하게 되는 듯하였다. S는 이 사실에 놀라지 않을 수 없었다.

병실에서 보아 온 그들의 범연치 않은 태도이며 아침녁 다박솔밭 옆에서의 스스럽지 못하던 신 간호원의 언어, 동작 이런 것들이 또한 유별나게 머릿속에 되살아 올랐다.

객관적으로 따지고 보면 원고에서 이처럼 심각하게 제기되었던 문제가 엉터리없이 행복으로 해결되는데 아연해지지 않을 수 없었다. 작자를 심심히 이해하고 볼라치면 결코 또 용이한 심정에서 된 것이 아님을 가히 짐작할 수도 있었다. 그렇게라도 해결되지 않는 한 주인공에게는 전혀 살 도리와 살아나갈 기력이 없는 듯 보이는 것이 더구나 애절하였다. 남주 자신 아마 한때는 그러한 심정이었을는지도 모른다. 주인공은 10여 년 동안을 자기 손으로 다루어 온 기계와 정다운 직장 동무들과 심지어는 사랑하는 여성과도 헤어지지 않을 수 없게 되었다. 이제부터 자기는 어떻게 살아야 되는가? 아무 보람도 희망도 없는 앉은뱅이 몸뚱이는 그 어이에도 부접 할 수 없을 것이다. 그렇다면 애인이?

사랑하고 아끼고 존경하는 여성을 절망의 반려로서 업고 들어간다는 것은 가혹한 죄악이 아닐 수 없다고 주인공은 생각한다. 그런데 그를 어떻게 그냥 사랑할 수 있겠는가? 단념해야 한다. 하나 그것은 그의 감정 세계의 죽음까지를 의미하는 것이었다. 이런 심각한 자기 고민의 내용은 읽는 사람의 마음을 쥐어뜯는 듯하였다.

역시 작가 자신의 영상일 것이다. 혹은 지나친 억측일까? 어쨌든 자기의 최후의 것까지라도 조국과 인민에게 바치려는 이 갸륵한 작가로 하여금 자기 자신의 세계에 관하여 언제나 솔직한 붓을 들기를 주저하게 하는 남모를 곡절과 비밀이 이제 와서 어렴풋이나마 이해되었다.

요컨대는 슬픈 사랑이 이렇게 혼잣소리로 중얼거렸다.

"큰일이다!"

　　　　4

"저는 제 존재가 언제부터 이렇게 커졌는가 새삼스레 놀라며 또 감격할 뿐입니다. 왜놈들이 손도 안 대고 내버렸던 몸을 이제 와서 의사들이 땅을 딛고 일어설 수 있도록 수술을 해주려고 합니다. 얼마나 고마운 일입니까? 또 아무 보잘것없는 저를 하나 구실시켜 보려고 이처럼 선생님까지 늘 찾아와 주시니……."

남주는 이렇게 전에 없이 감개무량한 태도로 서서히 입을 열어 자기의 진정을 토로하는 것이었다. 바로 그 소설을 읽은 이 봄날 밤 S가 원고를 돌려줄 겸 그의 병실을 찾아오게 되었다. 남주는 원고를 받아들었으나 얼굴을 천장에 향한 채 신중한 기색으로 별로 달가워하지 않았다. 따라서 S도 자연히 입이 무거워지며 가방 속에서 가맹 원서와 이력서 용지를 꺼내 들고 실무적인 일을 시작하였다.

이리하여 이 서류를 작성하느라고 그의 지나온 일을 하나하나 따져 묻고 대답하던 차에 이야기가 자연히 그의 회상을 자아내게 한 것이었다. 복도의 불을 끄며 지나가는 간호원의 신발 소리도 멀어지고 병실은 쥐죽은 듯 고요하였다.

"사실 죽을 대가 왔다는 생각이 그 당시의 하나도 숨김없는 솔직한 제 심정이었습니다. 왜놈들을 저주하기 위하여 살아남은 몸이었습니다. 그랬던 제가 왜놈들이 망하는 것을 본 해방의 감격 속에 죽는다는 것은 얼마나 행복한 일입니까? 이제 더 산송장의 몸을 눕혀 둘 이유가 어디에 있겠습니까? 동무들이 파괴된 공장복구를 위하여 밤낮을 기울여도 석탄 한 덩어리 옮겨 주지 못하는 폐인이 말입니다. 차라리 없느니보다 못한 밥버러지로 그냥 살아야 하겠습니까? (작가 S는 그의 소설에 나오는 주인고의 심정이 회상되었다.) 자유롭게 돌아누울 수도 대소변도 볼 수 없는, 다만, 밥주머니와 숨통과 입만이 사랑 있는 산송장, 죽다가 남은 한 개의 생명일 뿐이며 인간으로서는 폐업된 지 오랩니다. 이래도 살아야겠습니까?"

이상하리만치 이날 밤은 남주 자신이 차츰 열기를 띠어 가며 한밤중에 모든 일을 다 얘기라도 해버리려는 것처럼 대단한 능변이었다.

"그러나 버러지만도 못한 이 생명이 죽지 않았습니다. 이유는 간단하지요. 살고 싶었던 것입니다. 암 죽기 어려운, 죽기 싫은 새 세상을 만나게 되었기 때문일 겁니다. 새로운 태양 아래 새로운 욕망은 언제든지 저도 다시 일어나 남같이 싸울 수 있을지도 모른다는 덧없는 공상과 희망을 가지게 했습니다. 이렇게 저는 자기를 위로하여 자기의 존재이유를 스스로 합리화하려 하였습니다.

공장에서 같이 일하던 동무들이 가끔 찾아와서 복구사업에 대한 정형을 얘기해 주며 위로삼아, 혹은 진심으로 동무도 어서 성한 사람이 되어 나와야겠다고 했습니다. 전 같으면 얼굴만 빤히 쳐다볼 터인데 마음이 무척 민망스럽기는 하나 저는 그 말이 결코 싫지 않았습니다. 가까운 장래에 기적이 일어나 저 역시 새로운 감격 속에 공장으로 다시 나갈 날이 오리라고 믿고 싶었습니다. 사실 해방 뒤에 병원 안에서는 기적에 가까운 일도 많이 일어났습니다. 왜놈들이 내버려두었던, 못 고친다고 돌려놓았던 병자들 중에 조선의사 선생님들의 성의 있는 치료로 효험을 본 사람들도 수두룩합니다. 신 간호원도 어쨌든 오래 살구 볼 것이라면서 앞으로 어떤 의약이 발견될지 알겠느냐고 은연히 격려하며 '평야서는 20년 동안 못 보던 소경이 눈을 떴대요.'

'폐병을 고친다겠죠', '앉은뱅이 색시가 일어났대요' 이런 소리를 했습니다. 그러나 제 몸은 여느 병과는 전혀 다릅니다. 그래도 저는 신 간호원의 이런 위로의 말도 결코 싫지가 않더군요. 그리고 죽기 싫다는 감정이 죽어서는 안 된다는 생각으로 또 변해지기까지에는 얼마 동안이 필요했습니다. 아시다시피 제철소의 복구에는 허다한 곤란이 있었습니다. 기능공들의 헌신과 새로운 창의 고안이 얼마든지 요구되었습니다.

노동자들은 불이 꺼진 가마와 함께 자며 기계 옆에서 밥을 지어먹으면서 한두 달씩 집으로 돌아가지 않았습니다. 모두 다 쇠검둥이, 기름투성이로 말입니다. 미숙하나마 저 역시 이 공장에선 기능공 중의 한 사람입니다. 왜놈 때부터 이렇게 개조해 봤으면, 저렇게 고쳐 봤으면, 운전방식을 바꾸었으면 하는 점들이 없지 않았기 때문에 안절부절을 못하게 도와주고 싶어지더군요. 그러기 위해서라도 살아야겠다는 생각이 일어났습니다. 라디오는 매일처럼 남반부의 민족반역자와 친일파들의 발악하는 꼬락서니와 미제국주의자들의 음흉한 침략정책을 폭로하며 또 이를 반대하여 일어난 인민들의 영웅적 투쟁을 보도해 줍니다. 이 방송을 들을 때마다 치가 떨리고 주먹이 불끈불끈 쥐어졌습니다. 이대로 죽어서는 안 된다. 적을 쳐엎으며 민주조국을 건설하는 사업에 어떻게든 마지막 피 한 방울이라도 바쳐야겠다. 이런 결심이 더욱 굳어지게 되었습니다. 아무 일이라도 좋다. 불구자의 몸이라도 할 수 있는 일이라면 무엇이나 좋으니 죽는 날까지 모든 것을 잊어버리고 일하자, 저는 전기공장과 발전소의 동무들을 불렀습니다. 부르기 전에 의견을 들으러 혹은 내용을 물으러 오는 동무도 있었습니다. 저는 그 동무들과 같이 토론하고 도면을 앞에 놓고 설명도 해주고 그림을 그려 가며 의견을 내기도 했습니다.

아— 얼마나 행복스러운 일이었는지요. 저는 기쁨은 한량없었습니다. 그리하여 처음에는 공장 동무들에게 어느 정도의 도움을 줄 수도 있었던 겁니다. 그러나 워낙 제 밑천이 얇은데다 그 동무들의 기술은 자꾸 앞서나가고 또 연속 선진기계들을 설치하게 되니까 저의 경험과 기술 같은 건 얼마 안 되어 하나도 살릴 데가 없어지더군요. 그때에 저는 다시 한번 제가 완전히 녹슬은 나사못이라는걸 절절히 깨달았습니다.

이제부터는 무엇을 해야 한단 말인가? 또다시 제몸뚱이는 절벽밑으로 굴러떨어지는 것 같았습니다. 물론 이런 일은 한두 번이 아닙니다마는……. 그럴 때마다 저는 절벽 밑에서 두 팔을 휘적으며 허우적거렸습니다. 통쾌한 기적을 찾아 부르며……. 기적은 나타날 리 없으나 매양 힘있게 제 팔을 잡아 일으켜 주는 손길이 있었습니다. 역시 다름 아닌 신 간호원의 따뜻한 손길입니다.

저는 그의 두 팔에 몸을 맡기고 다시 덧없는 기적을 찾아 헤매게 되었습니다. 그 동무는 연약한 팔에 안기운 저를 힘찬 새 인간으로 키워 일으키려고 무한한 노력을 기울였습니다. 저를 위안하기 위하여 수많은 문학서적들을 구해다 줍니다. 병원 안에도 성인학교가 생기고 각가지 학습회가 매일처럼 조직되었습니다. 신 동무도 틈이 있는 대로 새로 나온 책들을 들고 와서 저와 함께 공부를 시작하게 되었습니다. 새로운 학습교양, 새 인간으로서의 성장의 길, 이것이 한편 저를 절망 속에서 또다시 눈을 뜨게 하였습니다. 또 라디오는 정치, 경제, 문화 각 방면의 무한한 지식을 가지고 저를 교양해 줍니다. 본시 교육이라고 한 번도 못 받아본 저에게는 모든 것이 다 청신하고도 고마웠습니다. 이리하여 고독과 절망 속에 빠졌던 저 자신 차츰 산송장의 생활에서부터 해방되기 시작하였습니다. 라디오를 통하여서는 공장과 연결되고 신 간호원을 통하여서는 병원과 연결되고……. 그러나 도대체 나는 그들에게 무엇을 줄 수가 있겠는가, 눈앞에 그 험악한 절벽이 또 내닫습니다.”

“동무는 훌륭히 주고 있지 않소.”

작가 S는 천천히 이렇게 단정하고 말을 이었다.

“문학의 새 길에서……. 작가로서……. 또 앞으로 얼마든지 줄 수 있는 것이오.”

“그러나 저는 작가로서 복무하리라는 생각은 엄두도 못 내었습니다. 또한 그런 자격이 있다고도 생각지 않았습니다.”

남주의 대답은 이렇게 명확하였다. 미상불 그랬을 것으로 생각된다.

“병원 내의 벽신문에 라디오에서 얻어들은 정치시사 자료도 써주는 것도 다만 무엇이든 일해 보고 싶었기 때문입니다. 새 국가병원의 고마움과 새 사회의 혜택이며 새 보건일꾼들의 열성에 대한 감상 같은 것을 쓴 것은 정말로 다른 사람들과도 같이 얘기해 보고 싶어서였습니다. 옛날 병원에 있던 왜놈들이 모두가 여우나 승냥이, 멧돼지와 같은 짐승들로 회상되었지요. 그래 이런 것들을 풍자해 보고 싶은 마음에 붓을 든 것이 또 동화처럼 되었던 모양입니다.”

“동무의 동화의 특징적인 면이 그런 데서 나왔구만.”

S가 이렇게 웃으며 말하자 남주는 긍정하듯 다시 말을 이어 나갔다.

“글쎄요. 그렇다고 할는지요. 그러나 원고를 방송국에 보내는 그런 엄청난 일은 신 간호원의 손에서 된 겁니다. 그 동무는 늘 제가 쓴 것을 읽으며 웃고 좋아하고 비평하고 또 의견도 말해 줍니다. 언젠가는 매일 저녁마다 연거푸 찾아와 제 손으로 라디오의 스위치를 비틀며 무엇인가 기대해 마지않은 태도였습니다. 작년 2월 달의 일입니다. 왜 그러느냐고 물어도 대답하지 않고 웃을 뿐입니다. 하루 저녁 방송에서 제 이름이 툭 튀어나오겠지요. 어리둥절했습니다. 뒤이어 제가 쓴 동화가 부드럽고도 의젓한 목소리로 방송되어 나오더군요. 신 동무는 제 손을 뜨겁게 감싸 주며 감격의 눈물을 흘렸습니다. 저 역시 어떻다고 말할 수 없는 커다란 감동 속에 몸을 떨었습니다. 제 일생에 있어서 아마 그렇게 기쁜 날이 또 없었을 것 같았습니다. 그러나 곰곰이 생각해 보면 동화를 쓰는 일도 머릿속에서 자기를 멀리 떠나려는 의도에 지나지 않았습니다.

저는 역시 노동자입니다. 어떻게든 성한 몸이 되어 유능한 전기노동자로서 재생하려는 꿈만이 아직도 사라지지 않고 있었습니다. 물론 이런 불구자의 몸으로서 자기 생활의 활로를 구하자면 정신적인 창조사업에 의존할 수밖에 없다는 것도 잘 알고 있지요. 그렇다고 그런 일을 감당할 수 있는 능력이 있는가? 보잘것없는 자기 자신이 처량해질 뿐이어서 나는 노동자다, 제철노동자다, 전기기술공이다, 노동을 떠나서 내 생명이 있을 수 없다고 자기 자신에게 다짐을 주며 하루바삐 자리에서 일어나야겠다는 생각만 하였습니다. 이를테면 자기가 영영 저주받은 반신불수란 것을 처음부터 인정하지 않고 으레히 다시 일어날 걸로만 생각하는 태도였습니다.

모든 희망과 꿈이 이와 같은 허구 위에서 출발하고 있는 겁니다. 이것은 자기의 불행을 은폐하며 실제조건의 긍정을 두려워하는 허위와 도피의 세계인 것을 이제 와서 냉혹히 자기 비판하게 되었습니다.

정직하게 말하자면 제가 해방 후에 그렇게 열심히 학습하며 공부를 하게 된 것도 무의식중에나마 재생의 날에 대처하려는 속심에서였다고도 하겠으니 얼마나 비위 좋은 일입니까? 저는 그만치 자기의 운명에 대하여 정직하거나 냉정하지를 못했습니다. 이 소설을 보셨으니 짐작하시겠지마는……."

이러면서 그는 탁자 위에 놓인 소설 원고를 다시 집어 들고 흔들며 격하여 말을 이었다.

"이 안에 나오는 천하에 염치좋은 사내가 바루 여기 누워 있는 겁니다."

남주의 커다란 두 눈에서는 한순간 시퍼런 불빛이 튀어나올 듯하였다.

확실히 신열이라도 있는 듯 괴로운 얼굴빛이었다. 작가 S는 온 정신과 감정을 제어하지 않고 그의 눈물겨운 고백 속에 몸을 던진 채 소리 없이 묵묵히 귀를 기울였을 뿐이었다. 남주는 한참 동안 숨을 태우더니

다시 고백을 계속하였다.

"그러나 이 소설은 그래도 멀쩡합니다. 여기 누워 있는 산 소설의 추악한 이 주인공을 보십시오. 이 주인공이 혼자 남몰래 공상으로 그리고 잇는 산 소설 속에서는 그야말로 기적처럼 반신불수의 몸이 완치되어 가뜬히 일어납니다. 그리고 점심곽을 끼고서 공장에 일하러 들어갑니다. 그리고, 그리고……. 놀라지 마세요. 신 간호원과 결혼을 합니다. 들으셨습니까? 신 동무와 결혼을 한다는 말씀이에요."

남주는 극도로 흥분한 나머지 말소리가 목줄기에 걸리어 마지막 말을 거의 부르짖다시피 하였다.

"……얼마나 주제넘어요? 저는 이러한 사내입니다. 그리고 또 이 꿈이 이날까지 저를 비현실적인 희망 속에서나마 살아오게 했더랍니다."

"정직합니다. 알 수 있습니다."

S는 무거운 표정으로 끄덕이었다.

"사실 신 동무는 제 생명의 지주였습니다. 아니 그 전부였습니다. 그에 대하여 이런 얼토당토않은 꿈을 지니고 혼자 남 몰래 공상하며 번민했으니 얼마나 가소롭습니까? 가끔 자기 자신의 차지도 돌이켜 봤습니다. 때때로 어디선가 이렇게 부르짖는 소리도 들리는 듯 했습니다. '네 꼬락서니를 보고 말해라', '남이 웃는 줄도 모르느냐', '핫하하, 핫하하……' 웃음 소리도 들려옵니다. 그럴 때마다 신 동무의 그림자는 천리 만리 멀리루 사라지는 것 같았습니다. 이게 무서웠습니다. 저는 눈을 딱 지리감고 입을 악물고 귀를 막아 버리려 했습니다. 다시 성한 몸이 되어 나라와 사회에 복무하리라는 허울좋은 공상 뒤에 숨어서 실인즉은 자기가 업히울 희생자를 요구했으니 얼마나 추악한 사내입니까? 그러나 이것으로서 그러한 자기와도 영 결별을 짓는 것입니다."

하면서 남주는 손에 움켜쥐었던 소설 원고를 갈기갈기 찢기 시작하였다.

핏줄이 지도처럼 엉킨 팔뚝과 손이 경련적으로 떨리고 파리한 얼굴에서는 어두운 그림자가 흔들리고 있었다. 오래오래 품어 오던 심정을 일시에 숨김없이 털어놓는 동안에 그는 끝없는 흥분의 도가니 속에 사로 잡힌 것이었다.

"지금까지 여기 누워 있는 육신을 떠나 제 정신을 허구의 공상 속에 간신히 숨쉬고 있었습니다. 고민과 절망을 피하지 않고 뚫고 나감으로써만 새로운 자기를 찾을 수 있다는 걸 비로소 깨달았습니다. 기적을 부르는 공상 속에 잠들려는 몸뚱이를 깨워 일으켜야 한다는 것도 이제야 알았습니다. 선생님이 빌려 주신 『강철은 어떻게 단련되었는가』를 읽으며 여러 가지로 생각했습니다. 이루 말할 수 없는 절망 속에서도 강철같은 의지를 가다듬어 조국과 계급의 이익을 위하여 끝끝내 싸워 나가는 주인공의 태도에 옷깃을 여미었습니다. 나중에는 귀와 입만이 남은 불구자의 몸으로 작가로서의 새로운 투쟁의 길을 개척하는 불같은 심정이 또한 제 몸뚱이를 흔들어 놓았습니다."

"그렇다면 다행이오. 나 역시 그렇게 되기를 기대했던 것입니다."

S는 무한한 감회로 이렇게 중얼거리었다. 친서하는 이 불구 작가가 자신의 고뇌와 번민을 그 소설로 하여 치료받는 것이 매우 고마웠다.

"저는 그 작가에 비하면 아직도 신선합니다. 이 손과 귀와 눈이 있잖아요? 그러나 저도 이제는 그 주인공과 같이 척추를 독균에 침해받아 눈까지 못 보게 되고 팔죽지가 굳어지는 한이 있더라도 죽는 날까지 어엿이 싸워 나갈 기력이 생겼습니다. 이제부터 저는 결코 녹슨 나사못이 아닐 것입니다. 작가로서 살아 나가느냐 못 나가느냐는 둘째 문제입니다. 먼저 거짓이 없는 진실하고 강직한 인간이 되어야겠습니다. 자기 기만 속에 전도를 화려하게 장식하려는 허영을 버리려는 겁니다. 저의 앞으로는 붓을 드는 제 태도에도 근본적인 개변이 있을 줄 압니다. 창작의 길에서 성공하느냐 못하느냐가 문제가 아니라 자기가 해보려는 이레 대한 진실한 태도가 얼마나 중요한 것인가를 알았습니다."

"……."

작가 S는 이 노동자의 너무나 진지하고도 성실한 태도에 도리어 눈시울이 뜨거워짐을 어찌할 수가 없었다. 그의 얼굴에는 험난한 가스산을 넘어선 영예의 승리자와 같은 화기로운 미소까지 떠도는 듯하였다.

"……신 동무에 대해서도 저는 이제부터 허심탄회할 수 있으리라고 생각합니다. 실상 그 동무의 고마운 태도는 제게 대한 인민조국의 뜨거운 손길의 하나의 상징적 표현에 지나지 않습니다. 압니다. 그 외의 아무 것도 아닙니다. 비참한 병자에 대한 숭고한 여성의 동정과 정성을 사랑으로 받아들이려는 것은 하나의 추악한 희극입니다. 저는 그 대신 인민 전체의 따뜻한 손길을 전보다 더 순수하게, 괴로운 마음 없이 받아들일 수 있게 되었습니다. 저는 절대로 침상의 무덤 속에 고립되어 있지 않습니다. 언젠가 제 동화가 처음으로 방송되었을 때는 누구인지 모를 보이지 않는 손길이 제 몸뚱이를 울만져주는 듯한 오롯한 애정을 느꼈답니다. 볼 데 없는 제 작품이 아주 미끈하게 손질되어 있겠지요. 모든 손길들이 언제나 이렇게 저를 따뜻이 포옹하고 쓰다듬고 일깨워 주고 있습니다. 또 앞길에 불을 비춰 줍니다. 고마운 법령과 보호의 손길이 다가와 제 몸뚱이를 얼싸안고 과거의 쓰라림과 상처를 씻어 주며 병상에까지 다다라 새로운 사상과 지식의 날개로 제 몸뚱이를 덮어 줍니다.

조금만 신열이 나도 간호원이 달려오고 의사 선생님이 찾아옵니다. 심지어 이번에는 수만리 타향에서 온 소련 의사의 손길까지를 제 몸에 느끼게 되는 것입니다. 그리고 또 작가의 따뜻한 손길을 펴며 찾아 주신 선생님은 저를 깊은 안개 속에서 흔들어 깨워 주었습니다. 새 나라 인민들의 애정, 이게 다 이를테면 나라를 찾았고 인민이 해방되었으며, 또 옳은 영도자가 계심으로써 있는 일이 아니겠습니까. 저는 제 몸뚱이 위에 큼직하고도 포근한 손길을 의식합니다. 저는 이 은혜와 감격 속에 몸을 던진 채 이제나마 마음을 크게 가지고 용감히 새로운 출발을 하려는 것입니다."

대수술을 며칠 안으로 앞두고 자기의 마음부터 이렇게 근본수술을 한 데 대하여 어떻다 말할 수 없는 감개에 사무친 작가 S는 실내를 뚜벅뚜벅 거닐고 있을 뿐이었다. 저 멀리 파이프공장에서 전기용접을 하는지 시퍼런 인광이 번개처럼 밤하늘을 휘적시고 있었다. 창문에도 반사되어 번쩍거린다.

S는 불현듯 멧새가 보이지 않는다는 생각이 나서 멈춰 서서 실내를 돌아보았다. 역시 아무 데도 종적이 보이지 않는다. 어디에 숨어들었을까, 혹시 도망을 친 거나 아닐까?

"새를 찾으십니까?"

남주는 그를 돌아보며 웃음을 띠운다.

"멧새란 놈도 사실은 사흘 전에 새 출발을 했습니다."

"날개를 좀 더 잘라 줄 뻔한가 보오."

"미안하고 또다시 잘라 주기가 애련해서 그냥 두었더니 종내 탈주하고 말더군요. 열어 놓은 창문턱에 올라앉아서 바깥을 개웃거리며 내다볼 제 감상이 매우 이상했습니다. 손으로 오라고 시늉을 하며 열심히 불렀지요. 그러나 맑은 공기와 푸른 솔밭에 유혹이 더 컸던 모양입니다. 대자연의 선율이 일순간 몸에 실린 듯 꽁지를 종깃거리며 몇 번인가 발을 전줄러 보더니 그만……. 차라리 잘 되었다고 생각합니다. 멧새란 놈은 어리석은 저의 도피처인 동화의 세계를 물고 달아났습니다."

"혹시 또 멧새처럼 자리에서 해방될지 알겠소?"

S는 이렇게 웃으며 위로하려고 하였다.

"과장 선생의 의견은 어떻습니까?"

"두 분 선생이 다 확신을 못 가진다고 합니다. 다만 최선을 다하여 수술해 보겠다는 그 정성이 고마워 오늘 저 자신 응낙한다는 수표를 했습니다. 저로서는 하나의 시험자료가 되고 만대도 만족입니다. 거리를 수술한다고 죽는 거는 아니니까요……. 그러나 제 나갈 길은 엄연히 서 있습니다. 앞으로 이 이상 더 참혹한 비운에 빠질지라도 저는 절대로 낙심치 않고 붓대를 손에 들고 생명이 지는 마지막 날까지 싸울터입니다. 선생님, 보십시오. 이 시를 아십니까?"

남주는 돌아보며 새로 벽면에 써 붙여 놓은 조그마한 종이를 가리킨다. 하이네의 초상이 증기관 옆에 연필로 비슷이 그려져 있었다.

'칠현금을, 칠현금을 나에게 다오, 싸움의 노래 부르리니……'

"하이네의 시입니다. 제 손에는 섬세하지는 못하나마 이미 하나의 칠현금이 쥐어졌습니다. 그것은 선생님이 제 손에 쥐여 준거나 다름없습니다. 저는 줄을 바루 골라잡고 이 제철소가 울려 내는 위대한 교향악에 제 노래를 맞추렵니다."

하고 남주는 다시 조용히 읽기 시작하였다.

"꽃을, 꽃을, 죽음을 건 싸움 위하여 꽃두레로 머리를 장식하리니……. 얼마나 좋은 시입니까? 이 노래는 하이네가 헤리고란드 해안에서 프랑스 인민들의 봉기의 소식을 듣고 이제야 나는 내가 무엇을 바라며 무엇을 해야 할지를 알았다. 나는 온몸이 기쁨이다, 노래다, 검이다, 불꽃이다, 이렇게 부르짖으며 노래한 시의 한 구절입니다."

검은 구름이 휘날리는 하늘 위로 서슬 푸른 전기용접 불꽃이 그냥 휘황하게 번쩍거리고 있었다. 그럴 때마다 어떤 천상의 악기와도 같이 연달려선 열하나의 열풍로 굴뚝행렬이 나타나며 구름 위에서 무슨 거문고 소리라도 둥당거리는 듯하였다.

5

며칠 뒤에 작가 S에게는 문학동맹으로부터 등기 우편으로 회서가 도착하였다.

아동문학 분과위원회에서 윤남주의 동화를 새로운 경이와 흥미를 가지고 심사했으며 S의 의견서는 전면적으로 지지 접수되었고 문학동맹의 가맹도 상임위원회를 통과하였다는 사연이었다. 앞으로 이 불행한 동무의 대성을 위하여 각별한 지도가 있기를 바란다는 선의적인 부탁도 첨가되어 있었다. 그리고 이 편지와 함께 문학동맹후보맹원증과 그 외 몇 가지 서류가 동봉되어 있었다.

S는 이것들을 전달도 하고 사연도 알려 주기 위하여 병원으로 찾아 올라가게 되었다.

진찰시간이 끝난 지 오랜 오후의 병원 안은 뒷마당에서 배구를 치는 간호원들의 그림자가 잉어떼 노는 듯 얼른거릴 뿐 절간처럼 고요하였다.

입원실을 향하여 기다란 복도를 지나가며 보니까 청소를 하느라고 외과 수술실문이 벙싯하니 열려 있었다. 수술복 위에 고무복을 걸친 과장 선생이 세면대에서 비누거품을 활활 풀어 가지고 솔로 서걱서걱 손을 닦고 있었다.

"이제부터 윤 동무의 수술입니다."

과장 선생은 S를 보더니 반기는 말로 얘기를 건네었다.

"마침 잘 오시는 군요."

"수고하십니다."

작가 S는 멈춰 서며 마주 인사하였다. 수술실에서는 간호원들이 소독물로 바닥을 활짝 씻어 낸 뒤에 수술도구들을 탁자 위에 벌려 놓기에 부산하였다. 소독약 냄새가 풍기는 수술실의 어머어마하고도 싸늘한 독특한 분위기가 공연히 가슴을 설레이게 한다.

"본인이 참 감개무량하겠군요. 생명에 관계될 그런 위험한 수술은……"

"아닙니다. 아닙니다."

과장 선생님은 고개를 흔들었다.

"결코 위험하지 않습니다. 중대한 수술임에는 틀림없지만……"

이때 한 옆에서 수술복을 걸치고 있던 키가 후리후리한 소련 적십자 병원 원장 이와노브 대위가 듬직하게 나서면서 손을 내미는 것이었다.

"즈드라스뜨부이쩨."

새파란 두 눈이 가을 하늘같이 빛나고 가느다란 입언저리에는 매력

있는 미소가 떠돈다. S는 그의 손을 마주 잡고 흔들며 연송 '스빠시보, 스빠시보' 하였다. 불과 몇 마디 안 되는 소련말 밑천이기는 하나 감사하다는 이 말이 이처럼 제격에 어울리기는 좀체로 쉽지 않을 것 같았다. 그 밖의 무슨 별다른 말이 필요할 것인가? 조국전쟁 4년 동안 피땀에 젖어 온 군복을 벗을 사이도 없이 또다시 일본 강도배들을 격파하며 내닫는 해방군대에 참가하여 나온 군의였다. 소독전선에서 두 번이나 중상을 당한 용사임을 말하는 두 개의 중상기장이 그의 군복 가슴팍 위에 달려 있었다.

어설픈 가느스름한 모발은 하얀 연기처럼 머리 위에서 너울거리었다. 이와 반대로 모발이 유별히 빛나는 그의 어여쁜 부인도 역시 적십자병원에서 일을 본다는데 S는 가끔가다 저녁 산보길에서 그들 부부와 만나곤 하였다. 어여쁜 대위 부인은 산보길에서도 언제나 남편을 소중히 껴들 듯 부축하며 때때로 대위의 귀에다 손을 댁 무엇이라고 속삭이었다. 그러면 이와노브의 행복스런 얼굴 위에는 고요한 웃음빛이 떠올랐다. 역시 전쟁통에 잔귀까지 멀었기 때문이다. 이와 같은 증상의 몸을 만리 이역까지 끌고 와서 외국 인민들의 보건을 위하여 성심성의 헌신하는 이와노브 대위와 그의 부인이 버드나무 늘어선 저녁길을 팔을 끼고 가지런히 거닐고 있는 광경은 어떤 성스러운 느낌까지 주곤 했다.

S는 수건으로 손을 닦고 있는 과장 선생을 돌아보며 오늘의 수술대상이 바로 이분의 치료를 받고 있는 동화작가라고 외치듯 말했다. 하니까 이와노브 대위는 눈이 휘둥그래지며 두 팔을 쩍 벌리고 "삐싸쩰리(작가) 삐싸— 쩰리다?" 하며 작가라는 말에 정말로 놀라는 모양이었다.

"까레이스끼 삐싸— 쩰리 수술 있소. 좋소. 나 많이많이 기쁩니다."

"스빠씨보, 스빠씨보."

S는 또다시 이렇게 연송 치하하면서 과장을 돌아보며 수술이 대체 어떻게 될 것 같으냐고 물었다. 말눈치를 알아차렸던지 군의 대위는 렌트겐사진을 집어 들더니 "스마트리 스마트리" 하고 손으로 사진을 가리키

며 열심히 설명한다. 과장 선생이 조선말로 통변형식을 취하였다. 이렇게 중추신경을 짓누르고 있는 골편들을 적출한 뒤에 신경이 얼마나 상했는가, 살아날 가망이 있는가, 척추액은 잘 통과하는가, 그 통로가 막혀 있다면 경막을 떼어놓을 수 있겠는가, 잘 통하는가, 또 다른 나쁜 증상이 있는가 없는가를 세밀히 진단해 봐야 알 일이라고 하였다.

S는 벙어리 꿀먹은 맛으로 어림해 들으면서 바로 알아듣는 체 연송 끄덕이었다. 이와노브 대위는 이에 대한 설명을 끝내고서,

"나빠, 나빠, 야쁜스끼 많이많이 나빠."

이렇게 말하며 간호원들을 돌아보며 웃는다.

"네 하라쇼다?"

간호원들도 마주 웃으며 무엇이라고 종알거린다. 제 발로 다시 걸어 다니게 되는 경우는 전혀 바랄 수 없겠느냐고 물으니까 대위는 어깨를 으쓱 추켜 올리더니 고개를 설레설레 젓는다.

"6년 많이많이 있소."

6년 세월이 너무 길었다는 모양 손톱으로 자기의 다리를 꼬집어 아픈 시늉을 하면서,

"아파 아파 이렇게 4년 있소"

손가락 네 개를 쳐들어 보인다.

"신경섬유가 보통 4년 내로는 재생할 수 있다는 말입니다. 솔직히 말하면……."

과장 선생은 이렇게 어두를 놓으며 수술모자를 쓴다.

"윤 동무가 혼자서 돌아눕기라도 할 수 있게 된다면 만족이라고 생각합니다."

"그렇게라도 된다면 좋겠습니다."

"물론 그것은 막상 수술해 봐야 알 일입니다마는……. 상처 여하에 따라서는 의외로 또 좋은 결과가 나타날지도 모릅니다. 이 소련 동무는 연일 진찰하고 검토해 본 결과 은연히 기대하는 바가 없지도 않은 모양

입니다.”

　수술도구들을 살펴보고 있던 이와노브 대위가 돌아서며 무엇이라고 얘기한다.

　“하여간 전력을 다하여 조선 작가동무를 조금이라도 편안히 글쓰게 하고 싶다고 말합니다.”

　“스빠씨보, 스빠씨보.”

　대위는 또다시 가까이 다가오며 병자가 돌아눕는 시늉을 하면서,

　“뽀니마예쉬?”

　“다, 다……”

　“S는 고개를 주억주억하였다.

　“뽀니마예쉬, 뽀니마예쉬.”

　그는 병자가 반듯이 누워 얼굴 위에 종이를 치받치고 글을 쓰며 할락거리는 시늉을 해보았다.

　“따꼬이 라보트 네나다, 가라까라.”

　이렇게 동작을 하며 얘기할 때 이와노브는 아주 사람이 달라지는 듯 그의 겉늙어 보이던 얼굴은 젊은 혈기로 피어오르고 쥐었다 폈다 하는 그의 손길에서는 정열이 막 뿜어 나오는 듯하였다. 그리고는 상반신을 비스듬히 담에라도 기대인 자세를 지어 보이며 웃는다.

　“따꼬이 삐시삐시 하라쇼.”

　“스빠씨보. 스빠씨보.”

하고 부르짖으며 S는 너무 기뻐 어쩔 줄 몰랐다.

　과장 선생이 옆에서 오해 없도록 설명해 준다.

　“그렇게 앉아서 글을 쓰게 되면 좋겠다는 말입니다. 딱히 그리 되리라는 말이 아니라……. 이 동무의 열성과 정성을 봐서도 어느 정도는 반드시 효과가 있으리라고 생각합니다.”

　작가 S는 사무치는 감개로 이와노브 대위의 얼굴을 바라보며 혼자 끄덕이었다.

이럴 때 멀리로부터 고요한 분위기를 흔들며 굴러오는 밀차바퀴 소리가 들려 왔다.

S는 한걸음 다가가 굳은 악수를 한 뒤에 다시금 복도로 나섰다.

조심조심 밀차를 밀고 오는 신 간호원이 복도 저 멀리서 S를 발견하고 다소곳이 허리를 구리부리며 인사한다. 그리고 밀차에 실려 오는 병자에게 얼굴을 가까이 대고 무엇이라고 귓속말로 속삭인다.

S는 그곳으로 가까이 다가가 쾌활한 미소를 지으며 남주의 손을 잡았다.

"좋은 결과가 있기를 비오."

"고맙습니다. 선생님도 와주셨군요. 6년 만에 처음 이렇게 바깥출입을 하고 있습니다."

근심없이 웃어 보이나 역시 감출 길이 없는 흥분 속에 얼굴이 한층 핼쑥해진 것 같았다.

밀차 옆으로 따라오며 S는 그의 동화작품들이 중앙에서 높이 평가되었고 또 문학 동맹가맹도 순조로이 통과되었다는 사연을 간단히 전해 주었다.

그러자 남주의 얼굴이 햇빛처럼 밝아졌다. 신 간호원도 두 눈을 영등처럼 반짝이며 속삭이듯 말했다.

"윤 동무, 축하합니다."

"모두 고맙습니다. 이제부터 열심히 공부하리다."

남주는 눈시울을 섬벅거린다.

"되건 안 되건 열성껏, 정성껏 노력하겠어요. 저의 앞에도 새 출발이 창창하게 열리는 것 같습니다."

"의사 선생님들도 수술 성공을 비오……. 그리고 문학동맹에서도 여기에 동무의 가맹동지서와 맹원증을 보내 왔소."

남주는 떨리는 손으로 그것들을 받아 들더니 한참 뒤적거리며 바라보았다. 그리고는 행복스런 미소를 지으며 가슴에 포근히 안았다. 눈시울에 몇 방울 이슬이 맺히었다. 신 간호원도 슬며 시 얼굴을 돌린다.

어느 사이에 공장 노동자들이 7~8명 웅성거리며 몰려오더니 밀차를 포위해 버렸다.

모두 기쁜 얼굴로 그의 손을 잡으며 격려도 하고 성공을 빌기도 하고 수술하게 된 것을 축하도 하며 저마다 한마디씩 퍼붓는다. 남주도 티없는 얼굴에 웃음을 띠우며 좋아한다. 아마 옛날 변전소나 전기공장에서 함께 일하던 친한 동무들이 소식을 듣고 달려온 모양이었다. 거기에는 인정미에 넘쳐흐르는 사람들 간의 기쁨과 행복의 숨결이 술렁거리는 듯하였다. 밀차가 잠시 정지하게 된 틈을 타서 신 간호원은 남주의 윗주머니에 초록빛 비단표시에 황금빛 글자로 유난히 빛나는 맹원증을 보이도록 꽂아 놓는다.

이것을 보고 노동자들은 놀람 속에 환호성을 지르며 다시금 모여들었다.

"이거 어떻게 된 일이냐? 문학동맹……."

"자식, 상당하구나."

돌아보며 S에게 경의를 표하는 청년도 있었다.

"선생님 고맙습니다."

"아마 고치구 나와서 공장일 할 생각도 없어지겠네."

신 간호원이 밀차의 방향을 돌리며 밝은 목소리로 외쳤다.

"동무네들도, 노동자작가라는 걸 모르세요? 일도 하고 글도 쓰고 하면 되잖아요? 자- 어서 길을 내세요."

이렇게 웃으면서 던지는 말과 함께 밀차가 수술실 안으로 미끄러지듯이 굴려 들어갔다.

문가에서 과장 선생과 이와노브 대위가 얼굴에 인자한 웃음을 지으며 반가이 맞아들였다.

노동자들은 우르르 그 앞으로 몰려들었다. 제각기 소련말을 자기만 알 수 있는 내용으로 외마디씩 한다.

그 말에 대한 감사와 고마움을 일시에 표현이라도 해보려는 듯- 군의 대위는 무슨 말인지 모르면서도 '따꼬이 하게 하리' 하며 병자가 걸어 다니는 시늉도 해보였고 어떤 젊은이는 '까레이스끼 루쓰끼' 하더니 두 손으로 악수하는 형용을 해보이고 또 어떤 이는 병자가 전기기술공으로 워— 이렇게 엄지손가락이니 우리들과 서로 팔을 끼고 공장으로 나가게 해달라고 행진하는 동작도 해보였다.

이와노브 대위는 일일이 풍부한 표정으로 받아 주고 나서 웃는 얼굴에 휘파람이라도 불 듯이 입술을 모두 세우고 한 손을 입가에 대고 조용하라는 시늉을 해보이며 스르르 문을 닫아 버린다. 그제야 모두 쉬-쉬 하며 속살거린다.

"여보게, 떠들지 말라네."

"자, 가세, 가세."

"남주가 이제 걸어서 나올텐데……."

"발소리들도 내지 말라구."

노동자들은 게라도 잡으러 가는 어린애들처럼 현관 쪽을 향하여 쭝깃쭝깃 걸어가기 시작하였다. 남주의 수술은 단순히 낙관만 하려는 유쾌한 노동자들의 감출 수 없는 기쁨이 그들의 일부러인 듯한 걸음걸이에도 여실히 나타나고 있었다.

작가 S는 병실 앞 복도에 놓여 있는 긴 의자에 걸터앉아 한참 동안 말이 없었다.

수술실에서는 병자를 수술대 위에라도 올려놓는 듯한 움직임 소리가 나더니 뒤이어 외과 과장과 군의 대위가 조용히 주고받은 말소리가 두런두런 들려 나온다.

창밖 멀리 낙조에 검붉게 물드는 저녁 하늘 위로는 숲을 이룬 듯 높이 솟은 수많은 굴뚝들이 삼단 같은 연기를 내뿜고 있었다.

앉은자리에서 이 제철소의 심장부라고도할 제강공장, 대형공장, 조강공장 등 고층건물들이 한눈에 내다보였다.

제강공장에서는 번개같은 불빛이 저녁안개를 휘저으며 번쩍이고 대형공장 앞으로는 소형기관차들이 말거미새끼들처럼 분주히 오가고 있었다. 여기저기 사처럼 쌓인 강철더미 위로 제품들을 쇠발톱으로 달아 문 기중기가 산짐승처럼 달려 나온다.

어디선가 멀리로부터 간호원들이 합창을 하는 감미로운 목소리가 복도를 통하여 들려오기도 한다.

수술실에는 어느덧 전등불이 켜지고 있었다. 남주에 대하여 이미 마취조치를 한 것일까? 하나…… 둘…… 셋…… 이렇게 천천히 세어 나가는 남주의 목소리가 잠꼬대처럼 들리기 시작하였다.

이 소리를 따라 수술실 문밖으로 걸어가려는데 복도 한 끝에 매달린 스피커에서 갑자기 방송원의 목소리가 울려 나왔다.

오늘내일로 떨어질 것으로 기대하던 용광로 제선부분이 금방 계획과제를 달성하고 있다는 승리의 보도였다. 아닌게 아니라 용광로에서 쇳물을 뿜으며 지축을 울리는 소리가 들려온다. 감격에 찬 방송원은 이렇게 부르짖고 있었다.

"친애하는 동무들, 조국 심장의 상징이며 승리의 고수인 우리의 제3용광로는 드디어 오늘 오후 5시, 바루 지금 세계여 들으라 승리를 외치며 금년도 계획량의 마지막 숫자를 출선중입니다. 동무들, 인민들의 요구와 경애하는 수령 김일성 장군님의 호소에 장쾌한 승리로 대답하는 용광로 노동자들에게 영예를 드리며……."

수술실에서는 진작 수술이 시작된 모양이었다. 남주의 셈 세는 소리도 이미 사라지고 긴장된 분위기 속에서 수술 도구의 뎅그락거리는 소리가 들려 나온다.

남주의 몸을 굽어보며 세심스레 손을 놀리고 있는 과장 선생과 이와노브 대위의 희멀그레한 그림자가 유리창에 얼른거리고 있었다.

6

　바로 이날 밤, 작가 S는 전체대회의 준비관계로 시급히 올라오라는 문학동맹중앙위원회로부터의 전보를 받고 다시 평양으로 부랴부랴 떠나오게 되었다.

　이튿날, 첫차에 대느라 병원에 찾아갈 경황이 없고 하여 S는 떠나기 직전에 수술 경과를 전화로 과장 선생에게 묻게 되었다.

　수술이 두 시간이나 걸렸다고 하면서 척추가 아주 부러지지는 않았고 또 경막이 척추액의 통과를 압박하고는 있었지만 아주 맞붙지는 않았으므로 그것을 가까스로 떼어놓아 어느 정도 척추액도 통과하게 되었다고 한다. 천만다행으로 압박증에 신경이 마비되어 있을 뿐 끊어지거나 썩거나 하는 것이 아니므로 앞으로의 치료 여하에 따라서는 좋은 효과가 나타날지도 모르며 또 이와노브 대위도 지금까지의 경험으로 보아 비교적 희망을 가질 수 있다고 말하더라는 것이다.

　"결코 어제 하루의 수술만으로 끝난 게 아닙니다. 며칠 뒤에 또 수술대 위에 올리게 됩니다. 잘 되면 우리 의학계에 아마 하나의 좋은 치험례가 될 겁니다."

라는 말이 그의 고막에 커다란 진동을 일으키며 울리었다.

　평양에 올라온 지 불과 10일 뒤에 작가 S는 이 제철소에서 매 품종별로 전체 부문에 걸쳐 연간계획을 초과완수했다는 보도를 신문에서 읽고 또 방송으로도 듣게 되었다.

　방송에는 이 보도에 뒤이어 그동안 예술학교에서 지도해 온 노동자들이 창작한, 자기들의 승리를 자랑하는 작품들이 낭독되어 그를 한량없이 기쁘게 하였다. 그 속에 남주의 작품이 끼어 있지 않는 것이 한편 매우 서운했으나 어쨌든 S는 이 제철소의 거대한 승리가 자기의 일처럼 자랑스럽고 또 노동자들의 활발한 예술적 활동이 자기의 일처럼 고마웠다.

그 공장 전체의 우람한 광경이 눈앞에 떠오르고 또 예술학교 학생들의 얼굴이 그리워지며 남주의 그 뒷일도 무척 궁금하였다.

그러나 이어 급한 일들이 겹치고 건강도 좋지 못하여 이럭저럭 다시 자리를 뜨지 못하고 있던 중에 하루는 문학동맹 앞에서 뜻밖에도 신 간호원을 만나게 되었다.

층층대를 올라가다가 그를 발견하고 놀라며 이게 어떻게 된 일이냐고 물었다.

"아이구 선생님, 마침 잘 만났군요. 선생님의 주소를 알아 가지고 찾아가려던 길이에요."

하면서 신 간호원은 똘똘 만 커다란 종이뭉치를 가방 속에서 꺼냈다.

"윤 동무가 전해 달라는 원고와 편지입니다. 제가 오래간만에 평양엘 나와 보겠다고 하니까……."

"수술 뒤의 경과는 어떤가요?"

종이뭉치를 뜯으며 S는 이렇게 다그쳐 물었다.

"아직 이렇다할 만한 신기한 효과는 나타나지 않았어요. 그러나 대소변은 시제라도 기계의 힘을 빌리지 않는답니다."

"그럼 성공이오?"

S가 놀라는 얼굴로 바라보자 신 간호원은 한 계단 올라서며 말했다.

"아니 좀 더 좋아질 가망이 있대요. 얼마 동안 여러 가지 새 방법으로 치료하고는 온천이 있는 정양 소병원으로 보낼 예정인가 봐요."

"그렇게 움직여도 괜찮다는가요?"

"거야 좀 움직여도 되니까 그러겠죠. 마비된 신경을 회복하는 데 온천요법이라는 게 있나 봐요……."

이렇게 흥이 나 말하는 신 간호원의 얼굴은 희망에 넘쳐흐르는 듯 자못 행복스러워 보였다.

"그러나 어떻게 그런 몸으로야 온천엔들……."

S가 불안의 빛을 보이며 묻자 간호원은 살며시 긴 눈썹을 내리깔며

기어들어가는 소리로 대답하는 것이었다.

"제가 따라갈 생각이에요. 이왕 처음부터 보아 드리던 바엔……."

"훌륭하오, 훌륭하오."

한참 동안 입을 벌린 채 웃음빛을 거두지 못하고 있던 작가 S는 그제야 생각난 듯이 분주히 남주의 편지를 뽑아 들고 일기 시작하였다.

사연은 간단했다. 다행히도 상처가 심하지 않기 때문에 앞으로 더욱 좋은 결과가 나타날 것 같으며 과장 선생님과 소련군의 선생도 이에만 만족하지를 않고 앞으로도 여러 가지로 선진적인 치료법을 써보리라고 하니 예상 이외로 큰 힘을 얻게 되었다고 하였다.

간단하기는 하지만 희망에 넘치는 내용이었다.

그리고 누워 있는 동안에 새로운 의욕을 가다듬어 써보았으니 부디 틈을 내어 읽어보아 달라는 부탁 끝에 그의 편지는 이런 말로 맺어지고 있었다.

<척추골절 수술도 수술이려니와 제 정신면에 있어서의 일그러졌던 '척추'는 이미 선생님의 손으로 수술된 것입니다. 육체와 정신상의 모든 신경계통이 제 몸뚱이 속에서 새로운 작용을 시작하는 것 같습니다.>

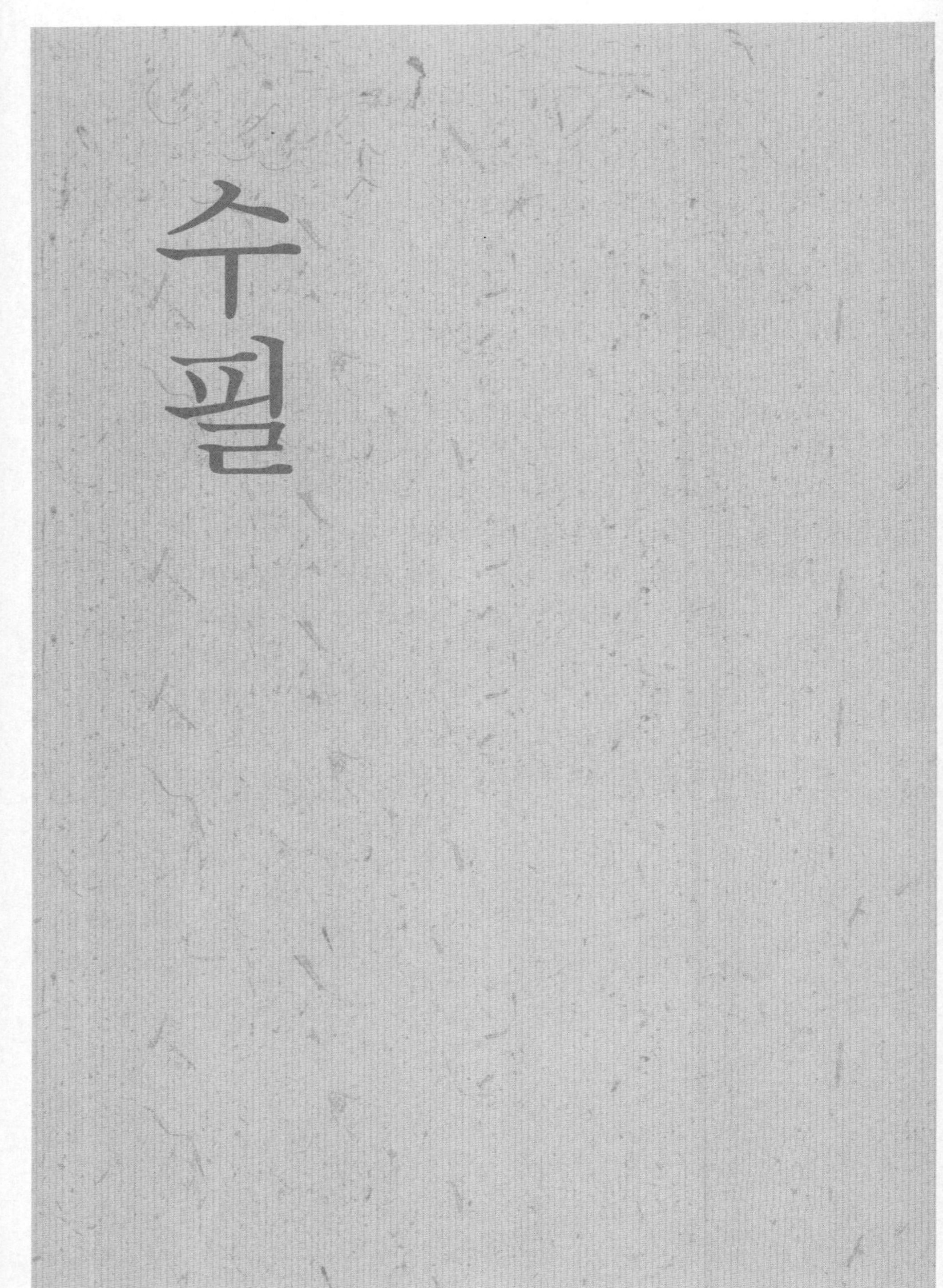
수필

동원 작가의 수첩*

1947년의 오늘날 우리 북조선에는 오직 창조의 기쁨이 있고 건국을 위한 우람찬 투쟁이 있을 뿐이다. 우리는 이미 평화의 사도 붉은 군대의 힘으로 해방을 얻었으며 안으로는 영명한 김장군의 영도 밑에 북조선 전토를 악랄한 왜놈의 쑥밭이던 과거의 식민지로부터 쇠사슬이 찬찬히 감기운 봉건지배의 사회로부터 건져내어 위대한 민주주의의 터전 위에 힘차게 이구한 것이다.

더구나 통일된 민주 역량으로 완수된 제 민주개혁의 법령은 이번 인민위원회 대회에서 전식으로 승인통과되었으며 동시에 줄기찬 건국을 위해 거대한 인민계획경제안까지 영도자로부터 제기된 오늘날 우리의 광영 끝없이 높은 바 있다. 우리들 앞에는 완전 독립과 새 국가창건의 대로 위에 무지개 같은 광명이 놓여 있을 뿐이다.

내가 이 인민경제계획안이 발표된 줄을 알기는 현지로부터 돌아오는 길에 들린 흥남인민비료공장 안에서이다. 점심시간에 모여 앉아 유쾌히 담소하고 있는데 한 사내가 뛰어들어오며 "동무들" 하고 숨이 턱에 다은 소리로 외쳤다. 우리들은 모두 눈이 동그랗게 놀래었다. 사내는 뛰어들어오다가 멈추선 채 흥분한 나머지 소리도 크게 못내었다.

"30만톤이다. 나라의 요청이…… 김장군이 우리 공장에 호소하셨다"

* 이 작품은 『문화전선』(제4집, 1947. 4)에 게재된 것이다.

이 소리에 모두들 일어섰다.

"정확히 말하면 29만8천톤."

사내는 이렇게 첨부하였다.

어제와 오늘 이 공장은 환열과 흥분의 연속이었다. 소련 정부의 이름으로 몰로토브 외상이 인민위원회대회 석상에 의미심장한 메시지를 보내왔다는 소식에 서로 어쩔 줄을 몰라 붙들구 치고받고 야단이더니 이 날 이 소식에는 모두가 한참동안 코만 벌름거리며 섰다가 서로 마주보며 불기하고 빙그레 웃었다. 그리고는 모두들 뿔뿔이 제 직장으로 달려갔다. 다음날은 일요일이다. 밤 중 한 시 너머부터 세벽 고동이 울릴 때까지 나는 암모니아 합성탑 위에 있었다. 노동자들은 밤일까지 하면서 일요일이지만 기계가 보고싶었다고 하였다. 일요 출근이 이 날에 비롯된 일도 아니요 입에 발려 이야기도 않으나 3천만톤 호소를 받들자부터 각오는 일층 미우(眉宇)에 새로웠었다.

사실로 오늘날 이 행복된 우리들에게 필요하기는 승리를 재촉하는 나팔과 건설에의 진군이 있을 뿐이다. 나라 없는 족속의 그 옛날 부르던 구슬픈 만가도 하찮은 좌시우고(左視右顧)도 필요치 않다. 때문에 우리 민족의 만가수(輓歌手)였던 이조 사람도 대한 사람도 그리고 우리에게 장어(葬輿)를 떠메웠던 친일파 반역자는 더구나 우리의 새 조국 건설에 터럭만치도 필요치 않은 것이다. 봉건 이조 오백년에 더덮친 일제시대의 폭압 밑에 길러온 옳지 못한 습성도 또한 이 위대한 시기에 모두 털어내 버려야겠다.

하기는 완전 독립의 영광된 새 나라를 이룩할 이 마당 이 땅 위에 기실 벌써 전날에 볼 수 없었던 새 인간이 창조 육성되고 있는 것도 또한 사실이었다. 옛날에는 보지도 못하던 새 기풍 새 기개 새 정신이 우리 인민 속에서 왕성히 일어나고 있다. 이것은 나로서도 새삼스레 놀라운 일임에 틀림없었다. 물론 크게 말하자면 옛날의 그 얼굴이면서도 옛날의 그 사람이 아닌 우리들이다. 36년 동안에 잃었던 바를 되루 샅샅이 찾아 우리는 지금 조선 사람의 눈으로 보고 조선 사람의 귀로 들으며 조선말로 글을 쓰는 조선 사람인 것이다. 그렇다고 해서 우리가 옛날의 조선 사람으로 돌아가는 것이 아니다. 김장군의 말씀에 의하면 새 조국이 요구하는 것은 새 인간의 탄생이다. 실로 새 인간이 탄생 중에 있다.

이번 현지로 파견을 받아 떠난 노마천리의 행정은 내게 무한한 교훈과 감개와 기쁨을 주었다. 강원 함남북을 스쳐 저 두만강 하류까지 천리를 주요한 시 군 농촌 생산장을 찾아 편답하며 첫째 나는 새 조국이 진실로 요구하는 새 조선 사람을 무수히 발견할 수 있었다.

수천 지하의 굴 속에서 비록 몸에는 따스한 옷이 부족하고 발에는 신발이 포근치 못해도 파내는 이 석탄 이 광돌이 이제는 우리나라 것이라는 기쁨 속에 주야로 생산돌격하는 광부네들! 갱내에 한번 들어가면 제 시간이 되고 넘어도 조금이라도 더 많이 캐어 실으내려고 나올 줄을 몰라 교대시간이 어 모여든 이들이 동원실에서 태치듯하는 광경을 북관 산중 아오지에서 나는 몇 번이고 보았다. 강원도 문천 탄갱에서는 철도나 화물차가 실어다 주기를 바랄 수 없어 광부들이 몸소 눈 쌓인 험한 길을 와이어 로프를 어깨짐으로 날라오고 갱목을 6키로 길이나 져날라 생산돌격에 들어갔다. 단천광산의 노동자들은 아무런 고난이 뼈를 갈아도 김장군의 사진만 우르러 보면 돌격 또 돌격이라는 말을 들었다. 노예 생활에서 해방된 기쁨과 감사는 이처럼 절절하였다. 머지 않아 근로 인민들이 더욱 더 잘 살 수 있는 세상이 오리라고 굳게 믿어 한 알의 쌀이라도 더 많이 나라에 바치려는 농민들!

멀리 애국미의 선봉 김제원 선생 일을 끌어낼 필요도 없이 어대진의 어떤 과부는 남편이 있었을 때도 해와 같이 일어나 밭갈이하고 달을 밟으며 돌아왔으나 못먹었으니 이제는 먹고 남을 쌀이나마 받아달라고 면으로 찾아왔었다. 나라 사랑하는 마음은 이처럼 아름다웠다.

방학을 이용하여 지식의 등불을 들고 육도 강산 방방곡곡으로 흩어져 들어가는 학도들! 사실로 옛날엔 그야말로 눈물이나 훔치고 세금독촉장이나 받아들던 손에 남녀노소 글소경 어 책을 펼쳐들고 글 외는 소리가 안들리는 곳이 없었다. 직장은 가는 곳마다 독보회하는 낭독 소리가 낭랑하다. 산중에 들어와 문맹퇴치하는 어떤 대학생은 나에게 이런 이야기를 하였다. 그는 의학부 학생이었다.

"갓자도 모르던 이들이 이제는 남편까지 제법 쓴다. 이것은 내가 배워주었다. 그 대신 토론 때에는 내가 쩔쩔맨다. 나는 힘든 말 오묘한 내용으로 멋지게 해보려는데 외려 이들의 관점은 직재(直裁)하고 분석은 명쾌하다. 진리는 이들에게 육체화하였다. 사상의 무장은 참으로 육신 자체다. 이 점은 글 배워주는 대신 내가 배워나간다. 도대체 우리는 너무 에둘러 힘들게만 생각하는 옳지 못한 버릇이 있다. 혹떼기 연극을 하게 되었다. 이 때에도 혹을 무엇으로 만들어 어떻게 붙일가 하고 며칠밤 혼자 궁리하였다.이 일을 알고 열두살의 장손이가 마을에 내려가 돼지 오줌통을 얻어 입으로 불어가지고 실에 매어 목에 달고 방싯거리며 올라왔다. 자료 절약과 더불어 기술을 배우라는 구호는 생활화하였다. 기계가 미서져도 모두가 들어붙어 이치를 캐며 궁리한다. 나도 여러 번 불려나가 다 잊어먹는 물리 지식을 되살려 보려고 기계를 안고 푸트락 섰었다. 오전 중의 내 일과는 대개 약가방을 들고 가장방문하는 일이다. 내 이름은 성인학교와 가정에서는 김일성대학학생선생님이라는 무척 긴 이름이다. 위생지식 치료기관은 아직 말이 아니다. 나는 졸업하면 어서 이 광산으로 들어오련다. 의사들은 빨리 생산장에 들어와야겠다. 여기 올 때 첫째 광산의 속성이라는 도박 습성과 어떻게 싸우느냐가 큰 숙제였다. 이것은 가엾은 기우였다. 해방 이후 우리의 광산은 줄기찬 희망과 꿈의 전당이다. 위대한 생활혁명이 일어난 것이다."운운.

구구히 되풀이 해 말할 필요도 없이 아주 절실한 소견이었다. 우리는 서로 이렇게 크고 있었다. 이 학생도 지적했지만 기술을 배우겠다는 의욕과 정열이 왕성해진 것은 또 하나 8 · 15 이후의 특기할 만한 사실이다.

"없는 것은 어떻게든 새로 창조하고 부족한 것은 부족한대로 참아가며 모든 곤란과 장애를 이를 악물고 뚫고 나가야만 살 수 있으며 새로운 부강한 나라를 세울 수 있다"는 김장군의 말씀은 모든 생산장에서 뼈저린 공감으로 접수되어 있었다. 갖은 애로를 이겨넘는 수많은 창안 발명도 물론이려니와 모두가 어떻게든 기계와 이치를 알아보려고 머리를 싸매고 드는 광경이 어디서든 볼 수 있었다. 이제 우리의 공장 우리의 광산 우리의 기계이기 때문이다.

나는 흥남인민공장에서 소학교도 못 나온 노동자가 순환기 앞에서 고급기술자에게 달라붙어 이런 질문하는 것을 보았다. "미리 보드가 올라가면 카부레이타에 도대체 무시기 영향이 있는가요?" 간단히 설명하니까 세세한 점까지 따지며 캐어 물어 기술자는 세멘트 바닥에 토필로 그림을 그리면 한참동안 설명하더니 물을 말이 없느냐고 하매 노동자는 머리를 긁적거리며 "실상 모르는 것은 모르기 때문에 묻지도 못하우다. 그런데 이 파이브 열어 놓으면 가스가 더 들어가구 막으면 더 채워지니 웬 일입니까? 반대 나사는 아니지요?" 또한 어떤 직장에도 반드시 발명왕이 몇 명씩은 있었다.

이야기는 다시 돌아가지만 사랑하는 학도들의 계몽선전공작도 여간 아니었다. 산중에서 농촌에서 집회장에서 군중들에게 열변을 토하는 중학생의 씩씩한 모습을 여러 차례 보았다. 면 리 인민위원회를 며칠 앞두고 나는 주을에서부터 달려 내려오는 화물 자동차의 꼭대기 위에 앉아 있었다. 싸락눈이 바람에 휘날리는 차가운 날씨였다. 산 중의 저녁은 일러서 땅거미 질 무렵이었다. 읍과 면에서도 멀리 떨어진 이런 산 중 여러 촌락에까지 완장을 두른 나이 어린 남녀 학생들이 흩어져 들어와 선전공작을 하노라고 헤매는 광경은 매우 감격적이었다. 회문 장거리를 앞두고 고장이 생겨 송림 건너로 바다를 내다보며 풍광이 아름다운 산길을 나는 소학생 일행과 같이 걸어가게 되었다. 추위에 능금 알처럼 된 어린 소학생은 여선생의 등에 업혀 배시시 잠이 들었었다. 노래 잘 하거나 연설 잘 하는 생도들이 마을에 가보겠다고 하여 선생이 따라 갔다 돌아오는 길이었다.

"참 산골사람들이가 애들의 재낭에 모두 입이 터진 파자 투랑이까요. 하바랑이 할맘이들에게까지 노래를 많이 배워줬어요" 여학생은 자못 즐거운 태도로 이렇게 말하였다. 장거리에 들어서니 때마침 소학생의 행렬이 태극기와 붉은기를 들고 쇠된 목소리로 선거의 노래를 부르며 지나갔다. 밤에는 소학교에서 경성군 예술동맹이 총동원으로 떨어나와 연극 음악 시 낭독 가창지도 선거 그림 설명 등의 다채로운 선전행사를 벌리었는데 모여드는 유권자들은 정리하기로 이 소학생들이었다. 공민증 내라는 바람에 나도 주섬주섬 꺼내 보이고 들어가려다가 신을 벗으라고 쫓아와 놀래어 구두끈을 풀며 사과했다. 여기서도 중학생이 나와 다부지게 연설을 했다. 독립의 길을 닦는 기쁨은 이처럼 장쾌하였다.

중요한 생산장과 철도에 조금이라도 더 석탄을 내보내기 위하여 자기네는 겨우 반톤 양으로 삭북의 혹한을 이겨가며 하루에 혼자서 20톤 이상까지 캐내인 사실이 있던 아오지! 대피시켰던 화약실은 화차군에서 불이 터져 천지를 뒤흔드는 굉음과 이 근방 일대를 뒤삶는 속을 기관차를 몰고 들어가 10여냥 화차를 연결하여 농연(濃煙) 새를 헤엄치듯 뚫고 나온 나진 기관구의 동무들의 결사적 행동 어떤 공장지대에서는 몸을 푼 그 아침으로 선거장에 달려온 노동자의 부인이 있었다. 무릇 이러한 우리 북조선이다.

이런 가지가지의 눈물겨운 감격적인 사실은 도대체 어디에서 나오는가? 단적으로 말하면 이야말로 나라를 사랑하기 때문이다. 동족을 아끼기 때문이다. 제 개인의 이익과 행복을 국가와 전체 인민의 이익과 행복에 복종시키며 제공하는 이 드높은 정신 실로 우리 민족은 해방 뒤 민주 노선에 크는 동안 이 새로운 정신을 체득하였다. 모름지기 이것이 우리 민족의 새 기풍 새 천성이 되어야 할 것이다. 우리 작가들도 이에 많이 배우고 깨달아 이를 발굴하고 선양하며 더욱 추진시킴에 적극 힘써야 하겠다.

너무도 가슴에 사무치게 잘 아는 사실로 해방이 되었다고는 하나 아직도 우리 국가의 절반 이남땅에서는 우리 동족의 절반이 옛날이나 진배 없는 아니 보다 더 혹독한 쇠발굽 밑에 억눌려 있다. 그러나 마침내는 못내 참고 반동파의 주구 경찰대와 악질테러배를 쓰러트려 그 총칼을 빼앗아 들고 구름 같이 몰려 나가는 오늘의 남조선 정형! 이것도 우리가 잊어서는 안된다. 학도는 학교에서 쫓겨나와 길가에서 피흘리고 농민은 땅을 내라 노동자는 쌀을 달라고 아우성치는 이 남조선. 민족궐기의 기념 3.1절을 또 다시 반동파가 살육의 피로 적시었다는 비분의 보(報)를 들은 지도 엊그제다.

그러나 해방이 되면서부터 우리는 이미 얻은 승리를 확보 발전하기 위해 힘을 모울 줄 알게 되었다. 이것은 우리의 북조선이다. 이 대신 또한 우리의 광영과 행복을 짓밟으려는 자와는 죽음으로 싸울 줄을 더욱 절절히 알게 되었다. 남조선 동포가 바로 이것이다. 이를테면 우리 인민은 한 뭉치가 되어 성장한 것이다. 때문에 테러와 폭압이 그칠 줄도 모르는 반동의 와중에 있는 남조선 인민들의 북조선에 대한 욕망과 동경 지지 기대는 한량없어 북조선인민들은 우리가 갈 길을 닦아준다. 우리가 그렇게 강렬히 요구하는 인민공화국의 기초를 쌓아 준다고 이번의 인민위원회대회에 보내온 남조선 민전의 축사를 우리는 눈물 없이 읽을 수 없으며 또 북조선의 건설이 곧 남조선 반동세력을 격쇄(擊碎)함에 대 동력이 되고 남조선투쟁이 곧 북조선 건설의 방조가 된다는 말도 깊이 수긍치 않을 수 없는 것이다.

그러나 나라를 찾았다고는 하되 도망을 가며 왜놈들이 우리의 공장과 광산을 파괴했으며 미곡창고에 불을 질렀고 은행에는 텅 빈 금고만 남겼다는 사실은 이번의 관북 여행에서 더욱 뼈저리게 느끼었다. 폐허화했던 나남시를 비롯해 청진 거리와 부두 제철 방직공장의 파괴. 나는 산 위에 서서 이를 바라보며 울었고 거리거리를 헤매어 이를 갈았다. 그러나 폐허 속에서 우리는 일어났다. 내려앉은 지붕 벽만 남은 건물 날려

버린 창 미진이 된 빈 터전 이에 기둥을 세우고 지붕을 올리고 키를 재는 잡초를 허비고 왜놈의 시체를 파묻고 담을 쌓아 거리에는 새 건물 새 집이 늘어 서고 방직공장만 해도 봄을 맞아 조업으로 들어갈 예정이었다. 놈들은 우리 산업건설의 심장 흥남공장을 파괴하려고 총을 들고 달려들었다. 흥남의 노동자는 피를 흘리며 이를 지켰다. 장진수력전기에도 무장대가 트럭을 타고 습격왔으며 유성발전소 역시 그러하였다. 우리의 노동자는 이와 생명을 바쳐 싸워 이겼다. 국경 도읍 회령에는 불 터지지 않은 곳이 없었다. 불바다에 다행히 소낙비가 쏟아져 회신(灰燼) 회를 면했었다. 광산서는 배수 모터를 파괴하여 갱내를 물구덩이 만들었고 변전소를 파괴하여 권양기를 돌지 못하게 만들었다. 내가 가 있던 아오지만 해도 처음에는 물이 가슴 돌이치는 갱내를 헤엄쳐 다니며 석탄을 손으로 뜯어내어 머리에 이고 나르다시피하며 복구에 착수하였었다. 솔직히 고백하자면 우리들에게는 아무 것도 없었다. 적수공권에 해방을 받았을 뿐이다. 때문에 나는 회로에 흥남공장에 들러 금년도의 인민경제발전에 관한 계획안을 신문으로 받아들었을 때 눈물을 흘리며 노동자들과 같이 기뻐했던 것이다. 왜? 우리 인민은 파괴되고 또 본시부터 절름발이인 식민지적 기형 형태의 산업경제를 복구발전하여 이런 중대한 과업을 내세울 수 있게끔 되었다는 환희에 서 있다. 둘째는 우리가 우람찬 승리의 역사를 계승하여 이를 넘쳐 실행할 것을 굳게 믿을 수 있기 때문이었다. 참으로 국가적 규모에서 계획경제를 입안할 수 있고 실천할 수 있는 민족은 행복이 아닐 수 없는 것이다.

물론 밖에는 모진 바람이 아직도 몰아치고 있으며 갈 길은 적이 요원하다. 그러나 우지지 동이 터 오르기 시작한 햇발을 온 몸에 듬뿍 받아 안고 모진 바람을 흐터치며 내달리는 것이다. 위대한 출발 위대한 행진이다.

이왕 열차 말이 났으니 말이지 이번 구정 초하루 저녁 나는 회령역에서 기차에 올라 관북 육진 국경지대를 달리고 있었다. 이 기차는 굽이굽이 두만강 줄기를 타고 나진까지 내달린다. 양안에 욱여든 산새를 감도는 강판은 굳게 얼음에 잠겨 말이 없었다. 등 시리고 배고파 떠나는 사랑하는 겨레의 옷자락을 적시던 눈물의 강 한 많은 그 국경이었다. 그러나 이 푸른 강 강물에 의로운 붉은 별이 비낀 이래 이 대하를 덮어 누르는 거치른 암운은 가시었다. 웅크린 우리의 등줄기를 밟고 넘던 왜놈의 군화도 없는 세상이다. 차내만 해도 우리의 등덜미를 붙잡아 일으키는 일제 형사의 모진 손길도 없었다. 생각하면 새삼스레 무량한 감개였다. 수첩을 뒤적거려 이 날의 일기를 찾아보면 다음과 같은 이야기가 쓰여 있다.

어느덧 해도 꺼무럭해지며 유리에도 성에가 돋기 시작이다. 시초에는 떠짓걸하던 승객들도 어지간히 이야기에 지친 모양으로 모두 보리자루처럼 말이 없다. 이럴 즈음 한 청년이 일어나 추위와 무료함을 물리치기 위해 여흥공작을 제안하자 곧 동의 재청이 일어나고 집행위원장이 추대되고 청년은 서기장으로 취임된다. 이것도 해방 뒤에 벌어진 차내 풍경이었다. 이제는 우리의 기차로구나 하는 느낌이 새삼스럽다. 더구나 농부 장사꾼 할아버지 아저씨 며느리 아주머니 노동자 학생 이런 이들이 그득한 드메 산골 차내에서 동의다 재청이요 이의있소 이런 풍경이 우리가 크기는 컸다. 통로를 새에 두고 두 진영의 경쟁이 벌어져 차내는 아연 웃음과 박수소리로 화했다. 무르녹은 분위기와 짙어져 가는 어둠에 힘을 얻어 주접을 떼고 모두 한 마디씩 대어 놓는다. 자칭 모스크바 음악대학 중퇴라는 청년이 소련 민요를 부르면 이쪽서는 음악학교 하모니카 과를 졸업했다는 고슬머리가 휘파람을 몰아대니 도동동 추야. 퇴폐적 유행가는 집어치우라고 상대진에서 규탄이 나오니 그 대신 젊은 여성이 일어나 봉선화를 부르는가 하면 저쪽서는 여학생이 노들강변으로 호응한다. 그칠 새 없이 연신 넘기고 받는다. 담배를 말다가 붙들려 일어나 수염을 쓰다듬으며 관북 장타령을 내놓아 웃긴 짜개수염 영감님, 가슴패기를 제끼고 다부지게 김장군 노래를 부른 중학생, 돌아앉은 채 어랑타령을 부른 어머니, 까치까치 설날은 하고 동요를 불러 갈채를 받은 어린애, 털실 목도리 속에 움쳐들어 마음놓고 웃지도 못하며 적이 불안스런 눈치이던 앞

걸상의 젊은 여인이 지적되매 홍당무가 되어 일어났다. 간신히 문을 떼기 시작인데 가냘프지만 마디 마디 뼈에 절여드는 듯한 음성이었다. '한 손에 총을 들고 모자를 푹 눌러 쓰고 나서니 사나운 곳이다.' 옛날 혁명 열사들이 부르던 노래였다. 전에는 이불 속에서나 불러본 이 노래를 기차 속에서 더구나 수줍은 여인의 입으로 듣게 된다는 것도 또한 유쾌한 일이었다. 그러자 우리 차실로 민청 선전원이 들어와 우리들에게 건국사상을 동원하자는 열렬한 호소연설을 시작하였다. 이 때에 청년은 아직도 우리들의 몸둥이에는 봉건 지배의 쇠사슬 자욱이 남아 있으며 또 우리들 몸둥이 속에는 아직도 항복치 않은 왜놈과 친일파가 숨길을 하고 있다. 이것을 싹 걷어치우고 다만 애국의 열정과 건국의 지성으로서 두 주먹을 부르쥐고 싸워나가는 길이 있을 뿐이라고 소리 높여 외쳤다. 그리고 진실로 우리의 조국은 그 위대한 건설을 위하여 우리들에게 일체의 희생을 요구하고 있다. 일제시대에 원했건 안했건 간에 왜놈에게 제 아들딸과 동생의 피까지 바쳤던 우리들이다. 오늘날 우리는 우리 조국을 창건하고 있는 것이다. 사랑하는 우리의 조국이 요구함에 응하지 못할 그 무엇이 우리에게 있을거냐고 열변을 토하여 다대한 감명을 주었다. 모두들 옳소 옳소를 연발하며 박수를 친다. 절절히 가슴을 울리는 이야기었다.

김장군의 보고에도 있는 바와 같이 일체의 일본 제국주의 시대의 낡은 사업방식과 공작태도를 반대하여 투쟁하며 타락적 퇴폐적 악습과 관념을 청산하며 전 국민을 고상한 애국적 사상으로써 무장함으로써 민주주의 새 조선의 국민으로서 응당 가져야 할 새로운 민족적 기풍을 세워야 한다는 영도자의 말씀이 이번 여행에 있어 감격이 하도 크니만치 더욱 더 사무치게 느껴진다. 우리는 이번 건국사상운동을 아주 군중화하여 꾸준히 대담하게 밀고 나가야 할 단계에 도달한 것이다. 군중이 이런 부정적 요소를 성토하고 폭로하고 이와 투쟁하도록 추진시켜야 하겠다는 느낌이 또한 크다. 위대한 아침을 향해 전진하는 건국 열차에서 우리는 비애국자들에게 용서없이 하차령도 불사해야 할 것이다. 말하자면 나라세우기 위해 근로 인민이 모두 농산어촌에서 진땀을 흘리고 있는 이때에 아침 저녁으로 기름통에 빠진 듯한 하이칼라 머리를 매만지려

이발소나 출입하는 모던 뽀이가 이 북조선 이 시기에 있을 수 있을 것인가? 없다. 또한 앞으로 우리의 영광된 조국이 필요로 하지 않는다. 그러나 우리들 속에는 아직 없지 않아 있는 것이다. 주린 배에 끈을 졸라매고 나라의 건국 일로에 투쟁하고 있는데 밤과 낮이 없이 부어라 마셔라의 건달패가 이 북조선 이 시기에 있을 수 있을 것인가? 없으며 또 있어서는 안 된다. 학도들이 아는 것이 힘이라고 모두 씩씩한 기상으로 교문으로 몰려들고 있을 때 줄잡아 양복 바지의 주름이 펴일새라 미이라처럼 서서 툭툭 먼지나 터는 이런 먹구 대학생이 또한 이 북조선 이 시기에 있을 수도 없으며 앞으로 필요치 않을 것이다. 짐자리를 내다팔면서까지 서로 도와가며 싸우는 행정원 사무원이 수 없이 많은 이 때 혼자 제 배만 두둑이 하기 위하여 인민의 식량을 창고에 쌓아두고 금새 오르기만 기다리는 모리배가 이 북조선 이 시기에 있을 수 없을 뿐만 아니라 앞으로도 용서 못할 것이다.

이들을 향하여 우리는 삼천만의 이름을 걸어 이렇게 부르짖어야 한다. "너는 건국의 좀이다" 이로써 우리 군중의 아우성 소리에 건달꾼은 움쳐들고 모리배도 자취를 감추고 일체의 악질분자는 꽁지를 뽑도록 해야겠다. 이와 동시에 조국의 광영과 운명을 짊어 진 우리들의 어깨는 모든 반동분자 파괴분자를 떠밀어 제낄만치 힘차야 하며 우리들의 눈동자는 정기있고 슬기로워 우리나라와 인민의 나갈 길을 올바르게 볼 줄 알아야 하며 새 인민다운 새 열정 새 결의가 타올라 그대 짚는 발걸음 옳은 방향으로 향해 돌진해 나가며 발부리에 걸리는 반역자들을 피의 자취도 없이 다시는 대지 위에 머리를 못 들도록 꽉 내려다지리만치 더욱더욱 억세어야 될 것이다. 이리하여 훌륭한 민주 국가를 건설함으로써 새나라 깃발을 지구 위에 높이 달도록 모든 힘 모든 것을 나라에 바쳐야 하겠다.

우리들 작가의 새 자세도 여기에 확립되어야만 된다. 이번 2개월반 편력한 감상으로서는 실로 우리 작가들이 할 일도 또한 한두 가지가 아

닌 상싶다. 사실 노동자와 농민은 예술문화에 굶주리고 있다. 홍남에서
는 모범 노동자들이 벽신문 벽소설도 좋으니 우리들의 말로 써 달라고
요구하였다. 천사가 목욕하다 날개 잃고 나무꾼에 시집가는 따위의 이
야기는 필요 없다고 하였다. 사실 이네들 노동자는 자기네 솔직한 생활
이 무대 위에 나타날 때에 무대와 더욱 절실한 호응이 통할 것이다.

　공장문 앞에 농민들이여 현물세 운운한 표어를 여러 장 붙이는 형식
주의 선전도 우습고 글 모르는 자들이여 하고 한자로 오묘한 내용을 써
붙여야 문맹은 알 바 없고 화전 부락에 들아와 힘든 술어 나열의 대응
변연습을 다섯 시간 한댓자 선하품만 칠 것이다. 회령의 어떤 인민학교
책임자는 좀 더 쉬운 말로 된 감정 속에 직접 파고 찔리우는 표어와 구
호를 요구하였다. 앞으로는 우리들의 동원문제도 좀 더 근본적인 시책
에서 이루어져야 하겠다. 광산에 들어갔을 때 시초에는 너무도 엄숙하
고 위대한 사실 앞에 감격되어 닷새 동안은 무엇이든 쓸 수 있을 것 같
았다. 열흘이 되면 압도되어 자신이 없어져 더욱 붓을 들지 못하였다.
채 알지 못하기 때문이다. 앞으로는 우수한 작가들은 중점적으로 따로
중요한 직장에 주재하여 그야말로 소련의 작가 브리가다 식으로 문화공
작을 하는 한편 여기서 배우고 느끼고 발견하여 예술화에도 보다 더 높
은 영역을 개척케 할 필요가 있다고 생각된다. 이로서만이 금년도의 계
획경제안도 넘쳐 실행할 수 있도록 작가가 보다 더 크게 이바지 할 것
이다. 금년은 작가가 생산장에 살아야 한다.

삶과 전기

김사량의 일본 문단 데뷔에서부터
'고메신테 시대'까지(1939~1942)*

‖ 곽 형 덕 ‖

1. 들어가며

　문학사에 이름이 남는 한 작가가 탄생하는 것은 시대 상황과 밀접한 관련을 맺고 있는데, 식민지 하에서 창작을 한 작가라면 문제는 간단하지 않다. 거기에 그 작가가 모국어가 아닌 지배자의 언어로 모국의 현실을 식민주의에 대한 비판 의식을 갖고 담아내려 했고, 그 소설이 식민지 본국 문단에 전면적으로 수용됐다고 한다면 문제는 한 층 더 복잡해진다. 이러한 복잡다단한 상황 하에 놓여진 것이 바로 김사량의 일본어 텍스트임은 두말할 나위가 없다. 그러므로 김사량의 작품을 단층적인 텍

---

* 본 논문은 『근대문학연구』에 2008년 상반기 게재됐던 논문이다. 독자의 편의를 위해 학술지에 게재했을 때와 달리 참고문헌 등을 한국어를 우선적으로 노출시켜서 다시 작성하였고, 내용을 조금 보충한 부분이 있음을 밝혀둔다. 일본어의 한국어 표기도 한국어 음대로 읽어도 무리가 없는 한자는 그대로 옮겼으나, 무리가 있는 부분은 원음대로 옮겨서 되도록 독자가 이해하기 쉽도록 작성하였다.

스트 분석만으로 연구하려 하거나, 단순히 작가론적 관점에서만 바라보는 것은 그 어느 쪽도 오류를 범하기 쉽다. 왜냐하면 위와 같은 식민지 지배라는 구체적인 역사적 사실이 텍스트를 에워싸고 있기 때문이며, 그러한 조건 하에서 김사량의 다양한 체험이 작품 속에 녹아있기 때문이다.

김사량에 대한 전기적 연구는 주로 일본에서 발표되었다.[1] 일본에서 전기적 연구가 행해졌음은 시사하는 바가 크다. 이는 1980년대 후반까지 김사량이 한반도에서 정치적인 이유로 금기시 되었다는 이유도 있겠거니와, 그가 일본어로 작품을 썼다는 것도 크게 작용했다고 볼 수 있다. 본고는 이러한 문제의식을 바탕으로 「김사량의 동경제국대학 시절」에 이어 전기적 사실을 보완 확충하기 위한 목적으로 작성되었다.[2] 앞으로 이러한 전기적 연구와 동시에 이 시기에 창작된 김사량의 소설을 분석하는 것 또한 커다란 과제 중의 하나이다.[3] 물론, 한 작가의 전체적

---

1) 일본에서 발간된 것으로는 안우식의 『평전 김사량』(초풍관 1983년 11월), 시라카와 유타카(白川豊), 「사가고등학교시절의 김사량(佐賀高等學校時代の金史良)」(『조선학보』 147 1993년 4월), 호테이 토시히로(布袋敏博), 「해방후 김사량 노트(解放後の金史良覺書)」(『청구학술론집』 19 2001년), 졸고 「김사량의 동경대학시절」(『김사량 작품과 연구1』 역락 2008년) 등이 있다. 『평전 김사량』은 심원섭이 번역하여 『김사량평전』(문학과지성 2000년 5월)으로 출간되었다. 『평전 김사량』은 안우식이 「김사량 저항의 생애(金史良・抵抗の生涯)」(『문학(文學)』 1970년 1월~1971년 8월)를 연재한 것을, 『김사량 그 저항의 생애(金史良-その抵抗の生涯)』(이와나미신서 [岩波新書] 1972년 2월)로 단행본화한 책의 개정판이다.

2) 안우식의 『평전 김사량』은 김사량의 전생애(全生涯)를 검토하고 있지만, 그 가운데는 누락된 부분도 상당수 있다. 특히 당시 미디어의 변천과 그 정황 등에 대해서는 가볍게 다루고 넘어가고 있음을 알 수 있다. 본고에서는 안우식이 다루지 않았던 부분을 집중적으로 조명할 것이다.

3) 김사량이 서거한지 50여년이 훌쩍 넘은 현재, 그가 일본에서 머물렀던 당시를 정확하게 복원한다는 것은 불가능에 가깝다. 이러한 작업이 세기가 바뀐 지금에도 계속해서 행해져야 한다는 사실은 김사량 문학이 오랜 기간 동안 한국문학사의 공백지대였음을 여실히 드러내는 부분이라 할 수 있다. 이는 김사량이 쓴 일본어 소설이 한국문학인지 일본문학인지 아직도 매우 애매모호하게 정의되고 있음과도 이어지는 부분이다.

삶을 매우 제한된 시기에 국한해서 살펴보는 것은 매우 한정적으로 작가를 평가할 위험성을 내포하고 있다. 하지만 제한된 시기이기는 하지만 한 작가가 내뿜은 문학적 광채를 조명하는 것이 반드시 한계만을 가질 수는 없다. 이른바 단속(斷續) 가운데 연속(連續)적인 '지점'을 찾아낼 수 있다면 이는 충분히 의의를 지닐 것이다.

　김사량은 1942년「고향을 운다(故鄕を鳴く)」에서 '자신이 가야 할 길'을 다음과 같이 밝히고 있다.

　　내 자신도 역시 반도를 생각하며 우는 한 마리 작은 개구리에 지나지 않는다고 생각하므로, 어떠한 개구리가 되어야만, 즉 어떠한 소리를 내야지만, 진정으로 그것이 아름다운 목소리로, 게다가 정말로 자신의 반도를 사랑하는 길이 될까하고 여러모로 괴로워하고 고민하고 있다. <u>하늘의 뜻에도 따르고, 땅의 요구에도 부합하며, 그리고 반도 사람들을 위하는 것도 되며 시대의 호흡에도 통할 수 있는 울음소리를 깨우쳐서, 나는 이제부터 한 평생 고향을 생각하며 울음을 그치지 않으리라.</u>4) (밑줄=곽형덕, 이하 동)

위와 같은 '하늘'과 '땅'의 요구에 응하고, '반도사람'을 위하며, '시대'와도 호흡해 가며 한 평생 고향을 생각하는 울음을 그치지 않겠다는 김사량의 시도는 사실 당시로서는 난제(難題)였다고 할 수 있다. 그런 만큼 위 문장은 시국에 대응하는 작가적 고뇌가 함축된 문장이라 할 수 있다. 김사량의 이러한 고뇌는 '일본 문단 데뷔'에서부터 '고메신테 시대'를 거치며 구체화 된 것이라고 할 수 있겠다.

　본고는 위 에세이가 창작되기 전 단계인 김사량의 일본 문단 등장 전후의 행적을 검토할 것이다. 우선, 2장에서는 김사량과『문예수도(文藝首都)』,『문예춘추(文藝春秋)』와의 관련양상을 살피고,「빛 속으로(光の中に)」

---

4)「고향을 운다」,『갑조(甲鳥)』, 갑조서림(甲鳥書林), 1942. 1. 31.(이 에세이는 본서에 번역되어 있다.

가 어떠한 과정을 거쳐 일본 문단에 수용되었는지를 역사적 맥락을 통해 검토하는 것과 함께 미디어의 변천이라는 측면을 통해 밝혀 볼 것이다. 3장에서는 김사량이 작가로서 다양한 활로를 모색한 것을 정리하고, 김사량이 일본에서 최후까지 머물렀던 '고메신테' 전후의 행적을 새로 발견한 자료들을 정리하면서 살펴보도록 하겠다.

2. 김사량의 일본 문단 등장 배경

(1) 김사량과 『문예수도』

김사량이 일본 문단에 등장한 1940년 전후를 조명하기 위해서는 「빛 속으로」가 『문예수도(文藝首都)』[5]에 실린 시기를 검토해 볼 필요성이 있다.[6] 1939년 봄 김사량은 장혁주의 소개장을 가지고 『문예수도』의 설립자인 야스다카 도쿠조(保高德藏)[7]를 찾아간다. 1939년 당시 김사량이 일

---

5) 『문예수도』의 전신은 『분가쿠쿼터리(文學クオタリイ)』이다. 『분가쿠쿼터리』는 1932년 2월에 창간되어 1932년 6월에 종간되었다. 『문예수도』는 1933년 1월 창간되어 1970년 1월에 종간되었다. 설립자는 야스다카 도쿠조(保高德藏)이다. 「빛 속으로(光の中に)」는 1939년 10월 『문예수도』에 게재되었고, 아쿠타가와상 후보작이 된 후 『문예춘추(文藝春秋)』(1940년 3월)에 전재(轉載)되었다.

6) 시라카와 유타가는 「일본잡지에 발표된 구식민지 조선의 작가와 일본(日本雜誌に 發表された旧植民地朝鮮の作家と日本)」, 『식민지기 조선의 작가와 일본(植民地期朝鮮の作家と日本)』(대학교육출판[大學教育出版] 1995년 7월)에서 김사량 및 장혁주와 『문예수도』와의 관계에 대해서 논하고 있다.

7) 야스다카 도쿠조(保高德藏, 1889년~1971년)는 오사카에서 태어났다. 1907년 경성에서 석탄 수입상을 하던 아버지 도쿠마쓰(德松)의 부름으로 조선으로 가게 됐는데, 아버지가 조선인을 멸시하는 것에 반감을 갖게 된다. 1910년 징병 검사로 인해 오사카로 돌아왔으며, '제1회 개조사 현상소설'에 당선되어 문단에 등장한 후, 1933년 『문예수도』(1933년 1월~1970년 1월)를 주간하며, 김사량, 장혁주 등 조선인 출신 작가들과 친교를 맺는다. 야스다카는 곧잘 "조선은 내 마음의 고향"이라고 말했다고 한다. 그의 지원으로 김사량과 장혁주가 일본 문단에서 보다 쉽게

본 문단 내에서 소설가로서는 거의 무명에 가까웠던 점을 상기해보면, 『문예수도』와의 인연은 운명적이라고 해도 좋을 것이다. 특히, 『문예수도』는 신인 육성을 목적으로 창간된 것 또한 빼놓을 수 없는 부분이다.8) 야스다카는 『분카쿠쿼터리(文學クオタリイ)』를 일본 프롤레타리아 문학이 궤멸한 후에 창간하며, "문학이 이론 행동의 시대에서 작품 행동의 시대로 넘어가"고 있다고 선언하고, "순문학을 위한 가장 좋은 발표 기관"임을 자처하고 있다.9) 당시 일본 문단 안팎의 상황을 살펴보면, "1931년 9월 만주사변이 시작됨과 함께 군부가 급격하게 세력을 확대하여 '비상시'라는 명목으로 전시체제"를 확립한 시기였으며, "전쟁에 반대하는 문화 및 문학 운동에 대해서는 철저한 탄압이 가해지는 시대"가 도래하였다.10) 이러한 시대적 상황을 고려해 보면 위와 같은 '순문학 선언'은 시대 상황의 반영이라고도 할 수 있다.

하지만 『문예수도』 총 목차를 검토해 보면 당시 프롤레타리아 문학계열의 작품이 적지 않게 발표되었으며 조선인 작가와 대만인 작가의 일본어 작품이 다수 게재되어 있다. 그 가운데서도 장혁주는 빼놓을 수 없는 작가 중의 한 명이다.11) 장혁주의 「아귀도(餓鬼道)」(1932년 4월)가 『개

정착한 것만은 사실이다. 특히 1939년 김사량이 장혁주의 소개장을 가지고 야스다카를 방문해 『문예수도』의 동인된 시점을 기점으로, 야스다카는 김사량이 일본 문단에서 활약할 수 있도록 물심양면으로 후원한 후견인으로서의 역할을 했음은 중요한 부분이다.

8) 하세가와 이즈미(長谷川泉) 편, 『근대문학 잡지사전(近代文學雜誌事典)』, 지문당[至文堂], 1966년, 36면 참조.

9) 「후기(後期)」, 『분가쿠쿼터리』, 1932년 6월.

10) 이즈 도시히코(伊豆利彦), 「'일본 낭판파'와 나르프[일본 프롤레타리아 작가동맹] (『日本浪曼派』とナルプ(日本プロレタリア作家同盟)」, 『국문학 해석과 감상[특집 －일본 낭만파와 그 주변](國文學解釋と鑑賞(特集＝日本浪曼派とその周辺)』 67, 지문당(至文堂), 2005년 5월, 36~37면.

11) 장혁주는 『분가쿠쿼터리』에 「사코타 농장(迫田農場)」(1932년 6월)을 시작으로, 『문예수도』에도 「형의 다리를 자른 남자(兄の足を裁る男)」(1933년 5월), 「분기해서 일어나는 자(奮ひ立つ者)」(1933년 9월) 등을 발표하고 있다(장혁주의 일본 문단 등장 및 작품에 대해서는 시라카와 유타카의 『식민지 조선의 작가와 일본』(대학

조(改造)』현상 공모에 당선된 시점은 일본 프롤레타리아 문학이 거의 궤멸된 상태에서였다. 시라카와 유타카는 장혁주가 일본 문단에 등장할 수 있었던 배경에 대해, 작품성보다는 일본 문단이 처해 있던 당시 상황 속에서 식민지 조선의 현실을 고발한 조선인 신인작가가 참신해 보였다고 하고 있다.12) 이와 비슷한 관점에서 당시 미디어 전략의 일환으로 조선인 작가를 일본 문단이 정책적으로 받아들였다는 시각도 있다.13)

김사량이 일본 문단에 받아들여진 1940년 또한 장혁주의 경우와 비교해 볼 때 비슷한 점이 있다. 김사량이 일본 문단에서 미미하지만 활동을 재개한 시기는『문예수도』에 평론과 소설을 발표한 1939년이었다.14) 1939년은 일제의 중국 침략이 장기화됨과 함께, 일본 국내에서는 '신체제(新體制)' 및 '총동원(總動員) 사상'이 널리 유포되고, 각종 검열이 매우 강화되던 시기였다.15)

교육출판 1995년 7월)및 논문을 참고할 것).

12) 전게서,『식민지 조선의 작가와 일본』, 3~4면.

13) 나카네 다카유키(中根隆行),『<조선> 표상의 문화지 : 근대일본의 타자를 둘러싼 지의 식민지화(<朝鮮>表象の文化誌 : 近代日本と他者をめぐる知の植民地化)』, 신조사(新曜社), 2004년 4월, 215~221면.

14) 김사량이『문예수도』에 처음 글을 게재한 것은,「조선문학풍월(朝鮮文學風月錄)」(1939년 6월)이었다. 그 후에는 에세이「에나멜구두와 포로(エナメル靴と捕虜)」(1939년 9월)를 발표하는 등 1941년 7월까지 합해서 소설 4편과 에세이와 평론 7편을 발표했다. 그 상세를 순차적으로 적어보면,「조선문학풍월록」,「빛 속으로(光の中に)」(1939년 10월),「토성랑(土城廊)」(1940년 2월),「어머니에게 드리는 편지(母への手紙)」(1940년 4월),「기자림(箕子林)」(1940년 6월),「현해탄밀항(玄海灘密航)」(1940년 8월),「멘들레미꽃-화전지대를 간다1(メンドレミの花-火田地帶を行く(一)-)」(1941년 3월),「부락민과 뗄감 성-화전지대를 간다2(部落民と薪の城-火田地帶を行く(二)-)」(1941년 4월),「촌락의 작부들-화전디래를 간다3(村の酌婦たち-火田地帶を行く(三)-)」(1941년 5월),「산의 신들(山の神々)」(1941년 7월)순임을 알 수 있다(『문예수도 총목차(文藝首都總目次)』문예수도 총목차 편집회 1977년 6월 참조).

15) 당시 일본 내의 검열에 대해서는 한일 필진들이 이 문제를 다룬『동양문화[특집 : 일본의 식민지지배와 검열제도-한국의 사례를 중심으로-](東洋文化(特集 : 日本の植民地支配と檢閱体制-韓國の事例を中心に-)』(86집 동경대학 동양문화 연구소 2006년 3월)를 주목해 볼 필요가 있다. 이 논문집에 따르면 1939년부

이 시기는 또한 일본 내에서 '조선 붐'16)이 일던 시기였다. 조선 붐은 중일전쟁이 터진 후, 조선을 병참기지화 하려는 움직임과 함께 일어난 특수한 현상으로 단순히 대중적인 차원의 관심으로만 볼 수 없는 요소가 있다. 이러한 시기에 김사량이 일본 문단에 등장한 것에 대해서는 좀 더 면밀히 검토해 볼 필요가 있다.17) 이러한 일본 문단 안팎의 문제를 검토해 보면, 당시 김사량에게 지면을 할애해 준 일본 문단의 상황을 엿볼 수 있다. 「빛 속으로」가 게재될 당시 『문예춘추』 편집후기를 보면, "아쉽게도 후보작이 된 「빛 속으로」는 내선문제(內鮮問題)와 관련해 감명"을 안겨주고 있다는 해석을 하고 있는 것을 봐도 당시 이 작품이 일본 문단에서 어떻게 수용되었는지를 잘 알 수 있다.18) 김사량은 이 시기를 전후해서 일본 문단에 본격적으로 그 이름이 알려지게 된다. 즉, 『문예수도』에서 『문예춘추』로의 진출은 '문단 외부'에서 '문단 내부'로, '습작기'에서 '본격적인 작가'로의 출발을 알리는 힘찬 진군이었다 할 수 있겠다.19) 물론, 이러한 김사량의 성공적인 일본 문단 데뷔를 가능하

터 1941년에 이르는 시기는 그 이전과 비교할 수 없을 정도로 언론 탄압 및 검열제도가 강화되던 시기였다.

16) 프롤레타리아 문학 운동의 연속선 상에 있는 『문학안내(文學案內)』(조선현대작가 특집편성 1937년 2월)를 시작으로, 중일전쟁 발발 이후 『문예(文藝)』(조선특집호 1940년 7월), 『주간아사히(週刊朝日)』(반도작가신인집편성 1941년 5월 18일)에 이르기까지 '조선특집'이 각 잡지에 편성된 것을 확인할 수 있다. 『모던일본』(조선판)이 그 가운데 위치하고 있었음은 주목을 요한다. 『모던일본』(조선판)은 1939년 11월 『모던일본(임시 대증간)』 1차 조선판 발행을 시작으로, 1940년 8월 『모던일본(임시 대증간)』 2차 조선판이 간행되었다. 일본 잡지가 통째로 조선판으로 꾸며진 것은 『모던일본』(조선판)이 처음이다. 이에 대해서는 졸고 「마해송의 체일시절 : 문예춘추, 모던일본에서의 행적을 중심으로」(『현대문학의연구』 33 2007년 11월)에서 자세하게 다루었다.

17) 이에 대해서는 「빛 속으로」 작품론에서 자세하게 다룰 예정이다. 다만, 이 시기에 발표된 「빛 속으로(光の中に)」는 단순히 '민족'적 정체성의 회복을 다룬 작품으로만 볼 수 없는 요소가 상당히 많음을 지적하지 않을 수 없다.

18) 작품이 당대 사회에서 어떻게 수용되었는지의 여부와 텍스트 자체의 지향점이 반드시 일치하지 않는다는 점에서 「빛 속으로」는 종합적으로 재검토해 볼 필요가 있다.

게 한 것은 시대적 배경은 물론이고, 『문예수도』 동인이라는 보호막이 있었음은 간과할 수 없다. 그중에서도 야스다카는 김사량을 일본 문단에 등장할 수 있게 도와준 후견인이라고 할 수 있다. 마해송[20])이 일본에서 활약할 수 있도록 기쿠치 간(菊池寬)[21])이 후원했다고 한다면, 김사량 뒤에는 야스다카가 있었던 셈이다.

(2) 아쿠타가와상(芥川賞) 수상 전후

김사량의 작품 중 『문예춘추』에 실려 있는 작품은 「빛 속으로(光の中に)」(1940년 3월), 「천마(天馬)」(1940년 6월), 「향수(鄉愁)」(1941년 7월), 그리고 문예춘추사가 주재하던 『현지보고(現地報告)』에 발표한 「조선문화통신(朝鮮文化通信)」(1940년 9월)을 들 수 있다. 물론, 마해송이 주재하던 『모던일본(モダン日本)』(제1차 조선판 1939년 11월)에도 평론 「조선의 작가를 말한다

---

19) 당시 『문예수도』는 동인지라기보다는 신인의 작품을 우선시한 기성 잡지였다. 이러한 평가는 『문예수도』가 완전히 문단 외부에 있었다는 것을 강조하기 위함은 아니다. 「빛 속으로(光の中に)」가 『문예수도』에 실린 이후 아쿠타가와상 후보작이 된 것을 보면 알 수 있듯이, 당시 『문예수도』는 문단 내부에서 인지할 수 있는 범위 안에 들어 있었음을 알 수 있다.

20) 마해송(馬海松, 1905~1966)은 한국에서는 동화 작가, 수필가로 널리 알려져 있었으나, 일본에서는 당대 일본 문단의 거장이었던 기쿠치 간(菊池寬)과의 관계로 유명하다. 즉, 기쿠치 간이 만든 문예춘추사의 사원으로서, 또한 그 후 기쿠치 간의 인가 하에 『모던일본(モダン日本)』사의 사장이 되면서 일본에서도 그 이름이 알려지게 되었다.

21) 기쿠치 간(1988~1948)은 소설가, 극작가, 출판인으로 '신사조파' 작가로 분류된다. 1924년 '문예춘추'를 창간하여, 근대 일본을 대표하는 문예 잡지로 성장시켰다. 그는 문학자의 사회적 위치의 향상과 복지에 관심이 높았다. 절친했던 친구를 기념하여, 1935년 '아쿠타가와상(芥川賞)'과 '나오키상(直木賞)'을 만들었다. 이처럼 단순히 작가활동에 멈추지 않고, 출판 및 사회적 활동에서도 눈부신 성과를 보인 점이 일본 문단에서 최고의 위치를 차지할 수 있었던 원동력이 되었을 것이다. 기쿠치 간은 당시 조선 문단에도 상당한 영향력을 행사하고 있었으며, 조선에도 두 차례 왕래하였다. 하지만 패전 이후 태평양전쟁 시기의 국책적인 활동으로 인해 공직에서 추방되었다.

(朝鮮の作家を語る)」와 이광수의 「무명(無名)」(일본어 번역)을 발표하고 있다.

「빛 속으로」가 아쿠타가와상 후보작이 된 당시의 상황을 살펴보면 매우 이례적인 취급을 받고 있음을 알 수 있다. 즉, 이 작품이 당시 수상작이었던 사무가와 고타로(寒川光太郎)의 「밀렵자(密獵者)」와 동시 게재되고 있음은 주목해 볼만 하다.22) 이처럼 이례적인 동시 게재는 당시의 시국적인 상황을 고려해 보면, 일본 문단 내에서 조선인 작가의 일본어 소설이 갖는 '정치적 위상'이 나타나 있다고 해석할 수도 있을 것이다.23)

하지만, 수상작과 후보작이라는 구별은 있었지만 실제로 문예춘추사의 대우는 매우 파격적이라고 할 만하다. 이는 「빛 속으로」가 실질적으로는 수상작 취급을 받았음을 의미한다. 실제로 「빛 속으로」에 관한 동시대 평은 김사량에게 매우 호의적이거나, 혹은 '조선적 정체성'을 추구했다며 혹평하거나 둘 중 하나였다.24) 하지만 혹평을 보더라도 김사량

---

22) 아쿠타가와상 후보작이 수상작과 동시 게재된 경우는 1950년 이전의 경우 제10회와 12회 뿐이다. 10회가 김사량의 「빛 속으로」가 후보작인 된 때이며, 제12회는 수상작 사쿠라다 쓰네히사(櫻田常久)의 「히라가 겐나이(平賀源內)」와 후보작 우시지마 하루코(牛島春子)의 「축이라는 사내(祝といふ男)」가 동시 게재된 경우 뿐이다. 「술이라는 사내」는 만주가 그 무대인 것과, 김사량의 「빛 속으로」가 '내선 문제'를 다루고 있는 것 사이에는 상관관계가 있다. 즉, 후보작이 동시 게재된 경우는 이 두 경우 모두 당대의 정치적 문제와 밀접한 관련을 맺고 있음은 우연이라고만 볼 수 없다.

23) 수상작과 후보작이라는 우열의 문제는, '내지인'의 일본어 창작과 '외지인'의 일본어 창작이 갖는 위상의 문제와도 관련된다. 이는 '동화(同化)'와 '이화(異化)' 정책이 뒤섞여 있던 식민지 지배 구조와도 유사하다.

24) '제10회 아쿠타가와상 평의회경위(第十回芥川賞評議會經緯)'의 기록을 보면 이 작품이 거의 수상작 취급을 받고 있음을 잘 알 수 있다. 이에 대해서는 「김사량의 동경대학시절」(전게서)에서 자세하게 다루었다. 한편, 「빛 속으로」에 대해 매우 비판적인 평론으로는, 야자키 단(矢崎彈) 『전형기문학의 날개짓(轉形期文芸の羽搏き)』(오자와 쓰키지 서점[小澤築地書店] 1941년)나, 아카키 슌(赤木俊)의 「서평(書評)」(『현대문학(現代文學)』 1941년 5월 68~69면) 등을 들 수 있다. 두 평론가가 「빛 속으로」에 대해 비판적인 평론을 한 이유는 '민족적(일본 측의)인 결함'을 작가가 교묘하게 표현하고 있기 때문이라고 밝히고 있다.

의 문학적 재능과 장래성에 대해서는 대체적으로 긍정적인 평가를 내리고 있음은 눈여겨보아야 할 대목이다. 한가지 확실한 사실은 「빛 속으로」를 통해 김사량이 일본 문단에 자신의 이름 석 자를 각인하는데 성공했다는 것이다.[25]

김사량에 대한 대우가 어떠했는지는 김사량의 「천마(天馬)」가 사무가와 고타로의 「도·다이호 전(ど·たいほう傳)」과 함께 1940년 6월호 『문예춘추』 지면에 동시 게재된 것을 보더라도 확연히 알 수 있다. 이처럼 둘은 마치 발을 맞춰서 걸어 나가듯이 첫 번째 작품집도 같은 오야마(小山) 서점에서 상재하고 있다. 1940년 4월에 사무가와 고타로의 『밀렵자(密獵者)』와, 같은 해 12월 김사량의 『빛 속으로(光の中に)』가 오야마 서점에서 출판됐다. 시기적으로 사무가와의 작품집이 몇 개월 빨랐지만 둘의 행보는 매우 유사함을 알 수 있다.

오야마 서점의 창립자인 오야마 히사지로(小山久二郎)[26]는 아쿠가와상 수상 작품을 출판한 경위에 대해 다음과 같이 말하고 있다.

> 그 후 동인지 등에도 주의를 기울이게 되어, 아쿠타가와상 후보작 등도 주의 깊게 보았으며, 우노 고지(宇野浩二) 등의 힘을 빌려서, <u>그 후 아쿠타가와상을 받은 대부분의 작품은 오야마 서점에서 나온 것 중의 하나라는 인식을 만들었다. 그로 인해 신인 작가들은 오야마 서점을 주의 깊게 바라보게 되었다.</u> 내가 주목한 신인의 작품은 처녀출판이라고 해도, 적어도 3천부는 반드시 팔리는 출판사로 도약하게 되었던 것이다.[27]

---

25) 문예춘추사의 김사량에 대한 이러한 처우는 일본 문단 내외부의 사정과 밀접하게 관련되어 있다. 김사량의 일본어 소설은 당시 내외부의 압박 가운데서 돌파구를 찾고 있던 일본 문단 측이 봤을 때 매우 색달라 보였을 것이다. 이는 직접적인 비교는 불가능하지만 장혁주가 일본 문단에 등장했던 것과 일맥상통하는 부분이 있다.

26) 22살에 이와나미 서점에 입사한 후, 1933년 이와나미 서점을 퇴사한 후 오야마 서점을 열었다. 그 후 이와나미 서점에서 맺었던 인연을 바탕으로 작가들과 교류해 가며 단행본을 속속 출간한다. 서점을 연 당해부터 그는 아쿠타가와상 수상작 출판을 했다.

위를 보면 김사량의 「빛 속으로」의 경우 아쿠타가와상 후보작이기는 했지만, 수상작 「밀렵자(密獵者)」와 거의 동등한 취급을 받았음을 확인 할 수 있다. 이러한 과정을 통해 김사량은 일본 문단에서 신인작가로서 그 위치를 확고하게 굳혔으며, 「빛 속으로」가 아쿠가와상 후보작인 된 이후 『문예춘추』를 시작으로 당시 일본 문단을 대표하던 문예지 『개조(改造)』, 『신조(新潮)』, 『문예(文藝)』 등에 연이어서 작품을 발표하게 되었다.

가메이 가쓰이치로(龜井勝一郎)는 사무가와가 묘사력에서는 김사량에 앞서지만, 신인다운 느낌과 "애달픈 감정을, 젊고 솔직하게 붓으로 그려"낸 것은 김사량 쪽이라는 평가를 내리고 있으며,28) 사사 미쓰오(佐々三雄)도 "(아쿠타가와 선고평에서 사무가와 보다―필자 주) 김사량 씨에게 비교적 미래성이 있다는 말"은 공감이 간다는 평을 내리고 있다.29)

이러한 평가에 덧붙여 「빛 속으로」 이후에 발표된 「천마」(『문예춘추』 1940. 6)와 「풀숲 깊숙이(草深し)」(『문예(조선특집호)』 1940. 7)의 평을 보면 당대 일본 문단에서 김사량이 신인작가로서 어떠한 위치를 차지하고 있었는지를 보다 구체적으로 알 수 있다.

「천마」에 대해 구보가와 이네코(窪川稻子)는 다음과 같이 평하고 있다.

> 김사량 씨는 「천마(天馬)」(문예춘추)로 조선의 암세포와 같은 사내를 탐구하고 있다. [중략] 하지만, 특별히 허풍을 떨거나, 가혹하게도 다루고 있지도 않다. 이 사내를 그리는 방식은 상당히 적절하다. [중략] 이 추악한 성격의 사내를 이러한 몰락의 순간을 통해 포착하려고 하는 점에서, 나는 작자의 애정과도 같은 것을 느꼈다. 지난번 아쿠타가와상 후보작과 함께, 이 작가의 전도를 기대하게 하는 점이다.30)

---

27) 오야마 히사지로(小山久二郎), 『한 시대―오야마 사점 사사(ひとつの時代―小山書店私史)』, 육흥출판(六興出版), 1982년12월, 79면(본고의 번역은 역자가 표시되어 있지 않는 한, 모두 필자가 한 것이다).
28) 가메이 가쓰이치로, 「문예시평」, 『신아이치(新愛知)』, 1940. 3. 11.
29) 사사 미쓰오, 「문예시평」, 『와세다문학(早稻田文學)』, 1940. 4. 1.
30) 구보가와 이네코(窪川稻子), 「(문예시평)작가의 표정[(文藝時評)作者の表情]」, 『문

구보가와의 위와 같은 평가는 상당한 호평이라고 할 수 있다. 구보가와는 김사량의 「천마」와 함께 실린 사무가와 고타로의 「도·다이호 전(ど·たいほう傳)」에 대해서는, "지난 번 아쿠타가와상을 수상한 작품과 비교해 볼 때, 번뜩임은 없다"고 혹평을 하고 있다. 이는 「빛 속으로」에 이어 후속작 「천마」 또한 일본 문단에서 좋은 평가를 받음으로써 김사량이 그 작가적 기반을 매우 탄탄하게 다질 수 있었음을 말해 준다.

한편 「천마」 발표 이후 한 달 만에 발표된 「풀숲 깊숙이」에 대해서, 아베 토모지(阿部知二)는 다음과 같이 평가하고 있다.

『문예』는 조선문학 특집을 편성하고 있는데 장혁주, 유진오, 이효석, 김사량 씨의 소설을 읽었다. [중략] 김사량 씨는 「풀숲 깊숙이」에서, 「빛 속으로」이래 뛰어난 계열의 작품을 하나 더 추가했다. 이 작가의 날카로운 인간탐구 [중략] 그 바닥에 흐르는 휴머니즘적인 감정은 뛰어나다고 생각한다.[31]

아베 토모지의 위와 같은 평가는 대단히 호평이라고 할 수 있다. 「풀숲 깊숙이」에 대한 동시대 평을 하나 더 들어보자. 이나가키 나오코(板垣直子)는 「풀숲 깊숙이」와 다른 조선인 작가 세 명의 작품을 비교하면서 다음과 같이 쓰고 있다.

대단한 작품도 아닌 것을 여기에 특히 자세하게 언급한 것은, 이 글을 통해 현재 조선문학이 어느 정도인지를 암시하고 싶었기 때문이다. 즉, 이상의 세 사람도, 문학의 관점이나 형식, 태도가 대체적으로 장혁주 씨와 닮아 있음을 알 수 있다. 삽화 등을 넣어서 사생적(寫生的)으로 조선인의 일단을 알 리는 종류의 작품이다. 어떤 깊이 있는, 혹은 새로운 관점, 대단히 개성적인 것은 찾아볼 수 없다. [중략] 이러한 사정에도 불구하고

예춘추』, 1940년 7월 362면.
31) 「문예시평 : 조선작가군 문학에 대한 이상할 정도의 정열[文藝時評 : 朝鮮作家群文學への異常な情熱]」, 『요미우리신문(讀賣新聞)』, 1940. 7. 10, 석간 3면.

김사량 씨만은 다르다. 그는 단순히 사생하는 것 이상의 것을 갖고 있다. 다른 작가에게 없는 내면성, 근대적인 착안점이 있는 것이다. 신인 가운데서 김사량 씨만이 가장 눈에 띄며, 내게는 대단히 흥미를 돋우는 작가이다. 김사량 씨에게는 조선 민족의 여러 특성, 숙명에 대한 강안 응시가 있다. 따라서 김사량 씨가 선택하는 제재도 그러한 경향에 맞는 어두운 것뿐이다. 작품도 말하기 어려운 일종의 음참(陰惨)한 효과를 거두고 있다.「풀숲 깊숙이」에는 조선 오지의, 예를 들면 경지를 얻기 위해 화전민이 쫓겨 간 토지에, 어떠한 종류의 야만적인, 문명의 혜택을 받지 못한 사건이 일어나고 있는가, 그러한 사회를 드러내고 있다.32)

이나가키의 위 평가는 『문예(조선특집호)』에 실린 조선인 작가의 일본어 소설을 매우 수준이 낮은 것으로 깎아 내리는 평론인데, 그러면서도 김사량 만은 추켜세우고 있는 것을 알 수 있다. 이러한 평가의 시비는 논외로 하더라도, 김사량이 당대 일본 문단에서 매우 촉망받는 신인 작가의 반열에 있었음은 위의 평에 매우 잘 드러나 있다고 할 수 있다.

한편, 김사량은 이러한 문단의 높은 평가를 증명하듯 아쿠타가와상 추천자로 『문예춘추』에서 활동을 계속 이어나간다. 당시, '아쿠타가와상 추천자'는 문단 내부에서 어느 정도 그 지위를 확립한 작가가 대부분이었다. 김사량은 1940년 후반기와 1941년 후반기에 '아쿠타가와상 추천자'로 활약했다.33) 이처럼 김사량은 아쿠가와상 후보 작가가 된 이후 무서운 기세로 일본 문단 내부에 자리를 잡았음을 확인할 수 있다.

---

32) 『근대문학평론 총서22 사변하의 문학(近代文芸評論叢書22 事変下の文學)』, 일본도서센터(日本図書センター, 1992. 3, 127~128면(『제일서방(第一書房)』 1941년도 초판의 복각).

33) 김사량이 아쿠타가와상 추천자로 활동했음을 『문예춘추』 1940년 9월호와 1941년 9월호 "아쿠타가와상 선고 경위"에서 확인할 수 있었다.

3. 도쿄, 가마쿠라, 평양

(1) 다양한 활로의 모색기

1936년부터 1942년에 걸친 김사량의 활동상을 정리해 보면 소설가로서 만이 아니라 극작가, 평론가 및 번역가, 시나리오 작가로 활동하려 했음을 알 수 있다.[34] 김사량의 이러한 활동 가운데 가장 주목해 봄직한 것은 극작가로서의 행보이다. 김사량의 작품 가운데는 희곡이 차지하는 비중도 상당히 높다.

그렇다면 김사량의 희곡에 대한 관심은 언제부터 시작되었던 것일까? 시라카와 유타가에 따르면 김사량은 구제사가고등학교(舊制佐賀高等學校) 시절부터 연극에 관심이 많았다고 한다. 김사량은 고교 3학년이던 1935년 5월 신협극단(新協劇團)의 사가 공연이 있었을 때 매우 정열적으로 공연 주최 활동 및 간담회 등에 참여했다고 한다.[35] 그 후 1936년 동경제국대학 독문과에 입학한 김사량은 '조선예술좌(朝鮮芸術座)'와 관련된 일련의 사건으로 모토후지(元富士) 경찰서에 검거되기에 이른다.[36] 그로부터 2년 후인 1938년, 김사량은 연극계에 더욱 깊숙이 한 발을 더 내딛어 신협극단의 무라야마 도모요시(村山知義)를 찾아간다.

요미우리 신문에는 당시 김사량의 그러한 행보가 기록되어 있다.

> 봉축예술운동(奉祝藝術運動)에 내선(內鮮) 협력 — 무라야마 씨를 중심으로 공연준비를 하다 [중략] 한편 신협극단에서는 「대불개안(大仏開眼)」의

---

34) 이에 대해서는 안우식이 『평전 김사량』에서 대략적인 사실을 밝히고 있다. 본고에서는 안우식이 밝힌 사실을 참고하면서 이를 추가 보완해 보겠다.

35) 시라카와 유타카, 「사가고등학교 시절의 김사량」을 참조할 것.

36) 이에 대해서는 전게서, 『평전 김사량』을 참조했다. 쓰보에 센지(坪江汕二)가 쓴 『[개정증보] 조선 민족 독립운동 비사([改訂增補]朝鮮民族獨立運動秘史)』(암남당서점(巖南堂書店) 1966년 396~397면]) 가운데는 김사량이 조선예술좌와 관련되어 체포되었다고 밝히고 있다.

> 뒤를 이어, 반도의 무명 희곡가 김시창(金時昌) 씨의 「불가사리(不思議な蟲)」 공연을 무라야마 도모요시 씨 연출로 준비하고 있는데, 이는 조선의 최하층이라고 부를 만한 계급의 생활을 다룬 걸작으로, 작자 김시창 씨는 동경제국대학 출신 신인이다.[37]

위를 보면, 1938년 무라야마 도모요시를 찾아간 김사량이 1939년에는 희곡 작품을 상연하기 바로 직전까지 이르렀음을 알 수 있다.[38] 하지만 이 공연은 신협극단의 멤버들이 체포되고 극단이 1940년 8월에 해산되면서 예정대로 진행되지 못했다. 한편, 이 희곡 작품은 김사량의 소설 「지기미」(『삼천리』 1941년 4월)[39]의 원형으로 여겨지고 있다. 김사량은 그 후 소설 창작에 진력하였고, 그의 희곡 작품은 대부분 1945년 이후에 창작된다. 하지만, 사가고등학교 때부터 김사량이 희곡에 관심을 갖고, 신협극단의 레퍼토리에 들어갈 정도로 희곡 창작에 심혈을 기울였음은 그 이후 창작된 김사량의 희곡 작품을 검토할 때도 반드시 한 번 짚고 넘어가야 할 부분임에는 틀림없다.

무라야마는 김사량이 썼다는 희곡에 대해 다음과 같이 회상하고 있다.

> 그 때 그는 비쩍 마른 장신에 동경대학 금단추 제복을 입고 있었다. 그리고 희곡이 쓰고 싶다 라고 말하고는 했다. 구신협극단(舊新協劇團)이 활발하게 활동하던 1938년의 일이었다. 당시 신협극단에는 조선인이 상당히 많이 있었다. 연출의 안영일(安英一), 효과의 구보타 세지로(久保田正二郎), 허달(許達) 등. 일본의 대륙침략이 격렬해지는 것과 동시에 우리들의 조선에 대한 관심도 높아졌다. 이러한 사정이 얽혀서 신협극단과 조선인 사이에는 다양한 형태로 친근감이 생겨났다. 김군과 가까워진 것도 이러한 사정에서였다. [중략] 하지만 희곡을 처음 써서인지 대단히 힘들어 하

---

37) 『요미우리 신문(讀賣新聞)』, 1939년 12월 22일, 석간 3면.
38) 무라야마는 「金史良を憶う」(『新日本文學』 1952년 12월 55~56면)에서 당시의 기억을 매우 자세하게 적고 있다.
39) 김사량은 4개월 후에 이 작품을 일본어로 써서 일부 내용을 수정한 후 「벌레(蟲)」 (『신조(新潮)』 1941년 7월)라는 타이틀로 발표했다.

는 것 같았다.

가까스로 「불가사리」(신비로운 벌레)라는 이백장 가까운 희곡이 나왔다. 학대받는 조선의 상당히 흥미로운 군상이 그려져 있었다. 실성한 바이올린 연주자와 식당의 하녀 사이의 연애가 중심이라고 하면 알 수 있듯, 다소 센티멘탈하며 유치한 것이었지만, 후일의 성장을 말해주듯 소재가 빛났다. 극단의 문예부와 연출부에서 읽고 다양한 의견을 낸 후 작자에게 수정할 것을 요구해서, 극단 레파토리에 넣었다. 그 해 극단은 그때만 해도 아직은 진보적인 작가였던 장혁주에게 부탁하여, 「춘향전」을 희곡으로 만들었다. 그리고 그것을 내지에서 상연한 후에, 조선에 가지고 갔다. [중략] 그 기획에 김 군은 대단히 기뻐하며 동분서주해 주었다.[40]

무라야마의 회상을 통해 당시 희곡 창작에 공을 들이던 김사량의 모습을 엿볼 수 있다.

김사량이 동분서주했다고 하는 신협극단의 「춘향전」 조선 공연은 1939년 10월부터 11월에 걸쳐서 상연됐다.[41]

---

40) 무라야마 도모요시(村山知義), 「김사량을 추억한다(金史良を憶う)」, 『신일본문학(新日本文學)』, 1952년 12월, 55~56면.

41) 「춘향전」의 조선공연에 관해서는 시라카와 유타카의 「장혁주작 희곡 <춘향전>과 그 상연(1938년)을 둘러싸고(張赫宙作戲曲<春香伝>とその上演(1938年)をめぐって)」(『사연(史淵)』 126 규슈대학문학부(九州大學文學部) 1989년 3월)에서 자세하게 다루고 있다. 한편, 「춘향전」 공연일람(장혁주 작, 무라야마 도모요시 연출)을 살펴보면 다음과 같다.
1938年 쓰키지 소극장(築地小劇場) 3월 22일~4월 14일
1939年 오사카아사히 회관(大阪朝日會館) 4월 27일~30일
　　　 교토아사히 회관(京都朝日會館) 5월 1일~3일
1939年 경성부민관(京城府民館) 10월 25일~27일
　　　 평양 금천대좌(平壤金千代座) 10월 29일~30일
　　　　　 대전극장(大田劇場) 11월 1일
　　　　　 전주제국관(全州帝國館) 11월 2일
　　　　　 군산극장(群山劇場) 十一月三日
　　　　　 대구극장(大邱劇場) 十一月五・六日
　　　　　 부산태평관(釜山太平館) 十一月七・八日
　　　 (신협극단 『신협극단 5주년 기념출판(新協劇團5周年記念出版)』 1939년 11월)

김사량은 실제 일본에서 극작가로 일반에 알려지게 될 기회는 얻지 못했지만, 적극적으로 신협극단과 관계를 맺으며 활동했음을 알 수 있다. 해방 후 김사량이 '조선어'로 많은 희곡 작품을 쓰고 있음은 해방 전의 활동상을 살펴보았을 때 이례적인 일이 아니라 매우 자연스러운 작가적 행보임은 두말할 나위가 없다.

이재명은 김사량의 해방 후 창작된 희극 작품을 분석하면서 다음과 같이 쓰고 있다.

> 특별히 주목할만한 사실은 해방 직전 태항산에 머무를 때와 해방 이후 북한 문단에서 활동할 무렵 그는 주로 희곡 창작에 몰두했다는 점이다. 특히 해방 이후 5년간 창작한 소설은 <차돌이의 기차>와 <마식령>, <남에서 온 편지>, <E 기자>뿐이다. <u>창작열이 왕성하던 30대 중반의 김사량은 왜 희곡에 매달렸는지를 현 단계에서 밝히기는 매우 어려운 일이겠으나, 그의 희곡 작품에 대한 연구의 가치는 충분하다고 하겠다.</u>[42]

이재명은 김사량 작품 가운데 희곡에 차지하고 있는 비중에 대해 언급하면서 김사량 희곡의 특징에 대해서 분석하면서, 「더벙이와 배뱅이」가 오영진의 「배뱅이굿」만을 단순 비교 할 경우 "민중들의 풍자와 해학 정신을" 매우 잘 살리고 있다고 결론짓고 있다.[43]

김사량의 희곡에 대한 관심은 연극평론에도 잘 나타나있다. 김사량이 해방 전에 쓴 연극 평론은 현재 발견 된 것으로는 두 편이 있다.[44] 「극

한편 김사량은 「劇演座의春香傳公演을보고」(『비판』 1939년 6월)라는 관람기를 통해 장혁주작 춘향전과 유치진작 춘향전에 대해 비교 분석하고 있다.

42) 이재명 「김사량의 희곡 <더벙이와 배뱅이> 연구」, 『현대문학의 연구』 36, 2008년, 415쪽.

43) 전게서, 430∼431쪽 참조(한편 김사량의 희곡을 분석한 또 다른 논문으로는 이석만 「김사량 희곡의 극 구조와 인물유형 분석 : <봇똘의 군복>을 중심으로」 [『고황논집』 19, 경희대학교 대학원, 1996]이 있다).

44) 이 논문은 1942년까지의 김사량의 족적을 살펴보는 것이 그 목적이므로 해방 이후 창작된 김사량의 회곡에 대해서는 별고에서 다루기로 하겠다.

연좌의 춘향전 공연을 보고」(『비판』, 1939. 6)과 「「흑룡강」을 보고 - 현대
극장 창립공연평」(『매일신보』, 1941. 6. 10)가 그것이다. 전자와 후자는 각
각 유치진 작 「춘향전」과 「흑룡강」의 연극평론으로 김사량의 연극적 전
문성을 확인할 수 있다.

이 시기 또 한 가지 김사량이 활발하게 활동을 펼친 분야는 평론 및
번역 관련 활동이다. 1939년 만을 두고 보면 이 시기는 오히려 평론가
로서의 활동이 두드러짐을 알 수 있다.45) 1940년이 되면서 김사량은 평
론 활동보다는 소설 쪽에 심혈을 기울이게 된다. 김사량이 사가고등학
교에 입학 전후에 동요 및 르포르타주를 썼던 점을 보더라도 다양한 형
식의 글쓰기를 시도했음을 알 수 있다. 또한, 김사량은 조선 문학을 일
본에 번역·소개할 필요성에 대해 「조선문화통신(朝鮮文化通信)」(『현지보고
(現地報告)』 1940년 9월) 등에서 밝히고 있다. 김사량이 이광수의 「무명(無
名)」을 번역하여 소개하는 등, 조선 문학을 내지에 소개하는데 적극적이
었던 것도 빼놓을 수 없다.46) 김사량은 조선문학을 내지에 번역해서 소
개하는 것에 매우 적극적이었음을 알 수 있는데, 그러한 주장은 '번역기
관'을 두어 체계적으로 조선문학을 내지에 번역하자는 주장에 이른다.

장혁주가 편집한 『조선문학선집 제3권』에서 한식(韓植)은 다음과 같이
김사량을 평가하고 있다.

---

45) 1939년만 보면 「극연좌의 춘향전을 보고」(『비판』 1939년 6월), 「조선문학풍월록」
(『문예수도』 1939년 6월), 「"겔마니"의世紀的勝利」(조선일보 1939년 4월 26일),
「獨逸의 愛國文學」(『조광』 1939년 9월), 「獨逸과 大戰文學」(『조광』 1939년 10월).
「조선문학측면관(朝鮮文學側面觀)」(『조선일보』 1939년10월 4일~6일), 「조선의
작가를 말한다(朝鮮の作家を語る)」(『모던일본(モダン日本)』(조선판) 1939년 11월)
가 발표된 것을 알 수 있다. 이에 비해 소설은 「빛 속으로」 단 한 편에 불과하다.
「조선문학측면관」의 자세한 서지는 4일 「朝鮮文學側面觀(上)」-露文學의影響·知
性의貧困), 5일 「朝鮮文學側面觀(中)-語感尊重의限界와題材」, 6일 「朝鮮文學側面觀
(下)-漢字問題, 觀察 敎養其他」이라는 타이틀이다.
46) 『모던일본(モダン日本)』(조선판 1939년 11월). 같은 번역이 장혁주가 편집한 『조
선문학선집 제1권(朝鮮文學選集第一卷)』(아카쓰카 서방[赤塚書房] 1940년 3월)에도
수록되어 있다.

김사량 씨

작년 가을 「빛 속으로」를 통해, 내지문단에 데뷔하자마자 아쿠타가와 상 후보작이 되어, 그 장래가 매우 촉망받고 있는 신인이다. 제대독문과를 나와서, 조선의 신문사에서 잠시 일하다가, 바로 그만 두고 다시 대학원에서 공부를 하고 있다. 아직 서른이 안 된 청년 작가이다. 그 작품 구성상의 진지함, 날카로운 현실 파악, 적확한 묘사, 양심적인 작가로서 탄탄한 전도가 기대된다. 조선 문단에서도 잡지에 장편을 쓰고 있으며, 모든 작품이 집요할 정도로 리얼리즘적인 방법으로 일관하고 있으며 게다가 따듯한 작가의 시선을 작품 곳곳까지 전달하고 있는 것이 대부분이다. 「풀숲 깊숙이(草深し)」 등은 「빛 속으로」와 함께 그 평가가 매우 높은 작품이다. 47)

위에서 확인할 수 있는 것은, 1940년 말 김사량이 일본 문단 내에서도 전도가 매우 유망한 작가였다는 점이다. 이 시점을 기점으로 김사량의 번역 활동 및 평론 활동이 급속하게 감소하고 소설 창작에 심혈을 기울이고 있음은 주목을 요하는 점이다. 이는 김사량이 소설가로서 살아갈 수 있는 자신감을 「빛 속으로」, 「천마」, 「풀이 깊다」의 연이은 성공으로 확고하게 갖게 되었음을 의미한다. 하지만, 그 이전 시기를 살펴보면 김사량이 다양한 장르의 글쓰기를 하고 있는 것을 알 수 있으며, 르포르타주나 에세이를 소설로 개작하는 경우도 많아서, 김사량 문학의 전모를 밝히기 위해서는 소설뿐 아니라 전작품(全作品)을 두고 검토할 필요가 있다.48)

한편, 김사량이 조선영화주식회사(朝鮮映畵株式會社) 촉탁을 했음을 조선

---

47) 장혁주 편, 『조선문학 선집 제3권(朝鮮文學選集第三卷)』, 아카쓰카 서방, 1940년, 266면.

48) 「풀이 깊다(草深し)」(『문예』(조선문학특집호) 1940년 7월)의 경우 「山谷의 手帖」(『동아일보』 1935년 4월21일~28일)과 같은 기행문을 소설화한 것이다. 또한 「산의 신들(山の神々)」의 경우도 이러한 과정을 거쳐서 작품화 되었다. 「향수(鄕愁)」(『문예춘추』 1941년7월)의 경우도 「북경왕래(北京往來)」(박문 1939년 8월)와 「에나멜구두의 포로(エナメル靴の捕虜)」(『문예수도』 1939년 9월)가 작품화 된 것임을 알 수 있다.

일보의 기사를 통해 확인할 수 있다.

> 東京의金史良氏朝映囑託으로
>
> 소설 『광명으로』를 발표하엿 동경문단에서 『센세―슌』을 일으키고 개천(芥川)문학상의 후보상을 획득한 김사량(金史良)씨는 방금 동대(東大)대학원에서 연구를 싸코잇턴바 씨는이번에 새로이 조선영화의 발전을 도읍기위하여 조영(朝映)의교섭에 응해서동사의 문예부촉탁을 쾌락하엿다는데 일년에 네편의 원작을 쓰기로 계약되엇다한다.[49]

위와 같이 김사량은 조영 촉탁으로 일 년에 4편의 시나리오를 쓸 예정이었지만 이는 당시 시국적인 상황과 맞물려 흐지부지 되고 말았던 것 같다.[50]

이처럼 김사량은 사가고등학교 시절부터 희곡은 물론이고 다양한 형식의 글쓰기를 시도했음을 알 수 있다. 이 시기는 김사량이 작가적 역량을 다방면으로 시험하는 시기였으며, 1939년에는 평론 활동, 1940년부터는 소설 창작에 심혈을 기울였음을 알 수 있다. 물론 이러한 변화의 중심에는 1940년 3월에 「빛 속으로」가 아쿠타가와상 후보작에 선정된 사건이 결정적인 역할을 했음은 물론이다.

(2) 고메신테(米新亭) 시대

한국 근대문학을 대표하는 작가를 떠올릴 때 빼놓을 수 없는 것이 그 작가의 창작 거점이다. 이광수의 도쿄 및 경성, 김동인의 평양, 이효석의 강원도 등등 작가와 지리적 배경은 오랜 세월 전기(傳記) 연구에서 주목을 받아왔다. 김사량은 평양, 규슈(九州), 북경(北京), 도쿄(東京), 연안(延安) 등의 지리적 배경과 매우 밀접한 관련을 맺고 있다.[51] 1941년은 '김

---

49) 『조선일보』, 1940년 5월 30일, 4면.
50) 전게서, 『평전 김사량』, 94면 참조.

사량 문학의 전환점'이라고 할 수 있는데, 그러한 전환을 매우 극적으로
보여주는 사건이 '태평양전쟁' 발발 하루 후인 1941년 12월 9일 김사량
이 '사상범 예방 구금법(思想犯予防拘禁法)'에 걸려서 가마쿠라(鎌倉) 경찰
서에 체포된 사건이다.[52]

이 시기의 김사량 문학을 본고에서는 '고메신테(米新亭) 시대'로 명명
하기로 한다.[53] '고메신테(米新亭) 시대'는 김사량이 자신의 거점을 도쿄
에서 가마쿠라(鎌倉)로 옮긴 것을 의미한다. 하지만 이는 단순히 장소의
이동만이 아니라 작품 세계의 변화와 매우 깊은 관련을 맺고 있다. 즉,
'일본 제국의 중심부 동경'에서 창작 활동을 하다가 '휴양지 가마쿠라'
로 창작의 거점을 옮긴 것과 문학관의 변화 사이에는 일정부분 상관관
계가 있어 보인다. 그러한 이동은 단순히 '지리적 이동' 만이 아니라,

51) 김사량 문학과 지리적 배경을 다룬 논문으로는, 이정숙, 「김사량과 재일조선인의
문학적 거리」, 『국제한인문학연구』 창간호 국제한인문학회 2004년 10월), 「김사
량문학과 평양의 문학적 거리」(『국어국문학』 145 국어국문학회 2007년 5월)과
田村榮章의 「재일조선인과 시타마치의 사회사(在日朝鮮人と下町の社會史)」(『학예
국어국문학(學芸國語國文學)』 34 2002년 3월 15일) 등을 참고할 것.
52) 김사량이 가마쿠라 경찰서에 체포된 후, 야스다카 도쿠조를 시작으로, 시마키 겐
사쿠(島木健作), 구메 마사오(久米正雄) 등이 김사량의 석방에 진력하였다. 이와 관
련해 야스다카는 "태평양전쟁이 발발한 다음 날 아침, 김사량은 그 때 당시 하숙
하고 있던 가마쿠라의 오우기가야쓰에 있던 여관에서 가마쿠라 경찰서에 구류되
었다. 그 소식을 듣고 나는 달려갔다. 시마키 겐사쿠 군도 함께 가 주었다. 시마
키군은 그 때 당시 가마쿠라의 경제위원을 하고 있어서, 경찰서에는 얼굴이 알
려져 있어서 바로 숙직실에서 면회를 허락받았다. 우리는 김사량이 사나흘 간
구류장에 있었으므로, 매우 곤란해 하고 있겠거니 생각했었으나, 면회하러 나온
그는 건강했으며, 여유작작함이 있었다"라고 당시를 회상하고 있다(『김사량작품
집』[이론사(理論社) 1954년 3면]).
53) 한편, 고메신테는 가마쿠라 분시무라(文士村) 안에 있으며, 주변에는 일본문학을
대표하는 작가들이 살았다. 한편, 고메신테에는 오오카 쇼헤이(大岡昇平)도 1936
년경에 머물렀음을 알 수 있다. 나가이 류오(永井龍男), 『도쿄의 골목(東京の横丁)』
(고단사[講談社] 1991년 257~260면)을 보면 이에 대해 자세히 나와 있다. 고메
신테와 관련된 논문으로는 김응교, 「한국문학산책 : 김사량 「빛 속으로」의 이름,
지기미, 도시유람—도쿄와 한국인 작가 (2)」(『민족문학사연구』 20 민족문학사학
회 2002년) 가 있다. 이 논문에는 고메신테가 있던 자리의 현재 사진이 수록되어
있으며, 김사량이 체포되던 날의 일화 등이 자세하게 소개되어 있다.

'지정학적 이동'이라고도 볼 수 있다. 왜냐하면, 고메신테(米新亭)로 창작의 거점을 옮긴 후에 창작된 김사량 소설의 특징이 1941년만을 놓고 보면 급격하게 조선의 민속에 관한 이야기로 기울어지고 있기 때문이다. 하지만, 이것은 단순히 당시 시국과의 관련성이라는 차원으로 정리해 버릴 성질의 것이 아니다. 이것은 김사량이 평론 등에서 누누이 강조하고 있는 '조선적 특수성'을 작품으로 드러내려는 작가적 시도라 할 수 있으며, 1940년과는 달라진 외부적 조건에 반응한 글쓰기의 한 양태로 봐야 할 것이다. 우리는 이것을 김재용이 말하듯이 '우회적 글쓰기'[54]라고 불러도 좋을 것이다.[55]

김사량은 고메신테와 관련해 다음과 같은 에세이를 남기고 있다.

> 南京蟲(빈대)여, 안녕
> 지금 내 방은 엉망진창이다. 왜냐하면 열흘 이상이나 됐지만, 단 한 번도 청소를 하지 않았기 때문이다. [중략] 나는 삼주 정도 전에 다시 상경하여 겨우 엿새째 되는 날에 큰 비를 맞고 도랑 가운데 빠져가며 여기 혼고(本鄕) 모리카와 정(森川町)의 구중중한 하숙집에서 이 기묘한 방을 발견하게 됐던 것이다. [중략] 밤에는 빈대 두 마리가 느릿느릿 기어 나왔다. 빈대가 있으면 알려달라고 하녀가 말한다. [중략] 이 정도야 됐다고 치고, 이번에는 내게 전화가 너무 많이 오는 것이 곤란하다고 나온다. [중략] 나는 결국 화가 나서, 이렇게 지독한 곳은 내지생활(內地生活) 십

---

54) 김재용, 「내선일체의 우회적 비판으로서의 김사량의 「천마」(『어문론총』 40 한국문학언어학회 2004).

55) 이러한 '조선적 특수성'을 강조한 김사량의 평론으로는 「조선문학풍월록」(『문예수도』 1939. 6), 「조선문화통신」(『현지보고』 1940. 9), 「조선의 작가를 말한다(朝鮮の作家を語る)」(『モダン日本(朝鮮版)』 1939. 11) 등을 들 수 있으며, 기시다 구니와의 대담 「朝鮮文化問題에關해서 : 岸田・金史良兩氏의對談」(『조광』 1941. 4)에서도 이것은 확인된다. 물론, 이러한 방식은 '전 일본문화(全日本文化)'를 대전제로 긍정한 후에 '조선 문화'를 그것과는 다른 카테고리에서 강조하는 방식이다. 이는 내지 지식인들이 전 일본문화 속에 조선 문화를 완전히 종속시키려고 한 시도와는 그 궤를 달리하는 방식이기에, 김사량이 긍정한 대전제란 '조선 문화의 특수성'을 지키기 위한 시도였다고 볼 수 있다.

년간 단 한 번도 경험해 본 적이 없다고 말하자, 어차피 그렇겠지요, 이
번 달로 나가주세요 라고 나온다. 그리고 전화가 많이 온다고 단 한 마디
도 하지 않고, 속이고 들어오는 것은 무엇이냐고 한다. 젠장, 그렇다면
어째서 사람을 속이고 빈대와 합방을 하게 한 것이냐고 생각했으나, 입
을 다물어 버리고 말았다. [중략] 하지만, 바로 가마쿠라의 여관에 전화
를 넣어 교섭이 원만하게 이루어졌으므로, 나는 지금부터 그쪽으로 거처
를 옮긴다. 오늘이 삼십일일이므로 약속대로 나갈 수 있게 된 것이 기쁘
다.
　　빈대여 안녕. 빈대여 안녕. 하는 김에 도쿄도 안녕.56)

위를 보면, 김사량이 1941년 10월초부터 31일까지 "혼고(本鄕) 모리카
와 정(森川町)"에서 살았음을 알 수 있다. 그렇다고 하면 김사량은 11월
1일에 "가마쿠라의 여관"에 거처를 옮긴 것이 된다. 한편, 김사량의 두
번째 일본어 소설 창작집 『고향(故鄕)』의 발문을 보면, "1941년 10월 가
마쿠라 객사에서 저자"라는 기록이 남아있다. 이를 보면 실제로 김사량
은 10월 말에 고메신테로 거처를 옮겼을 가능성이 높다.

하지만, 이러한 기록과 『김사량전집』의 김사량연보(金史良年譜) 사이에
는 큰 차이가 있다. 전집의 연보를 보면, 김사량이 "4월, 가마쿠라시(鎌倉
市) 오우기가야쓰(扇ヶ谷) 407번지, 여관 「고메신테(米新亭)」57)"로 거처를
옮겼다고 하고 있다. 이 연보에 따르면 김사량은 그대로 고메신테에 머
문 것이 되지만, 에세이 「南京蟲(빈대)여, 안녕」을 보게 되면, 10월에는
혼고의 모리가와 정에서 지냈음을 알 수 있다. 김달수는 김사량이 「벌
레(蟲)」를 창작하던 1941년 7월 경에는 도쿄 시나가와구 오사키(品川區大
崎)에 거주했다고 하고 있다.

김사량이 사가고등학교에서 동경제대에 입학한 1936년 이후 거주했

---

56) 「빈대여 안녕(南京蟲よ, さよなら)」(『요미우리신문』 1941년 11월 3일 조간 4면)
　　은 『김사량 작품과 연구1』에 번역 소개했다.
57) 「김사량 연보」, 『김사량전집4』, 가와데쇼보신사(河出書房新社), 1973년 4월, 388면.

던 곳을 정리해 보면 다음과 같다.

○ 1936년 4월경 도쿄시외 미타카무라 미타카 아파트(東京市外三鷹村, 三鷹アパート)

○ 1936년 도쿄시 혼고(분쿄)구 오이와케정 오이와케 아파트(東京市本鄕(文京)區追分町ノ追分アパート)

○ 1937년 4월경 도쿄시 코이시가와 구 코히나타다이정 (東京市小石川區小日向台町)

○ 1937년 11월경 도쿄시 혼고(분쿄) 다이정 62번지, 노지마(東京市本鄕(文京)台町六二番地, 野島方)

○ 1937년 도쿄시 혼고(분쿄) 다이정 41번지 가쿠다 관(東京市本鄕(文京)台町四一番地角田館)

○ 1939년 5월 6일경 도쿄시 시부야구 요요기우에하라 아파트(東京市澁谷區代々木上原アパート)

● 1939년 11월경 도쿄시 시부야구 요요기 니시하라 연비장(澁谷區代々木西原緣翡莊)58)

○ 1941년 4월경 가마쿠라시 오오기가야쓰 40번지 고메신테(鎌倉市扇ヶ谷四○番地「米新亭」)

△ 1941년 7월경 도쿄시 시나가와구 오사키4-800, 부동장 아파트(東京市品川區大崎四一八○○, 不動莊アパート)59)

---

58) 『독일문학(獨逸文學)』, 독일문학회, 1939년 11월 11일, 33면.
59) 김사량이 대만 작가 룽잉쭝에게 보낸 편지(1941. 2. 8)를 보면 이 주소와 똑같은 곳에서 편지가 발송되었다. 그렇다고 한다면 1939년 11월에 이사한 것으로 되어 있는 도쿄시 시부야구 요요기 니시하라 연비장에서 도쿄시 시나가와구 오사키 4-800, 부동장 아파트로 이사해서 2월에는 그곳에서 살고 있었던 것으로 보인다. 그런데 한 가지 의아한 것은 김사량이 부동장 아파트 주소로 주소 스탬프를 만들어서 룽잉쭝에게 보내는 편지에 찍고 있는 점이다. 불과 몇 개월을 살려고 이런 스탬프를 만드는 것은 일상적인 것은 아니므로, 오래도록 부동장에서 살려고 했지만 급박한 어떠한 사정이 생겨서 위처럼 자주 이사를 다녔던 것이 아닌가 싶다. 하지만 이것은 어디까지나 추측에 불과하다. 이 편지는 시마무라 사쿠지로(下村作次郎), 『문학으로 읽는 대만 : 지배자, 언어, 작가들(文學で讀む台湾 : 支配者・言語・作家たち)』(田畑書店 1994, 21면)에 일부 소개 되어 있으며, 시마무라 씨의 제공으로 오무라 마쓰오(大村益夫)와 호테이 토시히로(布袋敏博)가 편집한『근대조선문학 일본어 작품집1906~1945 실렉션6(近代朝鮮文學日本語作品集 : 1908~

- 1941년 10월초순부터 말까지 도쿄시 혼고(분쿄) 모리카와 정(東京市 本鄕(文京)森川町)
- 1941년 10월말부터 12월 9일까지, 1942년 1월 29일부터 31일까지 가마쿠라시 오오기가야쓰 40번지 고메신테(鎌倉市扇ヶ谷四〇番地「米新亭」)[60]

위 주소지를 살펴보면, 4월부터 고메신테에 거주하기 시작한 김사량은 7월경에 시나가와구 오사키로 거처를 옮기고, 10월 초순에는 혼고 모리카와 정에 이사한 후, 10월 말에는 다시 고메신테로 돌아왔음을 알 수 있다. 이러한 거주지의 잦은 이동은 작품 창작을 위한 것이었을 가능성이 매우 높다.[61]

김달수의 회상을 들어보면, 김사량이 고메신테에서 보냈던 생활의 일단을 엿볼 수 있다.

> 당시 김사량은 가마쿠라에 있었습니다. 가마쿠라에는 오우기가야쓰(扇ヶ谷)라고 하는 완만한 경사의 언덕이 있었는데, 그 작달막한 비탈길을 다 올라가면 막다른 곳에 고메신테라고 하는 작은 여관이 있었습니다. 어딘지 별로 잘 될 것 같지 않은 여관이었습니다만, 그 방 한구석에 김사량이 있었습니다. 그리고 그 비탈길을 올라가면 오른편에는 고바야시 히데오(小林秀雄)가, 좌측에는 시마키 겐사쿠(島木健作)가 살고 있었습니다. [중략] 김사량은 그곳을 지나가면서 "저기 창문을 활짝 열어 젖혀 놓았지 않나. 저 사람은 결핵 환자라서 환기를 시키고 있는 것이라네"라고 말하고는 했습니다.[62]

1945. セレクション 6)』(綠蔭書房 2008. 6)에 영인되어 게재되어 있다.

60) ○표시는 안우식의 「김사량연보」(『김사량전집4』)를 참조하였고, △는 김달수의 「해제(解題)」(『김사량전집2』 가와데쇼보신샤 1973년 1월)을 참조했다. ● 표시는 필자가 조사한 것이다.)

61) 김사량이 발로 뛰어다니며 취재를 하고 창작을 했음은 그가 쓴 르포르타쥬가 어떤 과정을 거쳐 소설화 됐는지를 밝히는 작업과 연결되며, 이러한 잦은 거주지 이동도 김사량의 작가적 경향과 일정부분 관련을 맺고 있다.

62) 김달수, 「김사량과 나(金史良と私)」, 『조선인(朝鮮人)』, 1986년 6월, 38~39면.

위 인용에서 확인 할 수 있듯이, '가마쿠라의 여관'이라 함은 고메신테임에 틀림없다. 김사량은 김달수 앞으로 1941년 11월 15일, 11월 19일, 11월 28일, 1942년 1월 30일에 엽서를 보내고 있다.[63]

한편 조규석(趙奎錫)은 김사량이 고메신테에서 체포되던 당시를 회상하며 다음과 같이 쓰고 있다.

> 1941년 12월 중반－일본이 진주만을 기습공격, 처참한 태평양전쟁의 막이 열리고 일주일 정도가 지났을 무렵, 어느 날 오후 나는 가마쿠라 오우기가야쓰의 고메신테 현관 앞에 서있었다. 요시하라 스미에(吉原壽美枝)[64] 씨가 나와서 내 얼굴을 보자마자, "어머, 자네는 괜찮은 건가!?" 나는 명청히 상대의 표정을 올려다보았다. "<u>김 상(김사량, 역자주)은 검거됐어요.</u>" 낮고 속삭이는 듯한 목소리로 말했다. 주변을 경계하고 있는 것 같은 기색이었다. "자, 올라오세요." 요시하라 씨의 이야기를 듣고 있는 사이에 무지한 나도 사태의 추이를 잘 알 수 있었다. 불안함보다도 의지할 사람을 잃은 큰 슬픔에 나는 아무런 말도 하지 못했다. <u>정연하게 정리가 되어 있었지만, 특고(特高)가 어질러 놓은 것을 한눈에 알 수 있는 아직 생생한 느낌이 그대로 남아있는 김 상의 방에서, 요시하라 씨가 권하는 대로 앉았는데, 그때 난 열일곱살이었다.</u> (『계림(鷄林)』, 1958. 11. 1, 21면)

이러한 점을 통해 볼 때, 고메신테는 김사량이 일본에서 최후까지 머물렀던 장소인 만큼, 당시 김사량이 처해 있던 문학적 상황을 '고메신테 시대'라고 불러도 무방하리라 본다.

고메신테에 관해 청취 조사를 실시한 결과, 몇 가지 새로운 사실이 밝혀졌다.[65] 다섯 차례에 걸쳐 이시야마 유리(石山由里, 당시 이름은 요시하

---

63) 전게서, 「서간(書簡)」, 『김사량전4』, 113~114면.
64) 이시야마 유리 씨의 숙모이다.
65) 고메신테와 관련해서 오무라 마쓰오 선생님이 몇 번이고 현지를 찾아가 실증적인 조사를 했다. 본고의 고메신테관련 정보는 오무라 마쓰오 선생님께 빚지고 있는 것이 대부분이다(논문 작성에 도움을 주신 오무라 마쓰오 선생님(와세다대

라 유리[吉原由里])씨를 찾아가 청취 조사[66]를 하여, 고메신테 관련 가계도 (家系図) 및 당시 사진 등을 얻을 수 있었다.[67]

고메신테에서 김사량은 일층 안쪽 방에 살았었다고 이시야마 유리 씨는 말해주었다. 하지만 김달수는 김사량이 방 두 개를 갖고 있었다고 회상하고 있는데, 이것은 방 두 개가 아니라 한 방을 미닫이로 여닫을 수 있게 만든 것이다.[68] 한편 고메신테는 1980년대 후반 헐리기 전까지 그 모습을 유지하고 있었다고 하며, 1990년대 초반까지는 이시야마 씨의 오빠를 비롯해 김사량이 가마쿠라에서 체포된 후에 석방을 위해 노력해 주었던 시마키 겐사쿠 유족도 고메신테 옆에 살고 있었다고 한다.

'고메신테 시대' 전후를 보면 김사량이 굉장한 기세로 작품을 쓰던 시기였음을 알 수 있다. 김달수의 회상기 「김사량과 나(金史良と私)」에서

학 명예교수)께 본 논문을 통해 감사의 마음을 전한다).

66) 첫 번째 방문은 2007년 2월 10일 오무라 마쓰오 교수의 안내로 민족문학연구소 (대표 김재용 교수) 연구원들과 함께 고메신테가 있던 집을 방문하였다. 그때 김사량이 고메신테에 머물 당시 7세였던 이시야마 유리 씨와 만날 수 있었다. 이는 오무라 마쓰오 교수가 몇 차례에 걸쳐 그곳을 방문했기에 가능한 일이었다. 두 번째 방문은 2007년 5월 28일로 오무라 마쓰오 교수의 주선으로 혼자서 이시야마 유리 씨를 찾아가 청취 조사를 했다. 세 번째 방문은 2007년 6월 11일로 이시야마 씨를 만나 당시의 사진 등을 볼 수 있었다. 그 후에도 2008년 여름, 그리고 2009년 5월에 이시야마 씨를 만나서 당시 사진 등 및 기타 고메신테에 관한 청취 조사를 다섯 차례 해서 추가 사진 등을 받을 수 있었다. 첫 번째 방문에 관해서는 졸문, 「지저에서 태양이 떠오른 날(地底で太陽が昇った日)」(『사회문학 (社會文學)』 26 2007년)에 자세하게 썼다.

67) 「김사량이 머물 당시의 고메신테 가계도」
본인 「요시하라 유리(吉原由里, 1935년 5월 7일 출생, 현재는 이시야마 유리)」, 조부 「요시하라 센노스케(吉原仙之助)」, 조모 「요시하라 히로(吉原ひろ)」, 부 「요시하라 마사히토(吉原正仁)」, 모 「요시하라 요시(吉原賀)」, 오빠 「요시하라 노리오 (吉原乃利夫)」(1932년 8월생).

68) 김달수는 「김사량과 나」(40면)에서 "그렇게 나는 김사량의 방에서 머물렀던 것입니다. 그는 방 두 개를 갖고 있었으며, 하나는 정원을 지나서 건너편이 산이었습니다. 그 암석을 지나서 방공호가 보이는 그런 방이었습니다"라고 쓰고 있다. 이시야마 유리 씨에게 확인한 결과 방은 두 개가 아니라 하나였으며, 방 가운데 미닫이문이 있었다고 한다.
끝에 첨부된 사진 중 마지막 사진 끝 방쪽이 김사량이 머물던 곳이다.

도 그러한 모습을 엿볼 수 있다.

  아침에 눈을 뜨자, 김사량은 훨씬 전에 눈을 뜨고 책상에 앉아서 원고
를 쓰고 있는 것이었습니다. 역시, 그는 그 때 당시 어딘가에 글을 쓰고
있었습니다. 하루 여덟 시간은 반드시 책상에 앉아서 원고를 쓰는 생활
을 하고 있다고 말하고 있었습니다만, 실제로 사실 그대로였습니다.[69]

이것을 보면 김달수는 1941년 12월 7일 밤에 고메신테에 머물렀음을
알 수 있다. 12월 8일에는 '태평양 전쟁'이 개전된 날이고, 그 다음 날
은 김사량이 가마쿠라 경찰서에 체포된 날이다. 김달수의 회상을 보게
되면 체포되기 바로 직전까지 창작에 몰두하고 있는 김사량의 모습을
매우 잘 알 수 있다.
  한편, 김사량이 가마쿠라 경찰서에 구류된 이후 야스다카 도쿠조는
면회를 하러 갔던 일에 대해 다음과 같이 쓰고 있다.

  태평양전쟁이 발발한 이틀 후, 그(김사량)는 그 무렵 하숙하고 있던 가
마쿠라 오오기가야쓰 여관에서 가마쿠라 경찰서에 구류되었다. 소식을
듣고 나는 달려갔다. 시마키 겐사쿠 군이 함께 가주었다. 시마키 군은 그
무렵 가마쿠라에서 경제위원을 하고 있었기 때문에, 경찰에 얼굴이 알려
져 있어서, 바로 숙직실에서 면회를 허가받을 수 있었다. 나는 사나흘 유
치장에서 지내서, 매우 힘들어 하고 있을 것으로 생각했는데, 면회를 하
러 나온 그는 건강했으며, 여유 작작한 구석이 있었다.[70]

야스다카의 회상기 속의 김사량은 매우 여유로운 모습이다. 하지만
김사량은 석방되자마자 무언가에 쫓기듯 평양으로 귀향하고 만다.
  김사량은 1942년 1월 29일 가마쿠라 경찰서에서 석방되어, 바로 김
달수 앞으로 편지를 쓰고 있다.

---

69) 위의 책 40면.
70) 김달수 편 『金史良作品集』, 이론사(理論社), 1954. 6.

어제 무사히 돌아왔습니다. 하룻밤 따듯한 바닥에서 푹 쉬었습니다. 오늘 지금부터 도쿄로 외출할 생각입니다. 언제 전화라도 한 번 하세요. 여러분들의 온정이 그 안에까지 사무치게 전해 와서, 감사할 길이 없습니다. 서둘러 인사만 전합니다. 倉市扇ヶ谷四〇七米新亭 金史良[71]

　가마쿠라 경찰서에서 석방된 김사량은 2월에 고향에 돌아가게 된다.[72] 고메신테는 바로 김사량이 일본에서 체포되기 바로 직전까지 몸을 의탁했던 곳이다. 하지만 '고메신테 시대'는 김사량의 소설 창작에 관한 열정이 '태평양전쟁' 앞에서 다른 방식으로 변해 갔던 시기라고도 할 수 있다. 또한, 1941년 창작된 김사량의 작품은 '현실에서 멀어져(조선의 민속 및 풍속에 관한 세계 그리기)'가는 경향이 매우 뚜렷하다.[73] 하지만 거대한 시대의 파도 앞에서 절필하지 않고 '현실'을 담아내려 했던 김사량의 '고메신테 시대' 전후는 1942년 이후 창작된 김사량의 작품을 분석하기 위해서는 반드시 한번 짚어보아야 할 부분임에는 틀림없다.

---

71)　「서간」, 『김사량전집4』, 114면.
72)　김사량은 「서도담의(西道談義)」(『매일신보』 1942. 4. 23 조간 2면)의 서두에 "한동안 숲과 바다 조흔 鎌倉에서 지내다가 요지음 다시 고향 평양으로 돌아왓다"고 쓰고 있다. 「서도담의」는 김사량이 조선에 돌아와서 쓴 첫 작품으로 고향 평양의 변화상의 일면이 드러나 있다.
73)　이는 1941년 이전에 창작된 작품과 1941년 이후에 창작된 작품을 비교해 보면 쉽게 알 수 있는 부분이다.
　　「천사」(『부인 아사히(婦人朝日)』 1941년 9월), 「코(鼻)」(『지성(知性)』 1941년 10월), 「며느리(嫁)」(『신조(新潮)』 1941년 11월) 등은 이 시기 김사량의 일본어 소설 세계가 현실에서 급속하게 멀어지고 있음을 보여주는 부분이다. 이러한 작품군의 대부분은 김사량의 고향 평양이 작품 무대이며, 현실에 대한 비판 의식보다는 '향수(鄕愁)'를 보여준다. 이는 작가의 현실 비판이 더 이상 불가능해져 있던 당시의 시대 상황을 잘 보여주는 부분이기도 하다. 다만, 이러한 구분이 수학공식처럼 깨끗하게 갈라지지 않는 이유는 김사량의 창작 방법상의 전략 때문이다. 김사량의 「향수」(문예춘추 1941년 7월)와 같은 작품은 이러한 구분에 고민을 던져주는 문제작이다. 이러한 작품에는 현실에 대한 우회적 비판의식이 매우 날카롭게 살아 숨 쉬고 있다. 하지만 전체적인 맥락에서 살펴보면 1941년에 창작된 작품의 대부분이 고향을 그리워하는 작품과 민화적 요소가 들어간 작품임은 부인할 수 없는 사실이다.

4. 끝을 대신해서

　　김사량이 쓴 일본어 소설은 대부분 1939년에서 1942년 사이에 창작
됐다.[74] 그런 만큼 이 시기 김사량의 일본 내 행적을 정리하는 것은 남
다른 의미를 지닌다고 할 수 있다. 김사량은 이 시기에 일본어 창작을
주로 했던 만큼, 작품을 발표했던 매체 또한 다양했으며, 일본인 작가들
과도 많은 교류를 했다. 이 시기는 일본이 중국 대륙 침략 전쟁을 본격
적으로 수행하던 때였고, 1941년 12월 8일 '태평양전쟁'이 발발함으로
써 일본은 필리핀을 비롯해 인도 그리고 호주까지 전선을 확대해 가던
시기였다. 김사량의 글쓰기 또한 이 시기에 다양한 양상을 띠고 있다.
이러한 시기에 창작된 김사량의 일본어 소설을 분석하기 위해서는 우선
그 전 시기의 행적을 보다 종합적으로 살펴볼 필요가 있다.

　　본고에서는 김사량이 일본 문단에 본격적으로 등장한 1940년 전후의
행적을 검토해 보았다. 우선, 김사량과『문예수도』,『문예춘추』와의 관
련양상을 보다 구체적으로 정리해 보는 것을 시작으로,「빛 속으로」가
아쿠타가와상 후보작이 된 당시의 상황과 그 후의 행방을 사무가와 고
타로와 비교분석함으로써 당시 김사량이 일본 문단에서 어떠한 처우를
받고 있었는지를 밝혀낼 수 있었다. 또한, 김사량이 작가로서 다양한 활
로를 모색한 것을 정리해 보았다. 김사량이 사가고등학교에 재학할 때
부터 희곡에 관심을 갖고, 동경제국대학에 입학 한 이후에는 실제 희곡
창작에 임해서 신협극단의 레퍼토리에「불가사리」가 들어가는 과정을
살펴보았다. 또한, 1939년 당시 소설보다는 평론에 관심을 갖고 있었음
을 검증해 보았다. 이러한 행적을 통해 김사량이「빛 속으로」의 성공 이
전에 다양한 형식의 글쓰기를 시도했음을 알 수 있었다.

---

74) 그 이후 창작된 일본어 소설은 장편「태백산맥(太白山脈)」(『국민문학』 1943년 2월
　　～10월)이 유일하다.

마지막으로 김사량이 일본에서 최후까지 머물렀던 고메신테 전후의 행적을 종합적으로 살펴보았다. 고메신테 전후의 작품관의 변화를 통해 1942년 이후 창작된 『태백산맥』(『국민문학』 1943. 2~10)과 『바다의 노래』(『매일신보』1943. 12. 14~1944. 10. 4)를 분석하기 위한 초석을 다질 수 있었다.

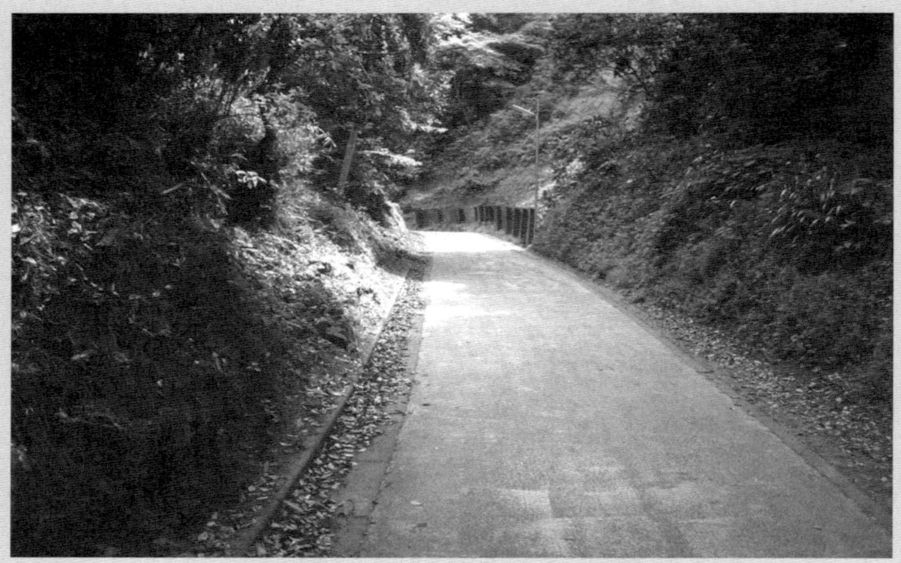

오오가야쓰 언덕길, 이 길을 올라가면 고메신테가 나온다(2007년 여름 필자 촬영).

요시하라 일가 가족사진. 일본이 패전한 이후 고메신테에서 찍은 사진이다. 앞 측 정면에서 왼쪽이 이시야마 씨의 어머니, 중앙이 할머니, 오른쪽이 아버지, 뒷 열 우측이 오빠이다. 이 할머니가 김사량이 체포되던 날 아침 김사량에게 밥을 해 먹였다고 하는 요시하라 히로 씨이다(이시야마 유리 씨 제공, 1954년 촬영).

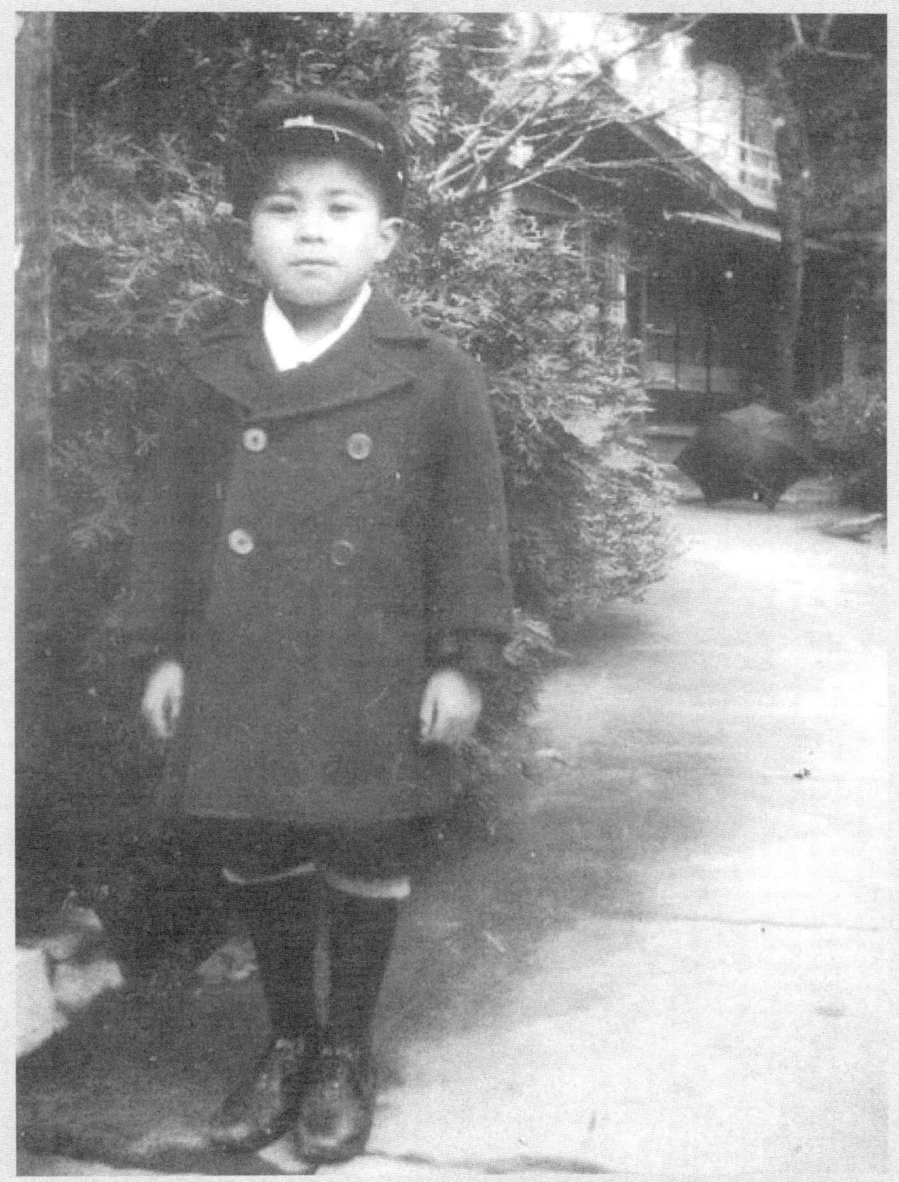

고메신테 앞, 사진속 인물은 이시야마 씨의 오빠인 요시하라 노리오(吉原乃利夫) 씨이며 초등학교 입학을 위해
나가던 길에 찍은 사진이라고 한다. 노리오씨는 1990년대에 지병으로 타계하였다. 뒤로 고메신테가 보인다.
(이시야마 유리 씨 제공. 정확한 연도는 불명. 1930년대로 추정됨.)

요시하라 스미에(이시야마 씨의 고모) 씨와 요시하라 노리오(이시야마 씨의 오빠) 씨의 사진. 1936년으로 노리오씨는 4살이었다고 한다. (이시야마 씨 제공 사진.)

1930년대 말로 추정되는 당시 고메신테 사진. 당시 고메신테 모습을 알 수 있는 사진이다.(이시야마 유리 씨 제공. 정확한 연도는 미상).

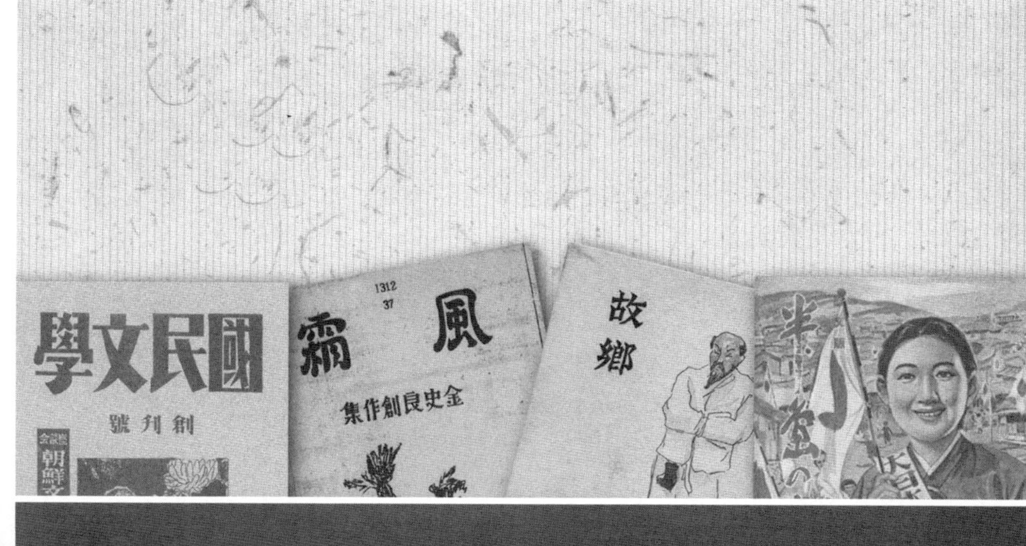

연구 제 2 부

해석과 지평

김사량의 『호접』과 비민족주의적 반식민주의

‖김 재 용‖

1. 일제말 유일한 망명작가

김사량은 중일전쟁 이후 가속화된 일본 제국주의의 폭압 속에서 조선을 탈출하여 일본제국의 영향이 미치지 않는 중국 지역으로의 망명에 성공한 유일한 작가이다. 강점 직후 신채호가 중국 북경으로 망명하였고, 1920년대에 조명희가 러시아 연해주로 망명했던 일은 있지만 이는 중일전쟁의 이후의 파시즘화된 일본의 상황에서의 망명과는 다소 달랐다. 중일전쟁 이후에 이육사가 북경을 통해 망명하려고 하였지만 일본의 점령 하에 있었던 북경에서 망명에 실패하고 오히려 이 일로 체포되어 북경의 감옥에서 옥사하였다. 그렇기 때문에 김사량은 중일전쟁 이후 망명에 성공한 유일한 작가라고 할 수 있다.

김사량이 태항산으로 탈출한 과정 그 자체에 대해서는 해방 이후 그자신이 쓴 기행문 『노마만리』에 아주 잘 나와 있다. 하지만 이는 탈출그 자체의 과정일 뿐이고 여기에 이르기까지의 지적 심리적 경로에 대해서는 나와 있지 않다. 김사량은 고향인 평양에 있던 평양고보에서 학생운동 건으로 퇴학을 당한 이후 형의 도움으로 일본에 건너가 사가고 등학교를 거쳐 동경제국대학 독문과에 입학하였고 하이네로 논문을 통과하여 작가로 진출하였다. 고등학교 무렵부터 작가지망생이었던 김사량이 1940년 아쿠다가와상 후보에 오르면서 일약 주목받는 작가가 되었다. 이후 일본어와 조선어 양 언어로 일본과 조선에서 창작활동을 하면서 저항적인 태도를 지속하였다. 두 차례에 걸쳐 일본 경찰에 검거되었던 그는 태평양 전쟁 이후 조선으로 귀국하여 고향인 평양에서 활동하였다. 동경제국대학을 나와 아쿠다가와상을 받은 그를 조선총독부가 내버려두지 않았다. 이러저러한 국책의 선전활동에 이끌려 다니던 김사량은 이대로는 더 이상 버티기 어렵다고 생각하여 1944년부터 중국 상해 등지를 방문하면서 탈출을 꾀하였다. 1945년 5월 중국에 파견되 조선인 학병들을 위문하기 위하여 작가들을 동원할 때 김사량은 이를 탈출의 기회로 삼기 위하여 참가하였고, 위문의 공식일정이 끝날 무렵 태항산에서 들어온 조선의용군 공작원과 북경에서 만나 탈출하였다.

태항산에 들어온 이후 김사량은 조선의용군들을 위하여 작품을 창작하였다. 1936년 이후 줄곧 소설을 창작하였던 그가 이 전구에서 소설 대신에 희곡을 선택하였다. 직접성에 있어서 연극이 훨씬 나았다고 판단한 것으로 보인다. 물론 김사량은 대학시절 연극 등에 관여한 바 있어 연극세계가 아주 낯선 것은 아니지만 한번도 창작을 한 적이 없기 때문에 이러한 희곡의 창작은 분명 조선의용군에게 직접적으로 다가가기 위한 전략적 선택이었다고 할 수 있다. 1945년의 태항산이란 시공간이 소설 대신 희곡을 불러들인 것이라 할 수 있다. 그는 길지 않은 이 체류기간에 세 편의 희곡작품을 창작하였다. 「봇돌의 군복」, 『더벙이와 배뱅이』 그리고 『호접』이다. 「봇돌의 군복」은 일제가 조선사람들을 징용과 징병으로 동원할 무렵의 상황을 그린 것으로 조선의용군에게 고향의 상황을 알려주기 위한 것이라 할 수 있다. 『더벙이와 배뱅이』는 평안도 지역에 내려오던 민담을 개작하여 미신타파의 반봉건의식을 전하고자 하였던 것이다. 이 두 작품이 모두 조선을 배경으로 한 것이라면『호접』은 중국에서 싸우고 있는 조선의용군의 이야기를 담고 있어 분명 차이가 난다. 아마도 김사량은 이 작품에 혼신의 힘을 쏟았던 것으로 보인다. 자신이 잘 알지 못하는 태항산의 조선의용군의 투쟁을 다루기 때문에 각별한 노력을 기하였던 것으로 보인다. 일본 제국주의 지배 하에서 조선인 작가가 직접 항일투쟁을 다룬 유일한 작품이라 할 수 있는『호접』은 이후 남북의 분단과 냉전적 대립 속에서 철저하에 외면당하고 침묵당하게 되어 분단 이후 지금까지 조명을 받은 적이 없다.

2. 남과 북에서 침묵당한 김사량의 『호접』

김사량의 『호접』은 해방직후 남북 모두에서 각광을 받았다. 일제말 많은 문학가들이 일본 제국주의에 협력을 하였던 반면에 김사량은 중국으로 망명하여 항일을 했기 때문에 대중들의 집중적인 조명을 받을 수밖에 없었다. 게다가 태항산에서 조선인과 중국인의 항일운동을 다룬 희곡을 창작하였기 때문에 더욱 주목을 끌 수밖에 없었다. 그리하여 이 작품은 해방직후 남북 모두에서 출판되거나 공연되었다.

이북에서는 언제 어떻게 공연되었는지 아직 밝혀진 것은 없지만 출판된 것은 남아 있다. 해방 1주년을 맞이하여 1946년에 희곡집을 발간하였는데 거기에 김사량의 희곡 호접이 다른 작가의 작품들과 함께 실려 있다. 이런 것을 미루어 보아 당시 이북에서 김사량의 호접은 공연되었던 것으로 보인다. 하지만 1년이 지난 후인 1947년에 발간된 김사량의 작품집『풍상』에는 이 작품이 실리지 않는다. 태항산에서 창작한 다른 두 편의 희곡 작품「봇돌의 군복」과『더벙이와 배뱅이』가 실린 것을 고려할 때 이에는 특별한 사정이 있었던 것으로 보인다. 김사량은 작품집

후기에서 "희곡 두 편은 여기 수록치 못한『호접』(3막)과 같이 모두 화북 태항산의 조선의용군 진중에서 방등이의 심지를 돋우어가며 제작한 작품이다.「봇돌의 군복」은 진중 동무들에게 고향의 이야기를 들려주고 싶어서였다.『더벙이와 배뱅이』는 서도의 민담에 취재하여 이것을 전면적으로 뜯어고쳐 새로운 희극꺼리로 만들어보려 함이었다."라고 쓰고 있는 것을 볼 때 정치적 상황 때문에 수록하지 못한 것이 분명하다.

해방직후 이북에서 김일성과 그 동료들은 만주에서의 항일운동을 내세우려고 하였기 때문에 연안이나 태항산 지역에서의 항일운동을 애써 과소평가하거나 혹은 무시하려고 하였다. 만주에서의 항일운동은 조선인 대중들 속에서 일어난 것이고 연안이나 태항산에서의 항일운동은 조선인 대중이 없는 상태에서 일어난 것이기 때문에 질적으로 차이가 나는 것이라고 보았던 것이다. 그리하여 시간이 흐르면서 이러한 경향은 강해지기 시작했는데 정치적 구도가 어느 정도 윤곽이 잡혀가던 1947년에 이르러서는 만주 이외의 항일운동을 내세우기가 어려웠던 것이다.[1] 그렇기 때문에 김사량은 이 작품을 이 작품집에 수록할 수 없었던 것으로 보인다. 태항산에서 창작된 다른 두 작품은 비록 태항산에서 쓰여지기는 하였지만 조선의용군의 항일운동을 다룬 것이 아니기 때문에 별로 문제가 안 되지만 호접은 직접적으로 조선의용군의 항일 활약상을 다루었기 때문이다.

이러한 것은 이후의 작품집에서도 그대로 드러났다. 김사량이 한국전쟁에서 죽고 난후인 1955년 그의 죽음을 기념하여 나온 작품집『김사량선집』에서도 이 작품은 빠져 있다.『풍상』과 마찬가지로『더벙이와 배뱅이』는 수록되고 있지만『호접』은 빠져있는 것이다. 이러한 것은 1947

---

1) 1946년 3월에 발간된 신천지 잡지에는 만주에서 활동하였던 김일성의 주변 동료들과 연안과 태항산 지구에서 활동하였던 조선의용대 출신의 인물들이 평양에서 한 자리에 모여 사이좋게 한 좌담이 실려 있다. 해방직후에는 이 두 파의 대립이 그렇게 심하지 않았음을 알 수 있다.

년의 작품집 『풍상』에서 호접이 빠진 것이 정치적 문제임을 입증하는 것이다. 한동안 이북의 문학에서 김사량은 아예 자취를 감추고 만다. 그가 속해 있었던 '연안파'들이 이북에서 정치적으로 숙청당한 것과 궤를 같이하는 것으로 볼 수 있다. 그러다 1980년대에 들어 김사량의 작품은 복원되는데 이 작품만은 여전히 수록되지도 않고 언급되지도 않는 것이다. 그리하여 『호접』은 이북에서 잊혀진 작품이 되었다.

　이남의 경우는 이북과는 다르지만 결과는 같다. 김사량의 『호접』이 이남에 알려지기 시작한 것은 그가 조선문학가동맹 결성을 위한 총회에 참석하기 위하여 고향인 평양을 떠나 서울을 방문한 1945년 12월 10일 이후이다. 당시 김사량은 자신이 썼던 『호접』을 들고 서울에 나타났기 때문에 상연한 좋은 연극 대본을 구하려고 하였던 이남의 연극인들의 관심을 끌었다. 당시 극단 전선에서 일하던 연극 배우 김동원은 자신의 회고록 『미수의 커튼콜』에서 아주 흥미로운 증언을 하고 있다.

> 　김사량이 평양을 거쳐 갑자기 서울에 나타났다. 상당수 작가 배우들이 월북을 하고 있을 때에 그가 서울에 나타났으니 연극계로선 놀랄 일이었다. 김사량이 그의 형 집에 와 있다는 애길 듣고 유치장에서 안면이 있었던 이해랑이 찾아가 이런저런 애기를 주고받다 연극이 화제로 떠오르자 그는 자신이 썼다는 희곡 두 편을 내어놓았다. 그것이 바로 4막짜리 『호접』과 1막짜리 『봇돌의 군복』이다. 『호접』은 중국 연안 팔로군에서 활동하던 한국청년들의 애기였는데 그 시절엔 실제로 일제의 학병에서 달아나 들어갔거나 직접 팔로군에 지원했던 한국인들이 적지 않았다. 그러한 자신의 체험을 작품화한 것으로 진중생활에서 휴지조각에 틈틈이 써두었던 피와 땀이 어린 작품이었다. 비록 전쟁을 주제로 한 것이었지만 부드러운 대사 하나하나가 시 그 자체였다. 그러므로 희곡으로선 잘 쓴 작품이었고 우리 희곡사에서 오래도록 기록될 만큼 수준이 높았던 작품이었다. 달리 대안이 없던 차에 극단 전선은 2회 공연 작품으로 그 『호접』을 택했다.2)

2)　김동원, 『미수의 커튼콜』, 태학사, 2003, 126~127면

당시 이남에서 김사량과 그의 작품『호접』에 대한 기대가 얼마나 컸던가 하는가를 잘 보여주고 있다.

하지만 이러한 열기는 오래 가지 못하였다. 1946년 이후 남북좌우의 대립이 격화되면서 이북의 작가에 대한 언급이 금지되었고 그리하여 김사량은 한 동안 잊혀진 존재가 되었다. 1970년대 일본에서 발행된 김사량 전집 4권[3])을 소지하는 것 자체가 간첩행위로 여겨질 정도의 분위기에서 김사량의 존재는 극히 일부의 지식인들의 머릿속에서 면면히 이어지고 있는 정도였다. 다행히 1980년대 후반 이후 이남에서 이북의 작가들의 작품을 읽을 수 있게 되었을 때 김사량은 주목을 받았다. 하지만 이 무렵에도『호접』은 꼭꼭 숨어 있었다. 이북에서 나온 작품집이나 일본에서 나온 전집에도 이 작품은 들어있지 않았기 때문에 이남의 연구자들이나 독자들이 이 작품을 접하기는 어려웠다.

3. 『호접』의 복합성

김사량의『호접』은 그가 태항산 조선독립동맹에 머물면서 창작한 것이다. 이 작품의 끝에는 1945년 7월 7일날 초고가 완성된 것으로 되어 있다. 중일전쟁이 발발한 7월 7일을 기념하여 이 작품을 쓴 것임은 말할 필요가 없을 것이다. 하지만 현재 볼 수 있는 것은 이 초고가 아니고 해방직후에 가필한 판본이다. 해방 1주년 희곡집에 실린 이 작품의 말미에 1946년 3월 1일 수정하였음을 밝혀 놓고 있다. 그렇기 때문에 현재 볼 수 있는 작품은 태항산에서 창작하여 해방직후 서울에 가져와 극단 전선에서 공연했을 때의 작품이 아니고 이후 여기에 손을 댄 것임을

---

3) 총 4권의 일본판 전집은 1973년에 출판되었다. 당시 일본에서 한국문학을 연구하던 연구자들이 이 책을 한국에 가지고 들여 오다가 당한 변은 널리 알려져 있다.

알 수 있다. 그렇기 때문에 이 글에서 다루는 것은 수정한 1946년 3월 본을 기초로 한 것이다.

이 작품은 1941년 12월 태항산 호가장에서 일어났던 호가장 전투를 다룬 것이다. 그가 직접 체험한 것은 아니고 진중에서 동료들로부터 들은 이야기를 바탕으로 이 작품을 썼던 것이다. 호가장 전투란 호가장에서 일어난 조선의용군과 일본군 사이의 전투를 말하는 것이다.[4] 당시 조선인들은 전투의 일선에서 싸우는 것이 아니고 주로 일본군 점령 지역에서 선전활동을 맡고 있었다. 호가장이란 일본군 점령지역과 중국 팔로군 지역의 경계에 위치한 곳으로 이 날도 조선의용군들은 선전활동을 마치고 이 마을에서 쉬고 있는 중이었다. 팔로군들은 조선의용군 주둔지로부터 약간 벗어나 주둔하고 있었다. 이 마을의 구장이 한간(漢奸)이었기 때문에 밤중에 일본군에게 알렸고 이를 통보받은 일본군들이 조선의용군들을 생포하기 위하여 새벽에 들이닥친 것이다. 멀리까지 보초를 세우지 못한 탓에 급습을 당한 조선의용군들은 항전하면서 포위를 뚫었고 나중에서야 전투소식을 들은 팔로군들이 응원을 오면서 일본군들이 후퇴하게 되어 전투는 끝났다. 이 전투에서 조선인 네 명이 전사하였고 해방 후 연변에서 유명한 작가가 된 김학철은 다리 부상으로 포로가 되어 일본 나가사끼형무소에서 해방까지 옥중생활을 하였다.

흔히 항일전투를 다룬 작품들이 직접적이고 단선적인데 비해 이 작품은 복합적인 면을 갖고 있다. 이 점은 이 작품에 등장하는 다양한 인물상을 통해서 알 수 있다.

주된 인물은 역시 조선의용군에 참여하고 있는 대원들이다. 자칫 평범하고 유형화되기 쉬운 전투대원들의 개성을 살리기 위해 작가가 힘쓴 흔적을 어렵지 않게 읽을 수 있다. 자기 고향을 등지고 이역만리에서 싸우는 이들이 갖는 다양한 인생의 행로와 성격적 차이를 대단히 흥미롭

---

4) 해방직후 호가장 전투는 남쪽에서도 널리 알려져 있었던 것으로 보인다. 1946년 3월에 발행된 『신천지』 2호에는 「호가장 전투」라는 제목의 글이 실린다.

게 그리고 있다. 시인으로 등장하는 김학운 대원을 통하여 그 적막하고 살벌한 대적 전선에서 낭만을 잃지 않고 끝없이 살아가는 풍부한 내면성을 보여주고 있다. 김학운의 이러한 점은 여러 대목에서 잘 드러나고 있지만 특히 위생원으로 활약하고 있는 하순이와의 사랑이 그러하다. 하순이는 김학운을 사랑하지만 김학운은 이를 받아들이지 못한다. 현재는 일본과 싸우기 때문에 오빠와 여동생의 관계로 남아야 한다고 주장하는 김학운에 대해 하순이는 더 이상 자기의 사랑을 고집하지 못한다. 주변의 동료들이 다 알 정도로 이 둘의 사랑은 공개적이고 깊지만 더 이상 진전되지 못한다. 하지만 김학운이 전투에서 부상을 당하여 죽게 되었을 때 죽음을 앞두고 하순이에게 자신의 사랑을 고백한다. 조국해방이 될 때까지 이성과의 사랑을 유보해야 한다는 생각이 죽음을 앞두고 사라진 것이다. 김학운과 하순이의 진중 사랑은 조선의용군의 삶이 단순하지 않음을 보여주고 있다. 그들이 현재 싸우는 것은 단순히 일본으로부터 나라를 찾는 것만이 아니라 궁극적으로 한층 나은 인간성의 실현을 위한 것임을 보여주고 있는 것이다. 태항산에 들어가서 싸우는 사람들의 이러한 내면을 통하여 자신의 고향과 사람을 사랑하는 마음에서 이 전투가 비롯되었음을 확인할 수 있다. 항일전쟁과 삶을 구분하지 않고 연결시킴으로써 이 전쟁이란 것이 궁극적으로 고향 땅에서 평화롭게 사려고 하는 인간의 희망과 이어지고 있음을 보여주고 있다.

이 작품이 단선적이지 않고 복합적이라는 점은 포로로 잡혀온 조선인 출신의 일본군 지원병의 형상에서도 잘 드러난다. 일본군의 지원병으로 나갔다가 조선의용군으로 탈출하여 현재 일본군과 싸우는 인물 원칠성이 한때 같은 부대에 있었던 춘식을 만나는 설정은 그 대표적인 대목이다. 일본군 포로라고 생각했지만 심문 과정에서 조선인 지원병임을 알게 되자 대원들 내부에서는 격렬한 논쟁이 벌어진다. 조국을 배반하고 일본 제국주의에 협력한 이런 놈들은 마땅히 죽여야 한다고 주장하는 이들이 있는 반면, 반성하면 살려주어야 한다고 주장하는 이들도 있다.

대장은 춘식의 마음을 읽고 풀어주기를 명령한다.

> 포로 2 : 바로 이때에 여러분들이 조국의 만세를 부르는 소리가 우렁차
> 게 들려왔어요. 우리들도 나직이 조선독립만세를 불러보았습
> 니다. 이 순간입니다. 새로운 어떤 계시에 몸뚱이가 와들와들
> 떨리며 무엇인가 귀에 대고 이렇게 속삭이는 듯 하였습니다.
> 일어나라― 너의 둘도 왜놈들을 쳐라! 그 소리에 우리는 벌떡
> 일어나 쫓겨 가는 왜놈들의 뒤를 총으로 겨누고 추격하였습니
> 다마는 그놈들이 사라진 뒤에 우리는 다시 땅위에 펄쩍 주저
> 앉았습니다. 여기서 죽느냐? 다시 가느냐? 우리는 차라리 죽자
> 이렇게 결심하였습니다. 이왕 죽을 바에는 조선의 독립을 위
> 하여 싸우는 여러분의 손에 죽자! (쓰러진다)
> 김 대장 : (치를 떨며 비장한 얼굴로) 조국이 없는 죄 이게 누가 꾸민
> 연극이냐? 조국을 잃은 죄다. 나라를 강탈한 왜놈들이 꾸민
> 연극 연극이 이렇게도 비통할 법이… 이렇게도 눈물겨울 법
> 이… 동무들 결박을 풀어주시오… (사병 갑 그대로 시행) 새
> 로운 두 동무 (열광적으로) 이것을 조상으로부터 맥맥히 우리
> 들의 심장으로 흘러 내려온 피가 가슴 속에서 출렁이며 부르
> 짖는 소리요! 속죄는 죽음에 있지 않고 새로운 싸움에 있다
> (팔을 쳐들며) 자 얼굴을 치켜들라―

원칠성은 대장의 명령에 의해 풀려난 춘식이 바로 자신과 더불어 같
은 일본군 부대에 있던 춘식임을 알고 더불어 싸운다.

이 작품에 등장하는 조선인 아편장수 부부도 매우 흥미로운 인물이
다. 남편 차성렬은 중국에 가면 살 수 있는 길이 있다고 믿고 왔다가 취
직도 안되고 먹을 것이 떨어지다 아편장수를 한다. 그러다 일본군의 꾀
임에 빠져 조선의용군에 스파이로 들어왔다가 자백을 하고 조선의용군
에 입대한 사람이다. 아내와 아이들을 일본군 치하에 두고 왔기 때문에
마음속으로 걱정을 하고 있기는 하지만 과거를 씻고 새롭게 태어난다.
일부 부대원들의 경계심으로 하여 기가 죽어 지내다가 대장의 무조건적

인 신임을 받아 용맹하게 싸우는 인물이다. 하지만 남편 차성렬을 찾아 조선의용군 부대에 들어온 아내 임성옥은 자신들이 일본군에 가담했다는 사실 때문에 조선의용군들이 자기 남편을 죽일지도 모른다는 공포와 일본군에 근무하는 조선인 특무 이시이에게 맡기고 온 아들과 딸에 대한 걱정 때문에 조선의용군에 있는 남편을 회유하여 탈출하고자 한다. 남편의 만류로 포기하고 남아서 싸우면서 한때 자신의 정부(情夫)였던, 지금은 조선의용군을 포획하러 온 일본 특무 통역관 이시이를 총으로 사살한다. 남편과 아이들 그리고 정부 사이에서 갈등하던 임성옥은 정신이 나가고 마침내 자살에 이르게 된다. 한때 술집작부로 일하던 그가 일본군의 막대한 무력 앞에서 겁을 먹고 이들에 협력하여 남편 자식과 더불어 단란하게 살아가려는 꿈을 가지다가 결국 자살로 끝나는 인생유전은 김사량이 단순히 일본군에 맞서 싸우는 조선의용군의 모습의 재현만이 아니라 일제말 중국 지역에서 살아가던 많은 조선인들의 다양한 삶이라는 더욱 넓은 화폭 속에서 그리려고 했음을 알 수 있다. 항일전쟁을 일상의 삶과 유리시키지 않고 그 속에서 읽으려고 했음을 알 수 있다.

4. 비민족주의적 반식민주의와 대안적 주체 : 국제주의 그리고 여성

이 작품은 기본적으로 일본의 제국주의에 맞서 싸운 해방투쟁 즉 반식민주의에 서 있다. 민족적 자율성을 지키기 위한 조선인들의 투쟁은 곧 바로 반식민주의적 주체를 구성하게 된다. 하지만 이 작품은 반식민주의적 주체라는 단일한 통합적인 주체에 머물지 않는다. 민족이라는 통합적 주체에 가두어지지 않고 국제주의와 여성에 열려 있다.

조선의용군의 항일 역사에서 유명한 호가장 전투를 배경으로 한 이 작품에서 가장 돋보이는 것은 조선과 중국의 연대이었다. 실제로 이 전투 자체는 조선의용군과 일본군과의 싸움이었지만 일본 제국주의에 맞서 싸우는 조선과 중국인들의 공통된 해방투쟁이라 보고 있기에 작품의 첫머리와 끝머리에서 이를 설정하고 있다.

이 작품의 시작은 팔로군 여공작원의 연설로 시작된다. 팔로군 여공작원은 호가장 마을에 살고 있는 중국 인민들을 향하여 다음과 같이 외친다.

> 여러분 이것은 곧 우리 중국과 조선 두 민족이 일본제국을 짖부시지 않는 한 영원히 그 노예의 운명으로부터 벗어나지 못할 것이기 때문에 이분들도 우리의 항일전쟁에 적극적으로 참전하여 총칼을 들고 타도에 매진하는 것입니다. 파쇼 일본은 우리의 공통의 적이요!! (박수와 함성) 그러나 우리는 우리를 도우려 달려온 이 조선의 열혈동지들에게 무기를 변변히 내어줄 힘이 없는 우리였소. 마는 여러분 우리들에게 일단 힘이 진다면 그때는 이 지구 위에서 또 하나의 피압박민족이 해방되기 위하여 우리는 조선의용군에게 많은 무기를 보급할뿐더러 적극적으로 조선민족 해방전쟁에도 참가 협력할 것을 이 자리에서 선언치 않으렵니까!!

팔로군 여공작원이 호가장의 중국 인민들에게 조선의용군을 도와 줄 것을 간청하는 장면으로 이 작품이 시작된다는 것은 작가 김사량이 일본 제국주의에 맞서 싸우는 것은 비단 조선의 해방뿐만 아니라 중국의 해방에도 도움이 되는 일임을 강조하기 위한 것이다. 조선제일주의와 같은 것과는 거리가 먼 것이다.

또한 이 작품의 끝 대목에서 죽은 네명의 조선의용군 열사들의 장례식이 벌어질 때 팔로군 간부가 등장하여 이들을 추모하는 연설을 한다.

> 우리 팔로군 구 사령원께서는 귀 조선의용군이 나타낸 영웅 무쌍한 돌격 정신과 비창한 돌격전에 대한 보고에 접하자 무상감격 애통하여 혁명

사 열사들의 영전에 이 평사포를 받치며 귀군의 위대한 무훈을 치하하셨
습니다. (팔로군 두 명 평사포를 시체 앞에 받친다.) 그리고 팔로군에 조
선의용군의 위훈을 포고하는 동시에 장렬한 최후를 지은 귀군 네명의 사
열사를 위하여 추도대회를 준비하라는 명령을 내렸습니다. 또 하나 우리
정치부에서는 조선의용군의 돌격 정신을 길이 찬양하기 위한 명년 봄에
개정되는 소학교과서에 이 호가장 전투의 내용을 수록키로 결정하였습니
다. 조선 중국 양 민족 해방만세! 조선의용군 열사의 영명 만세!

이처럼 이 작품에서 중국과의 연대투쟁을 강조하고 있는 것은 조선이
일본으로부터 독립하기 위해서 중국의 도움을 받는다는 그런 차원이 아
니고 식민주의라는 것은 모든 인류의 공통의 억압이며 적이기 때문에
이것에 대항해서 싸우는 것은 비단 어느 나라만의 문제가 아니라는 점
이다. 이것은 반식민주의가 단순히 민족주의로 귀결되는 것을 방지하는
역할을 하게 된다. 20세기 반식민주의의 해방투쟁이 민족주의로 귀결되
어 또 다른 억압으로 이어진 것을 상기할 때 김사량의 이러한 국제주의
에의 호소는 한층 넓은 차원에서 조명되어야 할 것이며 이는 또한 민족
이라는 통합적 주체를 거부하면서 반식민주의를 행하는 것일 터이다.

다음으로 이 작품에서 통합적 주체를 거부하는 것으로 여성을 들 수
있다. 이 작품은 죽은 전사들을 추모하는 장엄한 장면으로 끝나지 않는
다. 오히려 일본군 진영에 두고 온 아이들 생각으로 미쳐버린 아편장사
차성렬의 아내 임성옥이 아이들을 위해 무언가를 구하려다 벼랑에서 죽
는 것으로 끝난다. 임성옥이 시종일관 관심두는 것은 아이들이다. 아이
들을 잘 키우기 위해 중국으로 떠나왔고 또 일본군 밑에서 일하였다. 조
선의용군에 들어간 남편을 찾으러 온 것도 아이들의 신변과 미래를 격
정하는 차원이었다. 일본군이 좋아서도 아니고 조선의용군의 민족해방
의 뜻에 동참해서도 아니다. 일본군을 따랐던 것은 잘 정비된 무력을 가
진 일본군이 초라한 무력을 가진 중국보다 자식을 키우는데 더욱 좋을
것 같아서였고, 조선의용군에 가담한 것은 남편의 뜻을 따라 여기에 남

는 것이 아이들의 신변을 위해서 좋을 것 같았기 때문이다. 하지만 일본
군 특무를 제 손으로 죽였기에 일본군 휘하에 있는 자식들을 구할 길이
아득해졌기 때문에 정신적 혼란을 겪고 결국 미친다. 이런 점들을 고려
할 때 김사량은 민족이라는 통합적 주체에 모든 것을 환원시킨 것이 아
님을 알 수 있다. 이 전쟁의 와중에서 겪는 여성 주체의 분열을 분명하
게 보여주고 있는 것이다. 물론 모성에 그쳤기 때문에 여성성의 재현에
있어 제한되었다고 비판할 수 있지만 민족이란 주체에 모든 것을 환원
하지 않고 여성의 독자성을 보여주려고 하였던 그의 노력을 결코 과소
평가 할 수 없을 것이다. 이러한 점은 이 작품에 등장하는 또 다른 인물
하순이에게서도 부분적으로 드러난다. 진중에서 그녀가 사랑한 김학운
은 조국이 해방될 때까지 이성간의 사랑은 유보해야 한다고 하는 입장
인 반면 하순이는 사랑하는 것이 전투하는 것과 결코 대립하는 것이 아
니라고 극구 주장한다. 민족해방이란 대의에 사랑을 접어려고 하는 김
학운과 달리 사랑의 독자성을 주장하는 하순이의 입장 역시 민족이란
단일한 주체에 모든 것을 환원시키려고 하는 것에 일정한 거리를 두려
고 함을 알 수 있다. 물론 하순이의 경우에도 여성의 자발적 주체성이
남성에 대한 사랑이라는 문제에 국한되어 드러나기 때문에 대단히 제한
적이라고 말할 수 있지만 이 역시 과소평가 해서는 안 될 것이다.

  민족해방의 서사이면서도 국제주의와 여성의 문제를 끌어들였기 때문
에 반식민주의의 민족적 주체라는 통합된 단일한 주체에서 벗어날 수
있었던 것이다. 조선총독부의 지배하에 있었던 조선과 달리 일본군과
직접 싸우는 태항산 전투의 현장 특히 그 전투의 정점이라 할 수 있는
호가장 전투를 다루면서도 이렇게 민족적 주체만이 아닌 다른 주체를
상정하고 있다는 것은 작가 김사량이 이 문제에 대해서 얼마나 큰 관심
을 가지고 사유했는가 하는 것을 단적으로 알 수 있다. 그런 점에서 이
작품은 비민족주의적 반식민주의의 가능성을 보여주는 것 중의 하나라
고 할 수 있으며 대안적 주체의 이론적 모색에서 중요한 참고가 될 수

있을 것으로 판단된다.

근대문학사에서 매우 중요한 의미를 가진 『호접』이 60년 가까이 묻혀 있었다는 것은 분단 이후의 냉전이 얼마나 우리의 의식을 억압하였는가 하는 점을 단적으로 보여준다. 김사량 작품에서 가장 중요한 지점을 차지하고 있는 『호접』을 빼고 제대로 된 김사량 연구를 기대한다는 것은 어려운 일일 것이다. 그런 점에서 향후 김사량 연구는 반드시 이 작품에 대한 연구와 직간접적으로 결부되어야 할 것이다.